李 莽 著

屋顶下的天空

四川文艺出版社

图书在版编目（CIP）数据

屋顶下的天空 / 李莽著. — 2版. 成都：四川
文艺出版社，2019.3
ISBN 978-7-5411-5245-0

Ⅰ.①屋… Ⅱ.①李… Ⅲ.①长篇小说–中国–当代
Ⅳ.①I247.5

中国版本图书馆CIP数据核字（2019）第027610号

WUDING XIA DE TIANKONG

屋顶下的天空

李 莽 著

责任编辑	奉学勤
责任校对	祝子民　汪　平
封面设计	叶　茂
内文设计	史小燕

出版发行	四川文艺出版社（成都市槐树街2号）
网　址	www.scwys.com
电　话	028-86259285（发行部）　028-86259303（编辑部）
传　真	028-86259306

邮购地址	成都市槐树街2号四川文艺出版社邮购部　610031
印　刷	三河市华东印刷有限公司
成品尺寸	146mm×210mm　　　　开　本　32开
印　张	18.75　　　　字　数　580千
版　次	2019年3月第二版　印　次　2019年3月第一次印刷
书　号	ISBN 978-7-5411-5245-0
定　价	68.00元

就这样我们抱着徕卡相机睡去
要将我们的梦印上镜头
然后在照片里认出我们
醒在更漫长的生命里

——约瑟夫·布罗茨基

最难猜测的不是将来的事， 而是过去的事。

——俄罗斯谚语

目录

第一章　纸上的废墟

雨点从天空掉下来，叶飘正走在街道上。一粒冰凉的水珠击打在他的脸上，然后又是一粒，再一粒，击打在鼻尖上、手背上。

雨点纷纷击中这座城市，有两辆摩托车在一条街道上撞在一起。声音传来时，叶飘正走到嘉乐面包坊门口去躲雨。

叶飘的右肩挎着一个黑色尼龙摄影包，里面装着一台尼康 F100 胶片相机。尼康 F100 照相机可以在小雨中正常使用。但雨点越来越密集，于是他把右手伸向空中。

现在是四月，冷风吹凉了他的手掌和手腕，雨点带着微小的力量继续击打他的皮肤。他缩回手，按下黑色尼龙摄影包的碳纤维弹簧扣，取出他的照相机。

在前方约二十米远的街面，那两辆撞在一起的摩托车还倒在地上。两个车手当中的一个摇摇晃晃站起来，用右手摸了一下自己的额头，呆呆地看着手上沾染的鲜血，然后闻了闻血液的气味。有几个打伞的行人停下脚步，站在他们旁边。

叶飘向摩托车走去。他脚下的街道是三个月前修筑完工的，水泥路面被工人仔细地切割成细密的条纹，这样能增加橡胶车轮与地面的摩擦力，减少车祸的发生。但是，这些坚硬的条纹却没能阻止那两辆摩托车撞在一起。

走在雨中的叶飘想到了铜匠街的老房子。那里的街道是用绿灰色的条石铺成的，石块的表面被时间磨蚀得凹凸不平，下雨的时候，石块上就会形成一些小水洼。如果没有风吹过，这些小水洼就会像镜子那样，清晰地映出街边房屋的倒影，使平凡的景物显现出深邃的奇异面貌。

叶飘喜欢这样的景观。他拍摄了不少铜匠街老房子的照片，在各种光线下拍摄，黄昏的光线，早晨的光线，中午的光线，却一直没有在下雨天拍摄过。雨水会给老街道和旧房子镀上一层晶莹的光泽，并且会在涂塑碳素相纸形成的画面上熠熠生辉。叶飘可以通过感觉预先看见这些老街在照片上显现的效果，它们安静地出现在平面的照相纸上，呈现出单纯而又丰富的黑白灰色调和立体感很强的影像。那些街道上的水洼会映出老房子的一部分，仿佛是房屋的碎片掉在地面上，并且闪闪发亮。叶飘相信这些光芒来自历史的深处。

在数码相机时代，手工制作照片已经成为一种古老的艺术形式，有人却乐此不疲。叶飘在摄影包里保留着自己的胶片相机，在一间农舍改建成的暗室里冲印黑白照片。他参加了本市一个名叫"老黑白摄影学会"的摄影团体，这个团体的宗旨就是通过黑白胶片再现世界。他们使用的摄影器材五花八门，有莲花 5×7 英寸座机，有仙娜 4×5 英寸座机，有宾得 645 相机，还有人用金属罐头盒或火柴盒制作针孔相机。他们扛着大大小小的摄影器材，用原始的方式捕捉影像。他们的口号是——把艺术还给手艺。

在这次雨停之前，叶飘要赶到铜匠街，用胶片相机拍摄他心中早已看见的照片，并利用晚上的空闲时间在暗室里制作出来。几天之后，"老黑白摄影学会"要在公园的长廊里举办一个摄影展览，展览的名称是"老玻璃后面的楠江城"。现在，他还是有足够的时间拍摄这个车祸场面，也许它可以刊发在明天报纸的第八版。

叶飘在本市的《楠江晚报》当摄影记者，每天的发稿任务是一张新闻照片。他有一部索尼牌便携式数码相机，今天没有放在摄影包里，忘在家里的桌子上了。于是，趁另一个车手还没有站起来，他端起尼康F100照相机，对着这混乱的场面摁下了快门。然后，他又换了一个角度，将镜头焦距变换到28毫米那一端，拍摄了一张车祸的全景照片。

在霏霏细雨之中，光线呈现散射的状态。在这种光线的映照下，人和物体都没有什么阴影，每个部分的细节都清晰地显现出来。两辆互相撞击的摩托车躺在深灰色的潮湿地面上，其中一辆是红色的野狼125，另一辆是鸽灰色的嘉陵125。野狼的两只圆形前灯被撞碎了一只，晶莹的玻璃碎片散落在地上。叶飘从照相机的取景器看出去，这两辆摩托车和两个车手构成了紧凑的画面中心，有几个行人站在旁边。有两个人离开了，又有两个人经过这里的时候停了下来，好奇地观看在这场小雨中发生的车祸。

叶飘又一次摁下快门。

林译苇在冰凉的小雨中走到住宅的楼下。她回头望了一眼飘雨的天空，用手摸了一下被淋湿的头发。她喜欢雨这种物质。下小雨的时候，她喜欢不打伞在城里走一走。

下小雨的时候，空气中有一股泥土的腥味。林译苇对这种气味很敏感。在她幼年的时候，下雨了，父亲就不到河边捶鹅卵石，而是在屋子里陪她。父亲会抱着她，一起听雨水从屋檐滴落的声音。当夏天的雨水太多，引发楠江河的洪水，淹没他们房屋的时候，父亲就会带着她到城门洞，住在里面。那时，雨水会击打地面的泥土，把泥腥味散发在空气里。十年前，她与丈夫韩其楼结婚时，两人住在一幢平房里，只有一个房间。那个房间的地面是泥土夯成的，十分瓷实，在室内幽暗的光线里呈现出褐灰色泽。每当扫地的时候，丈夫总要在地上洒水，使尘土不在扫帚下飞扬。这时，浓郁的土腥味就会从地面上弥漫开来，刺激她回忆过去的事情。

泥土的腥味是一种永恒的气味，林译苇想。这样的气味具有一种方向性，它永远飘向逝去的岁月。这是由它本身的特质所决定的。泥土的腥味产生于尘土和水的融合过程中。尘土是时间的碎末，水是时间的外形。它们相遇之后，就成为时间的副产品，成为时间的沉淀之物。一个人的思绪一旦沾附在这种物质上，就会离开时间前进的方向，沉淀在逝去的岁月里面，抵达时间的深处，触及某一段自己的历史。

时间和尘土的微粒有关，时间也和水的微粒有关，这是林译苇喜欢小雨的根本原因。她抬头看看自己居住的第三层楼，她家的窗户没有灯光，也没有传出声音。这表明丈夫没有在家。她感到一阵轻松。丈夫在家的时候，他总是要先打开天花板上的吸顶灯，然后再打开电视机。自从和丈夫分居后，两人很少交流，下班回家后，各做各的事情。除了照料那只画眉，丈夫在家里的时间都在电视机前度过，不是看 DVD 影碟，就是看电视里播放的动画片。丈夫在她心目中，曾经是那样聪明博学，善解人意。自从出了那件事情后，他俩虽然住在一个屋顶下，但却处于分居状态。他一下就变得懒散无聊起来，养画眉，看电视，在林译苇的心目中，这是有意糟蹋自己的生命。这个时候，他的行为像一个无所事事的自暴自弃者，但在过去，他的行为却像一个罪犯。一想到那件曾经发生过的事情，林译苇就觉得自己永远不能原谅他。

林译苇打开钢制防盗门，走进自己的卧室，把门关上。她拉开黑色羊皮拎包的拉链，取出一本旧书。她经常到铜匠街的几家旧书店里去淘书。这次她找到一本和雨有关的书，英国人 W. G. 穆尔著的《地理学辞典》，译者是刘伉、陈江、周陵生、包森铭。

这本书的出版年月很早，是商务印书馆 1980 年出版的，成色却很新，她相信还没有人读过它。她根据书中按汉语拼音音序排列的汉语词条索引，翻到 272 页，找到了"雨"这个词条。然后，她从书桌的抽屉里取出一本便笺本，把词条抄了下来。

> 雨：从云中降落到地面上的分散水滴，由大气中的水汽凝结而成。上升气流把水汽带到高空，使之凝结，聚而为云。小水滴越来越大，最后降落到地面。雨和毛毛雨的差别是雨滴的直径超过 0.5毫米。

她扯下这页便笺纸，用图钉钉在墙上。她卧室的一面墙被高大的书柜占据，其余的墙面钉了许多写了字的纸条。这些字条的内容大多数是她在阅读时随手抄写的，也有一些内容是她自己偶尔冒出来的想法——

> 永恒自死亡开始，正如道路自脚下开始。

林译苇经常注视这些纸条，思索字里行间所蕴含的意义。

有时，她对这些想法不满意，便把它扯下来，换上另外一张——

忧郁是一个敏感而无力的人领悟了超自然力量之后产生的一种永久性的疲倦的沉思状态。这种状态的基本成分是绝望和期待。

然后，她就坐在椅子上，静静地面对钉着纸条的墙壁。

鄢国民是一个在城市废墟中寻找宝贝的人。他的全部工具是装在黑色人造革旧挎包里的一把砖刀、一柄手锤、一支钢凿。

一年前，四十岁的农民鄢国民和村子里十多个壮年男人一同进城打工。他们的工作是在城西一带拆除旧房子。城西被规划为旧城改造区，那一带共有三条街和一些小巷子。这三条街分别是铜匠街、西巷街、西门街。那里总共有二十多万平方米的老房子要被拆除，包括半条铜匠街。鄢国民和村里的人在铜匠街拆除老房子。

铜匠街的老房子基本上是两种类型——串架房和青砖房。串架房的墙面是用竹条和黄泥做成的，墙面涂了石灰水。青砖房的墙面是用薄薄的青砖砌成。鄢国民猜想，在几十年前，建造青砖房的人家比建造串架房的人家更有钱。

后来发生的事情否定了鄢国民这个想法。

叶飘居住的房子是一幢旧农舍。它坐落在一座山坡的半山腰，离城区有两公里。山坡下是36路公交车的终点站。

这幢墙壁用黄泥夯成的农舍修筑于二十世纪七十年代，房顶上覆盖着鱼鳞般的灰色瓦片，瓦沟里长出一些矮小的野草。风吹来的尘土积在瓦沟里，为野草的生长提供了土壤。

农舍的主人名叫张天涯。在人民公社时代，年轻力壮的张天涯不安心在生产队里干农活，每天背着一个油布包裹到城里摆地摊，销售自己制造的老鼠药。他用卖老鼠药的钱修筑了这幢土墙瓦房，当时，生产队社员们的房子大多数用稻草或茅草做屋顶。现在的张天涯是城里一家夜总会的老板，在城区购买了两套房子。半年前，叶飘采访了张天涯，把他的致富经历写成一篇通讯刊发在《经理日报》上面。为了表示感谢，张天涯把这幢房子借给他居住。

这幢旧农舍修筑在风化的紫色砂岩上面。每当下雨的时候，雨水会透过细碎的石屑渗到岩层深处，不会淤积在地面上形成烂泥。在紫灰色的风化岩地表上面，稀稀拉拉生长着一些黄荆丛。这种灌木的木质柔韧，在夏天会开放浅紫色的小花。

少年时代的叶飘经常在黄荆丛中寻找形状适宜的枝条做弹弓杈。十多年过去了，叶飘已不再玩弹弓，但黄荆丛依然茁壮生长。有时，在夜深人静的时候，叶飘把最后一张冲洗出来的照片用塑料夹子晾在一根绳子上面，然后带着满身的显影药水气味来到屋子外面，坐在黄荆丛中，闻一闻黄荆花淡淡的香味。他把两条腿叉开，点燃一支香烟，舒舒服服地将它抽完，再把烟蒂埋在黄荆根部的泥土中。这时，四周一片寂静。由于没有光线，天空和山坡完全沉浸在无边的黑暗之中。没有光线的时候，叶飘可以全身心放松，好好休息一下。

农舍有四个房间——堂屋、左偏房、右偏房、厨房。厨房的后面是猪圈和厕所。猪圈里早已没有猪了，现在空着。厨房里有一口很深的水井，通过一个生锈的手压阀杆，一个人可以轻松地把清凉的地下水抽到石缸里。叶飘喜欢用这口水井的水冲洗胶卷，它不会在底片上留下水渍。

叶飘的暗室建在左偏房里。他请工匠在墙边用水泥修筑了一个工作台，台面镶嵌了黑色瓷砖，安装了一台海鸥牌斜桥式放大机。他用木板封死了墙上的牛肋骨窗户，拆掉瓦屋顶上的两块玻璃亮瓦，换上两匹青瓦。只要关上房间的门，拉上门楣上的黑色平绒布帘，他就可以在纯净的黑暗中冲洗照片，让一些预期的事物在照相纸上显现出影像。

叶飘在二十年前就接触了照相机，后来慢慢学会了摄影。最初他使用的是一台凤凰205，这是一种国产的平视取景135相机，机身安装着一只50毫米标准镜头。这种相机里藏着一个硫化镉测光元件，它可以帮助摄影者精确地估计光线的强弱程度，由此决定使用什么光圈和快门。

他用这台简单的照相机拍摄了大量的胶片，内容五花八门——小渔船上撒网的渔民，芭蕉树荫下的小茅屋，放学后趴在田坎上做作业的小学生……他把这些胶片印放成许多七英寸的黑白照片，装在牛皮纸信封里，通过邮局一一投给全国各地的报纸和刊物，过一段时间，再到邮局领回一些数额不一的汇款单。几年前，他用稿费购买了一台尼康F100照相机，配置了一只28-70毫米和一只70-200毫米的变焦距镜头。

这台相机与他以前使用的凤凰205相比较，视野里所呈现的效果是不同的。像尼康F100这种单镜头反光照相机的镜头在没有准确聚焦的时候，在取景器里看见的世界是模糊的。轻轻一触快门按钮，镜头迅速自动调整焦距，模糊的世界在瞬间变得清晰无比。混沌的视野透过一个长方形的取景框在一刹那间呈现出每个具体物象的外形，以及它的色彩、它的质感，这个神奇而微妙的变化过程永远使叶飘感到惊讶。人类对世界的感知和认识过程，象征性地显现在这个短暂的变化之中。在凤凰205的阿尔巴达式光学取景器里，却看不到这样的变化。它仅是几块玻璃的简单构成物，世界透过这几块玻璃而不是透过照相机镜头进入人的视野。它通过模拟的方式来实现对世界的感知。它通过调焦环上的阿拉伯数字来确定照相机与拍摄对象的距离，通过取景器里的两块方形小黄斑来验证焦距是否准确。应该说，这不是直观的感知，而是经验的结果。也许，对这两类调焦方式而言，最终留在胶卷上的拍摄结果是相同的，但获得这个结果的过程却不尽相同。

在数码相机盛行的年代，叶飘仍然喜欢胶片显影的方式。他尤其对黑白摄影着迷，在寂静的暗室里目睹一张纸上逐渐显出他用相机捕捉的影像，这永远是一个神奇的过程。在一个摄影者的眼里，这个过程很重要，也很珍贵。

在摄影圈子里流行着一种说法——黑白摄影是艺术摄影的最高形式。叶飘赞同这个说法。虽然他平时的主要精力用在了新闻摄影方面，但他的理想是艺术摄影，并一直试图在艺术摄影和新闻摄影之间找到一个平衡点。这个平衡点已经附着在一种形式上面了，那就是纪实摄影。但叶飘对目前流行的纪实摄影不完全认同，他还想在这方面有所突破。他想寻找一种超越现实生活的瞬间，捕捉它。那是一种从现实生活出发，却迸发出非凡光彩的瞬间。这样的瞬间不说明这个社会的性质，也不表达人的生存状态，只是表达人的生命状态。这是内容上的抽象。他一有时间就在街头巷尾寻找题材，寻找能打动自己的瞬间，然后用手中的相机记录下来，再让它从胶片上显出纯黑白的影像，达到形式上的抽象，虽然，它还是一张具象的照片。

　　林译苇不喜欢看电视。每天晚上，她的丈夫韩其楼就把身子深深埋在客厅沙发里，聚精会神地盯着家里那台创维牌 29 英寸屏幕的电视机出神。这个时候，林译苇就坐在她卧室里的写字台旁边，把 MP3 的耳机塞进耳朵里，在纸片上抄写书中她感兴趣的内容。

　　现在，她阅读的是一本关于城市设计的论文集：《设计——现代主义之后》。第 66 页是克里斯托弗·亚历山大的文章《城市不是一棵树》。她抄下一段文字——

　　　　我想说的是，我指的城市有两种：一种是经过许多年发展形成的城市，称之为自然的城市；一种是由建筑师和搞城市规划的人精心创造的城市，称之为人为的城市。锡耶那、利物浦、京都、曼哈顿是自然城市的典范，而莱维顿、昌迪加尔和英国新城是人为城市的代表。

　　MP3 里的《牧羊人之月》播放完毕，耳机里出现了短暂的沉寂，林译苇听到了客厅里传来微弱的电视声。那是动画片《猫和老鼠》的声音，显然，那只猫正在屏幕上惊天动地追老鼠。丈夫已经三十八岁了，却还喜欢动画片。也许，从他二十八岁以后，他的思想就停止了生长。

　　耳机里又响起了音乐，是勃拉姆斯的《D 大调小提琴协奏曲》。林译苇翻开一本名为《城市风光》的摄影画册，里面全部是摄影大师拍摄的城市风景。这些黑白的图像把几十年前巴黎、科隆、纽约的一些街道和房屋的外形保留下来。她慢慢地翻阅这些图片，逐渐地，一种模糊的感觉产生了，随后，这种感觉变得清晰起来。她相信这与书中黑白影像传递出的质感有关。这些由黑色、白色、灰色结构而成的房屋和街道呈现出粗粝的物质材料肌理，仿佛它们表面的色彩和曾经存在过的浮华全部都被时间剥蚀了，只剩下它们的骨骼屹立在一些神秘的光线之中。

这时，《D大调小提琴协奏曲》正演奏到第二乐章。开始，由双簧管演奏一个舒展的旋律，然后这个旋律再由变奏的方式来展示。紧接下来是一个不太安定的中段，随后，音乐又转回来做进一步的变奏，显示和展开相关联的主题。那优美的旋律线条轻柔地飘荡在这些城市的影像上面，然后纵深进去，仿佛在抚摸屹立在时间深处的城市骨骼的遗容。

林译苇突然有了一股冲动。她开始在一张纸上描述第41页的城市风景。这是法国摄影家尤金·阿杰特摄于1913年的巴黎《新桥胡同》。林译苇写道——

> 新桥胡同是一个正在萎缩并消失的城市器官。显然，拆除工作已经完成了大部分，满地是碎石块和尘土。地面躺着一些粗大的木料，这些木料被锯子和斧子粗粗地加工过，有的呈方形，有的呈圆柱形。左边有一排木栅栏，右边却是高大的建筑物，墙面上斜倚着许多被拆下来的木头房架。在前方，有几幢依然活着的楼房，屋顶呈斜坡状，窗户打开着。在那下面，有一堵残墙，墙头站着两个人，他们正在向这个方向眺望，似乎在观察到底是谁走进了他们的视野。一辆没有车身的拖车停在街道上，那条堆满杂物的街道仍然顽强地伸向远方。

林译苇把这张纸条钉在靠窗的墙面上。它的四周已经钉满了纸条。她抱着手肘，目光随意浏览纸条上的内容。这些文字把这个世界的意义一个片断又一个片断地抽象出来，像薄薄的透明丝绸包围着她，她的身体就成了一个纯粹的物质实体，稳妥地放置在纯粹的精神之中，使她平时在现实生活中的飘浮感完全消失。这是她每天最能真实感受到的安宁时刻。

她想到了每天上下班经过的铜匠街口。在那条街道的深处，好像在拆除旧房子。什么时候到那里去看一看废墟，闻一闻那里的空气，然后再用文字把那些正在时间里消失的空间结构复制下来。她想描述一个物体连续的变化过程，描述墙壁的倒塌，尘土的飞扬，透过这些现象，探寻其中蕴含的意义。只有文字才能抵达事物的深处，然后再自由地返回事物的表面。

叶飘用电吹风吹干湿淋淋的胶卷，把它夹进放大机的底片夹里。他打开暗室的红灯。那只五瓦的红色灯泡把红色光线投射到室内的空间里，整个房间像浸在红色的液体之中。

　　放大照片时使用的放大纸对红光不敏感。叶飘从一个黑色塑料袋里取出一张边长为五英寸的俄罗斯涂塑碳素放大纸铺在压片板上，打开放大机的电源开关。一只磨砂灯泡亮了，光线透过底片夹中的胶卷投射到相纸上。这张放大纸早已作废，它被各种光线照射过，已经失去了生命力。由于没有经过显影液的浸泡，它没有变成黑色，依然是一张白色的纸。叶飘慢慢旋转放大机上的旋钮，投射到放大纸上的影像逐渐清晰。现在可以看出来，画面上有几个人，地上有两辆摩托车。这些影像全部是负像，头发是白色的，脸部是黑色的，颇似梦中的图像。

　　叶飘把一块安装在镜头下面的圆形红色滤片拨过来遮住镜头里射出来的灯光，撤掉那张作废的放大纸，换上一张未曝光的放大纸。他拨开红色滤片，让透过胶片的灯光晒在放大纸上。二十秒钟后，他关掉放大机的灯光开关，把放大纸浸到盘子里的显影液中。

　　这张五英寸长三英寸宽的涂塑碳素放大纸中央偏左的部位渐渐出现了几点黑斑。黑斑越来越大，越来越明显，叶飘已经可以辨识出，它是一个人的头发、眼睛和黑色的衣服。这是一个女人。她的脸庞清晰地从放大纸上浮现出来。她站在街道上，眼睛看着地面。紧接着，地面上显现出了摩托车。两辆相撞的摩托车倒在街面上，两个肇事的车手也在放大纸上显影了。不久，那位女子的四周开始显现出其他人的影像，他们的头发、眼睛、嘴唇，还有手和身体逐渐在放大纸上浮现出来。现在，那个女子的全部形象显影完毕，脸上也有了层次。叶飘把这张放大纸放进定影液中。

　　就在这个时候，有一种声音在室内轻轻出现。它很微弱，却很清晰。这是一种风吹过墙角的声音。叶飘抬头扫视了一遍房间里的物体。红色的光线穿透冰凉的空气，隐隐约约照亮墙壁和墙壁角落一个漆皮剥落的木柜子。这是乡下人用来盛装粮食的容器，由于年代久远，它散发出淡淡的霉味，但它并没有发出任何声音。

微弱的声音继续在房间里飘荡，逐渐变成一段优美的旋律。叶飘无意识地伸出了手，在空中抓了一把。他没有抓到什么。旋律短暂地中断了，片刻之后，它又出现了。它肯定来自什么地方。

过去，叶飘在听 MP3 的时候，可以清晰地感觉到声音从脑壳的深处飘出来。现在出现的这段旋律没有方向性。它仿佛是一种雾一样的物质，轻柔地把他笼罩了。

叶飘相信这声音是幻觉。他感到身上发冷。似乎这神秘的声音带走了室内的温度。他把手伸到冰凉的定影液中，捞起那张湿漉漉的照片。他把它放到一只盛着清凉井水的塑料盆里涮了几下，拧开电灯开关。

照片上最先显影的那位女子现在已经和身边的人混在一起。她显然是在路过出事现场，正扭头看地上的摩托车时，被叶飘无意中拍摄下来的。叶飘不明白的是，她为什么会在放大纸上最先显影。她和他们站在同一个环境中，站在同一种光线下面，她的影像却抢先在这张白纸上显现出来。似乎她在这张纸上并不是一个平面的图像，而是一个真正的人，一个有生命的物体。当一个人在某个时间某个地点被别人用照相机拍摄下来之后，她生命中所消失的那部分就有可能被保存在胶片感光材料的涂层里面，然后被复制在一张照片上。

叶飘把湿淋淋的照片举到灯光下面，仔细观察上面的影像。他发现那位女子特别有风韵。她并不是很漂亮。她的眼神有点茫然，仿佛没有焦点。她虽然看地上的车手，但她似乎没有真正注意他们，好像当时有一种声音把她的目光吸引了过去，她只是漫不经心地向那个方向扫了一眼，很快就把目光移开。正是在这个时刻，叶飘把她的外在形象拍摄在胶片上面。

叶飘关了电灯，取出一张十二英寸的放大纸，重新放大了一张照片。这一次，那位女子的外形更大更清晰。她穿着一件黑色风衣，脖子上围着一条白色围巾。这样的衣饰并不时髦，也不落伍。在风衣的下摆，露出黑色的微型喇叭裤。她穿的是一双半高跟黑皮鞋。

然后，叶飘把目光移到她的脸上。最先吸引叶飘的正是这张脸。他之所以重新放大一张照片，就是为了更清楚地观察这张脸。在前一张照片上第一次看见这张脸时，他的心脏部位产生了一种微妙的震颤。首先是一种外力，如同微弱的电流刺激了心脏，随后，仿佛一股温度更高的血液突然涌进了心脏，冲刷了被电流刺激过的部位。他从来没有体验过这样的感受。他以前并不知道眼睛接受的信息可以在心脏里面引起强烈的生理反应。他把目光移到这张大照片上她的脸部时，他担心那种感受永不复返。然而，那种感受又出现了。那微弱的电流又一次刺激心脏，然后是一股热血涌进来，冲刷被刺激过的部位，他感到胸腔在发烫。

她的脸部呈现出一种神奇的风韵。可以理解成是一种内在的物质通过她的脸庞盈溢了出来。尤其让人心动的是她的眼神。她的眼神是一种焦点不确定的眼神。她的眼睛并没有真正盯着地上受伤的摩托车手。她的目光在半途就结束了，停留在一个虚无的目标上面。她具有梦一样的风度。

屋顶上响起了淅淅沥沥的声音，冰凉的雨滴击打在房顶陈旧的青瓦上面。雨水沾湿了覆盖着薄薄尘土的青瓦表面之后就不再往下浸润，而是从弧形的瓦片上漫下去，汇集到瓦沟里，滴在屋檐下的地面上。叶飘嗅到了一股被雨水打湿了的泥土腥味。

他坐在屋里一张陈旧的梨木太师椅上，点燃一支香烟。室内的温度又降低了一点，空气更凉了，但这支香烟却给他带来了一丝暖意。他每吸一次香烟，烟头燃起的光亮就短暂地映红他的手指头。透过香烟的味道，他还能闻到手指头上显影药水淡淡的酸味。

放在桌上的手机响起了振铃声。淡绿色的液晶屏上显示出徐婕的号码。

一个月之前，叶飘坐上一辆出租汽车时，发现司机是一位青年女子。她很瘦，皮肤呈现出小麦的颜色。汽车启动的时候，叶飘闻到了一股淡淡的香味。这种香味不是司机们放在仪表台上的香水瓶中散发出来的香水味，而是一种含蓄的混合了女性肉体气息的香味。

汽车穿过一条巷子，驶入大东街的车流之中。叶飘注意到女司机没有穿鞋。她那双皮肤光洁的小脚灵巧地踩踏油门和离合器的金属踏板，脚趾甲上涂着粉红色的指甲油。叶飘转过脸，注视车窗外的人流和汽车，尽力克制自己想再看一眼那双赤裸小脚的欲望。

一个小小的世界。叶飘想，这辆汽车是一个小小的世界，里面只有她和自己。这是一个移动的小世界，由她操纵着，飞快地向他要去的地方前进。在这辆封闭的红色出租车里，叶飘僵直的目光透过挡风玻璃盯着前方。他明白自己有点紧张。

出租车的速度慢了下来。路口的红灯亮了，前面的汽车慢慢停下来。出租车在一辆黑色的城市越野车后面停下。

"这是辆什么车？"女司机小声地自言自语。

"英菲尼迪 FX35。"叶飘说。

女司机惊讶地看了他一眼，她的目光转向旁边一辆黑色的轿车，"那一辆呢？"

"凯迪拉克，SLS 赛威。"

出租车继续往前行驶，两人不再说话。在一个开车的人面前卖弄汽车知识，叶飘觉得自己有点无聊。

叶飘对工业产品着迷。他喜欢照相机、枪械、汽车。他的知识来源于网络和杂志。他经常在城里的书报亭五花八门的报纸和杂志堆里搜寻新出刊的《照相机》《世界军事》《轻兵器》《汽车之友》。他躺在床上翻阅这些杂志时，手指夹着的香烟经常掉一些烟灰在床单上面。

无论是日本造的佳能 EOS 1Ds Mark Ⅱ 照相机，或是英国造的斯特灵冲锋枪，还是德国造的奔驰 S600 型汽车，它们全部是人类智慧的物质外形。不管这些工业产品与自己有没有关系，叶飘就是喜欢它们，对有关它们的信息十分关注。但是，这位女司机身上散发出来的暗香又在打扰他了。这是一种不严肃的香味。它会秘密侵入人的某种感官深处，然后悄然消逝。

叶飘把目光从车窗外收回来，移到仪表台上的司机身份卡上。女司机的照片在那块透明的塑料卡后面凝视着他。他发现她的脸轮廓分明，很上镜。他悄悄记住了她的名字——徐婕。

他第二次看见徐婕是在几天以后。当时，他在一条倾斜的街道上往坡下走去，一辆出租车停在他的左边。他瞥见开车的司机是徐婕。她探过身子，伸手打开副驾驶座的车门。叶飘坐了进去，坐在她的身边。

出租车开动的时候，叶飘再一次闻到了那种香味。当汽车漫无目的地在城区行驶的时候，他在这种香味中看见了全城的面貌。

徐婕全神贯注地开车，她那双骨感的小手紧紧把住方向盘。也许是她有点用力，指关节有一点泛白。汽车先是穿过两条大街，然后驶上城市的高地——栖凤坡。这个带有梦幻色彩名字的山坡上矗立着一幢又一幢白色的楼房。汽车沿着坚硬的水泥路行驶的时候，叶飘透过不断闪现的楼房之间的间隙看见了山坡下密匝匝的城市建筑物和夹杂在其间的树丛。他相信，徐婕在努力掩饰她的紧张心情。

汽车驶下栖凤坡后，穿行在一条小街上。小街的路面是用石块铺成的，叶飘可以感觉到汽车轮子碾轧在上面的轻微震颤。徐婕开得小心一些了，车速降了下来。这条街道的两边摆满农民的蔬菜挑子，街道中央有许多买菜的居民在行走。徐婕突然说："你要到哪里去？"

叶飘回答说："你把我带到哪里，我就到哪里。"

徐婕按了几下长长的喇叭。汽车慢慢穿行到铜匠街口。他们看见街口的中央竖立着一块红色的圆形标志牌，牌子中间有一根白色横线。一个穿蓝色制服的交通警察背着双手，两眼随着这辆出租车移动。徐婕加快了车速，汽车离开了街口。

"有很多搞摄影的人去那条街拍照片。"徐婕说，"他们都留着长头发，和你一样，像女人。他们拿着照相机，在那些正在拆掉的房子周围走来走去。有一次，我还看见有一个年轻的女子穿着白色的婚纱，站在一堵半截墙壁面前，让那些人拍照片。"

叶飘想到了自己摄影包里的尼康牌照相机。他也可以在这条街上拍照片。他也许还可以让徐婕在他的镜头前面走来走去，然后在一堵旧墙壁前面摆出一个优美的姿势。前两年，叶飘和影友们拍摄了许多像这样的美女照片。每到周末，他们就互相邀约，带上几个漂亮女孩子，到达城市附近的某个小镇，用那里的旧街道和老房子作背景，从各个角度拍摄她们，把她们的身姿留在胶片上面，让她们把微笑浮在脸上，把空洞的眼神投向看不见的远方。几个月后，叶飘对这样的事情厌倦了。他不再对那些漂亮却没有内涵的照片感兴趣。

然而，当他自己的思维和感觉远离这些艳丽的图片时，它们还继续吸引其他人的目光。他们对美丽事物的感受到此为止，停留在最表面的层次。许多搞摄影的人也心满意足地跟随他们在这个层面上停滞下来，继续拍摄大家都喜欢的照片——一个美女站在一座废墟面前，或是站在粗糙的岩石下面。

汽车驶入了京华路。这是一条宽阔的大街，街道两边矗立着贴着浅灰色墙砖的高大楼房。从车窗看不见楼房的顶部，只能看见楼房下端装潢精美的各种店面。徐婕两眼看着前方，聚精会神地开车。她的脸庞呈现出严肃的表情，小麦色的细腻皮肤流溢出一种光泽。叶飘又嗅到了那种香味。那体香仿佛直接从她的身体内部渗透出来，带给叶飘一种秘密的信息。

徐婕把汽车停在一间咖啡屋门口。叶飘暗暗惊奇，因为他是这间咖啡屋的常客。咖啡屋的墙上挂着很多十二英寸彩色照片，它们是本市的摄影人在城市的郊外或青藏高原上采风的收获。在室内的小型射灯的低色温光线照射下，照片上的人物和风景从幽暗的墙壁背景中浮现出来，仿佛来自另一种时间。咖啡屋的老板是一个摄影发烧友，他的存在犹如一块磁铁，吸引了一些摄影人常到这儿来聊天，在咖啡的香味中谈论摄影器材和外出拍照片的消息，互相评比作品。这间咖啡屋的名字是"棕色阴影"。

徐婕在门口挽着叶飘的左臂，把他带进咖啡屋的门厅，径直走上二楼，走到靠窗的小桌边坐下。他在这一刹那间产生了一种熟悉的感觉，似乎他们已经相识多年，并且有过亲密的肉体接触才可能发生像这样没有心理压力也没有紧张感的亲昵行为。

叶飘要了一杯爱尔兰咖啡，徐婕要了一杯拿铁咖啡。

"我也喜欢爱尔兰，喜欢里面威士忌的味道。"徐婕说，"今天我不喝它，等会儿我要开车。"

他们品尝着咖啡，看着窗外。透过宽大的落地玻璃看出去，可以看见人行道上小叶榕密匝匝的深绿色厚实叶子。一些行人在树下走过，他们在说话，但声音无法听见。

"棕色阴影"的二楼是一套三间的屋子，装饰的色调是棕褐色的。木质墙面和地板是棕褐色的，藤条制作的高背椅子和格子花纹的棉制桌布是浅褐色的。叶飘和徐婕静静地坐着，观看街道上的树木、行人和车辆，犹如观看一部无声电影。

在浓郁的咖啡香味中，叶飘依然能够感受到徐婕身上的气息。他越来越肯定，这样的香味是从她身体内某个部位出发，穿透她的肉体，散发在她身边的空气里面。他观察她的手。她的手很瘦，小麦色的晶莹皮肤下面凸显出骨头的形状。她细长的手指轻轻拿着浅褐色的瓷质咖啡杯子，动作非常自然。她的手与任何物体接触都显得十分协调，仿佛天生就是与这些物体生长在一起的，无论是方向盘，还是咖啡杯。刚才，她挽着他的手臂走进咖啡屋的时候，她的手仿佛和他的手臂连为一体。但是，她的眼皮上有一道黑色眼线，这眼线很可能是文上去的，叶飘感觉到，这是她身上唯一不自然的地方。他回想起第一次乘坐她的出租车时，他看见的她那两只踩在离合器和刹车踏板上赤裸的脚。她的手和她的脚都很性感。

徐婕说："开出租车的人知道全城最好的茶楼，最好的饭馆和最好的咖啡馆。如果你要请朋友吃饭，不要去那些豪华的饭店，你只要看见哪一家饭馆门口停着几辆出租车，你尽管放心走进去。"

徐婕向服务生要了一盒玉溪牌香烟。她撕开烟盒的封盖，取出两支烟，扔了一支给叶飘。这个动作很自然很随便，似乎她递烟给别人是一件经常发生的事情。

在狭长的浅褐色棉质桌布上面，放置着一个棕色玻璃烟缸，里面洁净无一物。徐婕的手慢慢伸向烟缸，轻轻转动抵住烟缸边缘的烟头，烟灰就无声地掉落在烟缸里。与其他人猛烈快速地弹掉烟灰的动作相比，叶飘觉得她的动作既慵懒又优雅。

叶飘呷了一小口瓷杯里的咖啡，两眼盯着天花板出了一会儿神。他放下杯子，问徐婕愿不愿意到他居住的房子里去喝真正的咖啡。

"我不住在城里。"他告诉徐婕，他住在城郊一幢农舍里面。这幢房子有五扇门，四个房间。房子坐落在一个风化岩的山坡上。山坡下面有一条公路。公路的路面是沥青筑成的，一些载重汽车在那上面碾出了许多坑洼。他对她说，住在那里面，会感觉到时间变得更缓慢。

他们走出咖啡屋，钻进出租车。十多分钟后，汽车驶到那座小山坡下面。从公路上看去，那幢房子显得很小。走近之后，徐婕发觉它是一幢大房子，院子里散发出淡淡的腐熟气味。这是农村特有的气息，它们来自陈旧的垃圾、鸡粪和猪粪。房子侧面的猪圈很久没有喂猪，圈里已经干燥透了，地面结了一层硬皮，但曾经有过的膻味还是顽强地藏匿在圈舍的角落和墙缝中，随时随刻散发到空中。

叶飘从腰间取下一串钥匙，用其中的一把打开门上那个老式的铁挂锁，把徐婕领进屋。他从墙边的小木柜里拿出一个广口玻璃瓶。里面装满了黄豆大小的棕褐色植物种子。

"小粒咖啡。"叶飘拧开瓶盖，让徐婕闻了一下咖啡的气味，"蓝溪镇有一个农民喜欢种一些奇怪的植物。他在自己的一亩地里种过白兰瓜、啤酒花，全都长得不好。他种的云南小粒咖啡却有了收获。我们这一带的土壤和气候并不适宜种植咖啡，他竟然把它栽活了，还让它结了果实。我还在他那里学会了冲泡咖啡的绝活——在咖啡里放一点花椒粉。他是一个奇怪的人。他还是一个数学爱好者，他的数学水平可能在一些数学教授之上。我采访过他。我们成了朋友。"

叶飘把咖啡豆倒在一只铁制平底锅里，回头一看，徐婕正目不转睛地注视自己。她的眼睛又黑又亮。他伸出右手，握住了她的左手。她的手指又柔软又温暖，她的嘴唇却是冰凉的，由于紧张而略显僵硬。她身上的气息与他以前几个女朋友不同，她总是散发出一种可疑的香味。

后来，他们精疲力竭地倚在床头抽烟。徐婕的一只手臂懒散地放在叶飘的腿上。在室内幽暗的光线中，她手臂细腻的皮肤上面隐约可见一些疤痕。叶飘把目光移开，寻找她身上没有受到损伤的部分。他看到她光滑的脖子，看到她平坦的腹部和结实的大腿。她的整个身体都被汗水润湿了，然后又在阴凉的空气里慢慢干燥。也许这些伤疤的深处隐藏着一些神秘的历史。叶飘想。如果它们是被烟头烫伤的，那么，它们就与烟头的历史有关。如果它们是被牙齿咬伤的，那么，它们就与牙齿的历史有关。归根结底，这些历史都与自己无关。叶飘想，它们仅与她的历史有关。在这个房间里，她的历史要短暂地中断一下。

他们把烟头熄灭掉，仰身躺在床上，聆听房子外面的声音。天空中掉下来许多雨滴，它们把黑色的旧瓦片敲得嗒嗒响。徐婕突然抱住叶飘的脖子。

"躺在一个不再移动的地方，感觉真好。"她说，"一个女孩子不应该开出租车。出租车司机是最孤独的职业。"

"你开了多久的出租车了?"

"三年。"

"任何职业都可能带来孤独的感觉。"叶飘说，"在我的印象中，出租车司机这个职业并不寂寞，每天去的地方多，见的人也多。"

"你错了。"徐婕说，"我们每天开着车在街道上转圈子，就像一只甲虫在草丛中爬行。这就是一种孤独的感觉。我们开车去过很多地方，城里的每条街道，每一条能开进汽车的小巷子，我们都很熟悉。哪条街的地面中央有一个小坑，哪条街的什么地方有一个小凸块，我们全都知道。但是，我们遇见的都是陌生的人。"

徐婕支起半个身子，又从床上的衣服荷包里取出两支香烟，含在嘴里点燃后，递了一支给叶飘。"给你讲个故事。"她对他说，"想不想听?"

"好啊。"叶飘说。

"我有一个朋友，她也在开出租车。"徐婕说，"三个月以前的一个下午，一个男人上了她的车，他要去红河镇。在半路上，那个男人掏出一把短刀，抵在她脖子上，左手在她身上摸索。他拿去了她的手机，还拿走了她身上的二百元钱。然后，那个男人走了。

"回到家后，她没有去报警，也没有把这事告诉她的丈夫。她在家里呆坐了一天，没有去开车。后来，她拨打了自己的手机号码，竟然通了。那个男人接了电话。

"她对他说，她想把手机取回来，为此她情愿付一笔钱。那男人同意了，要价五百元。他俩约好了见面的地点。那男人说，如果她告诉警察，他就杀死她。

"她去了红河镇，却没有再回来。她的失踪使她的丈夫感到很恐慌，向派出所报了案。第十三天上午，她丈夫接到了一个电话。

"这个电话是她打来的。她在电话里说，一个坏人绑架了她，要赎金十万元。然后，那个绑架者与她丈夫通了电话，约好了交钱的时间和地点。他要她丈夫在第二天下午五点钟把钱带到古石镇，到时再用电话联系。

"结局很简单。那个男人不是一个犯罪的高手，他被警察抓住了。他交代了作案的经过，但关键的事情他并没有说出来。他有意保护了她。

"事实是，她如约来到了红河镇，要从他手中取回手机。那个男人把她带进一个旅馆的房间，从衣袋里摸出手机，递到她面前。这时，她近距离看见了他的手。这双手在前天对她进行过抢劫，在她身上犯下了罪行。它摸索过她的身体，还触及了她的胸部。正是在那一瞬间，她感受到这双手有一种陌生的力量，令她久久不能忘记。现在，这双手出现在她的面前，又白皙，又柔和，托着她那黑色的摩托罗拉牌手机，显得很无辜，根本不像一双犯过罪的手。她不知不觉伸出自己的手，小心地捧住了这只手。

"那男人愣了一下。他用一条手臂小心地搭在她的腰部上，然后将她紧紧抱住。他埋下头，吻她的嘴唇。开始他很温柔，后来他狂野了，使劲咬她的嘴唇。她的嘴唇被咬破了，血液流了出来，口红也被两人的唾液沾湿，与鲜血混合在一起，涂在两人的嘴唇四周，红糊糊的一片。

"他将她抱起来放到床上，脱去她的衣服。他们疯狂做爱。她证实了她的感觉：这个男人又温柔又体贴又有力量。

"在后来的两天里，他们从一个小镇跑到另一个小镇，住在廉价的小旅馆里面。白天，他们在镇上闲逛，在小饭馆里吃饭。这些墙壁上结着蜘蛛网的小馆子里做的菜很合他们的胃口，像牛肉汤、粉蒸牛杂碎、炭火烤辣椒等等，又便宜，味道又好。那个男人还爱喝一点枸杞酒。晚上，他们在床上做爱。旅馆的床铺有一股冰凉的潮湿气息，床单也不干净，但他们彼此的肉体是新鲜的，充满了激情。

"那个男人还给她买了小礼物。那是一个玛瑙坠子，是一个红色的小观音雕像，系在一根红丝带上，价钱很便宜，只要十元钱。那个男人是个穷人，他做工的工厂破产了，他上小学的女儿买不起校服，不肯去学校，他就出来抢劫。他不出来抢劫，他俩也不会相遇了。

"那天晚上，他们在床上做爱做得筋疲力尽。那男人身上散发出浓郁的体味，她觉得很好闻，有种醉人的感觉。她和丈夫做爱时，从来没有这种感觉。每次，丈夫总是匆匆忙忙地完事，然后倒头便睡。而这个男人相当体贴人。她感到奇怪，她竟然从一个抢劫犯身上体验到了真正做女人的滋味。但是，现实的问题来了，他俩身上的钱快用光了。每晚二十元的住宿费还付得起，但明天吃饭的钱和乘车去另一个小镇的钱却成了问题。她出了一个主意——向她丈夫'借钱'。

"她丈夫是个电脑生意人，在城里开了三家店铺。她开的出租车就是她丈夫买的。平时，她丈夫把钱管得很紧，每天晚上都要她把开车挣的钱交回去，还抄下里程表的数字，以便大体掌握她每天的营业额。她把她的想法对他说了，他被吓了一大跳。

"最后，他们谋划了好一阵，给她丈夫打了电话。"

"后来呢？"

"后来很简单。警察抓住了那个男人，他被判了七年徒刑。他是一个真正的男子汉，一直没有出卖她。"

"她呢？"叶飘问。

"你说我那位朋友？她逍遥法外，继续开她的出租车。"

徐婕抬起手腕，看了看表。她从床上摸到衣服，开始往身上穿。她的肉体裸露在屋顶玻璃亮瓦投射下来的灰白色光线中，形成一幅颇具古典韵味的画面。她慢慢穿好衣服，把手放在叶飘的手背上，向他道别。她的手又柔软又冰凉。在童年时代，叶飘喂养过一只名叫"灰灰"的猫，它经常在夜晚跑过潮湿的街道，回到屋子里，跳上床，钻进被窝，把两只前爪搭在他的手臂上睡觉。它的爪子又柔软又冰凉，散发出一股潮湿的气息。

那天，徐婕走了之后，再也没有来过。他们只用电话保持联系。现在，徐婕又给他打来电话。她说，她买了一些菜，要带到他这里来，为他做一次晚饭。

城西一带总共要拆除二十多万平方米的旧房子。鄂国民和同村的民工被安排拆除铜匠街的老式建筑物。他们爬上房顶，揭去瓦片，拆下木梁，把它们堆在路边，让卡车运走。他们推倒用竹条夹成的墙壁，抖落糊在竹条上的黄泥和石灰，仔细地把竹条堆在破砖碎瓦旁边。在收工的时候，他们把竹条背回工棚。每隔几天，村里的人会开来一辆手扶式拖拉机，将这些竹条运回村子。干燥的竹条是极好的柴火。在鄂国民的家乡，人们把满山遍野的野生植物割回家当柴火，那些黄荆、马桑、茅草、茶条和青冈树丛，每年都要被村民们用锋利的镰刀砍一次。有时候，人们等不到这些植物的枝条干透就把它们塞进灶膛，弄得整个灶房充满呛人的烟。

外出打工的村民将成堆的干竹条和碎木块运回家中，这是他们在城里拆房子挣钱的额外收获。鄂国民在村里人的眼中算不上一个聪明人，也算不上能干的人。他没有将干竹条拉回家。

在一个周末，鄂国民回到他的家。他的家坐落在离城几十公里的天顶寨。天顶寨是一座古老的山寨，坐落在天顶镇后面的山坡上，周长1640米的石头围墙已严重风化，曾经是直角的石头棱边现在已经成为圆角，石头表面也被一层石粉覆盖，这些石粉是风霜雪雨侵蚀石头后产生的遗留物。山寨里面的建筑物破损得更厉害。这里原来有许多房子，后来人们离开了它们。这些人在山下的小镇修筑了新房子，纷纷搬了家。他们在新的居住地生活，那里更容易做生意，更容易提高他们的生活品质。人一旦离开，山上的旧房屋也就失去生命力，衰老得特别快。终日无人居住的房子缺少人体的温暖气息，潮湿的地面便生长出一层薄薄的粉绿色苔藓，像一层薄薄的呢绒。苔藓成熟的孢子融入空气里，被微风带到满山遍野。它们无孔不入，钻进山寨的每一幢旧房子，在光滑的泥地上繁衍，然后再把自己的孢子一次又一次地顽强撒播到另一些房子里，把室内的地面染成绿色。

鄢国民一家仍然住在山上。他的家是一幢老房子。他家的房子有二百多年历史了，青砖砌的墙壁已经表皮剥落，黑瓦盖的屋顶上长出许多矮小的野草。他回到家里的第一件事就是关上大门。他走进灶房，看见老婆正在往冒着火苗的灶膛送进一束干燥的丝茅草，便从外屋拿进一只小木凳放在灶房门口。他坐在门口，从衣服荷包里取出几片烟叶，裹成一支烟卷。他一边吸烟，一边等着老婆把晚饭做熟。

鄢国民老婆的手是一双典型的农妇手，手掌的皮肤像砂纸一样粗糙。因为，她的手永远与一些沉重而粗糙的东西打交道——铡猪草的刀、青冈木做成的锄头柄、木头水桶、煮猪草的大铁锅。现在，鄢国民要在这双手中放进一些精致的小东西。他牵着她的手走过堂屋，踩着那一层薄薄的苔藓，走进光线幽暗的卧室里。他老婆很久没有被丈夫牵过手了，她一时感到不习惯。

鄢国民摸索到床头一根绳子，拉亮一盏十五瓦的白炽灯泡，然后从自己腰间取下一个小布口袋。这个口袋上缀着一根红色的尼龙绳，用来系在腰间的皮带上。他从布口袋里倒出几只戒指、一只手镯，它们全部是用黄金做成的，式样古旧，散发出一股泥土的气息。其中一枚粗大的戒指上镶嵌着一颗绿豆大小的钻石。

鄢国民拿起这枚戒指，套在老婆的左手中指上。这是一只男人戴的戒指，却正好适合鄢国民的老婆那粗大的手指。她惊奇地转动了一下手指上的戒指，那颗无色透明的钻石在灯光下折射出一缕一缕细小的红光、黄光和蓝光。这些富贵的光芒刺痛了她那双只见过青草、柴火、灶台和田野的眼睛。

"这些东西是我在城里那些旧房子的地下找到的。"鄢国民对他的老婆说，"我还挖出了一架照相机，我把它卖给了一个不认识的女人。"

这座城市的西部地区曾经是城里最繁华的地带。一百多年前，一群贩盐的商人在一段荒凉的河岸上修筑了一排青砖瓦房。后来，许多人相继在这里修房子，最终形成了一条街道，街上有几家加工铜器的店铺，人们就叫它"铜匠街"。房子越建越多，街道也由一条变为三条，外加几条小巷子。这三条街道分别是铜匠街、西巷街和西门街。

现在，西城区正在被大面积拆除，那些曾被旧房屋占据的地面大部分将变成草坪和水泥小道，其余的会成为几幢三十层楼房的地基。等到楼房修筑完毕，就有许多人买下其中的房间，住在里面，在早晨的时候隔着大块的窗玻璃凝视下面流淌的河水。那时，这片土地曾经承受过的均匀的房屋重量将变得不再平均，一部分很沉重，另一部分很轻松。这就是现代城市的节奏感。

在旧的房屋被拆光之后，人们都会发现，一幢房子所占据的地面会那么窄小，一小块长方形的土地上用泥土、石头和树木竟然就可以修筑起一幢二层房屋，人们在里面可以尽情生活。一幢房子修筑好了，会有另一幢房子紧邻它修筑起来，逐渐形成一条街道。铜匠街的旧房子像直接从地上生长出来的，大多数房屋的地面没有铺青砖，是裸露的泥土。那时的人们相信，如果他们的脚不踩在泥土上沾地气，就容易生病。这些泥巴地面被房间主人的脚年复一年踩踏，呈现出瓷实的光泽。无意中，他们会从身上掉落一些小东西，留在地上，没有人发现，就像从身上掉落的灰尘，没有人注意。一旦房屋被拆散，房顶被揭去，这瓷实的泥土地面就会散发出霉菌的气味，在天空下面久久不散。

鄢国民和村里的村民们白天干活，中午和晚上都回到城郊的工棚里吃饭和睡觉。有一天中午，当大家都在收拾工具准备离开时，一个卖盒饭的小贩路过工地，从他手推车里飘出的豆腐香味引起了鄢国民的食欲。他决定不回工棚吃饭。他与看守工地的村民换了班，花八元钱买了一个盒饭，这相当于他每天工钱的十分之一。当同伴们离开以后，他坐在一堵青砖墙旁边的石头上，打开饭盒。在白色的大米饭上，有一份豆腐肉片和一份干煸苦瓜。他刚把一双木质方便筷掰开，眼睛就被一线金色的光芒刺了一下。

发出光芒的地方是旧屋子的一个墙角。鄢国民走过去，蹲下身子。在褐灰色的泥地上，露出一小点黄色的金属。鄢国民用木头筷子小心地剜去金属四周的泥土，一枚金戒指完整地显现出来。

第二章　徕卡照相机

每一幢房屋都有自身的历史。任何有历史的事物都有秘密。时间的碎片像尘土，它会掩盖一些事物的真相。

鄂国民从一幢老房子的泥土里找到一枚金戒指之后，他便发现了人们遗落财物的某种方式。

过去人们在修筑自己的房屋时，往往用砂岩石块嵌在地上箍成一圈地基，就可以筑起墙壁，盖上房顶。有的房屋用薄薄的青砖做墙体材料，每块砖都像搭积木一样交错砌成，砖与砖之间形成一个暗格。有的墙体用木头搭成框架，然后用竹条编扎成壁板，上面糊一层掺杂有稻草的黄泥，刷上石灰浆。无论是青砖的房屋，还是木架墙的房屋，它们的房顶都用青瓦盖成，屋里的地面都是夯实了的泥土。而结实的泥地使踩在上面的人感觉到大地的瓷实，他们在泥地上生活，他们像植物一样从泥土中汲取力量。

因此，有一些从房间主人身上遗落的珠宝就在这样的泥土下面秘密成熟。

鄂国民仍然像往常一样，和村民们一起到工地上拆房子。中午到了，村民们回到城郊河边的工棚。在那里，有一个村民专门负责做饭，他的菜单基本不变，几乎每天都是洋芋炒猪肉丝、干煸莲花白，还有泡辣椒。鄂国民对他们说，从此以后，每天中午不用再派人在工地上轮流值班，由他留下来看守拆下来的材料。他说，他不喜欢吃那一成不变的饭菜。

大家走了之后，鄢国民开始仔细检查旧房子的地面。他从门框边的泥地上开始搜索。他打开背在身上的黑色人造革挎包的翻盖，取出一把钢凿，小心地刨开拆房子时掉下来的黄泥块和石灰皮，露出原来的地面。他像用犁耙耕地那样，用钢凿把地面的泥土浅浅凿一遍，深度达到两厘米左右，但什么也没有发现。他搜寻了一面墙长度的地面，没有找到他所期望的东西。

他又开始搜索另外一堵墙的墙边地面。他相信，在漫长的岁月里，总有一些细小的金属物件会从人们的生活中跌落在地上，不小心被踩进泥地里，或是逐渐被尘土覆盖。于是他顽强地用钢凿撬开墙边的泥土。

这时，天空中的阴云裂开了一道缝隙，淡淡的浅黄色阳光像无数细小的粉尘洒了下来，鄢国民的钢凿触到了一个硬东西。他用凿尖一戳一挑，一个黑黢黢的金属圈被撬了出来，在地上滚了一下。这是一枚铁制的顶针，以前的妇女做针线活时，把它套在手指上，将针尖顶进坚硬的鞋底。

这天中午，鄢国民只找到了这件小物件。但这个小物件证实了他的判断：泥土下面有东西。

第二天中午，鄢国民的运气来了。又有一幢大房子被拆了。中午，他在一堵墙边的泥地里东挖西挖，一枚金耳环跳出地面。虽然长时间埋在地里，泥土中各种含酸的物质并没有对这枚小小的黄金制品造成损伤，它的表面仍然金光灿烂。

鄢国民已经明白了他应该在什么地方找到金戒指或其他金首饰。他现在懂了，每一个房间都有各自的用途。在厨房和客厅找到首饰的希望不大，因为这些首饰并不是有意藏起来的，而是无意中遗落的。在漫长的岁月中，房间的主人在睡觉之前，有时会把手镯或戒指之类的饰品取下来放在床头柜或梳妆台上，一不小心就掉在地上了。这其中有少部分会被主人遗忘。久而久之，时间会遗弃它们，尘土会覆盖它们，把它们包含在泥土之中，这些小型的金银制品就会成为房屋的一部分。要寻找到它们，首先就要弄清楚一个房间里安放梳妆台和床铺的位置。这是一个恰如其分的地方。因为，人们许多珍贵的东西都是从梦中跌落，然后在现实中被遗忘。

在以后的时间里，鄢国民不动声色地秘密寻找废墟里的宝藏。每天中午，鄢国民都有两个小时的时间在覆盖着瓦砾的地皮上东挖西掘。他一点一点地用一把钢凿撬开坚硬的泥土，寻找被岁月的尘土掩埋的珍宝。他发现，老房子的旧泥地里可以埋藏许多小东西。他找到了一些生满浅绿色锈斑的铜钥匙、一把小剪刀和几枚铁钉子。这种铁钉子的钉帽不是圆形的，而是方形的。过去人们制造钉子采用的是手工方式，用锤子在铁砧上打制而成，每枚钉子的大小都不一致。

鄢国民努力在泥地里寻找过去人们生活的痕迹，寻找他们生活中逝去的秘密。他在第四天中午找到了第二枚金戒指。它藏匿在一幢串架房里中间屋子的墙边地面下。第六天中午，鄢国民在相邻的一间屋子里找到了一枚镶钻石的金戒指。鄢国民用右手拇指和食指小心地捏着它轻轻转动。这颗钻石在阳光下闪烁着细小而尖锐的彩色光芒。

晚上回到城郊的工棚时，鄢国民安静地坐在自己的床铺上，等着别人把晚饭做熟。在他的腰间皮带上，系着一个灰色的小布口袋。这个小口袋是他花一元钱在一个卖鞋垫的地摊上买的，一些进城卖菜的农民喜欢用它装钞票。鄢国民把挖掘出来的首饰放在口袋里面，白天带在身上，晚上睡觉时，他就把它压在枕头下。有时，他在半夜醒来，会把手伸进枕头下，触摸小布口袋里面的金属制品。他用粗糙的手指头隔着一层布料沿着这些首饰的形状移动，证实它们的存在，品味这些从变形的时间和空间里找出来的物品的质感。然后，他在黑暗中闭上眼睛，再次沉沉入睡。

半个月后，他在一幢房屋的墙壁里发现了一部照相机。

当时，大家都在拆除一幢青砖墙楼房。一堵墙面倒塌之后，露出墙体中由青砖搭成的一个又一个空格。鄢国民在这些空格中似乎看见了隐隐约约的白色光芒。后来，他已经记不起这光芒究竟是来自墙壁里面，还是来自自己的脑袋里面。

到了中午时分，鄢国民依然独自留了下来。他端着一个白色泡沫塑料盒子，里面是一盒米饭，米饭的上面浇盖了一层鱼香肉丝。他一边用筷子往嘴里送饭，一边沿着墙边转圈子，试图感受这堵墙里面隐藏的秘密。吃完饭之后，他把饭盒扔到一堆碎砖块里，决定先扒开东边那堵墙。

构成墙体的青砖是特制的墙体砖，二十厘米长十五厘米宽，厚度只有三厘米。在很多年以前，砖瓦匠对手艺的理解与现在的人不同，他们一丝不苟地劳作，他们把每块砖瓦都烧制得相当精致，它细密的质地抵御住了上百年时间的侵蚀，深灰色的砖体表面呈现出丝绸般的光泽。鄢国民用砖刀一敲，砖块发出金属般的清脆声音。

过去的人们用这样的砖块像搭积木一样砌墙壁。他们把每块砖之间用石灰浆黏接。这种石灰浆里面掺杂了煮熟后捣烂的糯米，凝固之后，黏性很强，将每块砖牢牢地连接在一起，砖块之间形成一个又一个空洞，里面盛满了陈旧的空气。鄢国民用砖刀敲下一块块青砖，拆开一个又一个空洞。这些空洞虽然形成的年代久远，但由于密封得好，里面没有尘土，干干净净。鄢国民拆掉了整整一堵墙壁，没有在里面发现他想发现的东西，只看见一些碎砖块和粘在砖体上的石灰浆。这些石灰浆有豌豆大小，在漫长的岁月里变成了坚硬的灰白色珠子。

这是一堵干净的墙壁。它只留下了建筑工匠们修建时的一些痕迹，没有其他秘密。鄢国民用衣襟的一角擦去额头的汗水，看了看废墟四周的情况。一些行人在旁边的街道上匆匆走过，没有谁向这里多看一眼。他又开始拆除第二面墙。这是房屋进门的左墙，它的上半截在上午已经被掀塌。鄢国民用砖刀敲下一块又一块砖，把它们扔在一边。他只对空洞里面是否藏有东西感兴趣。在漫长的时间里，人们不断地生与死，他们一定会有一些遗物存在于某一个地方。

当墙壁被拆得只剩下一米高时，鄢国民发现一个空洞被一包深褐色的东西填满。这是一个小包裹。鄢国民辨识出包裹的材料是油布。这是一种早已消失了的物质。在没有塑料布的年代里，人们在厚布料上涂一层桐油来隔潮和防水，用它来做雨伞和雨衣，有的人还用它来垫床铺。

鄢国民捧着这个油布小包裹走到墙角的阴影里，蹲下身子，小心地解开它。油布已经变硬发脆，它在鄢国民的手指下裂成碎片，纷纷掉落在地上。鄢国民剥开三层油布皮，露出了一个金属物件。这是一个用铝做的小匣子，匣子表面涂的黑漆已经剥落，变得斑斑驳驳。匣子上还安装着一个用玻璃和金属做成的镜头。鄢国民认出来了，这是一部照相机。

这时，他感觉到一个人影靠近他的身边。他抬起头，看见面前站着一个穿黑衣服的女人。

铜匠街的废墟让林译苇感到惊讶。昔日的铜匠街两边虽然全是旧房子，但它毕竟是一种有序的物质，有它存在的理由，也有它自身的功能。过去，铜匠街的房子是统一的青灰色调，中间的街面上铺着磨损得很厉害的青石板，曾经在上面行走过的人们，现在已经无影无踪。

当人们开始放弃这些老房子，并动手将它们拆掉时，这一大片旧房子就从原有的秩序中跌落了，散乱成一大堆毫无用处的瓦砾，犹如一头古老的巨兽死去了，它的骨骼被风化，被抛弃在荒野里。那些陈腐的气息也从原来房屋的空间里释放出来，弥漫在废墟的上空。

林译苇从这陈腐的气息中还分辨出了浓厚的尘土味。在中午淡淡的阳光下，铜匠街遍地的砖头瓦砾产生的尘土随着上升的热空气飞舞。如果天空在下雨，这些尘土就会散发出一种腥味，刺激人们的鼻腔。林译苇曾经思索过这里面的道理，还把她的想法写在一张纸条上，钉在书桌右上方的墙壁。她写道——

任何水流都携带着历史的成分。无论这水来自何方，无论它是从高山流下，还是从天空降下，它都不会是一种无缘无故的物质。一旦它与尘土相遇，它们中间的秘密成分就会相融在一起，从而产生新的秘密。尘土是时间的碎末，时间在经过历史中死去的人们时，会带走他们干涸的血。这样的血一旦与水相遇，会释放出它蕴藏的秘密信息。所以，雨水与尘土相遇，一定会产生腥味。

林译苇在废墟里慢慢走动。她的高跟鞋歪歪扭扭地踩在瓦砾之中。她决定再走一段路，穿过前面的废墟就回家。她低头看看自己的裤脚，上面沾了一些浅灰色的浮尘。她想起自己描述过的那张巴黎街道图片，它与现在的情景有相似之处。同样是碎砖破瓦，同样是从房子里拆下来的旧木头，只不过，她在这里没有看见人。

"在小路拐弯的地方，往往会发现新的东西。"林译荦想起了自己在一本书上看到过这样一句话。在这废墟中的小路拐弯的地方，她看见了一个人。这是一个农民模样的人。他正在专心致志地敲砖墙。这个人并不像是一个为了计件工资在中午的阳光下忘我干活的人。他每拆下一块砖，就要仔细地观察一下墙体上露出的空洞，仿佛他在墙上寻找一件丢失已久的物件。林译荦对他产生了好奇。

她又想到了摄影画册上的巴黎街道废墟。眼中真实的废墟与纸上印刷的废墟照片给人的感觉是不同的。照片是一张平面的纸，那上面排列的图像通过照相机的镜头采集，再用化学的方式穿越黑暗与光明，将实物变成了符号，活动的物体就成为静止的物体。她曾在这二维的空间里找到幻觉与想象，在那上面，她的思绪可以自由飞翔，从法国的巴黎新桥胡同瞬间进入德国的科隆大教堂。那张照片上的新桥胡同废墟里有一堵残墙，墙头站着两个拆墙的工人，他们已在时间的深处凝固成了平面的雕像。

现在，她眼前的铜匠街废墟是三维的，在飘浮着尘土微粒的空间里真实地散乱着残砖碎瓦和旧木头。时间在这里是真实的，它随着微风，掠过铜匠街的废墟，掠过那堵残墙下正在拆砖头的劳动者，拂动了他的头发和衣襟，然后飘向远方。

那个人继续专心致志地拆砖块。林译荦走到他面前的时候，他正好从砖墙里找到一个深褐色包裹。她看见他蹲下身子，剥开这个包裹的表皮。褐色的碎片从他的手指间掉下，露出一个黑色物体。她认出来了，这是一部照相机。

照相机是一种让时间停留的工具，而这部照相机却被时间留在了一堵墙壁里面。林译荦走到这个劳动者的面前。他猛然抬头，眼睛流露出一丝惊讶的神色。一颗汗珠从他的下巴掉落，滴在他手中的照相机上面。突然，他把照相机递给她：

"你看看，还能不能用？"

林译苇接过照相机。她没有想到它会这么沉重。她把它翻来覆去看了好几遍，然后捏住相机右肩上那个金属旋钮试着扭了一下，它竟然轻滑地转动了。当它旋转到尽头时，林译苇试了试旁边那个按钮，轻轻摁了下去，机身内部响起了一下轻柔的"咔嚓"声。一种微弱的颤动像电流一样从金属的照相机传到她的心脏部位。她浑身不禁颤抖了一下。她感觉到它是活的。

她看了看相机顶部镌刻的花体字：Leica。

"徕卡？"她轻轻地念出了声。

鄂国民搓了搓双手，他说："你拿走吧。"

林译苇一时不明白他的意思。

"我送给你。你拿着它，比留在我这里，更有用处。"

鄂国民转身走到墙边，捡起地上的砖刀，他用砖刀撬下了一块砖。

然后，他回头对她说："这是我捡到的。"

林译苇身上只带了二百多元钱。她很想接受这个礼物，但他是一个陌生人。她从钱夹里取出两张百元钞票，把它们放到他面前的砖堆上面。一阵微风将它们拂落，林译苇对他说："注意，它掉下来了。"

"赵宇，走了。"

对面四楼阳台上那只鹦鹉又在说话了。它每天都要重复这句话："赵宇，走了。"

韩其楼来到自己的阳台上，注视对面那只鹦鹉。他看见它那小小的绿灰色身影正在不锈钢做成的栖架上动来动去，似乎在用坚硬的喙梳理羽毛。

大约在七年前，对面那幢楼房的四楼一户人家有一个名叫赵宇的小男孩儿在读小学三年级。每天早上，他的一个同学会在楼下喊他一起去上学：

"赵宇，走了。"

这清脆的童音多次把韩其楼从梦中唤醒。随后，他往往会听见那只鹦鹉在模仿那孩子的声音："赵宇，走了。"

鹦鹉的声音低沉而又沙哑，穿透力却很强，仿佛从一个神秘的地方发出来，仿佛它在召唤什么。

后来有一个夏天，赵宇偷偷下河游泳时淹死了，他那位同学再也不来喊他一起上学。慢慢地，许多人都把赵宇忘记了，而这只鹦鹉却记住了赵宇。它每天都要重复这句话："赵宇，走了。"有时，它在深夜也会叫上几声。这沙嘎的声音在夜空中扩散开来，经常渗进韩其楼的梦里。

韩其楼叹了一口气。他离开阳台，回到厨房，继续在一只瓷碗里搅拌食物。

这些食物又黏又稠，却营养丰富。韩其楼把苞谷面、人参碎末和枸杞粉掺合在一起，还要加上少量的牛肉松和面包虫粉末。他用牛奶把这所有的粉末调成糊状，然后烘干。做这样的食品不是一件容易的事情。其中最难的是把面包虫烤干后磨成粉末。

面包虫是一种浅褐色的虫子，每只长约三厘米。专门有人用面包把虫子喂养大，然后卖给养鸟的人。面包虫是画眉鸟的好食物，它可以帮助画眉鸟增长肌肉的力量。

但烘焙面包虫却是一件很麻烦的事情，必须使用瓦片和柴火。画眉吃下在铁锅上烤熟的面包虫之后，会焦躁不安，会无缘无故地啄笼子的竹条，弄伤坚硬的喙。所以，不能使用铁锅煎虫子。

韩其楼用一只果酱瓶子盛着几十条面包虫来到楼下的院子里。在围墙的一个角落，有一个被烟熏黑了的小土坑，周边还有三块砖头。韩其楼把一块瓦片搁在砖头上面，点燃小土坑里的木柴。瓦片被烧烫之后，他小心地把玻璃瓶里的面包虫抖在手心里，再一条一条地放在滚烫的瓦片上面。面包虫在一刹那间蜷曲了，身体的颜色由浅黄变成深褐，并散发出焦香味。韩其楼用一支牙签把面包虫逐一翻转，让滚烫的瓦片烤遍它们的全身，使它们身体的焦度均匀。

韩其楼把烤熟的小虫子收集到玻璃瓶里，拿回他的房间。他把面包虫放进一只磨砂玻璃研钵里舂成粉末，与人参粉、枸杞粉、牛肉松混合在一起，用牛奶调匀后搓成小丸子，放进微波炉烘干。

他手中捏着几个烘干的小丸子，来到阳台上。在阳台一角，挂着一只鸟笼。他的"四星将军"——一只深褐色的画眉正威严地站在笼子里,两只精瘦的脚爪紧紧抓住长满木疙瘩的"入地金牛"树枝。这根手指头粗细的树枝横亘在笼子中央,它是"四星将军"的栖木,也是支撑它的尊严和威风的物质。在树枝的一端,固定着两只小瓷杯,一只杯子盛着清凉的水,另一只杯子用来盛食物。韩其楼把这几粒小丸子投进杯子,"四星将军"开始啄食。

"四星将军"是一只来自云南永胜地区的画眉。在那一带,有一些以捕鸟为生的农民。他们用网和粘胶捕捉在野地里飞翔的画眉,将它们卖给鸟贩子。鸟贩子也是最初训练画眉的人。他们把画眉统统装进一个大竹笼里,在笼子外面罩上一块黑布,让它们陷入对黑暗的恐惧之中,本能地挤成一团。过了一段时间,鸟贩子把黑布揭开,刺眼的光线就会侵入画眉眼睛,刺痛它们在黑暗中放大了的瞳孔。它们在光明中猛烈释放积蓄已久的恐怖,它们把眼前的一切事物都看作敌人,疯狂地啄同伴的眼睛、头部和胸脯。在狭窄的鸟笼里,细碎的羽毛零乱地飞舞,血液呈细小的水滴状飞溅出来,有的飞到鸟笼外面,有的沾在鸟笼栅栏的竹条上。混战之后,弱小的画眉往往会精疲力竭地死去。

"四星将军"是混战的幸存者。幸存者就是胜利者。只有胜利者才有资格活下去,被卖给那些喜欢斗鸟的人,帮助斗鸟人获得财富、荣誉和地位。它们被主人带到四面八方,参加各个城市举办的斗鸟大赛。在那里,它们与凶残的同类决斗。在疯狂的啄击过程中,坚持得最长久的画眉会成为胜者,给它的主人赢得奖金。

在"四星将军"之前,韩其楼曾经拥有过三只画眉。他的画眉名字都很威武——"红斗士""红将军""黑杀手"。这些凶猛威武的鸟儿全部死于比赛之中。其中,"黑杀手"死得最惨烈——它的右眼球被啄出了眼眶,一根细小的灰白色神经组织把这粒小小的眼球悬在颊部的羽毛上面晃来晃去。第二天,它死在黑暗的鸟笼里,两只脚爪僵硬地伸向空中。韩其楼把它埋在院子中间的花坛里面。

韩其楼的画眉从来没有获得过冠军,为此他买下了朋友凌志的画眉"四星将军"。这是一只常胜鸟,它在很多次比赛中获得过冠军。它的头顶上有四个灰白色的小点子。这些小白点是它在与别的画眉决斗中留下的伤疤。它被对方啄伤后，受到损害的毛囊再也没有长出羽毛。这四个小伤疤像四颗小星星，点缀在它红褐色的头上。

自己的画眉把别人的画眉啄得头破血流，退缩到赛笼的另一端不敢再冲过来，这是韩其楼渴望的胜利场景。他曾多次在梦中见到过这样的场景。他的日常生活因此变得简单。除了上班，买菜做饭，看电视里的动画片，他把其余时间都用来照顾"四星将军"。

他把画眉的食物放进鸟笼之后，就躺在旁边一张木质躺椅上，把双手放在肚子上面，观看画眉啄食瓷杯里的东西，感受它的喙撞击光滑杯壁的节奏，聆听它的脚爪在栖木上移动的细碎声音。画眉吃饱之后，梳理了一阵羽毛，然后威严地站在栖木上，眼睛半睁半闭。一丝寒光从它的眼缝里射出来，韩其楼感到心脏一阵狂跳。

他把一块深蓝色的布罩在鸟笼上面，让"四星将军"安静地置身于黑暗之中休息。然后，他走进厨房，开始淘米做饭。这时，他听见门锁打开了，他的妻子林译苇下班回家了。

林译苇把钥匙放进裤兜。她的钥匙只有两把，一把是家里的房门钥匙，一把是文化馆办公室的门钥匙。它们串在钥匙圈上，体积很小，放在裤兜里不会有什么不方便。

女人一般都把钥匙和手机放在拎包里。她们不愿意将随身物品放在身上，是为了保持身体的曲线。她们因此受到惩罚——不是将拎包锁在屋子里，就是手机来电听不见。

林译苇不愿意将钥匙遗忘在办公室里，然后叫别人帮忙弄开门取出来。即使回家时忘记了带钥匙，她也不愿意给丈夫打电话，叫他回家来开门。在任何事情上，她都不愿意求他。

她回到自己的房间，关上门。她听见黄铜的锁舌"咔嗒"一声，实木门便被牢牢固定在墙上。

她刚拉开铝合金窗框，对面楼房鹦鹉的说话声就飘进室内："赵宇，走了。"她对那只鹦鹉凝视了片刻，转身从书橱里取出一本《新闻周刊》。前两天她翻阅这本杂志时，曾看到过一则论述鹦鹉为何学舌的文字。她用钢笔把这则文字抄写到一张白纸上面——

一个由美国杜克大学的神经学家艾里希·查维斯带领的科研小组，已经在鹦鹉和蜂鸟等鸣禽的大脑里发现了帮助它们组合音节的神经结构。这种神经结构能使鹦鹉和蜂鸟等鸣禽记住混乱无序的音节，并将它们排列重组成新的、动听的旋律。

查维斯称，通过研究，他们在鸣禽的前脑和中脑部分确认了被称之为"谷氨酸盐感应器"的区域。这些感应区域使鸟儿们记住许多不同的鸣叫声。鹦鹉和蜂鸟能在它们原来的叫声中加入新学的字或音节，这相当于人类将单独的字糅合在一起，组成通顺句子的能力。所以我们在日常生活中，常常会发现鹦鹉能模仿人的发声。

科学家们经过对数千种脊椎动物的研究后发现，除人类以外，只有五种动物具有模仿声音的能力。

更为神奇的是，鹦鹉是一种长寿而且记忆力特别好的动物。林译苇记得自己曾在一份报纸上看到过一张鹦鹉的照片。这只鹦鹉名叫查理，是英国已故首相温斯顿·丘吉尔的好伙伴，它陪伴丘吉尔度过了英国最黑暗的日子。虽然丘吉尔已经去世几十年了，但查理却仍然健康地活在世上。而且，这只已年届一百多岁的"曾祖母"级鹦鹉依然不忘记已故主人对希特勒和纳粹的刻骨仇恨，在它经常说的词汇中，"该死的希特勒"和"该死的纳粹"两句骂人的话一直位居榜首。

林译苇把这张纸片用一颗银光闪闪的图钉钉在墙上，然后抱着手肘站在窗前倾听从屋外传来的市声，还有从厨房里传来的哗哗声，那是丈夫韩其楼在用自来水冲洗蔬菜。在窗外，蓝灰色的暮霭像从天空中溢出了一大片灰色水彩颜料，慢慢浸洇着城市鳞次栉比的建筑物。她转回身子，注视墙壁上写满字的纸片。过一会儿，又要吃晚饭了。她的丈夫韩其楼会端出老一套的饭菜——回锅肉、炒菠菜、泡海椒和莴笋叶做的汤。吃过晚饭以后，他俩会再次分开——他去看电视，她回到自己的房间里，翻阅书籍，在纸片上抄东西。

林译苇每天下午下班回家都要带回一点东西，给沉寂的生活增添一点新的内容。平时，她带回的东西往往是一本旧书，或是一束野花，一块漂亮的小石头，一只昆虫等等。今天，她带回了一部旧照相机。

她从黑色的皮制拎包里取出那部照相机，把它小心地放在书桌上，细心拈掉残留在机身上的油布碎片。她取下盖在镜头上的金属盖子，拿起这部沉甸甸的金属照相机，观察银色镜头上闪烁着淡蓝色幽光的玻璃镜片。然后，她把眼睛凑拢机身后面的取景框，观看室内的景物。隔着几片玻璃，墙上的小纸片显得暗淡了一些，但依然十分清晰。

看到墙上的纸片，她放下照相机，从抽屉里取出一本便笺本，飞快地写下一句刚涌进脑海里的话——

　　　　她生活在现实中，努力想进入梦境；他生活在梦境中，努力想进入现实。

为什么会突然冒出这样莫明其妙一句话，她想不明白。

高峰砦离城区约四十公里。山砦构筑在山坡顶上，一圈石头围墙围住山顶，形成一个小小的城堡。在山砦下面三公里的地方，有一个小镇，名叫天顶镇。一条石板街道把小镇剖成两片，像一片枫叶的主叶脉。其他的细小叶脉便是小镇的小巷，向四面八方延伸，把许多小院子串联了起来。

叶飘对人与物和人与环境的关系着迷。一个人在一条巷子里行走，这是很普通的生活场景，最容易被人们忽略。一个人在一条小巷子里行走，他也许仅仅是为了回家，或是去看一个朋友。在一个摄影者的眼里，这样的生活场景始终具有不一般的意义。摄影者会把现场的所有因素归纳起来，把现场的光线、色彩、线条和形体合理地安排在一个画面里，再摁下快门，使它在胶片上显形，变成另外一种物质。这样，一个人在小巷里行走就具备了抽象的性质，成为一个符号。这个符号暗示了一个人与时间和空间的关系。在这样的关系里，一个人携带着自己的喜怒哀乐，在某一段时间，在某一个空间里移动。这是生命最普遍的本质。无论一个人在做什么，他在时间和空间里面仅是一个正在移动的物体。而摄影正是让这样的移动获得一个无法重复的瞬间，同时也获得一种纪念性的静止。

叶飘右肩挎着摄影包，左手拉着徐婕走进了一条小巷。天顶镇的小巷是方圆一百公里之内保存得最完好的小巷，其中一段巷子的两边不是房屋而是围墙，围墙随着巷子的走向呈弧形。走在里面，可以清晰地听见自己脚步的回声。在这里，平时繁杂且生动的视觉形象被简化成单纯的灰色块面，空间也变得单一，却更具方向性，行人只有向前，或是向后。在这里，无限扩展的声音获得了新的空间，任何细微的声音都会被放大，暗示出小巷的存在和它的重要性。

他们拉着手走过这段弯弯曲曲的小巷。他们鞋底与石板路面的摩擦声和衣服布料与布料之间的摩擦声在空间扩散出去后，被光滑的墙面反射回来，又撞在另一面墙上。叶飘想，声音具有方向性，同时还可以被光滑的平面反射，它像光线一样。

他们穿过巷道，走进一个旧院子。这个院子早已无人居住，天井中的石板上长满青苔。在一间没有门框的老房子里，放置着几个巨大的圆形木盆。另外还有两个木盆斜靠在屋檐下面。这些木盆不知存在了多少年，它们庞大的身躯上面覆盖着薄薄的尘土。一切裸露的物体都会被尘土覆盖。

叶飘在墙角捡起一把用灌木枝条做成的扫帚，细心拂去一只木盆上的尘土。由于年代太久远，木盆的厚木板已经干枯，它的表面呈现出丝绸般的光泽，木板上波浪形木纹清晰可见。在木板与木板之间已经出现了缝隙，两根竹条编成的粗索将它们紧紧箍住，使它们不散开，一直保持圆形。这个院子以前可能是个酱园，这些木盆也许曾盛过豆瓣酱，或是酿醋的麦麸。现在，它们不再散发酸味，只散发霉味。

徐婕迟疑地走进幽暗的屋子里。屋顶的瓦片残缺不全，从破洞射入的阳光在地面形成一些亮斑。徐婕在飞舞着细小尘埃的光柱中穿行，她的身上交替闪烁着炫目的光斑。紧身牛仔裤和衣襟很短的牛仔服充分显现出她身体的曲线。叶飘要她斜倚在一只大木盆上，为她拍摄了一张照片，又做了一个手势，示意她在室内随便走一走。

大木盆和斑驳的墙体笼罩在蓝灰色的阴影之中，形成一种深沉的基调。徐婕在这蓝灰色的背景中慢慢走动，她身上不断变化的光斑与地面凹凸不平的坑洼所形成的细碎阴影，构成了一幅形式感很强的照片的基本要素。

叶飘从照相机取景器里注视徐婕的动作。暗部是这张照片的主体，他想。暗部是事物基本结构的体现，亮部是暗部的补充，或者说，亮部是暗部的另一面。除了亮部和暗部、线条和形体以外，这张照片还需要人物的表情，尤其是人物的眼神，它能够使一幅摄影作品具有深度。

叶飘使用的是富士尼奥潘黑白胶卷，感光度为四百度。现在，市场上的数码相机越来越多，一家摄影器材商店清仓，甩卖传统照相器材。叶飘用每卷十元钱的极低价格在商店里买了一百个尼奥潘。这种胶卷锐度高，颗粒细小，在光线幽暗的场所也能够拍摄出清晰的照片。他看了一下相机的液晶显示屏，已经拍摄的胶片计数为五，还剩下三十一张。

从照相机的取景器里看出去，徐婕在光影中走动时的姿势有点不自然，她的眼神显得紧张。叶飘在摁下快门之前的一瞬间，脑海里浮现出这个场景被制作成二十四英寸照片时的最终效果——一个穿牛仔服的青年女子站在幽暗的墙壁面前，她的旁边有一个巨大的灰黑色木盆。在从屋顶倾泻下来的光线里，她的头发纤毫毕现，她的眼神空洞茫然，她的身姿略显僵硬。在这张照片上，时间和空间仿佛错了位。来自不同时间的人与物在同一个空间里相遇，然后被一张感光胶片记录下来。高品质的富士胶片在相纸上放大到二十四英寸依然能在画面上保持细微的颗粒度。这样，镜头所摄取的一切细节便会清晰地展现在一件摄影作品里。

黑与白，叶飘想，只有黑与白以及由黑与白派生出来的灰色才是表达世界真相的基础。它们承担了诠释这个世界表象的责任。黑白胶卷和黑白相纸在记录和显现这个世界的过程中滤掉了色彩，只剩下最本质的东西——结构。徐婕在取景器里面从一只大木盆走向另一只大木盆，她的身体不断移动，她的身体结构也通过阴影的形状变化呈现出不同的状态。叶飘要做的事情就是捕捉最完美的状态，然后摁下快门。

他为她拍摄了一卷胶卷之后，两人坐在长满苔藓的石阶上抽烟。在这个安静的旧式建筑里面，除了阳光形成的光柱带着香烟的烟雾在渐渐移动，偶尔有一阵微弱的风拂动了墙角那丛枸杞灌木的叶片之外，其他的物体都是静止的。一支香烟抽完了，徐婕又取出两支香烟含在嘴里点燃，递给叶飘一支。香烟的芬芳气味在老院子的空气中扩散开来。

徐婕把她的左手轻轻放在叶飘的手背上。她的手又柔软又冰凉。叶飘吻了吻她的头发。她头发有淡淡的香烟味儿。

"在很多年以前，"叶飘说，"一位邻居搬家走了，我在空屋子里捡到一张国外发行的明信片。这张明信片起码有上百年历史了，到底是英国还是法国发行的，我弄不清楚。它的正面是一幅黑白照片。一个头戴贝雷帽身穿人字呢大衣的男人站在一条小河边的草坡上，一艘汽船在河里行驶，河水波光粼粼。那男人身边有一条狗，它和主人一样，正在注视那艘汽船。这张照片不是通常意义上的艺术作品，但它具有一种让我心跳的东西。我不知道这是为什么。它的整个画面很简单，光线平实，没有情节，也没有冲突。那个男人甚至没有清晰的面孔。这是一个极普通的生活场景，但我感觉到，整个世界的奥秘都隐藏在这简单的形式里面。我一直想拍摄出这样的照片。"

他想到了刚才自己拍摄的照片。他一闭上眼睛，就能够在想象中看见这些照片的模样。它的形式感很强，光影也很出色，但里面没有激情，也没有深邃或隽永的东西。根本的问题是，它不是生活中发生的场景，是人为的。这样的照片只适宜作室内的装饰品，挂在墙上，为主人平凡的生活增添一点情趣，或是作为一幅没有什么毛病的摄影作品，让另外一些搞摄影的人品头论足一番。

他突然想起了前几天在街上拍摄的那位陌生女子的照片。照片本身仅是平淡的街头小照，但在暗室里冲洗它的时候，那位最先显影的女子面容令他印象深刻。那双黑色的眼睛透露出的奇异神采，那张苍白的脸，还有那段清晰的陌生旋律，它们几乎同时出现在一个时刻。那是一个神奇的时刻。他相信，在任何背景前面为这位女子拍照，都会产生一种引人入胜的氛围，都会有令人满意的效果。如果今天在镜头面前的不是徐婕，而是这位陌生女子，他相信自己所拍摄的照片会有很大的不同。她的眼神会成为画面的焦点，从而为这张照片增添一丝神秘。正是这一点神秘的成分使它成为优秀的照片，会吸引人去想象去探究照片所暗示所隐藏的东西，尽管它是人为地安排的。

"摄影的力量在于它独一无二的特质，即它能够永远保存宇宙的无限时间里的有限片断。"在一本摄影集的序言中，叶飘曾读到过这样一句话。他闭上眼睛。刚才徐婕倚在大木盆旁边的形体短暂地浮现在他的视网膜上面。她的身姿浸在一团黑色的背景中缓缓飘浮，然后逐渐消失。

把事物的形象长久地保留在一种物质上面，这是人类一个古老的梦想。绘画的手段不能真正实现这个梦想，因为它在本质上是主观的，是精神的产物。很多年以前，人们就想把发生在生活中的事件复制下来，把人的行为，房屋的外形，野外的风光复制在一种物质上面，记录下它们在光线下的状态，留住逝去的时间。一八二六年一月的一天，法国人尼尔普斯在一块光滑的锡板上涂满沥青，然后将它放置在一台安装了凸透镜的投影箱玻璃上面，再把镜头对准窗外的房屋，让它在阳光下曝光了八个小时。这种装了镜头的投影箱是欧洲人的绘画辅助工具，景物通过镜头在投影箱的玻璃上聚焦，形成了一幅清晰的画面，供画家们绘画时参考。尼尔普斯不是一个画家，所以他能够超出常规来使用这种投影箱。黄昏的时候，他取下经过长时间曝光的锡板，景物亮部反射的阳光把曝光部位的沥青晒软了，他用薰衣草油把它洗掉，露出闪闪发亮的锡板。而未被曝光的沥青在阴凉的空气中变得坚硬，留在锡板上形成阴影。这样，世界上飞逝的无数片断中，有一个片断的外形就这样第一次被一个法国人保留下来。后来，人们把这种方式称为"摄影"。人们通过它来复制时间的片断，复制这个世界的片断。如果人们利用这样的片断来怀旧，或用这种片断来表达内心深处的感受，它就被称为"艺术摄影"。如果利用它来记录一件事，或用它来做某种证明，它就被称为"新闻摄影"，或是其他用途的摄影。

这时，叶飘清晰地听见一种声音，像风，又不是风，是一段旋律，同那天晚上他在暗房里放大那位陌生女子照片时听见的旋律一模一样。叶飘不禁扭头四处张望了一下。他看见徐婕睁大眼睛，惊讶地盯着他。

"你在找什么?"她问。

叶飘回答说:"风的声音。"

凌志的汽车是一辆长安牌双排座小货车,驾驶室里可以坐五个人。

韩其楼曾经乘这辆汽车到一百五十公里外的青川市参加画眉斗鸟大赛。那一次,他的"黑杀手"只坚持了两分钟,就被对方啄掉了右眼珠。这一次,韩其楼依然携带了一只鸟笼,还带了一块深蓝色涤纶布。他把这些东西放在汽车后排座上。放在后排座上的还有一个铝制炼乳罐,里面盛满了桐油胶。

这罐桐油胶是凌志亲手熬制的。韩其楼不眨眼地观看了全过程。从此,他相信自己也会熬制这东西了。他看见凌志把大半铁勺桐油放在天然气炉子上,用小火熬了十多分钟。当油面的泡沫消失之后并且冒青烟时,凌志将铁勺浸入一桶冷水里,然后再移出来,用一块竹片插进桐油里用力调打,增强桐油的黏稠性。十多分钟后,褐色的桐油变成了粘胶,亮晶晶的胶丝越拉越长,随着竹片在空中飞舞。凌志把制作好的桐油胶盛在一个炼乳罐里。炼乳罐的塑料盖可以阻止空气与胶面接触。他们要用这罐胶去乡下捕捉画眉鸟。

在这座城市周边的农村,生活着许多画眉,山坡上茂密的竹丛是它们的栖息地。这些画眉成群结队地从一丛竹林飞到另一丛竹林,人们老远就可以听见它们的叫声。

但没有人会用本地画眉做斗鸟。行家们认为,本地的画眉体形小,性情温和,胆子也小。当一只本地画眉在笼子里与外地画眉相遇时,本地画眉考虑的不是如何取胜,而是如何逃跑。

当然,例外的事情总是有的。有一天晚上,凌志和韩其楼在东街一个大排档喝夜啤酒,凌志说,两年前,四川南部五城市开展了一次画眉大赛,获得冠军的鸟就是一只本地画眉。遗憾的是,这只鸟后来病死了。

现在,他们在汽车上继续谈论画眉。

"关键的问题是要捕捉到一只好的画眉。"凌志说,"还要把它调教得好,才可能打赢那些云南画眉。我是这样理解的——本地画眉个子小,但更灵活。还有,它的生活习性与云南画眉不同,有些动作也就不同。如果这两个特点临场发挥得好,就有可能成为胜利者。"

汽车向右拐上一条水泥公路。这条公路通向高峰砦。高峰砦坐落在一道锯齿状的山脉中段的一座山顶上。这段山脉是一块盆地的边缘,冷暖空气容易在这里交汇,因而这一带经常下雨,各种植物都长得很茂盛。凌志说,画眉喜欢竹林。在高峰砦四周的山上和山下,竹子的品种很多,有斑竹、凤尾竹、刺竹和水竹。这些竹子全部成团成簇地生长,画眉就生活在密匝匝的竹丛中。它们在竹丛里面打闹、追逐、嬉戏,啄食藏匿在竹林里的蜘蛛、蜻蜓、蝗虫、金龟子和长脚蚊。

几年前,凌志在这一带捕捉到了十多只画眉,把它们卖给了养鸟的人。但他们嫌这是土画眉,每只鸟只给十元钱。凌志觉得太不划算,再也没有来过这里。他对韩其楼说,这次是专门为他来的,也许这次会捉到一只好鸟。

凌志把汽车开上一条路面更窄也更凹凸不平的公路。茂密的竹林把公路变成暗绿色的走廊,空气中飞舞着许多细小的蚊子,它们像一团又一团褐灰色的烟雾在飘荡。凌志将汽车停在一片浅绿色的草坡下面,把放在汽车后座的桐油胶罐子拿在手里,关上汽车门。

他把韩其楼领到一丛马桑灌木旁边,掏出小刀割下几根枝条,撸掉叶子。他用小刀挑出一点桐油胶,涂在树枝上,将几根涂了胶的树枝在草地上搭成一个支架,然后弓着腰,两只脚在草丛中蹚来蹚去。一些蝗虫从马鞭草和铁线草里弹射出来,像一架又一架微型飞机在空中飞翔。它们的翅膀像金属薄片一样在空气里闪闪发亮。它们飞翔了几米远,又降落到草丛中。

凌志看准了一只蝗虫的降落点,一跃身扑过去,两只手掌按在一蓬铁线草上面。他感觉到一只蝗虫在手心里挣扎,那布满坚硬细刺的后腿蹬在手掌上,刺痛了他的皮肤。

他将细尼龙线的一端拴住这只蝗虫,另一端系在涂了桐油胶的马桑枝条上。然后,他和韩其楼退到十多米远一丛黄荆后面,舒舒服服地坐在草地上等待。

凌志从衬衣口袋里掏出一盒红塔山牌香烟。他抽出两支烟,递了一支给韩其楼。他们在一丛黄荆后面抽烟,等着画眉飞来。

韩其楼小心地吸了一口,把浓烈的烟雾含在口腔里,然后用鼻腔向外呼气,让烟雾从鼻孔里喷出去。他从来不敢把烟雾吞进肺部。韩其楼在八岁时就品尝了他一生中第一支香烟。现在他三十八岁了,却总共抽了不到一百支香烟。

他在八岁那年第一次抽烟时,也是躲在一丛黄荆后面。当时他把一辆用旧木板和滚珠轴承做成的滑板车放到黄荆丛后面的草地上,从衣兜里取出一盒经济牌香烟。他抽出其中一支用火柴点燃。这盒香烟花去了他八分钱。这是他全部的积蓄,有六分钱是他用两个月时间积攒下来的,另有两分钱是前一天在学校门口的地上捡到的。他坐在滑板车上,两只脚蹬在草丛中,操纵滑板车前后移动。他坐在移动的滑板车上抽他生命中的第一支香烟。他并没有品尝到香味,也没有舒服的感觉。他只是吞下了一股又一股火爆的辛辣味。他发觉自己并不喜欢这样的味道,但别人为什么会喜欢呢?他努力把满嘴的烟雾吞了下去。他接连抽了两支香烟,然后站起身准备离开。这时,他感到恶心,眼前的黄荆丛和远方的树林都变得模糊,并且不停地旋转。他开始呕吐,哭出了声。他意识到成年人的玩意儿一点都不好玩。从此以后,他决定这辈子不抽烟,偶尔抽一支,也不把烟雾吞咽下去。

现在,他再一次坐在黄荆丛后面抽烟。这支烟抽得很快,他比凌志先抽完。他把烟蒂秆在草丛的泥土上拧熄,眼光转向他们为画眉布置的陷阱。他看见那只蝗虫不断地奋力向空中飞去,刚跃起来,就被腿上的尼龙线拉了回去。它那金属般的翅膀在阳光下熠熠闪亮,十分显眼。这时,一道小小的阴影从天空中飞速降下来,瞬间吞没了那对闪光的小翅膀。随后,那几根涂了桐油胶的马桑枝条无声地倒塌,一只拳头大小的褐色鸟儿在凌乱的枝条间挣扎,一片褐色的羽毛射向空中,又缓缓飘降到草地上。

这只鸟儿发出一阵惊恐的尖叫。刹那间,四周的竹林像发生了爆炸，无数画眉鸟如密集的弹片射向四面八方，迅速消失在蓝灰色的天幕深处。

凌志和韩其楼同时大喊一声，跳起身向那只被捕获的画眉跑去。画眉的双翅和背部被马桑枝条牢牢粘住。它想重新蹿上天空，但沉重的枝条又使它坠下来。韩其楼用双手在草地上扑了好几次，抓住了这只野鸟。他看见它张开坚硬的长喙，不断发出惊恐的尖叫。它那乌溜溜的眼珠睁得溜圆，两只脚爪有力地在空中乱蹬。

凌志说，这是"钉子嘴"。他的声音有点激动。他把画眉又长又尖的嘴巴指给韩其楼看。然后他看了看天空。那些画眉消失后，天空没有留下任何痕迹。

"这只画眉是头鸟。"凌志说，"如果有带头的鸟，逃跑的画眉就会朝一个方向飞。如果没有带头的鸟，逃跑的画眉就没有统一的方向，它们就会乱飞。而且，没有头鸟的带领，逃走的鸟在很长一段时间里不会回到这里来。我们今天在这里捉不到别的画眉了。但是我们运气还可以，我们抓到了一只头鸟。"

韩其楼小心地取下画眉身上的马桑枝条。他捏住画眉的双脚，先取下粘在左边翅膀上的枝条，再取下右边翅膀上的枝条。突然，画眉的脚爪用力一弹，身子从韩其楼的手心蹿上天空。它展开双翅，在空中滑了一个优美的弧形，坠向地面。在接近草丛时，它又向上一挺，歪歪斜斜地向前飞行。它的背上还粘着一根马桑枝条，它飞得很沉重，飞得很慢。它顺着竹林形成的绿色走廊向前飞，在道路拐弯的地方，它也随之拐弯，消失了。

韩其楼愣了片刻，开始快速跑动。他沿着画眉在空中飞过之后留下的无形轨迹向前跑。跑了几十米后，看见那只逃走的画眉正艰难地扇动双翅，在离地面一米的高度飞向一幢石墙房子。

三十八岁的韩其楼很多年没有这样急速跑动了。跑了上百米后，他的胸腔发痛，心脏快要爆裂。他的咽喉也开始痛了，肺部供气不足，必须吞咽进大量的空气。而现在的空气像坚硬的物质，硬生生地挤进他的喉管。他的眼睛盯着前方那个在空中飘飞的黑色点子。它拼命扇动两个翅膀，携带着一根沉重的绿色树枝，抵达那幢石头房子，像一块小石子，砸进一扇打开的玻璃窗。

韩其楼跌跌撞撞冲到窗边，趴在粗糙的砂岩窗台上向室内张望。他的眼睛还没有适应屋里的黑暗，看不清楚鸟儿躲在哪里。他笨拙地爬上窗台，翻身进入房间里。他的脚在落地的时候踏翻了一只木头小凳子，身体重重摔在地上。他从地上爬起来，看见面前站着一个七八岁的小女孩。她正惊讶地盯着他。

他想问那只鸟在什么地方，但他喘气不匀，发不出声音。他伸开双臂上下扇动，做出飞翔的姿势。小女孩儿会意地点点头，指了指床下。

韩其楼趴在地面上，侧着头观察了一下，往床下爬去。屋子的地面是黄泥夯成的，床下很洁净，没有什么尘土。他的鼻子触到了一只女式皮鞋，他把它挪到一边，继续向里面爬行。现在他已经能够适应室内的幽暗光线和床下的阴影。他在床下靠墙的角落辨识出了缩成一团的画眉，小心地伸出右手，轻轻抓住这只鸟儿。他把它捏在手心，倒退着往外爬。

他从床下爬出来，愣了片刻。他的眼前有一双精致的脚。这是一双女人的脚，穿着一双粉红色的塑料拖鞋，脚趾头光洁晶莹。然后他看见了两条匀称的小腿。他站直身子，发现他的面前站着一个身材娇小的青年女子。她的脸庞因为愤怒而泛出红潮。她的眉毛拧在一起，眼睛瞪得溜圆。

"你钻到我的床下想干什么?"

她在责问韩其楼，韩其楼却感到她的语气中含有一丝娇嗔。她的身上散发出一种香味。他能够肯定，这是洗衣粉的气味，是幽兰牌。韩其楼也在使用这个牌子的洗衣粉。

他使劲眨了几下眼睛，伸出右手。那只惹祸的画眉蜷缩在他的掌心。青年女子的眼光落在画眉身上。韩其楼见小女孩也在注视这只鸟，连忙把画眉递给她。

小女孩儿接过画眉，摘去粘在它背上的树枝。突然，她惊叫了一声，画眉从她手上冲了出去，冲出窗口，飞到无垠的天空里，很快消失了。

小女孩的眼睛里立刻充满泪水。她捏住自己的右手，轻声地哭了起来。韩其楼捧住她的手，看见右手的食指尖上有两个青紫色的小点子。这是被画眉的尖嘴啄伤的痕迹。

韩其楼从裤兜里掏出一片纸巾，轻轻扶着小女孩儿的肩头，拭去她脸上的泪珠。她的肩头又单薄又温暖，就像那只刚刚还握在她手中的鸟儿。他克制自己不去看身边那位青年女子，这位小女孩的妈妈，他在猜想她的年龄。二十八岁？三十岁？还是三十一岁？她身体的每一个部位都散发出吸引力。无论是她的脸，她的眼睛，她的脚趾，或是她娇小的身躯。

这时，他又听见她在说话。她问他是不是为了追这只画眉才钻到她的床下去的。他点点头，觉得自己像个傻瓜。他认为自己有义务解释一下，便对她讲述了捕捉画眉的经过。让他高兴的是，她在认真地听。他对她说，他碰巧捉到了这群画眉的头鸟，所以它们受了惊吓，再也不会回来。

"会回来的。"青年女子肯定地说，"如果这群画眉不回来，还会有另外的画眉飞来。我们这一带的鸟儿多得很。"

"那就好。"韩其楼说，"我下次还要来捉画眉，我要多捉几只，送一只给你的女儿。"

他看见她的眼睛里有一丝异样的神色，他的心脏感到一阵轻微的疼痛。

"我想打一个电话。"他对她说，"我想用一下你家的电话。"

她没有说话，一双乌黑的眼睛盯着他。她的眼睛总是带有一种惊讶的神情。然后，她把视线转到旁边。顺着她的眼光看去，他发现了搁在墙边一个小木柜上的红色电话机。他拿起话筒拨了一串号码。他的裤兜传来一阵清晰的振动。真要感谢自己平时爱把手机开到振动的习惯。然后他放下话筒，对她笑了笑。她的脸上也随之浮起一丝笑容。

当他离开这间屋子的时候，她一声不吭地跟着他走出去。她安静地走在他身边，离他有半米远的距离，或者还近一点。他把她的举止理解为给自己送行。转过这幢石墙平房，他发现自己的面前是一个操场。操场对面有一座很新的教学楼，三层楼的墙体镶嵌着浅黄色的瓷砖。操场的前面矗立着一根旗杆，顶端飘扬着一面五星红旗。旗杆下面的基石上，刻着几个大字——天顶小学。他明白了，刚才自己从一扇窗子钻进了一个乡村女教师的家。

"我叫韩其楼。"他在分手时对她说，"请问你的名字？"

"文纹。"

他的心脏产生了一阵轻微的颤抖。这名字与她太相符了。

橘黄色的成功牌挖掘机在铜匠街的废墟中慢慢驶到一幢半坍塌的楼房面前。它那磨薄了的履带把地上的残砖碎瓦轧得咔咔响。挖掘机巨大的金属挖斗举起来又放下去，砸垮了残存的断墙，然后轻而易举地铲起一大堆碎砖块，把它倾倒在一辆方圆牌农用卡车的车厢里。

叶飘举起照相机，在取景框里捕捉这个劳动场面最完美的瞬间。这是一个没有实质内容的场景，但报纸的版面需要一张这样的照片，叶飘只好在画面构成上下功夫。他要等到挖掘机和卡车处在最佳位置，即挖斗正好高高举起倾倒碎砖烂瓦的时候，就可以摁下快门了。内容贫乏的照片可以用尽可能完美的形式来增加价值。

他腰间挂着的手机开始振动起来。编辑部来电话了。编辑说，光华路 185 号 1 幢 3 单元 5 楼附 10 号的居民阳台上有一个比足球还大的马蜂窝，消防队员已到现场了，明天的报纸需要这张照片。

报纸上的照片犹如一扇小小的窗户，读者可以从一个平面的信息中看见世界的纵深之处。作为一个记者，叶飘每天要做的事情，就是用照相机镜头捕捉平凡生活场景中一些引人注目的片断，凝固在读者面前。

叶飘把照相机放进摄影包，搭上了 42 路公交车，来到光华路。

光华路的街道有四十米宽，人行道上间隔五米栽种着小叶榕。街道两边的楼房几乎全是电梯公寓。这些楼房的表面都贴着奶白色的瓷砖，整条街道呈现出灰白色的色调。

185 号 1 幢的楼房前面停了一辆红色切诺基。这是一辆消防指挥车。他首先看见了这一辆车，它的颜色很抢眼。随后他看见了一位身穿黑色衣服的女子从一条小街走过来。她的身材修长,苍白的面容散发出柔润的光泽。她沿着大街的人行道往前走,留给叶飘的,是一个飘逝的背影。叶飘相信,这就是她,曾出现在照片上的她。

在这条安静的街道上,她就这样毫无预兆地出现在叶飘的视线里。她还在往前走。如果她走出他的视野,也许就会永远行走在他的记忆里,他再也不会在现实的世界里看见她。一股热流从脚底升起,涌进他的胸腔。

他迅速从摄影包里取出尼康 F100 照相机,右手的食指扳开电源开关,把相机举到眼前。他把镜头焦距调到 70 毫米端,半摁快门。自动聚焦的镜头发出轻微的嚓嚓声,那位女子的背影在取景器里一下变得清晰。叶飘把快门摁到底,拍了一张关于她的背影照片。然后,他站在原地犹豫。他想跟着她走,但最终转身走向公寓楼。

他决心与自己赌一次。如果这次他在拍摄了楼上的马蜂窝以后,还能再次在街道上遇到她,那么,她就是他生命中的人。

电梯正好停在底楼,这是一个好的信号,是吉兆。他按下电梯的关闭按键,闭上眼睛,在黑暗的视野里努力回忆外面那条大街的结构和形状。在他的脑海里,大街很宽很直,视野开阔,她黑色的身影在风中有点变形。如果她要走的路很长,如果她行走的路线不拐弯,如果她不拐进一条小街道,或是消失在一幢突然出现的楼房里,那么,她就还会走在他的命运里——他在拍摄了悬挂在第五层楼那个马蜂窝之后,还有找到她的机会。

5 楼附 10 号的住户门口站着一个穿消防队员制服的年轻人,他脸上的青春痘很显眼。叶飘手上的照相机让他明白,来者正是自己等待的人。他领着叶飘穿过客厅,来到阳台上。

在楼上住户的阳台底部,悬着一个比人头还要大的深褐色蜂窝。一只花生米大小的马蜂正嗡嗡地绕着蜂窝飞行。一个穿防毒服的年轻人用手拨弄一株栽种在花盆里的兰草,另一个穿防毒服的年轻人正在抽烟。他们见叶飘来了,便戴上面罩,一个人站到凳子上,手持菜刀去铲头顶上的蜂窝,另一个人为他扶着凳子。

叶飘用数码相机拍了两张照片，在 LED 屏上观察了一下拍摄效果，然后伸头向楼下看去。楼下的街面又长又直，不见那女子的身影。

当叶飘回到街道上时，他已置身于满街的陌生人中间。他要重新找到一个令他心跳的背影。他现在已经获得了方向，除了方向他一无所有。他只能朝着这个方向走过去。

人行道的铺路地砖有许多小洞。小洞里生长出矮小的青草。叶飘把照相机的锦纶背带紧紧缠绕在右手腕上，防备因紧张而失手将照相机掉在地上。他刚从楼房里走出来时，把一枚 70-200 毫米变焦距镜头换在机身上。他在向前走的时候，眼睛并没有向前看，而是漫无目的地张望。他注意到街道两边楼房的窗户几乎全是用铝合金做的外框，有的是银白色，有的是古铜色。窗户的玻璃几乎全是浅蓝色的。为什么他们要用蓝色玻璃？叶飘不喜欢玻璃窗是这样的颜色，它会使射入的光线变质。如果墙上挂着一幅十六英寸的风景照片，变质的光线会给它罩上一层蓝灰色。不过，叶飘还没有自己的房子。他现在住的房子是农舍，窗户是牛肋骨窗，上面安装着木头栅栏。它会使空气畅通无阻，也会让射进室内的光线投下一条一条的阴影。

叶飘走过一棵又一棵小叶榕。这些人行道树木只有杯口粗，枝条上却生长出了像挂面一样的淡黄色气根。在蜡质的绿色叶片上，有一些灰白色的薄膜，这是一种名叫"蜡蚧"的虫子结的网。在适当光线下，这些虫子可以被拍摄成为漂亮的照片。当然要用微距镜头。叶飘想，应该买一支微距镜头了。不必买原厂的，买适马牌的就可以了，105 毫米，最大光圈 2.8，只要两千多元。

他努力使自己去想一些与目前的行为无关的东西，以此冲淡紧张的情绪。

他看见了她的背影，那与众不同的苗条背影正在前面的人行道上款款行走，她穿一身黑色的服装，成为他视野里最显眼的物体。他举起照相机，把焦距推到 200 毫米那一端，场景一下就拉近了许多，她的身影从远方飘到面前，被清晰地框在取景器里。由于景深很浅，那黑衣女子的前景一片模糊，她似乎在向一片虚无走去。

她不断向前移动，但照相机的焦点也随着她移动，牢牢地固定在她身上。镜头里的超声波马达在连续聚焦的过程中发出轻微的嚓嚓声。这只镜头忠实地为叶飘工作，始终将她的背影显露得纤毫毕现。

叶飘迟迟不摁下快门。他从镜头里仔细观察她，这是目前他接近她的最好方式。他看着她走进了一幢覆盖着浅黄色墙砖的楼房。在她消失的瞬间，他摁下了快门。快门打开的时候，相机的反光镜翻了上来，世界短暂地黑暗了一下。

林译苇没有听见身后十多米远发出的照相机快门声响。她走上三楼，用钥匙打开钢制防盗门，径直走进卧室。她的卧室也是她的书房，是她丈夫韩其楼一般情况下不会进来的地方。这个房间只有十五平方米，靠窗的墙边有一个涂着聚酯漆的实木写字台，墙的右边是满壁的书橱，里面的书已经快要放满了，约有一千册。在左边的墙上，钉着许多写满了字的纸条。她的钢丝单人床就安置在门边。

每天下班回家后，林译苇就坐在自己的房间里，闻一闻室内的气味。这些气味中包含着书籍的纸张味道和油墨的味道。那些旧一点的书还散发出淡淡的霉味。

在流逝的时间里，新书会变成旧书。旧书的气味与新书的气味完全不同。旧书的气味有轻度的霉菌气息。这种气息由细小的尘土发酵而成。这些细小的尘土是时间的碎末。书籍可以帮助林译苇在细碎的时间里穿行，帮助她发现一些细微的历史细节。所以，她经常在回家的时候带回一本旧书。今天她带回了一本新书。

这本《徕卡相机全集》是她下午在文轩连锁书店买到的。这是一本用亚光铜版纸印制的精美书籍，上面有许多照相机的照片，全部是徕卡，配图的说明文字详尽地解释了这些相机的来历和它们的功能。

林译苇从书橱下面一个柜子里取出那部旧照相机。她把手中的相机与画册上的照片相对照。她翻开一页又一页，散发出油墨香的画册如一只巨大而沉重的蝴蝶。她每翻开一张书页，蝴蝶的翅膀就扇动一次。她翻到第 34 页时，找到了她想找的东西。

图片下面的文字介绍了这部照相机——

　　徕卡ⅢC型。这种老爷照相机从一九二五年到一九五七年之间共生产了十七种。在外行人看来，虽然不容易区别，可是其操作方法多多少少有不同的地方。其代表性机种是一九三五年Ⅲ型相机。当装底片和操作时，会有下面的情景发生：转动卷片杆时，快门也被带上，链轮轴也转动一圈，送一张底片进入卷片膛。卷片膛卷取底片时，链轮的齿并不是被底片牵动而转一圈。只空拍一张时，链轮杆转一圈，第十八张时就差三分之二张，三十张时就差半圈不动。换句话说，链轮在送走一张底片之后，卷片轴虽然在动，卷片膛却不动。这个现象在近期的徕卡照相机中仍然普遍存在。所以，装片时应充分留意卷片膛位置有没有平行，稍稍不平行就会发生滑动。

　　ⅢC型的主要规格：

　　机身：铝合金，离合式底盖。

　　取景器：双眼（联动测距式观影窗）双重影像叠合式，基线长4cm，倍率1.5倍。

　　镜头：ELMAR50MM3.5，旋转联动测距。

　　快门：布帘焦点平面快门1-1/500秒，T门，B门。

　　体积：宽13.5cm，高6.8cm，重530克。

　　林译苇手中的这部徕卡机身上覆盖着一层深灰色的蛇皮，底部和顶部涂着黑漆。有些部位的漆皮剥落了，露出银灰色的金属质地。在机身上部的右边，有个银灰色的麻纹卷片钮。她轻轻旋动这个金属钮，听见了从机身内部发出轻微的咔咔声。

　　当她把照相机放到写字台上时，它的底部与桌面的玻璃板磕碰，发出了清脆的声响。于是，她在便笺本上写下了一段文字——

　　这是一部记录时光的机器。它与它的环境相遇，它可以用声音来表示它的反应：它与黑暗的环境相遇，它可以用沉默来表示它的等待；它与光明的环境相遇，它可以用行动来表示它的存在。

但是她不明白，一部照相机究竟是怎样捕获光线的。她仅仅知道，一部照相机通过光线来记录时间的片断，从而记录下人和事的外形，以及他们与环境的关系。

在写字台那块五毫米厚的玻璃板下面，压着几张黑白照片。这是她在一些画报上剪裁下来的印刷品，内容全部是荒野的风景——河流，荒坡上的小路和石块，旧木屋和栅栏。这些画面包含人类历史中的某些信息，在它单纯的图像中，藏匿着丰富的细致的内涵，藏匿着人类生命在永恒的大自然之中飘逝而过时留下的痕迹。

很久以前，林译苇就在思考图像与人类精神的关系。照相机是图像的制造者之一，它能够记录逝去时间的有形片断，但它能不能记录无形的事物呢？无形的事物只能保存在无形的事物里面，真正的往事只能保存在记忆里。

她相信，照片不能记录她的往事，因为她的往事只存在于她的记忆里面。

她经常回忆起她认识韩其楼的情景。那时，她刚从大学毕业，分配到市文化馆工作。楠江这座城市对她而言，没有什么吸引力。她在这座城市里结识的第一位朋友就是韩其楼。他是一位图书管理员，中等身材，面容清瘦，皮肤苍白，因为他长久坐在室内。每天上班时，他总是坐在一间光线幽暗的大房间里。房间里除了一张旧办公桌，其余的就全部是书架了。韩其楼注视人的时候，眼睛黑得发亮。她一下就喜欢上了这里的氛围。

韩其楼显然是一个很称职的图书管理员。他接过林译苇手中的借书单，消失在书架后面。大概过了两分钟，他再次出现在林译苇面前。他已经找到了她想借的三本书——《吉姆老爷》《北岛诗选》《探险家沃斯》。他把书拿到窗边，用一块毛巾拭去上面的尘土，然后坐下来填写借书卡。她注意到他的钢笔字写得很漂亮，又潇洒又大方。

韩其楼将填写好的卡片小心地放进抽屉，又取出一个白色塑料袋将这三本书装进去，递到林译苇手里。这时，一只鸟从窗外飞进来，降落到办公桌上，在桌上急躁地走来走去。它的羽毛呈棕红色，眼睛下面的脸颊覆盖着白色羽毛，眼睛上面有一条白色的眉纹。

"白颊噪鹛。"韩其楼说。

"什么?"林译苇没有听清楚。

"这只鸟是白颊噪鹛。我们当地叫它土画眉。它像画眉,其实不是。"

韩其楼从抽屉里拿出一个小玻璃瓶,从里面倒出几条白色的小东西。林译苇吓了一跳。那是几条小虫子。白颊噪鹛将桌面上的虫子一一啄起来,衔在嘴里,飞走了。

"它在外面的树上做了一个窝。"韩其楼对林译苇说,"里面有几只小鸟。你跟我来。"

林译苇跟着他来到屋子外的树林里。在迈过一个树桩时,他拉住了她的手,一直走到那株有鸟巢的小叶榕树下。他放开她的手,把密匝匝的树枝之间一团模糊的暗影指给她看。

"听见没有?"他侧着头,认真倾听了一会儿,"它们在叫,小鸟儿,有三只。"

林译苇听见了树枝之间那团黑乎乎的鸟巢里发出来的轻微的叽叽声。这细小的尖厉声音仿佛来自时间的深处,它穿透潮湿的空气向四周漫延,刺入林译苇的皮肤。她打了一个冷战。韩其楼的右手轻轻握住她的左手。他的手掌宽大,又温暖又柔和。从这双手上可以感觉到,他是一个好心肠的人。

过了一个星期,林译苇正在办公室里撰写一份文学创作辅导材料,有人站在门口轻轻叩门框。林译苇抬起头来,看见韩其楼抱着一沓书站在那里。他带来一些书,其中一本是《楠江文史资料集》。林译苇随手翻了翻,上面的内容是关于这座城市及周边地区的历史事件记载。

"你如果要搞写作,这里面有许多素材。你可以不使用里面的事件,但可以参考这些事件的细节。"

林译苇感到惊讶:"你凭什么认定我要写作?"

"当然是猜的。"韩其楼说,"我喜欢猜想。我喜欢看到事实符合我的想象,尤其是我的想象发生在事实前面的时候。"

林译苇的眼光落在韩其楼的手上。这双手十指交叉地放在桌面上,从这双手上看不出紧张的迹象。

"我在图书馆工作五年了。我见过许多借书的人，却还没有见过借《吉姆老爷》和《探险家沃斯》的女孩子。所以我自作主张地带了几本书给你。如果你不喜欢，那只能证明我的愚蠢。"

"我还没有见过你这样的聪明人。"林译苇说。

在以后的交往中，林译苇发现韩其楼真的相当聪明，而且很有个性。他的个性用一句老话来形容，就是"童心未泯"。他的年龄虽然比她大好几岁，但却像是一个大男孩儿，永远对一些儿童感兴趣的东西着迷。他清楚地知道公园里哪棵树下长了一个木菌，哪一棵树上长了木耳。后来，他们在一起散步时，他细心地把这些东西一一指给她看。

韩其楼告诉林译苇，一棵树的根部长出了木菌，表明这棵树要死了。灵芝就是一种普通的木菌，但传统的文化赋予了它太多的神奇，它成了人们心目中的灵丹妙药。

"人们通常要在一种误会里生活几千年。"他说，"亚里士多德断言，女人的牙齿比男人少两颗。两千多年来，大家一直相信这是真的。如果有人掰开自己老婆的嘴巴数一数，就会发现这是个谬论。但很长时间里，没有人这样做。文化也有负面作用，所以常识往往要过时，而知识永远没有尽头。"

他对她说，在楠江一带，木耳只长在柞树林中。单一的柞树不能生长木耳。只有成片的柞树才能生长木耳，因为成片的柞树能够产生并保持足够的湿度。也就是说，木耳实际上是生长在一种氛围之中。这很有意思。植物和人一样，也要生存在一个群体之中，一种氛围之中。只有在氛围里，植物才有活下去的理由，人才能寻找到生存的价值。

林译苇想，韩其楼就是生活在一种氛围里，只不过，这是他自己制造的氛围。他是一个长得很帅气的男子，眼睛的颜色很深，永远流露出一种惊讶的神情。上班的时候，他坐在光线幽暗的办公室里，他四周的空气充满淡淡的霉味。他读了许多书，那只是为了好奇。他的工作很寂寞，他通过书籍来了解陌生的世界。

那时，他俩在约会时主要谈论书籍里展示的世界。他们在茶楼里喝茶时，会谈到用越橘叶煮茶的事情。这个细节来自一本名叫《鱼王》的小说，作者是苏联的阿斯塔菲耶夫。他们都读过这本书，对书中描写的森林与河流印象颇深——西伯利亚的渔夫和猎人们在冻土地带采集越橘叶放进罐头盒里煮汁喝，以此补充体内需要的营养。他们一致认为，这种茶的味道一定不好。韩其楼还知道一种名叫"血茶"的植物。他告诉林译苇，血茶实际上是云南高原上的苔藓植物，一般生长在雪线以下的岩屑坡、乱石滩和冰碛台地上面。人们把它采集之后再晒干，就可以当作茶叶出售了。它在滚烫的水里会释放出红色的元素，将整杯水染成像红葡萄酒那样的酒红色。这种茶有一点苦味，它的最大优点是它的颜色。一个品茶的人在这个时候会不在乎它的味道，更在乎它的颜色。他会观察一杯水是怎样被这种胡须状的植物逐渐染红。他会看见，一缕缕红颜色像丝线一般从浅褐色的植物内析出来，溶化在水中。

从什么时候开始，他们的生活变了质，往事慢慢变成残骸？也许生活就像韩其楼描述过的血茶那样，一些原来看不见的元素从生活事件中慢慢渗出，最终使生活本身改变了颜色，使生活的氛围逐渐窒息，最终腐蚀了生活。

他们婚后的第五年，韩其楼的单位上来了一位刚从大学毕业的女孩子。她与韩其楼经常在走廊相遇。她的眼睛从来不敢正视他。她的胆怯引起了他的好奇。有一天，他上班时经过东方大街时，看见她从一条小巷里走出来。当时的微风吹拂着她染成红褐色的短发，她似乎没有看见他，背着一个红色的背包，径直向前走去。她走得很快。这天早上，他跟在她的后面，到达他们两人上班的单位。

在以后的几天早晨，他在东方大街的那条小巷里，都会碰见她。他开始与她一起步行穿越几条街道去上班。有一天早上，她忘记了带钥匙，便在他的办公室里待了一个上午。下班的时候，他们走到门边，一起伸手去开门。他们的手就在这个时候碰在了一起。

那段时间，韩其楼经常在下班后很晚才回家。林译苇对丈夫的反常行为有所感觉——他在拥抱自己的时候，双臂涌现出一股陌生的力量，这股力量中掺杂着一丝恐惧和内疚。有一次，丈夫在吻自己的时候，他的舌尖传递出陌生的唇膏味。她明白了，丈夫已经有了另外的女人。

　　直到有一天黄昏，林译苇在滨河街亲眼看见了那位牵着自己丈夫的手往前走的青年女子。她那红褐色的短发在夕阳下闪烁着神秘的光芒，显得特别青春。她像一个孩子，眼前的欢乐胜过一切。在滨河街，有许多来来往往的人。她拉着韩其楼的手，两人在人流中慢慢行走。林译苇感觉得到，他们已经形成了自己的世界。这个世界里只有他们两人，其他人都与他们不相干。他们不知道，韩其楼的妻子正在离他们二十米的地方，在他们的世界边缘注视他们。

　　他们去什么地方，对林译苇而言，已经不重要了。因为，他们已经有了他们的方向，同时，她与丈夫已经失去了自己的方向。她转身回到家里，在书房里铺了一张钢丝床。

　　韩其楼一回到家里就明白了他面临的局面。他向妻子说出了一切，并保证以后不再与她来往。他没有说出她的名字，林译苇也不愿知道她的名字，她不愿这个女人在她心中变成一个符号，因为符号最容易被顽固地留在记忆里。林译苇情愿这个女人是一段噩梦般的感觉，感觉容易被遗忘，符号则不是这样。林译苇表示，她可以原谅他，但她不愿与他再同居一室，她不愿再去拥抱被别的女人拥抱过的身体。如果他真的爱她，他可以等待她有一天回到他们共同的房间里，如果他有足够的耐心，而且对她有足够的信心的话。

　　那一天，林译苇通宵没有睡觉，她拿起一本小说就读。那是英国作家约翰·福尔斯的《法国中尉的女人》。她一边阅读，一边在纸条上写下感想。就在那天，她养成了在墙上钉纸条的习惯。她生命中所受到的最沉重打击来自她最亲爱的人，这个事实萎缩了她的视野，并简化了她的日常生活内容。从此，她每天要做的主要事情就是上班，下班，淘旧书，阅读，在便笺本上写字。

　　那位名叫刘雅的青年女子离开了单位，到了沿海地区的一个城市。临别时，她对韩其楼说："我离开楠江，并不是为了你。"但韩其楼知道，她正是为了他才离去。她要保持一份自尊。

　　林译苇想，也许，生活最大的敌人是疲惫。它是一种可以摧毁一切的元素。她从抽屉里取出便笺本，用钢笔在纸上急速地书写——

　　一个人的生命过程犹如漫长的旅行，疲惫是一种无奈的休息。当最终的目的地只能出现在想象之中而不能出现在视野里时，疲惫便成为一种最普通的现象。

　　她把这页纸撕下来，用一枚图钉钉在墙上的一幅油画印刷品旁边。这是一幅风景油画，法国印象派画家德加的《靠近悬崖的房子》。林译苇看见过德加一些人物画印刷品，却很少见过他的风景画。这幅画的画面呈现出暖色调，几幢乡村房屋的斜坡式房顶在夕阳下闪耀着玫瑰色的光泽，呈现出一种永远的安谧氛围。她特别喜欢这样的氛围。

　　她往后退了两步。在这个距离，纸上的字已经变得模糊了，但那张画片上的天空、房屋和树丛还清晰可辨，它们从时间的另一端浮现出来，展现出古代空间的特质。林译苇的视线融化在画面的色彩之中。随后，她又想到了玻璃板下面压着的那几张没有色彩的照片——荒野的风景——河流、荒坡上的小路和石块、旧木屋和栅栏。一幅油画与一张照片所传递的信息不一样。她想，油画所表现的空间是主观的空间，而照片记录的空间是客观的空间。它们之间的区别在于时间的方向性不同。一个画油画的男人或女人可以随心所欲地用画笔显现消逝的事物，他们可以让一座古代的村庄浮现在一块画布上，可以让一个牧羊人在古代的阳光里行走。而一部照相机只能再现同一时间里的事物。如果一个行走的当代人被一部照相机拍摄，他的影像被固定在感光胶片上时，他在空间移动的距离可以忽略不计。我们生活在一连串的瞬间之中。她想，我们生活中的每一个片断都可以被一种物理的方式固定下来，并且被分解。只要我们能够真正理解时间和空间的意义。

　　当生命和生活纠缠不清的时刻，就是一个人迷惘的时刻。

　　林译苇又开始在便笺本上书写。

　　早上，林译苇离开家去上班。她走下住宅楼外面的斜坡。这是一条十米宽的水泥道路，两边是刚长出嫩绿色新叶的法国梧桐树。柠檬色的阳光像明亮清澈的水，将树叶洗得透亮。林译苇走在斜坡上的树荫里，跳跃的光斑在她身上闪烁，她看见斜坡的尽头站着一个身材高大的年轻人。

他身穿一件缀有许多口袋的帆布背心，肩上挎着一个黑色尼龙摄影包。他的长头发扎成一束马尾巴，脸部处在阳光的阴影里。搞摄影的人总是这样打扮，林译苇想，他们总是做出很艺术的模样，总是把一些符号化的东西作为标志，成为时代的常识。

突然，她意识到这个人可能与自己有关。他似乎是在等自己。离他越近，她就越是感觉到他是一个障碍物。而且，他的身上还散发出一种危险的气息。这时，她的高跟鞋踩进路面一处浅浅的凹坑，右脚崴了一下。她想起自己每当面临紧张场面时，往往会崴脚，这是自己最不争气的地方。她调整了一下自己的情绪，继续向前走。

那个年轻人跟了上来，与她并肩走在一起。他打开摄影包，取出一个棕色牛皮纸袋。

"我给你看一样东西。"他说。

林译苇很少与陌生男子并肩行走。他的身上有一股强烈的男人气息，夹杂着淡淡的陈旧烟草味。林译苇对这种气味很敏感，但她并不觉得讨厌。只不过，他的装束让她感到别扭。她加快脚步，他也加快脚步，把一沓黑白照片递到她眼前。

林译苇曾经细致描述过一些黑白照片的内容，那是一些城市的风景，是各种建筑物。这个男子递过来的黑白照片上，仍然是城市的风景，但其中的主体却是一个女人的背影。她认出来了，这个女人是自己，穿一身黑色的风衣，行走在一条街道上，像走在一个梦里。她的衣襟被行走时产生的气流拂动，充满动感。在其中一张照片上，她的目光转向右边。她第一次欣赏到了自己的脸部侧面。

林译苇看完了这沓照片，镇静地看着年轻人的眼睛。他的眼睛像深褐色的水晶石，又深沉又透亮。

"你为什么要跟踪我?"

"为了拍摄你的照片，你的背影。我没有恶意。你可以把这样的行为理解为摄影艺术创作。"

"你并没有征求我的意见。"

"现在我就征求你的意见。也许你会喜欢这些作品。"

林译苇不说话了。她的步子迈得更快了一些。年轻人跟了上来。

"我叫叶飘。"他说,"你呢?"

"你既然有本事偷拍别人的照片,就应该有本事知道我的名字。"

"我不知道你这是在表扬我,还是在挖苦我。"

"总之我不会说谢谢你。你可以走了。"

"我的手中还有一张照片,那是我在另一个地方拍摄的。那上面有你。"

林译苇停住脚步。她转过身来面对着他。他直视她的眼睛。他在她的眼睛里发现了一丝奇特的神色——它包含了愤怒和惊讶,也许还包含了一点点兴奋。他无法描述这样的眼神。他只感觉到自己的心脏在猛烈跳动。

"你这个人怎么这么多事?"

叶飘从她的语气中感觉不到怒气和厌烦。他仍然与她并肩行走。不知不觉之间,两人靠近了一点。

"我叫叶飘,飘落的树叶。"

"你说第二次了。"

"很正确。但是你还没有把你的名字告诉我。我对你说过两次,你对我说一次就行了。"

"你这个人心眼儿多,话也多。"林译苇说,"我的名字是林译苇。"

"噢,谢谢。怎么写呢?"

"树林的林,翻译的译,芦苇的苇。"

"好精彩的名字。"叶飘说,"我正好知道有个哲学家说过,人是一棵芦苇,但他是一棵会思想的芦苇。林译苇,我懂了。"

"你懂不懂不要紧,我想问的是,你是从什么时候开始拍我的?"

"几天以前,在前门街,离嘉乐面包坊不远。你想一想,摩托车出事的地方,那天你去过那个地方没有?"

"你到那里去做什么?"

"我平时为报纸拍摄新闻照片。这是一份临时的工作。为了把工作做好，我每天都背着相机在城里东奔西走，拍摄各种新鲜事情。有一天，我正好碰见两辆摩托车撞在一起，我无意中把你也拍摄下来了。"

"我知道，你们这些搞摄影的人，身上挎了一架照相机，就以为自己有了特殊的话语权。你们的优越感主要倚仗一个机器，一个工具。"

"你说的那种人的确有。但那一定不是我。我的理解是，摄影活动是一种很自由的行为，每个人的动机也不同。所以，搞摄影的人也是各式各样的。"

"不一定。在我的眼里，摄影者都是一种类型化的人。当然，这也许是你们类型化的外表让我产生了这样的感觉。"林译苇说，"搞摄影的男人都身穿一件有许多口袋的背心，背着一个大挎包，脑袋后面扎着一条马尾巴。也许是因为你们拥有这样的装束，再加上照相机这样的工具，自我感觉就特别好。也许你们自认为可以用这种工具对这个世界随意处置和随意评价。你们自己为自己赋予了一种权力。拥有权力的人感觉应该很好。你是不是这样认为？"

"也许吧。"叶飘说，"我有一点你所说的感觉，但是……"

"'但是'并不重要。"林译苇说，"有这种感觉，你就会成为类型化的人。这种类型化不是职业的特征，而是心理的特征。一个人只要在肩头挎上一部照相机，他就会产生一种与众不同的感觉。说到底，这是因为工具会延伸人的力量，会提升人的价值。照相机是一种工具，而且，这样的工具不是简单地制造物质产品，它还制造精神产品。它创造一种文化，或是负载某种思想。所以，它具有不确定性。拥有它的人也许就拥有了探索世界或者表达世界的可能，但这个人往往并不知道这一点。他会迷恋于表达他所理解的社会关系，表达他所感兴趣的图像。因而，就会有大量的男人拿着照相机去拍摄女人。这一点我很理解。这是最自然不过的事情，也是最平淡无奇的事情。令人感到奇怪的是，有些人却把它看得很神圣。为了这种神圣，有的人感到兴奋，有的人感到紧张，有的人感到如临大敌。如果世界上没有比这个更重要的事情，我可以理解他们的所作所为。"

这种摄影观念是叶飘从未听过的。他感到新鲜。他小心地吸了一口气，没有闻到他所期待的香水味。显然，身边这个女子没有使用香水。他回忆起自己过去拍摄人体模特儿的场景。那些青年女子赤裸的身体在他的记忆中闪烁着象牙般的光泽。当他从照相机的取景器中对准她们的裸体时，他总是有点激动。将女性完美的身体留在胶片上，再复制在照相纸上，这是创造艺术品的过程。他对这样的过程着迷，同时也感到信心不足。每次他从彩扩店取到冲印出来的彩色照片时，都会对自己所拍摄的画面感到失望。曾经很生动的场景变成简单的图像，照片上的女人身体变成平面的呆板物体，那上面附着的颜色变成纷乱的视觉信息，干扰阅读者进入更深的层面。后来，他只拍摄黑白照片。在彩色照片和数码照相机的时代，黑白照片是一扇朴素的门。它阻拦了繁杂的信息，将事物的本质抽象出来，构成人们视线的入口，使阅读者能够径直进入事物的核心。

叶飘明白了身边这位女士对他产生吸引力的原因。第一次的拍摄现场是灰蒙蒙的阴雨天，第二次的拍摄现场是灰白色的街道上，在这两个场景里，她都穿着一件黑色的风衣，这本身就类似一幅黑白照片。当他在有意或无意之间拍摄了她，然后在黑白照片上认出了她时，她全身蕴含的气质就不可阻挡地在他的意识里洇散开来，侵蚀了他的灵魂。

现在，他和她并肩走在彩色水泥砖铺成的人行道上。他觉得自己像是在梦游。他在一张正在显影的照片上发现了一个令他心动的女子，后来他又在现实中找到了她，与她一起在街上行走，听她作为一个局外人对摄影人进行评价。他从来没有听见过这样的评价。在她的语调里，他感到摄影人简直像一群傻瓜。

他们拐过一个弯道，来到另一条街面。叶飘感觉到，他们一同拐弯，这很有意思，这是一个象征，仿佛他的生命轨迹也随之拐了一个弯。这时，她停住脚步，转身面对着他。

"我家里有一部旧照相机，牌子是徕卡。"她说话的时候，仍然没有表情，好像是一个证人在法庭上陈述事实，"有机会的话，你可以试一试。也许它还能拍摄照片。"

说完这句话，她加快脚步，径直向前走去。叶飘呆呆地站在原地。

韩其楼在高峰砦下面的天顶小学围墙外面走来走去，倾听校园里发出的声音。他听见的是自己的皮鞋踩在草丛中的沙沙声。

一阵电铃声打破了沉寂，随后，孩子们兴奋的喊叫声像浪潮一样从围墙上空漫出来。下课了。

韩其楼从裤兜里摸出被焐热了的三星牌手机，翻开机盖看了看显示屏上的时间。现在是上午十时五十分。他又转身看了看远方的竹林。几天前，他曾经和凌志在那里捕捉画眉。由于空气中潮气较浓，那一大片竹林呈现出模糊的蓝灰色，一些灰色的小点子从竹林里弹出来，然后又消失在竹林中。那是画眉鸟在嬉戏。文纹说得对，它们又回来了。

韩其楼在手机的按键上按了几个数字。电话通了，他不希望像刚才那样，没有人拿起听筒。今天，他已经是第三次向这个电话机打电话了。

今天一早，他乘公交车来到天顶寨。下车后，他去那片竹林观察了一下，林中有许多画眉鸟。它们像一些烦躁的影子，不断地在林中的竹枝间闪来闪去，并发出叫声。他能够分辨出来，发出"啤啤"声的是雌鸟，雄鸟的叫声更悦耳，富有旋律性。

他沿着上次追赶画眉鸟的小路来到那幢砂岩砌成的房子后面，那扇玻璃窗却紧紧闭着。他拨通了房间里的电话。他听见微弱的铃声从窗户的缝隙里透出来。没有人接电话。她是教师，她一定是在教室里。他想。但也许她会在下课的时间回到这间屋子。

屋里没有人接电话，他感到失望，又感到轻松。他最担心的事情没有发生——并没有一个男人拿起电话听筒，然后厉声地问他是谁。

然后，他期待的事情发生了。当他在学校下课的时候再次拨通了电话，有人接了。是她的声音。

"喂？"她在电话里说。

韩其楼不知不觉地捏紧了手机。

"我是韩其楼。"他说，"我想问一下画眉的消息。它们飞回来没有？"

电话那一端在沉默。

"文纹，你听不出来我是谁了？我是那天钻到你的床下捉画眉鸟的那个人。"

"我听出来了。"文纹说。她的声音很轻，似乎对这个突如其来的声音并不感到惊讶，"你在哪里？"她轻声问道。

"画眉鸟飞回来没有？"

"它们一直没有飞走。现在你在哪儿？"

她说的是实话。画眉鸟确实活跃在竹林里。她还想知道他在哪里。韩其楼的心跳加快了。他对她说，他在学校的大门外。

"我刚才听见了铃声。"他说，"我希望这是放学的铃声。"

电话那边沉默了。过了一会儿，她搁下了电话。

韩其楼感到自己的心脏不断地往下沉。他的双腿有点发软。他沿着那堵灰色石头砌成的围墙向前走。他想走到那扇窗户旁边去看一看，那是一扇让他失眠的窗户。

在离那扇窗户十多米远的地方，他感觉自己的身后有人。转过身来，他看见一个身穿灰色套裙的青年女子向他走来。是文纹。经过他身边时，她没有停下，而是看了他一眼之后继续向前走。她沿着他上次追赶画眉的小路走了几十米，拐上了一条灰色的沥青小公路。这条小公路也许很久没有通汽车了，路面长了一些苔藓。韩其楼远远跟在她的后面。当她走到小公路与一条大公路相交的地方，一辆客车驶了过来。文纹招手让汽车停下，她回头看了一眼，抓住车门把手上了车。韩其楼紧走几步，也上了这辆汽车。

车门关了，他站到了她的身后。一束阳光从车顶的通风窗射到她的头上。她的头顶离韩其楼的鼻子不到一尺远，他清晰地看见，她的每根头发都在阳光下闪烁着细微的彩虹般的色泽。有一些白色的粉末粘在发丝上，韩其楼辨认出，这是粉笔的碎屑。同时，他还闻到了一股洗发水的香味。当汽车驶到一个小镇时，他跟随她下了车，一前一后走进一家茶楼。

他们在墙边一张桌子旁边坐下，韩其楼点了两杯菊花茶。文纹的眼睛盯着玻璃茶壶中的菊花。干枯的花瓣被沸水泡胀之后，在淡黄色的茶液中缓慢沉浮。

"刚刚下课吗?"韩其楼轻声问她的时候，头部稍微偏了一下。

文纹眼睛盯着茶杯点点头。

"你教的什么课?"

"音乐。"

"音乐课也要用粉笔? 在我的印象里，音乐老师在上课的时候，只管弹琴就行了。"

文纹不禁微笑了，"印象是不可靠的。音乐老师一样需要板书，要把音乐的基本知识写给学生们看，还要在黑板上书写音符。"

"在我的印象中，刚下课的老师身上总是沾满了粉笔末，你的衣服很干净，你很爱整洁。"

文纹低头看了一眼自己的灰色涤纶套裙，那上面一尘不染，还散发出一股淡淡的洗衣粉的芳香。她明白，他已经看出自己在刚才出门之前换了一身衣服。她的脸开始发烫。她抬起眼睛，观察他的衣着。他身上那套深蓝色西服是纯毛料制作的，左边胸兜上有一只小鸟构成的"B"字图案。这是布谷鸟牌子，勉强算得上名牌。她还注意到，西服的袖口已经磨损了。也许他不是一个有钱人。还好，他衣袖上的临时商标被拆除了，这一点表明，至少他还有修养，不是老土。她回忆起那天他突然从自己床下钻出来的情景，手里还捏着一只画眉鸟，那模样又滑稽又可爱。正是他手中的画眉让她感到一种安全的感觉。一个手中捏着小鸟的男人与一个手中捏着刀子的男人给人的感觉完全不同。

还有他的手。他的手很大，皮肤白皙，手指很长，指甲盖是粉红色的。这双大手一定很柔软，也许还很有力。她又感到自己的脸在发烫。

"又是印象。在我的印象里中，你是一个生活在印象里的人。你做什么工作?"文纹问他。

"图书管理员。"

"噢。"文纹的语调里含有一丝惊讶。

"我每天坐在许许多多的书中间。"韩其楼说，"我给新书编目录，把它们归类，放在书架上。由于图书馆的经费紧张，新书越来越少，我每天的工作就是给前来借书的人填写借书卡。现在喜欢读书的人不多，每天到图书馆来借书的人更少，就那么几个，他们都是性格内向、生活寂寞的人。他们一离开我那间放满书的房子，我就和那些有霉味的旧书为伴了。"

"你可以读这些书啊。"

"我读了很多书。在我认识的人当中，还没有谁读的书比我更多。我懂很多事情，但那都是书里面的，在现实生活中我也许是个弱智。这个社会变化很快。很多人在一年前连饭都吃不饱，一年以后他就开着自己的汽车满城跑。而我却还是五年前的老样子，甚至与十年前相比，变化也不大。"

他突然煞住话头，为什么要对她说这些呢？没有意义。如果一个人生存在另一种时间里，他行走的方向一定与另一些人不一样，他遇到的事情也一定与别人不一样。一只画眉鸟带领他认识了文纹，这是一个奇迹。在他的生活中，奇迹很少。他要认真对待这个奇迹。

文纹扭头观望窗外的景物。窗外是一片开阔的农田，那上面架设了白色的塑料布蔬菜棚。文纹在回避他的眼睛。他意识到，她愿意和他待在一起，但她感到害怕。文纹优美的脸庞侧面让他产生了梦幻般的感觉。他觉得今天的行为像梦游。他从城里梦游到乡下，然后梦游般地跟随这位身材娇小的女子来到一家乡镇茶楼里。他们安静地面对面了，却不知说什么才好。

"你有点不高兴？"韩其楼问。

文纹转过脸，对他微微一笑。韩其楼感觉到自己的心脏有一阵轻微的刺痛。

"我今天很高兴。"文纹说。

她端起茶杯，没有喝茶，眼睛看着韩其楼。

"我想先走了。"她突然说。

韩其楼不知不觉地捏紧了茶杯。

"我要回去了。"她说，"我女儿要放学了。"

韩其楼回忆起那天他在文纹家里观察到的情景。那间屋子里唯一的男人痕迹就是墙上一张青年男子的头像。这种放大了的标准像只有一个用途——纪念一个消逝了的生命。从文纹的眼睛里，他读到了他想读到的内容。

　　文纹起身离开了茶楼。韩其楼站在窗边，他目送文纹娇小的身躯在楼下的街道上穿行。在拐过街角的时候，正如他期待的那样，她回头向楼上的窗口看了一眼。

　　林译苇从家里出来。她在下楼的时候，从采光墙的水泥砖孔隙里看见叶飘站在上次等她那个地方。他头上的马尾巴不见了。他剃了·个短寸头，但她仍然认出了他。他挎着黑色的尼龙摄影包，早上的阳光在他身后形成了一条淡蓝色的阴影。

　　她走到他面前的时候，他伸手招呼了一辆出租汽车。她在出租车后座坐稳以后，从挎包里取出徕卡照相机，递给身边的叶飘。

　　出租汽车司机伸手打开了车载电台，车厢里充溢着一支歌的声音。这是爱尔兰女歌手恩雅的《树的回忆》。这支歌优美而深邃的旋律像一块轻柔的丝绸擦拭着叶飘手中的照相机。汽车在城市里的街道上行驶，叶飘捏住机身右侧的银白色金属麻纹卷片钮往左边旋转。卷片钮纹丝不动。

　　"我已经旋转过它了。"林译苇说。

　　叶飘试着摁了一下快门按钮。他感觉到照相机里面发出了一种细腻的颤动，他听见一声轻微的响声。这是快门运动的声响。

　　快门释放后，卷片钮可以转动了。这部几十年前由几千公里外一家工厂制造出来的徕卡相机在车厢内柔和的光线下面闪烁着金属的光泽。叶飘轻轻转动卷片钮。在卷片钮的带动下，照相机金属外壳里面的精密部件柔滑地运动起来。他将卷片钮旋到位之后，又一次轻轻摁下快门。

　　"这部照相机应该没有问题。"叶飘说，"我们找一个地方试拍一下。徕卡镜头是世界一流的照相机镜头。这枚爱尔玛标准镜头的生产时期是上世纪的二十年代和六十年代。它是一代名镜。它可以记录我们肉眼忽略了的东西，它最适宜拍摄黑白照片，因为它的镜片上没有镀膜。"

叶飘把照相机放在膝盖上，用双手轻轻捂住冰凉的机身。车厢里充满了从照相机上散发出来的金属气味，仿佛它经过太久的埋藏，现在终于获得了一次呼吸的机会。出租车经过一家照相器材商店时，叶飘叫汽车停下。林译苇跟着叶飘下了车，来到商店的柜台面前。

在明亮的玻璃货柜里陈列着许多五颜六色的胶卷盒，黄色的柯达，绿色的富士，蓝色的柯尼卡。这个店里没有富士尼奥潘黑白胶卷，叶飘就买了一卷乐凯牌黑白胶卷。他撕开银灰色的纸质外壳，取出胶卷安装在徕卡相机的机身里。然后，他把照相机举到眼前，从取景框里搜索前方的景物。

透过取景框的玻璃，他看见中心广场对面的华茂房地产公司大楼上的玻璃幕墙反射出的蓝灰色天光。整幢大楼完整地呈现在叶飘的视野之中。天空中有一群鸽子飞过，鸽子的翅膀闪烁着阳光。叶飘摁下快门，拍了一张照片。随后，他走到广场中央，避开来往的车辆，对准交警的岗亭又拍了一张照片。他回过头，看见林译苇站在广场边等他。他走到她身边，两人沿着广场边缘散步。

"我住在城郊的一幢农舍里。"叶飘说，"我有一套暗房设备，专门冲洗黑白照片。我可以马上把胶卷冲洗出来，看看这台相机的功能正常不正常。"

"好的。"林译苇说。

叶飘又拦下一辆出租车。这辆喷涂了绿漆的比亚迪轿车驶过喧嚣的城区，沿着一条宽阔的水泥公路来到一座山坡下。这一带的土地都作为城市建设用地被征用了，山坡下面的农舍已被拆毁，只剩叶飘居住的那幢农舍孤零零地蹲在半坡，像一只受伤的野兽。

当叶飘打开门上那把拳头大小的旧挂锁时，林译苇嗅到了从幽暗的室内渗出来的阴凉气息。在堂屋的正面墙边，摆着一张褐色皮革的三人沙发。在泥质的墙壁上，挂着几幅镶嵌在木质镜框里的黑白照片。她的目光被一幅最大的照片吸引。在一辆翻倒在地的摩托车旁边，站着几个人。其中一人是她自己。照片上那湿淋淋的地面让她回忆起了几天前的下午。当时，她在回家的时候路过一条出了车祸的街道。她没想到自己的外形会被留在一张黑白照片上，还被挂在一间农舍的墙壁上面，与混杂着陈旧猪粪气味的黑暗空气为伴。时间与空间的关系有时确实很奇怪，她想。这时，她感到叶飘就站在她身后，他呼吸时产生的微弱气流像微弱的风，在她的脖子上掠过。

"我就是从这张照片上认识的你。"叶飘在她耳边说。

林译苇结识了许多陌生人。她的工作就是与陌生人打交道。她在市文化馆任文学辅导员，过去经常在文学讲习班上讲授小说写作。曾经有那么几年，参加这种讲习班的人很多，他们是机关干部、军人、工人和农民，有男有女，其中男人居多，但林译苇对他们没什么印象。在那个年代，文学是一种时尚，许多人都在谈论诗歌、散文和小说，因为他们不知道自己应该做什么。在那几年，她阅读的书籍特别多。她把阅读的感受写在讲义中，在课堂上传授给他们。表面上，这是她与他们共同交流读书的感受，共同探讨写作技法，实际上，是她通过书籍与这个世界上的许多文学大师进行精神层面上的交流，再通过这种交流与自己的内心深处一些隐秘的物质交流。而那些听课的机关干部、军人、工人、农民仅是促使她进行这种交流的外在动力。现在，许多人都知道自己应该做什么了，他们去经商，用各种方式去挣钱，不再把眼光停留在文学书籍上。这种动力消失了，文学讲习班不再开办了，但林译苇仍然通过文学作品与自己交流。她曾经给学员们分析过一部名叫《法国中尉的女人》的英国长篇小说。这部小说的魅力主要来自作者约翰·福尔斯对一个秘密的描述，并通过这个秘密描述了自由本身。

在维多利亚时代的英国，一个名叫查尔斯的贵族青年在乡间发现了一个神秘的女子，她的名字叫萨拉·伍德拉芙。当地人说，这个女子是一个被欺骗并被遗弃了的人，那个欺骗她的男人是一个法国中尉，他在一次海难中获救，护理他的人正好是萨拉，于是就发生了一些隐秘的故事。法国中尉骗取了萨拉的感情之后便消失了，而痴情的萨拉却经常倚在海堤一尊古炮的炮身上，等他有朝一日归来。其实，这一切都是萨拉有意制造的秘密。查尔斯身不由己卷入到这桩秘密中，他受到了惩罚。

他放弃了自己美貌而且富有的未婚妻，进入了萨拉秘密世界的内部，却意外地发现她还是一个处女。萨拉的秘密并未到此结束。她神秘地失踪了。查尔斯便放弃了一切，花了几年时间寻找她……萨拉是一个地位卑贱的女子，她所受的教育、她自身的素质及她对人的洞察力明显高于周围其他人。但是，她的优秀并不被当时的社会所承认。因而，秘密本身成了她的武器。她让查尔斯领略了她秘密的一部分，又对他关闭了秘密的其他部分。被关闭的那部分是她秘密的核心，涉及她生存的意义，即她真正追求的东西。她所追求的绝不是浅薄的有形的事物，如财富，如一个代表爱情的优秀男人或某种荣誉。她追求的是自由本身。在这个意义上，她并不属于某一个时代。恰巧小说家把她放到了维多利亚时代，那么，她走向自由的起点就从一个乡间姑娘遇上一个来自伦敦的贵族男人开始。这是一场艰难的战斗。她获得了胜利，征服了这个男人，击败了他的未婚妻，向周围蔑视她的人显示了自己的实力，剩下的事情，就是战胜自己。放弃查尔斯比征服查尔斯还困难，她做到了。她成功地从查尔斯以及其他人的视野里消失，去了一个陌生的地方，把自己与过去的环境分离开来，使自己成为一个目的，成为一个标志，成为一个新的自我。与新的自我在一起，比与任何环境中的任何人在一起更接近自由，这就是萨拉·伍德拉芙秘密的本质。

然而，她对这部作品的分析没有引起学员的共鸣。他们盯着她的眼睛透出茫然的神色，然后他们又机械地在便笺本上记几句她讲的话。她知道，这些话对他们而言是废话，很快就会被他们忘得干干净净，不会对他们的思维产生影响，不会与他们的生活发生联系。陌生人永远是陌生人。这么多年过去了，林译苇再也没有见过他们中间的任何一个人。也许是她遇见了之后没有认出来。

现在，林译苇跟随一个陌生人来到了他的住所，等待他冲洗一卷黑白胶卷。她看着墙上自己的照片，心里突然涌上了一种对叶飘，对这个闯进她生活的陌生人的感激之情。这种感觉很短暂。几分钟之后，她平静地坐在墙边一张竹椅上，用手支着下巴，眼睛盯着门外荒土坡那丛黄荆灌木。这时，左偏房的木板房门打开了，叶飘提着一卷长长的胶卷走了出来。他的脸色灰白，眼神怪异。他把湿漉漉的胶卷在她眼前拉直。她闻到了从胶卷上散发出来的淡淡酸味。

迎着门外的光亮，她看见了胶卷上呈现的一格一格图像。她努力想辨识清楚图像的内容，由于影像是相反的，她看见了黑色的天空，白色的建筑物。其中一座建筑物是方形的底座，上面有一个人的形象。整个胶卷只有几幅影像，其余都是空白。

"我只拍了几张。"叶飘说，"但是很奇怪，它们都不是我拍摄的内容。"

他用手指着一幅底片说："我在这里拍摄的是一个交通警察的岗亭，它变成了一座雕像。我还拍摄了华茂房地产的大厦，它在底片上消失了，变成了一幢矮小的二层楼房。"

她仔细观看胶卷上的影像。她看见一个陌生的人像从时间的深处浮现出来。这个人站在一个高大的底座上面。他的右手扶着一根棍子似的东西，也许这是一支枪。她看不清楚这位持枪者的容貌。

叶飘轻轻抓住她的左臂，把她带进那间黑暗的左偏房里，用一个电吹风吹干胶卷。他拧亮一盏红色的小电灯，然后关上门。他在暗红色的光线里取出一张十二英寸的放大纸，铺在放大机的尺板上，用片夹子夹住那卷胶卷。调好焦距后，他把放大机聚光灯前的红色玻璃片拨开，乳白色的光线投射到放大纸上，胶片上的影像被放大了，仍然是黑色的天空，透明的白色人像。叶飘把曝了光的放大纸浸在一个盛有显影液的塑料盘中，林译苇看见一座雕塑的影像从暗红色的液体中逐渐清晰地显现在放大纸上。待影像显影完毕后，叶飘把它浸在定影液中，然后用清水冲洗了一下，打开了一盏日光灯的开关。

在这张湿淋淋的照片上，站着一个手持步枪的士兵雕像。这是一个英俊的士兵，雕刻者用写实的手法把他的表情表现得很传神——他的眼睛看着远方，眼神却有点茫然，嘴角微微上翘，好像在微笑。这座士兵雕像是用石头，不，应该是用木头凿刻的，形体粗犷，线条硬朗，雕像的表面由许多小平面构成，仿佛覆盖着细小的鳞片，把光线折射到四面八方。这木头的质地像煤炭，颜色比煤炭浅一些。他站立的底座是石头材质，上面镌刻着几个隶书大字：无名烈士纪念碑。在石座下面，躺着一个老太婆。她可能是睡着了，也可能是死去了。她身上的衣服破烂不堪，她的头歪倒在左肩上，双眼紧闭。她的手中捏着一张纸片。这似乎是一张照片，上面是一个人的头像。

叶飘关掉日光灯，把老太婆手中的照片放大。放大的倍数太高，这张照片上的人像比较模糊，但还是可以辨识出来，他与雕塑是同一个人。

韩其楼相信，黑夜是画眉鸟积蓄力量和勇气的时候，白昼则是画眉鸟释放力量和勇气的时候。画眉鸟的主人平时在鸟笼上罩着一块深蓝色的布，就是为了延长它们拥有的黑暗。在黑暗中，画眉鸟的神经和肌肉组织之间秘密地滋生着一种神秘的力量，这种力量汇集到它的嘴尖和弯钩形的脚爪上，随时准备给它的敌人致命打击。

韩其楼提着鸟笼走进爱鸟俱乐部。爱鸟俱乐部是一幢有一百多年历史的木结构房子，坐落在城市中心一块高地上。高地四周的旧房子已被拆除，露出灰褐色的地皮。在爱鸟俱乐部的后面，矗立着一幢浅黄色的三十二层电梯公寓，远远看去，爱鸟俱乐部的旧房子就像是电梯公寓大楼下面的一件浮雕式的装饰品，像一个放在墙边的鸟笼。

韩其楼拎着鸟笼走进这幢房子，鸟笼里站着他的画眉"四星将军"。他看见在第三排靠右边的木头板凳上空了一个位置。这是他的座位。韩其楼是这一群斗鸟爱好者中文化程度最高的，谁也不会去坐他的位子。

场子里坐满了人，韩其楼迟到了。他把鸟笼挂在墙边一根横杆上，走到裁判席的木头桌子前。桌子上有一个小型的竹条筐子，韩其楼把手伸进去，里面只剩下一个小纸团。他把它小心地取出来，展开一看，上面用圆珠笔写了一个阿拉伯数字——4。

他左右瞟了一眼，一个红色的鸟笼挂在对面墙上的横杆上，它的主人是吴跛子。吴跛子个子瘦小，一双小眼睛似乎永远不打算完全睁开，从他的眼缝里偶尔会射出一线晶亮的光芒。传说吴跛子年轻时是一个军人，并且是一个机枪手，杀死过很多人。他的鸟也特别狠毒，许多勇敢好斗的画眉鸟都死在它尖利的喙和锋利的爪子下。

吴跛子的画眉名字叫"上等兵",当它面对另一只画眉的时候,它不想打败它,只想杀死它。这与吴跛子残忍的驯鸟方式有直接关系。

韩其楼坐在自己的位置上,尽力克制自己不去瞟吴跛子。但他眼角的余光能够感觉到吴跛子在干什么——他在点叶子烟。他用粗大的火柴点燃叶子烟,向空中喷出烟雾。这呛人的烟飘到了韩其楼的鼻腔里。他感觉到吴跛子看了自己一眼。在看自己这一眼之前,他的眼睛一直盯着屋顶下的房梁。

裁判王老头在裁判桌后面坐下,咳嗽了一声。他竖起右手的食指,大声宣布:"楠江市爱鸟协会第十五届斗鸟大赛,现在开始。今天参赛的选手来自全市三县两区,共二十五只画眉参加比赛。现在,先请一号鸟上场,再请二号鸟上场。"

吴跛子站起身,一瘸一拐走到赛台前。他把自己的红色鸟笼放到充当赛台的木桌上,又回到自己的座位上。一个中年男子提着一个用蓝布罩着的鸟笼,与吴跛子的红色鸟笼放在一起。这位中年男子的头发剃成一个整齐的锅盖头,他俏皮地向场子里的观众挥挥手,吐一吐舌头,然后蹦跳着离开赛台。

赛台上有一个长方形大鸟笼。裁判王老头把两只鸟笼放在大鸟笼两边的小门口,拉开鸟笼的闸门,两只画眉从黑暗的小鸟笼里蹿到明亮的大鸟笼。这两只画眉从黑暗的安全地带冲进光明的危险地带,经过短暂的迷糊之后,它们发现了对方,同时扑上前,凶猛地向对方啄去。二号鸟的体型更大一点,它后脑勺的褐色羽毛因为愤怒和恐惧而竖立起来。它偏着头,急速地啄一号的眼睛,一号鸟的左脚爪使劲一蹬,将对方弹得退后两步。然后,它一下就冲上来啄掉了二号鸟胸脯上的一撮羽毛。接着,两只鸟互相啄来啄去,浅褐色的细小羽毛在深褐色竹笼里明亮的光线中翻飞。突然,二号鸟逃到竹笼的一角,把头伸出笼外,一号鸟则站在原地不动弹。王老头用他的玉石烟嘴指向一号鸟,这个动作保持了十秒钟之后,他将二号鸟从笼里取出来,放进小笼里。一号鸟胜了。这场战斗花去了两分零七秒时间。

下一场战斗是在三号画眉和一号画眉之间进行的。这是一场没有高潮的战斗，三号鸟被放进大笼子之后，竟然用嘴尖去梳理对方的羽毛，仿佛他们是亲密的兄弟。在观众的哄笑声中，一号鸟毫不留情地猛力啄对方。三号鸟退到一边，垂头站立不动。观众席上发出一片叹息声，有人还小声骂了几句。这只鸟因为自身的善良和懦弱，辜负了在场观众对厮杀和鲜血的期待。

　　现在该轮到四号鸟"四星将军"上场了。它站在大鸟笼里，脚爪紧紧抓住笼底的竹条，脖子略微僵直地盯着一号鸟"上等兵"。"上等兵"也略显紧张，它的头部微微后仰，空气中弥漫的淡淡血腥味加剧了它们的紧张情绪。这两只鸟的四只眼睛像四粒微小的黑色大理石，先是一动不动地凝视对方，然后，这四个小黑点不约而同地动了一下，两只鸟就扑成了一团。几片细小的羽毛飘飞出鸟笼外，一号画眉的头顶上被啄出几点浅灰色秃斑，它退到了笼边，不再进攻。王老头举起他的玉石烟嘴，指向四号画眉。他正准备宣布四号画眉的胜利，却听见大家发出的惊叹声。四号画眉在这片嘈杂的声音中身体一歪，像一小团褐色的破布倒在笼底的竹条上。"上等兵"打败了"四星将军"。

　　韩其楼打开鸟笼，取出他的"四星将军"。他感觉到手指上有一点温暖的湿润。他看见"四星将军"的胸部羽毛里渗出一粒鲜艳的血珠，血珠在他的右手食指上洇散开来，留在细小的指纹沟壑里。他拨开画眉的羽毛，在灰白色的胸部发现了一道细细的伤口。伤口很深，被切开的肌肉还在轻微地颤动。

　　韩其楼转眼向吴跛子看去。吴跛子的眼睛马上转到一边。在他们之间，有五米的距离。后来，韩其楼已经记不得自己是怎样冲过去的，他只记得别人把自己从吴跛子身上拉开的情景。吴跛子站起身来，一句话也没有说，用一张纸擦掉鼻孔里流出的血液，提着鸟笼，一瘸一拐地离开了斗鸟场。

第三章　远方的老女人

　　台灯的光线照射在那张雕像的照片上面，给士兵的木头身体镀上一层浅黄色。一个老太婆躺在士兵雕像的下面，双目紧闭，手中攥着一张纸片。

　　林译苇用手指轻轻抚摸照片。通过略带黏性的光滑纸面，她能触摸到照片上那个老太婆粗糙的土布衣服。她的头发几乎全部成为白色，她的两条腿无力地伸在地上，脚上的布鞋已经磨出了破洞。破洞位于脚掌的前端，比一枚铜钱稍小一点。林译苇发现，这个老太婆没有裹过脚，在过去的年代里，这属于天足。这双脚仿佛命中注定要承载她走遍千山万水，走过白天的森林和夜晚的村庄，然后来到一座雕像面前死去。

　　林译苇从抽屉里翻找出一个厚厚的便笺本。这个本子的纸质略显粗糙，钢笔的笔尖在上面划过时，会产生一丝涩滞感，在这种纸上写下的文字却更有质感。林译苇喜欢这种感觉。她在第一页写下几个字——远方的老女人。

　　这个老女人是从哪里来，又到哪里去，她为什么停止在这座雕像面前？这座雕像是不是她的生命终点？她的生命为什么要与她的脚步保持一致，经过艰辛的长途跋涉，最后终止在一座没有生命的雕像面前？

　　她突然想起曾经读到过一首苏裔美籍诗人约瑟夫·布罗茨基的一首诗，还记得其中几句——

　　　　就这样我们抱着徕卡相机睡去

　　　　要将我们的梦印上镜头

然后在照片里认出我们

　　醒在更漫长的生命里

　　这几句诗一直留在她的脑海里。现在，这张士兵雕像的照片激活了这些诗句，在她眼前展开了一幅朦胧的画卷。

　　她出发的地方是一幢旧茅屋。

　　林译苇又在纸上写下了一行字——

　　这种茅屋在几十年前的乡镇遍地都是。它的建筑材料就地取材，全部是廉价而实用的：石头基脚，泥土墙壁，木材檩子，茅草屋顶。远远看去，它们像动物的巢穴，蹲伏在一些泥土小路的尽头。泥土小路缠绕在高地上。高地岩层坚固，云遮雾绕。

　　这种褐灰色的茅屋曾经大量存在于逝去的岁月里，它先是在人们的视线里消失，然后在人们记忆里消失。偶尔，它们也会在某些人回顾历史的目光注视下，变得清晰。

　　林译苇想，应该给这个老女人取一个名字。取什么名字好呢？林译苇一时想不出来。她合上便笺本，看见封面上印刷着一丛长在水田里的荷叶，荷叶间开放了一朵莲花。有了，她的名字应该叫田莲花。田莲花，那个居住在一幢旧茅屋里的老女人。

　　田莲花年轻的时候并没有居住在这样的茅屋里。她由于没有缠足，成了嫁不出去的女人。林译苇想，情况应该是这样——

　　一百年前，田莲花出生在一个北方小镇，这个小镇离县城有几公里。那时，缠足是女孩子一生中最初的功课。她们从几岁起就开始用布条紧紧裹住双脚，直到把细嫩的骨头绞断，与变形的肌肉缩成一团，使它的外形像一个粽子。人们认为这样的脚是一种美丽的东西。为了证明这样的美丽，女人用布和花纹来装饰她们的小脚。她们用棉花纺织成布，再做成鞋子，用针线在鞋子上绣花。鞋子上的花朵成了女人脚上的符号，表明她是一个合格的女性。在那个年代，男人不会把没有裹脚的女人娶回家。

　　田莲花从十四岁开始，就帮别人洗衣服。在小镇的外面，有一条清澄的小河，河岸两边全部是巨大灰褐色的石头。她洗衣服的方式很特别：一摔二捶三洗。她的一双大脚牢牢地踩在河边的石头上，十个脚趾头紧紧揪住光滑的石头表面，双手抓住浸透了水的衣物使劲往石头上摔，把污渍摔掉大部分，然后用洗衣棒反复捶打。最后，再用皂角搓洗掉油污。经过这样洗涤的衣物，不用熨烫都是伸伸展展的。每洗一件衣物，她可以得到一个铜板的报酬。

一年四季的每一天，小镇上的人都可以看到田莲花在河边洗衣物的身影。她像游离于小镇居民生活以外的一个动物，没有人关注她的生存。当她到大户人家收衣物和送衣物的时候，人们才会听到她说一两句话，内容当然也是关于衣物的。她总是低着头，轻声说"收衣服"，或者是"衣服洗好了，你看有没有洗坏的地方"。就这样，她从十四岁寂寞地长到了三十四岁。田莲花不是一个漂亮女人，但也不丑。她没有嫁人，所以，她的头发留着一根独辫。直到一九二四年，一个人进入了她生命的核心。

一九二四夏天，一个二十岁的青年人在灼热的空气中从京华大学回到家乡。他是这一带的有钱人胡朝定的儿子，名叫胡骏。胡骏回家除了度假，还有一个目的，那就是要寻找一个保姆。他在京华大学的日常生活一塌糊涂，他需要一个女人为他做饭和洗衣。

林译苇停住了手中的笔。她意识到自己正在写小说。那么，应该给这篇小说取一个什么名字呢？她努力在虚幻的思维空间捕捉一些形象的文字。然后，她在纸上写下几个字——《屋顶下的天空》。

为什么是《屋顶下的天空》呢？她想。一间屋子里的一切都可能发生变化，家具，墙壁，窗帘的款式和颜色，甚至连房间本身都可能随着时间的流逝而发生变化。但屋子里空气的存在形式依然如旧。这样的空气被固定在一个狭窄空间里，却具有天空的意义。这样的天空包含着自由与不自由的双重含义。门和窗户可以让新的空气进入这个空间，但它始终保持着与房间一致的形式。这样的形式与社会的形式在本质上有相同之处。它们都是人生存的最根本的空间，这是它们最相似的地方。

一个人的人生是有形状的，就像水也是有形状的。水的形状是容纳它的容器的形状。如果水在河床上流动，它的形状就是河流的形状。如果水在一个瓶子里静止，它的形状就是瓶子的形状。人生的形状，就是容纳它的容器的形状。这个形状，就是社会。房间里的空气，就像社会里的人生。只不过，一个是有形的静态的存在空间，另一个是无形的动态的生存空间。

《屋顶下的天空》，这个名字应该表达自由本身，以及自由与束缚自由的力量在得到平衡后的一种状态。它真的像一间屋子里的空气，空气本身就是天空。

林译苇要把屋子里的空气装满故事。她继续写下去——

胡骏说服了他的父亲，用每个月五个银圆的工钱，带走了田莲花，让她到京城去照顾自己的日常生活。因为，田莲花没有家，也没有拖累。大少爷在京城上学的学校外面租了一套房子，放学后就居住在里面。

这套房子有两个房间，一间卧房，一间灶房。房子位于一个四合院里，是院子的右厢房。院子离学校有十分钟的路程，少爷胡骏每天早上从炕上爬起来，梳洗一阵之后，就在炕桌上吃早饭。自从田莲花来了之后，他的一日三餐既丰富又有规律。他的早饭有油饼、鸡蛋、豆浆或是稀饭，还有油炸花生米。午饭的菜肴也有很多花样，有粉条炖肉、干炒肉丝、糖醋白菜、肉丝拉大皮，晚饭一般是腊肉片、骨头汤、鸡蛋拌黄瓜、家常豆腐、炒青菜。田莲花每天都变换花样做这些菜，她让胡骏天天品尝到家乡饭菜的风味。

他们居住的四合院里生长着几棵构树，田莲花还记得，家乡的土坡上的围墙边也生长着这样的构树。胡骏小时候，经常看到田莲花在河边洗衣服。河边长着许多构树，有一次，胡骏跟着洗完衣服的田莲花踏着石阶回到小镇上时，田莲花放下装满衣物的木盆，摘下一片构树叶子贴在他的胸前。构树的叶子表面长满细密的绒毛，与衣服的棉布纤维粘在一起，很像一枚绿色的"勋章"。构树还结一种橘红色的浆果。有一次，胡骏在草丛中捡了几个果子吃，结果中毒昏迷过去，被路过的田莲花发现了。她吓得脸色发白，把他抱回自己的住房，在厨房的灶膛里抓了一些柴草灰冲水给他喝下去催吐，保住了他的命。这个秘密没有第三个人知道。

　　院子里的构树总是让田莲花努力去想胡骏年幼的时候。如果没有一种气味，她很难把现在的胡骏与邻家一个幼年的孩子联系起来。胡骏长成了一个六尺高的青年，下巴冒出了柔软的胡须，身上已经有男人的气息。那是一种略带膻味的令人心跳的气味。这种气味仿佛是十多年前的构树叶和青草经过时间的发酵变成的。这种气味让她感到既熟悉又陌生。当他盘腿坐在她面前那张没有刷漆的木头炕桌旁边吃饭的时候，这种气味就顽强地混杂在饭菜的香味里面。有时，他那黑眼睛会伴随这样的气味长久地看她，让她心里产生慌乱。她对儿童时代的胡骏有一点印象——他经常站河边的石头上，戴一顶瓜皮帽，呆呆地看着自己洗衣服。有时，她招一招手，他就会怯生生地走过来。她的印象中，胡骏一直还是个孩子。她对眼前这个青年胡骏感到陌生。

　　更让她感到不安的是，胡骏注视她的时间越来越多。而且，他眼光的落点也越来越低，从她的脸，一直移到脖子，然后移到她的胸部，并经常在那里停留。

　　除了气味，胡骏还在冬天带回冷空气。冬天黑得很早，胡骏放学后从学校走回来要花十分钟。他经过燃着煤气灯的大街，穿过黑暗的胡同回到他居住的小院。他敲门的时候，寒冷的气息就挟带着一丝清新的空气从门缝里透了进来。他进门的时候，带进来了残留的雪花、干燥的冷空气和令人心跳的感觉。在屋里，田莲花早已把炕烧热，屋子里的空气又暖和又干燥。她准备好了一小壶二锅头，还炒了一碟花生米，蒸了一碗老腊肉。她把二锅头在热水里温热，斟在一个小瓷杯盅里。胡骏喜欢在吃饭的时候喝一点酒。他首先是一个少爷，然后才是一个学生。他不习惯住在又寒冷又吵闹的学生宿舍里，他喜欢有一间安静的屋子容纳自己课余时间的舒适生活。

　　房间里那个用砖块和黄泥砌的大炕是他们两人睡觉的地方。平时，田莲花睡在靠窗边那一头，每当天色蒙蒙亮，她就根据窗户纸发白的程度来判断做早饭的时间。

　　有一天深夜，田莲花在梦中感觉到有人钻进了她的被窝，一双有力的手臂紧紧箍住她的腰部。她从来没有与别人共享过自己的被窝，一时惊吓得说不出话来。她闻到了熟悉的气息，是胡骏身上那种让她心慌的气息。现在，这种气息还混杂着一股酒的气味。她感到一个男人的躯体压在了自己的身上，随后，一只手使劲揉摸自己的胸部。她意识到是睡在大炕另一头的胡骏来到了自己的被窝里，她本能地想挣扎，但浑身却使不出力气。她的头脑里一片茫然，任凭胡骏扯掉自己的内衣和内裤。

　　那天晚上以后，她对自己和胡骏居住的屋子产生了一种奇怪的感觉。她觉得屋子老是飘荡着过去年代的气息。她清晰地闻到了淡淡的怪味，这是她记忆中的陈腐气味，是过去的年代里，青草与院子旁边的猪圈里的粪便发酵后产生的气味。每天天色晚了，胡骏就会回来。他在敲门的时候，田莲花的心就要狂乱地跳动。她去开门时，眼睛一直盯着地面，不敢抬起来看他。只要他一进到屋里，这种气味就更加浓郁。他们在屋子里吃饭和睡觉，晚饭之后，胡骏就会把她抱起来放到炕上。那个冬天就是这样度过的。

　　后来，屋子里的气味越来越重，里面混杂的腥味越来越浓。有一天，田莲花一下就想起来了，这种气味与胡骏小时候吃了构树浆果后呕吐时产生的气味一模一样。她终于忍不住也呕吐了。

　　春天到来的时候，田莲花失踪了。与她一同消失的，是她的几件衣服。不过，胡骏并没有发现这个细节。他在一次放学回来后，拍了好久的门，田莲花却没有来开门。他使劲一推，木门没有闩上。他首先感觉到的是，室内的温度降低了许多。他没有闻到从火炕里散发出来的温暖空气，也没有闻到饭菜的香味。更重要的是，他没有闻到从田莲花身上散发出来的女人气息。

　　田莲花已经从他的生活中消失了，这是胡骏在屋子里寻找了好几遍之后得出的结论。他感到不习惯。奇怪的是，他并不是不习惯田莲花离开了他，而是不习惯没有田莲花给他开门。他一时不能接受自己单独进门的方式。他把拳头塞进嘴里，用牙齿使劲咬手指的皮肤，一直到手指流出了带有体温的血液。

林译苇给叶飘打了一个电话，约他到城中心的红叶茶楼碰面。半个小时后，他们坐在靠墙边的一张小桌旁喝茶。茶楼是现代人的现代生活载体。现代生活的特征之一，就是人们在交流信息的时候，也需要一种与环境相呼应的形式。他们需要在一个适宜的空间里交流信息。林译苇想，有时候，喝茶本身并不重要，喝茶的环境更重要，环境可以诱发人内心深处的某些东西，并让这些东西在自己的心里乱走。

　　叶飘带来了上次拍摄的照片，他把其中一张精心放大了，上面的人物和建筑物更加清晰，黑白灰的层次更加分明。在那座雕像下面，那个死去的老太婆依然像在沉睡。在照片的淡淡药水气味里面，林译苇还闻到了另外一股气味，这种气味饱含时间的秘密。她用手指轻轻捏着这张记录着两个陌生人生活片断的纸片，把它举到眼睛面前，迎着从窗口射进来的光线观察上面的图像。她感觉到，光线透过厚厚的照相纸以后，一种肃穆的气氛从照片上洇散出来，模糊了照片上面的人和物，并且像染料在水中扩散那样，使他们身边的空气也改变了颜色。

　　"我一直在想，我们应该继续用徕卡相机拍摄照片。"林译苇对叶飘说，"它拍摄的照片可以显现这座城市过去的片断。我想，它也应该显现乡村的历史片断。"

　　"我从来没有遇到过这样的事情。"叶飘说，"一张照片能够显现过去的影像，我不知道这是照相机的原因，还是胶片的原因。看来，我们对这个世界了解得太不够了。下一步，我们应该拍摄什么呢？"

　　"可以到乡下去。"

　　"去哪里的乡下呢？"

　　"不知道。去一个地势比较高的地方怎么样？我想根据照片上的内容来写一部小说，我感觉到，小说的故事有一些场景应该设置在山坡上面。"

　　叶飘皱起眉头，眼睛盯着桌子上一块灰白色的光斑，那是窗玻璃的反光。这光斑仿佛是一小块飘荡在桌面上的天空。

　　"高峰岔如何？"他对林译苇说。

　　"高峰岔？那是一个什么样的地方？"

"我们经常去拍摄照片的地方。它是一个山坡上的古堡。在它下面不远的地方，还有一个古寨，名字叫天顶寨，寨子里的房屋和街道保存得很完好，适合作人像摄影的背景。"

林译苇盯着叶飘的眼睛，思绪却飘到了其他地方。

"还应该去更远的地方。不过，这一次去那里也行。"她说，"我们就到那里去，我们去拍摄他们居住的地方。说不定，我们能够拍摄到他们死去了的长辈的身影。"

叶飘把双手放在桌上，认真地听眼前这位女子说话。他从来没有遇到过喜欢思考的漂亮女人。

"我这部小说就从照片上这个老太婆身上开始。"林译苇说，"她年轻的时候，在没有丈夫的情况下不慎怀孕，她面前的道路只有两条——自杀或者是离开这个地方。她选择了出走，离开她自己的生活本身，到一个新的环境去，容纳她自己和她肚子里的孩子。我设想的是，她到了一座大山里。那么，她是怎样到达那里的呢？在二十世纪的二十年代，中国有一些地方已经通了铁路，于是，她可以乘火车。她一辈子积攒下来的钱很有限，她不能把这些钱花在购买火车票上面。她跟随一些背着麻袋的农民爬上一列运送煤炭的货车。"

货车的车厢没有顶棚，田莲花背靠着车厢背风的那一壁，蜷缩在一堆煤炭上面，任火车把她带到陌生的地方。春天已经到来，由于火车的速度很快，春风迅速带走了她的体温，她感到寒冷。只有在通过隧道时，她才感到一阵短暂的温暖，因为火车的蒸汽滞留在隧道的空间里，使温度略微升高，她冰凉的皮肤敏锐地感觉到了这细微的差别。

一个女人单独在外面活动，不安全的因素总是很多的。田莲花是在一种极度慌乱和痛苦的状态下爬上这列火车的，她只想到要尽快离开让她不敢回头的地方，没有想到新的危险离自己很近。在这一节露天的货车车厢里的煤炭上，还坐着十多个农民。田莲花注意到了他们的眼神很怪，她慢慢产生了害怕的感觉。到了夜晚，田莲花的四周漆黑一片，只有天空是接近黑色的深灰色。在列车行进的振动中，她突然看见几条黑影在眼前闪动。紧接着，几只手同时抓住她的衣服，还有手在她身上乱摸。因为受到惊吓，她的脑子麻木了，身体软弱无力。突然，她听到了沉闷的撞击声中夹杂着的惨叫声，抓住她衣服的那几只手松开了，一个人坐到她的身边，用双手轻轻抱住她的肩头。这是一双没有敌意的手。抱住她的男人轻轻地在她耳边说：不要怕，不要怕。她相信了他，没有挣扎。

她在一个陌生男人的双臂里度过了夜晚的黑暗。天亮之后，这个男人有力的臂膀从她身上松开了，但她不敢看他。他和她并排坐在车厢里，她看见车厢的那一端还坐着昨天那些农民，他们的眼神躲躲闪闪地不敢向这边看。昨天晚上，正是他们中的一些人在她身上粗暴地动手，但她不知道究竟是谁。

后来，火车在一个小站停下来。田莲花身边那个男人对她说话了。他问她要去什么地方，她摇了摇头。他说，他要在这里下车，如果她愿意跟他走的话，他们就一起走，半天可以到他的家了。他说的是南方话，她费力地分辨出了他的意思。于是她点了一下自己的头。

他们站起身，她才发现，他的身材比她矮小。他是一个精瘦的中年男人，他抓起放在煤炭上的两个长形包裹，把它们扔到铁路旁边的草丛中。一个包裹摔散了，从里面跌出一把大刀、一副双节棍，还有一面铜锣。那铜锣在草丛里滚出一丈多远，"当"的一声撞在一块石头上，立即躺了下来。

中年男人先下车，让田莲花小心地抓住车厢外壁的铁制扶手攀下来。她的双脚踩在铁路路基的碎石上，小腿还在微微发颤。他们在铁路边走了一小段路。火车又启动了，沉重的车身在他们身边移动。车厢上面出现了几个人，是与他们同行的农民。他们挥舞着双手，使劲吼叫，田莲花听得出来，他们在骂人。中年男人突然挡在田莲花前面，手臂一挥，在半空中抓住一块向他们飞来的煤块。然后，他把这块鸡蛋大小的煤炭使劲掷回车厢，砸在一个人脸上，那人一下就消失在车厢里面了。在轰隆隆的车轮碾轧铁轨的声音中，田莲花隐约听见一声短促的惨叫。

田莲花跟着那个中年男人离开铁道，走上了一条铺了石板的小路，它通向一个陌生的乡村。而她，也一步一步接近自己陌生的新生活。

林译苇停止了述说。她为自己的想象力感到兴奋。她明白，有一部小说就隐藏在他们拍摄的照片里面，隐藏在她的想象力里面。她已经看见了小说发展的清晰脉络，看见了小说里的许多人物在过去的时空里行走。

林译苇拿起桌上的茶杯，盯着透明玻璃杯里面的褐色茶水出神。光线真是一种奇妙的物质。她想。它无处不在，它从任何一个发光体产生出来，然后穿透所有它能够穿透的东西，再次回到黑暗里。在这个过程之中，它会被照相机记录下来，把它所经历的痕迹留在胶片上面，事物的外形也就这样被固定下来了。她面前这个小伙子就是一个用照相机记录光线痕迹的人，只不过，他对自己所做事情的理解是单一的，他对摄影的认识不会超过其他摄影者，同样只局限于摄影本身。

徐婕在农舍里忙了两个小时，用电饭煲煮了半锅米饭，把切好的瘦猪肉片放进一个盘子里，拌上盐、豆粉、花椒，然后把姜和辣椒切成薄片，放在筲箕里。她还把三个鸡蛋打进一只碗里，放了盐巴搅匀。她把自己带来的一瓶郎酒放在桌子上，再把一张竹躺椅搬到门口，躺在上面喝茶。

现在是下午六时，由于是阴天，光线比平时更暗一些，通向农舍的小路变成了浅灰色，黄荆丛像一些散乱的绿灰色石块蹲伏在小路旁边。坡上的风很大，她在风中猜想叶飘今天穿的什么衣服。如果他穿的是那一套石磨蓝牛仔服，他沿着小路走上来时，一定会很显眼。

在做饭之前，她在叶飘的暗房里东翻西找。几张杂志大小的照片用夹子悬挂在一根绳子上面，在昏暗的电灯光线里，她在照片上看见了一座雕塑，一些老式房屋。她还看见有两张照片上都是一个黑衣女人的背影，这个女人的身材很苗条。徐婕把照片从夹子上取下来，拿到门口仔细观察，小心地嗅着照片上散发出来的淡淡酸味。她不认识这个女人，但她从这张平面的图片上感觉到一种危险的信号。这个女人的身材很好，徐婕注意到了她小腿的线条特别性感，她的腰也让人羡慕。她要走到哪里去呢？

徐婕倚在躺椅上，想象着那个女人走路的情景。她在一条街道上行走，她会不会沿着这条小路走进这座农舍呢？如果她走进了这幢房子，她身上的气味就会留在屋子里面，她苗条的身影一定会搅乱屋子里的幽暗光线。

这时，徐婕看见了小路上有一个人走上来。他是一个陌生人。当他走到屋子前面时，她才认出他是叶飘。他仍然身穿那套石磨蓝牛仔服，仍然背着那个装着照相机的尼龙摄影包。但是，他剪掉了长头发，整个人的模样就完全变了。是什么原因让他剪掉自己的长发呢？徐婕敏感地想到，一定是什么地方出了问题。一般情况下，女人在感情方面受到挫折，或是经历了一次人生的重大变化，往往会把自己的头发剪短。那么，男人呢？会不会也是这样？

她走到他身边，观察他的脸，感受他身上的气息。然后，她取下他肩上的摄影包，牵着他的手，把自己的手指插在他的手指之间，紧紧握住它。她感觉到，他的手指有一丝不易觉察的僵硬。随后，他的情绪放松了，他手指的骨骼和肌肉也随之放松。她牵着他的手，走进屋子里。

厨房的柴灶已经没有使用了，灶台上盖了一块木板，上面放置了一个不锈钢燃气灶具，一根红色的橡皮软管连接到墙角那个暗绿色的金属液化气罐。她拧动开关，"啪"的一声打燃了火，蓝绿色的火苗舔舐着锅底。

黑色的铁锅很快被烧烫了，她把色拉油倒进锅里，先炒鸡蛋。鸡蛋在锅里起泡，变成金黄色的软饼，散发出香味。她把炒鸡蛋铲到盘子里，又炒了一盘辣子猪肉片。叶飘一直站在旁边，一句话也不讲。

她刚把肉片端到桌子上，叶飘就从后面把她紧紧抱住，然后把她连拖带拉弄到墙边，身体死死压住她。

她的脸被挤在墙上，墙上的尘土被吸入鼻孔。她眼前的墙壁上有一道弯曲的裂缝，一只色彩斑斓的小蜘蛛从裂缝中急急爬出来，她吓得发出了一声短促的尖叫。但叶飘没有停止自己的动作，他的手摸索到她牛仔裤的金属纽扣，把它使劲扯开。他从来没有如此对待她。他急促而又粗暴的动作让她明白，在他的心中，已经有了另一位女人了。泪水从她的眼角悄悄流了下来。

　　林译苇回家的时候，在菜市场买了一块五花肉，还买了一公斤芹菜、两公斤辣椒和一些嫩姜和大蒜。她打开房门的时候，客厅里没有电视的声音，丈夫不在家。

　　她在厨房里煮熟猪肉，把它切成一块又一块薄片。她拿起一块肉片，蘸了一点盐巴放进嘴里，脸上露出了惊讶的神情。她没有想到，肉片蘸盐的滋味会这么美妙。她改变了主意，做了一个素炒芹菜，再把鸡蛋直接敲到煮肉的汤里，做了一道蛋花汤。

　　韩其楼回到家里，发现了桌上摆放的晚餐，有点惊奇，因为妻子平时很少做饭。他在桌子旁边坐下的时候，林译苇也从她的书房里走了出来。他们默默吃完饭，韩其楼开始收拾碗筷，林译苇又回到她的房间里。在这个过程中，他们仍然没有说一句话。

　　林译苇关上房门，黄铜门锁的锁舌"咔嗒"一声闩上了。她坐在桌边，拧亮台灯，从挎包里取出便笺本，在纸页上写下了一段话——

　　　　在这个世界上，所有发生过的事情都不会真正消失，它们以某种方式存在，有的存在于人们的记忆中，有的存在于某种物质里。
　　　　并且，在适当的时候，它们还会以某种方式再次出现。

　　然后，她盯着这个边角被磨得卷曲了的便笺本上的字迹出神。前面已经写到，田莲花跟着那个在恐怖的黑夜里保护了她的男人走上了一条陌生的石板小路，那么，她一定要在这条路上继续走下去了。

　　田莲花跟在中年男人身后，在漫长的山路上走了半天，进入一个乡镇。街道两边是低矮的瓦房，墙壁是木头做成的，门框的门也是木头的，做生意的人把自家的门板放下来，当作摆货物的摊子，在上面堆满红糖、草纸、干蘑菇和布鞋以及蓑衣。

　　这天正是逢场天，现在是中午，街面上挤满了人，他们大声地说着她听不太懂的南方话。田莲花在那个中年男人身后一丈远的地方挤来挤去，她不能掉得太远，又不愿跟得太近。她感到一阵强烈的饥饿，她跟在他后面经过一家卖面的馆子，又经过一家小饭馆，但他都没有停下来。后来，他把她领进一个小院子。

院墙用红砖筑成，院子里有几棵构树和一幢木墙瓦房。田莲花一看见构树，就感到一阵恶心。她奔到墙边，干呕了一阵。

她转过身来，看见他弯腰从门口一块石头下面取出一把钥匙，打开门上的铜锁，站在门口，望着她，等着她进屋。

这间屋子正面的墙边有一张红褐色茶几和两把同样颜色的椅子。他让她坐在椅子上，把包袱放在茶几上。椅子的靠背很硬，她又累又饿，感到浑身无力，但仍然坐直了身子。那个男人说，这是他师傅的房子，他现在要出去一会儿，她先歇一下。

过了小半个时辰，他回来了，把一个荷叶包放在桌子上。他打开荷叶，里面是一大块散发着卤香味的熟猪肉和一堆米饭。他从里屋拿出一个大碗，把荷叶里的食物放进碗中。接着，他坐在桌边，从衣服口袋里掏出几片烟叶，裹了一支粗大的烟卷。他一边抽烟，一边看着田莲花吃饭。

在呛人的烟卷气味中，田莲花很快就吃完了饭。那个男人在收拾碗筷的时候，问她叫什么名字。

"田莲花。"她小声地说。

"叫什么呢？"他没有听清楚，又问了一次。

"田莲花。"

这次他听清楚了。他愣了一下。

"我也姓田。"他说，"我叫田大方。"

"那，你就是我哥哥。"田莲花很想这样说，但她终于没有说出口，而是问道，"这里是什么地方？"

"红土镇。"田大方说，"这个小镇叫作红土镇。我们还要往前走。"

田大方拿起了他的包裹和田莲花的包袱。把它们一起背在背上。他们走出小院子，穿过小镇。这时，街道上的人少得多了。那些赶场的人们，他们卖掉了自家的鸡鸭和蔬菜，买了一些盐巴和土布，沿着原路回家。田大方领着田莲花从一条小巷走出小镇，走过一座小桥，翻过一座小山坡，路上就没有铺石板了。他们走上了一条狭窄的山路。

田莲花的家乡是丘陵地带，那里长得最茂盛的植物是芦苇和芭茅。而这条山路的两边长满了暗绿色的灌木丛。在太阳的曝晒下，灌木丛的叶片散发出暖乎乎的清香。

　　山路的路面是被踩实了的泥土，泥土里夹杂着许多小石头。田莲花从来没有走过这样陡峭的道路。她穿了一双布鞋，鞋底很薄。走了一段路，她的脚掌被硌得生痛。当拐过一个坳口时，田莲花被吓了一跳——田大方坐在一块大石头上，她差点撞在他的身上。

　　他一边用一块深蓝色土布做的汗巾擦汗，一边对她说："坐下来，你坐下来，歇一会儿吧。"

　　他的旁边有一块白色的石头，很干净。她迟疑地坐了下去，把酸痛的双腿伸直。田大方偏着头，认真地察看了她的鞋底。

　　"把鞋脱下来。"他说。

　　田莲花吓了一跳。

　　"你把鞋脱下来。"他又说了一遍。

　　田莲花解开鞋子的布搭扣，把脚从布鞋里退出来。她看见鞋底磨出了两个小孔，自己的脚掌长出几个透明的水泡，这才感到一阵钻心的疼痛。她闭上眼睛，神情放松，想休息一下。突然，她感到自己的脚被一只手捏住了。她睁开眼睛，看见田大方正在把她的脚抬起来。

　　"不要动。"他说，"你的脚起泡了。"

　　田莲花想到自己没有缠足，一双大脚在男人眼里一定很难看，心里十分慌乱。她想挣脱，但他握得更紧。他的手掌像锉刀一样，又粗糙又有力。他把她的脚放到自己的膝盖上，从包袱里取出一根针。

　　"你拔一根头发下来。"他说。

　　她不知道他要头发来做什么，脸一下就红了。

　　田大方伸手在她头上拔下一根头发，穿过针眼。然后，他把针和头发在自己舌头的表面拉过去，让它沾上一点唾沫。他细心地用针尖刺穿她脚掌上一个水泡的半透明表皮，细小的钢针牵引着头发穿过水泡，一小股淡黄色的液体随着头发丝从水泡里流了出来，水泡立刻瘪了。

　　他把她脚上的水泡全部刺穿，然后点燃一根烟卷，用烟头凑近她的脚掌慢慢烘烤。不一会儿，被磨出水泡的那部分皮肤变黄变硬了。

"现在好了，我们还要走路。"他指着山顶上几棵大树说，"我们要走到那个地方。不远了，再走半个时辰就到了，你再挺一下，就行了。"

他站起身来，继续向山上走去。她跟在他的身后，仍然离他有一丈远。她感觉到，现在脚不那么痛了。他们终于走到那几棵树的旁边。大树生长在一个村庄前面的斜坡上，它的后面是一块平地，簇拥着一些低矮的房屋。后来田莲花才知道，这几棵树是黄桷树。他们从黄桷树下走过，在几个村民好奇的眼光里走过了一排又一排土墙房屋，再走上一个斜坡，来到一幢茅草屋顶的土墙房屋面前。

"到了。"田大方转身对田莲花说，"我们这里叫单岭堡，我就住在这个地方。"

田莲花一下就坐在门口一块光滑的大石头上。她这才感到，自己全身没有力气了。

田大方把手指伸进门边的墙缝里，摸出一把钥匙。他打开铜锁，推开房门。木头门板发出吱呀的声音。

她仍然坐在那块石头上。现在已是黄昏，她看见了深蓝色的山脚下有一条白丝带一样的河流，在这条丝带旁边，是一座山坡，山坡上散布着许多芝麻一样的点子。她明白，那是一些房子。她猜想，那就是她中午经过了的红土镇。坐在这高高的山上，狂野的山风吹乱了她的头发。她没有感到寒冷。

韩其楼接到文纹的电话时，感到很意外。

文纹在电话里说，她在城里。她说，现在她站在一座钟楼下面，不知该往哪里去。

韩其楼明白她在什么位置了。他要她等一下，自己马上赶过去。

钟楼是城区的著名建筑，它的历史已经有一百年。透过出租车的挡风玻璃，韩其楼老远就看见了深灰色的钟楼和它新近安装的白色电子钟，淡绿色的时针正指着下午五时三十分。当汽车驶近时，韩其楼看见一个娇小的女子身影伫立在钟楼下面的大理石平台上。是文纹，她穿一身浅灰色套裙，肩上挎着一个黑色皮包。他注意到，这套服装已经在他的面前出现过一次。上次他在天顶寨学校去见她时，她穿的就是这一件套裙。

文纹看见韩其楼走过来，她向前走了几步，来到他的身边。由于她的个子比他矮大半个头，她仰望着他，略微歪着头，眼神里含着一丝兴奋。他的心脏又是一阵隐隐作痛。

"这里太显眼了。"她说，"我在这里站得太久，很不好意思。"

"你进城时就该给我打电话，我可以来接你，你就不会在这里站这么久了。"

"下次我再来时，我就先给你打电话。"文纹说。

他们并肩向前走，韩其楼心里在想，文纹到底是怎样知道自己的电话号码的。他想起来了，他曾在她家的电话机上拨通过自己的手机，几天后，他还给她家打过电话，她一定是从电话机上提取了自己的号码。这并不困难，只要想得到，事情就很简单。

"我请你吃晚饭。"韩其楼说。

"好啊。"文纹说。

"你想吃什么呢？"

"什么方便就吃什么。"

韩其楼领着文纹走过一条步行街道，来到一家餐馆。这是一家专门经营竹筒饭的小饭店，餐桌和椅子是竹子做的，墙壁也是竹子做的。韩其楼要了一个竹筒香芋饭、一个竹筒苞谷饭，还要了一份香菇烧鸡、一份火爆鸭肠。

"来一点酒，怎么样？"他问文纹。

"我不会喝酒。"文纹。

"不会？那你怕辣吗？这个菜有点辣。"他指着火爆鸭肠问文纹，"你怕不怕？"

"我可以和你比赛吃辣椒。"文纹说，"我最喜欢的菜就是辣椒。"

"但是，你的名字和辣椒一点都没有关系。"韩其楼说。

"名字一定要和自己喜欢的东西有关系吗？"

"不一定。"韩其楼说,"但有些人就是这样的,他们的名字和他们生活中的许多特征相符,后来证明,名字和他们命运中的许多特征也相符。"

"你说话好严肃。"文纹说。

"你的名字和你的性格倒是很相配的。"韩其楼说。

"真的?"文纹说,"我的性格是什么样的性格呢?"

"你的性格很柔。"韩其楼说,"和名字很相符。其实,很多东西相互之间都有关系,比如今天我们在这里吃晚饭,我们选择了这个餐馆,你不觉得是一种巧合?"

"我不明白,是什么巧合?"文纹问。

"你想,这家小饭店的名字叫'竹筒香',也就是说,它和竹子有关。你看,它的全部用具都是竹子做成的,碗,筷子,汤匙,桌椅等等。而我们能够认识,也和竹子有关。有一天,一个无聊的男人和他的朋友到乡下的竹林里去捕捉画眉,很巧,一只画眉飞进了一幢石头房子,这幢房子里住着一个漂亮的女教师。于是,他们就相识了,后来,他们就在一个黄昏坐在城里一个和竹子有关的小饭馆里就餐。情况就是这样,又简单又神奇。你说,是不是这样?"

"你这样说我们?你很会说话。"文纹说。

她说的是"我们"。韩其楼注意到了她的用词。他继续说:"所以,世间万物都有种种神秘的联系,只是我们知道得太少。没有一样东西是无缘无故存在。"

"你像个哲学家。"文纹说。

"只有你对我评价这么高。"韩其楼说,"也许因为你认识的人不多。你别生气,我没有贬低你的意思。"

"我不会生气,你说得对。"文纹说,"我认识的人很少,我一直在乡村学校教书,我们那里太封闭。"

"我不该这样说话。"韩其楼说。

"没有关系。"文纹说,"你太客气了。"

当他们从餐馆出来时,黄昏的气氛更浓郁了。街道上的空气充满了潮湿的气息，从暗红色的天边斜射来的太阳光线映照在文纹身上，给她的脸庞上镀上了一层金色。她的头发在夕阳的余晖下纤毫毕现，每根发丝都呈现出细微的斑斓色彩。韩其楼想起来了，上次在汽车上，他也在文纹头发上看见了像彩虹般的颜色。她的头发和阳光的关系总是那么密切，仿佛她的头发里居住着太阳光线的灵魂。他想起自己曾写过一首诗：

> 她是否来到阴影中的街道
>
> 让阳光在她身上滑落
>
> 她是否看见那只从心中飞上天空的黑鸟
>
> 最后消失在光线的深处

　　他记得，这首诗是为林译苇写的。那时，他在狂热地追求她，在外表上却显得很有理智。他精心寻找一些她可能喜欢的书籍，找机会送给她。她是一个很聪慧很单纯的人，他清楚她的精神世界的形状。他把自己写的诗给她看过以后，她很喜欢。最重要的是与她做精神上的交流，韩其楼懂得这一点。那段时间，他阅读了许多文学书籍，还坚持啃完了普鲁斯特的《追忆似水年华》，这样，在和她约会时就可以谈一些深刻的话题。他们那时经常谈论文学作品，结婚以后也是这样，一直到刘雅出现。

　　一想到刘雅，韩其楼的心脏就发烫。自从她离开楠江以后，再也没有任何消息。她有意从他的生活中彻底消失，因为她太在乎他。而他现在又被眼前这个名叫文纹的女子迷住了。他突然想到，自己这一生到底在做什么？快四十岁的人了，却还在无休止地对不同的女人全身心投入感情。

　　"今天，我在那座钟楼下面站了一个下午。"文纹说。

　　"为什么呢？"韩其楼吃了一惊。

　　"因为，我到城里来，是为了见一个人。"

　　"哦，见什么人呢？你在那里等了他一个下午？"

　　"也不是。"文纹说，"本来说好了的，我到了城里就给他打电话。"

　　"结果你一直没有给他去电话？"

文纹点了点头。

"他是你的朋友吗?"韩其楼问。

"应该说,是一个没有见过面的人,是不是朋友还很难说。我没有给他打电话。"

"我明白了。"韩其楼说,"是别人给你介绍的男朋友,是不是?"

文纹点点头。

"那,你为什么要给我打电话呢?"

"我不想见这个人。"文纹说。

"你又没有见过他,怎么就草率做决定呢?"

"因为我不想。"文纹说。

他们不说话了,默默向前走。文纹突然说:"我今天晚上想让你陪我,会不会让你为难?"

"我当然很高兴。"韩其楼说,"我们今天晚上到哪里去呢?"

"你找一个地方吧。"文纹说,"只要我们两个人的地方。我们可以去唱歌。"

"通宵都唱歌?"

"你不愿意?"

"我当然愿意。"韩其楼说,"我担心的是你。"

"那你就不用担心。"

"哦,我忘了你是音乐教师。"韩其楼说,"今天晚上,我们去找一个卡拉 OK 厅,我要好好欣赏你的歌声。"

"好啊。"文纹说。韩其楼发现,她的脸上露出了一丝天真的笑容。

外面的天色暗了下来,叶飘的房间里漆黑一团,但他和徐婕都没有起身去开灯。他们缩在床上,没有脱衣服,也没有说话。有时候,时间可以在静默中显出它特别的一面,它可以让人看见一些平时在黑暗中看不见的东西。徐婕感觉到,叶飘正努力在黑暗中看什么东西,那东西似乎飘浮在空中。

"抽烟吗?"徐婕点燃一支香烟,塞到叶飘的嘴唇间。她把脸贴在叶飘的胸部，感觉到牛仔服粗糙布料又温暖又柔软。她听见叶飘的心脏在胸腔里发出沉稳有力的跳动声。这是房间里唯一的声音。

"我给你讲一个故事，好不好？"徐婕问。

"你讲。"叶飘说。

"还是关于我的那位朋友，那位开出租车的朋友。但这次说的是她丈夫的事情。"徐婕说。每当她和叶飘在一起的时候，她说话的腔调就带着轻微的鼻音。叶飘感觉到了这一点。他喜欢这种感觉。有些女人就喜欢在自己心仪的男人面前表现她的娇柔。

"讲吧。"叶飘说。

那天，徐婕对叶飘讲了一件发生在同一个家庭里的事情。

她那位朋友的丈夫是一个卖电脑的商人。同很多有钱人一样，他也有自己的嗜好。他不喜欢赌钱，就喜欢女人。他从来不去勾引良家妇女，而是去找妓女。他不愿意在情感上投入过多，其实就是不愿在金钱上投入过多。他的观点是，嫖娼比偷情更省钱。

她那位朋友知道自己的丈夫做了些什么。她丈夫名叫周彬，周彬对自己做的事情也没有刻意隐瞒，他还经常对妻子说起自己与卖春女子交往的经过。他们真是一对奇怪的夫妻。

周彬有一个怪习惯，喜欢用望远镜观望四周楼房的窗口。这个习惯起始于两年前。有一天，他从街道边的小摊贩手里买了一个俄罗斯产的军用望远镜，好奇地拿到窗边向对面的楼房看去，结果从三楼一个窗口里看到一对夫妻在吵架。虽然听不到他们的声音，但光是看到他们的动作，他也觉得很有趣。从此，他对这件事情上了瘾，每天不看别人洗澡、吃饭、吵嘴什么的就睡不好觉。

他们的楼房是新建不久的电梯公寓，楼下还有一幢旧楼房。那幢旧楼房由于居住的人太多，搬迁拆除的成本太高，一直没有开发商去动它。有一天，周彬把望远镜对准旧楼房的一个窗口，脸色一下就发白了。他发现了一个很眼熟的人。

那是一个青年女子，很像那个在发廊里为客人洗头的曹妹。曹妹不只是洗头，还从事其他形式的服务。周彬就是在那个发廊里认识的她。

周彬注意到，还有一个青年男子与她一同生活在那套房子里。他们一般上午在家，周彬看见她经常裸露着上身在屋子里走来走去，她如果出现在卧室靠窗那一面，周彬就可以看到她的全身。他观察到，她的乳房很饱满，色泽雪白，那个青年男子也经常搂抱着她，亲吻她，抚摸她的乳房。有一次，那个青年男子与她争吵起来，他动手打了她。周彬看见，他抽了她一记耳光，然后抓住她的头发，把她甩倒在地，用脚踩她的身子。

那天晚上，周彬来到那间发廊找曹妹。曹妹给他洗头的时候，他把一张百元钞票塞到她的裤兜里。曹妹领会了他的意思，很快冲洗干净他的头发，将他带到楼上一间屋子里。

这间屋子是发廊用来专门接待需要特殊服务的客人的。周彬在这间屋子里来过好几次，有时是曹妹为他服务，有时是另外的小妹。这一次，他不像以前那样急匆匆地做那种事情，而是仔细地察看曹妹的脸。他轻轻抚摸她的脸。她脸上涂的化妆品弄得他手指头油腻腻的。

他突然问曹妹："你的脸怎么啦？"

曹妹把手抚在自己左脸上，很快又放了下来，她说："没有什么呀。"

周彬说："这里好像有点肿。"

曹妹有点慌乱，她说，那是昨晚喝了一点酒，不小心撞在门框上了，不要紧的。

周彬伸出手，拉开了曹妹连衣裙后面的拉链。曹妹有点惊讶，因为平时都是她自己脱衣服。周彬脱下了曹妹的连衣裙，把她平放在床上，细心地检查她的全身。曹妹的身体很健壮，皮肤却很白，在她那近乎透明的皮肤下面，淡蓝色的血管隐约可见。周彬在她的右大腿的内侧发现了一处淡紫色的瘀青，面积有核桃大小。他还在她的左乳房看见了几条细长的痕迹，好像是指甲的抓痕。他用手去抚摸这些伤痕，仿佛在抚摸一些珍贵的物品。他记得，几年前自己卖出第一台电脑时，就是这样轻轻抚摸那厚厚一沓钞票。现在，他用手轻柔地抚摸曹妹肉体上的伤痕，心里涌起了一阵奇异的快感。这种快感并不是单纯的肉欲，更强烈的是一种心理上的快慰。现在可以肯定了，那个出现在他望远镜视野里的青年女子就是自己面前的曹妹，他在观察她的私生活，他会逐渐了解她生活中的许多秘密，而她却一无所知。对他而言，这是一种优势。他决心好好利用这个优势。

从此，周彬将一把黑色的皮椅放置在窗口。每天，他一有时间就坐在皮椅上，拿着望远镜观看对面楼房的那个窗口。

在很多情况下，曹妹都不会出现在周彬望远镜的视野里，因为她在发廊里待的时间太长，而且作息时间没有规律。如果她回到住处了，也不一定会出现在靠近窗口的地方。最容易看到她的时候是上午，但这也是周彬生意最忙的时候。有一段时间，他顾不得生意，经常回家守在窗口，一等就是一个小时。在没有看到曹妹的时候，他显得很烦躁，不停地抽烟，把放在窗台上的茶水喝了一口又一口，然后把喉咙里的痰咳出来，吐到窗外。而一旦曹妹出现在那里了，他就立刻镇静下来，屏气凝神地观看她的一举一动。

只要他发现了曹妹又挨了打，他就会在当天晚上去发廊找曹妹，在她身上寻找伤痕。他脱光她的衣物，研究她的全身。他在她身上找到了瘀斑，找到了烟头烫的痕迹，还找到一些奇怪的印痕，他怀疑这是人的牙齿咬的。有人竟然对这么细嫩的肉体下毒手，周彬从心里感到一阵轻微的疼痛。这种疼痛之后是一种爱怜，疼痛与爱怜交织在一起，就产生了一种新奇的感觉。周彬对这样的感觉着了迷，他不由自主地轻轻抚摸她的身体，然后躺在她的身体旁边，小心地搂抱她。他抱着她受到伤害的细腻嫩滑的肉体，闻着她头发散发的香味，沉浸在新奇的快感里。曹妹逐渐习惯了他的动作，有时竟然在他的怀抱中睡着了。

周彬学会了在她身上寻找新的伤痕，这样的寻找往往不会落空，因为他总是在望远镜里看到她挨打之后，才去找她。

有一次，周彬拿起曹妹的左手，说要给她看手相。曹妹感到奇怪，她说："看手相应该男左女右才对。"周彬脸上渗出了汗水，他掩饰地说："我看手相就是女左男右。"然后，他仔细地察看她掌心的纹路。她的皮肤很白，掌心的皮肤更白，上面的掌纹十分清晰。在周彬眼里，这些纹路很陌生，它们细密地分布在她的掌心里，仿佛是一个完整的世界。虽然他对这个世界一点也不了解，但他可以把另一个世界发生的事情移植到这个世界里面来。一滴汗水从他鼻尖上滴到她的手心，像一个微型放大镜，把几条细小的掌纹放大了一点点。他对她说："你看，这滴汗水下面的几条手纹弯曲得很不正常，它表明，有一个和你很亲近的人，他经常伤害你。"

曹妹惊讶地瞪圆眼睛。周彬又说："从掌纹上看，这个人是一个身高一米八左右的瘦子。他不爱喝酒，但喜欢抽烟。而且，他没有工作。"

曹妹看着自己掌心那一小部分被汗水放大了的纹路，脸上流露出恐惧的神情。

"他每天都生活在你的身边，但他是一个令人讨厌的人。他从来不做饭，从来不买菜，一有时间就去打牌。"

"他今天还打了你。他先是抓住你的头发，把你拖在地板上，还用脚踩踏你。"

突然，周彬听见了一种奇异的声音。片刻之后，他才反应过来，这是曹妹尖厉的哭声。

曹妹的哭相很难看。她眯着眼睛，张开嘴巴，大声号哭。周彬有点慌乱，急忙用手去捂她的嘴。她止住了哭声，用力咬他的手。他的虎口被咬出了血，他忍住疼痛，没有缩回手。

曹妹擦干净泪水，坐在床边补妆。她对周彬说，是有这么一个人，他的名字叫杨林。自己的命不好，没有一个靠得住的男人，所遇见的男人都是一些只顾自己的自私男人，包括这个杨林。周彬倚在床头看她涂睫毛膏。她的头发染成红铜色，两只耳朵上钻了四个小孔，每个小孔上都戴了细小的金耳环。她全身都弥漫着时尚气息，具有二十一世纪初都市时髦女子的所有特征，但她唠叨的内容却与几十年前的旧式女子没有区别。一想到这里，周彬心里就感到轻松了一点。随后，他暗暗吃了一惊——为什么要感到轻松呢？是不是自己不知不觉对她动了情，而下意识又努力寻找她的缺点，以便否定这样的感情？如果是这样，就危险了。

第二天，周彬没有用望远镜去观察曹妹的生活，以后的几天也没有。但那几天也是他过得很烦躁的日子。他把皮椅搬到另一个房间里，尽量不走到那个窗口面前去。但越是这样，他就越是担心自己喜欢上曹妹了。

以后一段时间里，周彬每天都在外面和做生意的朋友喝酒，然后到歌城唱歌。有一次，朋友约他开车到乡下去钓鱼，他并不喜欢钓鱼，但这次他去了。傍晚，在回家的路上，由于开车时走神，他的汽车差点驶到路边水沟里。

回家后，周彬从柜子里抓出望远镜，冲到窗边向下面那幢楼房观望。平时，曹妹不会在晚上待在家里，但这次她在家。

周彬看到，曹妹趴在一张桌子上写什么。他估计她在写信。在电脑的时代，她还写什么信呢？不过，在现代的城市里，的确还有一些人用传统的书信方式与别人联系。这些人一般都是老人和生活在农村里的人们，曹妹也许还不会使用电脑。那么，她在给什么人写信呢？

第二天晚上，周彬又去找了曹妹。几天没有看见周彬，曹妹似乎很想念他。周彬和她进入那个房间后，门刚关上，曹妹就紧紧抱住他，嘴里不停地小声说："我害怕，我害怕。"周彬感到吃惊。他的心情一下就沉重了，他明白，曹妹是爱上他了。

他把室内的电灯关掉，拥着曹妹坐在床上。在黑暗中，他搂抱着曹妹强健的身体，心中涌起一种从未有过的满足感。他突然想起一件事情——去年夏天，他看见一个身材强健的青年女子和一个青年男子相拥着在大街上行走。他对青年女子的印象很深刻，她穿着短牛仔裤，裸露的大腿修长而结实。她的脸上流露出一丝傲慢的神情。当时，她还漫不经心地瞟了他一眼，在那一瞬间，他的心里有一丝慌乱。现在突然想到了这个细节，他才意识到，曹妹的身材与那个陌生青年女子十分相似。曹妹的个子也很高，大腿也很长，很强健。他从来没有看到曹妹在大街上行走的模样。也许她走在大街上时，与那个陌生女子的风度是同样的——青春、健康、性感。他把她搂抱得很紧，她温顺地依偎在他的怀抱里，她那又结实又沉重的肉体现在却显得非常柔软。他抚摸着她的手，发现她的手指骨骼很粗壮。过去他也感觉到她的手很大，手指很长，当时他认为，她身材高大，手也应该这么大。现在他一下就明白了，她是一个农村姑娘，骨骼粗大的原因，是由于她很小就开始干农活。

周彬又打开电灯开关，拿起她的手，观察她的手纹。他对她说："最近，你家里发生了一些事情。你的家在农村，你有一个弟弟或是妹妹，他们需要你的帮助。"

曹妹的身体动了一下。周彬觉察到，她在流眼泪。

周彬突然感到无聊，他觉得有点累了。他先是从窗口用望远镜偷看她的生活细节，然后，他又利用她的生活细节去欺骗她，使自己在她的眼里像一个全能的先知。这样做，到底是为了什么呢？如果是有一个目的，那这个目的已经达到了，那就是让她从精神到肉体都屈从于自己。为了这么一个简单的目的，他可是费尽了心机。他突然感到一阵深深的厌倦。

徐婕说到这里，不再说下去了。

"后来呢？"叶飘问。

"后来的事情以后再给你说。"徐婕说，"现在我想睡觉了。"

林译苇的办公室里有两张旧办公桌。桌子是二十世纪七十年代的式样，表面的深褐色漆皮已经剥落，露出柏木的材质。林译苇的桌子是靠窗那一张。另一张桌子的主人下海办公司，几年没有到单位上班。每天，办公室里就只有林译苇一个人。这是她最喜欢的状态，她可以不受干扰地写小说。

林译苇不喜欢用稿笺纸写东西。她不喜欢把字规规矩矩地装进稿笺纸上的小格子里面。如果她面对一本压有暗格横线的便笺本，手里又有一支笔尖很细的钢笔，她写字的欲望往往会油然而生。在她家里和办公室的抽屉里，都放着一些便笺本。在她的拎包里，也有一个便笺本。这样，她就可以把那些经常涌进头脑里的思绪记录下来。

有一阵风掠过办公室外面。她听见窗户玻璃发出细微的咔嚓声，她看见窗外的冷杉枝条在微风中摇曳。她想起了自己在铜匠街旧书店里购买的《地理学辞典》正好放在办公室里。她把它取出来，翻到第三百六十八页"风"这一词条——

> 风：以任何速度向任何方向移动的气流，但一般认为风是与地球表面平行吹送的。罗盘指针所指的风的来向就是风向，如南风，就是从南方吹来的风。风速通常用公里（或英里）/小时表示，在海上用海里/小时（Knots）表示。风可以根据速度分级，例如根据蒲福风级表（Beaufort Scale）分级，但实际的速度是用风速表（Anemometer）测量的。

林译苇把这一段文字抄写在便笺本上。然后，她继续往下面写——

> 风是一种无形的物质。

她想，对它而言，人类的时代是不存在的。所以，风可以掠过田莲花栖身的村庄单岭堡，然后又吹到几十年以后的楠江市文化馆外面来。

田莲花成了单岭堡的人。

林译苇写道。

单岭堡是一个坐落在高山顶上的村子，村里每天都要刮大风。那些从远处的天空中吹过来的大风发出呼啸的声音，掠过村子里用石头和泥土垒筑的低矮房屋，然后消失在远方。虽然这里是南方，但田莲花感觉到，这里的风比北方的风更猛烈。

在人们眼里，田莲花是田大方从外地找回来的媳妇。自从这个北方媳妇进入田大方的家门以后，田大方就变得更孤僻了，偶尔有人到他家去串门、办事、借东西时，他的脸上就露出不高兴的神情。更惹大家说闲话的地方是，每当天空还没有黑尽的时候，田大方就要关上他那扇黄楝木做的房门，似乎天黑了，大家就和他没有关系了，甚至风也与他的房子没有关系了。村里的人还发现，不久，他家窗口透出的油灯光线也会熄灭掉，这样，村庄里面最高处的房屋就彻底湮没在黑暗之中了。由于经常有大风掠过村庄，所有的窗户都是用木板做成的，平时关闭着，要开窗时，须用一根木棍撑着。只有田大方家的窗户是用玻璃做的。而且，这玻璃不是一般的玻璃，是来自东洋的磨砂玻璃，上面还蚀刻着一些奇怪的花，与桃花有点相像。田大方曾对别人说过，这是樱花。至于什么是樱花，他也说不具体。他只晓得，他的玻璃每一块要值一个大洋。

田大方是一个穷人，他的玻璃从何而来，在大家心里，一直是个谜。一些人还记得，田大方把这两块玻璃带回家的时候，请了几个邻居喝了一顿酒，然后，这几个邻居帮助他拆掉原来的木板窗，把玻璃嵌在墙上。从此，这两扇玻璃窗再也不能打开。后来，山下的红土镇有一户人家也把自家的木板窗换成了玻璃窗，大家才晓得，田大方的玻璃安错了。真正的玻璃窗还是像木板窗一样，是可以开关的，而田大方的玻璃窗死死嵌在墙壁上，一点都不透气。

无论如何，田大方墙上的那两块玻璃也算是窗户。只要天一亮，光线就从窗玻璃射进屋里，晚上，屋里的灯光就射到外面。这灯光往往到深夜才熄灭，以至于一些晚上回家的人都以他家的灯光作为路标。但是，自从他在外面带回这个北方女人之后，这一切都改变了，他家的灯光再也不会亮到深夜。

其实，每天夜晚，在黑暗中的田大方仍然很晚才能睡着。只不过，在灯光下，他与田莲花面面相对而又没有更多的话要说，他感到紧张。所以，每天吃过晚饭，田莲花收拾好碗筷，他们就熄灯各自睡觉。

自从田莲花进了田大方的家门以后，他就把木床让给了她，自己在墙角铺了厚厚一层从悬崖边上割回来的蓑衣草，把一张黑熊皮垫在上面，做成一个床铺。他躺在散发出腥味的熊皮上，紧闭双眼，用耳朵在黑暗中捕捉从木床上发出来的细微声音。他听见田莲花在木床上翻身的声音，有时还能听见她在轻轻叹气。他还闻得到从她身上散发出来的气息。这也是一种腥味，一种淡淡的、带香的腥味。这是人体的香味，女人身体的香味。这间屋子从来没有住过女人。田大方过去闻到的都是男人的汗臭味，还有动物的气味。现在，田莲花的气味让他失眠。在黑暗中，他还能够听见自己心脏跳动的声音，而且这响声似乎还在房间里回荡。他的房子是用石块和泥土建造成的，厚厚的墙壁支撑着茅草屋顶，在大风里岿然不动。这幢房子在冬天为他保存温暖，在夏天为他保持凉爽。现在，他发现，房子还可以为他保存声音，保存气味。

更重要的是，他的房屋可以给他保存希望。田莲花住在他的屋子里了，每天给他做饭。有时，她会叫他脱下衣服，换上另外一件洗干净的衣服，他就穿着散发着皂角气息的干净衣服到村子的黄桷树下去转悠。黄桷树下的土坝子是村庄里的公共集会场所，地上堆放着许多青灰色的石头。有事没事，总有一些男人坐在石头上抽烟、谈话、吐口痰，交流一些来自外界的消息和村庄内部最近发生的事情。一旦田大方出现了，那些身上穿着补疤衣服的村里人就坐在石头上，或者站在风里，注视田大方。他们会停止谈话，眼光全部落在田大方身上，并且跟着他移动。当他再次消失在石板小路上的时候，山风就将他身上的淡淡皂角香味带到远方。

田大方是村里的老单身汉。他的身材矮小，性格孤僻，很少干农活。所以，他从来就与村里的男人不合群。

童年的田大方是一个瘦弱的孩子，但特别爱爬树。他最喜欢爬的树是村里的黄桷树，他经常爬到很细的树枝上玩耍。人们都认为树枝承受不了他的时候，他却安然无恙。他还可以像猴子那样，从一根树枝攀到另一根树枝上。

黄桷树的枝条向田大方展示了一个新天地。他发现，在树枝上生活着许多巨大的红色蚂蚁，每一只都有谷子那么大。这些蚂蚁在树枝与树身的结合部位打洞，把巢穴筑在树上。他看见一些细小的褐色木屑堆集在黄桷树粗糙的树皮上，他还看见几只蚂蚁抬着豌豆大小的黄桷果往巢穴里搬运，这个场景让他着迷。在树上，还生活着一些褐色的蜥蜴，它们拖着细长的尾巴在枝条上跑来跑去，捕捉蟋蟀、蜘蛛和苍蝇，然后瞪着圆圆的小眼睛把这些小昆虫咽下肚。

有一天，田大方攀上了一根很细的树枝，坐在上面采摘黄桷树上结的果实。黄桷果的果肉有股淡淡的酸甜味，吃多了，嘴里会感到麻木。他往嘴里塞果子，树枝在他的身体重量下一颤一颤地晃动。这时，他听见树下有一个人在喊他。

他低下头，看见一个戴草帽的老头站在树下。老头仰望着他，对他使劲挥手。从老头的手势上可以看出，老头要他再往树枝的前端移动一点。

田大方看了看树枝的前端，那里太细了，再往前靠，树枝肯定会断掉，他肯定会掉到树下去。他看见老头摘下头上的草帽，把它端在手里，似乎要用它来接住自己。于是，他向前移动了一点，又移动了一点。树枝先是发出轻微的嚓嚓声，接着"咔"的一声断了，他的身体飞速向下坠落。在半空中，他本能地用双肘护着头部，一下掉在了老头的草帽里，老头的草帽竟然没有破。

老头把他放到地上，摸摸他的头。

"你几岁了？"老头问。

"十岁。"

老头对他说，他是一个勇敢的孩子，然后问他是不是经常打架。田大方低下头，没有回答。老头拍拍田大方的肩头，问他愿不愿意学国术。田大方点点头。老头的下巴留着一撮花白的山羊胡子，他在说话的时候，山羊胡子就一翘一翘的。他对田大方说，只要学了国术，身体就会更好，别人也不敢欺负自己了。他指着山脚下的小镇对田大方说，他就住在小镇里。如果他想学习国术，就到小镇里来。

"你找得到我，我们就有缘分。你找不到我，我们就没得缘分。"老头说完后，把草帽戴在头上，顺着小路走下了山坡。

第二天早上，田大方背上一个竹背篓，拿着一把镰刀就出了门。他每天都这样出门割兔草，他的父母没有感到有什么不对头的地方。接着，他的爸爸也挑着粪桶上了山坡，给洋芋浇水去了。

田大方从山顶上的村庄走到山脚下的小镇。他背着背篓在小镇的石板街道上东张西望。他看见许多陌生人在街上走，空气里充满嘈杂的声音。他从来就不喜欢待在人多的地方。他站在一条街道的街沿石上东张西望，人们从他身边经过的时候，不时碰撞他的背篓。

他又向前走，不知道到哪里去寻找那个蓄着山羊胡子的老头儿。他经过了几条小巷，突然意识到，自己应该往这里面走一走，也许能够找到他。

前面又有一条小巷，巷口有一只山羊。它的脖子上拴着一根麻绳，正努力地去啃地上的一片菠菜叶子。它的嘴唇不停地掀动，终于把叶子卷进了嘴里。它满意地咀嚼着菜叶，用黄晶晶的眼睛瞟着田大方。田大方从它身边走了过去。

　　一旦走进这条小巷，事情似乎就简单了。小巷里有几个院子，院墙都是青砖筑成的，他走过一个又一个院子，没有去敲紧闭的院门。当他走到第四个院子时，看见院子的门是开着的。他走了进去。

　　这个院子里有一棵构树，地上掉落着一些红色的构树果子。在一间打开的房门里，他看见那个山羊胡子老头儿坐在屋子的正中央。

　　"你来啦？"老头问。

　　"来了。"田大方说。

　　"怎么找来的？问过哪个人没有？"

　　"没有问过。"

　　"你为啥不问一问别人？你咋个这么不聪明？没有问过谁，那你咋个知道我在这里住？"

　　田大方低下头，用脚去踩地面上的一粒小石子。透过薄薄的布鞋底，小石子硌着他的脚底，一阵轻微的疼痛从他的脚掌上升到他的胸腔。

　　"我乱走，看见了一只山羊，它的胡子和你的胡子一模一样，我就走到了这个地方。"

　　老头点点头。

　　"嗯，嗯。"老头说，"学国术并不需要聪明，只需要感觉好。你没有问别人，凭感觉就找到了我，嗯，我没有看错你。"

　　田大方站在原地，不知道应该做啥。他背上的背篓是空的，他却感到很沉重。他感到背篓的绳子把他的肩膀勒得发痛。

　　"把背篓放下来吧。"老头说，"我收下你这个徒弟了。"

　　先是一条水泥路面的小公路，然后是一条石板小路。林译苇和叶飘沿着道路来到了天顶寨外面的街道。一个老人在街面上晾麻布，他们站着看了一会儿，又往前走。

前段时间，叶飘曾领着徐婕来过这里。他们曾在小街的一个小院子里拍摄过照片。在一个陈旧的大木盆旁边，他为她拍摄了一个胶卷。当时他用的是富士牌的尼奥潘胶卷，现在他使用的胶卷是乐凯牌。他把胶卷安装进徕卡相机。

他和林译莘来到小院子里。这里仍然空无一人。他走在前面，林译莘跟着他走进这个小院儿。

今儿是阴天，院子里的光线不好。她看见了墙角茂盛的羊齿草，还看见了放置在院子里的巨大木盆。她不明白过去的人们为什么要制造这么大的木盆，它们的用途是什么。

空气中充满了淡淡的霉味。如果仔细分辨，这霉味之中还有一种酸味。林译莘相信，这空气里面还残留着过去岁月的一些信息。她在院子里走来走去，想象它的历史。她看见叶飘站在离她不远的屋檐下，手里拿着徕卡相机。她又转过脸，眼睛停留在一根粗大的木头柱子上面。

这根木柱是浅灰色的，表面布满各种刻痕。它是房屋的一部分，它支撑着房屋在漫长的岁月里屹立不倒。叶飘走了过来，举起手中的相机，对准木柱揿了一下快门。

"寨子里面还有一些老房子。"叶飘说，"我们去看一下吗？"

"好。"林译莘说。

去寨子的道路要从一条倾斜的石板小街穿过去，然后经过一道石头砌成的寨门。寨门的石头已经严重风化，灰黄色的石头粉末覆盖在石头的表面，用手轻轻一摸，石粉就无声地掉下来。林译莘还看见，在一块石头上，有两个小小的洞孔，她想，也许这是多年以前被子弹击打的。在寨门口的几个小摊上，摆放着一些木制烟缸和竹制玩具蛇等旅游纪念品。小摊上摆放着一摞薄薄的小书，林译莘拿起一本翻看，是介绍天顶寨的小册子，书名是《天顶寨庄园民宅初考》。

林译莘手里拿着这本黄色封面的薄薄的小册子，沿着寨子里的石板小路向前走。山寨里的道路没有其他人，显得很安静。她经过一丛深绿色的灌木丛时，几只体形很小的红尾巴小鸟从灌木丛里飞了出来，它们把尖细的叫声留在空气里。透过浅灰色的空气，林译苇看见一幢黄褐色墙壁的房舍矗立在一座斜坡的顶端。在这幢房屋的后面，应该还有另外的房屋。它们全部都是老房子，在时间的深处度过了几百年的岁月，但林译苇仍然感到里面透出了人的气息。她闻到了炊烟的气味。

据《天顶寨庄园民宅初考》介绍，天顶寨建造于明代洪武年间，已有六百多年的历史。它是方圆两百公里以内保存最为完好的封建古堡建筑。这本小册子还介绍说，天顶寨主要由两部分组成。一部分是寨外三公里处的高峰砦，另一部分就是寨子里的地主庄园。庄园的房屋是天顶寨建筑群落的精华部分，但它也是衰败得最厉害的那一部分。

"那座山砦，应该就是高峰砦吧，你去过没有？"林译苇指着远处一座山峰问。

今天天气阴沉，云块厚重。此时，云块被风推开，露出了一道缝隙。一束阳光照射在高峰砦上，山崖上的岩石闪闪发亮。砦顶矗立着几株大树，几幢旧房子隐约可见。

"去过的。"叶飘说，"我和搞摄影的朋友采风，去过那里。"

"我们到那里去，怎么样？"林译苇问。

"好啊。"叶飘说。

他们穿过街道来到寨子后面。这里有一条石板路，他们沿着石板路向高峰砦走去。半个小时后，他们走到山峰脚下，石板路突然变得陡峭，成了石头阶梯，像一道石头瀑布挂在他们眼前。

叶飘走在前面，石头阶梯有点潮湿，上面长了一些淡淡的青苔。他走几步，就回头看一下。林译苇的头顶就在他脚下。他伸出手，想拉着她走。林译苇摇了摇头。

石头阶梯的半中腰有一道石头门框。可以看出，过去，这是一道关口。如果门框里还有门板，一旦关上门，外面的人就进不来。他们穿越空洞的门框，慢慢走上砦顶。

砦顶是一块很大的平地，有水池，有树林，还有几幢旧房子。其中两幢是草房。

他们走在一幢瓦房面前，一股凉气从屋子里渗出来。这就是历史的气息。林译苇想。

刚才走了一段路，又爬了陡峭的石头阶梯，叶飘感到自己的后背在出汗。他站在林译苇身边。她今天穿了一身接近黑色的深蓝色牛仔服，布料是柔软的纯棉布。牛仔服勾勒出她身体优美的曲线，她在微微喘息。当他有意无意更进一步靠近她时，他相信自己感受到了她的体温从这柔软的牛仔服包裹着的身体里无休止地散发出来。他感到一阵心慌。而她的注意力一直在他们面前的旧房屋上面。

林译苇走进这座房屋，叶飘跟在她的身后。她迈上台阶，轻轻推开一扇门。木质的门板打开的时候，发出了吱吱呀呀的声音。他们看见，这幢房子不大，正面墙边摆放着一张暗红色的八仙桌和两把木椅，另一面墙边有一部长虹牌彩色电视机，电视机旁边有一个博古架，上面的木格子里搁着一些瓷碗和瓷罐。

林译苇突然转身面向叶飘，盯着他的眼睛。他一下就把眼光移到别处。他听见林译苇对他说："在这里拍一张照片吧。"他顺着她手指的方向看去，八仙桌和木椅进入了他的视线。他举起相机，取景框的玻璃把桌子和木椅罩上了一层淡淡的蓝色。他摁下快门按钮，"咔嚓"，他听见了一声轻微的快门声响。

"任何地方都有故事发生。"林译苇说，"你没有感觉到这间屋子很神秘吗？"

"有一点。"叶飘说，"也许在过去的年代里，这里发生了很多故事。每个时代的人都有他们各自的喜怒哀乐，每个时代的人肯定就有他们自己的故事，也许我们永远不会知道这些故事的真相。"

"也许吧。"林译苇说。

这时，门口出现了一个中年农妇。她放下肩上的背篓，打量着突然出现在她家里的陌生人。

"不好意思。"林译苇对她说，"你家里没有人，我们就进来了。"

"没有关系。"那位农妇说，"我们家经常有人来参观。他们是旅游者，他们喜欢这种老房子。"

她从厨房里拿出两个瓷碗，从水瓶里倒出两碗热水，端到两位客人手中。她用衣角擦着双手，笑盈盈地看着他们，眼睛里有一丝羞涩的神情。

"你家的房子好漂亮。"林译苇说。

"我从小就住在这里。"中年农妇说，"这房子是土改的时候，我爸爸从地主那里分来的。过去，这山上的房子还住过土匪。这些房子很好，墙壁很厚，冬暖夏凉，屋顶的瓦也很结实，从来不漏雨。"

林译苇注意到，房间的地面呈现出淡淡的粉绿色。她弯腰仔细看，这绿色竟然是薄薄的青苔。每天都有人在房间里走来走去，地面上还可以生长青苔，林译苇感到很新鲜。

"你们全家住在这里面，不感到潮湿吗？"她问。

"不会的。"农妇说，"我们的房子一点儿都不潮湿，我们住在里面很舒服。"

"我们想在你的房子里面拍几张照片，行不行？"叶飘问她。

"欢迎。"农妇说，"有一些来旅游的人也用照相机拍摄过我们的房子，但他们从来没有把照片寄给我。"

"我会把照片寄给你。"叶飘说，"我要留下你的地址。我该怎么把照片寄给你？"

"你写，楠江市天顶镇高峰砦村三组张英玉收，就可以了。我就是张英玉。"

叶飘点点头，说了声"谢谢"，然后走向一扇深褐色的门。他转动着徕卡相机的卷片旋钮，把一张胶片卷到位，跨过这扇木头制作的旧门，走进里屋。里屋有一面墙壁竟然是山崖，在山崖上，还凿出了整齐的石阶。他顺着石阶走上去，又来到一个房间。

房间里面摆放着完整的古代家具，最显眼的是一张雕花大木床，墙边还有一套与下面屋子相似的红木太师椅和茶几。这张床是个庞然大物，像一间木头屋子，四根木柱支撑着沉重的床楣，床楣上雕刻着繁复的花纹，床前还有一个一米宽的踏板，踏板两端分别安放着两个床头柜。这种古旧的雕花床还要配上蚊帐才能使用，这张床也不例外。一袭用细麻布织成的蚊帐挂在床上，叶飘仔细观察，发现蚊帐的帐钩竟然是铜做成的，岁月还在铜钩的表面布满了绿灰色的锈斑。

叶飘转身退到房间门口，向站在下面房间里的林译苇招招手。

"你上来看这里，也许你会喜欢。"

林译苇走上来，眼前的情景让她轻轻地吸了一口凉气。

"太美了。"她说，"我只能说，它太漂亮了。你快把它拍摄下来。"

"你放心，它跑不了的。"

室内的光线比较暗，叶飘举起相机，在取景器里面寻找这个幽暗房间的画面感。这个异形的房间和古老的家具构成了一种奇异的画面，叶飘感觉到它的形式感很特别。在取景器里，它显得又安静，又神秘。他感到林译苇站到自己身边，他还感到她的身体轻轻地挨着自己的身体。他突然感到这间屋子有一股寒意，同时，他还感到她的体温正透过衣服的布料渗进自己的肌肤。

这部徕卡相机没有测光系统，叶飘根据自己的经验，把光圈设定在3.5，快门速度定在四分之一秒。他倚在台阶边一根木头柱子上，尽量稳住身子，对着空无一人的房间摁下快门。

第四章　发荧光的牛角梳

回到城里以后，叶飘把林译苇送到她家的门前。

"我们在一起，发现了一些奇怪的事情。"林译苇说，"但我不想让别人知道。"

"我不会告诉任何人。"叶飘说，"虽然，我们随便拿一张照片出去，就会成为大新闻。但有的时候，秘密比新闻更重要。"

林译苇看了他一眼。叶飘感觉到，她的眼神有点奇怪。

"你这话说得好。"林译苇说。

"这是受你的影响。"叶飘说，"你看问题的方式，你思考的方式，你说话的方式，可能都影响了我。"

"这是我们的秘密。"林译苇说。

"对。"

林译苇转身走了。叶飘看着林译苇的身影消失在阴暗的楼道里面，就像消失在虚无里。他慢慢向大街走去。

在街道上，他从裤袋里取出手机，拨通了徐婕的手机。听筒里传出轻微的"呼呼"声，那是风掠过车窗的声音。她正在开车。

"回来了？"徐婕问，"你在哪里呢？"

叶飘没有回答。

"你在哪里？"徐婕又问，"我开车来接你。"

叶飘关掉了手机。他走到中央大街时，又打开手机，给徐婕发了一条短信："我回去等你。"

他乘公交车回到坡顶上的农舍。他打开房门，把摄影包放到一个木柜子里。在分手的时候，林译苇叫叶飘先不要急着冲洗胶卷，她说，下次到另一个地方去拍摄一些照片，再一起冲洗。她还对他说，她的小说已经完成了开头那部分，但构思还不完整，结构也没有确立。整部小说的结构怎样构建，要根据他拍摄的照片内容来确定。如果照片里面出现了人，那么，这些照片里的人就会成为小说里的人物。她期待胶卷里面有她需要的东西。

室内越来越暗，从牛肋骨窗斜射进来的光线越来越朦胧，但室外山坡下面的景物还看得清楚。他终于看见徐婕的身影出现在山坡的小路上。她手里提着一件什么东西，急匆匆地向坡上走来。

他听见房门在响，随后，他看见徐婕出现在门口。

"怎么这么黑啊？"徐婕说，"你在吗？怎么不开灯？"

他看见她把手里提着的东西放到桌子上，好像是一瓶酒和一袋食品。从门口射入的光线清晰地勾勒出了她的身体线条，她整个身躯散发出性感的气息。他向她走过去，双臂紧紧抱住她的腰。

徐婕吓了一跳，"你又要这样，不准，放开！"她用双肘使劲推叶飘的手臂。但叶飘把她抱得太紧，她停止了挣扎。叶飘把她抱起来，走进里屋，放到床上。他俯下身子，注视徐婕的脸。他感到她急促呼吸的气流轻轻吹拂在自己的脖子上。

当室内的光线完全黑暗了之后，他俩精疲力竭地躺在床上，望着屋顶的亮瓦出神。透过那两匹亮瓦，可以勉强看见夜晚这深蓝灰色的天空。徐婕翻身搂住叶飘的腰。

"你在想一个女人，是不是？"她轻声问。

叶飘没有回答。

"我明白了。"徐婕说，"可不可以告诉我，她叫什么名字？"

"没有你所认为的那个女人。"叶飘说。

徐婕不吭声了。过了一会儿，她说："我给你买了一只烧鸡，还带来了一瓶郎酒。"

"我不饿。"叶飘说。

"我给你讲个故事。"徐婕说。

"你讲。"叶飘说。

"还记得我上次给你讲过的事情吗？我那位朋友，她的老公周彬经常在自家的窗口偷看一位妓女的日常生活？"

"记得。"

"后来，周彬遇到的事情从一件变成了两件，再从两件变成了三件。"徐婕说。

有一天，周彬开车来到老城区的一条街道。这条名叫铜匠街的老街道布满了做手工艺品的店铺，一些匠人在这里用马口铁或竹子做蒸笼，用牛角做梳子。这里还是城区的麻将一条街，各种麻将都摆在街边卖。

周彬到这里来，是为了找一个人。这个人是他的同学，名叫金人立。

金人立是一个做牛角梳子的工匠。农村有很多水牛和黄牛，它们的角是做梳子的好材料。水牛角做的梳子呈现出半透明的灰黑色，黄牛角做成的梳子更透明，像黄水晶那样。现在，许多女人都喜欢用天然材料做的个人用品，金人立的生意还过得去。他经常到城边屠宰牛的屠场购买牛角，然后用自己那套木工机械把牛角切成片，放在高压锅里，用蒸汽把牛角蒸软，再取出来压平，用锯子锯出梳齿，最后打磨光滑。在梳子的式样方面，金人立也做得很考究，他的梳子没有两把是完全相同的，他总是能够想出一些花样来使梳子的模样变得漂亮。他还给自己的梳子取了一个名字：黄刘角梳。这是一个令人莫名其妙的名字，但金人立很少向顾客解释这个名字的含义。

金人立租了一个门面来做他的生意。他制作的梳子一部分放在自家店面里卖，一部分被中间商批发到周边城市去卖。这样，每做一把梳子，金人立可以赚两块钱。

那天，周彬在金人立的店铺里找到了他，当时，他正在将几把做好的梳子放进一只盛有深灰色泥浆的木桶里，用泥浆反复摩擦，这是给牛角梳子抛光的好办法。这种泥浆是金人立在家乡的河滩上挖取的，那里的乌木比较多，包裹乌木的淤泥呈蓝黑色，里面含有丰富的矿物质。他把泥浆桶放在锅里蒸，高温使它释放出一些发荧光的矿物质。待它稍微冷却，再把牛角梳放在泥浆里浸泡，用手反复摩挲。经过温暖的泥浆摩擦，牛角质的梳子就会变得十分光滑柔润，泥浆里面的矿物质还会留在梳子上面，到了夜晚就发出淡淡的荧光。所以，金人立的牛角梳子很受女顾客喜爱。

金人立见周彬来了，急忙起身让座。他给周彬端来一杯热茶，问他有什么事情。

金人立和周彬是初中同学，几个月前，金人立曾经找过周彬，请他帮一个忙。当时，金人立的妻子患病住院治疗，急需要一大笔现金。这是一笔让金人立承担不起的费用。绝望之中，他找到了周彬。周彬是同学中最有钱的人，而且，在过去读书时，他俩关系最好，所以，他应该是最有可能借钱给自己的人。但是，周彬没有答应他。周彬说，现在做生意的人都缺少现金，他的资金全部陷在货物里面。很遗憾，他对金人立说，这个忙他无法帮。

现在，周彬却来到他的小店里，坐在一只小木凳上。他对金人立说，同学之间应该互相帮忙，但上次他没有帮上忙，很对不起。这次，他有一件事情需要金人立帮忙，希望他一定搭个手。

金人立没有停下手中的活。他的眼睛盯着自己手中的牛角梳，反复用泥浆摩擦它，问他有什么事情需要帮忙。

"我是一个穷人，可能帮不上你的忙。"他对周彬说。

"我这个忙，你一定能够帮上。"周彬说，"一点儿都不难，因为这是你的老本行。"

"老本行?"金人立有点不明白。

周彬伸出拳头，在空中比画了几下。

金人立不吭声，埋头摩擦梳子。

周彬说："其实事情很简单，就是在适当的时候用你的拳头去教训一下某个讨厌的人。这事对你来说，真的很简单。"他对金人立说，"有的人干了坏事，应该受到惩罚。"

"我只能干自己的活。"金人立说，"我只会做牛角梳子，我不会干别的事情，我也管不了别人的事情。不管他干了坏事，还是干了好事，都和我没有关系。"

"你爱人的病，好一点了没有？"周彬问。

金人立又不说话了。周彬说："啊，你不用说，我明白了。其实，办法还是有的，希望还是有的，就看你该怎么去做了。市场经济嘛，凭本事吃饭，有什么不好？我知道，现在上医院治一个简单的感冒都要花一百多元钱，更何况是那种病。你想，你一天做得了几把梳子，做出来又卖得了几个钱？"

金人立把梳子扔进泥浆桶里，站了起来。他用一张废报纸擦了擦手，眼睛直直地看着周彬。他的个子比周彬矮，他的眼光略微有一点仰视。然后，他低下了自己的头。

现在是打电话的时候了，韩其楼想。

现在是星期五上午九时，他坐在图书馆阅览室的办公桌旁，拿起话筒，拨了文纹的电话。他知道，今天上午文纹没有课。

给文纹打电话，现在成了韩其楼每天生活内容中的一部分。应该说，是很重要的一部分。有的时候，文纹会把电话打到韩其楼的手机上，待铃声响过两声后，她会把电话挂断。韩其楼很理解这种做法，文纹是一个乡村教师，收入低。但他自己的收入也不高，而且他们通电话的时间又比较长。所以，在办公室给她打电话，是两人都能接受的最好方式。

电话铃响了两声，文纹接了电话。她的声音仍然是那么纤细，那么轻柔，韩其楼的心脏又产生了隐隐的痛感。

"嘿。"文纹在电话里说。

"你在做什么呢？"韩其楼问。

他听见了一段旋律，是风琴的声音。

"我在弹风琴。你听到我弹的是什么吗？"文纹问。

"听见了。是《罗密欧与朱丽叶》。"

"现在呢？"文纹又弹奏另一支曲子。

"哦，我想想。知道了，这是《小河淌水》。"

"没有想到，你的音乐知识还是比较丰富的。但你唱歌唱得不好。"文纹说，"那天你在歌厅就表现得比较一般。你在唱歌时，有时要跑调。"

"你说得对。"韩其楼说，"我不会唱歌，但我喜欢音乐。你可以弹另外一些曲子来考我，看我知道不知道。"

"弹一点什么呢？"文纹问。

"你自己选。"韩其楼说，"来一点巴赫，怎么样？"

文纹在电话那一头停顿了片刻。

"我知道巴赫，但我没有练过他的曲子。啊，你听见了没有？"

"听见什么？"韩其楼问。

"听啊，那声音，是画眉在叫。"

"我没有听见。"韩其楼说。

"它们的声音太小了。"文纹说，"它们离这里还比较远。"

"你继续弹琴吧。"韩其楼说，"你弹得很好。"

"现在我不想弹琴了。我想告诉你一件事情。"

"哦。"韩其楼说，"是什么事情？"

"上次那个人，他又给我打电话了。"

"哦。"韩其楼说，"他应该给你打电话。"

"嗯？"文纹的声音里透露出一丝惊讶，"你是这样认为吗？"

"有人喜欢你，这是一件好事呀。"

"你真是这样想的吗？"

韩其楼沉默了片刻。他又清晰地闻到了室内那一股长年不散的霉味。那是书架上陈列的书籍散发出来的气味。每当韩其楼心情不好的时候，他就会闻到这种气味。

"喂，你在听吗？"文纹在电话的那一端问。

"在啊。"韩其楼说，"我希望你过得好。"

"什么才是过得好呢？"文纹问。

"我想，至少不会为一些基本的需求而发愁。比如，为明天的米，或是后天的柴发愁。"

"如果我明天有了米，后天又有了柴，心情依然不愉快，又该怎么办？"

"你的问题我回答不了。"韩其楼说，"这样的问题已经存在了几千年，还没有谁的回答能让每个人都满意。"

"那你自己应该有一个答案。我想听你的答案。你回答我吧，不要考虑这个答案对不对，或者是不是让我高兴。你说，他再打电话给我，我该怎么办？"

"你应该接他的电话，听他说什么。"

"他要说什么，这是很清楚的事情。关键是我应该怎样回答？"

"你想怎样回答，就怎么回答。"韩其楼说。

"我没有想到，你会这样对我说话。"文纹说，"而且我没有想到，你对待这件事情，会是这样的态度。"

"那我应该怎样回答呢？"韩其楼说。

"你不要说'应该'怎样回答，而要说你'想'怎样回答。"

"我想，"韩其楼说，"你不用听我的意见。"

他听见"咔嗒"一声，文纹搁下了电话。

他再次清晰地闻到了室内的霉菌气味。

在西大街的街头，有一个露天茶座。这个茶座的生意很不错，尤其是在下午的时候。在街头一块空地上，摆放着十来张桌子，椅子是塑料制的沙滩椅。过往的行人往往会在这里小憩，叫上一杯竹叶青或是明前玉露，舒适地倚在沙滩椅上，观看别人的生活从他们眼前流逝。

周彬在这里坐了半个小时，看见的全部是陌生人，不见金人立的身影。他摸出手机，正准备给金人立打电话，却看见他从一家卖鲜花的商店旁边走了过来。

"来一杯什么茶？"周彬问。

金人立看了周彬手中的竹叶青一眼，"来一杯三花吧。"他说。

金人立在周彬旁边坐了下来。他把茶杯端在手里，眼睛漫无目的地东看西看。他从周彬的眼神里感觉到，他正在寻找什么人。

"今天有什么事情吗？"金人立问。

"等一会儿再说。"周彬说，"就算没有其他事情，我们两个老同学也可以在这里喝点茶嘛。"

金人立并没有心思和周彬这样的同学一起坐在街头喝茶。他盯着一朵在茶杯褐色茶水里缓缓起伏的茉莉花出神。突然，他听见周彬轻声说："就是他！"

他抬起头，顺着周彬眼神暗示的方向，看见了三个青年。他们正在一个烟摊旁边买香烟。"个子最高的那个就是。"周彬说，"记住了没有？他的名字叫杨林。"

金人立点点头。不一会儿，那几个青年向这边走了过来，从他们身边经过。金人立的眼睛在杨林的脸上停留了片刻，把他的模样记在心里。他转过脸，观察杨林走路的姿势，他走路时，肩膀一摇一晃的，这是没有多少文化的人所特有的动作。金人立不知道杨林是干什么的，也不知道他与周彬有什么冤仇。金人立站起身，远远地跟在这三个人后面。

这三个人边走边抽烟，然后把烟蒂扔在人行道上面。虽然不远处就是垃圾箱，但这对他们而言，这样的城市垃圾处理装置不存在。他们心中只有自己，以及自己从小在贫寒的环境中所养成的习惯。这个习惯就是，任何事情，怎么方便就怎么做。他们带着这个习惯在街道上行走，却不知道危险快要降临。金人立跟在他们身后，努力从他们的举止上寻找令人憎恶的东西。他找到了。他看见这三个人除了随地扔烟头，还随地吐痰。但这还不够，还没有激起自己对他们的仇恨。很难想象，自己会对一个无冤无仇的陌生人动手。

金人立跟着他们走过两条街道，来到一家超市门前。这家超市的名字叫普惠，是城东片区最大的超级市场。这三个青年走进超市，便分开了，一个向左边走，另一个向右边走，金人立一直跟着杨林向前走。

开始，金人立以为自己的眼睛花了。他看见杨林的手里多了一个银光闪闪的细长物件。随后，他看清楚了，这是一把医用镊子。老婆住院时，他经常看见护士使用这样的镊子。现在，杨林把镊子伸进一位女士的挎包里，从里面拈出一个钱夹。

金人立没有考虑就快步走到杨林的身后，拍了拍他的肩膀。杨林转过身来，惊讶地看着眼前这个陌生人。金人立抓住杨林的左手腕使劲一拧，杨林痛得弯下了腰。在这一瞬间，他没有忘记扔掉手中的镊子。镊子飞到几米远的一个货柜上，击落了一筒洋芋片。

金人立对准杨林的右腿弯踹了一脚，杨林跪了下来。然后，金人立抓住杨林的头发，把他的头部拉得向后仰，再用膝盖使劲撞他的后脑勺一下。杨林倒在了地上，像一个装满了垃圾的编织袋。

四周的人都停下脚步，观看这场突如其来的搏斗。这时，金人立感到一个人正在向他靠近。他在转身的同时，右腿横着一扫，这个人的脚踝被击中，侧着身子沉重地倒了下去。金人立用左脚使劲踩了一下这人的右手腕，一柄短刀从他的手中掉在地上。金人立认出来了，这人是杨林的同伙之一。

一个身着蓝灰色保安服装的中年人拨开人群站到金人立面前。金人立弯腰从杨林的衣兜里取出一个钱夹递给那位女士面前。

"你看看，这个东西是不是你的？"金人立说。

女士急忙翻开自己的挎包，脸色一下变得苍白。她接过钱包，激动地说："是我的，是我的，你看，这是我的身份证。"她把一个身份证从钱包里取出来，递到金人立面前。

"他们是小偷。"金人立没有看她的身份证，转身对身边的保安说，"他们一共有三个人，还有一个人暂时没有出现。"

说完这句话，金人立向超市外面走去。一直到他消失在街上的人群里，保安还愣在那里。

那个时代的光线不一样。

林译苇在纸上写道。

她坐在文化馆办公室的写字台边，抬头看了看窗外的光线。现在是上午，昨夜下了一整夜的雨停了，天空的厚云块还没有散去，像一些飘浮的石头在空中挤来挤去。几缕灰白色的阳光从云缝里斜射下来。林译苇觉得，这种光线的颜色像骨头的颜色。

那个时代的光线不一样，时间的形状也不一样。

林译苇写下这句话之后，突然想到自己小时候的一件事情。

小时候，林译苇经常和小男孩儿们一起玩。有一年夏天，他们在学校的操场里疯跑。当时，学校放了假，由于有一段时间没有学生在操场上做操，操场上长满野草。太阳很烈，阳光晒在背上，滚烫滚烫的。他们满头大汗地在草丛中捉蚱蜢。这时，吹来了一阵凉风。一个小男孩儿站立在原地，仰起脸，闭着双眼，伸开双臂，享受抚摩他身体的风。他突然说："啊，这是从明天吹来的风。"

这句话让林译苇感到震撼。她迷迷糊糊地走到一棵树下，坐在一块石头上面发呆。她躲在树荫里，体会着风的方向，认真思索这句话的深刻含义。她的头脑深处有一个东西突然被激活了，现在想来，这个东西就是对观察和表达周边事物的全新角度。从此，这句饱含哲理性和艺术性的话改变了林译苇的思维方式。而说这句话的小男孩儿却没有意识到其中的意味，他照样到处疯跑，然后像其他人那样长大，最后成为一家小商铺的老板，每天做完生意就打麻将，生活得平庸而又幸福。

虽然有两个窗户安装了玻璃，

林译苇继续在纸上写道——

但依照现代的标准，田大方房子的室内光线还是很幽暗。

她抬起头来，看了一眼自己办公室的宽大窗户。窗户是用铝合金制作的窗框，光线透过五毫米厚的窗玻璃射入室内，呈现出肉眼不易分辨的淡蓝色。光线照射在不同的事物上面时，会呈现出不同的色彩，她想，而玻璃正是改变光线性质的物质，无论是在二十世纪，还是在二十一世纪。

这时，有人在敲办公室的门，她感觉到是叶飘。果然，叶飘推门走了进来。他走到林译苇的办公桌前，把一个牛皮纸袋放到桌子上面。

从他的眼神里，林译苇看到了一丝恐惧。

"你说过，我们再拍摄几次照片后一起冲洗，但我忍不住了，想看看胶卷上会出现什么东西，就先冲洗了。"叶飘说，"你看，奇怪的事情还在发生。"

林译苇拿起纸袋，将纸袋的开口向下，一沓黑白照片从纸袋里滑到桌面上。这几张照片就是上次叶飘与她在高峰砦的村民张英玉家里拍摄的。她清楚地记得，当时叶飘拍摄的是一间空荡荡的房间，里面只有几件古旧的家具。

结果，出现在照片上的，除了这几件家具之外，还有四个人。

这四个人都是男人，头上裹着白色的布帕，身上穿的衣服是几十年前的老式对襟衣服，衣服的扣子是用布条做成的。有两个人还穿着草鞋。毫无疑问，他们是生活在几十年前的人。

第一张照片显示，他们坐在屋子里的一张八仙桌旁边，凳子侧面倚着一支老式步枪，桌子上放着两支手枪，散乱着一些钞票、金属项链和镯子。由于是黑白照片，没有色彩，但可以断定这是金首饰。在第二张照片上，却是五个人了，多了一个学生模样的青年，头上没有缠白帕。第三张照片上的人影已经模糊不清，好像他们正在向时间的深处退去。

叶飘在办公桌对面的一张椅子上坐下。

"昨天晚上，我在进暗室之前，就感觉到这次拍摄的照片和上次一样，会出现一些过去的场景。"叶飘说，"在冲印这些照片的时候，我第一次感到害怕。当这些奇怪的影像在放大纸上慢慢显现时，我的汗毛都竖立起来了。你看，这里有四个人。他们究竟是从哪里来的？我一直想不通这个问题。我对着空房间摁下相机快门，一些我们没有看见的人却留在胶片上。"

"他们肯定在这个世界上生活过。"林译苇说，"他们是生活在另一段时间里的人。我也不明白，这部照相机为什么会拍摄到他们。"

他们拿起第二张照片，仔细观察。这张照片是五个人，坐在中间那个人是一个身材高大的青年男子。他的脸部轮廓分明，从他的姿势和眼神来判断，他正在与那个学生模样的青年讲话。那个青年穿着中山装，两只手放在桌面。

他们在讲什么话，现在已经听不到声音了。他们说过的话，早已消失在另一段时间里。但林译苇已经从这张照片上找到了感觉。她小说中的新人物诞生了。

"你看，这个人可以承担土匪的角色。"她指着照片上那个身材高大的青年男子对叶飘说，"我感觉到，他会成为我小说中的主要人物之一。我已经知道他是谁了。我要给他取一个名字。他的名字应该叫'田单岭'。"

"为什么叫'田单岭'？"叶飘问。

"我也不知道。"林译苇说，"这个名字一下就从脑子里蹦了出来，没有经过思考。"

然后，林译苇用食指轻轻地点着那个穿中山装的青年。

"这个人物也很重要，也许比田单岭还要重要。应该给他取一个什么样的名字呢？"林译苇侧过脸，征求叶飘的意见。

"你可以用我的姓来考虑他的名字。"叶飘说，"如果在你的小说里有我的一点影子，我就太高兴了。"

"那好。"林译苇说，"他的名字就叫'叶一峰'吧。"

"好名字。"叶飘说。

"你父亲是做什么的？"林译苇突然问。

"教师。"

"哦。"林译苇说，"我还没有想好叶一峰是怎样的一个人物。从照片上来看，他应该是一个知识分子，在过去的年代，他这样的人被称作读书人。那么，他为什么和这样一些人在一起，他们又做了些什么事情，这就要靠我们去发现，去创造。"

叶飘拿起照片，再一次观察上面的人物。一个时代与另一个时代的人具有不同的外貌。这种差别很细微，但确实存在。

也许是由于职业的缘故，叶飘对人物的外貌有一种天生的敏感。过去的人普遍不如现在的人漂亮，这是事实，许多历史照片就是证明。他认为，形成这种差别的因素很多。有一个重要的原因是，过去的年代里，由于物质贫乏，许多人缺乏营养，造成了骨骼发育不良和皮肤粗糙。还有一个重要原因是，获取信息的多少也决定了一个人是否更漂亮。缺乏信息会造成一个人脸部表情呆滞。营养不良的基因也会遗传下来，与信息缺乏造成的脸部呆滞互相影响。在这样的交叉作用下，会形成一个新的种族群体。一个时代的人们就这样形成了相似的外貌，他们的共同特征是丑陋。

而他手里这张照片有一点不同，那就是，那个身材高大的青年是一个英俊的男人，他已经被林译苇取名为"田单岭"。而那个穿中山装的学生长得虽然不帅，身材也瘦小，但他还算是有气质。他被林译苇命名为"叶一峰"。可以断定，这几个人真的是几十年前的人，只不过，田单岭和叶一峰一定是当时很不一般的人物。这一点，可以从他们的外表上看出来。

他瞟了林译苇一眼。她正在想心事，她的目光飘浮在室内的半空中。这个时候，她显得特别吸引人。一个爱思考的女人，即使她不是特别漂亮，但一个爱思考的女人会给她自己的外表增添美的因素。叶飘极想狠狠搂住她瘦弱的肩头，把她紧紧抱在怀里。然后，咬她的嘴唇，使劲地咬，一直把她的嘴唇咬出鲜血。他努力克制住自己，没有让自己真的伸出手去。一个爱思考的漂亮女人是致命的。他想。他发现自己的目光已经牢牢地粘在她的脖子上，便悄悄攥紧拳头，让指甲深深地扎进掌心的皮肤。掌心产生的疼痛感终于让他把目光转向墙壁。那里，有一幅油画的印刷品。

他走到这幅画面前，心绪稍微平静了一点。这幅油画印刷品可能是从一本杂志上剪下来的，被精心地装进一个铝合金框的玻璃相架里。一条古代的乡村道路在画面中向前延伸，道路两边的树木又细又长，只有在树梢部分才有枝叶。他记得过去在什么地方看到过这样的油画，好像是在一本画册上见过。

"这是霍贝玛的《米德尔哈尼斯的林荫道》。"

叶飘转过脸，林译苇正站在他的身边。

"你知道霍贝玛吗？那个荷兰人。"林译苇说，"他是一个十七世纪的风景画家，你看，他描绘的这条荷兰乡村的泥泞道路，一直通到了二十一世纪的中国。还有风。你看，画面上的树木表示风正从左边吹向右边，这风也可能吹到二十一世纪的中国来，也许它刚从我们窗子外面掠过。风是最自由的空气，它可以从几百年前吹向现在，也可以从明天吹向今天。时间就像风一样，也是一种流动的东西，但有的时候，它会藏匿在某个地方。我相信，图像里面往往藏匿着时间。它真的可能藏在图像里面，比如，一幅画，或是一张照片里。我想，你拍摄的这几张照片，它们和这幅油画一样，也许就是时间在某一个阶段的外形。"

林译苇说了些什么，叶飘没有完全听懂。他的注意力被她今天的衣着分散了。他现在才明白，她身上那套深灰色的服装是套裙。刚才，她坐在办公桌后面，他并没有注意到这一点。当她站在自己的身边时，他才看见了她那匀称的小腿。

在叶飘的意识里，女人最性感的部位就是小腿。他记得自己在小学五年级的时候，就开始关注异性的小腿。他经常采取的方式就是偷看。他还记得，音乐老师的小腿就很性感，上课时，在音乐声中，他的眼光总是要落到音乐老师的小腿上。她在踩风琴踏板时，两条修长的小腿一直在有节奏地运动。所以，一直到现在，他仍然看不懂简谱。

这是他内心的秘密，对谁也没有说过。

林译苇的小腿很苗条，与她的身材很相配。她真是一个优雅的女人。他想。她穿套裙比穿风衣还要性感。套裙更能够展示女人的身材。他想起"女人是天生的购物狂"这句话。然而，他知道，这是一句不负责任的话，说这句话的男人显然又聪明又浅薄。他无法想象林译苇提着拎包在商店里闲逛的情景。她是一个与众不同的女人，她的脑袋在大部分时间都在想着离她的生活很遥远的事情，她还要想着时间、空间等抽象的问题，她好像没有自己的日常生活。也许她从来就不逛街，至少不像别的女人那样，对衣服和化妆品感兴趣。也许她天生就是一个神经质的女人，或者她饱受了生活的打击，对日常生活感到绝望。这都是她放弃逛街购物的理由，平庸是一个女人日常生活的底色。他想，一个没有平庸底色的女人是一个不幸福的女人，所以，她才会去思考一条从古代油画里延伸出来的道路现在通向哪里，才会去给一张奇怪照片里的人物取名字，并把他们写进一部小说之中。

在日常生活中会经常发生一些不寻常的事情。他想。比如今天，天气不错，昨晚下了雨，空气中飘浮的尘埃被洗涤得一干二净。今天的天空虽然比以往更清澈，却仍然是一个平常的日子。但是，一些事情就悄悄发生了。他回忆起今天凌晨在暗室里冲洗照片时，那些陌生图像从放大纸上渐渐浮现出来的情景，就像自己的日子，正在被悄悄改变。

有一些人和事物会长久地停留在我们平时看不到的地方。他想。现在我们站在挂于墙上的一幅油画复制品面前，我看到的仅是一张彩色的纸，而她的想象力穿透了这一张彩色的纸。所以，在几百年前的一条乡村林荫道上，她可以看见时间的形状。她看见的时间和空间并没有发生变化，发生变化的只是我们自己。我们站在原地，就可以穿越时空。他想，这些图像就是证明。

韩其楼提着他的画眉笼子在街上行走。

今天的气温很反常，又热又闷。这条街道新近改造过，灰白色的水泥地面在太阳下反射出刺眼的光芒，使韩其楼感到不舒服。他想尽快走完这几百米长的街道，到达西区公园。

小叶榕是西区公园里种植得最多的树木。小叶榕的枝叶很浓密，在离地面不高的地方，就有枝条向四面八方生长，养鸟的人喜欢把鸟笼挂在枝条上面。

鸟笼挂在小叶榕的树枝上，会给笼中的画眉带来一种安稳的感觉。树枝有弹性，椭圆形的叶片在风中互相摩擦，会发出细碎的声音。这一切都给画眉提供了一个动感的环境。即便要让画眉睡觉，在这样的环境中，画眉也会睡得更加香甜。

韩其楼走近那棵长在公园凉亭旁边的小叶榕时，发现吴跛子正坐在树下的石头上用烟叶裹烟卷。这棵小叶榕是韩其楼最先发现的好地方，树下的草丛很茂盛，还有石头可以坐。他记得，在去年春天的时候，他就开始在这棵树下挂鸟笼，而吴跛子是去年秋天才在这棵树上挂他的鸟笼的。在韩其楼的意识里，后来者就是侵略者。有的时候，吴跛子真的很不要脸。

吴跛子的鸟笼与众不同。一般的鸟笼有两层笼布，外层用深蓝色的布，里层用红色的布。当养鸟的人提着鸟笼在街上行走时，就不会那么显眼。而吴跛子的两层布都是红色。红色是一种刺眼的颜色，韩其楼想，也许吴跛子提着红色的鸟笼在街上行走时，旁人注视鸟笼的眼光会让他感到自豪。

吴跛子裹好一支烟卷，用火柴点燃，慢慢地吐出一口灰白色烟雾，乜斜着眼睛，看了韩其楼一眼，向他点点头。

吴跛子占领了老子的领地，现在还坐在那块石头上，像一个真的主人，仿佛这棵好树是他最先发现的，韩其楼想。他抬头看了看，吴跛子已经把他的红色鸟笼挂在最好的那一根树枝上。韩其楼感到一阵怒火从腹部向胸腔升腾。他克制住自己的情绪，将手中的鸟笼挂在另外一根树枝上。

他坐了下来，有意与吴跛子挨得很近。他从来没有在这么近的距离看吴跛子的脸。他看见吴跛子脸上的皱纹像刀子雕刻出来似的。吴跛子的眼袋特别大，细小的眼睛像两条潮湿的伤口，里面还泡着两颗混浊的眼珠。那两颗眼珠经常射出犀利的光芒。现在，也许是韩其楼的眼光让吴跛子感到不自在，他那两颗眼珠一轱辘就转到一边去了。

上次斗鸟，吴跛子肯定作了弊。韩其楼想。现在，他的眼睛在回避自己，更加说明他的心里有鬼。韩其楼的心软了下来。他一下就觉得自己不那么仇恨吴跛子了。有时，情绪就是一切。他想。情绪就是我们生活的主宰。

吴跛子闭上眼睛，过了一会儿又睁开。他瞟了韩其楼一眼，然后用一根小草去逗弄他鸟笼中的画眉"上等兵"。"上等兵"的尖喙闪电般一伸缩，小草断成了两截。

现在韩其楼可以看到，吴跛子的眼睛里有一丝光彩了。这光彩一闪而逝，但确实在他那混浊的眼睛里出现过。韩其楼知道，那是吴跛子在为自己的画眉感到自豪。

到目前为止，吴跛子的"上等兵"是本市爱鸟协会中战斗力最强的鸟。人们传说，吴跛子在训练画眉的时候，有一套特殊的方法。有人看见过，他经常用香烟去薰他的画眉。奇怪的是，画眉在淡蓝色的烟雾中很活跃，还用喙去啄食缭绕在它身边的烟云。吴跛子已经让它体会到了毒药的魅力。

吴跛子从衣兜里取出一个小塑料袋，里面装着切短了的褐色烟叶。他取出几片烟叶裹烟卷，先是把一小片烟叶搓成一根小圆棒，然后再在上面裹第二片烟叶。他细心地一层又一层地裹，一支深褐色的烟卷在他粗大的手指间成形了。出人意料的，他把这支烟卷递给了韩其楼。

韩其楼是一个不抽烟的男人，却不假思索地接过了吴跛子递过来的烟卷。他感受到了吴跛子这个动作的善意。烟卷散发出一种独特的辛辣气息，他把它放在鼻子下面嗅了嗅。这辛辣的气味里，夹杂着一丝甜味。

吴跛子用火柴给韩其楼的烟卷点着了火，两人坐在石头上抽烟。韩其楼不喜欢香烟的滋味，更不喜欢叶子烟的滋味。他对人们从植物的叶子里寻找刺激自己神经的方式一直感到迷惑。有时他也抽一抽烟，但那是为了抽烟以外的目的。

"你在高峰砦抓到的那只画眉，到底好不好？"

吴跛子的问话把韩其楼吓了一跳。他一下就回忆起那天在高峰砦的竹林里粘画眉的情景。他的思绪随着那只翅膀上粘着树枝的画眉飞到了文纹的窗户里面。那只画眉后来在文纹的女儿手中逃走了，它消失在灰色的天空里，那片天空像一个梦的背景，上面嵌着他对高峰砦的记忆片断。有时，他一闭上眼，它们就会闪闪发亮。

"你怎么知道这事？"他问吴跛子。

"哦，你以为在这个圈子里还有秘密？"

"不是这个意思。"韩其楼说，"我没有想到你会知道这件事情。"

"我心里很清楚，你最不想让别人知道的人，就是我。是不是？"

韩其楼发现，吴跛子的眼睛里又闪过一丝光彩。他指着韩其楼的鸟笼说："就是这只鸟吧，我可不可以看一看呢？"

韩其楼把鸟笼的罩布撩开。他那只画眉被突如其来的光线惊了一下，在栖木上移动了一下身子。吴跛子皱着眉头打量这只画眉，轻轻地摇摇头。

"玩画眉,不能病急乱投医啊。"吴跛子说。

"你看清楚,这是一只什么画眉。"韩其楼说。

吴跛子又仔细地打量这只笼中鸟。这只画眉的个头小,但白色眼圈很宽,眼角很长,就像一个蹩脚的川剧演员喝醉了酒之后给自己眼睛化妆时,手一颤抖,笔锋向上飘了一下。

"哦。"吴跛子说,"这好像不是本地画眉,个子太小了。但我看它也不怎么样。它不是从高峰砦逮到的?"

"这样的问题,你还好意思问?"韩其楼说。

"我晓得了,这是一只越南鸟。"吴跛子说,"'越南鸟,个子小,打不赢,就开跑。'你没有听说过吗?"

"我不靠'听说'过日子。"韩其楼说。

"你是读书人,你有文化,你不听别人的,你只听你自己的。"吴跛子说,"但你为啥要弄一只越南鸟?它的个子这么小,你没有听说过'十大九不输'吗?"

"它不是越南鸟。"韩其楼说,"它是'越南人'。"

"越南人?"吴跛子说,"是你给它取的名字吧,取得不好啊,你想,越南和中国打仗,越南人能够打赢中国人吗?明摆着要输,你还给它取这个名,不吉利啊。"

"这个,你就不用管了。"韩其楼说,"你管好你自己的画眉就行了。"

"我的画眉管得很好。"吴跛子说,"但有的人就是不会管画眉,所以他的画眉老是打败仗。"

韩其楼把没有抽完的叶子烟扔到地上,用脚狠狠踩了几下,"有些画眉在打架的时候只有走旁门左道,叫得也难听,就像它的主人一样。"

吴跛子的脸上浮起一丝得意的笑容。韩其楼取下自己的鸟笼,把罩布掀下来扣好,提着鸟笼走开了。穿过一片草地的时候,他意识到,自己刚才说的话简直就像一个小孩子。在草地的小路上转弯的时候,他又一次想起了文纹。

他抬起头来，仿佛看见文纹娇小的身影在前面的草地上行走，她那雪白的脚踝在草丛中时隐时现。

林译苇打开便笺本，翻到上次停笔的那一页——

虽然有两个窗户安装了玻璃，但依照现代的标准，田大方房子的室内光线还是很幽暗。

那个时候的窗户都很小，林译苇想。而且，做窗户的材料都是石头和木头。大户人家的窗户更讲究，在木头上雕刻了花纹，而穷人家的窗户就简单得多，只要能够遮风避雨，同时能够看清楚外面的情景，就行了。

田大方是一个穷人，他的窗户在当地却是独一无二的。他的窗户镶嵌的是雕花玻璃，但是，他的窗户不能打开，他把整块玻璃嵌在墙壁上，使之成为墙体的一部分。从这里，光线可以畅通无阻，风却不能随便进出。

田大方的床铺就安放在玻璃窗下面。自从田莲花进了家门之后，田大方就把床铺让给了她。有时，田大方半夜会在墙脚的熊皮地铺上醒来，他会看见田莲花在床上熟睡，月光从玻璃窗户射进来，朦胧的光线像水银一样，将她的身体镀出清晰的轮廓。

房间的地面是被踩得很瓷实的干燥泥土。每天早上起床后，田大方就在地上仔细搜寻田莲花掉落的头发。他把找到的头发丝搓成纤细的绳子，吊在屋檐下面。为了让头发绳变直，他在绳子的下面坠了一块小石子。

村子四周的山峦都覆盖着密匝匝的树林。一天黄昏，田大方在树林里的小路上行走。他拔起小路旁边一根草茎，嗅了嗅草茎的气味。然后，他再仔细地找一找，在草丛中发现了一条难以觉察的浅浅痕迹。这是野兔跑过时留下的压痕。他沿着这道痕迹在树林里走了一段路，不时用手拨开挡在眼前的枝条。在一个地方，他看见这道痕迹从两块石头之间穿过。在两块石头旁边，有两棵小树。

田大方从怀里取出一根细小的头发绳，在一端打了一个可以滑动的活结。他把另一端绳子穿过活结，然后把绳子的两端拴在小树上。头发编成的细绳圆圈非常富有弹性，它悬在草丛中，成为一个能够致小动物于死地的陷阱。

他沿途布下几个同样的陷阱，钻出树林回到家里。

第二天早上，他返回到树林里，寻找昨天傍晚安放在草丛中的头发圈。兔子喜欢踩着自己的足迹行走，一不小心，就会把头撞进头发圈。他在第三个陷阱找到了一只兔子。它已经死去，身体变得僵硬，浅褐色的兔毛被露水打湿了，圆睁的双眼蒙上了一层灰白色的翳雾，一小截紫灰色的舌头露在牙齿外面。

田大方解开兔子脖子上的头发绳，提着兔子的一只后腿，把它带回家。他把它吊在屋檐下，用小刀剥去兔皮，再用菜刀将兔子切成块，放在瓦罐里煮熟。他把兔子的肝脏、胃囊和肠子清洗干净，从坛子里抓出一把滴着晶亮涎液的酸青菜，为自己做了一大碗兔杂汤。他把兔肉盛在一个粗瓷碗里，端到桌子上，房间里充满奇异的肉香。

"你吃吧，这是野兔的肉。"田大方对田莲花说。

"你在哪里逮到的野兔？"田莲花问。

"就在山坡上的树林里。"

"怎样逮到的？"

"用你的头发做成套子，套的。"

田莲花的脸上露出了一丝笑容。田大方感到自己的心脏都快爆裂了。他从来没有看见田莲花笑过。

"我的头发怎么到了你那儿了呢？"

"每天早上我都在地上捡你的头发。你的头发掉在地上，有时我可以捡到一根，有的时候，我能够捡到几根。"

"哦。"田莲花说，"那你为什么不向我要头发呢？"

"掉下来的头发不会疼。"田大方说，"那次，你的脚上起了水泡。我拔你的头发穿水泡，你痛了。"

田莲花低下头。田大方感觉到她的眼角有一点泪花。他一下就慌乱了。

"你不舒服了？"

田莲花的头埋得更低了。

"没有。"她小声地说。

他们又像往日那样，一声不吭地吃完了饭。田大方在灶头上洗碗的时候，田莲花在床边收拾床上的东西。她把蓝色土布和稻草做成的枕头，以及细麻布和棉絮做成的被盖整理好，放在床的一边，空出了半个床。这时，天空已经完全黑暗了。田莲花直起身来，背对着田大方说："今天晚上，你就不要再睡地铺了。"

金人立把工商银行的银联卡塞进自动取款机，输入密码后，查询了一下存款余额。他的存款本来只有七百五十元，现在，取款机屏幕上显示的存款余额为五千七百五十元。周彬为他存进了五千元。

他提取了一千元现金，把它放在一个皮夹里。这样，他的皮夹里就有一千零三十八元钱了。这个皮夹从来没有装过这么多钞票。

他买了一盒红塔山牌香烟，抽出一支叼在嘴唇上。一股久违的烟草香味一丝一丝浸入他的鼻腔。他慢慢地在街道上行走，漫不经心地扫视四周的行人。

街道上的行人很多，金人立当然不认识他们。他们像一群急匆匆的动物，在街上走动，奔向各自的目标，有的去觅食，有的回家。

金人立想到了自己的牛角梳。昨天他一共做了五十把梳子毛坯，今天应该把它们打磨出来。明天再花一个小时的时间，用泥浆为它们抛光。但是，他今天又接到了周彬的电话。

金人立必须在这两天找到那个人，那个以偷东西为生的人，他的名字叫杨林。只要揍他一顿，就可以得到一笔钱。

金人立还不适应这种简单而又复杂的事情。他站在街头，用鞋尖蹭水泥地面。他抬头看了一下四周，行人仍然匆匆忙忙。

他知道杨林住在哪里，但却迟迟不去接近那个地方。他发现，自从心中有了一个目的之后，平时很熟悉的街道就变得陌生了。他知道，向前走几百米，再往右拐，穿过一条狭窄的老街，就到了杨林居住的那幢房子。他可以坐在房子旁边的茶馆里喝茶，等着杨林出来。像杨林这样的人，一般都是夜猫子。他们在夜晚喝酒赌钱，往往要到凌晨才睡觉，而且不到中午不起床。他可以等到杨林出门，然后跟踪他，在一个合适的地方，把他打倒在地上，使劲踢他两脚。当然，金人立最习惯的生活方式还是坐在自己的店铺里用泥浆摩擦牛角梳子，但是，这样做的目的是为了用梳子换取金钱。他做一年牛角梳，收入只不过三四万元，而把杨林揍一顿，收入就有几千元。他这才意识到，自己对这个世界懂得还太少。

金人立走到一个小茶馆里，要了一杯青茶。这条街道有好几家这样的小茶馆。茶客们大多数是老年人。他们坐在木头条凳上喝茶，把手肘支在木头桌子上聊天。他们每个人都把自己的世界带到这个茶馆里，融入滚烫的茶水，互相交流。

金人立品尝着青茶粗涩的苦香。他的眼睛盯着一面墙壁，眼角的余光却能瞟到门外的情景。他看见一个穿白衬衣剃平头的青年从门口走过。那是杨林。他走路的时候，上身一摇一晃，仿佛他对周围的一切都满不在乎。这种人就是这个样子。金人立想。他们总是以为自己没有人敢惹。过了大约一分钟，金人立掏出一元钱，放在茶桌上。

金人立走出茶馆，沿着街道向前走。走了几十米之后，街道在前面分岔了，像一个巨大的Y字，一条向左，另一条向右。金人立没有看见杨林的身影，他简单地判断了一下，向左边的街道走去。

这条街道的两边大多数是经营汽车配件的店铺。这条街道接近城区的边缘，街道很宽阔，充满汽油和机油的气味。在店铺门前的水泥地面上，不时可以看见一摊又一摊黑色的油渍。金人立看见杨林站在前面几十米远的地方，正在和另一个人说话。然后，他们走进了一间店铺。

金人立继续向前走。他经过这间店铺时，注意到招牌上的名字是"王老六汽车修理"。他瞥见杨林和几个人站在一张桌子面前。他迅速走过去。走到街道的拐角处，他停了下来。

从这里可以看见那家修车店。修车店里的光线比街面更幽暗，从里面很容易看见外面的情景。金人立向前走了两步，倚着一棵小叶榕的树身，观察修车店里的动静。他看见店里停放着一辆丰田牌轿车，杨林站在轿车旁边，与两个青年男子说话。金人立注意到，他们在说话时，眼睛偶尔会向外面瞟一下。一阵轻微的紧张感觉从他的脚后跟蔓延到后颈窝。他转过身，慢慢向前走去。

前面一条街道正在铺设天然气管道，金人立踩着满地的碎石渣走到人行道上，看见两米之外站着两个人，其中一个人握着一个扳手。金人立侧过脸来，发现还有两个人从后面跟上来。他面色平静地向前走了两步，突然弹出右腿，把拿扳手的那个人踹倒在地，然后，他顺势来了一个扫堂腿，旁边那个人也倒在了地上。这时，一个沉重的硬物打在他的后脑勺上，一股温湿的液体缓慢地从发根流到后颈窝。这股温湿的液体慢慢带走了他的意识。

叶一峰挎着他的竹篮，站在贵都美术专科学校的大门外。

学校大门的表面是灰色的拉毛水泥装饰。拱形的大门外沿被一种旋涡状的花边包裹着，大门上方的正中嵌着一块烧饼大小的蝙蝠图案。在蝙蝠的上面，有一块长满绿锈的铜牌，上面镌刻着几个隶书大字——私立贵都美术专科学校。

林译苇写到这里，把手中的钢笔放在桌面上。她在想，接下去该怎样写。

他应该直接走进学校的大门，林译苇想。

叶一峰走进了这座他找了好几天的大门。

林译苇写道。

他首先看到的是一个操场。操场四周长满了高大的梧桐树，有几个人在操场的一角打篮球，其中有一个青年女子，她穿一双白色的篮球鞋。这种白色的球鞋，叶一峰曾经在家乡的县城看见过，也是在篮球场上，只不过，家乡的篮球场上只有一个篮球架，而这里是两个。这样，打球的人就可以自由地在宽阔的球场上跑来跑去。

这时，一个男子把篮球投向女子，女子跑步去接，篮球从她的手中滑过，径直向叶一峰这边飞来，落到地上，向他弹跳过来。他侧身闪让，篮球从他脚边滚过去，他感觉到篮子里面的东西互相撞击了一下。他把篮子放在地上，蹲下身子撩开蒙在篮子上的那块蓝布，检查放在里面的几尊泥土像。

还好，塑像没有碰坏。叶一峰抬起头来，发现一个女子在盯着他的篮子。他拉过布，把篮子盖得严严实实。他认出来，她就是那个穿白球鞋的女子。

"你是来学校卖东西的吗？"她问叶一峰，"我看你篮子里装的东西像烤红苕，一个铜板可以买几个？"

叶一峰觉得自己的脸在发烫。他拉开篮子上的布，把篮子端起来问她："你看，这是烤红苕吗？"

女子瞪大了眼睛。叶一峰注意到，她的眼睛是典型的丹凤眼，而且眼睫毛特别长。"我可不可以拿出来欣赏一下？"她问。叶一峰感觉到她的语气是真诚的。

叶一峰从篮子里拿出一尊塑像，这是一尊古代仕女像。女子小心地把它捧在手里，发出一声短短的惊叹。这尊仕女像五官清晰准确，衣服的皱褶自然流畅。女子的目光从塑像转向叶一峰，眼神透出一丝惊讶。这个人身材单薄，穿一身蓝布中山服，上衣口袋里插着一支钢笔，脚上穿一双黑色的布鞋，装束不土不洋。

"这是你做的雕塑吗？"她问。

叶一峰挺了一下胸膛："是我捏的。怎么样？"

"真还看不出来！"她说，"你是哪里人，到这里做什么？"

"考学校。"

"哦，原来你想当艺术家？"

"这个，你不用管。"叶一峰说。

"今天我偏要管你，"她说，"我要对你说，你来晚了，学校现在不招生了。我还要告诉你，学校在一些城市设了考试点，招生时间早就过了。你是哪里的人呢？"

"四川。"

"哦，四川。"她说，"我记得在四川的成都有一个考试点，你没有去那里吗?"

"没有。"叶一峰说。

"你真笨。"她说。

叶一峰转身就走。他走向矗立在操场边的那幢棕褐色的砂岩楼房。在光线幽暗的走廊里,有一些办公室的门开着,从门口射出的光线像一块块浅灰色的毯子铺在走廊的地面上。有一间办公室的木质门框上钉着一块铜牌,上面刻着——招生委员会。

房间里的办公桌旁边坐着一个秃顶的中年男人。他放下手中的钢笔,取下老花眼镜,盯着站在门口的叶一峰。

"我来报名。"叶一峰说。

中年男人的眼光在叶一峰脚上的布鞋和挎在腰间的篮子上溜了几遍。

"我们现在不招生了。"他说。

"我从很远的地方来。"叶一峰说。

"我们招生不招生,和你远不远没有关系。"中年男人戴上眼镜,继续在一个本子上写字。

"你还没有看我捏的人像。"叶一峰上前两步,把篮子放在办公桌上。

中年男人随意地瞟了一眼叶一峰篮子中的泥巴人像,鼻子里哼了一声。

"嗯,不错。但我们招生委员会不是为你一个人设置的。我想,你应该找得到回去的路。"

叶一峰拎过篮子,转身走出办公室。在操场边,他突然举起篮子,把它砸在一棵梧桐树上。一个拳头大小的头像飞到十几米外,在铺了炭渣的跑道上滚动了几下,撞到了一只穿着布鞋的脚。

就这样,私立贵都美术专科学校雕塑科主任陶蕴玄于一九四五年六月二十三日下午从脚下捡起了一颗泥塑的人头,他也因此发现了自己教学生涯中最得意的学生。

林译苇写到这里,感到思路清晰多了。她放下手中的钢笔,望着窗外的景物。她呼吸着二十一世纪的空气，想象着几十年前，一个来自偏远小县城的有艺术天分的青年如何因一个人而改变他的人生道路。叶一峰是一个酱园主的儿子，他家里有许多大陶缸，里面装满了豆瓣酱、酿醋的麦麸和制造酱油的黄豆。八岁那年，他跟随父亲到一个制造土陶的工匠那里购买陶缸，第一次看见了做陶器的软泥。这种柔软的泥土可以在他的手指间变成任意的形状。正是这样的泥土，让他在十年后来到私立贵都美术专科学校。

一年四季，山风无休止地掠过单岭堡，把村子里的温度带走。

林译苇这样写道。

她的眼前逐渐浮现出一座大山，一座长满丝茅草和青冈树的玄武岩山脉横亘在蓝灰色的天幕下。在一座山头的顶端，散布着一些茅草做屋顶的石头墙房子。那就是单岭堡。

单岭堡是一个贫瘠的山村，村民们在山坡上零散的耕地上种植苞谷、小麦和洋芋。那是祖先们开垦出来的小块土地，村子就是因为这些小块土地而诞生的。

人总是要依靠粮食，依靠植物的种子生存。英国学者雅克布·布洛诺夫斯基在他的《人类的攀升》一书中叙述道，在一万年前，人类就和植物的种子相依为命。这样的命运一直保持到二十世纪的单岭堡。在四季的风中，村子里的人在祖先遗留下来的小块土地上种植红苕、苞谷、小麦、洋芋，他们播种和收获，却从来就没有丰收的消息。山上长得最茂盛的，永远是树木和野草，村子里的村民身上，永远有一股植物的气息。

田单岭十四岁的时候，是一个很瘦的孩子，但个子比同龄人更高。他每天要做的主要事情就是对着一个能够旋转的木头人拳打脚踢。木头人的手臂被击打的时候，会快速来回运动，从而形成一种机械的反击，他的头部和肩膀经常被撞得青一块紫一块。木头人安装在屋后的一块空地上。三年前，父亲田大方用斧子在山坡下砍伐了一棵桢楠树。他把这棵树砍成好几段，用其中的一段做成了这个木头人，其余的砍成碎片做柴火。他的母亲田莲花用这些木头的碎块填进灶膛里给他做饭。他家的炊烟往往在黄昏的时候像薄薄的轻纱罩在屋顶上面。在很远的地方，村里的人们都可以看到。

田单岭带着满身的伤痕慢慢成长。他学会了快速躲避别人的打击和快速打击别人的方法。

这就是国术，利用身体和简单的器械打击别人或躲避别人的打击。这是一种原始的自卫方式和原始的攻击方式。许多人把这样的技艺视为文化，从而产生了不少大师级人物。但是，田单岭的爸爸田大方不是一个大师，而是一个把国术作为卖艺的本钱、在大地上四处游走的乡下人。

灵活是田单岭给别人的第一印象。

林译苇继续在纸上写，田单岭的形象在她的意识里越来越清晰。

他的身材又瘦又高，五官端正，眼睛在任何目标上停留的时间都不长久。他总是感到饥饿。每天他都精疲力竭，他最渴望的事情就是吃一顿饱饭。

母亲每天最重要的事情就是想方设法为他准备吃的东西。在山坡上，家里有四块祖传的土地，总共面积只有三亩。这几块土地每年都稀稀拉拉地生长出一些红苕、洋芋、苞谷和小麦。父亲田大方不在外面游荡卖艺的时候，就扛着家里那把锄头到坡上挖泥土，挑着两桶粪水去浇地。初夏，家里三亩地只能收获四箩筐小麦，秋天还能够收获几箩筐苞谷。母亲把小麦和苞谷背到村头的水磨坊里磨成粉末。由于石磨的磨齿太粗糙，小麦和苞谷的粉末形成不均匀细小颗粒，它们带着麸皮，成为田单岭每天的粮食。为了给田单岭换口味，小麦刚收获的时候，母亲会到树林里采摘桐子树叶，把丝茅草的根放在两块石头中间，压榨出奶白色的汁液，调在麦粉和苞谷粉里，用桐树叶包上，在锅里蒸熟。有时，她会用红糖水或丝茅草汁和在麦粉里做成饼子，放进灶膛的柴灰里烤熟。这是田单岭最喜欢吃的食物。他喜欢甜味，喜欢甜麦粉做的饼子。那时，糖是乡村里的稀罕物品，丝茅草的根是甜的，它就是穷人的糖。夏天，苞谷还没有成熟的时候，妈妈就到地里掰下鲜嫩的苞谷穗，在锅里煮熟。嫩苞谷有一股甜味，带着一股青草的清香气息。但是，苞谷老了，就有一种粗粝的口感。

大概每隔一个月，父亲就从外面回家。他要在家里待上一阵子，又出去。他每次都带回一些杂七杂八的玩意儿，却总是带不回钱。有时他带回一个鼻烟壶，有时又带回一个核桃，颜色是橘红色，上面雕刻着细小的图案。他喜欢带花纹的东西。鼻烟壶上画着一些彩色的鱼和花朵，而核桃上的雕刻就更神奇了——上面雕刻着八仙过海，八个神仙比黄豆大不了多少，眼睛鼻子却一清二楚。核桃不知经过什么人的长期把玩，已经变成了半透明的模样，像一块玉石雕件。这些都是父亲带给田单岭的礼物。他把它们放在一个竹子编的小箱子里，平时，小箱子就搁在田单岭的枕头边。有时，他还会为儿子带回红糖，那是一种暗红色的块状物，很坚硬。在睡觉之前，田单岭把糖块从一个小箱子里取出来，咬一小口含在嘴里。他闭着眼睛躺在麦秸床垫上，听着风声掠过窗外，慢慢入睡，让那甜丝丝的味道慢慢浸入他的梦里。

父亲用一把钢凿在屋边的悬崖上凿下一些石头。他把石头凿成铜锁的形状，把另外的石头凿成几扇小磨盘。他把一根木棒穿在两扇磨盘之间，做成一副杠铃。他要儿子每天早上站在院坝里举杠铃、举石锁。田单岭用尽全身力气把杠铃举过头顶，眼睛盯着山下小镇外面的那条细小的河流。汗水从他的额头流进眼里，他感到眼睛刺痛，但他努力睁开眼，任凭视野里的景物一片模糊。他的双腿开始颤抖，他感到杠铃要从酸胀的手臂上砸下来了。最终，杠铃并没有砸下来。

一天早上，田单岭把沉重的杠铃放下来，正要松口气，身体突然向前飞去。他飞出几步远，扑在地上。他闻到了地面上的尘土味。他回过头，看见父亲站在身后。

"你老是不小心自己的背后。"父亲对他说，"对你不安好心的人，总是站在你的背后。"

田单岭从地上爬起来。他的嘴唇擦破了，他感觉有一股火苗在嘴皮上蹿动。

父亲把他带到屋后，蹲在地上寻找。父亲搬开一块石头，找到一个指头大小的泥洞。他用一根树枝小心地挑开泥洞，一只灰白色的蜘蛛从破损的泥洞里匆匆爬出来，被父亲一把捉住。他把蜘蛛放在儿子的嘴边。

"吃下去。"父亲说。

田单岭把嘴唇微微张开。

"你如果害怕，就不用嚼。"爸爸说。

田单岭让父亲把蜘蛛放进自己的嘴里。一个冰凉的小小物体在舌尖上滑动，他努力把它咽了下去。他感觉到蜘蛛的身体在自己的喉咙里慢慢往下滑。爸爸的脸上露出了一丝笑意。

"很好。"父亲说，"现在，再来看这个。"

父亲从泥洞的底部小心地取出一块白色的絮状物。这是蜘蛛网。他把蜘蛛网贴在儿子的嘴唇上。田单岭感到一丝冰凉的甜腥味。

"蜘蛛是好东西。"爸爸说，"蜘蛛网也是好东西。"

嘴唇上的疼痛感在蜘蛛网的覆盖下慢慢消散。田单岭摸了摸嘴唇。他摸到了一小片薄薄的滑湿而柔软的东西。这时，他听到一个陌生的声音。

"田师兄。"

他转过头去，看见一个身材高大的中年男子走到自家的小院子里。这个人又对父亲喊了一声："田师兄。"

父亲站在原地："祝师弟。"

田单岭感觉到，父亲的语气带着一丝惊讶，还带着一丝冷漠。

林译苇在城南长途汽车车站候车室等了大约五分钟，看见叶飘从门口走进来。

候车室里坐满了旅客，在他们中间，叶飘的装束显得很突出。他虽然已经剪短了头发，但穿一身磨出了许多破洞的牛仔服。他宽宽的肩膀上随意挎着一个很大的黑色摄影包，里面装着一个尼康牌单镜头反光照相机。林译苇知道，那个摄影包里还装着那个徕卡照相机。那是他们今天旅行的目的。

那些搞摄影的人总是努力把自己打扮得与众不同。林译苇想。叶飘就是这样的人，他也不能免俗。都数码相机时代了，难道还有人对摄影者另眼相看吗？她想。

但叶飘身上有一种气息，老是让她心里隐约地感到不安。当他坐在身边时，她立即站了起来。

"车快开了。"她说，"我们上车吧。"

她感到自己把"我们"这两个字说得太自然了。她加快脚步，把叶飘甩在身后，径直走上一辆发动机已经启动的汽车。

"我们今天到哪里去呢？"叶飘跟着上了车，坐在她的身边。

"我也不知道，随便吧。"林译苇说，"我们跟着这辆汽车走。"

叶飘盯着林译苇的脖子，点点头。汽车开动了。他注视着车窗外移动的景物。城市正在一点一点退出他的视野。

他们没有说话。汽车沿城南的大道驶到城外，拐上了一条宽阔的水泥公路。公路两边有一些用竹条和塑料搭建的棚子。城市近几年来扩张得很快，前几个月，这些棚子的下面还是农田，现在却成为临时的餐馆。昔日的水稻田铺上了水泥，几根木头柱子撑起几片竹篾做成的墙体，再盖上塑料布，便成了简易的餐厅——提供乡村风味的菜肴，供城里的人们消费。

开着各式各样的小汽车来到简陋的乡村餐馆用餐，已经在这个城市成为时尚，林译苇想。她把手机从拎包里取出来关掉，又放回去。

汽车的坐垫是人造革做成的，上面布满了斑斑污渍。在刚上车时，叶飘用纸巾擦了一会儿也擦不干净。乘坐这种车辆的一般都是农民，他们到城里来卖菜，然后买些日用品带回家。他们把箩筐和扁担放在车上的过道里，他们挤在一起抽烟，大声说话。汽车在他们的嗓音里轰隆隆地向前行驶。

叶飘点燃了一支香烟，他试图把烟雾喷出车窗外，结果，风把淡蓝色的烟雾吹回车厢里。

"没有人管你抽烟吗？"林译苇问。

"没有人管我。"叶飘说，"无论我做什么，都没有人管。"

林译苇不说话了。她盯着车窗外不断向后掠去的景物出神。

"你为什么不对我说，抽烟不利于健康呢?"叶飘说。

"我对无聊的话不感兴趣。"

叶飘很快抽完了香烟。他把烟蒂扔到车窗外。

"我喜欢把烟蒂埋在泥土里。"叶飘说。

"哦。"林译苇说。

"我喜欢在安静的地方抽烟。"

"今天我们坐在一辆汽车上，不是为了谈论你。"林译苇说。

"懂了。"叶飘说，"我们今天坐在汽车上，是为了拍摄照片。我不应该说废话。"

林译苇的心里感到一种莫名的烦躁。早上她出门时，看见韩其楼正从盥洗间出来，她对他说，她要到乡下去一次。

"到乡下去做什么呢?"丈夫温和地问。

"拍摄照片。"林译苇回答。

韩其楼看着妻子，微微一笑。林译苇知道，是自尊让他不能再往下问。林译苇没有这方面的爱好。她突然要去乡下拍摄照片，这个消息让他感到吃惊。虽然他没有表露出来，但林译苇可以看出，他在克制自己。他转过身，给妻子打开了大门。

如果他问自己为什么突然要去乡下拍摄照片，林译苇想，自己说不定会给他说得详细一些。她会告诉他，自己与一个搞摄影的青年一同去。她还会说，她和他拍摄的照片与众不同。他们的照相机能够显现逝去的景物，但这些话他绝对不会相信。这一点都不奇怪，凡是没有见过那些照片的人，都不会相信。

汽车出城不久，行驶在一条更窄的水泥公路上。在前方的山坡半腰，有一座褐灰色的石头牌坊矗立在那里。当汽车驶近时，林译苇看到上面镌刻着几个宋体字——寿世祯祥。

这条水泥公路下面是一条古道。林译苇想。过去，人们树立一座牌坊，往往会选择在大道旁边，让南来北往的人看见，把牌坊所要表达的信息带到四面八方。

在公路旁边，馒头似的丘陵一个接一个。在丘陵之间，是水田、竹林和农舍构成的四川南部田园风光。这一带的白鹭特别多，它们巨大的白色身影在铅灰色的天幕中无声地掠过，像史前的生物复活在现代的天空里，但林译苇要找的地方不在这里。

　　毫无疑问，这条公路下面是一条古老的道路，它已经存在了上千年。林译苇在一本介绍楠江的书里看到过对这条公路前身的描述。它是一条古驿道，从成都直达重庆，途中经过天顶寨。

　　　　天顶寨，四川省楠江市天顶镇（原天顶公社）政府所在地，距楠江市区四十九公里，与汉宁市宁川县接壤。这里是深丘地带，沟壑纵横，树木丛生，素有入川咽喉之称，是古代兵家必争之地。早在一千多年前，南来北往的马帮铃声就响彻这沟壑峡谷。

　　林译苇注视着车窗外。她看见远方有一抹黛青色的山峦，成为眼前这些丘陵的背景。那就是书上所说的深丘地带，人们称之为"山"。林译苇知道，真正的山不是这个概念，但要徒步走上一座深丘的坡顶，至少也要花一个小时。或许，称它为"山丘"比较恰当。

　　越是往南边走，那山丘就越高，逐渐成为真正的山。车窗旁边的景物在迅速移动，而远方黛青色的山峦却像一抹蓝灰色的颜料顽强地凝固在天边。林译苇想，田大方、田莲花和田单岭的故事就发生在那蓝灰色的深处。只要有人，就会发生故事。但那一带发生的故事更封闭，也就可能更残忍。他们的故事已经沉在时间的底层。林译苇想。时间的碎末已经把它们掩盖了，但是，也许有人会把它们清理出来，让它们显出本来的形象。

　　汽车在一个小镇停了下来。这是天顶镇，天顶寨就在镇后面的山坡上，高峰砦就在天顶寨后面的山坡上。他们下车后，站在那条通向寨子的石板路边。林译苇说："今天我们不到寨子里去。我们到乡下去看一看。"

　　那条石板路在前面分岔了。宽一些的石板路向上延伸，通向寨子里面，窄一点的路往左拐，蜿蜒进一个花椒树林。这条道路是用旧的水泥预制板铺成的。由于城里大量拆除旧楼房，农村的面貌也随之变化——过去的泥土小路成了水泥预制板铺设的小道，它要到达的地方，也改变了模样。林译苇知道，农村里的旧房子已经不多了。那些死去的人们，他们遗留在世界上的信息一天又一天向时间的深处沉落。那里没有光线，任何物体都不能显现出形象，但仍然有气味。

眼前的一切，水泥小道，花椒树林，还有前面那幢用白色瓷砖镶嵌墙面的农家二层楼房，都不是传统的农村模样，但林译苇还是能够根据农村特有的气味找到自己印象中的农村。那些气味从腐熟的粪堆和陈旧的垃圾里生长出来，被时间过滤后，再散发到空气里。它们是农村生活的残留物，是某种物质在某种时空里留下的某种残骸，尽管是无形的残骸。她想起了叶飘的住宅。那里的气味和这里的气味一个样。

所以，一些信息一定会留在某个地方。林译苇想。

在前面拐弯的地方，又分出另一条小路。这条小路上面不再覆盖着水泥板。它通向一座山坡，山坡上长满柑橘树，密匝匝的深绿色肥厚叶子像是涂了漆的金属片，在风中发出轻微的"嚓嚓"声。这时，林译苇闻到了一股气味，松脂的气味。这气味盖过了眼前柑橘树的强烈气息，弥漫在林译苇的身边。她加快了脚步，沿着这条泥土小路穿越过柑橘林，走到了坡顶。

站在坡顶的草丛中，林译苇看见了山坡下面有一条蓝灰色的小河，小河里布满铁锈色的石头。在小河对岸，是一大片松树林。也许是因为土地贫瘠，松树长得歪歪扭扭，但仍然顽强地散发出松脂的气味。

河流和松林构成了一道安静的色调沉郁的风景。尤其是小河里的石块，让林译苇的心脏急促地乱跳。她没有想到，这一带的风光如此有韵味。她回头看了叶飘一眼。他正盯着自己的脖子。

"我们现在到那下面去。"她说，"那片松树林，好像藏着一些东西。"

他们沿着泥土小路往坡下走。小路上的小石块多了起来。这条小路延伸到小河边，沿着河岸拐了一个弯，林译苇看见了一座石头砌的堰闸。她明白了，刚才自己在山坡上看见的小河是下游，所以水位很低，露出了河床里的石头。上游的水被堰闸拦住了，几股晶莹的水流从堰闸的石缝中流出来，淌过石质河床，汇集到下游的河水中。石质的河床长满翠绿的青苔。

堰闸的顶端宽约一米，石头表面覆盖了一层薄薄的苔藓。林译苇小心地在上面行走，叶飘伸出手来扶她。她一抬手臂，挡开了他。她走到小河对岸，进入松林。

松林里的土壤是黄褐色的，地面杂草稀疏。林译苇感觉到地面有点弹性。可能是错觉，她想，这地面也可能是活的，它真的有生命，想告诉别人一点什么。她抬头向树梢看去，天空中布满暗绿色的针形树叶，云层很厚，呈现出鸽子羽毛般的灰色。要下雨了，她想。

树林里的光线更暗淡。林译苇向前走了几十米，来到一棵松树旁。这棵树的胸径比周围树要大一些，树身伤痕累累，鱼鳞般的树皮掉了许多，露出肉灰色的木质部分，上面粘着几股半透明的松脂，已经干透了。她用手掰下一股，用手指捻碎了，嗅它的气味。她转身对叶飘说："在这里拍摄一张。"

叶飘从摄影包里取出徕卡相机。他退后几步，把这棵松安排在取景框的右侧，让左边空出一些。在这棵松树的后面，还有十多棵松树，但它们大部分已经在焦点之外了。相机上的徕卡镜头是 50 毫米，那棵松树与叶飘相距约三米。根据树林里的光线判断，叶飘把光圈设定在 5.6，快门为三十分之一秒。这样，景深大约就在两米到十二米之间。在这个范围内的树木，会在胶片上显出清晰的影像。叶飘摁下快门。他听见了轻微的"咔嚓"声，他似乎看到一个人影短暂地在松树旁边闪现了一下。

林译苇站在叶飘身边。在寂静中，随着叶飘手中相机快门的"咔嚓"声，她还听见了另一种响声。她清晰地听到了一声"咔啦啦"的声响。她敏捷地转过头，看见一片树叶笔直地从树梢往下落，沿途撞击其他树叶，最后，沉重地掉在黄褐色的地面上。

林译苇把这片树叶拿在手中时，才意识到自己是奔跑过来的。这片树叶沉甸甸的，像是由金属做成。树叶很厚，比人的手掌略小一点，赭灰色的叶面有一层蜡质，纤细的叶脉从叶柄清晰地延伸到树叶边缘。林译苇辨认出，这是一片桉树叶，自己正站在一株桉树下面。

林译苇退后几步，打量这棵桉树。在松树林里，竟然生长着一棵桉树。这棵桉树的胸径大约有三十厘米，比四周的松树要粗壮一些，深褐色的粗糙树皮表面布满细小的树皮碎屑，林译苇很熟悉它。小时候，她对桉树一度着迷。下课时，同学都不跟她玩，如果她不坐在教室里对着墙壁发呆，就一个人来到操场的桉树下面，用铅笔刀削开松软的树皮，观察藏匿在下面的小昆虫。在桉树皮的缝隙里，往往会嵌着一只扁平的春蠖，或是一只红底黑斑的瓢虫。在树皮和树干的接合部位，有时能看见无名昆虫产下的卵，它们挤在一起，像白色的小珍珠。在以后的岁月里，这些白色小珍珠经常滚进她的睡梦中。

　　她回过头来，叶飘来到她的身边，她能够感觉到他的呼吸。

　　"我把桉树拍摄下来。"叶飘说。

　　"随你便。"林译苇说。

　　叶飘把相机镜头对准这棵桉树。他不知道，底片上最终会出现什么影像。上一次，他对准城里的现代广场拍摄，底片上显现的却是几十年前的景观，广场中央出现了一座士兵的雕塑。他要拍摄的这棵树，是桉树。也许，当他把照片冲印出来以后，它会变成另外的物质。叶飘小心地旋转相机的卷片钮，把一张胶片卷到位。桉树在取景框里安静地伫立着，似乎一直等待着被人观赏。

　　叶飘又一次摁下了快门。

　　这时，树林里响起了一阵轻微的窸窣声。他们向发出声音的方向看去，一个穿灰色衣服的老太婆正用一柄草权收集掉在地上的松针。她把赭色的松针耙成一个小堆，再把它抱进身边的大竹筐。她拖着竹筐向前走了几步，又停下来用草权去耙地上的松针。

　　林译苇和叶飘从老太婆的身边走过。没有风，松林里的声音就被放大了。他们在松林里走了好几十米，还能够依稀听见草权耙松针的声音。当他们沿着一个斜坡走出松林时，看见坡下有几幢散乱的土墙房子，还有一幢红砖楼房。楼房一共有三层，看模样，新建不过两三年。它矗立在灰扑扑的土墙房子之间，让林译苇想起了一个成语——鹤立鸡群。

但她感兴趣的还是那几幢土墙房子。看样子，它们比叶飘现在住的那幢房子年龄更大，所以破败得更厉害。在房子的后墙，堆着干燥的松针和松枝，这是农民的柴火。

有一幢土墙房子更大一些，后面没有堆柴火，墙壁也和旁边的房子不一样。同是土墙，但这幢房子的墙面糊了薄薄的水泥，因年代久远，水泥剥落了，露出里面土黄色的墙面。房子面前的地面长了一层苔藓，林译苇判断出，这幢房子没有人居住。她绕着房子走了一圈，然后又退了几步。她看见，青灰色的瓦片覆盖的屋顶有点塌陷，还出现了几处破洞。这幢房子有三扇门，门钉锦上都挂着生锈的老式铁锁。窗户是木栅做成的，同叶飘居住的房子窗户一样，是牛肋骨窗。木栅之间，张着一个蜘蛛网。林译苇走到最右边一个窗口，踮起脚尖向里面张望，只看见一堵灰白色的墙壁。

"你个头高，看一下里面有什么东西。"林译苇说。

叶飘走到窗前，踮起脚尖向室内张望。

"没有什么东西。"叶飘说，"你想看一下吗?"

林译苇站在原地没有动。叶飘从屋檐下搬来一块石头，放在窗户下的墙边。林译苇踩在石头上，眼睛刚好够着窗户。

有几束光线从屋顶破洞里射到室内地面。她看见一个木头柜子立在墙角，旁边有一张旧木床，上面积了一层灰尘。看来，房间里很久没有人居住了。

叶飘站在石头上，把相机镜头尽量送进窗栅。他伸长脖子，拍摄了一张照片。

"这个镜头是 50 毫米的。"叶飘说，"角度小了一点，我拍摄不完室内的全景。"

他回过头看林译苇。林译苇盯着他，脸上没有表情。

"那是你自己的事情。"她说。

叶飘调整了一下角度，这样，镜头就能够把床和柜子都框进来，他摁了一下快门。

"好了。"叶飘说，"我们现在怎么办?"

"我们还可以往前走。"林译苇说。

他们绕过这幢房子，向左边斜坡一条小路走去。那条泥土小路很窄，沿着一道紫灰色的砂岩壁向前延伸。路边的青草快要把小路掩没了。很少有人走这条路。林译苇想。也许这条路只能通往田野。

事实证明她想错了。小路在岩壁旁边拐了一个弯，她看见了一丛芦苇。林译苇停住脚步。她发现这丛芦苇生长得特别茂盛，翠绿色的叶片像是塑料做成的。也许它一年四季都是青翠的。林译苇想。不像别的芦苇，在冬天会枯萎。它是一棵奇怪的植物。

叶飘站在她身边。他们共同注视这株绿色的植物。这两个外乡人的眼光在芦苇修长的叶片上扫来扫去，最后叶飘举起了相机。

荒野里的一丛芦苇，它的使命不是让人欣赏，而是自在地生长。林译苇想。但它绿得太奇怪了。芦苇是生长在水边的植物，这丛芦苇却生长在悬崖下面。悬崖上有一段石头砌的旧水渠，这种水利工程是人民公社时代的产物，现在早已荒废了。也许，几十年前，当水渠汩汩流水时，它的种子就飘落在水渠边，利用水渠渗出的水生存。但这水渠已经不再输送水了，它还活得这么好。她站在它面前，观察了它好久。当她转身离开它时，她的意识已经被刀片一般锋利的绿色划伤。

从小路再往前面走了几米，他们又看见了一条水泥板铺的道路。沿着这条路，他们拐上了公路。乡间的客车招手即停。几分钟后，他们登上了一辆漆皮斑驳的红色客车。

汽车在公路上行驶了十分钟，停在一个小镇的街道上。叶飘发现，这是天顶镇。原来，汽车在乡间公路上绕了一个弯，把他们送了回来。看来，命运这个东西的确存在。上一次，他和林译苇在天顶寨一幢房子里拍摄了几张照片，结果显现出来的影像是几个生活在几十年前的陌生人。他看了林译苇一眼。林译苇正在注视街道旁边一家餐馆。餐馆的屋檐下飘着一面杏黄色的小旗，上面书写着四个仿宋大字——张家小店。

"我们在这里吃午饭？"她问。

"好啊。"叶飘说。

小店里铺着陈旧的木质地板，空气中弥漫着一股煎鸡蛋的味道。他们走在地板上，脚底感觉到隐约的弹性。小店的桌子早已漆皮剥落，露出灰色的木质。这时，林译苇感到一些陌生人的脸孔像肥皂泡一样，在她的眼前缓慢浮现。同时，还有一些陌生的词语从屋顶下的天空里掉下来，穿越她的脑海，像玻璃碎片那样，纷纷坠落在地板上。

叶飘点了青椒炒小公鸡、老腊肉和红豆腐。当这些乡村风味的菜肴端上桌子时，林译苇闻到一股孜然的香味。

"你不喝酒吗？"她问。

叶飘注意到，她的脸上露出一丝笑容。

"你呢？"

"我不喝酒。"林译苇说，"不过，今天可以喝一点。"

"喝什么酒呢？"

"啤酒吧，啤酒的酒精度低。"林译苇说。

张家小店使用的餐具是当地出产的土陶器皿。啤酒杯也是用陶土做成的，叶飘没有想到，有一天他会和她在一起吃饭。啤酒倒进杯子里，雪白的泡沫在深赭色的杯子内壁慢慢消散，那是泡沫在爆裂。每一个泡沫爆裂时，都会在空气里绽放出香味。他端起杯子，与林译苇碰了杯。

"这一次，不知道我们会在照片上发现什么东西。"林译苇说。

"肯定会是神奇的东西。"叶飘说。

林译苇看了一眼四周。小店是一幢旧式的建筑，墙壁是木板做成的，室内摆放着五张桌子，墙角那张桌子有四个人在喝酒。这是四个村民，他们穿着式样过时的皱巴巴的西装，正在高声说话。他们端着的陶制酒杯更小一号，里面盛着刺鼻的白酒。林译苇想起了上次在天顶寨拍摄的照片中显现的场景——一张桌子旁边也有四个人，他们也在喝酒，但他们的衣着与现在这四个人不一样，面孔也更古旧一些，桌子上还放着手枪。他们相似的地方是神情。几十年过去了，这些人的神态和表情没有什么变化。他们面临的事情是相同的——在当前的环境中如何更好地生存下去，林译苇想。日常生活就是以这样的方式进行着，快速前进，缓慢改变。

"如果你想看照片，我们回城就可以马上冲洗胶卷。"叶飘说。

"不急。"林译苇说。

"今天我们拍摄的照片，你不想看一看吗？也许里面有奇怪的内容。"叶飘说。

"我喜欢想象。"林译苇说，"在等待一件事情发生的时候，也是想象力最丰富的时候。"

"所以，我们现在不急着回去。"

"对，我现在想在这里多待一些时间。"林译苇说，"你没有感觉到这里是另一个世界吗？你在这个房间里闻到了什么气味？"

叶飘皱着鼻子，在空气中嗅了嗅。

"有孜然的气味，红烧公鸡里面放了这种作料。哦，还有啤酒的香味。"

"没有了吗？"

"当然还有。比如，这炒鸡蛋的味道。"

"可能有一种气味你没有注意到。"林译苇说，"是一种霉味。它是地板散发出来的。你知道这是什么原因吗？"

叶飘摇了摇头。

"那是陈旧的空气。"林译苇说，"它们是几十年前的空气，一直藏匿在地板的木头微小的孔隙里。地板在缓慢地吸收和释放空气，它会呼吸。这空气在地板里面秘密发酵，与霉菌一起生存。任何地方都有生命存在。如果某些生命一旦死去了，它真的就会消逝吗？或者，会完全消逝吗？我想，不一定。它们一定会以某种方式存在着。这就是另一个世界。我可能感觉到了它的存在。"

叶飘举起啤酒杯，等待着。林译苇也举起酒杯，他们轻轻碰了一下杯。

"也许照片会证明一些东西。"林译苇说，"肯定有一些陌生的信息来自另一个时间段，来自我们熟悉的地方。不是我们在打扰它们，就是它们在打扰我们。"

韩其楼微微转过头，倾听里屋的声响。

里屋没有声音，他的妻子林译苇一定在读书或写字。

韩其楼走进厨房，把掺水的大米放进电饭煲，然后把一个拳头大小的洋芋切成细丝，用自来水淋了一遍。这样，洋芋丝在锅里炒的时候，就不会黏成一团。冰箱里还有一碗回锅肉，够两人吃了。

每天的晚饭就像他们两人的日常生活，淡而无味。但今天也许不一样，韩其楼想。

他转过头，看见妻子站在厨房的门口。

"要我帮忙吗?"她问。

韩其楼盯着她的脸。她还是和往常那样，没有表情，但她提前从房间里出来了，这和往常不一样。

"马上就好了。"韩其楼说，"你在外面等着吧。厨房里油烟太大。"

当他炒好了菜，把盘子端出来时，林译苇坐在餐桌旁边发呆。

"今天，我们到别人的家乡去走了一趟。"林译苇说。

"哦。"韩其楼说，"你说'我们'，是和另外的人?"

"是的。"林译苇说，"一个搞摄影的小伙子。我们去拍摄了一些照片。可能没有人会相信我们拍摄到了什么东西。"

"你什么时候把它带回家，我想看一看。"

"那个年轻人吗?"

"不，我说的是照片。"

"好吧。"林译苇说，"也许有一天，你会看到的。"

然后他们吃饭，没有再说话。林译苇在厨房里把碗筷洗干净，站在原地凝视窗外。她看见一群鸽子在灰色的天空里无声地飞翔。然后她回到了自己的房间。

她关上房门，从抽屉里取出一本便笺本。为了写小说，她已经用完了一个本子。她用钢笔在便笺本上记下自己在这个世界上看见的东西。她很少修改写下的文字。钢笔坚硬的笔尖在略显粗糙的纸面上滑动，让她感到一种轻微的亢奋，也许这就是让她不停地在纸上写字的原因之一。

她想到了空气中充满松脂气息的乡村，想到了那条小路，她和叶飘沿着这条小路到一座乡下的旧房子面前。很多事物在消失，但这个意义仅仅是对人们的视野而言。如果它们重新进入一个人的视野，或者重新进入一个人的想象，它是不是就算复活了呢？

这个乡村的历史就是另一个乡村的历史。

林译苇写着……

一条乡间的水泥小路不可能延伸到永远，它的尽头一定是一条泥土小路。水泥小路的生命是有限的，泥土小路的生命是无限的。它从历史深处来，又回到历史深处去。一个人就站在历史的某个交叉点，看着小路在他的面前通过。这次，他会是谁呢？林译苇想。

田单岭坐在屋外的石头上。微风吹拂着他的头发。他看见坡下的小路上走来一个人。

那是祝师叔。

林译苇写道。

他手里提着一个瓦壶，田单岭晓得，里面装的又是白酒。现在是黄昏，小路罩在悬崖投下的阴影里，祝师叔从阴影里走出来，他的脚步声也从阴影里响出来。

祝师叔已经在家里住了十多天了。田莲花给他在厨房里用树枝和一张熊皮搭了一个地铺，他每天在熊皮上裹着衣服睡觉。家里没有多余的被盖，他感觉到冷，就抓过灶边的蓑草堆在身上。早上醒来之后，祝师叔就从草堆里爬出来，坐在堂屋的桌子旁边，等待田莲花给他端早饭。

早饭一般是煮红苕和泡菜。祝师叔把瓦壶里的白酒倒在一只小瓷杯里，用泡菜下酒。田大方不喝酒，于是祝师叔就自斟自饮。他把酒含在嘴巴里，闭着眼睛细品味。他很瘦，每咽一口酒，他那杏仁一样的喉结就在细长的脖子上滚动一下。这时，田单岭就感到特别不舒服。

中午吃饭的时候，祝师叔也要喝酒。因为没有菜油，家里的中午菜只有盐煮洋芋。祝师叔说，洋芋不是菜，更不是下酒菜，它只是一种粗粮。

"洋芋用油炒一下就好吃了。"祝师叔说。

"只要有油，烂草鞋煎了也好吃。"田莲花说。

祝师叔盯着她看了一会儿。

"哟嗬!"祝师叔的声音一下高了起来,"嫂子,你说话还蛮有味道呢。"

壶里的酒很快就喝光了。祝师叔把瓦壶拴在腰里,又到山下的红土镇去买酒。祝师叔身上没有钱,田单岭是这样判断的。但他总是有本事把酒从小镇某一个店铺的酒缸里汲出来。

每天早晨,祝师叔就和父亲在屋前的平地上对练。他们拳来掌去,在地面上绕圈子,找准时机在对方身上打一拳或推一掌。然后,他们脱了衣服,坐在屋檐下,给对方身上的瘀伤搽药酒。祝师叔穿一件黑色的外衣,里面还套着一件白色的衣服,一条红色的腰带束在这件衣服上。由于很久没有洗,红腰带变成了脏泥巴那样的颜色。他又高又瘦,他脱下一件衣服,又脱下一件衣服,露出干瘦的上身。他举起胳膊,胸前的皮肤就在肋骨上爬行。

"这一辈子,祝师叔最先喝的就是药酒。"有一次,父亲对田单岭说起了往事。父亲十岁那年,和祝师叔一起跟师父学国术,住在师父家的一间小屋里。每天练功完了,师父就用自己浸泡的药酒给他们搽身上的瘀伤。那药酒装在一个青花瓷坛子里,坛口用一个装满沙子的布包裹压着。有一天,他们在睡觉时,祝师叔从屋外走进来,一下扑倒在床上,父亲闻到他的嘴里有一股酒味。

第二天,祝师叔起不来了。他的脸色发青,牙齿咬得很紧,仿佛他的嘴里有一根铜丝需要他努力去咬断。父亲抓住他的肩膀摇了几下,他没有睁开眼睛,只是轻微地哼了一声。

爸爸把师父叫进屋。师父走到徒弟的面前,捏着他的左手腕,给他把脉。过了一会儿,师父又俯下身子,闻了一下徒弟呼出的气息。

"这个小子,胆子大,命也大。"师父说完这句话,就走了出去。他拿了一个小酒杯进来,捏住徒弟的腮帮,迫使他张开嘴巴,把酒杯里的酒倒进去。"以后你再敢喝药酒,我就不救你了,让你自己去死。"师父对着他的耳朵又吼了一声,"听到我说的话没有?"

父亲对田单岭说:"祝师叔是一个喜欢酒的小孩。长大了,他当然更喜欢酒。"

祝师叔为什么会在家住这么长的时间，田单岭不清楚其中的原因。祝师叔一般不出门，如果到镇上去买酒，他也要等到下午，那时，街道上的人很少。

祝师叔在家里的时候，父亲没有外出卖艺。他把刀枪锣鼓收进一个麻布口袋里，放到墙角，每天扛着一把锄头到山坡上挖土。在村民们的眼中，他是一个游手好闲的男人，整天在外面摆摊子耍枪弄棍骗别人的钱，不会种庄稼。他们看不起那些不老老实实干农活的人。

祝师兄在家的时间里，父亲每天上坡干农活。他从贫瘠的林间小块地里挖回一些洋芋，用竹筐把它们背回家。洋芋是今年春天妈妈种下去的。她把去年收获的洋芋切成拇指大小，拌上柴灰，埋到地里，从天空中飘下的零星雨水使它慢慢发芽，到秋天时，营养不良的绿色茎叶下面就结出了一些鸡蛋大小的新洋芋。另一块地里种着苞谷，但树林深处的野猪总是要来糟蹋它们。它们在夜晚跑出来，在苞谷地里横冲直撞。它们拱断苞谷秆，咬下苞谷棒。它们在泥土里留下乱七八糟的蹄印，苞谷秆也横七竖八。父亲整理被野猪糟蹋过的土地，他扭下苞谷秆上剩下的苞谷棒子，放进竹筐里，再将苞谷秆收集在一起。等到太阳把它们晒干之后，成为柴火。家里的房前屋后堆满了柴火，但它们总是消耗得很快。它们在灶膛里的火焰中化成青烟，消失得无影无踪。

一天傍晚，田单岭在地里和父亲一同背柴火回家。刚走到家里的院坝旁边，他们听见屋里传出陌生人的声音。

有三个男人坐在屋里，他们抽烟，还往地上吐痰。他们的打扮和祝师叔差不多：头上缠着一块肮脏的白头帕，一根布腰带拦腰系在粗蓝布制成的对襟衣服上。一个年纪大一点的人正在把一张褐色的烟叶裹成一支粗壮的烟卷。他看见田单岭父子，就站直了身子。

"祝老七在哪里？"他问。

"我不晓得。"父亲回答。

原来，祝师叔的名字是祝老七，田单岭想。

"你不晓得？"那人说，"祝老七一直住在你这里，你以为我们不晓得?"

"他早就走了。我们家里很穷，没得吃的。"父亲说。

"我给你说。"那人走到父亲面前，声音放低了一点，"祝老七不是一个好东西。你们是师兄弟，但你长期在外头跑江湖，很久没有和他联系了。你不晓得他这几十年成了一个啥样子的人。他完全违背了你们师父的规定，他仗恃自己学过国术，有武功，他就去杀人。他杀了人，就跑到你这里来躲。"

"哦。"父亲说。

"他把他的表弟杀了。"那人说，"他想霸占他的表弟媳妇。"

"哦。"父亲说。

"我们走了。"那人说，"他如果再来你家，你最好给我们说一声。"

父亲目送他们走下山坡。他回到屋里，母亲坐在一张木凳子上发呆。田单岭跟着父亲走进屋里。母亲叫他到里屋去待着，然后关上门。

"他们说的话是真的。"母亲转身对父亲说。

"哦。"父亲说。

"你不要老是'哦'。你要喊他走。"母亲说。

父亲低下头，不说话了。田单岭从门缝里看着父亲和母亲。他担心他们会吵架。这时，他感觉到大门口出现了一道移动的阴影。祝师叔从门外走了进来。他走路时，永远没有响声。

母亲站起来，到厨房里去端了一个木头甑子放到饭桌上，里面盛满了米饭。然后，她又端出了两个碗。其中一个碗里盛着切成薄片的腊肉，另一个碗盛着菜油炒洋芋丝。

"今天我们喝酒吧。"父亲对祝师叔说。

"我晓得了，师兄。"祝师叔说，"今天的饭菜这么丰盛，我明天就走。我没有干他们说的那种事情。"

"哦。"父亲说，"他们说的哪种事情?"

"不提它了。"祝师叔说，"我们喝酒。"

他举起小酒杯，父亲也举起了小酒杯。他们"叮"的一声碰了杯，把杯里的酒倒进自己的嘴里。

"我明天就走。"祝师叔盯着父亲的眼睛说,"我们一起走,你带我出去一趟,我们去跑江湖。你要教教我怎样跑江湖。"

"我们喝酒。"父亲把酒杯举到自己的眼前。他把酒一口就喝完了。

叶飘用竹夹子把定影液中的照片夹起来,一共三张。他把灯拧开。

第一张照片是松树林里的情景。叶飘还记得,林子里的松树比较粗大,而照片里的松树显得更细一些。在照片上的树林里,他看见了一个人。这是一个中年男人,头发很长,胡子也很长,他正弯腰观察一棵松树的树身。树身上有一些晶莹的晶体。叶飘认出来了,这是松脂。

第二张照片上的东西很奇怪。这是一张室内的照片。他记得自己站在那幢农舍的窗外拍摄照片时,室内只有一个木头柜子和一张木床,它们都蒙上了一层尘土。现在,他在照片上看见,室内多出了一个奇怪的物件:那是一幅油画。它倚在柜子上,画面是一位裸体的青年女子。她的右手支在头上,身体斜倚在一张床上。画面上这张床就是室内的那张木床。

第三张照片本来拍摄的是那丛翠绿色的芦苇,但冲印出来的却像一张X光照片——芦苇的叶片变得透明,它的根部也清晰可见,像苍白的胡须,向泥土深处延伸。根须的尖端融入一团灰白色的物体里面。那团东西像是人的骨骼。

叶飘用放大镜仔细观察那一团灰白色的物体。由细微银盐颗粒组成的图像在放大镜下面更加清楚。毫无疑问,它们是人的骨骼,而且是两具人的骨骼。它们的臂骨相拥,头颅靠在一起。

叶飘把照片从定影盘里捞出来,放在一盆清凉的井水里漂洗。他打开暗室的门,等了几分钟,让屋外的新鲜空气漫进来,冲淡室内的药水气味。他把手伸进裤袋里,摸出一盒红塔山牌香烟,取出一支点燃,坐在门口一张木椅上,看着坡下的景物。在阴沉的天空下,上坡的小路泛着灰白色的光泽。那是行人的脚踩出来的。城市的面积越来越大,一些道路的身份也有所改变,由乡下小路变成了城里的小道。但它的气味依旧。

走在这条小路上的人，都要从我居住的房屋旁边走过，叶飘想。他们都是陌生人。只有相机和一个人的记忆能够记录他们平凡的身影。但谁的记忆会给陌生人的身影留下一个位置呢？到处都是平凡的人和事物，每个人的视野里只有与自己相关的人和事。视野本身也是一张滤网，它总是要过滤掉与自己不相干的事物。

摄影人总是在寻找摄影题材。有些人拍摄风景，有些人拍摄人物。他们拍摄自身以外的东西，但他们所拍摄的，最终还是自身。在这座城市的摄影群体里，叶飘属于保守派——在数码相机泛滥的今天，他们固执地使用传统相机，用胶片记录他们视野里的事物，再用放大纸让这些事物显影。他一直对这种手工艺式的摄影方式着迷。在暗红色的灯光下，看着影像在显影液里逐渐显形，这个过程总是让他感到惊奇。

他又点燃一支香烟。他向空中吐了几个烟圈，想到了一次和影友们外出拍摄人体的情景。那一次，他们找了一位青年女子做模特。他们把她带到一座山坡上，让她倚在一块岩石下面。她脱掉衣服，在粗糙的石头面前摆造型。在大家的要求下，她用手托着头，身体略微扭曲，显示出曲线。她的身材很瘦，肋骨历历可数，小腿也没有多少肉，乳房却很丰满。叶飘对这样的场景没有什么感觉。他只拍摄了两张胶片就到一边抽烟去了。回到城里的第二天，一个影友来到他的屋子里，神秘地拿出几张照片，全是昨天那个模特的。影友指着照片对叶飘说："你看，这个女人这么瘦，乳房却这么大，太不正常。现在好多女人为了把乳房弄大，往里面注射硅胶或者其他东西。我估计她就是注射了硅胶，让我们拍摄她的假乳房。你看，她那个样子，好得意。"

叶飘感到惊奇："你从老远跑到我这里来，就是为了告诉我，她的乳房是假的？"

其实，摄影界的人也是五花八门，只不过，他们手中的照相机成了他们共同的特征。因为这部相机，他们的打扮、表情和动作都有了相似性。和他们相比，叶飘认为自己太老土。他也留过长头发，也穿过缀满口袋、背后印着某某相机品牌字样的摄影背心。因为这些装备，他也曾感觉到自己与众不同。

想到这里，叶飘感到很惊奇。自从他在一张照片上发现了林译苇，他的生活方式就开始改变。

其实，从十七年前的那一个下午开始，叶飘就行走在照相机的阴影之下。他在这座城市生活了二十八年。十一岁那年，他正在读小学四年级。寒假里，他在一个名叫王雄的同学家里第一次看见照相机，从此开始了狂热的摄影历程。照相机放在一个坚硬的棕色牛皮套子里，散发出皮革特有的气味。那时，他第一次触摸了照相机的冰凉机身。后来他才知道，这部相机是苏联制造的"基辅 5 型"，是德国"康太克斯"照相机的仿制品。

同学的父亲王老师是一个中学教师。他教物理，戴一副圆形的钢丝边眼镜，镜片的度数很深，像两个玻璃瓶底。在叶飘的印象里，王老师身材瘦弱，细长的胳膊下永远夹着一个备课本，走路永远匆匆忙忙。

叶飘还清楚地记得那一天的下午。那是快要开学的时候，王雄从家里把照相机拿出来，他们走到城郊，跑上一座山坡。

山坡的小路两边长满了小麦苗，他们跑上坡顶，王雄打开了照相机的皮套。照相机又沉重又冰凉。王雄扳动相机上的卷片把手，卷了一张胶片，指着一个按钮说，这是快门。他让叶飘随便拍摄一张照片。

叶飘接过照相机，从取景框里看出去。他看见了一个新的世界。这个世界略带黄色，因为，照相机的取景玻璃是淡黄色的。他看见小路两边的小麦苗在风中像波浪一样微微起伏，像电影里的情景，鲜活地展现在他的眼前。日常生活一旦被一个框子重新划分之后，它就有了全新的意义。他生平第一次摁下了照相机的快门。

他感到一声轻微的震颤伴随轻微的咔嚓声从相机的内部传出来。他不知道相机里面发生了什么事情。但他相信，至少他的世界发生了一点变化。寒冷的风从山坡的那一边刮过来，他举着照相机的双手微微发颤。

他们在山坡上乱跑，拍摄照片。在这个过程中，叶飘学会了一种简单的聚焦方法：估计拍摄对象与镜头之间的距离，再把镜头上面相应的距离刻度对准一根短线条。王雄还告诉他，拍摄一张曝光准确的照片，还需要正确使用光圈和快门。当他们拍摄到第七张时，再也卷不动胶卷了。

"我爸爸可能拍摄了一些。一卷胶片本来可以拍摄三十六张。"王雄对叶飘说，"我要把照片冲印出来。你来吗？今天晚上我爸爸不在家。"

学校的教师宿舍是几排红砖墙、红瓦屋顶的平房，王雄家在第二排平房里。晚上八点过，叶飘溜进王雄家的厨房时，他已经在里面等着了。

厨房是一间很小的木板屋，搭建在平房的后面。厨房里的蜂窝煤炉旁边有一个砖砌的台子，王雄拿走上面的菜板、菜刀和几个碗碟，从墙角搬来一张三合板放在台子上，再从一个柜子里取出一个奇异的铁家伙。

"这是放大机。"王雄说。

然后，他从柜子里又搬出两个深褐色玻璃瓶和两个搪瓷盘子。他把瓶子里的液体倒在盘子里，伸手拉了一下悬在头顶上的拉线开关，关掉了电灯。

"我要冲胶卷了。"王雄在黑暗中说。

叶飘听见一阵窸窸窣窣的细微声响。过了一会儿，王雄拉亮电灯，从一个盘子里拉出一条湿漉漉的胶卷。

王雄展开胶卷，眉头突然皱在一起。

叶飘伸过头去，看见胶片上有一格连着一格的影像。他看见有一部分胶片上面有奇怪的东西，仿佛是人的身体。但这身体的颜色是黑色的，它好像是用烧焦了的木炭组合而成，有的站立着，有的躺着。

王雄在屋里的煤炉前把胶卷烘干，再把它夹在一个玻璃框子里，拉亮一盏悬在头顶上的红色灯泡，然后再关掉电灯。一团暗淡的红光充溢了房间，模模糊糊照亮了眼前的放大机。

王雄把胶卷夹推进放大机里鼓捣了一阵子，一束白光从放大机里射出来，照在一张裁成作业本大小的白纸上。过了一会儿，他把白纸放到一个盘子里，奇迹出现了：白纸在淡淡的红色光线下发生了变化——一个人的身体逐渐浮现出来。

王雄又一次拉开电灯，一张照片清晰地躺在盘子里。那是一个女人的裸体，她侧着身子倚在墙角，墙面糊满了报纸。叶飘突然感到腹部下面涌上来一阵奇异的快感。这是他所经历的第二次类似快感。

　　第一次产生快感，是几天前。

　　那天下午，叶飘用弹弓打伤了一只站在树枝上的麻雀。受伤的麻雀歪歪斜斜地飞到学校的澡堂后面，他追了过去。

　　澡堂的后面平时很少有人来往，阶沿的石头上长满了青苔。叶飘看见一个穿蓝灰色衣服的学生撅着屁股，眼睛凑在墙脚在看什么东西。他认出来了，是王雄。

　　他轻轻踢了一下王雄的屁股。王雄飞快扭过头，因为恐惧，鼻孔张开了，一张脸吓成了灰白色。他认出是叶飘，松了一口气。

　　"你在看什么？"叶飘感到奇怪。

　　王雄让开身子，暗红色的砖墙露出一个小洞。

　　"我让你也看一下。"王雄说。

　　叶飘迟疑了片刻，把眼睛凑拢墙上的小洞。开始，他并没有看清楚什么，因为房间里光线比较暗，而且水雾迷漫。过了一会儿，他的眼睛适应了里面的光线，他看见了几个白色的润滑肉体在水雾里晃动。那是成熟女人的肉体。铁制莲蓬头喷出的细密水流冲刷着她们的裸体，他看见了她们颤动的乳房，还看见了她们平滑的肚子。她们仰着脖子，眯着眼睛，身体转来转去，让热水淋遍身体的每一个部位。在那一瞬间，一阵陌生的强烈快感从叶飘的小腹升起来。他甚至感到了眩晕。

　　"你妈也在里面。"叶飘小声说，尽力克制自己的声音不发颤。

　　"你胡说！"王雄说。

　　"我没有胡说。"叶飘说，"你妈真的在里面，你看，她正在用毛巾搓背。"

　　王雄一把拉开叶飘，自己凑到墙洞边。他看了一会儿，转身将叶飘掀了一个仰八叉。

　　"不准你看我妈！"

　　"是你自己叫我看的。"

王雄扑到叶飘身上，叶飘用双手卡住王雄的脖子，两人在地上翻滚了几下，衣服上沾了一些绿色的青苔印痕。

"是你自己叫我看的。"叶飘骑在王雄身上，喘着气说。

"我没有叫你看我妈！"王雄努力想掰开叶飘卡在自己脖子上的双手。

"是我不小心看到的，行不行?"叶飘说，"我不是故意的，真的不是。"

王雄费劲地点点头。叶飘松开卡住他脖子的手，王雄翻身爬起来，盯着叶飘的眼睛。在他深褐色的瞳孔里，叶飘看见了一丝寒意。

"你不能跟任何人说这件事情。"王雄说。

叶飘伸出右手，王雄也伸出右手。他们的小指勾一起，拉了几下。

"下次你到我家来，我给你看一样东西。"王雄说。

"好。"叶飘说，"是什么东西?"

"你先别问。"王雄说，"来了你就知道了。"

那个东西就是照相机。他们拿着这部照相机在山坡上疯跑，对着小麦和岩石乱摁快门，然后在厨房里冲印胶卷。在胶卷上，有他们拍摄的小麦和岩石，还有几张是女人的裸体。为了看清楚，王雄把这几张女人裸体印放成照片。

王雄把湿淋淋的照片举到叶飘眼前。

"这个人不是我妈。"王雄说。叶飘感觉到，他的语气里有一丝得意。

"哦。"叶飘说，"我看看。"

照片上，那女人的脸部被长头发遮住了一部分，但还是看得出来，她很年轻。她的右手支在地上，身体呈现出一种美妙的曲线。粗糙的地面和墙上的报纸使她的肉体显得更加光滑。

"肯定是我爸爸拍摄的。"王雄说。

"你要把这些照片全部洗出来?"

"当然!"王雄说。

看着一张又一张女人裸体从显影液里出现，叶飘的心脏跳动得十分厉害。一方面是因为裸体，一方面是因为影像在一张纸上逐渐显影的过程。这个过程太神奇，这都是因为照相机。

从那天开始，照相机就在叶飘的意识里牢牢地扎下了根。这种能够留住时间的机器成了他生命中的重要组成部分。十七年过去了，那些与照相机有关的事件在他的记忆里比其他事件更令他印象深刻。

那天晚上，王雄印放了十多张裸体女人照片，他们在山坡胡乱拍摄的照片现在毫无吸引力，王雄没有印放它们的兴趣了。他数了数手中湿漉漉的照片，一共十三张。

煤炉里的蜂窝煤正在闷燃，用铁皮桶做的炉壁很光滑，温度也很高，房间里充满淡淡的煤气味儿。王雄把照片细心地贴在蜂窝煤炉子的外壁。他贴了一张又一张，照片上的女人仿佛在围着炉子烤火。很快，烘干的照片一张接着一张掉到地上。

王雄留下七张照片，把剩下的六张递给叶飘。

"我们一人一半。"王雄说，"你不许给别人看。"

叶飘点点头。他感觉到自己的喉咙一阵发紧。他没有想到，过了几天就出了事情。

那一天，叶飘走到学校，还没有进教室，班主任朱老师就把他叫到办公室里。他还记得，那一天很冷，他的袜子前端破了一个洞，裸露的大脚指头抵在胶鞋里，冰凉冰凉的。他站在班主任的办公桌前，用鞋尖去磨水泥地上的一个褐色斑痕。

一个学生被叫到老师的办公室里，一般没有好事情。叶飘不知自己究竟犯了哪一条禁律。他想起了自己前天将一把匕首带进教室的事。当时他向几个同学炫耀，大家在争抢匕首的时候，一个同学的右手拇指还被划出一道血口。

朱老师把一张照片放在他面前的桌面上。叶飘吓了一跳。这是一张裸体女人照片，但不是自己手中那几张中的任何一张。他把自己拥有的照片藏在一本书里，没有给任何人看过。这肯定是王雄手里的。

"你看见过这样的东西吗？"朱老师问。

叶飘使劲摇头。

"你和王雄是好朋友，你在他那里看到这样的东西吗？知道他是从哪里弄来的吗？"

"我真的不知道。"叶飘说，"没有见过。"

"那你走吧。"朱老师说。

第二天早上，叶飘背着书包，向王雄的家走去。他经常约王雄一同上学。走到他家门前的小巷口，他看见一辆警车停在那里，几个人正向警车走去。他认出来了，其中一个人是王雄的爸爸王老师。他低着头，双手拢在肚子上，被一件衣服遮住。衣服下面闪露了一下金属光泽。叶飘感觉到，那是一副手铐。几个警察拥着他，其中一个警察拉开警车门，把王老师推上车。

警车开走了，王雄背着书包，耷拉着头，从小巷里走出来。他看了叶飘一眼，继续向前走。叶飘跟了上去，默不作声地陪着他。

"我爸爸被警察抓走了。"王雄说，"你肯定看见了。"

"哦。"叶飘说，"为什么呢？"

王雄不说话，低着头快步向前走。叶飘感觉到他想一个人走路，但还是加快脚步跟着他。快到学校门口时，两个男生从一条小巷子里走出来，拦住王雄。

"还有照片没有？"一个男生问。

"没有了。"王雄说。

另一个男生把左手掌摊开，上面有一张折叠着的五元钞票。

"真的没有了。"王雄推开这只越伸越近的手。

"你只卖给刘四娃他们，就不卖给我们？"那个男生说，"我们的钱是假的吗？嗯？你睁大你的眼睛看一看！"

"我真的没有了！"王雄的声音突然高了起来。

但那只手还顽强地伸到他眼前。突然，王雄一把抓住这只手，塞进嘴里狠狠咬了一口。

有生以来，叶飘第一次听见这样凄厉的惨叫。那个男生捧着流血的食指，双脚在地上跳了几下，使劲地哭喊，另一个男生把王雄扑倒在地，用额头撞他的鼻子。

叶飘抬起右脚，踢在那个男生的腰部，然后抓住他的头发，把他从王雄身上掀开。王雄从地上爬起来，在鼻子上抹了一把。他镇静地看着手上的鲜血，掏出手绢。鼻子还在流血，一滴一滴地掉在地上。他用手绢捂住鼻孔。这时，远处传来一阵铃声。该上课了。

后来，叶飘才知道，王雄把照片卖给同学，每张五元钱。其中一张照片被警察看到了，他们循着一根显而易见的线索，找到了王雄。经过询问，他们把王雄的爸爸抓了起来，因为他"制黄贩黄"。

警察把王雄的爸爸关押在市里的城东看守所里。一天下午放学时，王雄要叶飘晚上到他家厨房里来。

这一次，他们没有在厨房里印放照片，而是煮一块肥猪肉。叶飘走进厨房时，王雄已经打开了蜂窝煤炉子，屋子里充满淡淡的煤气味。他把一只铝锅装了半锅水，放进猪肉。水烧开后，猪肉散发出香味。叶飘揭开锅盖，锅盖很烫，他赶快盖回去，锅盖撞在锅沿上，发出响亮的声音。

"小声点。"王雄说，"不能让我妈听见。"

"为什么？"叶飘问。

"我妈现在很恨我爸。"王雄说，"她说爸爸是流氓，因为他拍摄了陌生女人的照片。其实，我爸爸不是流氓。哦，肉汤里要放一点盐，还要放一点八角和茴香。这样，猪肉就更香。"

过了一个小时，王雄用筷子插进锅里的猪肉。筷子穿透整块猪肉直达锅底。

"肉煮熟了。"王雄老练地说。

他从灶台的下面找出一根细绳，捆住热气腾腾的猪肉。他关了电灯，拎着猪肉，领着叶飘出了门。他们穿过学校的操场，来到围墙边。王雄把手中的猪肉交到叶飘手中，从草丛里扶起一辆自行车。他让叶飘坐在后座上，蹬着自行车，驶到街上。

他们蹬着自行车穿过夜晚的城市，来到城郊。在一座山坡上，有几幢建筑物。建筑物建立在高高的堡坎上，每幢房屋之间连接着石头砌成的围墙。在夜色中，建筑物显得黑乎乎的，只有几个窗口透出了橘黄色的灯光。

王雄拉着叶飘的手，踩着地上的乱草和碎石，来到一幢建筑物的下面。堡坎很高，建筑物的窗口更高。王雄在地上摸索着，捡起一块小石头，仰着脸，奋臂一挥。石块飞进黑暗的天空，最后落在一扇窗户的窗栅上，发出"喀"的一声微响。不一会儿，一根细绳像一条小蛇，从粗糙的墙面上慢慢滑下来。

王雄把绳子捆在已经变凉的猪肉上，一松手，猪肉慢慢向上升，消失在黑暗中。

王雄在地上蹲了片刻，拉着叶飘的手快步离开这个地方。他们跑过了一座斜坡，蹚过了一条小溪，来到一堵残墙边，这里放着他们的自行车。他们坐在草地上大口喘气，回过头张望他们刚才跑过的路径。根本就没有人追来。

"我爸爸，他想吃肥肉。"王雄说。

"他关在那里面？"叶飘问。

王雄点点头。

"今天上午，我没有上课，跑到看守所去看他。"王雄说，"我进不去看守所，就在外面喊他的名字。他在一扇窗户里向我挥手，还扔下来一个东西，是包着一块小石头的纸。纸上写着：'我想吃大肥肉。'"

"原来如此。"叶飘说。

"谢谢你。"王雄突然对叶飘说。

叶飘吃了一惊："我们是朋友，不用谢。"

"我害怕黑夜。"王雄说，"其实，我的胆子还是很大的，我不怕蛇，也不怕死人，我只怕黑夜。谢谢你陪我。"

这么多年过去了，这件事情给叶飘的印象还是那么深刻。他还记得自己当时回答王雄说的话："我在一本书里看到过，怕黑夜的人很聪明，因为他的想象力丰富，能够从黑暗中想象出别人想不到的东西。"

王雄真的很聪明。他成绩一直很好，后来考上了全国一所著名大学的物理系，现在正攻读博士学位。而自己呢，大学毕业，连学士学位都没有拿到。不过，自己应聘到一家报社当记者，在城市和乡村东奔西跑，过得倒还充实。多年前，一张裸体照片可以让一个人陷入牢狱之灾，这是今天再也不会发生的事情。但是，照相机本身的神奇之处从那时开始显现，令叶飘在往后的岁月再也不得安生。他的心思全部放在了摄影上，每天在街上拍摄各种照片，直到有一天，他遇见了林译苇。

天色暗下去了。叶飘注视着他房屋前的那条小路。小路的色泽慢慢暗淡了。他突然特别放松，懒洋洋地坐在自己的屋子门口想过去的事情，这段时间才是他自己的时间。一个人在回忆时，他的时间才真正属于自己。

那条逐渐变暗的小路上出现了一个人。那是一个熟悉的身影。徐婕来了。

在朦胧夜色中，徐婕的脸色显得有些灰白。她走进房门的时候，灯光给她的脸镀上了一层淡淡的金色。她走进屋子，又转过身来，挽住叶飘的手臂。她仰起脸庞，认真观察叶飘的眼睛。

"你还没有吃饭吧。"她问，"你在想哪一个女人吗？"

"没有想女人。"叶飘说，"可能在想往事。"

"不要那么深沉。"徐婕说，"你的神态让我害怕。"

叶飘微微一笑。他伸手揽着徐婕的肩头，拥着她走进暗室。他从定影液里捞出照片，把它夹在一根绳子上面。它一边滴水，一边向徐婕展示它的内容。

"是你们今天拍摄的？"徐婕问。

"是的。"叶飘说。

"哟。"徐婕说，"和美女一起到野外拍摄照片，肯定很幸福。"

"我并没有告诉你，我和别人一起拍摄照片。"叶飘说。

"你已经告诉我了。"徐婕说，"我问'是你们今天拍摄的'？你回答说'是的'。"

"是一个女人。"叶飘说。

"我知道。"徐婕说，"她是你心中一直在想的那个女人。"

叶飘的脸上露出一丝微笑。徐婕感觉到，他的笑容有点古怪。她转过脸来，盯着照片仔细看。她看见了放置在房间里的一幅油画，看见了埋在泥土里的两具骷髅。

"哦，好奇怪的东西。"徐婕说，她用手去抚摸照片，叶飘捉住她的手指。

"不要这样。"叶飘说，"它还没有干。不能弄脏它。"

徐婕收紧手指，握住叶飘的手。她明白了，自己被隔绝在一个世界之外。

叶飘感觉到一种力量从她的手指传递到自己的手指上。这股来自体内的力量由于没有地方使，正在轻微地颤抖。然后，徐婕把头埋在叶飘的胸前。

"我想杀人。"徐婕好像在自言自语。

"你说什么?"叶飘没有听清楚。

"我想杀人。"徐婕说，"是真的。"

叶飘扳起她的脸。她的脸上泪光闪闪。

第五章　描绘阴影的艺术

上课的第一天是写生。

林译苇在纸上写道。

林译苇想象着几十年前的一堂写生课。在她的脑海里，浮现出贵都美术专科学校里的一间教室。教室的式样很古旧，雕花的窗户，雕花的门。室内的地面用整齐的青石板铺成。光线从窗户透射进来，映照着教室里二十多个学生。

叶一峰把画板放在膝盖上，手中捏着一根炭条。在他前面约三米远的地方，有一张小桌子。桌子罩着一块蓝灰色的布，上面摆放着一个深色的陶罐，一个白色的瓷碗，一个玻璃瓶。他回头看了一眼，同学们坐在各自的座位上，等待着老师到来。当他正准备收回目光的时候，感觉到一个人的目光在注视自己。他用眼角的余光一瞥，看见一个女同学坐在他身后的第三排座位上。她正是操场上穿白球鞋的少女。这时，她没有回避他的目光，并且正用嘴唇做出口形，对他无声地说话。他看不明白，不知道她对他说什么。他只分辨得出，她说的是三个字。

叶一峰转过脸。老师进教室了。是陶蕴玄老师。他穿着深蓝色的呢子中山装，脚上穿一双圆口布鞋。他背着手，绕着教室里走了一圈。

"我们今天开始上第一课。"他说，"这一节课，我不打算讲什么。你们直接做作业，静物写生。我要看一看你们的风格。我给你们三个小时，你们把它们画在自己的纸上。开始吧，不许说话。"

画画的笔是细细的炭条。叶一峰在纸上迅速地勾勒出陶罐的轮廓。

他描得很精细。他画完了陶罐,又画瓷碗。然后,他又画了玻璃瓶。炭条才磨秃了一小截,他就完成了作业。

一道阴影投射到画板上。叶一峰抬起头,看见陶蕴玄站在身后。

"哦,这就是你的风格。"陶蕴玄说。

叶一峰点点头。

陶蕴玄从衣兜里摸出一只棕金色的海泡石烟斗。他往烟斗里填烟丝,用火柴点燃,美美地抽了一口烟。一股灰白色烟雾从他的鼻腔里喷出来。

"小伙子,对造型艺术的基本法则,你还懂得不多。"陶蕴玄说,"你只看见了线条,还没有看见光线。线条只是物体轮廓概念化的表达。实际上,轮廓是物体的体积的边缘,它是不存在的,是假设的,因而,线条也是不存在的,是假设的。而光线是存在的,是真实的。你看见了假设,却没有看见真实。其实,很多人都是这样,他们对真实视而不见。你明白吗?"

叶一峰迟疑地点点头。

"这不要紧。"陶蕴玄说,"你能够坐在这里写生,就是为了学习。承认自己不懂,是好事情,说明你有学习的决心。你看。"

陶蕴玄从叶一峰手里拿过炭条,用拇指和中指、食指横捏着。

"炭条要这样拿。"陶蕴玄说,"在作画的时候,要用腕力运动,不要依靠手指的力量。这样,一根炭条才能够在纸上不费力地到达最远的地方。明白了?"

叶一峰点点头。

"还有,更重要的是,你要明白素描的概念。什么是素描呢?简单地说,它是用单色塑造物体的艺术形式。我们画素描,实际上是在画光线。我们画光线,实际上是在描绘阴影。素描就是描绘阴影的艺术。你明白吗?"

叶一峰没有点头。他的眼睛盯着陶蕴玄老师的眼睛,不明白他在说什么。

"我知道你不明白。"陶蕴玄说,"这不要紧,我会在以后的素描课里讲这个问题。你看，这个陶罐，它有亮、灰、暗三个部分，那都是因为有了光线。没有光线，我们什么都看不见。有了光线，有些人也看不见应该看见的东西。比如你，一只陶罐摆在你面前，你却没有看见它真正的形体，只看见了它的概念。也就是说，你没有看见光线，只看见了线条。刚才我已经讲了，线条只是我们概念中的东西，你把它画在纸上，还认为自己画得很好。是不是这样?"

"是。"叶一峰说。

"你用线条表示你看见的东西，是因为你没有真正看见物象，只看见了经验，而且这是别人的经验。中国画就是这样表达的，它是一种传统的经验，缺少自己的观察。但我们现在学习的是另一种绘画方法。要掌握这种绘画方法，首先要学会正确的观察方法。你坐在这里的全部理由，就是为了学习怎样正确观察物象、怎样正确表达物象。你要记住，线条是一种危险的物质。它像一根黑暗中的线，可能把你带到地狱，也可能把你带到天堂。这要看怎样使用它。那些不会观察的人，往往会被一根线条带到地狱。"

叶一峰感觉到画板上的阴影越来越浓。他抬头一看，同学们都围在他的身边。

"你看你的作业，它只有空洞的线条。它表达的只是别人的经验，没有你自己的东西。光线就在那里，你却视而不见。你看，那个陶罐，它的左侧面临光源，光线把这部分照亮了，在你的画纸上，它应该是白色的。这里，陶罐的中间部分，没有光线直接照射它，它就应该是深色的，在画纸上，它就是深灰色的。这边，陶罐的右边，桌面的反光映射着这一部分，它应该比陶罐的中间部分更亮一点，是浅灰色的。还有一点，亮部和暗部的交接处是明暗交接线，这里是画面色调最深的地方。"

陶蕴玄挥动炭条，在纸上迅速排出了陶罐的素描大关系。一个立体的陶罐出现在纸上。

"明白了?"他问叶一峰，"你要记住，素描的任务就是表现物象的块面和体积。在这里，线条是不存在的，它只是人们假定的东西。当然，以后你懂得了块面和体积，能够正确地表达它们，线条又会回到你的心中，回到你的手里。那时，它就不再是危险的，而是自由的，因为，它成了你自己的个性的产物了，它会把你带到天堂。那个时候，虚构就变成了真实，你也就真正懂得素描了。"

叶一峰一个劲地点头。

"继续画。"陶蕴玄对着大家挥了一下手中的烟斗。

对照着陶蕴玄老师画的陶罐，叶一峰重新画瓷碗。他的炭条迟疑地在纸上游移，久久下不了笔。最后，他狠心地在瓷碗的一个地方涂抹了几下，这个地方，正是陶蕴玄老师说的明暗交界线。

"你终于敢落笔了。"一个声音在他身后响起。

叶一峰扭过头，是她。

"你其实不笨。"她说，"你听懂了的。这是明暗交界线，是整个画面最暗的地方。还应该大胆一点。你看我的。"

她夺过叶一峰手中的炭条，在纸上飞快地涂抹。很快，一个明暗关系明确的瓷碗跃然纸上。这时，下课铃响了。

"怎么样，烤红苕?"她说。

"你说什么?"叶一峰不明白她的话。

"我叫你'烤红苕'，你没有听清楚吗?"

"什么意思呢?"叶一峰还是不明白。

"你真笨。"她说，"我给你取了一个名字，就是'烤红苕'。"

"你为什么要这样叫我呢?"叶一峰的语气里透出一丝不愉快。

"我喜欢，怎么样?"

叶一峰一下就明白了。刚才，她在后面的座位上对他用口型说话，说的就是"烤红苕"。

"我不喜欢。"叶一峰说。

"我喜欢。"她说。

"那你叫什么名字呢?"叶一峰问。

"陶雅。"

"陶老师是她爸爸。"一个同学插话。

"怪不得，你这么凶。"叶一峰说。

"不关我爸爸的事。"陶雅说，"我就是我。你过去没有学过素描吗？"

"没有。"

"我看你的雕塑作品还有些功力。"陶雅说，"你是怎么做的？"

"做什么？"叶一峰问。

"雕塑啊。"陶雅说，"你真笨。"

"我家在一个小镇上。"叶一峰说。

"我看得出来。"陶雅说。

"小镇的旁边有一座庙子，里面有许多菩萨。"叶一峰说，"离庙子不远的地方，有人在烧陶缸。他们把泥巴从山坡上挖回来，放到池子里，浇上水，然后把水牛牵到池子里踩。牛蹄子把泥巴踩融。他们就用这样的泥巴做陶缸。我家经常买他们的陶缸。"

"你家买陶缸来做什么呢？"

"我家开了一个酱园，需要很多陶缸。豆油和醋都需要在陶缸里发酵。"

"哦。"陶雅说，"陶缸和菩萨有什么关系呢？"

"是这样。"叶一峰说，"我经常到陶器工场去玩。那种做陶缸的泥巴很软，可以在手里捏成任何形状。我就用这样的泥巴捏菩萨的头像。这很容易。他们都说，我捏得很像。"

"像烤红苕。"陶雅说。

"我不喜欢你这样说我。"叶一峰说。

"我知道你不喜欢。"陶雅说，"但我喜欢。"

叶一峰不吭声了。

"你说下去啊。"陶雅说。

"我不想说了。"叶一峰说。

"但我想听。"陶雅说。

叶一峰有点生气了。他盯着陶雅的眼睛。陶雅的眼睛里含着一丝笑意。她是双眼皮，瞳仁是深褐色的。他从来没有与一个女子在这么近的距离对视过。她的眼睛真漂亮。他的心里有点慌乱。

"你不说了吗?"陶雅说,"其实,我说烤红苕并没有其他的意思。你还记得前两天的事吗?我在操场上看到你的雕塑作品,那些菩萨头像,第一感觉像烤红苕。仔细一看,这些菩萨头像雕塑得真好,造型很准确,充满了灵气。这是天生的。你明白吗?"

"他们都说我捏的菩萨很像。"

"不要听别人怎么说。你要自信。你有天分。明白吗?"陶雅说,"但你不懂素描。你应该接受正规的绘画基础训练。你要在正确的艺术道路上行走,才能到达别人无法到达的高度。"

"你多大了?"叶一峰问。

"十七岁。"陶雅说。

"我还以为你比我大,你懂得那么多。"叶一峰说,"我十八岁。"

"在美术方面,我比你更懂得多。至少现在是这样。"陶雅说,"几年前,你还在对着菩萨像捏泥巴时,我就在画室对着陶罐和玻璃瓶画素描了。我们起点不一样。但你会比我走得更远。我爸爸是雕塑家,你爸爸是酱园老板,但你比我更有天分。这有点奇怪,是不是,烤红苕?"

叶一峰发现,现在教室里只有他们两个人。外面出太阳了,淡淡的黄色光线从窗户射进来,把地面晒成了几块亮晃晃的斑块。同学们的画架安静地站立着,空气中有一股淡淡的馒头味。同学们用馒头替代橡皮,擦掉纸上画错的木炭条痕迹。馒头碎屑掉在地板上,散发出粮食的香味。

叶一峰转过脸,陶雅的眼睛还在盯着自己。他突然感到有点不自在。这时,上课铃响了。

田单岭从树林里背了一捆柴回家。

林译莘想,田单岭应该用一条草绳捆住树枝,把它背回家。

他背着一大捆从树林里找到的桢楠、青冈和黄楝树枯枝,手里提着一只野兔。野兔是昨天布下的陷阱套住的。他沿着幽暗的林间小道往坡上走。昨天夜里降了霜,在草叶间,凝结着细小的水晶般的冰晶。地面冻硬了,他的布鞋底踩在小路上有点打滑。

林译苇想象着田单岭在树林里行走的情景。她仿佛闻到了从树林里散发出来的腐殖土气味，听见了田单岭的双脚踩踏地面的细微声响。有了这个形象，她就可以把自己融入陌生的时间和空间。她的思绪随着田单岭的脚步走出树林，来到单岭堡。

　　在这里，路已经很熟悉了。林译苇认出了那条通向田单岭家的小路，路面有一些陷在泥土里的石块，下雨的时候，就不容易滑脚。

　　林译苇还能认出来，田单岭的家坐落在村里的最高处，它是一幢泥土垒成的房子，茅草盖顶，但窗户却镶嵌着雕花玻璃，图案是日本樱花。

　　现在，田单岭看见家里的窗户亮起了灯光。橘黄的油灯光亮从玻璃窗户里映射出来。他看见有两个人影映照在窗户上。其中一个影子晃了一下，消失了，剩下的影子没有动。他认出来，是母亲。

　　田单岭感到奇怪。父亲前几天与祝师叔一同下山走了。父亲临走时对自己说，他要带祝师叔到很远的地方去跑江湖。他会挣钱回家，给他买花玻璃纸裹着的夹心洋糖。过去，父亲一走就是一个月，现在才几天，他就回来了？

　　田单岭把柴火放在屋檐下面，推开门走进屋，看见祝师叔站在堂屋里发愣。田单岭感觉到，祝师叔身上少了一样东西。但是，他想不起是啥东西。

　　祝师叔向前走了一步，身子突然歪了一下，脸上露出一丝痛苦的神情。他用手捂了一下胸口，咳嗽了一下，咳出一口带血的痰。他的手在墙边摸索了几下，摸到了一张木凳。他慢慢坐到凳子上。

　　母亲从里屋走了出来。她把田单岭搂在怀里。她的胳膊在轻微颤抖。田单岭知道，母亲在克制自己的哭泣。

　　"你爸爸死了。"祝师叔说。

　　田单岭不知不觉地摇头。母亲抱着他的头。

　　"是真的，儿子。"母亲带着哭腔说。

　　"我们遇见了他们。"祝师叔说。

　　"他们是谁？"田单岭问。

　　"你们不认得，只有你爸爸和我认得。"祝师叔说，"我们在好多年前就结了梁子。这次他们人多。我们这边，只有我和你爸爸两个人。"

母亲紧紧抱住田单岭，没有再说话。天黑了。

"我们要关门了。"母亲说。

祝师叔仰着脸，看着母亲。田单岭感觉到他的眼睛里有一丝哀求的神情。母亲转过脸，不理睬他。

祝师叔慢慢站起来，扶着墙壁走到门外的黑暗之中。母亲关上门，用一根粗木棍死死抵住。

从里屋透出的油灯光线射在他们身上。母亲把脸埋在田单岭的头上轻轻地哭出了声。过了一会儿，她擦干了眼泪。

"我们吃饭，儿子。"母亲说，"今天晚上，你陪妈妈睡。"

晚饭是白水煮洋芋，母亲从坛子里舀出半碗豆瓣酱，让儿子蘸着吃。田单岭瞟了一眼墙角的野兔，他想叫母亲把兔子炖了，但母亲的眼神发直，死死盯着窗户。

"妈，你也吃吧。"田单岭说。

母亲轻轻摇摇头。

"妈不饿，儿子。"

田单岭听见屋外起风了。风掠过墙角，发出轻微的尖啸。他想到了祝师叔。现在不知他走到哪里了。外面很冷，天很黑，下山的路很陡。

田单岭吃完了碗里的洋芋，母亲用木桶给他提来一桶热水。他洗了脚，爬上母亲的床。两年前，他还经常睡在父亲母亲的床上。他躺在父亲母亲中间，透过玻璃窗看天上的星星，听山风从屋外的墙角掠过，很快就睡着了。后来，父亲在屋子的角落给他铺了一张小床，垫上蓑草，铺上一张柔软的狗皮。这里离窗户比较远，他看不见天上的星星。但是在冬天，他的床很暖和。他的被子总是有一股温暖的气味。暖和的睡眠是他幸福的组成部分。

现在，他盖着自己的被子，躺在母亲身边，并没有马上入睡。这是父亲母亲的床，但父亲再也不会回来了。家里的门也不会为父亲开，也不会为父亲关了。眼泪在他的脸上悄悄流出来，伴随着他的意识，一同慢慢沉入幽暗的睡眠里。

第二天早晨，他起床的时候，母亲正在厨房里煮早饭，用竹篾编成的锅盖下面不断冒出蒸汽，屋里充满洋芋味和烟味。墙角的柴火剩下不多了，她把一根树枝填进灶膛，叫儿子到屋外去抱一些进来。

田单岭打开门，院坝里凝结了薄薄一层银色的霜。他来到屋后的柴房，不禁后退了一步。一个人蜷缩在柴堆旁边，头埋在臂弯里。是祝师叔。

祝师叔抬起头，他的脸色灰白，嘴唇发青，眼睛布满血丝。他站起身来，肩膀无力地耷拉着。昨天夜里，他并没有在寒风里沿着陡峭的小路往山下走。

田单岭把几根树枝拢在一起，抱到厨房里。他对母亲说，祝师叔在柴房里，他可能受伤了。

母亲没有说话。她一个劲地把柴火往灶膛里填。锅里的水很快就烧开了。她把几个大洋芋切成小块，倒进锅里，盖上锅盖。她对儿子说："你去把兔子剥了。"

田单岭把墙角的野兔提起来，用绳子拴在院子旁边一棵松树的枝丫上。兔子已经僵硬了。他用一把小刀在兔子后腿上割开一道环形口子，剥开一小块皮，使劲往下拉。很快，兔子的胴体与皮毛剥离开来。搁置了一夜的野兔和新鲜野兔不一样。新鲜的兔肉是粉红色的，搁置了一夜的兔肉胴体变成了淡淡的绿色，像丝绸那样光滑。他划开兔子的肚子，掏出冰冷的内脏。他把剥干净的兔子拎到厨房里，看见祝师叔坐在灶前烤火，手里捧着一碗洋芋汤。

祝师叔的脸色现在有了一点血色。洋芋汤很烫。他小口小口地喝着，眼睛盯着灶膛里的火焰出神。这时，母亲问了他一个问题。

"单岭他爸爸，现在他在哪里呢？"

"我把他埋了。"祝师叔说，"是我亲手埋的，没有其他人看见。离那个地方不远。"

"我们想去看一看。"母亲说。

"当然。"祝师叔说，"这是应该的。"

"只有你晓得他在哪里。"母亲说。

"对。"祝师叔说，"我可以带你们去。但现在我身上有伤，我很痛，我没得力气。"

"你可以把伤养好以后再说。"母亲说。然后，她把煮熟的洋芋捞到一只陶土盆子里，把兔子砍成肉块放进锅里。她撒了一点盐，用洋芋汤煮兔子，厨房里很快就弥漫着兔肉的香味。

田单岭吃了几块蘸盐粒的洋芋。盐粒迸跳到他的舌尖，溶化成温暖的咸味。田单岭闭上眼睛，享受着这小小的快感。他睁开眼睛，看见祝师叔捧着碗，正盯着锅里，等待里面的野兔肉煮熟。他回到自己的屋里，从墙上取下头发做的套子，又揭开一块石板，从石头缸子里抓出一把苞谷粒放进衣袋里。昨天从树林里出来的时候，他听见，林间有野鸡的叫声，还有几只野鸡从灌木丛里飞出来，从他的面前横飞过小路。前一段时间，林间的野鸡很少，现在它们又从什么地方回来了。他在树林里安了几个套野兔的套子，现在，他还要去安装几个套野鸡的套子。他要给祝师叔套几只野鸡，让他补一补身子。他记得，村里的女人生了孩子，流了很多血，他们的男人都要到树林里套野鸡给女人补身子。

因为昨夜又有霜降，从家里到树林里的小路被冻硬了，依然很滑。田单岭穿着母亲给他做的厚布袜子和厚底布鞋，在布满细小冰晶的林间小路上行走。一束阳光从天空中石块一样的厚云层缝隙里射下来，在林间投下一些金色的斑块。很快，这些斑块又随着云层的移动消失了。

他又听见了林间野鸡的鸣叫。那是一种带哨音的轻微"嘎嘎"声。父亲曾经对他说，公野鸡的叫声更尖锐，母野鸡的叫声更低沉一些。但他分辨不出来刚才发出叫声的是公野鸡还是母野鸡。他停下脚步，站了一会儿。一只色彩斑斓的野鸡扑啦啦地飞过他的头顶，冲到左边一棵青冈树上，长尾巴在树枝间闪动了几下，又消失了。他蹲下身子，把手中的头发套子细心地拴在两边的灌木枝上，撒了几粒苞谷在草丛中，布了一个陷阱。他再向前走了几步，又布下一个陷阱。

前面的树林更加茂密。一只野鸡从他身后飞过来，在空中划了一个优美的弧线，一下就不见了。田单岭感到奇怪。他沿着野鸡消失的方向往前走。这里的草丛更深，草叶上的霜很快就洇湿了他的裤子。他迈过几丛灌木，再走几步，发现自己站在一座悬崖的边上。

悬崖边的情景让他感到意外。这里的草丛很乱，虽然它们还是直立着的，但依然能够看出来，它们曾经被什么东西狠狠碾压过，也许是什么动物在上面打了滚。可能是野猪。田单岭想。父亲曾带他到树林里看野猪出没的痕迹，父亲捡起草丛中的一种深褐色的硬块告诉他，这是野猪拉的屎。父亲还把他带到一个地方，远远指着一株歪脖子大树告诉他，那棵树的下面有一个大黑洞，那是野猪的窝。如果他有枪，就可以打死野猪，家里的苞谷就不会让野猪糟蹋，母亲也可以吃野猪肉了。父亲很早以前就答应过母亲，让她吃一次野猪肉。

他正准备转身向回走，眼角的余光瞥见悬崖下面有一个物体。他蹲在地上，仔细看悬崖下面。他看见了一件灰色的衣服。这件衣服让他感到眼熟。他想爬下悬崖去看一看。

田单岭并不懂得，他正在往下爬的悬崖由什么岩石构成。林译苇也不知道。她停下笔，泡了一杯茶，翻开桌子上那本《地理学辞典》。在第144页，她找到了一种岩石——Gneiss，片麻岩。

> 片麻岩是具条状带构造、岩种最多的变质岩之一，化学成分变化很大，通常都含有特别明显的黑色矿物，比如角闪片麻岩就是一例。由于在原岩中深浅颜色的矿物分得很清楚而形成条带状结构，是典型片麻岩的最大特征。

林译苇把这个词条抄在纸上。她继续写道——

田单岭在赭石色有明显条纹的岩体上向下面移动。岩石缝里长满坚韧的蓑草，有的地方还生长着一些灌木丛。蓑草很结实。他的双脚踩住悬崖上突起的石块，双手紧紧揪住蓑草，像揪住某种巨大动物身上的毛发。他沿着一条岩缝一步一步往下挪。崖壁的一些地方长着青苔，很潮湿。他紧紧贴着崖壁，青苔里的水分渗进衣服里，让他的胸膛冰凉。

离崖底还有一丈多高，田单岭跳了下去。在触地的瞬间，他双腿一曲又弹跳起来。这里的霜更浓，草叶被染成了白色。田单岭看见了一个卧倒在草丛中的人。他的全身披了一层霜，头发和脸上也覆盖了一层霜。他的两眼圆睁，舌头露出了一小截，嘴角有一道乌黑的血痕。田单岭迟疑片刻才意识到，自己看见的是父亲。

然后，田单岭又看见了一个东西——父亲的脖子上紧紧缠着一根暗红色的腰带。他一下就明白了，昨天看见祝师叔时，为什么会感觉他的身上缺少了一样东西。他真的缺少一样东西，他缺少的是腰带。

早上的阳光从旁边大楼的玻璃幕墙反射过来，给脚下的水泥街面镀上了一层淡淡的金色。阳光照射在韩其楼身上，穿透一件牛仔服一件薄棉衫，直达他的皮肤。他感到一丝暖意。

昨天下午下班的时候，他接到一个电话。是一个同学打来的，他在城区一所小学教美术。这位同学最近一次失恋是上个星期。他比韩其楼小一岁。一个年近四十的男人还没有结婚，还在为男女感情烦恼，韩其楼想。自己其实也是这样。心中不时晃动一些女人的身影。只不过，自己是一个已婚男人。

到现在，韩其楼还没有吃早饭，他没有食欲。原因当然要归结于昨天晚上。昨天下班后，他和同学到东林街一家名叫菜根香的小酒馆喝酒，听同学诉说他的痛苦。那家小酒馆的菜全部是家常菜，价格不贵，但味道很好。一个人有勇气开一个只做家常菜的馆子，必须有一种自信，那就是：厨师的手艺比许多家庭主妇的手艺要高得多。有这样的自信就可以了。

韩其楼喜欢这家小酒馆回锅肉的味道，卤猪耳朵和卤猪尾巴的味道也不错。这个小酒馆是穷人来的地方，卫生条件不怎么样，但这里的氛围很适合没有钱的人们，他们可以在这里谈一点生活琐事。

韩其楼和同学点了一碗回锅肉，一盘卤猪耳朵，还有一小盆红烧肉。他们喝完了一瓶江津出产的高粱酒。同学不停地诉说一个女人如何折磨他，韩其楼耐心地听完了，然后头重脚轻地回了家。妻子林译苇可能还没有入睡，她的房缝里泄漏出了一点灯光。他在门前站了好一阵子，也许妻子知道他在外面，也许不知道。这并不重要。重要的是，妻子还是没有原谅他。

早上起床后，韩其楼的头还有点晕，走路时，感到地面有点软。他出门的时候，妻子已经走了，她的房门虚掩着。他推开房门，室内的光线幽暗，墙上贴着许多小纸条，那个蓝色封面的便笺本放在书桌上。他翻开看了一眼，妻子又写了几页。

妻子的房间里充溢着文字的气息。很长时间了，她一直生活在文字的世界里。每当妻子上班之后，他都要到妻子的房间里待一会儿，感受妻子留下的信息。他心里很清楚，妻子的房间是一个狭窄的世界，因为她把自己封闭在里面。她受到的伤害太大。但问题还是继续存在。一想到这个问题，韩其楼就觉得自己不可饶恕——他的心里又开始牵挂另一个女人，那个乡村女教师文纹。因而，昨天晚上与同学喝酒的时候，他很想诚恳地对同学说："其实，我的烦恼比你更多。"

韩其楼知道妻子在写一部小说。她在纸上写字，把自己的悲伤排遣到一个虚构的世界里。妻子在便笺本上写的文字越来越多，但他却没有仔细看里面的内容。在快速翻阅的过程中，他从眼前飞快闪过的纸页中感觉到了妻子的悲伤，以及她的愿望，还有她那温柔的呼吸。也许，总有一天，妻子会主动把她的小说给他看。

今天他没有在妻子的房间里停留得太久。下午妻子回来后，可能会在屋子的空气里闻到一丝酒精气味。他锁上家里的门，走到街上的阳光里。他的眼睛还不适应强烈的光线，尤其是那些在大楼玻璃上反射的阳光。还好，今天的云块比较多，阳光一会儿被云层挡住了，一会儿又露出灼热的脸。他低着头走路，心里默默地数着阳光在街面上出现了几次。这时，手机在他的裤兜里振动起来。

是文纹的来电。

"你在哪里呢？"文纹问他。

她的声音依然那么纤柔，但韩其楼的心脏猛烈地收缩了一下。他从文纹的语气里感觉到了一点异常。

"在上班的路上。"韩其楼说，"你在哪里呢？"

"我在市第一人民医院里。"

"出了什么事情？"韩其楼问。

"是我女儿小娜……"文纹说。

"我马上过来。"韩其楼说,"怎么找你呢?"

"住院部大楼十八楼。"文纹说,"1824 床。"

韩其楼很久没有到市一医院来了。医院的大楼是去年新建的,一共三十层,是全市最高的建筑之一。韩其楼站在大楼下面,仰头望了一下大楼的顶端。大楼贴着灰白色的瓷砖,在阳光下闪烁着金属般的光泽。大楼旁边有一排卖鲜花和水果的店铺,他买了一束深红色的郁金香,想了一下,又换成粉红色的。小女孩儿一般都喜欢粉红色,他想。他正准备转身出店门时,看见门边有一个柜台,里面摆放着一些小礼品。他选了一个穿粉红色连衣裙的芭比娃娃。

韩其楼走进大楼的电梯。这部电梯是他所见过最大的一部电梯。也许,做手术的病员可以躺在病床上,直接从电梯到达手术室,韩其楼想。所以,他们才安置了这么大的电梯。电梯里挤满了人,他们都是病人的亲朋好友。医院真是一个令人不愉快的独立世界。人们来到这里,全都迫不得已。

也许我除外,他想。文纹的事情,她首先想到的是我。韩其楼明白,事情正在向一条路上发展。在这条路上行走,他会感到很累。但他无法让自己不在这条路上行走。就像此刻站在这部电梯里,你无法不上升。

1824 床靠窗,房间里还有另一张病床。韩其楼看见一个单薄的身体躺在白色的床单下面,那是小娜,她的脸色几乎与床单一样白,两只大眼睛显得特别黑。她转过脸来,盯着韩其楼。显然,她认出了他。

韩其楼对她微微一笑,把郁金香放到她的枕头边,然后背着双手,站在小娜的面前。

"你还记得我吗?"韩其楼问,"我可记得你。你是小娜,对不对?"

小娜点点头。

"我记得你。"小娜说,"你是画眉叔叔。"

"哦!"韩其楼的眉毛扬了起来,"你的记性真好。现在我要看一看那只画眉啄了你的地方。"

"不。"小娜说,"我想知道你记不记得,画眉啄了我的哪一只手。"

"这可难不倒我。"韩其楼说,"是右手。我还记得,是右手的食指尖。对不对?"

小娜微微一笑,抬了抬右手又放下了。她右手的手背扎着一个输液的针头,但她仍然在微笑。这时,阳光正好从云缝里射下来,她脸上的笑容融化在阳光里,韩其楼觉得特别灿烂。

"还痛吗?"韩其楼问。

"有一点儿。"小娜说。

"这么久了,有两个月了吧,你的手还痛?"韩其楼说,"那只画眉这么厉害?"

"我不是说画眉。"小娜说,"我是说,这个针头。"

"针头是小事一桩。"韩其楼说,"只要画眉啄的地方不痛了,问题就不大。针头是对的,它在帮助你治病。它应该让你痛。画眉就不对了。它不应该让你痛。"

"画眉是对的。"小娜说。

"哦?"韩其楼不明白。

"没有画眉,妈妈就不会认识你,我也不会认识你。"小娜说。

一股热流从韩其楼的胸腔往上涌。他感到头脑一下就发烫了。

"谢谢你的这句话。"韩其楼说,"你刚才考了我。现在,我也要考一考你。你猜,我的手里拿着什么东西?"

"是送给我的礼物吗?"

"正确。但你要猜一猜,它到底是什么。"

小娜摇摇头:"我可能猜不准。"

"你要猜。"韩其楼说,"你一定要猜。"

"巧克力?"

韩其楼摇摇头。

"威化饼?"

"不对。"韩其楼说,"再猜。"

"洋娃娃?"

"你是我见过的最聪明的小女孩儿。"韩其楼认真地说,"我说的是真的。"

他把手从身后拿出来，小娜的眼睛一下就亮了。

"啊！"她发出了一声短促的惊呼。

韩其楼把芭比娃娃轻轻地放在她胸前的床单上，她用左手拿起它，看它的脸。

韩其楼闻到一股淡淡的香味。在充溢着来苏水气味儿的病房里，他依然分辨出了幽兰牌洗衣粉的芳香。他转过身，文纹站在他的身后。

文纹穿一身灰色套裙。韩其楼认出来，还是那套裙子。他们在镇上一个茶楼里喝茶，在城里的竹筒香饭馆吃饭，她都穿着这套裙子。这套裙子很符合她的气质。

"这是画眉叔叔送给我的。"小娜向妈妈举起手中的芭比娃娃。

文纹摸了一下女儿的头发。

"我和画眉叔叔说两句话。"文纹说，"你乖乖的，小心点儿，不要把针头弄掉了。"

他们来到病房外，走廊的光线很暗，但韩其楼还是看见了文纹眼睛里出现了一滴晶莹的泪水。

"小娜的病还没有确诊。"文纹说，"这几个月，小娜经常发低烧，还头晕，医生担心是白血病。"

文纹的嘴唇轻微地颤抖。韩其楼轻轻地扶住她的手臂。

"不要急。事情不会是你所想的那么糟糕。"韩其楼说，"有什么事情需要我帮忙吗？"

"你可能帮不了忙。"文纹说。

"哦……"韩其楼说，"我明白了。"

"我当时只想给你打电话。"文纹说，"没有更多的想法。出了这样的事情，我首先想到的是你。小娜的爷爷奶奶和外公外婆都是农村人，遇到这样的事情，他们一点办法都没有。我知道，你也没有办法。"

韩其楼正准备说话，文纹的手指轻轻压在他的嘴唇上。她的手指冰凉，韩其楼却感到一阵暖流从嘴唇向脸上延伸。

"你不要再说了。"文纹说，"你来了，我就满足了，小娜也很高兴。谢谢你。"

她的眼里又涌出了泪水。为了不让韩其楼看见，她把头扭向一边。这时，韩其楼注意到，她的身体刹那间僵直了。

从走廊那一头走过来一个穿西服的中年男子，右胳膊夹着一个黑色皮包。他看见文纹，老远就扬起一只手。

"哈！"他的嗓音有一点沙哑。他走到文纹面前，眼睛在韩其楼身上溜了一下。

"文老师……"他的声音低了一些，但韩其楼感觉到，他的嗓门儿还是很大。

"我介绍一下。"文纹说，"鲁总。韩老师。"

韩其楼向鲁总点点头。鲁总迟疑片刻，向他伸出右手。

"幸会。"鲁总说，"我叫鲁兆平。"

"韩其楼。"韩其楼说。

"哈，幸会，幸会。"鲁兆平又握住韩其楼的手摇了两下。他转身对文纹说，"小娜在哪里？我要看看她。"

韩其楼把双手塞进衣袋里。

"我先告辞了。"他对文纹说。

文纹点点头。

"真的很感谢你。"她说，"我会给你打电话的。"

韩其楼沿着走廊向前走。来苏水的气味儿越来越浓。他的嘴唇还残留着文纹手指压在上面的感觉，但是，有一种气味正在离开自己。

金人立把平底锅从液化气炉子上移开，一个油煎鸡蛋在锅里发出轻微的噼啪声。他把鸡蛋铲到一个小瓷碗里，撕开一盒伊利牌牛奶的封盖，倒进一只小铝锅里烧热。

金人立的家在临街一幢旧楼房的底楼，八十平方米，一间卧室，一间厨房，一个小客厅，一个卫生间，一间工作坊。最外面一间屋子就是他的牛角梳店面。

金人立的房屋坐落在城市的低洼地带。在这一带，底楼的房屋总是比较潮湿。金人立房屋的屋基长满青苔，但室内还比较干燥。妻子特别爱干净，她的身体还没有完全康复，却每天用抹布将木制家具揩拭得一尘不染，用拖把把水泥地面擦得发亮。

金人立最近的心情很轻松。那天，他做出很随意的样子对妻子说，一个朋友让他帮一个忙，付给他五千元钱，他已经把欠医院的钱还了一部分。当时，妻子一直盯着他的眼睛，最终没有多问。金人立的心里涌起一阵感激。妻子是一个很懂事的女人。她知道哪些问题可以问，哪些问题不用问。

金人立把牛奶和鸡蛋端进里屋，放在妻子的面前。妻子坐在床上，清瘦脸庞浮现出温柔的笑容。她伸出双臂，轻轻抱住丈夫的头，在他的额头上亲吻了一下。

"今天我可能要在街上待比较久。"金人立坐在床边，对妻子说，"我要做的事情，比较费时间。"

"你一定要小心。"妻子说。

"我会的。"金人立说，"你放心。中午我一定回来。你要记住吃药。"

他来到街上，双手抄在裤兜里，沿着入城大道向城区的中心地带慢慢走。今天没有阳光，阴云像一块又一块透明的灰色塑料布堆积在天空中。大道两边栽植的树木还没有长大，树干才碗口粗，但树叶上已经覆盖着一些尘土。前面有一个公交车站，有几个人在等车。他走到他们旁边等车。他注意到，这几个人很正常，眼神都很坦然，没有人把眼光停留在别人身上。过了一会儿，一辆红色公交车进站了，他随他们上了车。

车上的乘客不多不少，最后一排还剩两个座位。金人立坐在这里，可以方便地观察车内的情景。这一条公交线路从他居住的飞凤山起始，到河对面的市第七人民医院止，全长八公里。这是城区乘客最多的线路，也是小偷最爱出没的场所。

他坐在那里，偶尔看一下车窗外。街道两边的树木变得更粗壮了。汽车正在经过老城区。这里的街道更窄，但行道树更粗大，树身上还长着一些青苔。他想起家门外石头上的青苔。有一次，妻子抱怨他在家里蒸牛角弄得满屋子都是难闻的气味，他马上把炉子搬到院子里。不久他发现，炉子里的炭火将屋基的青苔烤焦了一部分。炉子再一次挪了位置，那片青苔在半年后才恢复原状。当时，他的心情一下就轻松了不少。他喜欢家里的一切，包括屋外的青苔。他离开家，是为了再次回来。

公交车在沿江路站停下。从车下上来一群乘客。其中有三个年轻人，他们一上车就分别站在前车门、中间车门和车的尾部。他们的眼睛偶尔在乘客的身上瞟一下。一位中年人右手紧紧抓住车厢里的吊环，身体随着汽车的行进微微摆动，一个青年向他靠近。金人立注意到，这个青年的右手搭着一件衣服。他在中年人的身边站了一会儿，另一个青年从他们身边挤过去，把一个黑色的物件塞进自己的衣袋里。

汽车到下一个站了。停车后，这三个青年从中门走下汽车。金人立也跟着走了下去，来到了中央街。

中央街是城区最繁华的街道，街道两边法国梧桐的树龄至少有五十年，枝叶把街面的上空遮蔽得严严实实，粗大的树身要两个人才能合抱。因为有了这些树，在这条街道上行走，夏天会感到阴凉，冬天则会感到温暖。

那三个青年依然走在一起，他们进了一个商场，在人流中挤来挤去。商场里布满柜台。电器、化妆品、服装、箱包，一个中等城市琳琅满目的购物场所，里面的顾客基本上是女人。这三个青年挤在女人中间向前走，金人立在他们后面跟随着，离他们几步远。商场里的女人身上好像都在散发淡淡的香水味儿。金人立的视野里轻微地闪过一道亮光。他看见一个青年的手里多了一支医用镊子。这支镊子伸进一个女人的红色挎包里，夹出了一个黑色皮夹。那女人依然毫无感觉地继续行走。

这三个青年出了商场，又来到大街上。他们拐进了一家茶楼，在营业厅的中央找了一张桌子坐下。他们要了几杯竹叶青和一副扑克，一边喝茶一边打牌。

金人立在离他们三张桌子远的地方坐了下来。他要了一杯菊花茶，用手捂着滚烫的茶杯。半个小时后，一个人走到那三个打牌的青年身边。他们起身招呼他。

"杨哥。"

杨林重重地坐在一张椅子上，一个青年拿出一沓钞票交给杨林，另一个青年重新发牌。他们四个人开始打扑克。过了一会儿，杨林开始赢钱，一个青年从身上摸出一个钱夹，在里面取出一张百元钞票。杨林盯着他手中的钱夹。

　　"这不是你的皮夹。"杨林说。

　　"这个牌子是都彭。"那个青年说，"是真皮的，至少要值两百元钱。"

　　杨林的脸涨得通红。他把手里的扑克甩在桌子上。

　　"我的话你总是听不进去。"杨林说，"既然你这么能干，以后你就一个人干。"

　　"下次我再也不这样了。"那青年说，"今天晚上我就把它丢了。你不要生气。"

　　"我很生气。"杨林站了起来说，"我要教你们一辈子吗?"

　　"杨哥，我们一起去吃饭吧。"另一个青年说，"到麻辣空间。我们订了座位。"

　　"吃个鬼!"杨林说，"要吃，你们去。我回去了。"

　　杨林转身就走。那三个青年呆呆地坐在桌子边，看着他的身影消失在茶楼的门口。

　　金人立起身走到门边，一个服务生迎了上来。

　　"你好，先生。"她笑盈盈地轻声说，"你的菊花茶一共是八元钱。"

　　金人立付了自己的茶钱，快步走到门外，走下楼梯。他看见杨林正走到底楼的大厅里，金人立暗暗地舒了一口气。

　　林译苇起床后，站在窗前。一道阳光透过窗玻璃射进来，在墙壁上形成了一块淡黄色的斑块。她想，几十年前的一天，这道阳光也应该照射到一座破旧的房屋里。也许，这道阳光的痕迹还会在一张胶片上显影。

　　她给叶飘打电话，问他在干什么。他正在城南一个拆迁工地上采访。他说，他马上就可以走了。

"我们到茶楼去坐一会儿，到梦月茶楼吧。"叶飘说，"你应该看一看我们上次拍摄的照片。"

　　梦月茶楼位于东殿街的街尾。这是一幢俄式建筑，二层楼房的墙体全部用黄褐色的砂岩砌成，楼板是厚重的原木，斜坡式的屋顶盖着鱼鳞形状的红瓦。林译苇查过资料，这幢楼房是修建成渝铁路时，由苏联工程师主持建造的，当时作办公用房。后来，这幢房子成了茶楼，生意一直不错。

　　林译苇走进茶楼时，叶飘还没有来。侍应生在白衬衣外面套一件灰色马甲，裤子是深灰色西裤，黑皮鞋擦得锃亮。在侍应生的引领下，她选了一张靠窗的小桌子坐下，这里可以看到街面的情景。茶楼里的装修风格是怀旧的西式风格，小方桌上面铺了花格桌布，桌子上的台灯是马赛克式的彩色玻璃灯罩，灯光透过一小块一小块的彩色玻璃射出来，给桌子四周的空间增添了一丝温馨的气氛。

　　透过高大的窗玻璃，林译苇看到灰色的水泥街道上的行人正在无声地行走，车辆从他们身边驶过。这条街道是城里的旧街道，当新城区的七号路、八号路和九号路还是农田的时候，这条街道早已车水马龙了。后来，新城区的超市一个接一个开张，这条街道上的各种店铺纷纷关门，只有几家茶楼的生意还不错。许多人开着汽车来喝茶，他们在茶楼里打牌或是谈业务。茶楼就应该是这样的氛围。

　　林译苇想，时间真的像一根线，它会在一些地方直线前进，在另一些地方打一个结，弄出一些乱七八糟的事情。她又闻到了陈旧的尘土味儿，这气味与她前几天在天顶寨张家小店的地板气味一样。她低头看了一下地板。是木质地板。张家小店的地板也是木质的。这样的气味是几十年前的空气，一直藏匿在地板的木头微小的孔隙里，她想。无论是城里的地板还是乡下的地板，它散发出来的气味总是一样的。时间总是把一些事情搞乱，让它在不该出现的地方出现。她想到了自己与叶飘用徕卡相机拍摄的那些照片。它们总是顽强地显现出过去的影像。也许那是从时间之网逃逸出来的物质外形，这些物质饱含一些消失的信息。

　　当叶飘进茶楼的时候，林译苇一眼就看见了他。他还是穿一身旧牛仔服，摄影包挎在肩上。他的脚步很沉重。他走到桌边坐下，从摄影包里取出一沓照片。

叶飘把照片在花格桌布上摊开，拿起其中两张递到林译苇手里。

"我把照片全部带来了。"叶飘说，"这是前两天在高峰砦拍摄的照片，你看。"

林译苇的眼睛在照片上停留了很久。

"不敢相信。"林译苇说，"为什么我们会遇到这样的事情。"

叶飘十指紧紧交叉在一起。他盯着林译苇的眼睛。

"我明白我应该写什么了。"林译苇说，"我是说，下面的小说应该怎样写。"

她把照片重新整理好，再一次仔细观看。

她手里的照片上是中心广场，广场上矗立着一尊士兵的雕像。他手持一支步枪，身躯是一种乌黑的材料雕刻成的。这种材料绝不是石头。士兵站在广场上，像站在虚无里。在照片里，本来应该出现华茂房地产公司大楼的地方，却出现了几幢二层楼房，墙壁是灰色的木板，整个楼房略微有点向右倾斜。在一幢楼房的墙壁上，悬挂着一幅写在白纸上的标语——清匪反霸！减租退押！

下面三张照片是在高峰砦一幢农舍里拍摄的。剩下的一组照片是在高峰砦下面的村子附近拍摄的。第一张照片是在松树林里拍摄的，一个头发很长胡子也很长的中年男人正在观察一棵松树的树身。树身上有一些灰白色的晶体。

第二张照片上是在那幢农舍的窗外拍摄的，室内的木头柜子旁有一幅油画。它倚在柜子上，画面是一位裸体的青年女子。她的右手支着头，身体斜倚在一张床上。画面上这张床就是室内的那张木床。

第三张照片本来拍摄的是那丛翠绿色的芦苇，但冲印出来的却像一张 X 光照片——芦苇的叶片变得透明，它的根部也清晰可见，像苍白的胡须，向泥土深处延伸。根须的尖端融入一团灰白色的物体里面。那团东西像是人的骨骼。

"这是两具人的骨骼。"叶飘的手指轻轻戳在照片上说，"它们埋藏在我们上次看见的那一丛芦苇下面。"

这些黑白照片安静地躺在桌布上，林译苇的呼吸几乎停止了。一些逝去的时光通过一部旧照相机在胶片上留下了影像，在照片上显形。她感觉到世界正在她的眼前慢慢发生变化。她四周的人们正在安闲地喝茶、抽烟，往桌上发扑克牌。而照片上的人和物以过去的名义坦然地展示在现代的光线里，但旁边的人并不知道。

林译苇指着照片上松树林里的男人说："他就是叶一峰。他活得比其他人更长久，他在中年死去，死在一个偏远的乡村。他死的时候很落魄，也很幸福。"

她用手指轻轻抚摸照片上的油画，然后看另一张照片，芦苇下面的尸骨。"这就是叶一峰的尸骨。陪伴他的是一个青年女子。一个后来才在他生命中出现的陌生女人。叶一峰为她画了一幅画，也许是几幅，或者更多。以后我会知道的。"

林译苇把照片仔细整理好，收进自己的拎包里。她盯着叶飘的眼睛。

"你拍摄了这么多好照片，我要感谢你。"林译苇说，"你要喝什么茶？我请客。"

叶飘要了一杯竹叶青，林译苇要了一杯柠檬水。

"我一直都想过平静的生活。"林译苇说，"但是，总是有那么多的意外要来打扰我。其实这样很好。这是生活的礼物。你明白吗？"

叶飘点点头。

"很多事情，在别人看来，是一件小事。但是，我把它们看作是大事，这是我的弱点。"林译苇说，"也许，你不明白。"

叶飘低头看着手中的茶杯。茶叶的香味儿随着杯里开水的蒸汽向空中飘散。那是一种温暖的香味。他突然想到了徐婕身上散发出来的香味。那是一种从肉体深处散发出来的香味，充满强烈的肉欲，具有深刻的侵略性。林译苇身上却什么气味也没有，她并不比徐婕更性感，她身上具有拒人于千里之外的气质。正是这样的气质吸引着他一步步向她走近，却仍然对她一无所知。在他的印象中，她的表情一直很平静，甚至很少微笑。她总是在想着什么。一个爱思考的女人是可怕的女人，他想，但也是可爱的女人。

"这些照片已经完整地讲述了一个故事。"林译莘对叶飘说，"也许，只有我才知道，它们到底讲了些什么。"

"我有一点不明白。"叶飘说，"这部徕卡照相机为什么会拍摄出过去的时光。当然，并不是每一张胶片都会显影。有一卷胶片中，有一些是空白，没有曝光。难道这个世界真的有鬼？我要变成一个迷信的人了。"

"我是无神论者。"林译莘说，"我相信这个世界并没有鬼，也没有神。关键的问题是时间。有时，时间可能并不是直线前进的，也许，它会在一些地方停留，或者在另一个地方拐弯。我想，时间并不是一条直线。它有自己的理由在什么地方去散步，或者逗留一下。我们碰巧遇见这样的情况了。我们拍摄了一些照片，上面显现出了过去的时光。我正在想象一个世界，它们就是证据。"

林译莘低下头，专注地搅动杯子里的柠檬片。杯底的单晶冰糖在调羹搅动时形成的水流中慢慢旋转，释放出晶莹的溶液，溶化在淡黄色的柠檬汁里。

"现在的阳光和过去的阳光区别并不大。它总会在胶片上显影，把世界的某个时段还原。我想象的世界就是由过去的事情构成的。"林译莘说，"这一段时间，我看了许多楠江的资料。有《楠江县志》《楠江地方风物志》，还有《楠江剿匪回忆录》。可以说，我看到了很多东西，至少是我自己想看到的东西。我在想，在这块土地上，有许多人曾经生活过。现在轮到我们在这块土地上生活了。但有些曾经发生过的事情却没有消失，我能够感觉到它们的存在。这块土地承载了太多的东西。其实，任何一块土地都承载了太多的东西。作为一个人，只要他愿意，他都可以从他站立的土地上感受到记忆。这不仅是自己的记忆，还有关于他人的记忆。因此，有的人用文字记录下他的经历，有的人则用讲故事的方式记录他的经历。还有的人根本就不以任何方式向他人述说，他把一切都埋藏在自己的心里。但这并不意味着，他所经历的事情没有发生过。历史就是以这样的方式存在着。你看这几张照片。"

林译苇把在高峰砦农舍里拍摄的三张照片推到叶飘面前。

"你不认为他们是同一个人——田单岭吗?"林译苇指着照片上一个穿黑色对襟衣服的人,再指着另一张照片上的士兵雕像对叶飘说。

叶飘接过照片,注视这个男人。他把广场那张照片抽出来,放在这张照片旁边。广场上,那个持枪的士兵站在石头基座上。

"他们的确是同一个人。"叶飘说。

林译苇再次拿起照片。照片的内容虽然是关于过去的,却总是让她发现新东西。那个穿黑色对襟衣服的男人和那个士兵真的很相似。他们的脸都很瘦削,都很英俊。一个在微笑,另一个表情严肃。但他们的确很相似。尤其是那双眼睛。

"田单岭,他的微笑带有一点死亡的气息。"林译苇说,"他生活在一个混乱的时代里,他没有活多久。在那个时代,许多人都这样。在少年时代,田单岭就过早地见识了死亡。"

田单岭在回家的路上捡了一些树枝。他用蓑草搓成一条绳子,把树枝捆住,背在背上。

树枝很沉重。田单岭的背上有柴火,这才是最正常的状态。

林译苇用一个新的便笺本写她的小说《屋顶下的天空》。她又写到了田单岭这一个章节。钢笔没有墨水了,她拧开笔筒,汲了满满一管黑墨水。

田单岭知道,今天回家必须要带一些柴火。

林译苇的钢笔在纸上急速地书写着,笔尖刮擦着纸面,发出轻微的嚓嚓声。

台灯的淡黄色光线无声地向房间的黑暗深处铺洒,照亮了她放在桌面上的几本书——《地理学辞典》《魔山》《边城》《城市风光》。那是来自别人世界的信息。林译苇有自己的世界,田单岭也有自己的世界。

田单岭背着一捆柴火回到家。他走进院子,把柴火放在柴房里。在柴房的一角,铺着一张熊皮,上面躺着一个人。祝师叔正裹着一床蓝灰色棉被睡觉。

也许是田单岭放柴火的声音惊醒了祝师叔。他慢慢坐起来，通红的眼睛瞪着田单岭。也许他的身上还有些地方在疼痛。他的脸色灰白，眉头紧皱。

"吃午饭了？"祝师叔问。他的语气比今天早上更有些精神。

"妈还没有做好。"田单岭说，"我先去看看，饭做好了我来喊你。"

祝师叔又倒在地铺上，把被子蒙在头上。田单岭关上柴房的门，来到厨房。

田莲花正坐在灶前的一个木墩上烧火。她把一根干燥的树枝用力折断，送进灶膛里。锅里的野兔煮熟了，厨房里弥漫着肉香。母亲把切好的洋芋块倒进去，盖上锅盖。

"祝师叔答应了，等他的伤好了一点，就带我们去找你爸爸。"母亲说到这里，撩起衣襟擦眼睛，"我们要认得埋你爸爸的地方。以后，清明节到了，给你爸爸上坟，你就能够找到地方了。"

"嗯，妈妈。"田单岭说，"我在树林里下了几个套子。我还要套野兔和野鸡给祝师叔补身子，让他的伤快一点儿好。"

田莲花捧住儿子的脸。田单岭感觉到母亲的手很粗糙。野兔煮洋芋的香味从锅里冒出来。

"我去喊祝师叔，我喊他来吃饭。"田单岭说。

母亲点点头。田单岭转身向门口走去，却差点撞着祝师叔的胸膛。

"嫂子，好香啊。"祝师叔说，"我在柴房都闻到香味了，我口水都流出来了。"

"单岭，去给你祝师叔端凳子。"田莲花说。

田单岭从屋角端出来一只木头方凳。祝师叔一屁股坐下来，田莲花盛了一碗热气腾腾的洋芋递到他的手里。

"嫂子，你真好。"祝师叔说，"啊，野兔汤煮洋芋真香。"

祝师叔用筷子把一块洋芋搛起来放进嘴里，闭着眼睛咀嚼了一会儿。

"嗯，嫂子，"祝师叔说，"我上次说过，洋芋用油煎，最好吃。我现在晓得了，用野兔汤煮洋芋，也很好吃。这野兔子，是单岭打的吧？"

"是我下套子套的。"田单岭说，"祝师叔，我还要去套野兔和野鸡，给你补身子。你身子好了，就可以带我去看爸爸了。"

"这个儿子真乖。"祝师叔说，"你多大了？"

"十四岁。"田单岭回答。

"看不出来。"祝师叔说，"我以为你十六岁了。"

田单岭埋头吃东西。他攥起一块洋芋，慢慢咀嚼。妈妈在汤里找到一块野兔肉，把它放进他的碗里。他用筷子把它夹起来，放进祝师叔的碗里。

"师叔受了伤，应该多吃肉。"田单岭说。

"哟嗬！"祝师叔说，"这个儿子真懂事。"

"我在树林里看到了一些东西。"田单岭说。

"噢？"祝师叔说，"是啥子东西呢？"

"脚印。"

"嗯？"祝师叔说，"脚印？哪个的脚印？"

"野兔子的，还有野鸡的。"田单岭说，"它们在树林里乱跑，我要逮住它们。"

"逮住了没有？"祝师叔问。

"逮住了这只野兔。"田单岭说，"我还要逮更多的野兔和野鸡。我下了好多套子。你能不能和我一起去，我给你看我安的套子。我们一起把野兔和野鸡拿回来。"

"儿子，你不要麻烦祝师叔。"田莲花说。

祝师叔放下碗，活动了一下双臂。

"没有啥子问题。"祝师叔说，"昨晚我睡得很好，身体感觉好多了。"

"那你能够走到树林里去吗？"田单岭问。

"没问题。"祝师叔说，"我和你一起去。我想看看你安的套子。我们要带几只野兔和野鸡回来，让你妈妈炖汤。"

"你很快就会看到。"田单岭说，"现在你想不想去？"

"现在?"祝师叔说。

"如果套住了野物,不赶快把它取走,就会被树林里的其他野物吃掉。"田单岭说。

"那我们现在就去看一看。"祝师叔说,"不能让别的野物占便宜。"

他们走出屋子时,天空里的云层已经被风吹散,阳光把路上的霜冻晒化,把泥地晒软了。祝师叔走在田单岭的身后,一条腿仍然有点瘸。他们走进树林的时候,一层淡淡的水蒸气从林间地面升腾起来,飘浮在草叶上面,再也不上升。田单岭领着祝师叔离开小路,走进草丛中,草丛中有一些浅浅的踏痕。

"这是野兔跑过时留下来的。"田单岭说,"野兔爱跑老路。"

"能逮到它吗?"祝师叔问,"可能它今天没有出来。"

"能够逮到它。"田单岭说,"它已经出来了。你看,这些草尖上的露水没有了。是野兔干的事。它从这里跑过,把露水踢掉了。"

"哟嗬!"祝师叔说,"你小小年纪,懂得这么多。是你爸爸教你的吧。"

"嗯。"田单岭说,"我想快点看到爸爸。"

"你很快就会看到的。"祝师叔说,"你这么喜欢你爸爸,肯定会看到他。"

田单岭在一丛灌木面前蹲下来,从草丛里捡起一根头发编成的细绳。它挽成一个圈,摆在草叶上。

"一只兔子跑过去了。"田单岭说,"它没有被套住。它把套子踩坏了。这是一只狡猾的野兔。"

他们又向前走,翻过一个山坡,这里长满了青冈树。这里的树林更密,光线也更幽暗。阳光从枝叶的间隙射下来,照亮了地面升腾的水蒸气,林间仿佛斜挂着许多半透明白色布条。田单岭带着祝师叔走过一棵树,又走过一棵树。这一带的草丛中有一些小水洼,它们掩藏在草丛里,像一面又一面镜子,映射出四周的树木。田单岭纵身跳过一个一个水洼,在落地的时候没有站稳,一屁股坐在草地上。他很快站了起来,向前走了两步,然后蹲下身子。

一只麻黄色的野兔倒立着。它的两条前腿撑在草丛中，后腿被一条头发编织的绳索套住并悬挂了起来，而绳索的另一端系在旁边的一棵小树上。野兔看见有人走到它的身边，四条腿使劲乱蹬。田单岭解开套在野兔腿上的绳条。一不留神，野兔从他的手中蹦了出去，躬身一跃，身体蹦起两尺高，落地后又向前蹦跳了一下，飞快地消失在草丛中。

　　"哎呀！它跑了！"田单岭对站在水洼那一边的祝师叔说，"我没有抓稳。"

　　"我看见了。"祝师叔说。

　　"其实今天我想逮野鸡。"田单岭说，"我在前面安了好几个野鸡套。"

　　"哦。"祝师叔说，"那就去看看你的野鸡套。"

　　"好的。"田单岭说，"前面还有一个野猪窝。"

　　"你的东西怎么这样多？"祝师叔说。

　　"你看，它在那里。"田单岭用手指着右边的山坡。

　　祝师叔顺着田单岭的手指方向看去。他看见了一棵歪脖子大树，树身有一个黝黑的树洞。

　　"野猪可能藏在那里面。"田单岭说。

　　"你咋个晓得？"祝师叔说，"又是你爸爸说的吗？"

　　"对。"田单岭说，"是他说的。不过，现在它不在。冬天它才回来。它在里面睡觉。"

　　他继续向前走。祝师叔赶了上来，走在他的身后。在一处悬崖边，田单岭停住脚步。一阵扑腾声从一簇茂盛的羊齿草丛里传出来。在晃动的草叶间，他看见一片蓝色的羽毛闪现了一下。

　　"野鸡！"田单岭说。他上前几步，蹲下身子，把手伸进羊齿草丛中，"我抓住它了，啊！"他兴奋地喊了一声。话音未落，他的身子突然向右边倒下，祝师叔从背后挥过来的巴掌抢空了。躲过了致命的一击，躺在草丛中的田单岭右腿使劲一蹬，踹中了祝师叔的右脚踝。祝师叔在坠下悬崖的刹那间，左手抓住了一丛蓑草，整个身子悬挂在崖边。

　　田单岭从地上爬起来，用右腿去踢祝师叔抓住蓑草的手，被祝师叔的另一只手抓住。他们一同坠下悬崖。

当田单岭苏醒过来的时候，一时想不起自己为什么会躺在这里，躺了多久。他觉得后脑有点疼痛，用右手摸了一把，头发像被胶粘住，变硬了。他收回手，看见手指上有一些暗红色的碎屑。他明白了，这是干涸了的血液。

田单岭想起来了，他和祝师叔一起掉在了悬崖下面，不知昏迷了多长时间。他支起身子，左右一看，祝师叔躺在自己身边，他还没有醒过来，胸膛正在轻微起伏。田单岭站起来，感到头晕，全身疼痛。他歪歪斜斜地向右边走了几步。那里还躺着一个人。是父亲。

他从父亲脖子上解下红腰带，把它绕在祝师叔脖子上，使劲勒。腰带被霜冻硬了，还没有完全软化。田单岭用力绞，腰带在祝师叔的脖子上越收越紧。祝师叔的脸色涨成紫色，他的双手紧紧抓住腰带，双腿使劲乱蹬。他在咽气的时候，眼睛突然睁开，露出一道血红的光芒。随后，这道光芒渐渐熄灭了。

"这是你的腰带。"田单岭说，"我现在把它还给你。"

然后，他用腰带在祝师叔的脖子上打了一个结，活像一个兔子套。

天空在下雨。吴跛子提着蒙着红布的鸟笼，一瘸一拐地走到爱鸟俱乐部的台阶下面。现在该上台阶了。他先把右脚踩在第一级台阶上，再提起左脚，轻轻踮上去。然后，他的右脚又踩在第二级台阶上，再提起左脚，轻轻踮上去。下雨时，台阶像泼了一层油，他必须格外小心。

台阶是青石做成的，由于年代太久远，石头表面被磨损了，边缘布满浅绿色的苔藓。只要天空一下雨，吴跛子走上台阶的时候，就会闻到硝烟的气味，就会想起几十年前自己第一次走上这台阶的情景。那一次，他走完这台阶，就变成了跛子。

吴跛子坐在一张木凳子上，从衣兜里取出一个小塑料袋，里面装着切短了的褐色烟叶。他取出几片烟叶裹烟卷，先是把一小片烟叶搓成一个很小的圆棒，然后再在上面裹第二片烟叶。他细心地一层又一层地裹，一支深褐色的烟卷在他粗大而灵巧的手指间成形了。

他掏出一个火柴盒，取出一根红头火柴，在深褐色的擦皮上"嚓"的一声划燃了火。一股又香又浓的硝烟气味在他的眼前升腾起来。他闭上眼睛，鼻子轻轻地抽搐，把硝烟深深地吸进鼻孔。然后，他慢条斯理地点燃烟卷，两腮深陷下去，狠狠地吧了一口烟。

没有人知道吴跛子酷爱抽烟的秘密。最让他上瘾的并不是烟本身，而是火柴燃烧时发出的气味。这种气味让他回忆起战争年代。那是他一生中最痛苦也是最幸福的时光。所以，吴跛子抽烟永远只使用火柴。

茶园老板王老头把一杯碎叶茶端过来，放在他面前的木桌上，将吴跛子的鸟笼提到窗边，挂在墙上一根横着的木杆上。这根木杆是王老头为人们挂鸟笼专门安装的。吴跛子转过身子，让后背舒适地靠在桌子的边沿。这样，他的目光就可以自然地看到屋顶下的横梁。

横梁是碗口粗的木头做成的，它的颜色与几十年前相比，变得更深一些。几十年前，吴跛子第一次踏进这幢房子时，手里提着一挺捷克式轻机枪。他被屋子里一个国军士兵击中了胯部。那个士兵是他的堂弟。他在倒下的时候也开了枪，子弹把房梁打出几个洞孔。

吴跛子大名叫吴国柱。在几十年前，十七岁的吴跛子个子虽然又瘦又小，脚却没有跛，名字也不叫吴国柱，而是叫吴国章，在农村种地。这两亩地是租吴老鸦的。吴老鸦是当地的富户，全保一共有一千零八亩地，至少有八百亩是他家的。

吴国章租的地在山坡上，按当地人的说法，这是二台土。他的家乡是丘陵地区，二台土是丘陵半腰以上的土地，长年缺水，全靠雨水和人工挑水浇灌。吴国章从十七岁开始，就到坡底的小河边，把河水舀到桶里，挑着两桶水到坡上浇地。

从河边到地头，要走小半个时辰。吴国章挑着沉重的水桶，一步一步踏着坚硬的泥土小路，向坡上的二台土走去。由于小路太陡，没有一点平坦的地方，途中不能休息，他只能用两个肩膀换着挑。换肩很容易做到——双手托着扁担使劲往上一举，肩头一扭，扁担就从一个肩头换到了另一个肩头，就可以一口气将水挑到地头。

开始，吴国章只能挑半桶水，一年以后，他能够挑满桶水了。但他的个子再也没有长高，两个肩头各长出了两块硬肉。后来，他当兵了，扛着机枪急行军一天也不感觉到累。

吴跛子坐在爱鸟俱乐部里，吸完了一支烟。他从衣兜里摸出塑料袋，又裹了一支烟。他划燃火柴，想起了自己这辈子吸第一支烟的情景。

吴国章十七岁那一年秋天特别干旱，村庄里的人们都在挨饿，连吴老鸦每天早上都不再吃白水煮鸡蛋了。他叫短工在自家的大院门口用破砖头垒了一口灶，支上一口大铁锅。这口锅是他祖上传下来的，每到灾荒年间，吴老鸦的祖辈都要在大院门口支起铁锅煮粥赈灾。因此，这口有几百年历史的铁锅从来不生锈。

但在那一年，吴老鸦的铁锅生锈了。当他家的短工把这口著名的铁锅抬出来，放到灶上时，乡亲们发现，锅里长满了暗红色的铁锈。短工用砖头蘸水拼命磨也磨不掉。乡亲们说，那是前几年闹蝗虫的时候，吴老鸦给大家煮的粥太稀。吴百祥是村子里年纪最大的人，他说，吴老鸦的爸爸吴奎鼎煮的粥是最稠的，方圆百里地的富户都比不上他。吴老鸦煮的粥就差远了，简直在给他爸丢脸。所以，这口一直不长锈的铁锅也长锈了。

"铁锅也晓得挨饿的滋味。"吴百祥说，"吴家的铁锅过去不长锈，亮堂得像一面镜子，可以照出人的心。现在，这口锅长锈了。每长一次锈，铁锅就要薄一分。吴老鸦如果还是这样煮粥，用不了多久，这口锅就要毁在他手里了，这个家也要败在他手里了。"

那一天早上，吴国章喝了吴老鸦施舍的一碗稀粥，到河边去舀水。有两个月没有下雨了，河里的水也快干完了，他从来没有见过的陌生石头从河底冒了出来，石头上的青苔被晒干了，像一块又一块绿灰色的破布片。河里的鱼没有了水，纷纷死去，大鱼被守在河边的村民捡回家煮了吃，剩下一些指头大的小鱼在淤泥里发臭，一些青灰色的螃蟹在石头间急急忙忙地乱爬。吴国章舀了两桶泥浆，挑到他家的二台土边，就再也没有力气了。

吴国章坐在地上，看看被太阳晒得叶子卷曲的苞谷，再看看旁边被太阳晒干的野草，心里感到一点宽慰——野草都被毒辣的太阳晒死了，他家的苞谷至少还活着。虽然，往年这个时候都应该掰苞谷棒子了，现在它们才抽穗。他坐在太阳下，身体仿佛被太阳烤焦了，感到又无力又饥饿。他的眼睛停留在一株黄褐色的野草上。它的名字叫野烟，被太阳晒焦后，颜色和形状都和村里老人抽的叶子烟很相像。他突然冒出了抽烟的念头。他从来没有抽过烟。吴百祥老爷子经常抽叶子烟，那烟的味道有一种香味。有一次，他在很饿的时候闻到吴老爷子抽烟，就感到不那么饿了。现在，他又饿了，他决定抽烟。也许抽烟真的会产生饱的感觉。只要能往肚子里去，不管是什么东西，他都想试一下。

吴国章伸手采摘了一片卷曲的野烟叶子。这叶子干透了，他轻轻一捏，野烟叶就在手里变成碎片，散发出奇特的香味。他摘了一片苞谷叶，把野烟叶的碎片小心裹住。他从来没有裹过烟叶，一些烟叶的碎片从手指缝里掉了下来。他又摘了一片野烟叶，用柔软的苞谷叶裹成了一支粗大的烟卷。

他从衣兜里摸出一张巴掌大小的淡黄色草纸。这是吴老鸦发给大家的"饭票"，纸上用毛笔写着一个日期："四月初八"。明天早上，他可以凭这张纸到大铁锅面前去领一碗粥。他把草纸小心地撕了一小片下来，裹成一个小卷，从腰带上解下一把铁钥匙，再从泥地里抠出一块白石头，用钥匙使劲敲击它。村里的老人就是这样打火点烟的。

白石头在钥匙的敲击下，发出硝烟的气味，并不断溅出火花。火花终于引燃了草纸，小小的火苗在阳光下跳动。吴国章把烟卷凑近火苗，点燃了它。

吴国章轻轻地吸了一口烟，品尝它的味道。他把带焦味的烟含在口腔里，再小心地咽下喉咙。一种奇异的感觉从胸腔里升腾起来，直冲他的后脑勺。这种感觉带一点热量，还带一点香味，在他后脑勺停留了片刻，又向下发散，在他的体内漫延。他闭上眼睛，对着太阳慢慢仰起头。一片暖洋洋的红光充满他的视野，一滴泪水被烟从体内熏了出来，从眼角滑落到脸上。这个时候，饥饿的感觉减轻了。

抽完这支烟，吴国章感到头晕目眩。他挑着空水桶，跌跌撞撞下了山坡，回到家里，倒头就睡。当他被一阵急促的敲门声惊醒时，已经是第二天上午了。

敲门的人是堂弟吴大壮，他好像与平常不一样了。吴国章过了一会儿才明白，他的眼神变了。他的眼神不像过去那样无精打采，他的眼睛闪闪发亮。

"我当兵了。"吴大壮说。

"哦?"吴国章还没有完全清醒。

"你看!"吴大壮把手伸到吴国章面前。他的手掌上躺着一个奇怪的东西。这东西像是布头做的，蓝色底子上缀着一朵白花，白花的下面压着一根细树杈，像吴百祥那支旱烟杆下面悬吊的绣花烟袋。

"这是啥东西?"吴国章问，"你也抽烟了?"

"抽啥烟? 这是中国青年军。"吴大壮说，"这是青年军的徽标。"

"青年军啊。"吴国章说，"啥子军都是当兵吃粮。"

"对，都是当兵吃粮。"吴大壮说，"这个年月，还有啥想头? 不如当兵算了。你也去吧，我带你去报名。"

"报个名，就能去当兵吃粮了?"吴国章不相信。

"当然没有这么简单。"吴大壮说，"这次招兵，和以往不同。他们是青年军，他们要有文化的人。要读了初中的人，才可能当兵。"

"那你喊我去干啥呢?"吴国章说，"我又没有读过书。"

"办法是人想出来的。"吴大壮从衣兜里掏出一张纸，在吴国章眼前展开。纸上写了几排密密麻麻的字，上方有一个人的头像，两边挂着两面青天白日旗，左下方也有一个人的头像。

"这个人我不认识。"吴国章指着上方的人像说，"下面这个人不就是吴国柱吗?"

"让我来给你讲。"吴大壮说，"上面的头像是国父孙中山。下面这张照片，就是吴国柱。这是他的初中毕业证书。你听好，我给你念:'毕业证书:学生吴国柱系四川省楠江县人，现年十六岁，于三十二年七月在本校初中第四班修业期满，经本校毕业考试成绩及格，准予毕业。此证。私立楠江中学校长李昌熙。中华民国三十二年七月。'"

吴国章听完，愣愣地站着。

"你懂了吧。"吴大壮说,"从现在起,你就是吴国柱了。反正吴国柱也是你的堂兄弟,长得也像,别人看这张照片,还看不出名堂。吴国柱说了,这张毕业证,他送给你了,你就有资格报名参军了。"

报名的地点是城里的城隍庙。在大殿里,摆放着一张八仙桌,几个学生模样的人围在桌子边,一个戴眼镜的军官用钢笔在一张纸上写字,旁边还坐着一个小个子士兵。吴国章抬头看见大殿的上方悬挂着一幅白底黑字的标语,他数了数,上面的字一共有十四个,其中只有两个他认识,这两个都是"一"字。

"上面写的啥?"吴国章用手肘捣了捣吴大壮,"你给我念一念。"

"哦。"吴大壮说,"上面写的是:'一寸山河一寸血,十万青年十万军',这是蒋介石蒋委员长说的话。"

"啥意思呢?"

"这还不简单?意思就是说,日本人占领了我们的山河,我们要把它夺回来,每一寸都不让给他们,宁可让每一寸土地都染上鲜血。所以,要打跑日本人,我们要用十万青年组成十万大军。懂不懂?"

"那么,这么多血,就要从这十万青年身上流出来,是不是这个意思?"

吴大壮一时难住了。他用右手搔了搔后脑。

"应该是这个意思吧。"吴大壮说。

"我不管他那么多!"吴国章说,"流血也比饿肚子好受。"

"说得好,有志气,就像你现在的名字吴国柱一样,要在国家危难之际,成为国家的栋梁。"吴大壮说完这句话,又用右手搔了搔后脑,"哎呀,不对。"

"啥事?"吴国章问。

"万一他们要考你一点文化知识,你咋个办?"吴大壮说,"你一天书都没有读过,只认得一个'一'字,那还是我教你的,你忘了?有一次我们到山上砍柴,天上下雨,我们在'一虹寺'躲雨,我就教了你念'一'字。"

"你乱说。"吴国章说,"我还认得'田'字,还认得'土'字。"

"那还不是我教你的。"吴大壮说,"假如我不教你,只有字认得你,你认不到它。"

吴国章把吴大壮推了一个踉跄。

"你要搞清楚,是你喊我来当兵的。"

"哦。"吴大壮用右手搔了一下后脑,"是我不好。我们快去报名。"

这时,围在桌子前的几个青年已经离开了,只剩下报名的军官和另一个女兵。她戴着军帽,短发从帽檐下露出来。刚才吴国章还以为她是个男兵。

"长官,我带他来报名。"吴大壮一边说,一边把吴国柱的毕业证书放在桌子上。

"你想当兵吗?"军官拿起毕业证书,快速扫了一眼,看了看吴国章,与证书上的照片对照了一下。

"想。"吴国章回答。

"为什么要当兵?"那个女兵问。

吴国章挺了挺胸膛。

"想吃饱饭。"他回答。

"他说错了。"吴大壮说,"刚才他还对我说,一寸山河一寸血,他要用自己的鲜血保卫国土。"

军官和女兵互相看了一眼。

"你是一个诚实的青年。"军官说,"吴国柱,你自己讲自己的情况。"

"……我想当兵。"吴国章迟疑了片刻,才明白军官所说的"吴国柱"就是自己。因为这张纸,我吴国章就成了他妈的吴国柱了。他想。

"我已经知道了。"军官说。

"我想杀日本人。"吴国柱说,"只要能吃饱饭,我就能够杀日本鬼子。"

"你个子这么瘦小,扛得动枪吗?能背上几十斤重的子弹、手榴弹和背包跑几十里路吗?"军官说,"只要吃饱饭,就可以打日本人,当兵就这么容易?事情就这么简单?"

吴国柱向四处看了看。他看见大殿一个角落放着一个石头疙瘩，重量至少有两百斤。它曾经是垫柱子用的柱础，上面刻满了花纹，现在被丢弃在一边。他走上前，蹲下身子，稳稳抱住它，一使劲，站了起来。他走了几步，把石头疙瘩轻轻放到桌子上。

"快拿下来！"军官说，"小心把桌子压垮！"

吴国柱又把石头抱回原处，直起身子时，突然感到一阵眩晕。他用手撑住墙壁，站稳了。吴大壮跑过来扶住他的手臂。

"我饿。"吴国柱说。

他的脸色灰白，虚汗像冰凉的雨水，淋湿了他的全身。

吴跛子抽完了一支烟，喝了两口茶，思绪从回忆中挣脱出来。他从窗户望出去。外面的天空晴了，清丽的阳光洒进屋里。由于雨水把空气中的尘埃一扫而空，他可以看见对面高地上的建筑物。那是一个金属架子，是楠江人民广播电台的发射塔。一群鸽子在天空中飞过，鸽哨的声音嗡嗡嗡地传了过来。又有几个人走进了茶园。他们提着鸟笼，正在大声说话。吴跛子看了看自己的鸟笼。它挂在窗口，在微风中轻轻摆动，他的"上等兵"在里面睡觉。现在，他和其他没有经历过战争的人没有什么区别了，他再也搬不动那块沉重的柱础了，再也不能端着那挺沉重的捷克式轻机枪在野地里乱跑了。他现在只能和他们一样，通过一只鸟来战斗。那只鸟和他相同的地方，在于它也是一个战士。他把自己在青年军的最高军衔给了它——上等兵。他低下头，看看自己的双手，双手在轻微发颤。不用再怀疑了，自己真的老了。

简洁的文体通向一种可能，而繁复的文体则通向很多种可能。林译苇想，小说是一种最自由的文体，其自由程度取决于作者心灵的自由程度。她站在街边等了一会儿。一辆淡绿色车身的公交车驶过来了。夕阳的光线在车窗玻璃上短暂地反射了一道红光。在上车的时候，她想，叶一峰在江边写生的时候，应该用什么样的语言来描述这个场景。那些逝去的场景，那些在别人生活中发生过的场景，同时也发生在自己生命里的场景，要想精确地描述它，要有细节，要有氛围，更要有质感。

江家巷车站是离林译苇家最近的一个公交车站。离车站不远，有一个农贸市场。林译苇下车后，先到市场买了一公斤茄子，一公斤菜心，两公斤卷心菜，二十个鸡蛋。鸡蛋的壳呈粉红色，林译苇曾经听别人说过，这是洋鸡蛋，这些鸡是喂含有激素的饲料长大的。但林译苇对这样的说法并不在乎。她回到家的时候，丈夫韩其楼正在厨房里做饭。

　　韩其楼从冰箱里翻了一下，找到一块腊肉。这是一块去年的腊肉，但它在冰冻室里保存得很好。腊肉的表面是深棕色的，当他把它切开时，里面的肥肉呈现出玉石一样的白色，粉红色的瘦肉在灯光下闪烁着彩虹般的光泽。他把腊肉切成薄薄的肉片，在一个小瓷碗里一片一片地排好。他淘了一碗米，倒进电饭煲，掺上水，再把腊肉放在蒸屉里，盖上盖子，插上电源。他细心地做这件事情。他要把每一件小事都做得尽善尽美。妻子回来了，她把买来的蔬菜放在橱柜之后，又回到她的房间里了。她关上门，力量适度，门的响声不轻不重，让人感觉不出任何情绪。但这也是一种情绪。

　　韩其楼回过头来，拿出妻子带回来的塑料袋中的菜心。菜心很嫩，也没有脏叶子。他把它放在水龙头下面冲洗了一阵，把叶子一片一片掰下来，然后打了三个鸡蛋在碗里。

　　他正准备往烧热了的铁锅里倒色拉油时，听见了里屋开门的声音。先是拉开门锁，一声轻微的"咔嗒"，然后是门铰链的声音。他转过头，妻子站在门口，看着他。

　　韩其楼的心脏跳得快了一些。他放下油桶，走过去，随妻子来到她的房间。过去，这是他们共同的书房，现在成了妻子林译苇一个人的住所。

　　韩其楼认为，妻子会和他讨论一下生活费的问题。现在是月底了，他们两人的工资都快用完了。工资是他们收入的唯一来源，他们各自拿出一部分做生活费，其余的各人开支。每到月底，生活费总是所剩无几。韩其楼刚坐到妻子的钢丝床上，妻子冷冰冰的眼神让他马上站了起来。

　　"你看了我的便笺本。"林译苇说。

　　"是的。"韩其楼说，"我看了好几次了。"

林译苇看着他的眼睛，脸上没有表情。韩其楼感觉不到她在想什么。

"你看到了什么？"她的声音突然低了下来。

"我看到了你正在写的小说。"韩其楼说，"很精彩。"

妻子看着他。她的眼睛里没有内容。但这不是空洞，韩其楼明白，这是冷漠。

"你没有经过我的允许。"林译苇说。

"是的。"韩其楼说，"但我很想看你在写什么。你要原谅我。你是我的老婆。"

"这样的称呼让我感到恶心。"林译苇说，"希望你说话注意一点儿。"

韩其楼举起双手说："好了。"他说，"其实我很喜欢你写的小说，它很有想象力。"

林译苇叹了一口气。她坐在椅子上，翻了翻便笺本。

"其实，我很想给你买一台电脑。"韩其楼说，"用电脑写作，速度会快得多。"

"我并不需要速度。"林译苇说，"在纸上慢慢写字，我的感觉很好。"

她不说话了。韩其楼看了看房间里的墙壁。墙壁上贴的纸条越来越多。

"饭做好了吗？"林译苇问。

"已经好了。"韩其楼说，"我正准备炒菜。"

"哦。"林译苇说，"那你先出去。"

韩其楼走出房间，林译苇把门关上。她听见丈夫回到厨房，拧开天然气灶的开关。她打开便笺本，用钢笔在上面写字。

今天没有更重要的事情。

她写道。

陶蕴玄站在江边一块大石头上，对他的学生说："大自然是艺术的母亲。今天的主要事情是玩耍，亲近一下大自然。我们学了三个月基础课程，不要在教室里闷成了'画呆子'。如果大家闲得发慌，可以写生，画素描。你们看，这条河流。"

大家注视着眼前的小河。河水清澈，河底的鹅卵石历历可数，河岸边长满青草，离岸远一点的地方，生长着许多马桑和麻柳树。河水在天空的映衬下，呈现出翡翠般的色彩。

在那个年代，大地上生活着贫穷的人们。但大自然却非常洁净。河水没有受到污染，树木没有遭受砍伐。这一群学艺术的大学生和他们的老师一起，行走在一条洁净的河边。河流在他们的眼中，呈现出最原始的面貌。

林译苇翻开手边的《地理学辞典》。在第 281 页，她找到了关于河流的词条。

她把这个词条抄在纸条上，钉上墙壁。她后退一步，再一次读字条上面的文字。然后，她想象陶老师和他的学生在一条河边活动的情景。那是一条中国南方的河流，河面不宽。由于四周没有高山，这条河流速缓慢。它那洁净的水流不慌不忙地在丘陵地区蜿蜒向前。

陶蕴玄老师和他的学生沿着河岸向前走。

他们经过一片河滩，又走过一块草地。一棵大树矗立在河边，它的树叶掉光了，剩下灰褐色的树枝无言地指向天空。叶一峰愣住了。这棵树太眼熟，他曾经在什么地方看见过。但肯定不是这里。这个地方，他是第一次来。

他仔细打量这棵树。这是一棵死去的麻柳树，树身约一人合抱，几根粗大的树枝从树身两米高的地方长出来，向四面八方伸展，在天空下构成优美的图案。他从肩上取下画夹，坐在一块石头上写生。

叶一峰用铅笔在纸上勾勒出大树的树身，然后画枝干。太阳的光线在树身投下明确的阴影，叶一峰准确地捕捉到阴影的形状。他把它精心描摹下来，用铅笔把阴影涂黑。一棵立体的树在他的纸上显露出来。

"画得不错。"一个声音从他身后传来。他回头一看，是陶老师。

"方法是正确的。"陶老师说，"你在进步。继续画，按照我教给你的方法，再加上你的理解。"

陶蕴玄老师向前走，他的肩上扛着一根斑竹做成的鱼竿。他一边走，一边哼一首歌，几个同学跟在他后面。他们走到一处丛生着马鞭草的河岸边，坐了下来。陶蕴玄把缠在鱼竿上的羊肠钓鱼线慢慢取下来，同学们一窝蜂地在草地里寻找昆虫给老师做鱼饵。陶蕴玄从一个同学手中选了一只油亮的棕色蟋蟀。他把蟋蟀穿在鱼钩上，用力甩了出去。蟋蟀掉进河水里，随着鱼线上的铅坠快速沉入河底。

　　陶蕴玄又坐了下来。但他这次坐在与刚才不同的位置。虽然只有一点偏差，他却知道自己坐到了一个东西上面。他站起来，用脚踢了踢草皮。草根和泥块被他的皮鞋踢飞了，一块黑色的物体露了出来。

　　陶蕴玄弯下腰，注视这块黑色的物体。它其实是深褐色的，是一块树皮模样的东西。毫无疑问，泥土下面埋着一棵树。

　　"附近一定有农家。"他说，"你们谁去借锄头？我们把它挖出来。"

　　附近一定有农家。林译苇想，要不然，这个故事就不好进行下去了。这时，丈夫在叫她吃饭的声音从外屋传来。

　　林译苇心不在焉地吃完了饭。她回到自己房间里，又打开便笺本写字。

　　一个同学跑上山坡，看到一个小院子，院子里有两幢茅屋，一个老头正在院子里晒苞谷。

　　他向老头借了一把锄头，扛着它，飞快地跑回河边。陶蕴玄接过锄头，把树身周围的草皮挖开。一截完整的木头显现出来。陶蕴玄再往下挖，泥土由浅棕色变成浅蓝灰色，又黏又稠。他细心地刨出树干，弯下身子去搬它。树干太沉重，他搬不动。几个同学一起动手，把树干抬了起来。

　　这截树干约一尺粗，三尺长，相当沉重。陶蕴玄用锄头挖了一下树干的表面，潮湿而腐朽的树皮飞溅开来，露出坚硬的木质部分。陶蕴玄再用锄头挖了一下，它发出沉重而尖锐的声音，像挖在石头上面。

　　"这是乌木。"陶蕴玄说，"古老的木头。它在河滩里已经埋藏了几千年。现在它硬得像石头。"

　　"陶老师，"一个学生问，"这种木头有什么用呢？"

"是做雕塑的好材料。"陶蕴玄说,"雕塑是最自由的艺术形式。在一个真正的雕塑家手里,任何材料都可以成为作品的物质基础。"

陶蕴玄听见有人在喊自己。是女儿陶雅。她从河岸的那一边跑过来,手里拿着一部照相机。在那一天,照相机成为她观察这个世界的工具。她带着这部崭新的德国造135相机,在河岸边疯跑。这部相机的名字叫"徕卡"。她手持徕卡相机,对着河边的树木和岩石拍摄照片。她跑到父亲身边,看着父亲和学生把一块黝黑的木头从泥土里抠出来。陶雅旋动卷片钮,给相机卷上胶片。她站在树身旁边,对准树身的边缘,小心地转动聚焦环,让取景框里两块淡黄色斑点中的树身线条重合,摁了一下快门儿。

相机快门儿发出轻柔的声音。陶雅在卷下一张胶片的时候,相信有一段时光已经被相机储存在胶片上面了。她转过脸,看见叶一峰坐在河边写生。

叶一峰正在画一棵灰白色的枯树。他用铅笔在纸上细心地涂抹树干的阴影部分。纸有点软,纸下面垫着的帆布面写生夹也有一点软,使铅笔在上面画出的线条显得有点无力。他看见一片阴影在纸上移动——是陶雅。她来到自己身后,手里拿着一个奇怪的东西。

那是一个棕色的牛皮盒子。陶雅打开盒子,从里面取出一个金属做的物件。

"这就是照相机。"陶雅说,"你见过没有?"

"当然没有。"叶一峰说,"我是'烤红苕',乡下来的人,没有见过这种洋机器。"

叶一峰没有见过照相机,但陶雅早就给他谈论过照相机的事情。陶雅经常找叶一峰说话,不管他爱听不爱听。在下课的时候,有时她会坐在他身边,欣赏他的素描作业。

"你进步很快。"她往往会做出这样的评价,"你对物象的再现有惊人的能力。一旦你懂得了素描的基本的方法,你就会在这条道路上走得很稳很远。而在这条道路上,有一些人永远找不到方向。所以,那些人就去画抽象画,像康定斯基和克利之流。"

陶雅的话很多，也很出格。叶一峰没有回嘴的份。

"结果，康定斯基的画成了视觉艺术的新方向。"她说。

但叶一峰不知道谁是康定斯基。

"你以后会知道谁是康定斯基。"陶雅说，"你会知道得很多，像你现在这样努力，你会懂得很多，很快就比我懂得更多。"

叶一峰又埋头画那棵树。陶雅一下就安静了，在他身边坐下来，盯着他的后脑出神。他是一个从小地方来的人，他爱好造型艺术。他与其他同学最不同的地方，是他的眼神。他的眼神总是迷迷茫茫的，仿佛没有焦点，仿佛没有认真看任何东西，但他的造型能力很强，他一定看见了什么东西，而这东西是别人没有看见的。物体的形状在他的眼里与众不同。陶雅想。这是天生的。他进步得很快。才几个月时间，他的素描就显现出了自己的风格。

叶一峰把铅笔放在写生夹上。他对陶雅说："我想看看你的照相机。"

陶雅把双手放在身后。

"如果我不愿意呢？"

"那就算了。"叶一峰又拿起铅笔。

"我说得一点都没有错，你真是一只烤红苕。"陶雅说，"木头木脑的，一点情趣都没有。别人不给，你难道不会抢啊？"

"我还没有养成抢别人东西的习惯。"叶一峰说。

"有些习惯你会慢慢养成的。"陶雅说，"有些习惯你已经养成了。你看你，画素描的时候，已经养成了标准的拿铅笔动作。"

"习惯有好有坏。"叶一峰说，"我喜欢好习惯。"

"看不出来，你的嘴巴还很厉害。"陶雅说，"你不想看照相机啦？"

叶一峰伸出手，接过照相机。他打开相机皮套，看见了金属做的照相机。

"洋机器。"叶一峰翻来覆去地观察手中的照相机。他犹豫地把相机举到眼前，从取景目镜望出去，在一个长方形的框子里看见了他刚才正在画的那棵枯树，它的背景是河流。取景框玻璃把眼前的景物染上了淡淡的灰色，那棵枯树的反差减弱了一些，它现在挺立在一个框子里，仿佛有了生命。

"照相机也会画画。"陶雅说，"它画得比任何人都更好。"

"我看过照相机拍摄的照片。"叶一峰说，"像画得很好的素描。可能没有任何人画得比它更好。但它并不是艺术。至少不是绘画艺术。"

一阵凉风从河流的下游吹来，带着潮湿的气息。陶雅一把抓过她的照相机。

"你这样的人本来不配出现在照片里。"陶雅说，"但我把你装进照相机里，你就知道你的模样到底有多土。"

"我在哪里都很土。"叶一峰说，"我是烤红苕，是从土里生长出来的。我是土包子。"

"你真有自知之明。"陶雅说，"你知道一张照片是怎样从照相机里面出来的吗？"

"我当然不知道。"

"那你今天晚上到教室里来，我要让你看一看，照片是怎样从照相机里面变出来的。"她对准叶一峰摁了一下快门。

叶一峰把铅笔放在画夹上。

"其实我更想对着一棵树画素描。"

"你真是一个呆子。"陶雅说。

"是谁给你的照相机？"叶一峰问。

陶雅的眼睛不知不觉睁圆了："嗬，你什么时候学会了管我的闲事？"

"我才懒得管你的闲事。"叶一峰说，"你对我说了这么多废话，我才说一句，你就受不了啦。"

"今天晚上，你到教室里来吧。"陶雅说，"记住啦？"

"为什么要等到晚上？"叶一峰问。

"你真的是一个土包子。"陶雅说，"不是我要等到晚上，是照片要等到晚上。你懂不懂？"

林译莘写到这里，放下笔。她伸手从挎包里取出那部徕卡ⅢC型，抚摸它那冰凉的机身。

这部相机并不显得陈旧。虽然它是几十年前的物品，并在一堵墙壁里埋藏了许多年，但它的表面并没有磨损多少。它的使命就是记录流逝的时光，而它很清楚自己的使命，顽强地从历史的深处浮现出来。有几个人使用过它？后来它又在墙壁里独自待了多少年呢？

它是从人们生活中跌落出来的物品。林译莘想。它也是从人类的秩序中遗失的东西。那些曾经在这个世界上生活过的人们，又有谁用这部照相机拍摄过他们的生活形态，留下了他们在时光中的生活片断呢？

刚才，我写到了一条河流。林译莘想。一位名叫陶雅的青年女子拿着这部照相机，拍摄了一个坐在河边写生的青年人的肖像。那一条河流的水早已流进了海洋，然后又变成水蒸气升上天空，再成为雨水降落到大地上，成为河流的一部分。这个过程就像生活，也像历史，充满了可以预见的东西。而人就不一样，和大自然不同，那个名叫叶一峰的青年和陶雅一样，早已死去，在这个世界上，再也没有他们的影子。他们再也不会在大地上行走。他们的生命，只能在一张纸上延续。所以，那一天晚上，叶一峰一定会来到教室，目睹一张照片怎样在红色灯光下诞生。

吴跛子把鸟笼挂到寝室窗口，坐下来，注视窗外。

吴跛子的房间在城东养老院的二楼。从窗口望下去，可以看见院坝里的花台。

吴跛子从床下拎出一个陶制尿壶。他拉开裤裆拉链，撒了一泡尿在尿壶里，把尿壶放回床下。

花台里种了一棵黄桷兰。吴跛子每天都把尿壶里的尿液兑上洗脸水，浇到花台里。这株黄桷兰的树干只有鸡蛋粗，结果开了几朵玉兰那么大的花，肥厚的花瓣像塑料做的，它们从花蕊出发，肆无忌惮地向四周伸展。这几朵奇异的花吸引了许多人来观看，报社的记者还来拍摄了照片，把它们刊登在报纸上。

吴跛子看见床单掀了起来，便把它抚弄平整。养老院的管理员在打扫卫生的时候，老是不把东西复原，不是把床单弄皱，就是把桌子上的叶子烟盒放到窗台上。

他拉开抽屉，取出一个马口铁做成的饼干盒。盒子里有几张旧照片，一沓旧粮票，还有一个褪色的红本子，封面写着"入伍证"三个字。

  部别：晋冀鲁豫野战军九旅二十六团二营一排三班

  职别：战士

  姓名：吴国柱

  籍贯：四川省楠江县第十区

  何时何地怎样入伍：一九四七年六月容城自愿入伍

吴跛子把入伍证放进抽屉里。他坐在床上，等着吃晚饭。

风从窗外吹了进来，桌子上有一张纸飘到地上。吴跛子把它捡起来。这是一张菜单，上面写着养老院上一周的菜单：

  星期一：

  早餐：稀饭 馒头 花卷 大头菜

  午餐：莴笋炒肉丝 干煸茄子 海带汤

  晚餐：土豆丝 炒莴笋叶

  星期二：

  早餐：豆浆 包子 酱萝卜条

  午餐：回锅肉 豆腐干 菠菜汤

  晚餐：炝莲花白 鱼香茄子

  星期三：

  早餐：稀饭 馒头 油条 泡菜

  午餐：海椒肉丝 干煸四季豆 莴笋叶汤

  晚餐：苦瓜炒鸡蛋 虎皮海椒

  星期四：

  早餐：稀饭 包子 豆腐乳

  午餐：红烧肉 炒菜心 紫菜汤

  晚餐：炒豌豆角 熘白菜

星期五：

早餐：豆浆 油条

午餐：烧白 炒油菜 酥肉汤

晚餐：皮蛋拌海椒 炒菜心

星期六：

早餐：面条 荷包蛋

午餐：家常鲢鱼 糖醋白菜 蛋花汤

晚餐：麻婆豆腐 素烧魔芋

星期日：

早餐：豆浆 油煎年糕

午餐：炖肘子 炒藤藤菜 番茄煎蛋汤

晚餐：素烧冬瓜片 炒莴笋叶

有时，夜里睡不着觉，吴跛子就从被窝里爬起来，拉亮电灯，戴着老花眼镜，在灯光下看菜单。他从菜单里读出了饭菜的滋味，由此会产生饥饿的感觉。现在，有了这种感觉真好，在吃饭的时候，饭菜会特别香。

这些菜单都是吴跛子抄写的。每个周末，他都不上街，守在院长的门口，等他把一周的菜单拟好，自己再用毛笔抄写在一张白纸上，把它贴在食堂门口。除了斗鸟，抄写菜单就是他生活中最重要的事情。

因为他能够写一些常用的字，他就要告诉别人，这个星期，大家能够吃到什么样的菜。在部队，他学会了写许多字。一直到现在，他还没有忘记。

一九四七年，他被解放军俘虏，从一名国军士兵变成解放军战士。那时，大家都叫他的大名吴国柱，没有人知道他的真名叫吴国章，更没有人叫他吴跛子。在那个时候，他还不是跛子。

一有空闲时间，文化教员就教大家识字。在行军时，吴国柱盯着前面战士背包上挂着的涂了墨汁的纸板，上面用白泥巴写着一些字——人，口，手，田，刀，力。后来，纸板上的字换成词——穷人，地主，资本家。再后来，词换成句子——解放全中国！

背包上的字把吴国柱从一个文盲变成了一个识字的人。他永远记得第一次学文化的情景。在村头的一块空地里，他和战友坐在各自的背包上，他们的前面架着一块从老乡家借来的木门板。营部来的文化教员在用一截烧过的木棍在门板上写字。木棍烧黑的那一端在门板上吱吱地划过，炭灰簌簌往下掉。文化教员在门板上写了一个"土"字。

　　"你们中间，有谁认识这个字？"

　　几个战士举起手。

　　吴国柱左右一看，也举起右手。

　　教员手中的木棍在空中画了一圈儿，指向吴国柱。

　　"你说说，它是什么字，是什么意思？"

　　吴国柱站了起来，小腿竟然微微发颤。

　　"土。"吴国柱说，"犁土的土。我们在土里栽苞谷。"

　　"说得对。"教员说，"你家有土吗？"

　　"没有。"吴国柱说，"我家租别人的土来种。"

　　"租谁的？"

　　"吴老鸦的。"

　　"吴老鸦是谁？"

　　"我的东家。"吴国柱说，"他有很多田土，我家就租他的土来种庄稼。"

　　"哦。"教员说，"我们为什么要打仗，道理也就在这里。你明白了吗？"

　　"你说啥？"吴国柱说，"我不明白。"

　　"我是说，我们为什么要扛枪，为什么要打仗。"

　　"为了吃饭。"吴国柱说。

　　教员闭上眼睛，低下头，使劲摇了摇。

　　"你叫什么名字？"教员问。

　　"吴国柱。"

　　"吴国柱，国家的台柱。名字取得这么好，脑袋怎么就不开窍呢？"教员说，"我怎么说你呢？吴国柱同志！你对得起你的名字吗？哦，对了，你认识多少字？"

"三个。"

"三个什么？"

"字啊。"吴国柱说，"你不是问我认识好多字吗？"

"哦。"教员说，"哪三个字呢？"

吴国柱举起左手。

"你看着。"吴国柱说，他挥着右胳膊，在空中画了一下，写了一个"一"字。"这是一。"

然后，他用右手扳下左手的拇指。

"这是'田'。"他在空中写了一个"田"字，扳下食指。

他又在空中写了一个"土"字，扳下中指。

"这是'土'。我写完了。"吴国柱说。

"你真不错，吴国柱同志。"教员说，"你认识的字都很有用处。有了田，有了土，就有了一切。那么，我再问你，你想不想有自己的田和土？"

"想。"吴国柱说。

"这下，你应该懂得，我们打仗是为了什么了？"教员说。

吴国柱不说话了。

"唉，你啊，吴国柱同志！"教员用木棍使劲敲门板，木棍尖端的炭屑四处飞溅，"你怎么还不开窍呢？我问你，过去，你吃不饱饭，你想过没有，为什么吃不饱饭呢？"

"我家穷。"吴国柱说。

"为什么穷呢？"

"没有自己的土地。"

"这就对了！"教员说，"土地都是地主老财的，穷人当然要挨饿了。我们闹革命，就是要把土地从地主老财手中夺过来，让穷人翻身，做土地的主人。那时，你也可以像那个叫吴——老鸦的地主那样，每天吃肉了。"

"不对。"吴国柱说。

"有什么不对？"

"吴老鸦没有每天吃肉，他家只有过年才吃肉。"吴国柱说，"平时，他家也只喝粥。灾荒年间，他家还用大铁锅给穷人煮粥。只是，吴老鸦煮的粥不如他爸爸煮的粥稠。哦，对了，他爷爷煮的粥更稠。"

教员的身体僵直了片刻。他转身在门板上写字。他想写"剥削"两个字，但木棍前端的木炭已经被他刚才敲掉了，门板上只留下几道不明显的画痕。他紧闭双眼，双手一使劲，"啪"的一声响，木棍断成了两截。

"下课！解散！"教员吼了一声。

那一次的文化课被吴国柱搞砸了。当天晚上，吴国柱被排长处罚，站了一个通宵的岗。他抱着一支七九式步枪，在村头一棵大榕树下的柴火堆旁边过了一个漫长的夜晚。在当国军的时候，他也被罚了一次站岗，那是因为一个山东老兵抢他的饭，他把饭碗扣在对方脸上，这次却因为与文化教员顶嘴。半夜，寒冷让他的太阳穴发麻，肚子也饿得难受。他听见左前方一阵窸窸窣窣的响声。只有在夜间活动的小动物才会发出这样的声音，比如刺猬，或是鼹鼠。他举起步枪，向声音的来源处瞄准。一支步枪比一挺机枪轻多了。步枪比不上机枪的火力猛，但步枪比机枪打得准。这支步枪是班里另一个战士的，吴国柱是机枪手，但他不能扛着机枪来站岗。班长给他找了这支步枪，枪里只有三发子弹。

夜色太暗，他看不清楚是什么东西发出了声音，步枪的准星也无法对准目标。其实他并不想真正瞄准什么目标。因为寒冷和饥饿，他总得找点什么事情来转移注意力。

在几个月以前，他肯定想不到，自己会成为自己的敌人。那一次战斗中，他离开刚挖好的机枪阵地，到一个洼地里寻找茭白，一枚炮弹在离他不远处爆炸。当他醒来时，一个穿黄军装的人用刺刀拨弄他的肩膀。当他再次昏死过去，再次醒来时，感觉自己全身发热。原来，他已经躺在一张床上了，身上盖着厚厚的被子。一个身穿黄军装的人在他身边，注视着他。他的眼珠特别黑，吴国柱过了一会儿才意识到，这是一个女人。再过了一会儿，他又意识到，她是共军，在战场上，他就用他的捷克式轻机枪对着这些穿黄军装的人开火。

那个女兵给吴国柱端来了一碗稀饭。他接过来，很快就喝完了，其间停下来喘了两口气。稀饭里面有几片菠菜叶，还放了盐。吴国柱喝了稀饭，感觉更饿了。他是一个永远有饥饿感的人。他看着女兵，想再要一碗，但最终没有说出口。

"你现在是我们的俘虏。"女兵说，"你不要怕，我们优待俘虏。等你的伤好了，我们会送你回家。我们给你做了身体检查，你主要是被震伤了，没有大的问题。如果你想留下来参军，打国民党反动派，我们欢迎。你在国民党部队里是做什么的？"

"……机枪手。"

"哦？"女兵的眉毛高高挑了起来。

"机枪手的副手。"吴国柱说，"我是弹药手。"

"是这样。"女兵说，"我们缴获了好多轻机枪，还有重机枪。你来给战士们当教员，教他们使用机枪。"

吴国柱不明白"优待"是什么意思，但他听出来，她没有恶意。

"我怕不行哟。"他说，"我对机枪不熟悉。我对机枪子弹更熟悉一些。"

"你知道多少，就讲多少。"女兵说，"大家只要有收获就行。"

吴国柱不说话了。他感到奇怪。当年他参加青年军的时候，遇见过一个女兵。现在，他当俘虏的时候，又遇见了一个女兵。她们都剪短发，眼睛又黑又亮。

几十年过去了，那一碗稀饭的滋味和那个女兵的眼睛一直留在吴国柱的印象里。不久，他知道了那个女兵的名字，她叫刘琴，是团政委的爱人，后来死于难产。在那个年代，死去的人太多，但吴国柱记得的死人并不多。当然，令他印象最深刻的，是吴大壮的死亡。那是几个月以后的事情了。

吴跛子手里捏着菜单，思绪从过去的岁月滑到现在，滑到养老院这间屋子里，慢慢滑入他深沉的睡眠中。一丝晶亮的涎水从他嘴角挂下来，菜单从他手中飘到地上。

林译莘坐在办公室里，把那几张照片放进一个牛皮纸袋。照片很光滑，有点重量。她摸了摸变硬了的纸袋，闭上眼睛。

照片是压缩了的历史片断。她想。当一个人厌倦了自己的生活时，可能想一些过去的事情，会到历史中去寻找一些碎片。这些照片就是一种历史碎片。林译莘想。一些人曾经生活过的历史，现在成了纸质的平面。

林译莘抽出房间里坐着四个男人那张照片，想到了田单岭。那时，他在山上贫困的岁月里慢慢长大，后来成了这张照片中的一员。

父亲死后，田单岭经常随母亲到山下的红土镇去买盐巴、桐油和布。有的时候，他能够在小镇的河边看见帆船。

田单岭第一次在红土镇的河边看见帆船，是八岁的时候。那一天，他跟随父亲下山到小镇去。父亲到河边的一间店铺去买高粱酒，他跟在父亲的身后，看见一张灰白色的大床单从河流的拐弯处缓缓飘过来。随后，他看见一艘木头做的大船出现了，船头站着一个精瘦的男人，他用一根长长的竹竿插进河水里，把船靠岸。这时，一阵轻微的河风掠过，田单岭闻到一股臭味。它从船上飘来。父亲告诉他，这是运送大粪的船。

"为啥要用船运大粪呢？"田单岭问。

"我们种地的人，要用大粪来肥田。"父亲说，"住在镇上的人，他们不用种地，他们就用自己的大粪卖钱。"

"我们种地，是不是也买他们的大粪呢？"田单岭说。

"我们不买他们的大粪。"父亲说，"我们住在山上，我们没有钱，我们也不能把大粪搬上那么高的山坡。"

"那么，总有人买他们的大粪。是不是？"

"对。"父亲说，"总有人买他们的大粪。"

父亲死去以后，田单岭和母亲在山上种地。他们的庄稼长得不好。山坡上的土层很薄，能够养地的肥料不多，他们收获的农作物很少。有一年秋天，母亲在家里的几块山坡地播下六升麦种，到了第二年春天，她从地里收回了两斗小麦。母亲说，还行，还有一大堆麦秆，烧了它，可以肥田。

一天黄昏，母亲把田单岭带到山坡地里，从衣兜里掏出一个小小的蜡纸包。她打开纸包，里面躺着几根红头洋火。她用指头小心地拨拉着洋火，数了数，一共有八根。她抽出一根，在鞋帮子上划了几下，"嚓"的一声，一团小小的橘色火苗在母亲的手指间冒了出来，田单岭闻到一股刺鼻的硫黄味儿。母亲把燃烧的洋火棍伸到一堆麦秆边，火苗颤抖了一下，突然膨胀开来，变成拳头大小的火焰，麦秆冒出了浓烟。

母亲早已把麦秆分成小堆，分散搁在地里。她把点燃的麦秆抽一小把出来，点燃了另一堆。田单岭也帮着母亲烧麦秆。他举着小小的火把，在暮色越来越浓的土地上奔走。黄昏的空气很潮湿，麦秆燃烧的浓烟无法升高，滞凝在田单岭和母亲的头顶上，像一片柔软的屋顶。

燃烧过的麦秆变成了黑色的灰烬，母亲用耙子把灰烬扒散。

"下雨的时候，这些草灰就会流进土里，变成肥料。"母亲说，"明年我们就可以多收两斗麦子了。"

"妈妈，还有更好的肥料。"田单岭说，"我晓得。"

"啥肥料呢？"母亲问。

"大粪。"田单岭说。

"咱家的大粪不够。"母亲说。

"红土镇有很多大粪。"田单岭说。

母亲的身体僵直了。

"红土镇不是你去的地方，"母亲说，"你还是一个小孩子。"

田单岭不说话了。他跟着母亲回到家里。吃过晚饭之后，他钻进被窝里睡觉。

在进入睡梦之前，他还想着红土镇的情景。他想着小镇的街道和河流。有几次，他跟着父亲到小镇去卖野鸡。他们用蓑草把野鸡翅膀捆住，卖给镇上的饭馆。饭馆的老板用手捏了捏野鸡的胸脯。野鸡很肥，老板又捏了捏野鸡的嗉囊。

父亲说："我们没有给野鸡灌东西。"

"我自己晓得，不用你来讲。"老板说，"十升米，还是一块钱，你自己选。"

父亲选择的是一块钱。他用这一块钱买了一斤盐巴，一块洋碱，还给儿子买了一块坚硬的红糖。田单岭用一根稻草系着红糖，拎着它在人群里穿行。他把那块红糖拎回家。把它藏在枕头下面。他每天咬一小口，担心总有一天把它吃完了。

"这就是做生意。"有一天，父亲对他说，"做生意就是拿自己的东西换别人的东西，或者是把自己的东西拿去卖钱。"

田单岭手里拿着红糖，又小心地咬了一口。红糖不是山上的东西。山上除了树林和石头房子，只有洋芋、麦子、野鸡、野兔和野猪。红糖、洋火、盐巴，这些稀罕的东西只有山下的小镇才找得到买得到。在黄昏来临的时候，他经常坐在门口那块光滑的大石头上，注视山下的小镇。那条河流像一根闪亮的丝带，缠绕着小镇的房屋。他想象着，帆船在浅蓝色的河流中行驶，船帆在灰色的天空下移动，它们从远方来，又要到远方去。他经常盯着那条河流出神。细细的河流上如果有一些小点子，那就是帆船。

他一直不明白，父亲死后，母亲为啥不准他单独到红土镇去。每一次去红土镇，都是母亲带着他。有一次，母亲在镇上一条小街边停住了脚步。一个老头正蹲在地上，守着他的地摊。地摊上摆放着一些用竹子和木头做的小玩意儿：竹蚂蚱、木甲虫，还有一只木头和竹子做成的蝴蝶。蝴蝶的翅膀是薄薄的竹片做的，尾巴拖着一根长长的细木棍，肚子下面有两只木头做的小轮子。老头捏着木棍在地上推着蝴蝶走了几步，蝴蝶就使劲扇翅膀。

母亲掏钱买这只竹子蝴蝶的时候，田单岭说："妈妈，你还当我是小孩子啊？我都十四岁了。"

母亲把这只蝴蝶带回了家。她把蝴蝶放在床头。吃晚饭的时候，她对儿子说："在你小的时候，妈妈教你做的'虫虫飞'，你还记得不？"

田单岭不会忘记。那时，妈妈经常捉着他的小手，让他的两个食指尖碰在一起，又突然分开："虫虫——飞！虫虫——飞！"

"你长大了，就会像一只虫虫变成蝴蝶，飞走了，离开妈妈。"母亲的眼泪突然流了下来。

田单岭放下碗筷，给母亲擦眼泪。

"妈妈，我不会离开你。"田单岭说这句话的时候，语气不太肯定，"我要好好孝顺你。"他补充了一句，又埋头吃饭。

田莲花呆呆地看着儿子。他低着头，正把一块盐水煮洋芋放进嘴里。他的个头已经不像是十四岁的少年，他的脖子已经变粗了，肩膀也变宽了。邻居的孩子像这么大的时候，是不会谈论离开母亲离开家的话题的。今天怎么就说起这个了呢？一种不祥的预感慢慢涌上她的心头。

现在是中午时分，西区公园里没有多少人。韩其楼把画眉笼子挂在树上。那根树枝由于经常承受鸟笼的金属钩子，有一小块树皮已经被磨得发亮。

他没有转头，就知道吴跛子来了。也许是个子瘦小的原因，吴跛子走路的声音很轻，一踮一踮的，两条腿仿佛在地面划行。他穿着一双旧布鞋，踮起脚尖，把手里的鸟笼挂到韩其楼鸟笼旁边一根树枝上。

"我晓得，那是你的树枝。"吴跛子说，"但是我喜欢在这棵树下抽烟，不会影响你吧？"

韩其楼向他的鸟笼看去。鸟笼在树枝上微微晃动。他的画眉在鸟笼里躁动不安。是什么东西惊扰了它。是吴跛子手中正在冒烟的叶子烟，还是吴跛子鸟笼中的那只名叫"上等兵"的画眉？

"你今天晚上吃什么？"吴跛子问。

"你说什么？"韩其楼没有听清楚。

"我说，你今天晚上吃什么？"吴跛子问。

"那你今天晚上吃什么？"

吴跛子的脸上露出一丝不易觉察的笑意。

"今天晚上，我们吃苦瓜炒鸡蛋，还有虎皮海椒。"吴跛子说，"在我们养老院，晚上一般不吃肉。"

"其实，鸡蛋也算是肉。"韩其楼说。

"它算吗?"吴跛子说,"我从来没有听说,鸡蛋也是肉。"

"它会孵出小鸡。"韩其楼说。

"但它还没有孵出小鸡。"吴跛子说。

"会孵出小鸡的。"韩其楼说,"母鸡生鸡蛋,就是为了孵小鸡。"

"你胡说。"吴跛子平静地说,"母鸡生鸡蛋,是为了给人吃。"

"我们在这个问题上不再争论了。"韩其楼说,"没有什么意思。"

"怎么会没有意思呢?"吴跛子说,"我们住在养老院,每天最重要的事情就是吃饭。不像你,有一个家,有老婆给你做饭。"

韩其楼用手摸了摸鼻子,"我想裹一支烟。"

吴跛子把装着烟叶的塑料袋递给韩其楼。韩其楼拈出几片烟叶,小心地裹成一支细细的烟卷。他用吴跛子的火柴点燃烟卷,用力吸了一口,一缕淡淡的白色烟雾从他的嘴里喷出来。他再吸一口,叶子烟熄灭了。

"一要裹得松,二要烟管通,三要明火点,四要吧得凶。这是抽叶子烟的诀窍。"吴跛子说,"我记得上次给你说过的。"

"你没有说过。"韩其楼说。

"我说过的。"吴跛子说,"你又忘记了。你看,你的记性还不如我这个老头子。"

韩其楼又点燃烟卷。在烟雾的熏燎下,他的眼睛涌出了泪水。他想到了自己的办公室,那间简陋的充满霉菌气味的办公室。在他的办公桌上,放着一块白色有机玻璃做的小牌子,上面写着"请勿吸烟"四个宋体字。他讨厌抽烟,也不喜欢别人在他的面前抽烟。

自从刘雅离开了楠江后,他就不想每天都待在办公室里,一有机会,他就提着鸟笼到外面散步。霉菌的气味让他感觉到死亡的气息。

"理解你的经验和回忆。"他想起自己当初为了接近林译苇,努力阅读普鲁斯特的《追忆似水年华》,并牢记了其中这一句话。

他坐在石头上,看着眼前这位瘦弱的老头。他手里捏着一支粗短的叶子烟,一言不发。也许他在想自己的往事。韩其楼想。这个外号叫吴跛子的老头应该想自己的往事了,他到了这样的年龄,应该做这样的事情。他应该逐渐生活在往事之中。但他好像并不是这样。他养了一只画眉，用它来打败所有的画眉。也许，这样一来，他就不用生活在往事里了。往事是没有触觉没有气味的事情，在某种意义上，是虚幻的事情。

也许，一个人到了晚年，才有回首往事的资格。那是一种无可奈何的资格。人到了老年，迫不得已了，就去回忆自己的往事吧，用思绪去整理自己在这几十年里所经历的各种事情。但在任何时候，都可以"理解你的经验和回忆"，无论经验和回忆有多少，韩其楼想。自己已经三十八岁了，在上班的时候溜出来，坐在城市一个广场旁边公园里一块光滑的石头上，和一个提画眉鸟笼的老头儿待在一起，心里还想着一个女人，有时，也要想自己的老婆，虽然待在同一个屋顶下，她却不让自己接近她。他不知道，自己的朋友看见他这个模样会有什么想法，但他现在的生活就是这样。

三十八岁真是一个危险的年龄。韩其楼想。这是一个经历了比较多的日常生活，并开始省视这些生活的年龄。同时，这也是对今后的日子没有多少把握的年龄，尤其是当一个人在这个时候还为情所困，那么，他对未来更是没有感觉。

办公室的后面就是书库，但韩其楼现在已经不能静心阅读一些自己喜爱的书籍。有时，他会在图书馆里的电脑前上网，有时，他会翻阅报纸。图书馆的经费紧张，没有多少钱买新书，就订了一些报纸，作为馆藏资料。这些哗哗作响的纸张会带来简短的外界消息。他在报纸上读新闻——

一辆车翻下悬崖，死伤二十余人；

一个潜逃多年的通缉犯昨天向警方自首，在良心的折磨下，他实在过不下东躲西藏的日子；

某个农村的水井含氟，村里的人祖祖辈辈都有怪病；

在非洲的某一个地方，一个村庄里的人正在用古老的大刀砍杀另一个村庄里的人……

一周有五天上班时间，每天七个小时——早上八点到十二点，下午三点到六点。他越来越不想在办公室里继续待下去。和原来不一样了。

过去，他只想一个人待着，读一读书，想一些与自己没有多少关系的事情。现在，首先是自己变了，然后，一切也都变了。于是，他提着鸟笼，走向有树林的地方。

图书馆的大楼外面有一片茂密的树林，但他不想把自己的鸟笼挂在那里。他不愿意让同事看见自己守着一个鸟笼发呆。城里有很多树林可以去，那里有一些遛鸟的人。他们把鸟笼挂在树枝上，守在一边抽烟，聊天，说一些关于鸟的事情。在他们中间，有一些老人，还有几个提前从单位退休的中年人，似乎他们的生活已经到了某种尽头，他们要让画眉的叫声渗进剩下的日子，来平衡那种令人窒息的悠闲。

韩其楼小心地抽烟。他一点一点地把烟卷燃烧时产生的烟雾吸进嘴里，慢慢品尝它那刺鼻的怪味。眼泪又一次从他的眼睛里冒出来。他张望四周，看见吴跛子在对他微笑。于是，自己也对他微笑了一下。

他想起吴跛子的"上等兵"打败自己"四星将军"的情景。吴跛子肯定使了什么阴招，但他不知道具体是怎么回事情。这个老头子，他也许活得太寂寞。

其实，比起吴跛子，自己也许更寂寞。韩其楼想。我和他的差别也许在于这一点——在他的一生中，他从来就没有迷失过方向。他知道自己需要什么。他需要的，就是每天吃饱饭，然后养一只能征善战的画眉。而自己总是迷失方向。因为，自己不知道自己需要什么。

风从公园那一边吹来，掠过韩其楼汗湿的额头。风带来了一丝凉爽的气息，他的画眉可能感觉到了，在笼子里叫了一声。

韩其楼看见吴跛子坐在石头上，眼睛看着前面的某个地方。他的眼神是散的，他在想心事。一个人总有要想的事情。韩其楼想。

这时，云层被风推开了，淡淡的阳光从天空中洒在地面上。韩其楼把鸟笼取下来，掀开布幔。他的画眉站在栖木上，眼珠随着撩开的布幔移动。

"你今天中午吃的什么呢？"吴跛子问。

韩其楼没有听清楚，反问他："你说什么？"

"我说，今天中午你吃的什么。"

"哦……"韩其楼说，"今天中午，我吃了一碗牛肉面。"

"是南街那一家面馆的牛肉面吗？"

"是的。"

"你可要注意了。"吴跛子说，"那一家面馆的味道太鲜，因为他们在作料里面放了磨碎的罂粟籽。"

"据我所知，罂粟籽没有毒。"韩其楼说。

"但它可能让你上瘾。"吴跛子说。

"烟也让人上瘾，你不也抽得很起劲儿吗？"韩其楼说。

"你说得有道理。"吴跛子说。

"那你今天中午吃了什么呢？"韩其楼问。

"海椒肉丝，干煸四季豆，莴笋叶汤。"

"哦，我都快流口水了。"韩其楼说。

"现在的牛肉面涨价了吧。"吴跛子问。

"是的。"韩其楼说，"六元五角钱一碗了，涨了五角钱。"

"这个年头，什么东西都在涨价。"吴跛子说。

韩其楼摸了摸衣袋，里面本来有六百元钱，现在只有五百九十二元五角钱。中午的面条花去他六元五角钱，乘坐公交车花了一元。

他的衣袋很少揣着这么多钱。刚才路过紫玉街时，他又走进了那间奇石店。紫玉街通向城市的一块高地，而西区公园就坐落在高地顶端的广场旁边。紫玉街沿着一座斜坡修筑，这里集中了市区大部分服装品牌店和首饰商店。韩其楼没有逛商店的爱好，他买东西的目的很明确，需要什么，走进商店，买了就离开。但他在这个商店里却逗留了很久。

昨天，他经过这间奇石店时，看见橱窗里放置着一块深灰色的石头，它被剖成两爿，露出里面紫色的水晶。这些透明的小石子像史前野兽的牙齿，密匝匝地挤在一起。正是这些牙齿一样的小石子吸引他走了进去。

他走进商店，透过玻璃观看柜台里的首饰制品。他看见了一枚项链坠子在一个黑丝绒垫子上闪幽光。这枚坠子是紫色水晶石雕琢的，形状像英语字母 W。

无论用汉语拼音还是用英语来表达，W 都是文纹的第一个字母。文——纹。韩其楼的心脏又收缩了一下，让他感到轻微的疼痛。他想象着文纹戴着这个坠子的情景。一根细长的项链在她的脖子上闪闪发亮，紫色的水晶坠子贴在她颈窝的皮肤上。随着她的呼吸，水晶坠子在她晶莹透亮的白皙皮肤上起伏。

这枚坠子标价五百二十元。这个淡蓝色的数字打印在一张指甲盖大小的纸条上，放在坠子包装盒的右下角，并不引人注目，但韩其楼觉得它很刺眼。离发工资还有十来天，他只有六百元钱了。今天，他把这六百元钱带在了身上，小心地放在衣袋里。他知道自己想做什么，但是，他在商店里的时候，没有把钱掏出来。

他坐在西区公园中一块冰凉的石头上，思考他的这笔钱应该怎么花。把这枚坠子送给文纹，他不知道文纹会有什么反应。这不重要，重要的是自己想把它送给她，那个身材娇小的乡村女教师——他为自己产生的念头感到吃惊。

韩其楼不会把女人拿来做比较。偶尔，他会想一下妻子林译苇和刘雅、文纹之间的区别。刘雅离开了楠江，换了手机号码，他无法与她联系。她从他的视野里消失了，生活在远方的某一个城市里。当他走进办公楼，时常会期待她突然出现在面前。在走廊里，他往往会聆听别人的脚步声。女人的鞋底往往镶着金属块，她们走在坚硬的地面上，会发出响亮的脚步声，而走廊会放大这种声音。他能够清晰地分辨出刘雅的脚步声，但这种声音永远不会在这条走廊里出现了。所以，一有机会，韩其楼就会离开这条走廊，离开他的办公室，让他的办公室充满霉味。自从刘雅离开后，办公室里的霉菌味越来越浓。

韩其楼抽完了叶子烟，把烟蒂踩进泥土里。

"你在家里做不做饭?"吴跛子问。

"要做。"韩其楼说。

"很好。"吴跛子说。

韩其楼抬头看看天空。云层又堆积起来了，阳光正在隐去。

第六章　单岭堡野鸡

林译苇感觉自己身上有一种变化。她越来越不愿意听别人说话。语言是一棵树，可以在许多地方生长，林译苇想。一些树生长在森林里，一些树长在荒漠中。语言也是这样，有的人大声喧哗，有的人自言自语。

写作是一种深刻的自言自语，林译苇想。语言也是一个世界，有的世界只能独自进入，比如梦境。写作也是一种梦境。有的时候，自言自语和梦境是一回事情。

田单岭坐在一家店铺的石头台阶上，等待有人来买他的野鸡。

他把一只野鸡放在自己面前。这是一只母野鸡。它的羽毛呈灰色，眼圈是蓝色的。

田单岭用麦草把野鸡的脚拴在一起，它无法站立，只好歪着身子躺在地上。田单岭感觉冷，他把手放到野鸡的背上，手指伸到羽毛里，感受它身上略带潮湿的温暖。

野鸡的脖子上脱落了一小簇羽毛，露出淡红色的皮肤。那是田单岭布下的套子弄伤的。田单岭在抚摸这一小块皮肤的时候，有几个年轻人走到他身边。他们的头上没有裹白帕，而是梳着分头。

"野鸡。"一个年轻人说，"朱世昌，我们把它买下来，今天中午的下酒菜就有了。我们不能老是吃猪头皮、煮花生和咸鸭蛋呀。"

那个叫朱世昌的人穿着一双黑皮鞋。他听了这话，眉毛一拧，瞪着说话的年轻人。

"老是吃猪头皮、煮花生和咸鸭蛋？朱老八，你狗日的有没有良心？你没有吃过陈七老板做的红烧鸡吗？你没有吃过糟卤牛尾吗？你没有吃过清蒸岩鲤吗？你没有吃过芙蓉肝片吗？"

"这些，都吃过。"朱老八小心地说，"但也不是天天都吃啊。"

朱世昌伸手在朱老八头上打了一巴掌，"都是老子出钱，你还嫌没有天天吃大菜。"

朱老八赶紧往手心里吐了一口唾沫，把头发抹平整。

"世昌，今天我身上没有带梳子，你不要把我的头发打乱了。"朱老八说。

"反正你天天都要挑大粪，头发梳得再平整，也没得用处。"朱世昌说。

"我每天都是挑粪桶以后才梳头。"朱老八说，"跟着世昌你出来混，不梳分头，咋个行呢？"

朱世昌鼻子里发出满意的哼哼声。他转身对田单岭说："你这只野鸡，要多少钱？"

"五角钱。"田单岭说，"你用五升米来换，也行。"

"米？"朱世昌说，"哈，老子身上从来就不带米，只带钱。"

他提起地上的野鸡，捏了捏胸脯，扔在地上，然后摸出一张国币。他紧紧捏住国币，用力抖了抖。纸币发出哗哗哗的响声。

"我身上没有找的钱。"田单岭说。

"没得关系。"朱世昌说，"你跟我们走，我们换了零钱就给你。"

田单岭站起来，拎着野鸡跟着他们走。他们穿过石板砌成的街道，来到河边的街道。前面有一家酒馆，一面黄色的丝绸小旗在一根细竹竿上飘扬。上面用毛笔写着陈七酒馆几个字，但田单岭一个字都不认识。

酒馆里充溢着炒辣椒和高粱酒的香味。酒馆里的房间一个连着一个，最外面的房间摆放着四张油腻腻的八仙桌，其中一张桌子旁边坐着几个正在喝酒的男人。他们头上裹着白帕，裤脚高高挽着，露出结实的小腿肚子。他们的脚上穿着草鞋，他们把一个盛着酒的陶碗传来传去。田单岭经过他们身边，跟着朱世昌穿过一个天井。天井投射下的明亮光线让田单岭的眼睛在进入另一个房间时短暂失明。这里的房间一共有三个，田单岭跟着朱世昌走进右边那个房间。

房间里有一张干净的八仙桌，桌面摆放着四副碗筷。

"陈老板，再给我摆一副碗筷！"朱世昌大声说，"这里有一只野鸡，拿去做一个白斩鸡、一个辣子鸡丁，一个炒鸡杂。还有，把这张国币拿去换了，我要找零钱给这位兄弟。"

陈老板是一个矮胖的中年人。他小跑着进了雅间，一手接过野鸡，一手接过国币。

"你老汉刚才来找过你。"陈老板说。

"哦，他问你啥了？"朱世昌说。

"你老汉问，你是不是又在这里喝酒了。我说，他现在没有在这里喝酒。"

"后来呢？"朱世昌问。

"你老汉没有找到你，很生气。他说你是败家子儿，你用他的钱喝酒吃肉，不干正事。他还问我看见朱老八没有，他说，朱老八一连几天早上都不去挑粪，是不是不想干了。"

"你咋样说的？"朱世昌问。

"你老汉问我的时候，我确实没有看见你，也没有看见朱老八。"陈老板说，"所以我就说，我没有看见你们。我说的是老实话。"

"陈老板，你不光是厨艺好，人也耿直。"朱世昌说，"今天，你要把这只野鸡做好。你要让我感觉到，我以前吃过的野鸡都不是野鸡。我这位兄弟，从山里来，他专门带来了这只野鸡。兄弟，你尊名贵姓？"

"田单岭。"田单岭不知道"尊名贵姓"是啥意思，他猜想对方是在问自己的名字。

"哦。"朱世昌说，"你是咋个逮到这只野鸡的，兄弟？你如果教会我逮野鸡，这块国币就不用找零了。"

"用套子套。"田单岭说。

"用套子套，这么简单？"朱世昌说，"套子是啥东西做的？"

"头发。"田单岭说，"也可以用马尾巴。"

"好耍，"朱世昌说，"好耍，用头发就可以逮野鸡？要多长的头发才可以做套子呢？"

田单岭用手比画了一下。

"这么长？你在哪儿找到的长头发？"

"我妈的。"

"哦。"朱世昌说，"你妈的头发有这么长，我妈的头发就没有这么长。即使有这么长，她也不会扯下来给我去套野鸡。"

"他说马尾巴也可以逮野鸡。"朱老八提醒道。

"朱老八，你给我找几根马尾巴。"朱世昌说，"在镇东头朱家院子的马房里去扯。那里有几匹马。"

"你要吃野鸡，我们可以买啊，用得着自己动手？"朱老八说。

"你懂个屁。"朱世昌说，"我们为啥要吃野鸡？我们是饿了饭的人？不是。我们是没有吃过野鸡的人？也不是。我们吃野鸡，是为了好耍。吃野鸡是耍，套野鸡也是耍。"

"好嘛。"朱老八说，"明天我就去扯。但是，那马，它可能要踢人。"

"你看你这个鬼样子。"朱世昌说，"你跟着我出来混，到马房去扯几根马尾巴都不敢，你还是不是人？"

"站在马的前头，去扯马颈子上的鬃毛，可能还好办一些。"朱老八说，"站在马的屁股后面去扯它的尾巴，那就太吓人了。我还没有看见过马用前腿踢人。人用腿朝前面踢人，马用腿向后面踢人。马和人不一样。"

"你说那么多，有屁的用处。你是不是又想挑粪桶了？"朱世昌说，"如果你想每天清早起床就挑粪桶，那几根马尾巴毛，我就不要了。"

"你是老大。"朱老八说，"你要马尾巴毛，我就想办法去给你扯。"

"这才对头。"朱世昌转过身来，拍拍田单岭的手背。

"你多大了，兄弟？"

"十五岁。"

"那你可以喝酒了。"朱世昌说，"我第一次喝酒，是十四岁。今天，你就和我们一起喝酒。"

陈老板做的白斩鸡用鲜辣椒、酱油、麸醋和红糖做调料，辣子鸡丁则用酸辣椒做主要作料，炒鸡杂的作料主要是酸姜。这些菜肴都盛在浅褐色的土陶碗里。

"野鸡的野味重，我多用了一些姜、海椒和料酒。"陈老板用围裙擦着油腻腻的双手。

朱世昌伸出筷子，夹了一块鸡腿肉，放进小碗里的调料中蘸了一下。他闭上眼睛，慢慢咀嚼这块鸡肉，然后睁开眼睛。

"有味道，有味道。"朱世昌说，"有家鸡的香味，又有野鸡的野味，家鸡的香味在前，野鸡的野味在后。很好。"

陈老板的脸上浮起一丝笑意。

"我晓得你用哪个灶煮的这只鸡。"朱世昌说，"这只鸡是用木柴煮的，很好。白水煮鸡就应该用木柴，不应该用煤炭。用煤炭烧火，水的味道就不一样，鸡的味道也就不一样。"

陈老板脸上的笑意消退了。

"你应该去当神仙。"陈老板说。

"我已经是神仙了。"朱世昌说。

朱老八给每个人的酒杯里倒酒。他在田单岭面前的杯子里倒了半杯。清澈的酒液在酒杯里打漩。闻到刺鼻的酒味，田单岭打了一个喷嚏。

"这是镇西街刘家酒坊酿的高粱烧酒。"朱世昌说，"我喜欢喝热酒。刚从管子里流出来的热酒。你摸摸，是不是温热的？每次我来了，陈老板都叫人立马到酒坊去打酒。当然，要二锅酒，不要头锅酒。说起这个，你还不懂，兄弟。"

田单岭把酒杯凑到嘴边，小心地抿了一口酒。他把酒咽下去，喉咙里有一条细小的毒辣子虫在爬行。他曾经被这种虫子蜇了手。当时，手背立即布满了芝麻大小的红疙瘩，像被开水淋了那样火烧火燎的疼痛。

第二杯酒下肚后，毒辣子虫从喉咙里消失了。它仿佛在他的喉咙里死去，渐渐滑到肚子里不见了。又喝了几杯之后，田单岭感觉到自己不再坐在凳子上，而是坐在父亲的肩膀上。小时候，父亲经常用肩膀驮着他在院子里跑。现在，他再次坐到了父亲的肩膀上，父亲驮着他向山上的家走去。到半山腰时，一团黑雾慢慢降下来，罩住了他们。他听见了一个声音，是母亲的声音，她在喊他的名字。

田单岭睁开眼睛，母亲跪在他的身边哭泣。他躺在一条小路上，这是回家的路，只不过，还在半山腰。太阳已经西斜了，在山顶的黄桷树后面放红光。他还看得见黄桷树后面自家的房子。

母亲抱住他，泪水沾在他的脸上。他抬手想摸一摸母亲的头发，发现自己手里捏着一个温暖的纸团，是一张面值一元的国币。

叶一峰看见陶雅站在教学楼外面的梧桐树旁边。那也是几个月前他第一次看见陶雅的地方。

天快黑完了。但叶一峰还是能够清晰地辨别出陶雅的身影。黄昏的风从围墙上面漫过来，把地上的梧桐叶吹得不断翻滚。他跑到她身边时，下雨了。

雨点噼里啪啦砸在树叶上，打在他们身上。叶一峰跑到教学楼下，身子紧紧靠在砖墙上，陶雅却转身向树林深处跑去。叶一峰犹豫片刻，也跑进雨里。

他在围墙边追上了陶雅。陶雅的头发淋湿了，衣服也淋湿了。但她在微笑，洁白的牙齿在昏暗的光线里闪亮。

"你为什么要跑到雨里来？"陶雅问。

"因为你在雨里。"叶一峰说，"我就跟着来了。"

"你为什么要跟着我呢？"

"你为什么不躲雨呢？"

"我喜欢雨。我喜欢在雨里跑步。你喜欢吗？"陶雅问。

"我喜欢雨，但我不喜欢在雨里乱跑。"叶一峰说，"我们家乡有一个疯子，下雨的时候，他就在雨里乱跑。"

"你认为我也是疯子吗？你认为我在乱跑吗？"

"我就是这样想了，也不敢这样说。"

"你已经说了。"

"我还没有说。"

陶雅绕操场跑了一圈儿，回到教学楼。她跑进黑暗的走廊，推开一扇门。这是一个小房间，在一间教室的旁边。叶一峰跟着她进了这扇门。

"把门关上。"陶雅说。

叶一峰把门小心关上。

"只叫你关门，你就只关门。"陶雅说，"你真是一个烤红苕。你不懂得闩门吗?"

叶一峰在门框上摸索，找到一个铁制的门闩。他感觉到自己的手在发颤。他闩好门，回过头来。陶雅已经把窗帘拉上了。室内陷入完全的黑暗之中。

陶雅拉亮了一盏电灯，从一个柜子里取出铁架子。她还从柜子里取出几个盘子和玻璃瓶。她把瓶子里的药水倒进盘子里。叶一峰闻到一股淡淡的酸味。

"这是暗室。"陶雅说，"冲印照片的地方。这是上素描课的教师专用的。他们拍摄照片，研究物体的明暗关系。"

她取下身上背的照相机，打开皮套。皮套被雨水淋湿了，但里面的照相机还是干燥的。

"我来告诉你今天晚上我们要做的事情。"陶雅说，"我要先冲洗胶卷，然后印放照片。这是放大机，这是显影液，这是定影液。有它们，我们就可以制作照片了。"

"谢谢你。"叶一峰说。

"为什么要谢我?"陶雅问。

"你没有挖苦我。"叶一峰说，"你没有说:'连这个都不懂，真是一只烤红苕。'"

"哦。那是因为我忘了。"陶雅说，"我要关灯了。你不准趁黑抱我，听见了没有?"

"今天你尽说一些奇怪的话。"叶一峰说，"我从来没有抱过女人。"

"我从小说话就奇怪。今天也不会例外。"陶雅说，"总有一天，你的手会抱女人的。现在，你的手在发抖。你害怕了？"

叶一峰把双手背在身后。他闻到陶雅身上发出一股很好闻的气味，是雨水混合着汗水散发出来的味道。陶雅埋着头，向盘子里倾倒另一只瓶子里的液体。他看见陶雅那纤细的脖子与头发交界的地方散乱着一些柔软的发丝，那发丝被雨水粘在脖子的皮肤上，像几根清晰而优雅的铅笔线条。这时，陶雅伸手拉灭了电灯。

在黑暗中，陶雅双手在窸窸窣窣地摸索什么，她身上的气味和药水的淡淡酸味混在一起，充满黑暗的房间。叶一峰等待着，心里那种慌乱的感觉慢慢在减弱。过了一会儿，电灯亮了，陶雅从一个盘子里拉起一条湿淋淋的半透明带子。

"这是胶卷。"陶雅说，"照片就从这上面生长出来。"

胶卷上有一些模模糊糊的影像。这些影像的明暗层次像是相反的。叶一峰以前看见过照片，像一些画得很好的素描。但他不知道胶片怎样变成照片。

"胶卷要干了以后，才能印晒成照片。"陶雅说，"要不然，它会粘在放大机的玻璃片夹上。"

"我还以为你什么都不怕。"叶一峰说，"原来，你怕胶卷粘在玻璃夹子里。"

"我从来没有见过像你这样土的人。"陶雅说，"你土得掉渣渣。胶卷粘在玻璃夹子里，不是我怕不怕的问题。如果这样做了，印放出来的照片就会有很多水渍的痕迹。就像你画的素描，别人在上面乱涂一气，你愿意吗？"

"这要看是哪个人在上面涂。"叶一峰说，"如果是你爸爸，我愿意。"

"哟，看不出来，你还这么会说话。"陶雅说，"平时你怎么不多说一些？"

"平时都是你在说，我插不上嘴。"叶一峰说。

"那是你的荣幸。"陶雅说，"在别的人面前，我还不想说。"

陶雅把胶卷夹进玻璃片夹。她关了电灯，拉开一盏红色的小灯，室内笼罩在红光里。她从一个纸盒抽出一张白纸，把它放在放大机下面。她打开一个开关，一束红光从放大机里射出来，胶片的影像出现在白纸上。她调整了一下放大机上一个旋钮，白纸上的影像逐渐变得清晰。她把放大机上一个红色滤光片拨开，红光消失了，一束白色的灯光照射在白纸上。过了一会儿，灯光熄灭了，陶雅把白纸浸到一个盘子的液体里，再提起来，在一盆清水里透了一下，放进另一个盘子里。当陶雅拉亮电灯时，叶一峰看见自己变成一张照片，躺在盘子里的淡褐色液体中。陶雅从盘子里捞起它。

他看见自己坐在河边一块石头上，把画板放在膝盖上写生。他的面前是河流和那棵灰白色树干的枯树。在照片上，那棵大树简直就是一件完美的素描作品。它的明暗清晰，层次分明，亮部里面有细节，阴影里面有内容。树身那些细小的裂纹特别有质感。当时，他用铅笔画这些裂纹的时候，总觉得笔触没有力度。照片上的枯树却毫不费力地展示出了裂纹的形状，它们像一些细小的铁丝嵌在灰白色的树干上，又有力度，又有弹性。

"你看。"陶雅纤柔的手指头在照片表面的一些花纹上滑动，"我给你说过，胶片没有干，是不能够装进放大机里去的。这下你看见了吧。难道你喜欢这些乱七八糟的花纹？"

"喜欢。"叶一峰说，"你不喜欢的，我就喜欢。"

"哦哟。"陶雅说，"看不出来，你的嘴还硬呢。那你说，这些乱七八糟的花纹，漂亮在哪里呢？"

"其实它真的很漂亮。"叶一峰说，"凡是自然的图案，都是漂亮的。"

"你胡说。"

"这是你爸爸给我们讲课时说的。"

"我爸爸有时也胡说。"陶雅说，"他还说，章远航是一个优秀的艺术家。"

"章远航是谁？"叶一峰问。

"一个画抽象画的人。"陶雅说，"他在法国巴黎国立高等美术学院留学。他喜欢康定斯基，喜欢克利。那个地方，也许你不知道，很疯狂。很多人都在干自己想干的事情，没有任何人去限制任何人。没有人限制别人怎样去做，也没有人限制别人怎样去想。"

"我无所谓。"叶一峰说，"反正我也没有多少自己的想法。我只想把素描画得好一点，以后学专业课时，把雕塑做得好一点。"

"你没有想过更远一些的事情？比如，毕业以后做什么？"

"当艺术家。"

"怎样当呢？"

"没有具体想过。"

"把你的手伸出来。"陶雅说。

叶一峰迟疑地伸出右手。陶雅打了一下他的手掌。

"左手！"

叶一峰伸出左手，陶雅握住他的指尖，观察他的掌纹。她的手指又柔软又冰凉。散发出定影药水的气味。叶一峰的手第一次被异性触摸。他感到心慌。

"你这一辈子，生活得不顺。你喜欢的东西，会给你带来麻烦。"陶雅说，"很有可能，以后你画油画的时间比你做雕塑的时间更多。相信我。"

"我为什么要信你的话？"叶一峰说，"我自己的事情，我最清楚。我只喜欢雕塑。"

"有的时候，由不得自己。"陶雅说，"这个世界不是你看见的那个样子。章远航就画了他看见的世界。我不喜欢他的画。但那是他自己的画。是他自己的眼睛去看，是自己的手去画。他是艺术家。你不是，你只是一个雕塑家，或是一个画家。虽然，你的雕塑可能很出色，画得也很好。"

"每个画家都是用自己的眼睛去看，用自己的手去画。"叶一峰说。

"有些事情，你真的不会懂。一辈子都不会懂。"陶雅说，"做你自己喜欢的事情，就行了。这样也很好。"

"你喜欢那个章远航？"叶一峰问。

"这和你无关。"陶雅说。

"当然。"叶一峰说。

"当你年龄很大的时候，会有一个年轻女子喜欢你。"陶雅放下叶一峰的手，"相信我的话。"

"随便你怎么说。"叶一峰说，"反正你都是一个奇怪的人。"

"我爸爸说你很有天分。"陶雅说，"我爸爸说，你对线条很敏感，对体积和块面的领悟能力也很强。你会成为一个优秀的雕塑家或画家，但不会是一个艺术家。"

"你已经说过了。"叶一峰说。

"这次是我爸爸说的。"陶雅说。

"哦。"叶一峰说，"原来，这个看法是你爸爸的。"

"我也这样看。"陶雅说，"在很多地方，我和爸爸的看法不同。但对你的看法，我们是一致的。"

"对章远航的看法，你和你爸爸也是一致的。"叶一峰说。

陶雅不说话了。

"我并不想晓得自己将来生活得怎样。"叶一峰说。

"其实，我也不想知道自己将来该怎样生活。"陶雅说，"现在我所知道的，就是我肯定会到国外去。以后，我不会生活在中国。"

"国外?"叶一峰说，"到哪里呢?"

"法国。"陶雅说。

"怎样去呢? 你一个人去吗?"

"有的时候，你真的是一个傻瓜。"陶雅说，"我说你是一只烤红苕，一点都没有错。"

文纹站在镜子面前，身子扭来扭去，看自己身上穿的衣服合不合身。今天，她穿了一套浅蓝色连衣裙。她感到满意的是，自己的身材还保持在生小娜以前的状态。从背影看，她像一个少女。她看不到自己的背影，但她清楚这一点。

她把门轻轻一带，将钥匙插进锁孔，锁上了门。停了片刻，她又把门打开。

一个小时前，在厨房里，文纹为自己和女儿小娜做了一顿晚饭。她的厨房只有六平方米，灶台下面是一个简单的储物柜，还有一个放液体气罐的空间。丈夫在世的时候，从学校修建新教室的工地捡来废砖头砌成灶台，还在上面铺了一块黑色的大理石板。他在城里买来一个液化气灶一个燃气热水器，还买了一套细瓷碗。他们的生活立即发生了明显的变化。他们可以在更短的时间里做好一餐饭菜，可以方便地洗一次热水澡。文纹和丈夫可以用更多的时间备课，看电视，辅导小娜的学习。这个变化花去了他们两人一个月的工资。

教师就是这样，安静地教书，平静地生活。直到有一天，意外会降临到某一个人头上，就像文纹的丈夫有一天被诊断出了肝癌。很快，他们生活就变形了。家庭失去了一个人，生活的面貌完全改变了。唯一没有变的是，每天，她都要在这个灶台上给女儿做饭，一日三餐。

有时，她表现得很坚强。她不会在同事面前说自己想说的话。她不会告诉同事，甚至不会告诉朋友，她带着女儿住在学校分配的石头房子里，心里会想些什么。

这幢石头墙壁水泥地面的房子，当丈夫在的时候，它是充满活力的家。现在，它有了坟墓的气息。那气息从石头墙壁的缝隙里渗出来，一点一点融化在空气里。半夜，如果她失眠了，她就会闻到一种气味。这种气味与殡仪馆的气味很相似。从丈夫安静地躺在冰冻棺的玻璃盖下面开始，那种气味就一直没有离开过她。

温度也助长了那种气味的漫延。房间的墙壁很厚，冬暖夏凉，因此，它保存了许多看不见的东西——声音，气息，还有回忆。每当文纹下班后，她总是不愿意一个人回到房间里。她会在办公室里待着，音乐课没有作业可以批改，她就翻看一些旧杂志。那是同事们带来后遗忘在这里的，有两年前的《读者》，三年前的《知音》，如果有去年的《意林》，那就算是新鲜的信息了。她从这些杂志中读到一些文章，这些文章的主题大多是怎样解决困扰自己的人生难题。和自己的境遇相似，文章中的人都面临各自的问题。文纹的难题是一台钢琴。

家里有一台风琴，是凤凰牌五组全双音脚踏风琴，在风琴中，品质算是不错的了。但那是风琴，和钢琴有天壤之别。文纹要给女儿小娜准备一部钢琴。施坦威，她不会去想它，它是另一个世界的乐器。但星海或是珠江牌钢琴，总可以憧憬一下。而且，只能要立式的。房间太小，不能摆放三角钢琴。一万元左右就可以让小娜每天晚上做完作业后弹一弹肖邦，弹一弹贝多芬和李斯特，让那些来自十九世纪的声音充溢这个寂静的房间。一个女孩儿在这样的声音里长大，她的世界一定会更美好一些。

　　最近几天，鲁兆平老是打电话来，要请文纹吃饭。上次，小娜生病住院，被诊断为白血病，结果是虚惊一场。但那两千多元医药费是鲁兆平支付的。她应该去赴约。

　　今天下课后，文纹给女儿做了莴笋炒肉丝，还有凉拌茄子。她和女儿一起吃了晚饭，要她一个人在家做作业。"任何人敲门你都不要开。"她对女儿说，"如果到了十点钟，妈妈没有回来，你就一个人先睡觉，不关台灯。小娜很乖，不会害怕，是不是？"

　　"我不害怕，妈妈。"小娜说，"但你要早点回来。"

　　"在十点钟以前，妈妈会回来。"文纹站在门口，在关门的时候，她这样说。

　　文纹离开家，走到操场上。天快黑尽了，操场上有几个老师在打篮球，充气很足的篮球碰撞在地面和木头篮板上，发出"嘭嘭"的声响。她绕过操场，走到学校围墙外面，看见一辆黑乎乎的汽车停在那里。汽车驾驶室的灯亮了，随后，车灯也打开了，鲁兆平坐在汽车前座，胖胖的脸在微笑。

　　文纹坐到鲁兆平的身边。汽车发动了，明亮的浅黄色灯光扫过学校的围墙，划破夜幕，照射到公路上。他们向黑暗深处驶去。

　　半个小时后，汽车驶进楠江城，在一条狭窄的街道停下。这条街道两边都是餐馆，空气中飘浮着白酒和啤酒的气味。文纹随鲁兆平走进一家名叫温馨豆腐庄的酒楼。在二楼一个包间里的餐桌边，已经坐了几个人。

"鲁总，你终于来了。"一个中年男子说，"哦，带了一个美女来，如果我们不原谅你的迟到，就是我们的不对了。"

　　"原谅归原谅，酒还是要罚的。"另一个人说，"当然，美女可以代喝。"

　　"罚酒我认。"鲁兆平说，"美女不能喝酒。我介绍一下，美女名叫文纹，是音乐教师。这位是梁总，这位是李总，这位是周总，这位是吴总。"

　　文纹感到胃里一阵发凉。她以为是鲁兆平单独请自己吃晚餐。她并不愿意和他一同出现在这么多陌生人面前。她觉得自己的后背给汗水浸湿了。

　　"哦，美女音乐教师。"文纹听见有人说，"等会儿你要唱歌给我们听。"

　　"对不起。"文纹说，"我今天感冒了。"

　　"感冒了，声音都还这么年轻，这么好听。"梁总说，"我们坚决要听你唱歌！"

　　"好了，不乱开玩笑了。"鲁兆平说，"文老师都被你们吓着了。我认罚，先干一杯。"

　　鲁兆平端起面前的玻璃小酒杯，脖子一仰，一杯酒下肚了。然后他端起另一杯。

　　"三杯。"鲁兆平说，"我认罚。但只喝三杯。我要开车。"

　　"我们知道你要开车。"周总说，"三杯只是罚酒。今天你不能因为身边有了美女教师，就在喝酒时敷衍我们。"

　　鲁兆平端起另一杯酒喝了下去。

　　"你再这样喝，我就走路回家。"文纹说。

　　鲁兆平放下酒杯。

　　"你说得有道理。"鲁兆平说，"你提醒我了。"

　　"但酒还是要喝的。"吴总说，"你来晚了。我们都在等你。你应该先喝三杯，这是礼节。如果你不喝，那我们怎么喝得下去呢？"

　　"鲁总来晚了，是因为他在等我。是我耽搁了你们的时间。是我让你们久等了，对不起。"文纹说，"剩下的酒，我帮鲁总喝。"她端起一杯酒，皱着眉头，一口就喝完了。

"你刚才说文老师被我们吓着了，我看，是文老师把我们吓着了。"一个人说，"为了这句话，你还应该喝一杯罚酒。"

"如果今天晚上你们一定要鲁总喝酒，那就由我来代喝。"文纹说，"我答应了女儿，在十点钟以前一定要回去。鲁总要送我回家，请大家理解。"

"我们都是一些没有文化的人。"李总说，"今天，有文化的文老师和我们这些粗人一起喝酒，我们感到很荣幸。但是，喝酒就有喝酒的规矩。今天我们第一次见面，我们大家都要敬你一杯酒，你也要敬大家一杯酒。"

"这就是你说的规矩吗？"文纹说，"我们就按照这个规矩办。我先敬你一杯。"

文纹仰脖又喝下一杯。她只想快点结束这场酒宴。她接受他们的敬酒，自己也敬他们的酒。她手中的玻璃酒杯和他们的杯子碰撞在一起，发出清脆的叮当声。桌上摆满了菜肴，卤水鹅掌、蒜泥黄瓜、羊肉煲、干烧明虾、酱爆牛蛙、韭黄虾肉水饺、酱烧鲖鱼块、水煮牛肉、老姜炖老鸭。但大家都很少伸筷子。他们喝完一瓶泸州老窖特曲，又打开一瓶。她一杯接一杯地喝，只想快点回到女儿身边。她答应了，在十点钟以前要回家。"几点钟了？"她问鲁兆平。鲁兆平摸出手机。

"九点二十分了。"鲁兆平说。

他们已经喝了三瓶泸州老窖特曲了，而桌上的菜还没有动多少。文纹说："我可以走了吗？"

几个老总一齐注视文纹。他们的眼睛里浸润着醉意。文纹转身走出充溢着酒味的包间，鲁兆平跟了出来。他走在文纹身后，看不清楚文纹的表情。他打开车门，让文纹先上车。

文纹的表情很平静，看不出醉态。她坐在副驾驶座上，等待鲁兆平发动汽车，驶上大街。很快，汽车里充满酒精味。

"我没有想到今天有这么多人。"文纹说。

"文老师，你把他们都灌醉了。你让我开了眼界。"鲁兆平说，"你平时喜欢喝酒吗？"

"我从来不喝酒。"文纹说，"今天是例外。因为今天我要准时回家。"

"文老师，下次我单独请你喝酒。"鲁兆平说。

"我不会再喝酒了。"文纹说，"请你不要再让我喝酒。今天，我喝得太多。你为什么要让我喝这么多酒？万一我喝不过他们呢？可能你没有想到，我到现在还这么清醒吧？"

鲁兆平想说什么，但说不出来。他瞟了一眼文纹。文纹端正地坐着，上身挺得笔直。她的脸上没有表情。也许，她现在只想到一件事情，那就是尽快回家。他突然意识到了自己的愚蠢：文纹绝不是他所想的那样柔弱无助。

"文老师，你让我感觉到，我是一个混蛋。"鲁兆平说，"我真的是一个混蛋。"

有时候，林译苇会闭上眼睛，探索自己内心的黑暗。黑暗其实是一种通道，可以到达许多地方。她在黑暗中发现声音和图像，在黑暗中寻找生存的理由。

所以，她经常坐在某个地方，闭上眼睛。她会看见自己内心的一些东西。当办公室的窗外阳光明媚时，她只要一闭上眼睛，那些过去的影像就会在她黑暗的视野里缓慢飘浮。

有时，她会坐在家里，坐在自己的小房间里，倾听外面的声音。她会听见丈夫回家时开门和关门的声音，会听见他换了鞋子以后，穿着拖鞋在室内走动的声音。从地面发出的嚓嚓声，她能够判断出，他走到房间里的哪一个位置。他会走到自己的房门面前，听一听。他也在倾听。他也在判断她把自己关在小屋子里，正在做什么事情。

林译苇知道，外面的天色在变暗，一天又会过去，她却一直沉浸在自己的黑暗里。这是她自己制造的黑暗，又深沉，又温暖，还有点陈旧的气息。它像一个洞穴，把她的身体和思绪一起关了进去。

"黑暗是探索真相的必要条件。"

林译苇在便笺本上写道。

陶蕴玄一边说，一边走进教室，他身穿一套灰色的西装，手里捏着烟斗。在他的身后，一个勤杂工提着一个大包袱。他把包袱放在讲台上。

"我们经过睡眠，迎来了黎明的光线。"陶蕴玄说，"就像我们经过了生命，才看见死亡。"他把手中的烟斗一扬，勤杂工把包袱解开，露出一大堆干净的骨头。这是人的骸骨。灰白色中略带浅黄色。

"我们身上所有的骨骼，都在这里。"陶蕴玄说，"死亡是我们每一个人生命的终点，我们在活着的时候，要研究死亡。艺术尤其要这样。我们研究死亡，我们研究骨骼，是为了让我们能够把握死亡的形状，更成熟地表达它。表达死亡，其实就是表达生命。前一段时间的课程，我们学习了自身的骨骼，我们知道每一块骨头的形状和名字，但这还不够。除了我们的眼睛，我们还要用手去认识它。我们现在不需要光线，是为了更好地获得光线。到时候，你们就会看见，经过你们的手做出的雕塑，落在上面的光线，都会有真实的形状。东方的雕塑和西方的雕塑有什么区别？区别在于，东方雕塑忽略光线，西方雕塑重视光线。这直接导致了它们的结构不同。一座雕塑的结构是靠光线来检验的，一座雕塑的真实感也是靠光线来检验的。你们现在从黑暗出发，那时，你们的眼睛和现在的眼睛就会不一样了，那是一双艺术家的眼睛了。你们看见的不再是平凡的物体，你们看见的，已经是艺术品本身了。你们要牢记尼采的话：'伟大的风景是给平凡的艺术家准备的，平凡的风景是给伟大的艺术家准备的。'骨骼就是我们自身的风景，它到底是平凡，还是伟大，这就要看你们怎样从黑暗中去探索它了。"

陶蕴玄把颅骨拿出来，放在一边。

"我们的骨头，由颅骨、躯干骨和四肢骨三部分组成。颅骨不用辨别，它的构成太复杂，太具有特征，我们在任何时候任何地方都能够认出它来，在这个意义上，它是一块简单的骨头。"陶蕴玄说，"关键是要区分相似的骨头，如躯干骨和四肢骨。我们的眼睛，我们的手，我们的思绪，要在细微的差别之间准确判断它，这样做，难度更大。它们表面更简单，但它们之间差别小，所以它们更复杂。人体一共有二百零六块骨头。当然，这也不是绝对的，人群中存在着差异。我国大多数人只有二百零四块骨头，这是因为我们的第五趾骨只有两节，而欧美人却有三节，所以中国人的骨头比欧美人少两块。这一点，对我们研究艺术而言，并不重要。重要的是，我们要认识这些骨头，要用手来识别这些骨头。现在我们要做到，以后我们也要做到。"

勤杂工把包袱放到讲台下面，然后取出一块骨头，用布蒙住，放在讲台上。

"蒋勤学。"陶蕴玄翻开点名册，叫了一位同学的名字。

蒋勤学走到讲台边。他把手伸到蒙布下面，摸索了一阵。

"肋骨。"他大声说出答案。

陶蕴玄把蒙布拉开。一根弯曲的细长骨头躺在桌面上。

"正确。"陶蕴玄说。当勤杂工把另一块用布蒙着的骨头放在讲台上时，陶蕴玄用烟斗轻轻敲击它，然后把布拉开。

"这一块又是什么骨头？"陶蕴玄问，"谁来回答？"

大家都举起了手。陶蕴玄用烟斗指向一位同学。

"是锁骨。"那位同学站起来说。

"好，答案正确。"陶蕴玄说，"但这是用眼睛来识别的。要用手来识别，你们才能及格。叶一峰，你来。"

叶一峰走到讲台前，把手伸进布匹下面，抚摸勤杂工拿出来的骨头。这一次，里面有三根骨头。

"肱骨。"

"尺骨。"

他闭上眼睛，用手指抚摸罩布下面的骨头。他的指尖在骨头的表面游移，轻轻触摸骨头的边缘。边缘的形状决定了骨头的特质。边缘就是骨头的名字。他准确地说出骨头的名称。他的手就是他的眼睛。他在黑暗中行走，他的判断力在黑暗中游刃有余。

叶一峰抚摸着罩布下面的骨头，想起了自己所经历的素描课。素描是一种干净的艺术形式，又简捷又复杂。通过素描课，他已经学会了用线条构成块面和体积，学会了用线条去构成一个世界。那时，光线还是平面的。

现在，他用手指触摸骨头，触摸真实的块面和体积。他用素描要达到的目的，现在直接展示在他面前的黑暗中。他用手指访问它，想象着光线铺在它上面时的模样。他想起了前几天在暗室里发生的事情。他看见一张照片在红色的灯光下显形，看见块面和体积以精确的形式显现在一张光滑的纸上。他当时就感觉到手工与机械的区别。一个人的写实技巧无论再高超，也赶不上一台普通的照相机。问题并不在这里。他想。如果一件艺术作品，无论是绘画还是雕塑，它的价值就是把对象复制下来，那么，谁也无法超越摄影。艺术作品的意义肯定不只是复制对象。但到底有什么意义，他想不清楚。

叶一峰手里握着布匹下面的第三块骨头，正准备说出它的名称，眼珠向右一转，瞥见陶雅坐在座位上。她皱着眉头，对他做了一个旁人无法觉察的鬼脸。他的手指变得迟钝了。

"腰骨。"

勤杂工把布揭开。一块颈椎骨躺在桌面上。一些同学发出嘻嘻的笑声。

"好了，你下去。"陶蕴玄挥了挥手，让叶一峰回到座位上。他从桌面上捡起一截粉笔，在黑板上书写了两个大字："大门"。

"大门和骨头有什么关系呢？"陶蕴玄说，"我们今天所说的'大门'是什么呢？很简单，'大门'就是我们正在学习的课程。我们学习的目的，就是要从这个门进去，发现里面的世界。"陶蕴玄扬了扬手中的烟斗，"我们这一阶段学习的课程，目的是了解人类的骨头。为什么要了解人类的骨头？是为了了解人类的肉体。为什么要了解人类的肉体？如果造型艺术真的有一个法则，那么，这个法则就是——掌握了人体的结构，你就进入了通向世界上所有物质结构的大门。因为，人体是最复杂的形体，你能够掌握人体的每一块骨头，每一块肌肉，你就会掌握人体在每一种光线下面的形状。你能够掌握人体在每一种光线下面的形状，你就会掌握世间每一种物质在任何光线下面的形状。这样，你才有资格从事造型艺术。但是，这还仅是第一步。你们到贵都美术专科学校来学习，目的是什么？你们会说，很简单，学习艺术。这没有错。问题是，这是一个笼统的说法。真正的艺术是学不来的。它存在于自己的内心深处。我们能够学到的，仅是一些有关艺术的技巧和一些普遍的法则。有了这些，并不等于你拥有了艺术。你们现在努力要做的，是把陌生的东西变成熟悉的东西。而真正的艺术，永远是把熟悉变成陌生。明白吗，同学们？"

叶一峰努力想理解陶老师所说的每一个字。

他想起自己小的时候，在家乡用陶土捏人像的事情。家乡的陶土是紫灰色的，人们从山坡上把它挖回来，放在一个坑里，浸在从田里引来的水中，再把一条水牛牵到坑里，让它在泥土上反复踩踏。

被水牛蹄子踩得又软又绒的泥巴适合捏成各种形状，但人们只用它来做陶缸。工匠穿着一件硝过的牛皮围裙，用一张弓将泥巴切下来敷在一个坯子上。他用一只脚使劲踩坯子下面的转轮踏板，坯子飞快地旋转，多余的软泥从他的手指缝里溢出来，陶缸就在他双手的抚摩下逐渐成型。

让叶一峰着迷的是泥巴本身。被牛蹄踩踏过的软泥变成了另外一种物质。叶一峰拿起一块泥巴，轻轻捏住。他感觉到泥巴在手心变形。他用双手把泥巴团成一团，摊开手掌，看见泥巴变成了一个人头。他用指尖捏了捏，人头的鼻尖出现了，他又用指甲画出了眼睛和嘴唇。一张人脸生动地躺在他的手掌里。

那一天，叶一峰采了路边荷塘里的一片荷叶，包了一团软泥回家。他用这块软泥捏出一只鸡，捏出一只鸭。然后，他捏出父亲的头像，捏出母亲的头像。当泥巴用完之后，他从屋后的山坡上挖回新的泥土，浇上井水浸透，放进木盆里用脚踩。他有了自己的泥巴，他每天都用泥巴捏他周围的动物——鸡，兔子，小狗，蛤蟆。他还跑到镇东头的一个小庙里，用泥巴捏菩萨。这些菩萨已经在小庙里待了许多年，他们坐在破损的莲台上，构成他们身体的泥巴在漫长的时间里缓慢剥落，但脸上的微笑还没有掉下来。叶一峰从菩萨的脸上学会了塑造眼睛和鼻子的方法。他用指甲刻画出眼睛和嘴唇，用指尖捏出鼻子和耳朵。他是家里的老三，永远没有新衣服穿，只能捡哥哥的衣服。哥哥的衣服太大，穿在身上，袖子长了一截，他就在袖子里捏人像。有一次，舅舅到家里来和父亲喝酒，他站在桌子旁边，一只手给舅舅斟酒，一只手在袖子里捏出了舅舅的头像，尤其立在脸上的酒糟鼻子活灵活现。当他把泥巴头像从袖子里拿出来的时候，舅舅的嘴巴张得老大，手里的酒杯掉在地上，"啪嚓"一声，摔成碎片。

叶一峰成了镇上的名人。

许多人都知道，酱园老板叶成槿的三儿子会用泥巴捏小人。十岁那年，父亲把他送到镇上的改良私塾——乾心堂读书。这是叶家祠堂的族人捐资办的宗塾，在学堂的正门，有一尊孔子的石雕像。塑像的表面曾经被人涂过色彩，现在已经剥落，露出灰色的石质部分。

孔子是一个慈祥的胖老头，他眯着一双笑眼，穿一身长袍，左手抚着右手，站在石头底座上。私塾先生也是一个老头，与孔子相比，他显得很瘦。他穿一身蓝灰色旧长袍，叫孩子们排成一排，对着孔子作揖。

"作为学生，你们现在很自在，现在的规矩少多了。"先生说，"现在不磕头，只作揖。便宜你们了。我先教你们作揖。"

先生双手抱成拳。

"首先说作揖的姿势。先是双手抱拳，向前举。这抱拳可不能乱抱，是男人，就应该用左手抱右手。在抱拳时，两个拇指要平伸，不能左拇指压右拇指，也不能右拇指压左拇指。大家看清楚了没有？看清楚了就学着我做。"

先生把抱着的拳头举到眉毛的位置，向孔圣人的塑像弯下腰。孩子们纷纷抱起自己的拳头，跟着做了一遍。

"现在，你们该向老师行礼了。"先生说，"不用我再教了吧？"

孩子们在弯腰行礼的时候，先生发现一个孩子的双手笼在袖子里。

"你叫啥名字？"先生问。

"叶一峰。"孩子回答。

"你把手拿出来。"

叶一峰站着不动。

"我叫你把手拿出来。"先生说。

叶一峰慢慢从袖子里抽出手。他的手里捏着一个黑乎乎的东西。

"把手摊开。"先生说。

叶一峰慢慢摊开手掌。一个小泥塑躺在他的手心。这是一尊先生的头像。

"哦。我晓得了。"先生说，"你就是叶成椹的儿子，会捏泥巴小人的那个小孩儿。"

先生把小泥像拿在手中。他取下老花眼镜，眯缝着眼睛打量小泥像的时候，鼻尖快凑近小泥像的脸了。他仔细观察泥像的脸，观察它的眼睛、鼻子和嘴巴。他从鼻孔发出满意的哼哼声，又戴上眼镜看看叶一峰。

"我有这么胖吗？"先生问，"你把我捏得胖了一点。我也想自己胖一点，但我一个月才吃两次肉，怎么胖得起来？"

先生在裤腰里掏了一阵，摸出一根黑色的尺子，在左手的手心里轻轻拍打了几下。他对叶一峰说："把手伸出来。"

叶一峰伸出右手，先生的尺子重重打在他的手心。

"今天打你两下。第一下，是因为你行礼不认真。"先生说，"第二下，是因为你把我捏成了一个胖子。"

叶一峰想到这里，一种遥远的疼痛感从当年的岁月里传送到手心。他不知不觉捏紧了拳头。当初，他把先生的人像捏得胖了一些，是因为不懂人体结构。所以，他只能复制先生脸部的外形，他只能模仿对象的表面。现在，他是一个了解人体结构的大学生了，看世界的眼光与以前不一样了。依照陶老师的说法，自己已经进入了一扇大门。一扇通向艺术天地的大门。但是，进入了这扇大门，他却感到迷茫。他还没有看清楚里面的世界，陶老师就告诫他，这里并不适合进来的每一个人。

站在这个大门口，叶一峰才意识到，自己应该再一次考虑一下关于艺术的问题。

林译苇写道。

一个人在一生中，有许多超越自己的时刻，但叶一峰似乎还没有做好准备。一个人在一生中，命运会多次向他打开大门，但他不一定懂得如何进入。一个人走进了这扇门，他看见的依然是过去的景物，但他还从这些景物中看见了与过去不同的东西。他应该看见现实，他更应该看见虚无。而那虚无，则存在于自己的内心。一个人还没有认识自己的时候，是不可能清楚地看见自己内心的。

叶一峰的艺术理念还停留在模仿对象这个层面上。林译苇想。在二十世纪四十年代一个物质和文化都十分贫乏的乡镇，一个想把艺术道路作为人生道路的青年，叶一峰极有天分，却又营养不良。他从原始的起点出发，要走很长的路。但是，这条道路对他而言，太陌生也太遥远。

内心与艺术的关系是叶一峰面临的全新课题。

他现在所看见的，只是事物的外形。他正在努力去做的，是尽可能完美地复制这些外形。他住在学校简陋的宿舍里，夜晚睡在床上，还和同寝室的同学讨论人体的结构，就是为了更好地用泥土复制人体，从而复制更多的东西。比如，一头牛，一只山羊。

用手中柔软的泥土去复制人，去复制牛，去复制山羊，去复制自己所看见的一切事物，又怎么样？这就是艺术家吗？一想到这些更深层次的东西，坐在教室座位上的叶一峰就感到屁股下的凳子上有一些沙粒。如果这些想法就像黑暗中的骨头，仅仅用手就可以摸索出它的形状，那么，这个世界就太简单了。

初夏的楠江经常起风。初夏的气温变化大，水温变化也大。当河水的温度与空气的温度形成一定的反差后，空气就开始急速流动。风贴着水面，掠过河岸两边的建筑物，从城市的一端刮到另一端。林译苇在河堤旁边一家冷饮摊点的塑料椅子上坐下来，注视流动的河水。

在河对岸，一幢五星级的酒店矗立在一座山坡的后面。它实在太庞大，五十层楼，一百六十米高，与四周的景物极不协调，显得十分突兀。它那灰白色墙体在夕阳光线映射下，变成了橘红色，黑暗的山坡和鳞次栉比的楼房蹲伏在它的脚下，强烈的反差构成了一幅奇异的画面。在这幢大楼的下面，是古老的侏罗纪系和白垩纪系红色地层。一些古老的生物遗骸正在地层里继续变成化石。

风里饱含水腥味，从河面吹拂过来。林译苇要了一瓶矿泉水。她拧开瓶盖，闻了闻水的味道。瓶里的水有一种淡淡的清爽味，只有她才能辨识出来。林译苇喜欢这样的味道，她呷了一口，让矿泉水在唇齿间停留，那种清爽味顺着喉咙慢慢下滑，把清新的感觉带到全身。

人类文明的起源都与河流有关。林译苇想。人类的生存形态也与河流密不可分。教科书早就告诉了大家一个常识——幼发拉底与底格里斯两河流域，恒河流域，尼罗河流域和黄河流域是人类四大文明的发祥地，文明只能在水边发育。随着岁月的流逝，人类繁衍开来，形成一个又一个社会群居体，定居在河边。在河流拐弯的地方，往往会有一座小镇，或是一座城市，像一根绳索上的疙瘩，林译苇想。在几十年前，楠江河和其他河流一样，沿途散布着一些房屋。在拐弯的地方，往往会有一座小镇。红土镇就坐落在楠江河旁边一座斜坡上。

在田单岭所处的时代，红土镇的河边停泊着无数木船。林译苇想。河流，木船，小镇，酒馆，石板铺成的街道，这些陌生的生活符号对田单岭而言，特别有吸引力。那一次，他下山卖野鸡，结识了朱世昌。那天他喝醉了，在母亲的怀抱中沉睡了一夜。母亲流了一夜的眼泪，她感觉到，儿子正在离开自己。这是无法阻挡的事情。

从此田单岭经常下山，带着野鸡或是野兔。他用野鸡和野兔换钱，用这些钱和朱世昌喝酒。他们最爱去河边的陈七酒馆。那是田单岭第一次和朱世昌喝酒的地方。

但他们不能老是在这家酒馆喝酒。

朱世昌的爸爸朱代普时常到镇上的酒馆检查儿子躲在哪一家酒馆的哪一张桌子旁边喝酒。朱代普是镇上最有钱的人，在红土镇周边，平坝的水田和山坡上的土地，有许多都是他的。他还经营全镇的粪肥生意。他家的长工和短工也是粪工，每逢一、三、五、七、九的早晨，他们就挑着粪桶在街上挨家挨户敲门，把居民家粪罐里的粪便倒进粪桶里。他们把粪便挑到河边的蓄粪池里存放起来，每隔几天，就会有运粪船从河流的上游和下游驶来，将这些农家肥运走。

朱代普把红土镇的粪肥作为商品，出售给河流沿岸的农民。他是地主，又是商人。

他还把生意做到了方圆几十里地的小镇，他家的长工还用牛车把那些小镇的粪肥拉到红土镇。这些粪肥经过加工，分为不同的种类——有干涸的大粪，有掺了草木灰的大粪做成的粪饼，还有大粪和人尿和在一起的粪浆。

在那个年代，粪肥是农村里最重要的生产资料之一。

几千年来，人畜的粪便就是最好的肥料，这种状况一直维持到化肥时代的来临。在朱代普生活的时代，粪肥的收集与销售是一种产业，许多人以此为生。而田单岭从山上一座孤独的土墙房子走到山下的红土镇，融入陌生的人群里，融入陌生人的生活里，他依托野鸡和大粪，改变了自己的命运。

田单岭每次从山上来到红土镇，总是能够找到朱世昌。他带来野鸡和野兔，他们经常在酒馆里喝酒。他们带着醉意在石板铺成的街道上行走，脚步跟跟跄跄。坚硬的房屋和街道在田单岭的眼前变得柔软了，行走在街上的人也变了形。田单岭走在石板路上时，想起了自己有一天在山上追赶一只受伤的野兔跑进一片森林沼泽的情景。当时，他四周的空气充满水腥味儿，他脚下的土地有弹性，踩在上面一颤一颤的。

他们刚走上一座拱桥，田单岭就觉得身边少了什么。一转脸，朱世昌不见了。他环顾四周，看见朱世昌的背影刚刚消失在拱桥下面一家杂货铺的门口。这时，一个人拉一辆胶皮轮子车往桥上走。车上横躺着一个椭圆形的大木桶，看样子很沉重。拱桥的坡度比较大，拉车的人弓着身子使劲儿往前挣，车子慢慢向前移。

空气中飘来一股臭烘烘的气味。田单岭知道，这是一辆运送大粪的车。粪车的后面，跟着一个胖胖的中年男人。他穿一身蓝灰色的土布长衫，一手托着一个水烟袋，一手捏着一把纸扇。拉车人小腿上的青筋鼓胀，穿草鞋的脚使劲蹬着石板路面的缝隙，奋力把车子向前拉。这时，田单岭听见一声轻微的脆响，这声音让他联想到野鸡的翅膀骨头在自己手中被折断的感觉。拉车人的草鞋带断了，他向后退了一步，车子也随之向后滑了一下。田单岭赶紧跑过桥面，托住车子的后部。他的手掌撑在滑溜溜的车身，憋足了劲儿向前推。胶皮车轮慢慢向前滚动，车子终于驶上了石桥的拱顶。石桥下面不远的地方，就是河边。

田单岭最后推了一下车子，松开了手。他搓了搓手上发臭的污垢，正准备离开，穿长衫的胖子用手中的纸扇敲了敲他的肩膀。

"你叫啥名字？"胖子问。

"田单岭。"

"哦。"胖子用纸扇击打了一下自己红润的脑门，"我晓得了，你就是经常和我儿子喝酒的那个山里孩子。我听朱老八说起过你。"

田单岭点点头，搓着双手。

"我儿子是一个没有出息的人。"胖子说，"你不要跟着他混。"

田单岭低着头，不说话。天气有点热，他头上沁出了一粒又一粒汗珠。他晓得了，眼前这位胖子就是朱世昌的爸爸朱代普。他时常到酒馆里去捉拿喝酒的儿子，刚才朱世昌才会突然不见了。

"你如果想走正道，你就给我拉粪车。"朱代普说，"我教你做大粪生意。"

田单岭抬起头，对着朱代普微笑了一下。他追了几步，推着粪车向前走。一拐过街角，河流就出现在他的眼前。一阵清凉的河风掠过他的全身，他额头上的汗珠在微风中变成了一粒一粒凉凉的水滴。

叶飘坐在一张陈旧的木质躺椅上，看着牛肋骨窗出神。

他让手中的照片滑落到桌子上，然后把头部向后靠。他的身体一躺下来，房间里就弥漫着疲倦的气息。

房屋外面的黄荆丛开花了，他可以闻到黄荆花带辣味的香。昨夜的雨水浸透了黄荆丛下风化的紫色砂岩，现在，破碎的砂岩里面的水分四处漫延，渗透到屋基下面，慢慢向室内的空中蒸发，叶飘能够明显感觉到空气里的潮气。那无休止的潮气让他的衣服变软，让放在桌上的那套

《美国纽约摄影学院摄影教材》的书页粘在一起，还会让镜头的玻璃镜片长出霉斑。

重要的还不是潮气。重要的是——叶飘的黄昏变了形。是林译苇让他的黄昏变了形——一切——声音，气味，颜色，思绪。认识林译苇后，叶飘的生活就发生了明显变化。日子再也不平静，自己正在远离自己。

黄昏是叶飘曾经最放松最惬意的时候。一天的事情忙完了，叶飘就到超市买一点食品——面包，牛奶，蔬菜，大米，或是一块猪肉。认识徐婕后，他还时常买一点作料——姜，蒜，干辣椒。他回到自己的房子里，煮一点东西当晚餐。有时，徐婕来给他做饭，然后他们上床做爱，看屋顶上的亮瓦一点一点变暗，与黑暗的屋顶融为一体。夜深了，徐婕就会起身离开。

现在的黄昏不一样了——色彩、声音全部变了味。甚至连空气都更潮湿。那套《美国纽约摄影学院摄影教材》过去一直放在屋里，有时它待在床头，有时它放置在躺椅上，书页从来没有粘在一起。

摄影一直在叶飘的生命里生长，但他对摄影的了解，不会比这个城市的摄影圈子里的任何人更多。这些摄影的人，叶飘想，他们拿着照相机，行走在城市和荒野，拍摄各式各样的照片，有的是纪实，有的是新闻，有的是艺术。在他们中间，有多少人知道，怎样为自己拍摄呢？

摄影技术是我们进入现实世界的一扇门，叶飘想。在时间里，我们的生活由无数片断构成。平时，我们身置其中，我们看不见这些片断，我们看见的，只是连续的过程。每一个片断都是通向永恒之地的大门，但我们无法进入。

林译苇是一个读了许多书的女人。叶飘从来没有见过读了这样多书的女人。人总要通过各自的方式感知这个世界，林译苇通过书籍。叶飘不喜欢读书。为了摄影，他找了一些相关的书籍来阅读。仅此而已。他生活在一种半飘浮的状态之中，每天被一些具体的事情侵扰。有时，林译苇会对他说一些话。她说过，过去，艺术都是怀旧的。后来，艺术发展到了一个分水岭上，有的艺术家继续怀旧，有的艺术家向前展望。他听林译苇说过，摄影的确是一门艺术。这句话的意思是，别人都认为摄影是一门艺术，但他们不一定真正懂得，它为什么是一门艺术，而她真正懂得。她实际上是一个相当自负的女人。叶飘想。

从一张照片里，每个人读到的信息不一样。叶飘想起林译苇这样说过。一张照片是时间和空间在某个地方交汇的证据，这是它最了不起的地方。它的价值在于它的静止。一段录像展示在我们面前，就像一列火车从我们面前经过，我们无法进入它，因为它是移动的。而一张静止的照片就是一扇门，它表面的图像就是钥匙。我们凭借这把钥匙进入自己的世界。一张照片可以通向无限的可能，一般而言，它都通往过去。它在某种光线下凝结影像的瞬间，就开始向过去前进。我们每个人所经历的时光，都变成了黑暗。而一张照片就在黑暗中前进，向永远的黑暗深处走去。在那里，住着一些死去的人，他们将在一张照片中重新看到自己。这是摄影作为一门艺术的理由。

叶飘久久凝视这几张照片上的人。他们来自另一个时代，一个逝去的时代。他们就是死去的人。当他们在一张照片上出现的时候，叶飘没有思想准备。当他和摄影的朋友聚会时，话题往往会扯到某一个摄影比赛，这是他们聚在一起的理由，也是他们的兴奋点。但叶飘已经对这些话题麻木了。他取出自己的照片给他们观赏。"你在哪里翻拍的？"他们会问，"翻拍得还不错，像直接在那个时代拍摄的一样。"

这一点他们基本上说对了。虽然他们在许多问题上都是正确的，比如，他们知道，在什么时候，哪一类作品会受到评委的青睐。获奖是许多摄影人存在的理由。在他们的意识里，一张照片不能获奖，那就没有价值。但在叶飘的意识里，这样的照片不一定有价值，因为，那不是自己的照片。

但什么样的照片才是自己的？为什么要为别人拍摄照片，再从别人的肯定声中找到自己？叶飘现在开始思考这个问题。自己一定属于某个地方，也许，要找到这个地方，才是摄影的前提。

在时间和空间里，找到属于自己的地方，体现独特的自我，这才是我的摄影。叶飘想。照片上的叶一峰和田单岭，就是我找到的自我。他们是复活的逝者。他们是在某个地方等待我们的人。

叶飘想起第一次在照片上看到林译苇的情景。当时，林译苇从正在显影的照片上浮现出来，他就意识到自己的生活在发生变化了。有时，生活中一个细节就是一个转折点。一张照片从黑暗中滑落到他的日子里，照片上有一个名叫林译苇的女人，他的生活由此就改变了方向。

　　林译苇是一个从她自己生活中跌落出来的女人。叶飘想。我们都可能从原有的生活秩序里跌落出去。一件偶然的小事，就让我们偏离生活的轨道。其实，生活也并没有绝对的轨道，只不过是我们自认为该这样走，而不该那样走。

　　一个人总是生活在习惯之中，但很少有人审视自己的生活习惯。叶飘的生活习惯是，白天在街道上东游西逛，拍摄自己感兴趣的照片，晚上待在城郊一幢土墙房子里等待那些照片显影。

　　一直以来，叶飘沉浸在照片显影的过程中不能自拔——一张照片，在浅褐色的透明液体里，慢慢显现出影像。仅这一点，就足够让自己着迷一辈子了。但那仅是技术层面上的事情。现在，在照片上显影的是隐没在时间深处的生动场景和细节，而并不是眼前可感知的情景。他不能理解这件事情。

　　对沉浸在摄影世界里的人而言，日复一日地捕捉街头的影像，再让它在纸上显影，这个过程就是观察、理解和表达世界的过程。许多人都在做类似的事情，但他们都不是幸运的人。

　　逝去的时间还会返回来，它们用影像的语言述说自己的经历。它们是某种片断，在时间的湍流中飘飞，在某一天被一部古旧的照相机镜头捕捉到，从而产生了新的意义。

　　当他摁下徕卡相机快门的时候，有几个人正在做他们自己的事情。他们在喝酒，或是画油画，还有其他更多的事情。当然，那是几十年前的事情。在几十年前，更多的人在打仗，在耕地，在做生意。从事艺术的人不多。在战乱年代，生活在那片土地上的人们，最重要的事情就是活下去。然而，还是有一个画油画的人出现在他的照片里。

　　带着这部能够再现逝去时光的徕卡相机，跟随在林译苇身后，让叶飘重新思考摄影的意义。这些照片的出现让他面前的光线变了颜色。他的黄昏再也不是原来的模样了。生活就是这样被偶然的因素改变。

　　《四川文物精华》楠江市编纂组成员乘坐的中巴车行驶在田野的村道上。这条村道铺着水泥路面蜿蜒在丘陵间。这条路上车辆不多，司机把车子开得很快。汽车在转弯的时候，林译苇会感到轻微的头晕。

　　车子行驶到宁威县境内，在一个农家小院旁边停下，车上的人下车到厕所去方便。林译苇从她的拎包里取出一份折叠着的文件复印件。

　　文件经过复印，红头字变成了黑色。林译苇抚平折痕，再一次阅读它。

　　这是四川省文化厅、四川省文物管理局关于编辑《四川文物精华》（暂名）的通知，要求各地组织文物收藏单位选出有代表性的文物在限定的时间由报送《四川文物精华》编辑工作组。林译苇读完后，折叠好这份文件，放回拎包里。她在等下车的人走后再上车。她看见几个人从厕所里出来，站在院子里聊天。隔着车窗玻璃，她听不见他们说话的声音。当汽车再次开动时，车上多了几个人。其中一个中年男人坐在了她的身边。他个子瘦小，戴一副塑料框边的深度近视眼镜。

　　"你在看什么书?"他问。

　　林译苇低头看了一眼拎包。拉链没有拉上，一本书的一角露了出来。是《楠江市国土资源》。

　　"可以看看吗?"他问。

　　她把这本书递给他。书页有点泛黄。他翻了一下内容，又看了一下版权页。

　　"四川科学技术出版社出版，1987 年 4 月第一版，"他说，"哦，好多年前的书了。"

　　"我从旧书摊上买的。"林译苇说。

　　"哦，自我介绍一下，我叫张直，是宁威县文化局的，刚从档案局调过来两个月。你是林译苇老师，我知道你。"

　　林译苇对他微笑了一下。张直翻到介绍旅游资源这一篇。

　　"这上面没有关于静宁寺的资料。"他说，"其实，静宁寺是一座被人们遗忘了的历史遗迹。这是一个错误。它不该被遗忘。"

"没有什么错误或是正确。"林译苇说，"没有什么是必须要做的事情。任何好的东西，都可能被人遗忘。"

张直愣了一下，他把一沓材料递给林译苇。

"这是静宁寺的基本情况介绍。"张直说，"静宁寺不应该被人遗忘。"

> 在宁威县志向镇，有一座静宁寺。由于缺乏保护和维护，此寺已经比较破败。但在二十世纪三十年代，这里曾是全国第一所以孙中山名字命名的国立东北中山中学。同时，它还是张学良创办的国立东北中学的"栖息"地，为国家培育了众多的优秀人才。

"材料只是一个概念，不具体。"张直说，"你到静宁寺看了，感受了，就会有自己的体会。你会喜欢静宁寺的。"

"你这么自信?"林译苇说，"也许你是对的。"

张直的确是对的。车到目的地，林译苇一走近静宁寺，就感觉到一种安静的气氛从脚下悄然升起。她随着大家从灰白色的围墙前面走过，经过一个琉璃瓦盖的凉亭，再经过一座深灰色的塔。这座塔由古老的青砖砌成，顶部很尖，整个塔身像一柄巨大的青铜剑。

"字库塔，它是古代的碎纸机，古人在这座塔里烧带字的纸。"张直说，"过去，读书人废弃的字纸不能随意丢弃，他们担心糟蹋字纸会生疮害病。所以，凡是用过的字纸或废书，都要放到一个地方集中焚化。在有的地方，老百姓还组织有'惜字会'，焚烧字纸也成了一种仪式。"

他们走进静宁寺。一幢又一幢灰白色的建筑物矗立在眼前。建筑风格是清朝晚期的，砖墙，黑瓦，木质窗户。在房屋与房屋之间，是铺满碎石的路面和丛生的杂草。可以看出来，过去这里是一块空地。

"学校的操场。"张直说，"中山中学的体育很有特色，凡体育不及格的学生，都要留级。别的学科要两门不及格才留级。当年，肯定有许多老师和学生在这里打篮球。"

林译苇想起自己在小说中写到的情景。叶一峰刚到贵都美术专科学校时，就遇见了在操场上打篮球的陶雅。林译苇微微眯着眼睛，凝神倾听她拍打篮球的声音。这声音从遥远的地方传来。

学校的教学楼是一幢二层楼房。当大家走到门口时，一个老太婆早就等在那里。她掏出一串钥匙，挑选了一把，打开门上那个拳头大小的铁锁。

"这里的小娃娃太多，他们调皮得很，喜欢在楼板上跳来跳去。"老太婆说，"那些楼板都腐朽了，我平时根本不敢开门。"

林译苇随编纂组的成员走进教学楼。她多次闻到的气味又出现在这里。她的心脏开始剧烈跳动。陈旧的气味由两种气味混合而成——潮湿的和干燥的。潮湿的气味从长满苔藓的石板地面渗出来，干燥的气味则来自二楼的木质楼板。楼板由几根红褐色的砖柱支撑着，有一些木板已经下垂。

林译苇翻开手中的资料。

　　静宁寺始建于明代，重建于一九〇〇年，建筑面积二万二千一百平方米，是川南最大的庙宇之一，曾在川东、川南乃至湖南、湖北、广东等地享有盛名。

她翻到另一页——

　　学校于一九三六年十一月十二日撤离北平，南下南京附近的江宁县板桥镇。一九三七年十一月十一日，上海失陷，危及南京，学校又于次年一月五日到达湖南湘乡县（今双峰县）永丰镇的璜璧堂。

　　一九三八年十月，广州、武汉相继沦陷，湖南告急，学校随即派迁校先遣队入川寻求新校址，并于十一月十二日撤离璜璧堂，拟入川。

　　一九三八年十二月二十日，民国四川省教育厅就国立东北中山中学等校借用静宁寺办学发函给民国宁威县政府。之后，该校迁校先遣队立即前往静宁寺做改建校舍、制作课桌等筹备工作。

　　国立东北中山中学于十二月二十六日函告民国宁威县政府称：全体学生业已启程前来，不日到县。由于战局恶化，湘蜀已难直达。学校只得先入广西，经桂林，徒步八百里至宜山怀远镇，并在此复课三个月后，化整为零至贵阳集中，再从贵阳至重庆，至泸州，至自贡，在久经战火、历尽磨难之后，于一九三九年五月二十二日到达静宁寺。

林译苇想象着中山中学的学生在这幢楼房里跑上跑下的情景。叶一峰和陶雅也在这个年代读书，他们的笑声穿透时间，越过千山万水，回响在林译苇的耳边。

林译苇走上木质楼梯，来到二楼。二楼的结构很奇特——一个环廊圈成一个天井，环廊的后面就是一圈房间，这就是教室。她踩着富有弹性的木地板，沿着环廊察看过去的教室。教室的面积不大，只有四十平方米左右，现在空无一物，只剩下门、窗、墙壁和地板构成一个空荡荡的空间。

林译苇走进这个空间，感受地板的弹性。她无法想象几十个人坐在这里读书的情景。房间的空间小，地板的承受力差。但它毕竟容纳过众多的学生，现在想起来，她感到不可思议。

这些房间本来就不是作为教室设计的，也许它原是僧人的住房，后来才改造成的教室。林译苇想。

　　静宁寺的建筑风格属于中西合璧，楼房的屋顶是中国传统的硬山顶，砖墙瓦顶，但"门面"及窗户、阳台等却是希腊建筑风格，高高的柱廊，圆圆的拱券，彩色的玻璃；山墙上还有西方建筑中经常采用的山花装饰，有的呈三角形、长方形，有的呈圆孔形或曲线形，有的还有各种灰塑图案，十分精美，极富建筑艺术审美价值，是人们了解和欣赏西方建筑艺术的"橱窗"。

她手中的资料这样表述静宁寺的建筑特质。但时间已经改变了静宁寺的外观。林译苇没有看见一片彩色玻璃。所有的玻璃都不存在了，只剩下骨架似的窗框，像一个又一个空洞的叹息。

当年，叶一峰和陶雅就是在类似的环境里读书，学习艺术的技艺和法则，林译苇想。贵都美术专科学校的建筑也应该像这样风格。下课的时候，学生们跑下木质楼梯，鞋底带起来的尘土在阳光里飞扬。他们在操场上争抢一个篮球，或是在操场角落的沙坑里跳来跳去。

而叶一峰对体育运动不感兴趣，他把双手插在在裤兜里，走到一棵法国梧桐树下，微微扭过头，眼睛瞟着教学大楼的大门。

林译苇的脑海里浮现出了几十年前的情景。那个时候的太阳光线从窗框照射进来，洒在木地板上。

林译苇走到窗户边，注视下面的空地。那是过去的操场，现在长满野草。

陶雅果真从大门出来了。她穿一双白色的球鞋。刚才坐在教室里，叶一峰没有注意这双鞋。这双鞋在跑动时特别显眼。她跑到叶一峰身边。由于跑得太急，她不停地喘息，嘴唇微微张开，露出整齐的牙齿。她的眼睛直直地盯着叶一峰。片刻之后，她的脸上恢复了以往的神情。

"我明天就要走了。"陶雅说。

叶一峰没有问她到哪里去。她曾经说过，她要到法国，跟着她那个现代派艺术家男朋友。这个时刻来临了，叶一峰的胃里泛起一阵酸味。他用牙齿咬着嘴唇，越来越用力。他扬起头，对她微笑了一下。

"我喜欢你画的那棵树。"陶雅说。

"哪一棵？"叶一峰问。

"河边的那棵树。"陶雅说，"你把它送给我吧。"

"我已经交了。"叶一峰说，"它是作业，它在你爸爸手里。你可以找你爸爸要。"

"那样做，有什么意思呢？"陶雅说，"我要的是你送给我的东西。"

"不在我手里了，我怎么送？"叶一峰说。

林译苇不知道下面应该怎样写了。她听见楼梯发出"喀喀喀"的响声，那是编纂组的人上楼了。她在过道里等着，当他们走过她的身边时，她就跟随他们在旧楼房里面逛来逛去。他们穿过散发着霉味的走廊，从楼上走到楼下，再走到另一个院子。院子里有一个高高的石头阶梯，一直通向修建在堡坎上的石头房子。

"这里过去是学校办公的地方。"张直向大家介绍，"后来成为人民公社办公的地方。再后来，公社变成了乡，乡又并入镇，干部都到志向镇去办公了。他们一搬走，这里就空着了。"

石头阶梯上长满了青苔。他们踩着滑溜溜的石头来到堡坎上的房屋里，察看室内的情况。依然是空着的地板和墙壁，依然是发霉的气味。被时间遗弃的物质都是这副模样。

林译苇跟随他们穿过旧办公楼，走进了一幢宽大的屋子。为了支撑宽大而沉重的屋顶，建造者在屋子里支着几根木柱。木柱的上端，还交叉着另一些木头，形成几个稳定的构架。

"这是当年学校的礼堂。"张直对大家说，"每个星期一，师生都要聚集在这里，听校训，唱校歌。学校的校训是'以校作家'。在这所特殊的学校里，无家可归、流离失所的师生们只能以校为家，国难家仇形成了这个家极强的凝聚力。校歌开头的歌词是'白山高，黑水长'，因为学生们是一群背井离乡的流浪儿，家乡沦陷，家园破碎，他们无限眷恋长白山和黑龙江。"

叶一峰当年就在这样的环境里生活。林译苇想。这一点都不坏。只要心情好，在哪个时代生活，都会愉快。

她知道，小说应该怎样写下去了。

"你可以送另一幅素描给我。"陶雅说，"我走了以后，你可以到礼堂里写生，把那些木头柱子画成素描，寄给我。我喜欢物体的结构。那间屋子里的木柱结构很好看。它的形式感很强。又抽象，又具象，最适合画素描。"

"我以为你走了之后，我就不会有事情了。"叶一峰说。

"你说的'事情'是不是指烦人的事情？"陶雅说，"我让你烦了吗？"

"不是。"叶一峰说。

"你没有说老实话。"陶雅说。

"我说老实话，你就要骂我。"叶一峰说。

"哦。"陶雅说，"我有这么凶？"

"你不凶。"叶一峰说。

"那我问你一个问题。"陶雅说，"我们在一起，为什么你总是不说话？"

这时，上课的钟声响了。校工使劲敲打一段铁轨。那段铁轨悬挂在教学楼旁边一棵树枝上。洪亮的金属声音像波浪一样扩散到整个校园。

"好吧，我说。"他向陶雅伸出手，"再见。"

陶雅微微仰着头，看着叶一峰的眼睛。

"其实，你一点都不像。"陶雅说。

虽然现在是上午，市公安局市中区分局的羁押室里还亮着一盏白炽灯。这里光线不好，空气又湿又闷，到达这里，还得经过一条长长的走廊。叶飘跟着一位警察穿过这条走廊，来到最里间的羁押室。

也许天下的羁押室都是这个样子。叶飘想。他想起自己看过的电影，里面类似羁押室或监狱的处所都是这个模样。如《沉默的羔羊》《绿里奇迹》之类。

坐在羁押室里的人是一个中年男子。他穿着一件深蓝色旧西服，袖口已经被磨损。他的手掌很宽大，手指又粗又长。他的双手镇静地放在膝盖上，脸上没有表情。

"这就是金人立。"警察对叶飘说，然后对金人立挥挥手，"这位记者要采访你，你可以走了。"

叶飘取出他的索尼牌数码相机，对着金人立拍摄了一张照片。金人立站起来，径直走出羁押室。叶飘跟在他的身后。他们走出公安局的大门，金人立头也不回地向前走。他的步子越来越快。

"金师傅，你不认识我啦？"叶飘说，"我采访过你。"

金人立回过头，看了叶飘一眼。他站住了，脸上的表情有了一丝笑意。

"想起来了？"叶飘说，"大概在三年前，我拍摄了一组你做牛角梳的照片，刊发在《楠江日报》上面，名字叫《让牛角梳发光的人》。"

金人立握着叶飘的手摇了几下。

"我们找个地方坐一下吧。"叶飘说，"你最近还过得好吧？"

他们走进附近一家茶楼，在靠窗的座位上坐下。叶飘叫了两杯竹叶青。

"你怎么知道我的事情?"金人立问。

"公安局里有朋友。"叶飘说,"有什么新闻线索,他们会告诉我。"

"哦。"金人立说,"所以你就来了。"

"警察对我说,你是一个反扒志愿者,但在反扒的过程中打伤了犯罪嫌疑人。"叶飘说,"是这样的吧?"

"是的,但他们曾经也打伤了我。"金人立说,"他们把我和被打的小偷一起关了进去。但小偷比我先放出来。你知道为什么吗?"

叶飘摇了摇头。

"小偷当着大家的面,把作案的刀片吞进了肚子。警察只好先放了他。"金人立说,"对我,他们却严格执法。你那些警察朋友就是这样的人。"

"你要理解他们的难处。如果一个犯罪嫌疑人真的死在羁押室了,你说他们该怎么办?"叶飘说,"他们说你把犯罪嫌疑人的右手打断了?"

"这不影响他用左手把刀片送进嘴巴里。"金人立说。

"警察应该对他进行彻底搜身。"叶飘说。

"他们搜了。"金人立说,"但是,一个小偷藏刀片的地方太多了。"

"你为什么要当反扒志愿者?"叶飘问。

他看得出来,金人立不想回答这个问题。并不是所有的人都愿意向记者说自己的事情。

"你在里面待了好久?"叶飘问。

"几个小时。"金人立说。

"我想给你拍摄一组照片。"叶飘说,"就像上次拍摄你做牛角梳子那样。这次拍摄你抓小偷。《楠江商报》的编辑想做一期志愿者反扒的专题摄影。你看,这是刚才给你拍摄的那张照片,可以作为专题中的一张。"

金人立接过数码相机,观看 LCD 显示屏上的影像。他坐在窗边的一张塑料椅子上,室内的白炽灯光在他的脸上罩了一层淡淡的橘色。他的眼睛镇静地直视镜头。

"这张照片只是其中一张。"叶飘说,"你的故事一定很精彩。如果把你的故事做成专题摄影，一定很有意思。"

"我不是反扒志愿者。"金人立说，"我不是一个高尚的人。我不是为民除害。我拿了别人的钱，帮他做事情。我不想让你把这些事情拍成照片。"

"我理解，你现在想回家。"叶飘说，"是我不好。我不应该在这个时候把你拦在茶楼里。"

"其实，现在我并不想回家。"金人立说，"我还没有想好，我应该对周黛敏说些什么。"

"周黛敏是谁?"

"我老婆。"

"哦。想起来了。"叶飘说，"我见过。上次采访你，在你家里见过她。"

"她身体不好，需要治病，我的钱不够。"金人立说，"情况就是这样。"

"哦。你这样一说，我反而糊涂了。"叶飘说，"这和你去抓小偷有什么关系呢?"

金人立端起茶杯，喝了一小口茶。他打量着手中发烫的玻璃茶杯，然后用它在桌面上轻轻叩击。茶杯发出"喀喀"的声响。

"有些话，我不愿意对老婆讲。"金人立说，"有一个人，他找过我。他是我的同学。他是一个有钱的人。"

"很好。"叶飘说，"请继续讲。"

"他要我答应他一件事情。他需要的时候，就来找我。"

"我明白了。"叶飘说，"因此，他答应借钱给你。"

"差不多吧。"金人立说。

"条件是什么?"叶飘问。

"必要的时候，去修理一个人。我需要钱。我答应他了。我答应当一个打手，去打他想打的那个人。事情就这么简单。"

"后来，你发现你要袭击的对象是一个小偷。"

"对。"

"这真是一个很好的新闻题材。"叶飘说，"我不会写它的。我答应了你。但你可以给我讲更多的事情。找你的那个人，叫什么名字？"

"周彬。"金人立说。

"我知道这个人。"叶飘想起徐婕给他讲的故事，"他是做电脑生意的商人。"

"就是他。"金人立说。

《四川文物精华》编纂组成员乘坐的中巴车在宁威县城的一条街道上缓缓行驶。现在正是中午，正值下班高峰。林译苇从车窗里看出去，街道上的行人很多，汽车也很多。一个个子瘦小的老头挑着两筐青绿色的莴笋在人流中行走。

中巴车停在一家宾馆门口的大理石门厅前，人们纷纷起身下车。林译苇抓起拎包，跟在他们身后。下面的程序是吃饭、敬酒，然后是休息。下午要在县政府第二会议室召开座谈会，编纂组的成员被安排在宾馆里休息。林译苇的房间是 805 号，她拿到钥匙，快步走进房间，关上门。

终于可以安静地写字了。林译苇把便笺本摊在房间里带镜子的桌子上，从镜子里打量自己的脸。她发现自己的眼圈儿有点发黑，昨晚睡得很晚，凌晨三点过又醒了。当时她睁着眼睛看着黑暗，脑海里浮现出了一些朦胧的画面。一部分是关于"田单岭"的，另一部分是关于"叶一峰"的。她看见田单岭站在一艘运送粪肥的船头，从红土镇出发，沿着河流向上游驶去。她还看见叶一峰手里拿着一部徕卡照相机，坐在一块石头上发呆。当时，她还不知道照相机是怎样落在叶一峰手里的，现在她知道了。

但她还是得一个一个地写他们的故事。在这个时候，"田单岭"和"叶一峰"还不认识，他们还得按照各自的生活轨道行走。

窗帘关闭着，室内的光线有点暗。林译苇走到窗边，拉开窗帘。她的房间在八楼，透过窗玻璃，她的目光越过周围的房屋，看见了天空。

上午到静宁寺时，林译苇没有注意天空。现在，透过窗玻璃，她看见天空的颜色是灰色的，但天边却呈现一道淡黄的亮色。

这样的天空在四川盆地经常出现。林译苇想。盆地的阴天往往都是这样。大面积的鸽灰色，呈半透明，而天边的颜色是淡淡的柠檬黄。它像一个永远的背景，放置在现实和回忆之间。

田单岭十八岁了，已经跟着朱代普家做了三年的大粪生意。

每天早上，田单岭都要挑着粪桶到居民家里收集粪便。他把粪便倒到河边一个粪池里，待粪池快满了，就可以装到运粪船上，送到乡下去。

朱代普选择寒天作为送粪到乡下的日子。在乡镇，"寒天"就是不逢场的日子，农民一般都不乱走，他们待在家里种地，干农活。朱代普安排他的长工驾驶运大粪的船，停靠在一个又一个村庄旁边，把大粪卖给农民。很长一段时间里，大粪的价钱都很稳定，每一百斤粪肥值一角钱。如果是好粪，能值一角二分钱。

田单岭早就学会了划船和掌舵，学会了升帆和降帆。在水流湍急的河面，遇见不顺风的时候，他还下船拉纤。他喜欢河流，喜欢从河面上掠过的凉风抚摸他的肌肤。他还喜欢把粪肥卖给农民一手交货一手收钱的过程。

今天的风很好，一直向上游吹。用厚麻布做的帆被风吹得鼓胀起来，像馒头的背面。田单岭站在船头，风从后面吹来，把他的汗衫吹得紧贴在背上。同船的朱老八踩着船舱中央的跳板，跑到船尾去了。船尾现在是上风，臭味更淡一些。

刚才把帆拉起来时，身上出了一点汗，现在汗被吹干了，田单岭看了看天空。阴云更加浓厚了。天上的灰色云块被风吹着，缓缓移动。后来，雨点从云块里洒了下来。

雨点越落越密集，有力地击打在皮肤上。船上没有篷，无法躲雨。当帆船驶到七家岩，转过一道河湾时，田单岭看见一丛竹林后面有一个红褐色的物体，那是一座茅草屋。他们曾多次行船经过这座茅屋，却没有在这里停靠一次船。这座茅屋太破旧，这样的人家，一般不会花钱买粪肥。雨水打湿了屋顶的茅草，它的颜色在雨中显得更深。

朱老八把舵向左扳，船头向岸边靠去。田单岭将篙竿的铁尖插进河底的泥里，用篙竿别住努力向前移动的船头。船稳稳地停在河岸边，他们把缆绳拴在一棵柏树上，冒雨跑向那幢茅屋。

　　茅屋的门开着，里面很黑暗，田单岭勉强看得清堂屋里的桌子和木凳。堂屋的两边各有一道门，里面一片漆黑。

　　田单岭听见轻柔的脚步声。一个梳大辫子的姑娘从右边黑暗的里屋浮现出来，站在门口，低垂着眼睛。

　　"家里就你一个人吗?"田单岭问。

　　"还有我爸爸。"姑娘说。她的眼睛还是低垂着，不安地绞着双手。她穿的衣服有点短，肩头和手肘的补丁打得很精巧。由于衣服太紧，她的胸脯高高隆起。和她瘦弱的身材相比，她的双手很粗糙。

　　姑娘的爸爸从另一间屋子里出来。他的个子也很瘦小，而且脸色灰白。他叫女儿烧水给客人泡茶，然后叫客人坐在堂屋里的凳子上。

　　"你们的衣服都湿了。"老人嘶哑着嗓音说，"妹子，你先不忙烧水，把我的烘笼拿出来给客人烤火。"

　　姑娘从里屋出来，穿过堂屋，拿出一个热烘烘的竹笼，里面有一个盛着木炭的砂罐。木炭在砂罐里闷燃着，散发出热气。她把烘笼放到田单岭和朱老八中间。

　　"你们把粪肥运到哪儿去?"老人问。

　　"金岩乡。"田单岭说。

　　"哦。"老人说，"还有十几里路。"

　　"你家买过粪肥没有，大爷?"

　　"我们没有买过粪肥。"老人说，"我们的钱只够买盐巴。"

　　烘笼散发出的热气让堂屋暖和了一点。老人用两根树枝当筷子，在砂罐中的木炭里刨了几下，夹出一个拳头大小的烤红苕。他把滚烫的红苕在两手之间颠来颠去，捏住焦黑的外皮掰开，一缕温暖而香甜的气味从肉红色的红苕瓤子里蹿出来，飘浮在空中。他把分成两半的红苕递到田单岭和朱老八手里。

　　"好香。"朱老八说。

"你们有好多这样的红苕？"田单岭问。

"红苕倒是有很多。"老人说，"我家喂了一头猪。红苕，红苕藤，它都吃。我们还喂它牛皮菜，还有米糠。"

田单岭看了一眼正在吞吃红苕的朱老八。他把滚热的红苕连皮塞进嘴里，咀嚼了几下就吞下肚，还用手背擦了擦嘴角。

"你瞪着我看啥？"朱老八说，"你自己手里也有啊。"

"我有一个主意。"田单岭说。

"啥主意？"朱老八问。

田单岭转身对老人说："我们用粪肥换你的红苕，怎么样？你不用出钱，就可以得到船上的粪肥。"

老人闭上眼睛，想了一会儿。他站起来，领着田单岭到走进里屋。

里屋很黑。田单岭过了一会儿才朦胧地看见墙角堆了一大堆红苕。

"有两千多斤。"老人说。

"二十斤红苕可以换一百斤粪肥。"田单岭说。

老人点了点头："哦。那我们换一点。"

田单岭出门的时候，看见屋檐下吊着一张兽皮。这是一张狐狸皮，红灰色的毛，肉灰色的皮。皮上凝结着几点风干的脂肪粒。整张皮子用竹篾条支撑着，在微风中晃来荡去。

"这张皮子也可以换粪肥。"田单岭说，"它值两百斤粪肥。"

这是田单岭人生的又一个转折点。林译苇想。一个掏大粪的长工，在一幢躲雨的茅屋里产生了一个想法——用以物易物的办法卖粪肥。这种原始的商品流通形式永远不会过时。她想。

田单岭在那一天卖了一个舱的粪肥给老人，他用河水洗干净那个船舱，在舱底垫了一屋稻草，再在上面放红苕。他把那张狐狸皮挂在桅杆的钉子上，任它在风中飘荡。雨停了，他到金岩乡卖掉剩下的粪肥，回到红土镇。当朱代普看见船舱里堆着一大堆红苕，一张圆圆的胖脸立刻涨红了。

"这是啥东西？"朱代普问。

"红苕。"田单岭回答。

"我当然晓得它是红苕。"朱代普说，"我想晓得的是，它是从哪里来的。"

"用粪肥换的。"田单岭说。

朱代普正在抽水烟。他的左手端着一个白铜水烟袋，右手的食指和中指夹着一根正在冒烟的草纸捻。他把烟管从烟壶里轻轻提起，"噗"的一声吹掉滚烫的烟灰，又掀开烟壶的烟仓盖，从里面捏出一小团黄褐色烟丝填进烟管。他把草纸捻凑近嘴唇，从口中呼出一口气，与此同时，舌尖迅速堵在唇间，一股戛然而止的气流吹燃了正在阴燃的草纸捻。他用草捻的明火点燃了烟丝，双颊凹陷下去，饱饱地吸了一口烟。他陶醉地闭上眼睛，再睁开时，眼角闪烁着一丝泪光。

"用粪肥换红苕，我这样教过你吗？"朱代普问，他掏出一块手帕，擦了擦眼角。

"我没有别的意思。"田单岭说，"乡下有一个大爷没有钱，只有红苕。"

"你倒是干了一件好事情，做了一回善人。"朱代普说，"但我的粪肥从来就不换红苕。红土镇没得这个行情。"

"红苕也可以换成钱。"田单岭说。

"噢，你聪明。"朱代普说，"就你聪明。但我朱代普从来就不绕着弯子做生意。用红苕换钱，红苕换钱也要人来做，工钱咋算？"

"我把它卖掉，不要工钱。"田单岭说。

随后，田单岭把红苕搬到了自己的屋子里。

林译莘想，田单岭住在紧邻朱代普家厨房的一个房间里，这个房间有两扇门，一扇门通向厨房的过道，还有一道门通往小镇的街道。房间里有两张床，另一张是朱老八的。

轮到逢场的那一天，田单岭把大粪送到粪池里以后，就到街上卖红苕。在乡下，二十斤红苕只能卖五分钱，赶场时，这二十斤红苕可以卖一角钱。田单岭只卖了两个场期，屋角堆放的红苕就卖光了。他仔细数了一遍卖红苕的钱。这堆零散的国币总共有十元零五角钱。这些红苕是用一个舱的粪肥换来的，还不算狐狸皮。这一舱粪肥值八元钱。田单岭把头上缠着的白帕解下来，塞进一元零五角钱，又裹在头上。他把剩下的九元钱捏在手里，穿过厨房，向堂屋走去。

朱代普正在吃午饭。他坐在一张油漆剥落的方桌子的上方，他的老婆坐在桌子的左边，他的儿子朱世昌坐在桌子的右边。他们的脸上都没有表情，一个劲儿地用筷子往嘴里刨稀饭。桌子上摆了两只土陶碗，一只碗盛着煮白萝卜，一只碗盛着炒萝卜缨；还有一个小陶碟，里面盛着黄豆和盐水做的酱油。朱代普家里的酱油从来都不到酱园去买，而是自己做。他老婆每到过年前就要把黄豆炒焦，放进碓窝里舂成粉末，再添进盐水和花椒煎熬。她做的酱油，全家要吃一年。有时，她会叫给长工煮饭的伙夫拎一罐酱油到厨房去。长工们喜欢吃她做的酱油，但她的儿子朱世昌却老是嫌这酱油的味道很“短”。“只有发酵过的酱油味道才绵长。”他曾经给朱老八讲过他对酱油的见解，“我妈的酱油不行。都怪我老汉，舍不得用钱买酱油。”现在，朱世昌用筷子搛起一块煮萝卜在酱油碟子里蘸了一下，送进嘴里嚼了好一会儿。他把萝卜咽下肚，头略略一歪，对田单岭挤了一下眼睛。

田单岭把捏在手心里的钞票放在饭桌上，后退了一步。朱代普用筷柄把钞票一张一张地仔细理开。

“九块钱?”朱代普问。

“赚了一块钱。”田单岭说，“那一舱粪肥值八块钱。”

朱代普眼睛一直盯着田单岭。他的眼袋肥大，黑色的眼珠嵌在眼眶里，很久没有移动。田单岭的眼睛迎着朱代普的目光，挺起胸脯站着。

“嗯。”朱代普哼了一声，低头呼噜呼噜地把稀饭刨进嘴里。

“朱大爷，我想告一个假。”田单岭说，“我想回一次家，明天早上回来。”

朱代普的眼光又扫到田单岭脸上，微微点了点头。田单岭从厨房退出去，走到红土镇的街道上。今天是逢场的日子，但现在是中午时分，那些赶场的人们都纷纷回家了，剩下的人在饭馆里吃午饭，在茶馆里喝茶。田单岭的肚子有点饿了。但他决定现在不吃饭。

他走进一家肉铺。肉铺门口的肉架子上用铁钩挂着几块瘦猪肉。

"有肥一点的肉没有？"田单岭问。

老板从屋角一个木盆里拿出一块半肥半瘦的猪肉。

"这是给清溪甲的王甲长留的，他说好中午来取。"老板说，"但他现在都还没有来拿。"

"他是有钱人，你给他留瘦肉就可以了。"田单岭说，"我妈起码一个月没有吃猪肉了。她要吃肥一点的猪肉。这块肉你卖好多钱一斤？"

"现在都散场了，就卖你两角钱一斤吧，上午我卖给别人的是三角钱。"老板用一根麻绳把猪肉拦腰拴住，递给田单岭，"这块肉有两斤多一点，搁了一个上午，蚀了一点秤，起码还有两斤。"

田单岭解开头上缠着的白帕，从里面取出一块钱。他把老板找补的六角钱裹进白帕子，再缠在头上。他提着猪肉走出店门。

他穿过一条街道，走过红土镇的那座桥梁。三年前，他就是在这座桥上遇见了朱代普。他拐进一条小巷子，经过一个小院子。当年，他的父亲在这个院子里第一次找到他的师傅。后来，他的母亲跟随他的父亲第一次回家，也在这个小院子里休息过，但田单岭并不知道这些往事。他走出小镇，再走过一座小桥，翻过一座小山坡，路上就没有石板了。然后，他走上了一条狭窄的山路。那是他回家的路。

当他走上高高的山坡时，起风了。风越来越大，红土镇旁边河流的倒影被风击变成碎片，河面变成了白色。风把路面的沙尘刮起来，撒在灌木丛中。

他在风中走回家。他踩着路面的碎石，走上高高的山坡时，天已经黑了，衣服被汗水打湿，紧紧贴在背上。他看见家里的玻璃窗亮起了灯光。当他走到家里的院坝时，母亲站在门口，用力绞着双手。她从风里听到了儿子的脚步声。

下午，在宁威县政府第二会议室开会的时候，林译苇坐在最后排的座位上。会议的主要议题围绕静宁寺的文物价值展开。专家们在发言，林译苇在自己的座位上写字。她的面前搁着一瓶矿泉水。在她附近的座位上，坐着几个人，其中有两个年轻记者，一男一女。很好，他们都没有抽烟。

她上午看见的一些景象在她的意识里流动。那间光线幽暗的礼堂又浮现在她的眼前。

上午参观那个旧礼堂时，她曾想象出陶雅和叶一峰告别的情景。他们从操场走到礼堂里，站在那里说话，光线从门和窗户射进来，在他们的脸上形成强烈的明暗反差。然后他们在礼堂里走动，再分头离开。陶雅先走出大门，身影被明亮的光线吞没。叶一峰呆呆地站在室内，侧着耳朵，倾听逐渐减弱的脚步声。

陶雅的脚步声正在离他远去，很可能一去不回。

林译苇飞快地在便笺本上写字。

叶一峰还没有和陶雅正正经经地说上几句话，她就要离开贵都美术专科学校。他们之间的谈话和艺术有关，也和疯癫有关。

叶一峰走出礼堂的大门，经过操场。平时，他喜欢在操场上散步。这是他第一次遇见陶雅的地方。有一次下雨的时候，他还跟着陶雅在这里疯跑。心情好的时候，穿越操场是一件很享受的事情。但在今天，叶一峰觉得操场的尘土太多，天空也太阴沉，四周树木的颜色也太暗淡。这个操场，它太宽了。

他回到宿舍里，爬到自己床底下，取出一个藤条箱子，拿开放在上面的衣物。箱子的最底层是几张图画纸。他取出一张，夹进他的帆布面画夹。

晚饭时，他在学生食堂把自己那一份饭打在一个搪瓷盆里：四两大米和苞谷粒蒸煮的饭，一勺炒茄子。他端着搪瓷盆回寝室，坐在床沿，用勺子舀着吃。菜的味道还是那么淡，那么酸。在这个年月，盐巴是紧缺的物资，厨师就在炒菜时浇一些泡菜坛子里的酸菜水。他的眼睛盯在帆布面的画夹上。那里面夹着他刚才取出的图画纸。他还有三支"长城"HB铅笔，两支"维纳斯"4B绘图铅笔。这是最高级的铅笔，每支值国币两角钱，是父亲在他今年的生日前夕寄来的。他要画的那幅素描不能用木炭条，它在邮寄的过程中会掉炭粉，即使在纸面上喷洒了用松香和酒精制作的稳定液。他要用铅笔为陶雅完成一张素描。他想象着柔软适度的 4B 绘图铅笔在纸上刮擦的感觉。那又滑腻又沙涩的笔触在纸面游走，能够刻画出一个人，或一棵树。素描只有黑白，却包含一切。

他吃完了搪瓷盆里的饭，用保温瓶里的热水冲了一下，当作汤喝了，顺便也洗涮了盆子。他抽出画夹里的图画纸，抖了一抖。图画纸在空气中发出哗哗的声响。

他要用掉这张纸了。他的图画纸还剩下三张，英国的橡树牌图画纸，用碎麻布做的。这是他的素描课奖品。如果在全班的素描测验中得分最高，就可以获得一张橡树牌图画纸作奖品。

他想到礼堂里的房屋结构。陶雅提醒了他，房屋的木结构本身就是绝好的素描题材。它的块面、体积十分有质感，只是等待一个人用线条去表现它。他将在冰冷的空气中描绘它，把它的形体用一支 4B 的铅笔复制到一张纸上。

叶一峰放下蚊帐，拍松枕头，安静地入睡了。他的同学回到寝室时，都听见了他的鼾声。

第二天上午上课时，陶雅果真不在教室里了。昨天晚饭时，陶雅肯定也不在那里。叶一峰端着饭盆离开食堂回到寝室，是为了让自己的失望不那么强烈。睡了一晚上，失望的感觉真的减轻了。

今天的课程是做雕塑的骨架，上课的老师是吴老师。他站在一个雕塑工作台旁边，用铁丝扎骨架。他把一根锈迹斑斑的铁丝固定在工作台的木板上，弯来扭去，做成一个人形，然后把黏土紧紧捏在铁丝上。这个过程只花了半个小时，那黏土让叶一峰想起了家乡柔软的陶土。他又想起了陶雅。那仅仅是因为一个"陶"字。

然后是每个同学到工作台上扭铁丝。叶一峰也扭了铁丝。冰冷的铁丝让他的手产生了疼痛感。他想起过去上人体解剖课时，自己伸手在蒙布下面摸骨骼的情景。那时候，骨头是温暖的。

铁丝在他的手中逐渐变成人体形状，一个变形的"大"字。他离开它，让另一个同学把它扳直，重新操作。他坐在教室的窗边，等待下课铃声。上午就这样过去了。下午是自习，他背上画夹，一个人来到礼堂。

礼堂没有门。礼堂的白色墙壁被尘土弄脏了，配上空洞的门框和窗户，像一个巨人的脸。叶一峰走进礼堂，在木地板上坐下。

光线从窗口射进来，木柱成了黑白分明的物体。叶一峰把图画纸从画夹里抽出来，铺在画夹上。

眼前的木头结构向他展示了一种力量。它向上举着，支撑着屋顶。叶一峰感觉到，它还举着其他东西——是什么，他说不上来。他感到这些木柱在呼吸，或是整个房子在呼吸，也许是房间里太安静了。

"你要记住，素描的任务就是表现物象的块面和体积。在这里，线条是不存在的，它只是人们假定的东西。当然，以后你懂得了块面和体积，能够正确地表达它们，线条又会回到你的心中，回到你的手里。那时，它就不再是危险的，而是自由的，它会把你带到天堂。"叶一峰想起了老师陶蕴玄的话。他已经懂得了块面和体积，线条已经回到他的心中，在他的手里自由奔跑，柔软，有弹性，有力度。

叶一峰在纸上画下第一根线条。然后是第二根。轻轻地，他勾勒出木柱的轮廓，线条很淡，仿佛是某种灵魂的形状。这个房间，他曾来过几次，参加典礼，听校训，听来自前线的军人演讲，那是与大家一起，他没有单独来过这里。他从来没有认真观察过这些木柱。而一个人单独待在这里，情况就不一样了。这里是他与陶雅分别的地方。

木柱无声地伫立在那里，仿佛有生命，他甚至听到了它们的呼吸。他看清楚它们的大小、间距、形状，开始用线条铺排木柱的阴影。坚实的阴影，一片深灰色，里面却蕴含丰富的层次。叶一峰已经看见了这些层次。他要用铅笔把它们表现出来。

阴影像一片迷茫的雾景，需要细心辨认才能看清它隐藏的东西。叶一峰的铅笔在一片逐渐浓郁的阴影里游走，发现里面的事物。他看见了一些细小的黑暗线条在阴影里潜行，那是木头的裂纹。他还看见了一个椭圆形的区域，里面是环形的线圈，那是一个树节疤。

然后，他看见了另外的线条。那不是自然的物体。在这幽暗而安宁的环境里，它显得很粗暴。这是一个汉字，然后又是一个汉字，下面还有一个汉字。它们在木柱上组合在一起，就是"烤红苕"。它们竖着排下来，还带着一根箭头。它们全都是一个人用铅笔写下的。

叶一峰放下画夹，走近木柱。顺着箭头的指向，他看见了柱子下面的木地板，那儿有一道新鲜的裂缝。

叶一峰伸出手，扳开松动的地板。在地板下面，有一个油布包裹。它有点沉重。不用打开，叶一峰就知道它是什么东西——它是收集阴影的器物，是所有阴影的终结体。它就是那部徕卡照相机。

东风坳 CNG 加气站拥挤着一大片汽车，出租车和私家车混在一起加气。前面一辆出租车加完气开走了，徐婕正发动汽车，一辆捷达私家车从旁边插进来，挤到徐婕的车前面。

徐婕熄了火，拉开车门，光着脚走到捷达车前，敲了敲车窗玻璃。

"老兄。"徐婕说，"你以为你开的是宝马啊？"

"老子是捷达又怎么样？"那男子的眼角余光扫到徐婕的赤脚上，"你以为你是谁啊？"他的声音低了一些。

徐婕回到汽车里，左脚踩在离合器上，右脚踏在油门上，准备发动汽车。她感觉到有沙子硌脚，就用纸巾擦拭干净脚底。她踩下离合器，把挡位杆放在一挡，点火，启动汽车。她的车慢慢前进，车头顶住男子的车尾。工作人员愣了片刻，赶紧走过来给徐婕加气。那男子没有下车。

徐婕把车开出加气站，驶进城里，心情平和了一些。剩下的时间里，她跑了几条街，搭载了二十来个乘客。今天跑了十个小时，除去两次加气，花去两小时，吃午饭花去半个小时，一共跑了四百多元钱。今天就这样了。她把车交给夜班司机后，乘坐 36 路公交车，一直坐到终点站。

叶飘的房子就在山坡上。在暮色中，房屋的土质墙壁被最后一缕夕阳光线照亮。她走到院坝里，看见门没有上锁。

她推开房门。堂屋里没有人，地面有些水渍。她听见左边的房间里有声响。叶飘出现在门口，手里拿着一个玻璃杯。

"我以为你不在家。"徐婕说。

"门没有锁。"叶飘说，"你就应该知道我在家。"

"上次我来，门也没有锁。"徐婕说。

"哦……"叶飘说，"你来过这里，我不在的时候?"

"你不要这样看着我。"徐婕说，"不一定每次来，都要给你打电话。"

"当然。"叶飘说。

"你不喜欢我到你这儿来吗?"

"当然不是。"叶飘说，"我喜欢你来。"

"今天，你这样说话，有点勉强。"徐婕说，"你怕我看见什么吧。"

"看见什么呢?"

"比如，一个人，一个女人。"

"现在，这里只有你是女人。"

"我不是说现在，我是说，曾经。"

"曾经，有过的。"叶飘说，"不像你这样的。"

"当然，她比我更漂亮。"

"不是那么回事情。"叶飘说，"我是说，不像我们这样的关系。"

"那是什么样的关系呢?"徐婕问。

"有的时候，我们一起去拍摄一些照片。"叶飘说，"谈一些关于照片的事情。"

"她是你们摄影圈子的人吗?"徐婕问。

"不是。"叶飘说，"她不会摄影。但她很懂。"

"你的话有点奇怪。"徐婕说。

"是事情有点奇怪。"叶飘说，"说出来，你也不明白。"

他走进里屋，徐婕也跟着走进来。她看见屋里的绳子上夹着几张湿漉漉的照片。

她已经看过这些照片。叶飘前几天冲印过一次了，有小屋里的油画，还有几个头上缠着白帕子的人围在桌子边喝酒。这次他把照片放得更大。她盯着照片看了一会儿，走到厨房里去了。

徐婕在做晚饭的时候，叶飘坐在窗边的木头凳子上翻看一本杂志——《中国摄影》。徐婕在厨房里做了一个鱼香茄子,炒了一个回锅肉。厨房里有一个容量为168L的海尔冰箱,她从冰箱里拿出一盘切开的香肠,撕开包在上面的保鲜膜,把它端到窗边的桌子上。他们靠着窗户吃晚饭。从这里可以看到坡下的景物。

叶飘把杂志放在窗台上。一缕夕阳从窗外射进来,把杂志上的一张照片镀成金色。这是一张西藏纳木错的风光照片,照片表现的主题也是黄昏。摄影的人总是一窝蜂地拍摄大家都拍摄的对象。叶飘想。他们成群结队,从彼此的装扮和行为上获得力量。我自己曾经也是。一个人拿着照相机,就有了对世界表达想法的权力。有无数的人去拍摄过纳木错,也有无数的人去拍摄过九寨沟。它们已经成了文化。就像三峡,它本身并不是最好的风景,但有了李白的描述,它就成了圣地。人就是这样相互影响的,这是文化产生的理由。

窗外的光线一点一点黯淡了,坡上的黄荆丛变成了黑乎乎的团块。有一个人在小路上行走,那是一个住在郊区的农民,他背着一个背篼,正在回家。天快黑了,人们都往自己的屋子里走。

叶飘和徐婕吃完了晚饭,天黑尽了。叶飘拧开了电灯开关。他们坐在窗边,凝视外面的黑暗。

“前两天,我采访了一个人。”叶飘说, “他可能是你讲过的一个人。”

“哦。”徐婕说,“是哪一个人呢?”

“金人立。”

“是他呀。”徐婕说,“你怎么遇见他了?”

“我整天东奔西跑。什么人都可能遇得见。”

“我也东奔西跑。”她说,“我怎么没有遇见他呢?”

叶飘微微一笑。他第一次领教徐婕的幽默。

“那是因为你整天开着车,看不仔细。”叶飘说,“你只对乘坐你汽车的人感兴趣。”

徐婕把手放在叶飘手上。

“你就是乘坐我汽车的人。你到现在都没有下车。”

"我经常坐错车。"叶飘说，"我的方向感很差。"

她的嘴角浮起一丝不易察觉的微笑。片刻之后，她移开放在叶飘手上的手，从窗台上拿下杂志。光滑的书页在她的手中哗啦啦地翻动。

"金人立是一个抓小偷的人。起初他是为了钱，后来有些变样。"叶飘说，"这不奇怪，很多人都在变。"

"我对他不感兴趣。"徐婕说。

"是你告诉我有这么一个人的。"叶飘说。

"我告诉过你很多事情。"徐婕说，"我遇见过很多事情。"

"我遇见的事情不多。"叶飘说，"但有点离奇。"

"但是你不想对我说。"徐婕说，"是不是？你说，是不是？"

叶飘不说话了。

"你对我说的话越来越少了。"徐婕说，"我该走了。"

叶飘没有起身。他看着徐婕站起来，拎起她的包。她走到门口，打开门出去了。她没有回头，消失在黑暗中。

田单岭把自己的东西从房间里搬走的时候，朱老八坐在自己的床上，眼巴巴地看着他。前段时间，田单岭在镇东头租了一间屋子，做起了生意。现在，他要离开朱家，自立门户了。前两天，他对朱代普说了这件事情。朱代普答应了，但要他再帮自己一程，其他活就不用干了，只是每天早上带着朱老八和其他人到街上收粪肥。

"这一帮懒人，要一个勤快人来带。"朱代普说。

田单岭把被盖卷起来，用绳子绑好，然后从床下拖出一捆野兽皮。

他解开野兽皮，膻味夹杂着臭味在屋里漫延开来。裹在最里面的是一张红灰色的狐狸皮，是他在大辫子姑娘家用粪肥换的，他一直没有把它卖掉。

这段时间，田单岭用粪肥在乡下换来不少野兽皮，再在赶场时卖掉。乡下的山野里，有许多野兽。狐狸，黄鼠狼，野猪，果子狸，野兔。他不再用粪肥换红苕。野兽皮的利润比红苕更高。但田单岭感觉到，在城里，野兽的皮毛还能卖更高的价钱。他决定进城去。乘船到城里，要在水路走半天。那座城，名字叫楠江。

　　早上起床后，林译苇在便笺本上写下了这段文字。上班的时候，她决定绕到楠江河边去看一看。

　　她走过了铜匠街。今天的太阳很好，而那几个旧书店还没有开门。铜匠街的白铁皮手工作坊面前，一些银白色的镀锌铁板在阳光下闪亮，几个工匠正在敲打白铁皮，林译苇在乒乒乓乓的声音中行走，耳边却响起了一艘船在河流中行驶的声音。那个时候，河里的船没有机械动力，靠的是风——大自然的直接力量，靠的是人的肌肉——大自然的间接力量。风鼓着帆，人划着桨，让船向前行驶。那声音很微弱，但它能够穿透历史，让林译苇听见。

　　她穿过铜匠街，沿着长长的石头阶梯走到河边。这里，过去是一个大码头，现在还残留着一些古老生活的痕迹——钉在石阶边缘的铁桩，它经过了太多的磨难，已经忘记生锈了。还有，磨损的石头表面，一些地方凹下去，盛着昨夜的雨水。在石头阶梯的一端，矗立着一幢水泥房屋，灰色的墙面上，开着一个小洞。那是一个丑陋的现代建筑，人们修建它，是要用它来收过河票，每张票五角钱。现在，这里成了一座浮桥的码头。

　　当年，这里却是船码头，林译苇从《楠江市国土资源》里读到过这方面的资料。

　　林译苇站在旧码头的阳光里，向河对岸看去。在那里，三幢三十层的电梯公寓已经封顶，工人正在脚手架上劳作。去年，那个地方还是荒山坡。再往前，几十年，几百年，几千年，几万年，它都是荒山坡。是城市的现代化建设改变了它。林译苇想起铜匠街的旧房拆迁改造，半条街的老房子拆掉了，一些秘密暴露出来。一部裹在油布里的徕卡照相机，在几十年前的黑夜里砌进墙体，几十年后，它跌落在阳光里。不同的手拿起了它，不同的手摁下同一个快门，记录的却是不变的时光。

　　一些秘密总会随着保存秘密的场所的改变而改变。林译苇想。一些场所的改变，也会带来人的命运的改变。有的时候，是人所在的场所变了。有的时候，是人从一个场所到了另一个场所。比如，几十年前，田单岭乘一艘运粪肥的木船航行到楠江城的这个码头边。码头边有一个粪站，给方圆几十里的乡镇粪帮供货。他们把城里的粪肥运送到乡下，卖给农民。城市是聚集粪肥的地方，乡下的粪肥需求量大，每月三十天，每十天一个轮回，周边十个乡镇的粪帮轮流到码头上取粪。今天轮到红土镇了。

林译苇想到这里，仿佛看见一艘木船从河面驶过来，风把船上的白帆吹得鼓胀。在船头，站着一个身材高大的精干年轻人，他就是田单岭。他穿着一件白色的褂子，头上缠着一条白帕子。

田单岭和船工把缆绳拴在那根永不生锈的铁桩上，叫朱老八守在船上，看着城里的粪工把粪肥挑上船。他自己却把那捆皮毛甩在背上，踏上码头。

田单岭背着那捆野兽皮，顺着人流走到街上。他从来没有到过城市，第一次到楠江这么大的热闹地方。但他天生有一种感觉，能够准确地寻找到自己想去的地方。

在铜匠街，田单岭看见了一家山货店。漆着黑漆的木头柜台上摆着一些玻璃罐，里面装着干燥的木耳、鸡枞菌、黄花。在柜台上方，悬挂着狐狸皮、山猫皮、熊皮和野兔皮。一个戴老花眼镜的老头坐在柜台后面抽水烟。

田单岭把背上的野兽皮放到柜台上。老头略一低头，眼光从老花眼镜框的上边漫出来，先是盯在野兽皮上，再扫到田单岭的脸上。

"干啥呢，小伙子？"

"卖货。"

老头站起来，把皮子一张一张翻开。一股膻味从皮卷里冲出来。老头眉头都没有皱一下。

"啧啧，可惜了。"老头说，"可惜了，你把皮子糟蹋了。你看，你看。"

老头把一张果子狸皮翻开。一股冲鼻的膻臭味弥散开。老头用指甲刮了刮皮板，一颗腐烂的肉粒从皮板上掉下来。

"皮子还是可以，但你没有把它弄好。"老头说。

"该咋样弄呢?"田单岭问。

"你要这样弄——"老头说,"皮子剥下来,要立马把上面的肉刮干净。用刀子刮。这个力度要不轻不重,顺着毛的方向刮,不要伤到皮板。你看,这些肉不刮干净,就可能长蛆。皮子长了蛆,它就要掉价。"

"哦。"田单岭说,"原先我不懂。"

老头翻开另一张皮子。这是狐狸皮。不是大辫子姑娘家的那张。

"这张皮子好一点。"老头说,"但它皱得太厉害。你白天晾晒它,晚上就应该把它压在木板下面。你没有把肉刮干净,你没有把皮子压平,你今天就少卖了三元五角钱。"

田单岭的兽皮总共卖了二十五元钱。他解开头上的白帕,把老头递给他的钱放进去,裹好,又缠在头上。

"以后,我有皮子,还拿到你这儿来。"田单岭说。

老头点了点头,又坐到柜台后面抽水烟。他喷出的烟味和朱代普喷出的烟味不一样。田单岭想。

田单岭走到街上,他东张西望。楠江城的街道比红土镇宽得多,也是青石板铺成的。街道两边的店铺比红土镇更高,田单岭开头还不明白,走到一处拐弯的地方时,他才弄清楚了——这里的店铺是楼房,有两层。木头的门柱,木头的墙壁,木头的门板卸下来靠在街沿上。和红土镇不同,楠江城里的店铺在下午也不关门。

田单岭找到一家杂货铺,看见了他想要的东西。在柜台后面的货架上,摆着一沓方块块,它的颜色像去皮的洋芋。那就是洋碱,他要寻找的东西。

他拿起一块洋碱,闻了闻它的气味。是一股奇怪的香味。他要给母亲买一块。母亲洗衣服总是用村头那棵皂角树上结的皂角。她在村尾的小溪边,用石头把皂角砸碎,泡在盛水的木盆里,然后用皂角的汁液洗衣服。每年,皂角还没有成熟,就被村里的人摘光了,只剩下挂在树梢的皂角在风中晃荡。田单岭经常爬到树梢为母亲采摘那些皂角。它们往往更成熟,砸碎后,泡沫更多。但他还是想给母亲买洋碱。

田单岭买了三十块洋碱,还买了三十盒洋火、二十把牛角梳、二十面圆形玻璃小镜子。他把这些东西装进一个布口袋。

刚才在船上的时候，河面刮了风。在城里，田单岭没有感觉到风。它被高大的房屋挡住了，他想，风没有吹到街道上来。

在这个没有风的下午，田单岭背着布口袋在街上行走。他的衣服沾染着兽皮的臭味，布口袋里散发出来的洋碱香味与兽皮臭味混在一起。他走进另一家店子，买了二十条手帕，还剩下一元钱。他决定去喝一碗牛肉汤。

刚才经过一个店铺，门口插着一面暗黄色的小旗。他看不懂小旗上写的字，但在字的上方，画着一只牛头，店铺的门口就是一口大铁锅，锅里沸腾着牛肉汤。走过小店几十步，田单岭突然感到肚子饿了。他把装着小百货的布口袋背在身上，踩着街道上的石板往回走。他走过飘着铁器味的铁匠铺，走过散发出染料味的鞋袜铺，来到牛肉汤店子门前。

香味更浓了，热气也从店铺里漫出来。田单岭走进去，在锅边站了一会儿。他从来没有看见过这么多的肉在锅里翻滚。乳白色的汤又浓又香。牛肉汤店铺里坐满了人，没有空位子。他看见墙边的窗户下面有一张小桌子。他走到桌边，正要躬身坐下，堂倌就走过来。

"你不能坐这里。"堂倌说。

田单岭站直身子，望着堂倌。

"这个位子是给别人留的。"堂倌说，"你不能坐。"

"这里还有凳子。"田单岭说。

"不是这个意思。"堂倌说，"这张桌子是给别人留的。"

田单岭注意到，这张小桌子很干净，桌面没有一点油腻，好像刚用刀子刮过，露出灰白色的木质。

"你稍站一会儿，那边有个人要吃完了，你可以坐那里。"

"不用了吧。"一个声音从旁边传来。田单岭转过头，山货店里的那个老头站在他身旁。老头没有戴老花眼镜，田单岭差点没有认出他来。

"刘大爷，你来了！"堂倌说，"这个小伙子想坐你的位子，我对他说，不行。"

刘大爷微微点点头，向田单岭招招手。

"你可以坐。"

田单岭把布口袋放在窗台上,坐了下来。

"我要一碗牛肉汤,一碗牛杂汤,一盅米酒。你呢?"刘大爷问。

"我也要这些东西。"田单岭说。

堂倌把他们要的食物端上来的时候,还带来了一碟盐巴,一碟碎辣椒,然后把一撮芫荽撒在他们的汤碗里。

"其实,这张桌子不是我的。"刘大爷说,"但我见不得桌子上有油腻,我要他们用刀子把桌子刮干净,用热水把桌子擦干净。他们怕麻烦,怕再弄脏,刮了桌子就不准别人坐。"

"哦。"田单岭说,"我没有见过这样干净的桌子。"

"在干净的桌子上喝牛肉汤,你会觉得更香。"

"的确很香。"田单岭喝了一口牛肉汤。

刘大爷从滚烫的汤里捞起一片牛肝,在辣椒末里蘸了一下,再在盐巴里蘸了一下,放进嘴里。

"你也这样蘸。"刘大爷说,"要先尝到咸味,再尝到辣味,牛杂的味道才正宗。牛肉也要这样吃才对。"

田单岭学着刘大爷的样子,把一片牛舌放进嘴里。盐粒在他的嘴里溶化时,仿佛在舌头上一粒一粒炸开。他想起在家里吃白水煮洋芋的时候,盐巴也是这样在舌头上炸开。他的眼睛里突然冒出了泪水。

"想起啥了? 伤心事?"刘大爷问。

"辣。"田单岭说,"太辣。"

刘大爷伸向汤里的筷子停在半空中。他盯着田单岭的眼睛。

"我妈妈好久没有吃肉了。"田单岭说。

刘大爷点点头,"你家住在哪里?"

"单岭堡。"田单岭说,"在红土镇后面的山上。"

"我晓得那个地方。"刘大爷说,"好多年前,我在那里收过山货。你妈妈一个人在家?"

田单岭点点头。

"你不应该把它放在这里,它的气味会败坏牛肉汤的味道。"刘大爷看了看窗台上的布口袋。

"你在做生意？刚开始？"

田单岭点点头。

"看得出来，你是个机灵的孩子。"刘大爷说，"以后，你有山货尽管拿到我这里来。我给你介绍几个老板，你到他们那里去买百货，价钱便宜，赚头就更多。那时候，你就可以经常给你妈妈买肉。你在红土镇有店铺没有？"

"有一个房间，临街，把门板下了，就可以做生意，房租每个月两块钱。"田单岭说，"我正要搬到那里去。我在帮朱大爷打工。我不想帮他了。"

"朱大爷是哪一位？"

"朱代普。"

"我晓得他。"刘大爷说，"做粪肥生意，桑园镇、张家乡的粪肥都在他那里中转。但他的人脉不好，太抠门儿。我听说，他想把粪肥生意转让出去。不晓得是啥原因。"

"可能是他的儿子太会败家。"田单岭说，"他年纪大了，想歇下来了。"

"你是一个机灵的小伙子。"刘大爷说。

那天下午，田单岭就这样认识了刘大爷。林译苇想。

这时，太阳钻进一块巨大的乌云后面，绿灰色的河水在微风中缓缓流动。现在的楠江早已没有帆船了，其他船也很少，公路和铁路这样发达，航运已经衰退了。人们从一个地方到另一个地方，早已不选择船作为代步工具了。现在，码头的青石还浸在河水里，没有腐烂，河面上的风停下来，过不了多久，它还要继续吹拂，但那些曾经在码头上登船的人，却再也不会回来。

在河风的吹拂下，林译苇沿石头阶梯向上面走。上班的时间早已过了，今天她要迟到了。但刘大爷应该叫什么名字呢？无论他叫什么名字，他都会成为田单岭的生活中的一个重要人物。因为，田单岭的生命很短暂，他结交的每一个人都很重要。林译苇想。

林译苇走进铜匠街，店铺里叮叮当当敲打白铁皮的声音又冲进她的耳鼓。她无意间看见一家店铺的铝合金大门紧闭着，门上贴着一张十六开白纸，上面写着：

　　　　店铺转让 有意者请联系刘若木 电话：139×××××××

　　"刘若木"，这个名字从白纸上跳出来，让林译苇的眼睛一亮。这就是刘大爷的名字。她想。刘大爷就叫刘若木。

　　她走近这家店铺。店铺的门楣上钉着一块褐色的木头牌子，上面刻着："楠江县铜匠街二二四号"几个楷体字。在木牌的下方，还刻了三个阿拉伯字——224。林译苇心脏狂跳起来。她意识到，这个门牌至少是二十世纪五十年代的，很可能是民国时期的，其中的"县"和"号"字是繁体"縣"和"號"。店铺虽然是铝合金的卷帘门，但从门框和墙壁看，这是一幢老式建筑——木头构架，木头门框，青砖墙壁。后来有人用现代的建筑材料把它装饰了一番，努力使它在时代的潮流里跌跌撞撞地前进。这间店铺在铜匠街的中段，正好处在拆迁段的边缘。店铺旁边的旧房子已经拆除，一个农民就是在前面不远处一堵墙壁里找到的那一部徕卡ⅢC型照相机。

　　几十年前，一个名叫刘若木的老头在铜匠街开了一家"四源山货店"，人们都叫他刘大爷。

　　想到这里，林译苇的脑海里突然闪过一道光芒。她知道是谁把那部徕卡ⅢC型照相机砌在青砖墙里的了。

　　今天斗画眉，用隔笼。韩其楼提着鸟笼走进屋子，鸟笼里面站着他的画眉。自从"四星将军"阵亡后，凌志卖给他另一只画眉。这只画眉来自越南边境的丛林，韩其楼给它取名"越南人"。

　　凌志说，"越南人""下山"十一个月了，已经"教"了两场"嘴"。它是一只好鸟，第一次"教嘴"，自己右眼角受了轻伤。第二次"教嘴"，它把对方的左眼角啄伤了。

　　"而且是滚笼。"凌志说，"而且是十二分半钟。"

　　是一只顽强的鸟，它现在需要战火的考验。"下山"不到一年，斗志还没有到最旺盛的时候，但它已经能打斗到十二分钟，这个成绩了不起。

韩其楼拎着鸟笼走进爱鸟俱乐部。有一段时间没有到这里来了，他感觉到这幢房子仿佛老了一点儿。第三排靠右边的木头板凳上，他的座位还空着。

今天是楠江市爱鸟协会与邻近的贡阳市爱鸟协会进行友谊比赛。韩其楼想让"越南人"见识一下场面。

场子里坐了很多人，韩其楼刚把鸟笼挂在墙边一根横着的木杆上，走到裁判席的木头桌子前，从桌上那个小竹筐里取出一个小纸团，展开。上面用圆珠笔潦草地写着一个阿拉伯数字 ——1。

韩其楼左右瞟了一眼，对面墙壁的横杆上没有红色的鸟笼，吴跛子还没有来。这时，他听见头顶上传来 一声轻微但很清晰的响声："咔嚓"。

他仰着头，顺着声音看去。一团朦胧的尘土从房梁上飘下来，途经一束从亮瓦射进的明亮光线时，每粒灰尘纤毫毕现。短暂地清晰了片刻，这团尘埃完成了从朦胧到华丽再到朦胧的过程，无声地洒落在室内一些人的身上头上。大家却毫不觉察。

韩其楼的眼光越过昏暗的室内空气，看见房梁变形了，它的中间部分似乎弯曲了一点儿。他看见，房梁上有几个小孔，孔洞之间连接着一条裂缝。韩其楼看不出这裂缝是旧的，还是新的。

韩其楼坐在自己的位置上，没有动。这老房子，他想，一时半会儿不会垮吧。他注意到吴跛子进来了。吴跛子把他的鸟笼挂在木杆上。他不明白，吴跛子为什么总是在临近比赛才进赛场。他尽力克制自己，不去瞟吴跛子。但他感觉到吴跛子的神情有点异样，也许是紧张吧。吴跛子坐下来之后，开始裹叶子烟。然后，他划燃一根火柴点烟。烟味飘了过来。

王老头在裁判桌后面坐下，咳嗽了一声。他竖起右手的食指，大声宣布："楠江市爱鸟协会和贡阳市爱鸟协会友谊比赛，现在开始。今天的比赛采用隔笼单淘汰的方式，胜出的画眉先在一边休息，再和下一轮的胜鸟进入复赛，胜者再与胜者复赛，直到决出名次。今天参赛的选手来自楠江市和贡阳市，共二十只画眉参加比赛。现在，先请双方的一号鸟上场。"

韩其楼站起身，走到墙边，从横杆上取下鸟笼。他来到赛台前，把自己的鸟笼放到赛台上那个长方形大鸟笼的一端，后退两步，站在一边。一个中年男子提着一个深蓝色布料罩着的鸟笼走到赛台前，把它放在大鸟笼的另一端，然后站在另一边。两只一号鸟的笼子像两个小小的坟冢，无声地立在那里。韩其楼想到了这个意象。他觉得自己的心跳加快了。他被自己的想法吓了一跳。

裁判王老头把两只鸟笼放在大鸟笼两边的小门口，拉开鸟笼的闸门，两只画眉从黑暗的小鸟笼里蹿进明亮的大鸟笼。大鸟笼一片光明，却充满了危险。这两只画眉已经意识到了这个问题。它们站在明亮的鸟笼里，发现了对方。韩其楼的"越南人"左右歪了几下头部，仿佛要从各个角度把对方彻底打量清楚。它纵身扑上前，对方也扑了上来。隔着鸟笼的竹条，两只鸟的喙猛烈地啄在一起。

对方的一号鸟的体型更大一点，它正在急速地啄"越南人"头顶。这时，韩其楼突然想到了一个问题——自己画眉的体形总是比对方小一些。死去的"四星将军"属于体形比较小的鸟，现在，"越南人"的体形也比较小。当然，体形大小并不是判别一只斗鸟的决定因素，体形小的鸟可能更灵活一些，但一只好斗鸟是由许多因素决定的，体力，耐力，灵活性，还有性格。鸟也有性格，甚至还有意志。当两只正在争斗的画眉身上都具备这些因素时，体形小的鸟就处于劣势了。

韩其楼一直就懂这个道理。他回想自己选择画眉的时候，总是下意识地将目光投射到体形小一些的鸟身上。直到现在，他才认真想这个问题。为什么？那是因为自己想给自己的斗鸟生涯增加难度。自己想惩罚自己，给自己设置一个坎，让自己艰难地爬过去，以获得象征意义上的新生。是不是这样呢？

两只画眉还在斗，看不出谁处于下风。在紧张的时候，韩其楼的思维总是很活跃。这时，他的"越南人"在对方的头上啄了最后一下，让它后退了几步，再也不上前了。王老头用他的玉石烟嘴指向"越南人"。它胜利了。

韩其楼的心脏几乎停顿了。一股热潮从他的胸中涌出来，让他一时喘不过气。这就是胜利的滋味。他闭上眼睛，让自己的视野短暂地黑暗一下，让世界离开自己片刻。他看到了自己站在无尽的黑暗里，一阵清凉的气流从脸颊上掠过，然后从赤裸的身体上掠过。他玩儿了这么久的画眉，今天第一次获胜。这胜利对他来说，太具体了，仿佛可以用手触摸到。

他睁开眼睛，鸟笼里的战斗又开始了。这是贡阳市的二号鸟。它的体形比上一只更大，蓬松着红棕色的羽毛，在笼子里跳来跳去，"越南人"想啄它，急切地把头伸过笼子的竹隔条，想让自己的喙够着对方。但对方显然更沉着，它看准了一个机会，狠狠地啄了"越南人"一下。一小撮羽毛在"越南人"的头顶飞起来，韩其楼在这瞬间看见了一丝血迹像火苗一样，从"越南人"的头顶闪到自己的胸腔，灼伤了自己的心脏。他的眼前又是一阵黑暗，这一次，他没有在黑暗中看见自己的身影，更没有清凉的气流萦绕自己，但他能够感觉到焦灼，好像黑暗里充满了看不见的火焰。当他再次睁开眼睛，王老头的玉石烟嘴已经明明白白地指向了对方的二号鸟。

"越南人"跳回自己的笼子。韩其楼把笼门压下来，提走鸟笼，向屋外走去。在门口，他回头看了一下。吴跛子的"上等兵"正冲进大笼子，和那只二号鸟斗上了。"上等兵"的两只爪子牢牢抓住笼底的竹条，不慌不忙地啄对方，每一下都沉着有力。从这个架势看，"上等兵"多半不会输。但韩其楼不想再看下去。他走出门，来到街道上，才发现天空下雨了。

韩其楼没有带伞，他提着鸟笼沿着街道边行走，这样能够躲避一些雨水。他走到公交车站，挤上一辆黄色车身的公交车。到站后，他小跑着回家，打开门，门口的鞋垫上没有鞋，妻子还没有回来。他把鸟笼挂到阳台上，回到卧室换衣服。

这时，他听见阳台上有画眉的叫声，叫声里掺杂着一丝焦虑。是

"越南人"在叫。他奔到阳台，发现"越南人"卧在阳台栏杆上面。他一时想不明白，"越南人"怎么会从笼子里跑出来。他轻轻地拿住"越南人"，感觉到什么地方不对。这不是"越南人"，而是另一只画眉。它的体形更小，更瘦弱。他仔细打量它，发现它的左脚骨折了，脚杆形成一个奇怪的角度，冰凉的脚爪无力地悬着。韩其楼不知它是从哪里飞来的。这时，笼子里的"越南人"又叫了一声。

"你不要再叫了，它是你兄弟。"韩其楼对笼子里的"越南人"说。然后，他看了看手中的画眉。画眉的羽毛被雨水淋湿了，眼珠像两粒黑色的宝石。它温顺地待在他的拳头里，没有挣扎。

"你这个家伙，是从哪里摔到这里来的？你看看，把自己弄成伤兵了。"韩其楼对它说，"欢迎你来到我们的家，'伤兵'。"

林译苇回到家里，雨还没有停。她打开门的时候，一股潮湿的空气随着她涌进客厅。她闻到了一股奇怪的气味，那是碘酒混合着鸟粪的气味。她看见丈夫正在客厅里为一只小鸟包扎脚爪。那是一只画眉。丈夫用碘酒涂在画眉的脚杆上，然后用折断的牙签固定伤口，再用创可贴裹上。

"你的'越南人'受伤了？"林译苇问。

"它不是'越南人'。"韩其楼说，"它是另一只鸟。它飞到了我们家的阳台上。这是刚才发生的事情。"

"那你忙，我来做饭。"林译苇走进厨房，淘米下锅。她打开冰箱，取出几个鸡蛋，再拿出两个西红柿。韩其楼也走进厨房，把西红柿放进水槽。

"你最好别碰它。"林译苇说，"你手上一股鸟膻味。你去照顾你的那只野鸟吧，这儿你就别插手了。"

"我把它放在笼子里了。它叫'伤兵'。"韩其楼说，"我刚给它起的名字。"

"有诗意。"林译苇说，"现在'越南人'有伴了。它们不会打架吗？"

"它们不在一个笼子里。"韩其楼说,"在一个笼子里,它们肯定要打架。"

当他们坐在饭厅里吃晚饭时,雨停了,雨点不再敲打窗台上的遮雨板。世界一下子就少了一点节奏感。

有雨水的世界是一个世界,没有下雨的世界是另一个世界。林译苇想。

她意识到自己还没有描写过叶一峰单独在雨天的情景。在他的生活里,会遇到许多泪水。在他的生命里,会遇到许多雨水。许多年以后,在他死去的那一天,天空正在下雨,有一个女人陪着他一起去死,她肯定不是陶雅。那么,她应该叫什么名字呢?

从阳台上传来画眉的叫声。是两只画眉在叫。一只是"越南人",另一只是"伤兵"。那个陪着叶一峰死去的女人应该有一个像鸟一样的名字。她应该像一只鸟那样,突然飞到叶一峰身边,从此与他形影不离。就像今天的"伤兵",突然飞到我家的阳台上,飞进丈夫的笼子里。林译苇想。但她的名字不能叫画眉,用另外的鸟吧。她在脑海里搜寻了一遍,一个名字跳了出来——杜鹃。

当然,作为一个人的名字,还不完整,还需要优化。林译苇想。可以把她的名字定为"杜小鹃"。这是一个典型的女性名字,带着农业文明的气息,符合那个年代的特征。林译苇想起自己的少女时代曾在城里一家自行车商店里看见一位姑娘,她正在装配一辆飞鸽牌女式自行车,那是自己很想拥有的车,但她买不起。那位装配自行车的姑娘却给自己留下了深刻印象——她梳着齐腰的长辫子,劳作的时候,辫子经常滑到胸前。因为手掌沾满机油,她便用手背把辫子甩到背上。这个动作让林译苇一直忘不了。

就是她,林译苇想。她的名字就叫杜小鹃,她从一个自行车商店里走到乡下,走进叶一峰的屋子,走进叶一峰的生活,从他的日常生活进入他的生命,最终与他的生命合二而一。但那是多年以后的事情,在二十世纪的四十年代,叶一峰还在贵都美术专科学校学习雕塑时,杜小鹃还没有出生。

在一个下雨的中午，叶一峰到陶蕴玄的寝室去。

林译苇把自己关进房间，在便笺本上写道。关于叶一峰和田单岭的故事，她已经写满了五本便笺本。他们的命运在林译苇的想象里，越来越清晰。命运会使许多人来到某个空间，并且使各自的生活呈现各种形态。

陶蕴玄的寝室在一幢砖砌楼房的二楼，地板是木头做的，踩在上面富有弹性。透过木格玻璃窗户，可以看见风挟着雨水吹打院子里的树叶。陶蕴玄坐在一张木椅子上抽烟斗，他示意叶一峰坐在他对面一张木凳上。

叶一峰看见窗边的写字台上有一尊深褐色木雕像。是陶雅的胸像，只有一尺高，精致的五官透露出调皮的神情。叶一峰的心脏猛然沉了一下。

"这是乌木。"陶蕴玄说，"上次在河边写生，你们挖出来的那一块木头，就是这块乌木。很好的雕塑材料。它在河里浸泡了几千年，像石头一样硬，比水还重。雕刻时，手感很好。"

陶蕴玄从写字台抽屉里取出一封信。

"这是陶雅写给我的信。她在信中提到了你。"陶蕴玄说，"你看看。"

这是一个白色的信封，与平常的棕色信封不同，上面的字不是竖着写，而是横着写。除了中文，还有弯弯曲曲的外文字。

叶一峰抽出信纸。上面用铅笔写着粗犷的字体。是陶雅的字，那张牙舞爪的感觉，一点不像女子的手写出来的。

爸爸：

到巴黎半年了。法语有起色。章远航的课程很多，我们只能周末去卢浮宫临摹作品。章远航临摹古典油画，我临摹印象派作品。章远航花了几个周末临摹了安格尔的《大宫女》。他说，他要从极端的具象迈向极端的抽象，这是他一生的艺术轨迹。我在卢浮宫里发现了莫迪里阿尼。他的作品，怎么说呢，在现代的外表下，是深刻的传统。我在他变形的人脸上看见了十五世纪意大利人像作品的神韵。

巴黎就是这样，古典和现代融为一体。在我们这个小圈子里，人人都在谈论艺术。上次我和章远航到巴黎高等美术学校雕塑系去看他的同学。他正在做作业，给一个来自上海的留学生画素描。这位留学生双手插在西装背心的衣袋里，两眼看着窗外，一副气宇轩昂的模样。而章远航的同学画的素描却没有表现出他的气质，线条没有力度，甚至外形都不准确。我突然想到了叶一峰。叶一峰的素描除了造型准确之外，还有一种奇特的力量，他爱用重复的线条，仿佛在寻找最准确的那一根线条，像刀在一个平面上刻画形体。这些线条好像是活的。它有生命，纷纷挤向一个深邃的空间，它有力度，却显出一种孤单的韵味。一些细节在不经意间被刻画出来，所营造的肌理虬曲，嶙峋，给人饱经沧桑的感觉。我知道，他属于您心目中理想的学生。他天生是一个画素描的人，是一个搞雕塑的人，也许还是一个画油画的人。他有幸进入贵都美术专科学校，有幸遇见了爸爸您，有幸走上了一条正确的艺术道路。但问题不在这个地方。我在想，一个人学了艺术，有什么用处。最大的用处，其实就是表现他所看见、所理解、所领悟的世界，以此感动自己，感染别人，或许能够在一定程度上影响这个世界。这一切，能够达到吗？叶一峰能够达到吗？在我们这个时代，在我们这个环境，艺术有安身立命之地吗？毕业后，叶一峰会做什么，能够用艺术谋生吗？我在贵都城里看见一些画炭精像的手艺人，一张炭精像值一元钱，但在城里的照相馆里，一张照片却值一元五角钱。而拍照片所花的时间比一张炭精像少得多。叶一峰毕业后，也许他会以雕塑谋生，也许他会以绘画谋生。我想，如果他以雕塑谋生，他只会给寺庙做菩萨，因为，在这个时代的中国，只有寺庙里才需要雕塑。如果他以绘画谋生，那他只有去画炭精像。但他肯定不屑画炭精像。还有一种可能，也许他会以摄影谋生，用照相机给别人照相。他会从一个学雕塑的艺术专科学校的学生变成一个背着照相机在乡镇和村舍之间行走的人。如果他还爱造型艺术，如果在今后生活的磨难中，他还放不下造型艺术，他就会成为这样的人。因为，我在巴黎看到了一些靠艺术谋生的人，但在贵都，我却没有看到。没有人靠雕塑生活，也没有人靠油画、靠素描生活。

爸爸，我写了这么多关于叶一峰的话，是因为艺术太重要、太敏感、太尖锐、太华贵，又太脆弱。我们的时代不需要艺术。真的。

女儿 陶雅

叶一峰放下信纸，脸有点烫。陶雅老是在信里提到他，他有点不习惯。陶蕴玄把信纸折叠起来，拿起信封，吹了一口气。信封膨胀起来，他把信纸塞进去，递给叶一峰。

"你可以给陶雅回信。"陶蕴玄说，"她会告诉你一些关于艺术的消息。你需要了解一些外界的东西。"

叶一峰迟疑地接过这封信。

"我可以走了吗？"

陶蕴玄点点头。叶一峰出了门，走下楼梯。这时，雨停了，潮湿的风吹着他的脸和脖子。他紧紧捂着衣袋里的信，经过操场，回到寝室。他从床下拖出一个藤条箱子，拿开放在上面的衣物。箱子的最底层是几张图画纸，上面放着一个油布包裹。他把包裹揣在怀里，走过操场，出了校门，沿着一条小路，走到坡下的河边。

这是一条在乱石堆中乱钻的小河，浅浅的河水发出淙淙的声音。小河流到一处悬崖边，一头跌下去，在下面形成一个半亩大的水潭。这里是学校师生游泳的地方。在夏天的傍晚，水潭里漂满了老师和学生。在全校师生中，只有陶雅有一件新潮的游泳衣。那是一件白底红花的泳装，她穿上它，在浅褐色的石壁和深绿色的灌木丛以及浅蓝色的潭水映衬下，十分显眼。她会跳水，站在一块石头上，在大家的惊呼声中，身子一纵，轻巧地跃入水里，溅起一片水花。这片水花溅进叶一峰的记忆里。

叶一峰解开油布包裹，取出冰凉的照相机。他取下镜头盖，试着旋转卷片钮。他把卷片钮旋到位，眼睛凑近取景框。透过淡灰色的玻璃，他看见了湿漉漉的崖壁，看见了波光粼粼的潭水。他听见了陶雅跳入水中时发出的尖声喊叫，立即摁下了相机快门。

轻微的快门闭合声清晰地响起。他的眼前并没有发生什么事情。但他仿佛看见陶雅的身影在取景框里闪现了一下。她正在纵身跳进水潭，但水面并没有水花，潭水平静如镜。

　　叶一峰用油布把照相机裹起来。他拿出那封信，信封上那男子一样的笔迹让他想起了学校礼堂柱子上的几个字——烤红苕。那天，在礼堂里，陶雅曾对他说："我走了以后，你可以到礼堂里写生，把那些木头柱子画成素描，寄给我。我喜欢物体的结构。那间屋子里的木柱结构很好看。它的形式感很强，又抽象，又具象，最适合画素描。"

　　叶一峰已经画了那间屋子里的木柱。就在那个时候，他发现了陶雅藏在地板下的徕卡照相机。他不仅画了木柱的素描，还捕捉到了陶雅的语言的形状，并把它融入进素描的线条里。她说过的话还在礼堂里飘浮，并且，随风飘到山野里。叶一峰能够感觉到。现在，素描早已画完，他应该把它寄给陶雅了，这个信封上有她的地址。他看着这白色的信封，上面除了用汉字写下了寄信人的地址，还附了一排弯弯曲曲的外国文字——叶一峰估计是法语。

　　他抽出信纸，阅读上面的文字。刚才他已经读过了，现在他要重新读一遍。

　　半夜，吴国柱又从床上醒来。他经常在半夜醒来，一点一点理清缠绕在他脑海里的往事。刚才，他又梦见了那个小媳妇。还有那口炖着鱼汤的小铁锅，那两根放在石头上的茭白。他在想，那个小媳妇到底死了没有。

　　吴国柱在床头摸索了一阵，摸到了火柴和装叶子烟的塑料袋。他划了一根火柴，点燃烟卷。室内立刻弥漫着烟叶燃烧后的气味。

　　吴国柱喜欢这样的气味。它像硝烟，也像炊烟。在硝烟里，他打光了几箩筐机枪子弹，也吃了许多顿饱饭。在吴国柱的意识里，硝烟与火柴联系在一起的，也会和炊烟联系在一起。

　　那时候，一仗打完，活下来的人特别饥饿。每一个士兵，都不会忘记他们打第一枪的地方，也不会忘记他们吃了一顿饱饭的地方。

　　集训了一年，日本人投降了。吴国柱连日本人长什么样都不知道，就和共产党的军队交上了火。

那是一九四七年六月，地点在河北省容城县的野外。

在吴国柱的记忆里，容城大部分地方是洼地，有好几条河流。他还记得，有一个洼地，人们叫它"大碱厂"。当时，他们在这个洼地旁边隆起的缓岗上构筑机枪阵地。

这道缓岗很长，缓岗下面的洼地里生长着一些茭白和一些开着紫色花的野草。当地人说，这种野草名叫千屈菜，不能吃。茭白可以吃，但它早已被当地百姓剥走了，只剩下残败的叶子垂在潮湿的泥地上。

吴大壮是机枪手，吴国柱是机枪副手。机枪阵地是一块凸出的坡地，射界开阔。

"最好的机枪阵地构筑在凸出地带。"他想起自己在军事训练时教官的话。

"最好的机枪火力是构成了网的火力。这样，子弹击中目标的概率会提高一倍以上。而要构成火力网，机枪阵地就不能构筑在一条线上，在可能的情况下，要构筑在阵地的侧翼。阵地的侧翼往往是凸出地带。当然，凸出地带也是最危险的地带。"

减少危险的唯一办法就是把阵地构筑得更牢固，把坑挖得深一些，把草袋码得更高一些。但这几天被共军包围，部队的给养耗光了，每天每人只有两个烧饼充饥。那种熟悉的饥饿感觉又回到了身上。在挖工事的时候，吴国柱的头突然发晕，心跳得很慌乱。当他直起身子休息的时候，看见远处的山坡在缓缓飘浮。他瞥见稀稀拉拉的草丛中长着几片枯干的野烟叶子。他把它摘下来捻成碎片，裹在一张废纸里。

这废纸是他前几天在容城里一家酒馆外的墙上取下来的，当时，它还是一张彩色画片，上面画了一个穿旗袍的青年女子。她梳着波浪形的头发，长长的刘海遮着半个额头，涂了胭脂的脸上露出两个浅浅的酒窝，两眼直勾勾地盯着他笑。吴国柱看得心里发烫，左看右看没有人，一伸手就把它扯了下来，折叠成方块放进上衣口袋。一有空闲，他就偷偷把它拿出来看。最让他想不通的是，画片上女子的眼睛总是盯着他笑，无论他把画片移到左边还是右边，她的眼睛都能够转向他。由于他们互相看得太多，几天下来，画片已经揉得像一块碎布片。

吴国柱用火柴点燃烟卷，深深地吸了一口。纸片上的女子被揉皱的脸庞随着滚烫的火焰化为灰烬，变成一股熏人的气流直冲进五脏六腑，把他的泪水从眼眶里逼了出来。你的眼睛再也不能盯着我看了。吴国柱想，你这个小娘们儿，我把你吃到肚子里去了，你的眼睛就再也不能勾引我了。现在你感觉怎样？他的下流想法把自己吓了一跳。他泪眼婆娑地向左右一望，只见一些草黄色的身影在晃动。那是他的战友，他们都在挖工事。吴大壮也在挖工事，他已经挖好了自己的坑，把一挺捷克式机枪架在坑边，然后躺在旁边休息。

　　"真他妈的饿。老子要躺下来休息一会儿。"吴大壮说，"你还不动手？他们都挖好了。"

　　吞下烟雾后，肺和胃被短暂地麻痹，吴国柱感觉不那么饿了。他站起身来，用铲子飞快地刨了一个坑，再把几个草袋装满泥土码在坑边，将几袋机枪子弹和两根用来替换的枪管放在草袋下面，就跑下缓坡，来到洼地里。

　　他在草丛中蹿来蹿去，因为身体虚弱，浑身冒虚汗。茭白稀稀拉拉地长在潮湿的泥土里，残存的叶子无力地耷拉着，茎秆里的茭白早已被人剥走了。他走了好远，发现一丛矮小的茭白长在一块覆盖着青苔的石头旁边，叶子精神地挺立着。这里已是洼地的边缘，靠近缓岗的山坡了。他用双手撕开叶子，在叶芯里找到一根浅黄色的茭白。他把它剥出米，塞进嘴里咬嚼。一股久违的清香味在口腔里乱窜。他把茭白吞下肚子，感到更饿。这时，他听见右边有响动。

　　他转过头一看，在草坡边儿有几块长满青苔的岩石，岩石后面有一个洞穴，洞穴口挂着几块用茭白叶子编的帘子。一双眼睛正在帘子后面看他。他吓了一跳。这双眼睛刚才已经跑到他的肚子里面去了，怎么又出现在这里？

　　那双眼睛不见了。吴国柱走过去，掀开帘子。洞穴里有一张用树枝搭成的床铺，一个老太婆躺在床上，身上盖着一床油腻的烂棉絮。一个小媳妇站在床边。小媳妇很瘦，穿一件打了补丁的蓝布衣服，脸庞却出奇地像画片上那位青年女子。吴国柱呆呆地站在那里。他在想自己是不是遇见了鬼。马上就要炮火连天了，这家人还待在火线下面。

小媳妇弯腰在一个土陶缸子里掏摸了一阵，手中多了两个白生生的东西。是茭白。她把茭白放在吴国柱面前一块石头上，又退了回去。

吴国柱猜想，这块石头是这家人的凳子，已经被摩擦得光光滑滑。茭白并排躺在上面，他没有伸手去拿。

"这里马上就要打仗了。"吴国柱说，"你们赶紧走。"

"你说啥?"小媳妇听不懂吴国柱的南方口音。

"你们马上走。"吴国柱说，"这里要打仗了。"

"我们走不了。"小媳妇说，"婆婆瘫痪了，我等男人回来。"

"你男人到哪里去了?"

"到城里卖鱼去了。"小媳妇说，"他打渔。"

这时，吴国柱才闻到一股鱼香味。鱼香味夹杂在炊烟里，有点刺鼻。他看见洞壁的一角用三块石头架着一口小铁锅，火苗舔着锅底，一缕淡淡的蒸汽缓缓上升，消失在洞穴的幽暗光线里。

天空响起一阵熟悉的尖啸声。那是高速飞行的炮弹划破空气时发出的声音。吴国柱本能地趴在地上。

"快趴下!"他对小媳妇挥挥手，"炮弹!"

洞穴被什么东西猛烈地震动了，一些沙土从洞顶哗哗地洒下来。沉闷的爆炸声从洞外传来，吴国柱这才意识到，洞穴里很安全。小媳妇扑下身子，蜷缩在她婆婆的床前，身子不停地颤抖。吴国柱跑出洞外，看见缓岗上硝烟弥漫，敌方正在用炮火攻击自己的阵地。他向阵地跑去，途中被草丛绊了一跤。他爬起身，头顶再次响起尖啸声。接着，他看见一团灰褐色烟雾在前面的洼地里升腾起来，烟雾中闪现出一团橘红色的火光，随着一声剧烈的爆炸声，从烟雾中飞溅出的泥块纷纷从天空掉下来。炮火向后延伸了，说明共军要进攻了。又是几发炮弹飞来，吴国柱趴在草丛中，扭头看去——想不到的事情发生了，一发炮弹在小媳妇居住的洞穴口爆炸，他想喊，却发不出声音。

这时，尖啸声又一次在他头顶响起。炮弹在他前面不远处爆炸的瞬间，他失去了知觉。

当他醒来时，已经是黄昏了。天空一片灰暗，几个穿土黄军装的人正站他的面前。一个士兵端起手中的七九式步枪，用刺刀拨弄了一下吴国柱的肩膀。

"这个家伙没有死。"士兵操着北方口音说。

几十年过去了，"这个家伙没有死"的北方口音经常回响在吴国柱耳边。

由于没有死，吴国柱才可以在今后的岁月里回想往事。他经常想起那个洞穴里那口煮鱼的锅，放在石头上的茭白，还有那个小媳妇，当那一发炮弹在洞口爆炸后，她和那口小铁锅那两根茭白，与他在机枪阵地前连根野烟叶子一同燃烧了的画片中的那张女子的脸，变成了一个噩梦，经常侵入他的睡眠。

在以后的岁月里，吴国柱经常吃茭白，有煎素茭白，有茭白炒羊肉丝，还有茭白红烧五花猪肉。但是，他都没有吃出在洼地里找到的那根茭白的滋味。有一次，养老院组织老人到郊区一个农家乐搞活动，他在厨房的磨刀石上发现了两根刚洗过的茭白，不知是谁搁在那里的，与几十年前小媳妇放在石头上的茭白简直一模一样。吴国柱左右看看，没有人注意他。他迅速拿起茭白，藏在袖子里，走到屋子的拐角处，塞进嘴里咀嚼。他要再次尝尝几十年前洼地里那根茭白的味道。那清香味儿在口腔里乱窜的感觉又回来了。但还是有区别，现在的清香多了一分青草味，嚼起来，口感也更粗糙。他想象着，小媳妇放在石头上的那两根茭白，味道一定更好。他闭上眼睛，想象着这两根茭白就是小媳妇放在石头上的那两根。但是，感觉还是不对，味道还是不如洼地里的那一根茭白。他把这两根茭白吃进肚子，整整一个下午，他的嘴里都有一股青草味。

"你的嘴巴里有青草味。"养老院的郭老头用缺少一根食指的右手指着吴国柱，脸上挂着一丝奇怪的笑容。他说，"现在，你像一头驴。"

"这个家伙没有死。"

"现在，你像一头驴。"

一个北方口音，一个南方口音。吴国柱听起来，他们说的都是一个

296 .

意思。自己还活着，最重要的是，自己还能吃东西。朦朦胧胧，炊烟味硝烟味青草味伴随他再次陷入深深的睡梦。那支没有抽完的叶子烟从他手里滑落到床下的地板上，孤独地燃烧了好一阵子。

田单岭每天清早起床，带着朱老八和另外几个长工到各家各户倒粪便。

根据小镇居民的分布情况，粪便的价格也不同。红土镇的东头是全镇的高地，住的都是比较有钱的人。因为这里永远不会被河流的洪水淹没。西边是红土镇的低洼地带，有几条街道临河而建，每隔十来年，这几条街道就会被洪水淹一次。但这里是交通要道，来往的客船和货船都会在街道外面的码头上停留，上下客人，上下货物。所以，街面上有一间间空房子，一些需要周转的货物就放在里面，有麻线、盐巴、烟叶，还有大米、面粉和菜油。闲时就空着，地面长出薄薄的霉菌，老鼠在墙角跑来跑去。

镇西街道上还有一些酒坊、小旅店和杂货铺，杂货铺的货物主要是红糖、草纸、土布和水烟。那都是流动的村民聚集的地方，在夜晚住下来的人很少。那些产生粪便的人，都是红土镇的永久居民。镇西的居民最少，他们白天在街道上游走，下午就纷纷回家，镇南、镇北和镇东的居民最密集，但镇东的居民最有钱。在他们当中，有许多人家每隔一天就要吃肉，所以，他们的粪便呈油亮亮的黄色，价格也最贵，田单岭每个月需要给户主送一筐蔬菜。但是，每户每月可以产十担粪便，卖到乡下去，每一担可以卖一角二分钱。

镇东也是饭馆最集中的地区，三条石板铺成的街道上，一共有十二家饭馆。饭馆后面是厕所，里面的粪便更廉价，田单岭每个月只需要给饭馆老板送一筐蔬菜就行了。而镇南镇北的居民基本上每隔两个场期才吃上一次肉，在红土镇，每隔三天逢一次场，所以，他们的粪便呈灰黄色。卖给乡下的农民，每担最多值一角钱。

粪便是农村最好的肥料。在农村的田地旁边，往往有一个粪坑。农民买来粪便，贮存在粪池里，再用清水勾兑，浇灌庄稼。有了粪水浇灌的小麦比没有粪水浇灌的小麦，每亩地要多收一百斤。每当运送粪肥的船来了，农民就把粪肥买下，囤在地头的粪坑里。没有粪坑的人家，往往会被人瞧不起。

林译苇的思绪从几十年前的红土镇回到现实中来。下班的时候到了，她收拾好便笺本，关上办公室的门，走进黄昏的阳光里。

"庄稼一枝花，全靠粪当家"。林译苇一直想把这句闪烁着中国农业文明色彩的谚语具体化，想把它分解到已经逝去的农事里，理清粪肥在传统农耕方式中的地位。上午，她到市档案局查阅楠江市民国年间农业资料。在一篇名为《民国年间楠江农业成本、农户负担与剩余》①的文章中，她找到了自己所需要的东西。档案局有一台复印机，但她还是把所需资料抄到便笺本上。现在，除了办公室，就是家。这两个地方，今天上午她都不想去。在档案局抄写资料，正好让时间安静地流逝。而且，用手抄写资料，更有历史的质感。

这份资料由生产费用、农民家庭的剩余和楠江中等农户一年总收支及储蓄率等构成，一共有三千多字。为了抄写这些资料，林译苇花了整整一个上午的时间。收获最大的是，她了解到了粪肥这个旧时的乡村商品在农事中的地位和作用，以及它在生产成本中所占的比例——

农作物生产费用包括雇工费、耕畜费、种子费、肥料费、农具费、农舍费等项。一九三〇年，楠江中等农户平均每亩生产费用一元九角八分钱。当时楠江一亩地粮食收获价值为八元一角钱，所以，生产成本相当于其产值的四分之一。在农户实际支出的每亩生产费一元九角八分钱中，种子费用最高，占百分之三十；雇工费次之，占百分之二十九；再次为肥料费、农具费等。

这份资料没有具体列出肥料费的数据，林译苇估计，它的比重应该占百分之二十以上，即每亩的费用是四角钱左右。资料显示，楠江市的耕地面积约五百万亩，从理论上计算，所需肥料费为二百万元，这也是

_____

① 参见天津师范大学历史系教授、博导侯建新先生的论文《民国年间冀中农业成本、农户负担与剩余》

当时楠江的肥料市场总量。

三年来，田单岭每天早上带着朱老八和几个短工收集粪便，一直到太阳升上半空。他们把收集到的粪便倒在河边的粪池里，那里是周边几个镇的粪肥中转站，他们用粪车和小木船从邻近的乡镇把粪便运来，贮存在粪池里。朱代普每天都在这里验粪收粪。他坐在一把油纸伞下面的太师椅上，一边抽水烟，一边打算盘。他那几根像香肠一样的肥胖手指灵活地拨弄着黑色的算盘珠子，发出嘀嘀嗒嗒的声响。每当有粪车或粪船靠在码头，他就会起身查验粪便的质量，从粪便的颜色和稠度上来判断粪便的价值。在朱代普面前，没有谁能够在粪便上做手脚。

作为粪肥的粪便，有三种类型，它们分别装在不同的粪池里。一种是尿水，一种是尿水与大便混合在一起的粪便，一种是纯大粪。尿水和混合粪适宜做追肥，纯大粪适宜做底肥。纯大粪又分为两种，一种是粪饼，一种是粪干。粪饼是粪干拌和着草木灰做成的，方便运输，虽然肥力不如粪干，却是最好的底肥，因为它里面的草木灰可以保护种子，防止病虫害，每担的批发价可以达到两角钱。粪干最贵，它可以做底肥，也可以做追肥，每担的批发价能够达到三角钱。但粪干最容易做手脚。当初，田单岭跟随朱代普做粪肥生意时，亲眼看见朱代普怎样识别做了手脚的粪干。

那是一车从桑园镇运来的粪干，重量是一千斤，朱代普应该给车夫何老拽两元钱，却给了他一元五角钱。何老拽生气了，把那几张纸币甩在地上。朱代普慢吞吞地说："你的粪肥掺了假，按照规矩，我一分钱也可以不给你。"

何老拽梗着脖子，指着粪车说："你凭啥说我的粪干有假？若是有假，我包赔！"

"我今天倒要看看你怎样赔。"朱代普叫他把车上的粪干放到一个小粪池里，剩下的一点放在一个粪桶里，叫人挑来一挑清水。他把手中的水烟袋搁在太师椅上，把清水倒进粪桶，捋起袖子，伸手在粪桶里搅了一阵子，把粪水倒在地上，剩下一些黄乎乎的东西沉淀在桶里。

"你来看。"朱代普招呼车夫，"你自己说，这是粪干呢，还是泥沙？

你打算咋个赔呢？如果你赔不起，就把它吃下去，我也认账。"

何老拽把头上的草帽使劲压了压，遮着半边脸。他捡起地上的纸币，低着头，拉着车走了。田单岭赶紧用清水给朱代普冲洗胳膊和手。

"朱大爷，你的眼睛太神了。"田单岭说，"你是咋样认出来的呢？"

"还愣起，你这个呆子，还不给老子拿块洋碱来！"朱代普对站在旁边的朱老八吼了一句，然后对田单岭说，"洒在粪车进粪口的粪肥，那颜色不对，黄得不自然。你如果细看，那里面就有泥沙。进粪口有泥沙，粪车里的粪，跑不了也有泥沙。其实，我的手伸进去一搅拌，就感觉到了泥沙。有泥沙的粪干，搅的时候更滞手。我要让他要的把戏露出马脚，才用清水透给他看，让他心服口服。"

朱代普洗干净了手，又拿起水烟袋。田单岭用打火石打燃了草纸捻，给他点燃水烟。

"朱大爷，现在洋火这样方便，你也该换换了。"田单岭说。

朱代普乜斜着田单岭，"你成天跟着朱世昌混，说话也没有人味儿了。你洋火，几多钱一根？我纸捻，几多钱一根？都是点烟，用得着烧钱吗？"

自从自己做了生意之后，田单岭才真正明白，朱代普太精明太节俭，所以缺乏人缘。没有人缘，生意就做不大。再加上他那个败家的儿子朱世昌，朱代普这个红土镇的大户，一天一天变成"小户"。

因此，田单岭血脉中不安分的因子越来越活跃。这个身材高大、不到十八岁的年轻人站在红土镇的街道上，从人来人往中看出了人们的需要，从洋碱洋火中找到了商机。他沿着粪车的车辙，沿着运送粪肥的航道，直接从农业社会里走出了一条商品之路。

几个月前，田单岭离开朱代普，不再给他收集粪肥，不再撑着木船沿着河流把粪肥卖给农家。

田单岭在红土镇的东头租了一间房子做自己的生意。他把洋碱、洋火、牛角梳、圆形玻璃小镜子和洋布、钢针、丝线、胶鞋摆在木头架子上，赶场的农民就用狐狸皮、果子狸皮、草鹿皮、麂子皮、山羊皮来换这些洋货。如果没有野物的皮，他们还可以用天麻、当归、黄芪来换。

一个下雨天的上午，一个打赤脚的农民站在店铺的门口，从一个布口袋里摸出一个拳头大小的黑乎乎物件，想用它来换一块洋碱。田单岭没有见过这玩意儿。

这个玩意儿是铜做的，像一只小碗，但边沿有两只耳朵，底部有三只小脚，还有一个方框，里面圈了几个字，田单岭一个都不认得。他把这个玩意儿在手里掂了掂，转身从货架上取了一块洋碱。

"便宜你了。"田单岭说，"你这个玩意儿，盛汤也盛不得，盛饭也盛不得，我都不晓得拿来有啥子用处。看你走得辛苦，我拿块洋碱给你，你回家后，把弄脏的衣服好好洗一洗。"

他把洋碱递给农民，将这只小铜碗放进货架的最下面，来到后院。

他在院子里拉了几根绳子，上面挂着许多野物的皮毛。在院子一个角落，他还用木头和稻草搭建了一个棚屋，按照刘若木大爷的指点，他对皮毛进行粗加工。

"皮子剥下来，要立马把上面的肉刮干净。这个力度要不轻不重，顺着毛的方向刮，不要伤到皮板。你看，这些肉不刮干净，就可能长蛆。皮子长蛆，它就要掉价。"

那一次，田单岭背到楠江城里的皮毛少卖了三元五角钱，就是因为皮子没有刮干净。从此，他收到皮毛后做的第一件事情，就是用刀子把皮板上残存的肉粒刮得干干净净。他把刮干净的皮毛晾晒在院子里的绳索上，每当风吹来，皮毛就在院子的半空中摇摇晃晃，仿佛一些野物在跳舞。田单岭就在晃动的野物中穿行，远离粪便的臭味，却置身于野物残存的肉体散发出来的腥臭味之中。他闻着这种气味，心情很放松。

每隔十天，田单岭就乘坐朱代普家的运粪木船到城里取粪肥。他们把城里买来的粪肥沿途卖给河两岸的农民，如果卖不完，就存放在红土镇码头边的粪池里，待本镇和周边几个镇的粪肥够装一船了，就运送到下游的农村，卖给那里的农民。过去，每隔一天，田单岭就要出航一次。当他离开朱家自立门户以后，就只乘坐到城里运粪肥的船。他到城里进货，出手收购的野物皮毛。在船上，他要帮助朱老八升帆，掌舵，必要时，还可以下水拉纤。他把晒干的皮毛捆成捆，放在船舱里。每当上船时，朱代普总是站在红土镇的码头上，一边监视长工把粪肥装上船，一边抽水烟。他的手里托着水烟袋，两只混浊的黑眼珠在鼓囊囊的眼袋里溜来溜去，一会儿盯着长工挑粪桶，一会儿盯着田单岭的一举一动。

"朱大爷，我又搭你的船进城了。"田单岭恭恭敬敬地说，"我会给你撑船，我会给你拉纤。"

"你这个小子。"朱代普说，"总是算计老子。"

"朱大爷，承蒙你的关照，我才有了今天。"田单岭说，"我这一辈子，不会有算计你的那一天。"

"今天要起风。我的老腿又开始疼了。"朱代普说，"过长滩的时候，你不要朱老八这个瘟丧摸舵把子，你要给我掌好舵，不要让风把船吹歪，把粪肥泼洒出来。"

"我记住了，朱大爷。"田单岭说，"有我在，你放心好了。"

从红土镇到楠江城，有四十里水路。田单岭早已熟悉了这条河流的每一处河湾、每一处险滩。当他第一次乘船来到楠江城，认识了刘若木刘大爷后，他产生了一种奇怪的感觉——自己是一个城里人。那些高大的房屋，那些宽阔的街道，比起自己的出生地单岭堡，比起自己迈出人生重要一步的红土镇，楠江城的陌生房屋和街道组合成的景观更有一种亲切感。很快，他熟悉了楠江城的大街小巷，熟悉了刘若木大爷的店铺，熟悉了楠江城里一些行业的规则。他从红土镇带来的皮毛再也不是那种快腐烂了的散发出腐臭味的毛蓬蓬的东西，而是平整的散发出淡淡肉腥味的上好的皮子。这与粪肥一样，在城里人的鼻孔里，它是臭烘烘的，在乡下人的鼻孔里，它是一种香味。

田单岭把皮毛交给刘若木，刘若木一一清点后，交给他一沓钞票。他会告诉田单岭，这一张小狐狸皮值多少钱，这一张鹿子皮值多少钱。田单岭虽然不识字，但对钞票上的数字却很敏感。刘若木数钱的时候，往往会把田单岭带到里屋。里屋很矮，刘若木在墙壁的半中央加了一层阁楼，窗户的一半也升到了楼上。刘若木干脆把下半截窗子用木板封住，一进里屋，就需要开灯。

里屋的阁楼梁上悬着一盏电灯泡。刘若木在门口的墙壁上摸到一根线，拉了一下，室内立刻被一团温暖的光线填满。那个玻璃做的电灯亮得耀眼。

"这是洋灯？"第一次见到这闪亮的灯泡时，田单岭说。

"它不叫洋灯，它叫电灯。"刘若木说，然后揭开床铺草席，取出一沓钞票，数了几张给他。

那一次，田单岭手中第一次握着这么多钞票。他在心里盘算，除去买百货的钱，今天他还可以剩下五元钱。这就是三个场期来，他收购皮毛的赚头。当地人种一年庄稼，除去肥料、种子、赋税，一亩地还赚不了这么多。

从刘若木的店铺里出来以后，田单岭买了一大包洋碱、洋火、牛角梳、圆形玻璃小镜子和洋布、钢针、丝钱、胶鞋，还花两元钱买了一块红色的绸子，在一家做衣服的店铺里为母亲定做了一件上衣。裁缝是一个矮小的老头，手指却又细又长。他把绸子铺在案板上，轻轻地将平，细声细气地问田单岭，要做的上衣是什么尺寸。

田单岭看见店铺对面的屋檐下，站着一个中年妇女，怀里抱着一个婴儿。他对裁缝说："她的身材和我妈的身材差不多。"

裁缝取下搭在脖子上的软尺，穿过街道，走到那位妇女面前，细声细气地说了几句，那位妇女把婴儿挪到右手，抬起左手让他用软尺量手臂。裁缝量完手臂，又量了领子、腰围和衣襟，回到店铺，对田单岭说："行了，三天后，你来取。五角钱。"

三天以后，田单岭专门进城取衣服。这一次，他没有乘船。朱代普的粪船要每隔十天才进一趟城，他沿着一长石板铺成的驿道走进城里。早上天不见亮就起床，中午才走到。取了衣服，他顾不上吃午饭，啃着从红土镇孙锅盔的店子里买来的大锅盔，又往回赶，一直到晚上，才走到单岭堡。

自从在镇东头开了小店，自己还没有回过家。田单岭坐在一棵老黄桷树下，歇了一阵。在黑暗中，他看见家里房子黑乎乎的，灯光透过玻璃窗，像两只明亮的眼睛。母亲还没有睡，也许她正在从窗子往外看。田单岭走进院坝，家里的门就打开了，母亲站在门口。

田单岭进屋后，把手中的布包袱放在桌子上，轻轻打开，小心拎起丝绸衣服。他还没有转身，就感觉到母亲身体仿佛僵硬了。随后，他的脸上挨了重重一击，一些细小的银色火花从眼睛里迸出来，一粒又一粒，纷纷消散在黑暗中。

"你这是从哪里偷来的？"母亲问。田单岭从来没有挨过母亲的耳光，也从来没有听到过母亲竟然有这样的嗓音，那是一种压低了的嘶哑的声音。

泪水从田单岭的脸上流下。他突然抱住母亲，直着嗓子喊："妈，妈，这件衣服是我自己挣钱给你做的，我要让你过好日子，我要让你穿绸缎，我要让你天天吃肉！"

他很多年没有这样抱着母亲了。小时候，当他饿了的时候，母亲总是不让他先吃饭，要等着父亲回来一起吃。父亲在镇上卖艺，散场后才回家，回家要走半个时辰。母亲就抱着他，坐在院子外面一块石头上，看着山下的小路。母亲说，十几年前，她第一次跟随父亲回家，就是坐在这块石头上，看着走过的路，歇了好一阵，才进的家门。在母亲的怀抱里，田单岭不再感到饿了，而是感到困倦。慢慢地，他在母亲温暖的怀抱里睡着了，直到父亲进了家门，他才醒来。

田单岭抱着母亲，泪水浸湿了母亲的头发。他告诉母亲，他在红土镇开了一个小店，开始赚钱了。他要母亲搬到镇上去住，在那里，冬天的风不冷。

母亲一直不说话。田单岭抬起头，看见母亲脸上全是泪水。过了一会儿，母亲哽咽着说，她不会离开这个家。只有这个家，才是她的家。

"我早就晓得，你迟早要离开这个家。命中注定，你不是一个安分的孩子。"

田单岭把母亲留在单岭堡，自己回到红土镇。他的皮毛越收越多。有一次进城之前，他在整理货物时，在货架的底层发现了那个旧铜碗。到了楠江城，他把皮毛卖给刘若木以后，从布袋里掏出了旧铜碗。

刘若木抚摸着铜碗。他翻来覆去看了一阵说："这是铜香炉。"他指着碗底的几个字，"你看，这是'大明宣德年制'。宣德炉，几百年了，好东西，专门焚香，是寺庙和有钱人家用的，但假冒品也多。我也看不出来这是不是正宗货。就算是假冒的，也是清朝的人干的，还是比较值钱。你用什么东西换的？"

"一块洋碱。"田单岭说。

"值了，值了。"刘若木不住地点头，"你可亏了别人了。"

"我也不晓得它有多值钱。"田单岭说，"换了以后，我还在想，到底是我亏了，还是他亏了。"

"肯定是他亏了。"刘若木说，"这样吧，你把它留在我这儿，我给你五块钱。你肯定赚了，我把它转让给别人，我也可能赚，可能比你还赚得多。但也说不定。古玩这东西，谁也说不准。"

刘若木把田单岭领进里屋，拉亮电灯，打开一个木头柜子。田单岭看见里面有几个瓷瓶，还有一个瓷碗。

"我也收这些东西，你在乡下收了，也拿来给我。"刘若木说，"我会找下家。这个年头，可以赚钱的东西太多。你听说了吧，朱代普不想做粪肥生意，他想找个下家，把这个生意转给别人。"

"上次你说过这事。"田单岭说。

"这次，他真要干了。"刘若木说。

"我还没有听见风声。"田单岭说，"我只晓得，他的儿子朱世昌这段时间老是不归屋，听说他在喝酒的时候，交了一个朋友，是一个土匪，我们那里叫'棒老二'。我好多天没有看见他了。"

"朱代普已经向楠江城周边十几个乡镇的粪帮发了帖子，请他们在下个月初十那天，到红土镇商议红土镇的粪站转让事宜。"刘若木说，"我倒有一个想法，你可以把红土镇的粪肥生意接过来。"

"恐怕，我不行吧。"田单岭说，"我哪来这么多钱，我想，至少要上千元。"

"你不用担心这个问题。"刘若木说，"我可以帮你凑钱，到手了，我们一起做这个生意。"

林译苇又来到铜匠街。这一段没有被拆掉，在街道西段，已经拆除的旧房子只剩下地基了，而北段的街道因建筑保存完好，作为旧城文化景观的一部分保留下来。在这里，还存在着一些铜匠铺、白铁铺、旧书店、杂货铺、牛角梳店。她走到铜匠街二二四号前，这里正好是保留下来的铜匠街第一间店铺。铝合金门依然关闭着，门上贴着的那张十六开白纸还在。

　　店铺转让 有意者请联系 刘若木 电话139×××××××

　　这一个刘若木，不知是什么人，但林译苇心中的刘若木是一个精明的老头，做山货生意，也做古董生意。后来，当田单岭成了土匪以后，他还帮助田单岭销赃。当地人管土匪叫"棒老二"。在田单岭成为棒老二之前，他们成了生意上的合伙人。林译苇读着纸上的字，眼光仿佛透过这道铝合金门，看见几十年前在里面发生的情景——刘若木与田单岭在商议盘下朱代普的红土镇粪肥生意的事情。那时，田单岭刚成为一个生意人不久。

　　林译苇想，过了一段时间，红土镇上的粪站转让开始了。田单岭怎样拿下了这个生意呢？田单岭从一个住在山上的野孩子，变成一个年轻的生意人，他应该有什么样的感觉，他感到幸福吗？如果感到幸福，这幸福的感觉，又是怎样的呢？林译苇想，这个设想太书生气了。一个具体的人，不会经常想这么抽象的问题。幸福只是一个概念而已。但它的确存在。

　　其实，幸福是从生活里生长出来的，就像庄稼从土地上生长出来。林译苇想。庄稼要生长得更好，需要肥料，在农耕时代，农民用粪肥，在现代社会，农民用化肥。幸福要生长得更多更好，也需要一些"肥料"——金钱，爱情，亲情，友情，还要有一些意外的东西，如一次机遇，一个偶然的想法，下雨时，一个人站在阳台上，看着街道上匆匆行走的人，突然产生的一种感觉，等等。说到底，幸福可能从生活的各种层面产生，却必须汇集到感觉上来，才能完成幸福的生长过程。然而，更多的人并没有幸福这个概念，并没有去思考它的含义，却在生活中充分感受到了它的存在。

　　林译苇生长在与楠江城相邻的一座城市，彼此相距四十八公里，名叫汉川。那是一条河的名字，也是城市的名字。与楠江市的楠江相似，汉川穿城而过。只不过，楠江像一个 S 形，把城市两岸剖成一个太极图。而汉川则在城区优雅地画了一个弧形，使城市南部形成一个弧形的半岛。林译苇的家，就在半岛中央一条街道上。

那是一条名叫刘家巷的旧街道，与铜匠街相似，石板铺地，两边的房屋是木头结构，掺和篾条和黄泥、石灰筑成。但街道比铜匠街更狭窄一些。她的家在一个四合院里。四合院的主人原来是一个教师，名叫刘湘枫，祖籍在湖北麻城，明末清初"湖广填四川"时来到汉川。新中国成立前，刘湘枫用教书挣的钱买下一座四合院，新中国成立后，子女多了，就卖房子渡过生存难关。林译苇的父亲在四合院里买了两间房子，林译苇在那里进入了一个宽广的世界。

在买下刘家巷四合院的房子之前，林译苇和父亲住在河边一间小黑屋子里。林译苇的父亲林浩林是一个在汉川的江边砸鹅卵石为生的苦力。一根从板车废旧轮胎上切割下来的橡皮条，一柄尖嘴锄，一把铁锤，一副箩筐，一根扁担成为他谋生的全部工具。每天一早，他就出门来到河边，用尖嘴锄在河床里挖出鹅卵石，用箩筐挑到河滩上，再用一块大鹅卵石垫底，用橡皮条圈住一块鹅卵石，用铁锤使劲捶打。鹅卵石在铁锤下碎裂成几块，就成了铺路的石子。砸一天鹅卵石，父亲能够收入一元钱。

林译苇从来没有看见妈妈的模样，她在生林译苇的时候，因难产去世。林译苇在父亲捶打鹅卵石的声音里长大。当她幼小的时候，还没有住在刘家巷里，而是住在河坝街上一间租来的小黑屋子里。河坝街就在河边，夏天涨洪水，这间小黑屋子经常被淹。屋子里没有什么家具，洪水来了，父亲就把干活用的箩筐、锄头挂在房梁上，带着席子和被盖，抱着林译苇来到城墙边，在一个城门洞里过夜。林译苇喜欢这样的夜晚，她可以在父亲的怀抱里安然入睡。如果外面还在下雨，雨水就会落在她的梦里。涨洪水的日子，也是林译苇感到幸福的日子，那段时间，父亲无法到河边捶打鹅卵石，他就与女儿住在城门洞里，白天到小馆子里吃饭。他们只能够吃最简单的食物——素面，馒头，稀饭。最好的饭菜，就是一种名叫"鸡婆头"的面食——用骨头汤和发芽的豌豆做底料，煮几块厚实的面块，把一根油条撕成几截，放在面块上。

平时，父亲在河边劳作的时候，不放心林译苇一个人待在家里，就用一个块布把她包着，放在箩筐里，挑到河边。父亲在河滩上用树枝和衣服给她搭建一个小小的凉棚，让她坐在里面。林译苇在父亲捶打鹅卵石的声音里度过每一天，中午，父女俩就用一个大口搪瓷盅吃早上做好的饭。黄昏，林译苇能够看清楚父亲捶打鹅卵石迸出的银白色火花时，父亲就收工了，带她回家。

林译苇在凉棚里长大，凉棚也跟着变大，搭在树枝上的衣服也越来越破旧。当她能够到处跑动的时候，河流在她面前展开了丰富、生动的一面。

河面上，有各种船驶过，有渔船、帆船、客船，还有运送粪肥的船。如果在阴天，粪船驶过的时候，偶尔会飘来一阵淡淡的臭味儿。她不明白，人们为什么要把粪便装在船里运来运去。父亲告诉她，乡下的农民需要粪便，他们把它撒在地里，庄稼就可以增产。林译苇一天天长大，河里的粪船越来越少，汽船却多了起来。汽船驶过的时候，螺旋桨搅起的波浪会一直涌到岸边，拍打着洁净的鹅卵石和沙滩。

后来，河边来了一些小渔船。渔船上的渔民就住在河边。冬天的夜晚，他们在船上睡觉，乌黑的船篷把四米长的小船遮得严严实实，阻挡凛冽的河风。夏天的夜晚，他们把船搬上岸，反扣在沙滩上，用两根树枝把船的一端支起来，像一个简陋的屋顶。他们在屋顶下的沙滩上铺一张油布，那就是床。他们捕鱼的工具是一种名叫"水猫子"的动物，林译苇长大后，才在书上读到，这"水猫子"就是水獭。平时不捕鱼的时候，渔民在沙滩上给"水猫子"搭一个小棚子，林译苇经常去观察"水猫子"的生活习性。它的脑袋扁平，浑身的毛油光水滑，两只眼睛乌溜溜的，脖子上拴一根铁链子。林译苇发现，"水猫子"的性子急躁，经常在棚子里跑来跑去，铁链子拖在沙地上哗啦啦响。渔民用"水猫子"捕鱼，它在水中追逐鲤鱼、鲶鱼和翘壳鱼，咬住它们光滑的身体，把它们从河水的深处衔出水面。它们获得的奖赏则是碎鱼块，用木瓢盛着，放在小棚子里。"水猫子"就拖着铁链，大口吞噬鱼块。林译苇看着它馋嘴的模样，看着它浑身的皮毛因激动而像波浪一样滑动。它的身体发出鱼腥味，当它歪着脖子，认真咬嚼鱼骨头的时候，两个黑眼珠就盯着林译苇，但眼神的焦点又不在林译苇身上。它在注视虚无。

虚无这个词是林译苇后来读书时才懂得的。

林译苇十岁的时候，父亲林浩林在刘家巷一个四合院里买下两间屋子。这个小四合院有北房三间，一明两暗，东西厢房各两间，南房两间，中间是院子大门。院坝用青石板铺成，院坝周边用青石砌成一圈阶沿，这也是通向各屋的台阶。阶沿的下面是院坝的排水沟，与上方的屋檐相对应，下雨时，雨水滴落到排水沟里。两扇大门用厚木板做成，门上有一对黄铜门钹。

四合院的主人刘湘枫是一个老教师，儿女长大后，他的工资不能够支撑全家的生活开支和儿女的读书费用，他就提起毛笔，在一张淡黄色的毛边纸上写了一张售房启事：

　　　本院兹有东厢房两间出售 有意者面谈

他把启事贴在院子的大门上。大门已经油漆斑驳，但这张纸贴上去，还是很显眼。许多人看见了这张纸，但对上面的文字不感兴趣。在那个时候，没有多少人想买房子。但林译苇的父亲有这个想法。

父亲在河边租住的房子光线太暗，林译苇害怕住在这样的房子里。那一天，父亲到城里的工头家讨工钱，从四合院的门前路过，看见了这张纸。父亲读过初小，纸上的字只有三个不认识："兹""厢""售"，但他大致看明白了意思。他走进院子，找到刘湘枫。刘湘枫从头到脚把眼前这个劳动者打量了一番——这个人皮肤黝黑，打着赤脚，但态度不卑不亢，还向自己主动伸出右手。当刘湘枫与他握手的时候，感觉他的手掌皮肤像锉刀。在这一瞬间，他被感动了，报出的价格比他心中的价格少了一百元："一间房一百元，一共两百元。"刘湘枫说。

这个价位恰好与林浩林心中的价位相符。他使劲点头，连声说："要得，要得！"然后，刘湘枫领着他看东厢房的两间房。房间里的地面是青石板铺成的，房间进深十二尺，宽九尺，每个房间放一张床，还剩下较宽的地方。他感到满意。

　　更多的细节是林译苇发现的。搬进四合院以后，林译苇发现了新的天地。她喜欢新家，新家的地面是石板，窗户是木头雕琢的格子，还镶嵌了玻璃。新家的门是厚实的木头门，新家有一个宽敞的院坝。更让她着迷的是，新家的邻居有许多书。

　　对于书，林译苇并不是一开始就喜欢的，因为她不识字。邻居刘湘枫老爷爷发现这个小女孩儿不上学，如果不跟着爸爸到河边，就待在院子里。一天傍晚，当林浩林从河边回来时，刘湘枫对林浩林说，应该把孩子送去读书。林浩林说，他有这个想法。过去住在河坝街时，离学校比较远，他不放心孩子一个人走那么远的路去读书。现在住到刘家巷来了，准备等到新学期开学，就送孩子去学校。刘湘枫说，这个简单，他有一个学生，现在是红旗小学的校长，明天就可以入学，这孩子，先坐进课堂再说。

　　林译苇成了红旗小学一年级的插班生。她在这里认识字，学会了做算术。她还认识了许多同学，但她不喜欢和他们说话。下课后，她喜欢一个人坐在座位上，盯着墙壁出神。如果感冒了，她就坐在那里，对着墙壁咳嗽。她喜欢上课，更喜欢放学。放学后，她就可以回到四合院的新家，和从河边回来的爸爸在一起。

　　回家后，她还找到了另一种乐趣——刘湘枫爷爷家有一间书房，里面有许多书。当她认识的字足够多的时候，刘湘枫爷爷就借书给她看。刘湘枫爷爷经常感叹：他有三个书橱的书，有两个儿子、两个女儿，没有一个儿女喜欢读这些书。林译苇开始一本一本地阅读书橱里的书。她读的第一本书是孙幼军的长篇童话小说《小布头奇遇记》。小布头这个小布娃娃从几块布和一团棉花开始，从幼儿园阿姨的手中诞生，后来经历了千难万险，终于又和幼儿园的小朋友小动物们相逢团聚了。林译苇发现了文字的奥秘——它能展现一个世界，一个她过去不知道的世界。除了汉川江边，除了这个温馨的小四合院，除了热闹的学校，还有另一个世界。在那里，所有的人、动物和植物可以直接与自己交流。这是一个畅通的温暖的世界，她可以在里面任何一个地方停留，观察，思考。

童年的林译苇就喜欢思考。她的思考总是从书本出发，然后与现实生活里的事物结合起来。当然，她最先出发的地方是童话，这是启发和保留一个儿童想象力的载体。然后，她在书中向前走，各种人物伴随着她——张天翼的《宝葫芦的秘密》，安徒生的《海的女儿》，密茨凯维奇的《塔杜施先生》，塞万提斯的《唐·吉诃德》……这些人物和故事与她的孤独、愿望、期待、焦虑一起形成有始有终的可视的过程，经过短暂的迷茫，最终获得某种结局。她把这些过程看作是自己生命过程的一部分。开头，进程，结局。所有悲欢离合都与自己有关。每个故事发生的场景和每个人物所处的环境都让她联想到自己的经历——无论这些故事发生在什么地方，无论这些人物身处何种环境，无论是雪峰，还是宫殿，她都会联想到父亲在河边给自己搭建的小窝棚，联想到城门洞的夜晚，联想到小四合院。她感觉自己的生活与书中的人物交织在一起。最后，故事都有结局。而在所有的结局中，最常见的就是死亡。

预先思考死亡，就是预先思考自由。

这句话是她上初中时，在一本《蒙田散文选》里读到的。她把它抄写在一个作业本子上。林译苇从读书的那一天起，就把自己喜欢的语句和段落抄写在本子上。她有一个木匣子，专门用来存放她的摘句。她还用钢笔在一张纸条上写了"摘句篓"三个字贴在木匣盖子上。那是她上小学三年级时，第一次用钢笔。

不久，林译苇用上了画笔，不是毛笔，而是铅笔和水粉笔、油画笔。刘湘枫的大儿子刘雕叶是四川美术学院油画系的教师，一次暑假回家时，带了几个学生到家乡写生。那些学生住在刘家巷尽头一家小旅馆里，每天在街边的面摊上吃了早饭就跟着刘雕叶老师到郊外画画。林译苇也跟着他们一起到郊外去画河流、树木和房屋。在以后的几个暑假里，在刘雕叶叔叔的带领下，她跟着那些大哥哥大姐姐去采风，学会了用铅笔画人像素描，用水粉笔和油画笔画水粉风景和油画风景。她没有想成为一个画家，只是了解了许多造型艺术的知识，学会了用造型艺术的眼光去观察身边的事物。她最喜欢的，还是阅读，从文字里了解更广阔的世界。

当林译苇上高中的时候，她把刘湘枫爷爷的三个书橱里的书基本读完了。有一部分她并不喜欢，像一些明清志怪小说和民国言情小说，但也快速地各个翻阅了一次。大学二年级时，她的父亲和刘湘枫爷爷几乎同时去世，她大病了一场。她再也不想回到那个小四合院。她卖掉了小四合院里自家的两间屋子，每个假期都住在学校的寝室里。和许多小说中的结局一样，自己最亲爱的人离开了人世。离开人世，本质上就是离开自己最亲爱的人，对逝者和生者，是相同的。那一段时间，一种沉重的东西压在胸膛里，一切景物在她的眼睛里都涂抹了一层灰暗的色彩，而且增加了重量。当她走路的时候，脚步也莫名其妙地沉重起来。

一天，她在晚饭后去图书馆借书，看见门口贴着一张招聘图书管理助理的启事。就像多年前父亲在刘家巷看见出售房屋的启事一样，一张纸把林译苇带进图书馆，带进一个新的环境里。

即使我被关在果壳之中，也仍自以为是无限空间之王。

在莎士比亚的《哈姆雷特》中，哈姆雷特这样说过，林译苇真切地体会到了这种感觉。她应聘帮助图书管理员整理图书，除了微薄的报酬之外，还可以在课余时间待在图书室里。在图书室的陈旧纸张气味里，林译苇沿着一排排书架行走，用手抚摸各种书籍和杂志的脊背。一个有感觉的名字跳入她的眼帘，她就把它取下来浏览。在图书室里，她学会了修复旧图书，学会了用针线装订散落的书页，学会了用胶水修补破损的封面。她还学会了整理过刊、过报，把各类图书归档。当然，她最大的收获是阅读了大量图书。

那段时间，是学校的图书馆容纳了林译苇的身体和灵魂，容纳了她的日常生活。它像一个巨大的茧，把林译苇温暖地包裹起来。同时，它也像一个巨大的子宫，让林译苇回到生命最初的安静状态之中。林译苇没有见过自己的妈妈，但她能够设想自己在妈妈子宫里的状态。那是最安全最宁静的世界，而且饱含营养。图书馆就是这样。她在图书馆里慢慢修复父亲和刘湘枫爷爷去世后给自己身心留下的创伤。

当她大学毕业后到文化馆工作，第一个男朋友就是一位图书管理员。他就是韩其楼，后来成了她的丈夫。

多年以后，当她发现丈夫背叛了自己，她感觉到，自己的生活，就是一个不断失去爱的过程。她得到的爱不多，而且失去得很快。那些曾经容纳过她的爱的地方，汉川，小四合院，她都不想再回去看它们。她所有的爱，还有父亲，刘湘枫爷爷，都曾经生活在那个环境里。他们逝去后，她承受不了物是人非的感受，不再回去。但是，为什么自己失去了丈夫韩其楼的爱之后，还能够与他住在一个屋顶下面呢？她为自己找到一个答案，那就是，她失去的不是韩其楼的爱，而是韩其楼伤害了她。

只有自己生命里的东西消失了，才叫失去。林译苇想，凡是没有进入自己生命的东西消失了，那只是消失。韩其楼仅是自己生活中的一部分。他还没有来得及进入自己生命的一部分，林译苇想，那件事就像一块试金石。当她看见丈夫同那个叫刘雅的青年女子手拉手地行走在大街上时，她就意识到，他这是对自己的伤害，而且，这只是伤害。伤害是令人痛苦的事情，但还不会让人绝望。伤害只能触及生活层面，就像手指不小心被刀子割了一道伤口。那只是表层的伤害。它不会进入生命的层面，它不能带走生命中宝贵的东西。所以，它不能叫作失去。

在某个方面，丈夫韩其楼真的是一个优秀的人，但他身上的惰性磨蚀了这种优秀。丈夫能够轻而易举地深入一部文学作品的深处，在那里找到自己的思想。当初他们认识，就是通过书籍。他送了一本《楠江文史资料》给她，因为这是资料，不代表审美倾向。他很聪明地没有把自己喜欢的书向她推荐，当两人交往更深入一些后，林译苇欣喜地发现，韩其楼在文学上的爱好与她很相似。正是这一点，打动了她。从恋爱到结婚那一段时间，他们讨论得最多的，就是文学。但他太容易受诱惑，太不专一。那个刘雅离开楠江后，他竟然玩起了画眉。把一只野生的鸟儿圈养起来，再让它与别的鸟斗得头破血流，在林译苇看来，这简直是不可思议的事情。但是，看得出来，韩其楼很痛苦。他要找一个渠道，宣泄这种痛苦。林译苇认为，他是为刘雅痛苦。她相信，他同时也为她痛苦，但这种痛苦掺杂着别的女人的因素，林译苇一点都不同情他。

林译苇的生命构架早已在汉川的江边和刘家巷的小四合院里搭建好了。这个构架像一棵树，向生活的空间生长。而林译苇的阅读就像树上的枝叶和花朵，给这棵树增添了色彩。有了这些色彩就够了，生命也就精彩了。林译苇曾经这样想。而韩其楼为这棵树带来了春色，但春天总是很短暂的。

林译苇还能与伤害自己的人住在一个屋顶下，在她看来，是因为伤害比失去更能承受。失去是永远不再回来，而伤害还可以修复，更重要的是，伤害还可以抵抗。抵抗也是一种生存的动力。而失去，却是让力量消失。

正因为是抵抗，林译苇才在纸上创造一个新的世界，覆盖丈夫韩其楼玷污了的世界。就像一个艺术家所说，一切文艺作品都是怀旧的产物。只不过，林译苇在封闭的世界里生存得太久，她的记忆与书籍里的信息交织在一起，已经难以分清楚。于是，她从一条河边出发，从一个四合院出发，来到红土镇，来到贵都美术专科学校，来到单岭堡。那里是别人的世界，也是她的世界。

那一天，红土镇正是场期。

朱代普要转让他的粪站。

她回到家里，关上门，在纸上写道——

朱代普在"陈七酒馆"备了两桌酒席。这次，朱代普出人意料地大方，酒席很丰盛。所以，老板陈七专门把朱代普的酒席菜单抄写在一张红纸上，贴上酒馆的墙壁——

五乡三镇粪帮群雄大会宴席菜单

朱代普大爷五月初十订

烟熏猪耳　油炸花生　盐腌藠头　红烩金鸡　糟卤牛尾　清蒸岩鲤
芙蓉肝片　京酱肉丝　臊子蒸蛋　莲子丸子　白汁菜花　豆腐玉汤
老孙锅盔

陈七酒馆　敬上

这些菜品，在红土镇，算得上是高规格了。这张红色的菜单张贴出来后，围观的人不少。那一天，太阳出来得比较早，阳光照射在红纸上，黑色的毛笔字变成了绿色，似乎从纸上剥离出来，在观众的眼前飘荡，让他们的眼睛发酸。

"你不应该用红纸写黑字。"一个当过私塾先生的老头严肃地对老板陈七说，"这样的字，在太阳底下，要伤眼睛的。"

陈七对老头抱了抱拳："王老师，你要谅解，朱大爷从来没有在我的小店里包过席。他到我的小店来，一般都是来捉拿他的公子朱世昌。朱世昌倒是我的老主顾，这些菜品，都是他的公子平时喜欢的。我今天把它们全部做出来，是为了让他晓得，我陈七是一个讲信义的生意人，不亏待任何人。我要让他也喜欢这些菜品，这样，他对他的公子，也多一分谅解——'这么好吃的菜，早点晓得，我也来了'。再说，红色表示喜庆嘛，大家看得眼花缭乱，也是好事情。"

老头摇了摇白发苍苍的脑袋，跟着人流，向楠江边的码头走去。从周边乡镇赶来的粪帮都聚集在那里，等待朱代普的粪站转让仪式开始。

在码头一幢房子的屋檐下，一字排开十来张竹椅子，来自周边乡镇的粪帮大爷早就到了，正坐在竹椅上吸水烟。朱代普给他们每个人都准备了一个竹制水烟袋，烟壶里装满了红土镇张家烟坊出产的水烟丝。张家烟坊的水烟丝远近闻名。与别的水烟坊产出的水烟不同，张家烟坊的烟叶从来不在阳光下曝晒，而是挂在房梁下阴干。在制作烟叶时，他们把红土镇山坡上的野李子摘下来去核晒干，夹在烟叶里，还放进麝香、红糖、蜂蜜，洒上镇西街刘家酒坊酿的高粱烧酒，然后用木板把烟叶压紧，用刨子刨成极细的烟丝。这样，麝香味、水果味、甜味和酒味与烟丝味混杂在一起，形成红土镇烟丝与众不同的味道。

在屋檐下，来自周边乡镇的粪帮大爷认真地吸烟，眼睛却不时瞟着彼此。好像他们来到这里，不是为了竞争，而是专门来品尝红土镇出产的水烟。他们的腮帮子塌陷下去，又鼓胀起来，此起彼伏，仿佛他们每一个人的口腔里都含着一只活蹦乱跳的青蛙。在竹椅前面的空地上，放着一个粪桶，里面装了大半桶粪。他们的眼光在彼此的身上溜来溜去，又落在粪桶上。

太阳从天空直射下来，屋檐下面铺着浓厚的阴影，午时到了。朱代普撩起长衫的下摆，走到码头上。他挥了挥手，刚想说话，田单岭扛着一张竹椅子，一溜小跑来到屋檐下。他放下椅子，大声说："朱大爷，我也参一个。"

田单岭一屁股坐在椅子上。由于走得急，他的脑门上沁出了细密的汗珠。屋檐下的粪帮大爷纷纷扭头看他。

那天上午，田单岭一直在自己的小店里做生意。生意还不错。他用五块洋碱、两双胶鞋、一面玻璃小圆镜和赶场的村民换了两张果子狸皮、一张麂鹿皮、一个麝香。刘若木一早就来到他的店子里，看他做生意。午时快到时，刘若木才叫他把木头门板上好，到码头去，他自己坐在黑暗的屋子里吸水烟。田单岭专门为他准备了二两红土镇水烟。

田单岭坐在码头上的屋檐下时，才发现他身边的粪帮大爷都穿着布鞋，自己还穿着草鞋。他有点紧张，两只脚互相搓来搓去。他想，出门时应该换双鞋。应该穿胶鞋。

朱代普看见田单岭，愣了一下。

"你跑来凑啥子热闹哟。"他说，"我们在商议大事情。"

"我要参加你们的大事情。"田单岭说，"算我一个。"

"朱大爷，我们咋个不认得这个小伙子呢？"桑园镇的粪帮大爷何文模搓着手中的草纸捻，眼睛瞟着田单岭。

朱代普双手叉腰，站在阳光下。他的脑门也沁出了细密的汗珠。

"何大爷，刘大爷，古大爷，各位大爷，我向大家介绍一下，这是我过去的长工，田单岭。现在，他自立门户了，好歹也是生意人。他和我们是一样的人。"朱代普双手抱拳，向大家拱了拱手，然后对田单岭说，"你事先没有给我讲这件事情。"

"朱大爷，你也没有给我讲这件事情。"田单岭说。

"我不晓得你要来。"朱代普说。他的语气有点像一个长辈对晚辈说话。

"是我不好。"田单岭说，"我应该事先给你讲，我要来。"

朱代普点点头。"午时到了，我们开始吧。"他对屋檐下的各位粪帮大爷说，"大家都晓得，我红土镇的粪站是一个啥样的粪站。不说它财源滚滚，至少也可以说它是财源不断。我想晓得，各位大爷心里是咋样想的，想出好多价钱来盘下我红土镇的粪站。"

大家都不说话，一个劲儿地吸水烟。他们的腮帮子鼓动得更厉害了。

"我想呢，五百块钱比较合适。"近南乡的粪帮大爷古立山"噗"的一声吹掉烟管里的烟灰，细声细气地说，"你们说，是不是这样？"

"红土镇的粪站在这一带乡镇粪站中，算是比较大的。"红石镇的粪帮大爷刘仕真说，"朱大爷又经营得那么好，不能亏了朱大爷。我出六百块。"

"七百。"天顶镇的粪帮大爷郭篱潘竖起一根瘦骨嶙峋的食指。食指的顶端被烟熏得蜡黄。

"八百。"田单岭从椅子上站起来。他看见大家依然坐着，又坐了下去。

屋檐下所有的脑袋都转向田单岭。

"你这个小子。"桑园镇的粪帮大爷何文模眯缝着眼，眼光从田单岭的头上的白帕子溜到他穿着草鞋的脚上，"你也想当粪帮大爷？粪帮大爷，是八百块钱就能够当上的？我出九百。"

何文模低头去吹纸捻，准备再吸一管水烟。这时，他听见田单岭说："一千。"

一股气流从何文模的口腔冲出，正要把舌头推到嘴唇边，但这股气流突然失去了劲道，舌头也在半途失去了力度，没有猛烈地堵住嘴唇，也就没有吹燃纸捻。他咂了咂嘴，放下纸捻。"你英雄。"他说，"你英雄。我也来一千。再多一点，这件事情就闹得不像话了。你说呢，朱大爷？"

"各位大爷，还有没有人喊价？"朱代普说，"两个人都喊一千，我该给哪一个呢？"

屋檐下的粪帮大爷看着他们三个人。没有一个人说话。

"这样吧，我来说两句。"朱代普说，"粪肥生意，和所有生意一样，是有规矩的。我们也按规矩来办这件事情。这里有半桶粪肥，你们看。"

朱代普走到粪桶面前。他的右手指着粪桶。

"我们当粪帮的人，讲的第一个字不是'钱'，而是'义'。"朱代普说，"俗话说得好，'仁义仁义，你仁我义'。也就是说，要'仁'才有'义'。这个'仁'，意思就是人和人之间要相互了解，相互敬爱，相互之间要有情义。有了了解，有了敬爱，才谈得上'义'。现在，我们在这里说'义'，不是你我之间的情义，而是你我与它之间的情义。'庄稼一枝花，全靠粪当家'，这是我们的老祖先说的，说得很好。自古以来，粪肥都是庄稼的当家人，庄稼又是我们的当家人。没得庄稼，我们大家都不会站在这里了，早就睡在坟墓里头了。今天，承蒙大家看得起我朱代普，看得起红土镇的粪站，都想来当这个粪站的家，那么，我们就要尊重庄稼的当家人。现在，我们让它来说话。何大爷，田单岭，你们都想把红土镇的粪肥生意接过去，那就要从这里面来拿。"

朱代普先用左手挽起右手的袖子，再用右手挽起左手的袖子。他把右手插进粪里，慢慢搅了两圈。

"你们两个，哪个先来。你们要给我讲，这半桶粪肥，里面有没有掺泥沙，假若有，又掺了好多呢？"

朱代普从粪桶里拔出手，挨近地面轻轻甩了甩。站在旁边的朱老八抄起一个木瓢，从一个木盆舀水给他冲洗，然后拿出一块洋碱让他抹手。

何文模伸手在粪桶里拌了两圈。他抽出手，把沾在手上的粪汁甩在地上。

"里面掺了泥沙，至少有两成。"何文模沉着地说。他向朱老八走去，双手伸在朱老八手中的木瓢下面。

"莫忙，莫忙。"朱代普对何文模说，"午时已过，何大爷一定饿了。朱老八，你去给何大爷拿一个锅盔来。"

朱老八放下木瓢，到屋里拿出一个竹篮子，掀开上面蒙着的布。篮子里面躺着几个灰白色的面饼。

"孙记锅盔夹卤肉，红土镇的特产。"朱代普说，"中午，我给大家备了一桌薄酒，这孙记锅盔，就是其中的点心。这孙记锅盔，是镇西的老孙头的手艺。他用的面粉，是正宗的'兵船牌'，不像我们镇上磨坊磨出的粉，粗拉拉的，连麦麸子都筛不干净。他用的猪肉，是用镇上馆子里的潲水喂大的，不像我们农村里喂的猪，吃牛皮菜和红苕长大，肉也是粗拉拉的。何大爷，你尝尝？"

朱老八把篮子递到何文模面前。何文模向后退了一步。

"朱大爷，你这是，开啥子玩笑哟。"何文模的脸突然涨红了。他又退了一步。

"那好，那好。"朱代普说，"待会，手洗干净了，到陈七的酒馆里再品尝。田单岭，该你了。"

田单岭伸手在粪桶里搅拌。沉重的冰凉的粪肥在手指间滑过，之间有些粗粝的杂物微妙地摩擦着手上的皮肤。他闭上眼睛，拇指和食指捏住一点粪肥捻了捻，细心体味了一会儿，然后抽出手。

"这里面的泥沙，至少有三成。"田单岭说，"我说得对不对，朱大爷？"

朱代普的下巴对着朱老八扬了扬。朱老八把篮子端到田单岭面前。田单岭伸出沾满粪汁的右手，用拇指和食指卡住一个锅盔的边缘，送到嘴边，一口咬下去，咬出一个半圆形。他慢慢咀嚼，咽下去，再咬一口，咬出一个"山"字形。

"好锅盔。"田单岭说。他一口一口地咬锅盔，把一个圆圆的锅盔啃得只剩月牙形，牢牢地卡在沾满粪汁的右手拇指和食指之间。

屋檐下的粪帮大爷全部愣了。他们一起停止吸水烟，默不作声地盯着田单岭的右手，阴燃的纸捻在他们的手指间袅袅冒青烟。

朱代普双手抱拳，向田单岭拱了拱手。

"你跟了我这么些年，现在能够自立门户了。"朱代普说，"你有出息了，我也放心了。"

朱代普对朱老八扬了扬下巴。朱老八赶紧用木瓢舀水给田单岭洗手。

"各位大爷。"朱代普说，"今天，大家都看到了，田单岭这个后生，和粪肥有缘。他说，这桶粪里面掺了三成泥沙。他说对了。他吃了孙记锅盔，他不嫌弃手上的粪是脏物，他做对了。锅盔是粮食，是今生的粮食。大粪也是粮食，是前世的粮食。它们都是粮食，就没得贵贱之分。

这和做生意是一个道理。做生意，就是和人打交道。和人打交道，也没得贵贱之分。他懂这个道理。懂道理的人，是好打交道的人。好打交道的人，就是一个好的生意人。我愿意和这样的人打交道。我想，把红土镇的粪站交到他的手里，各位大爷不会怪罪我老朱吧?"

屋檐下的粪帮大爷都在点头。他们纷纷起身，向陈七的酒馆走去。

红石镇的粪帮大爷刘仕真走在朱代普身边。

"看来，我们都是老朽了。"刘仕真说，"既然后生可畏，朱大爷你为何不把粪站留给自己的公子?"

"假若我的儿子是田单岭，我睡觉也踏实了。"朱代普说，"可惜，我的儿子是朱世昌。"

第七章　子弹横飞水稻田

　　林译苇找到了小说中的图像，找到了小说中的人物，找到了小说中的气味，找到了小说中的声音。在她的意识里，历史是有形的，历史与现在休戚相关，不可分割。这种关系通过一些平凡的场景展现出来——一个人在风中行走，一群人围坐在桌边喝酒，他们的形态也许有些差异，但他们的生活本质从来没有改变过。无论是在城市，还是在乡村，那些沿着一条道路回家的人，都是永恒的身影。

　　人需要历史，社会更需要历史。林译苇想。历史是社会的根基。但历史也是人放置回忆的地方。回忆可以从一个人传达到另一个人的意识里面。这个世界有许多奇怪的通道。

　　林译苇沿着车来人往的街道走到桊子坳汽车站，叶飘已经在那里了。他的一只肩头微微耸着，挂着一个相机包，两手各拿着一瓶矿泉水。他看见林译苇了，向前迎了两步，把一瓶矿泉水递给她。

　　当他们坐上汽车的时候，林译苇从拎包里把徕卡相机取出来，递给叶飘。汽车驶到城外，视野里全是农田和农舍。她的眼前一片浓郁的绿色。在几十年前，田野的色彩也是这样鲜艳，在一百多年前，凡·高的油画就证明了这一点。还有莫奈、毕沙罗、西斯莱的作品，画面充满阳光，城市和田野色彩缤纷。那个时候的田野，也许比现在还要鲜艳。林译苇想，只不过在一个人的记忆里，最先褪去的，就是色彩。一张照片就是一个人记忆的载体，因为它是具体的物质，在时光里会变得模糊，变得脆弱，记忆也是这样。但记忆所承载的事物本身是鲜活的有力度的。这就要看回忆者怎样对待记忆本身了。

汽车开始颠簸起来。这一段公路正在改造，路面被挖得凹陷下去，过往车辆的车轮卷起的尘土久久不散。林译苇看见一个人在路边行走。他走在一条古老的石板路上，这条石板路有一段与公路平行，前面就拐上一座小山坡。那个人正沿着石板路向山坡走去，汽车向前行驶，那个人快要消失在林译苇的视野里了。这时，她的身子一下挺直了——那个人背着一个油画箱。

那个背油画箱的人，穿着一身灰色的中山装，脚上是一双布鞋。在这个时代，还有谁穿一身中山装在野外行走？林译苇扭过头，这个人的身影消失在尘埃里。那是历史的尘埃。历史藏在尘埃里，历史里的人，也藏在尘埃里。林译苇想，叶一峰、田单岭就是尘埃里显形的人。她明白了自己为什么在下雨天特别有灵感，那是因为，下雨的时候，雨水把空中飘浮的尘埃击落，显出了它的形状。尘埃只有落下来，覆盖在某种物质上面，才能显出它的形状。就像一段逝去的往事，只有由一支笔形成文字，或做成雕塑，画成素描、油画、国画，才能显形。叶一峰和田单岭就是在自己笔下显形的人物。

叶一峰行走在一条乡间路上。这条路，是石板路，雨天没有泥泞，晴天没有尘土，所以，他的身影不会马上淹没在历史的尘埃里。

在汽车上，在船上，凡是在移动的物体上，林译苇的思绪就活跃起来。她一直不明白这是怎么回事。刚才，路边那个背油画箱的人让林译苇想起了叶一峰。那是一条通向历史深处的道路。林译苇想。道路在大地上纵横交错，在某一个交会的地方，肯定会发生一些事情。

那一年暑假，叶一峰回家乡。

但他没有背油画箱。那时，他还没有画油画，他还沉浸在雕塑的世界里。汽车只到青石关，他还要在石板铺成的驿道上徒步上百公里，在中途的小镇上夜宿，才能到达家乡桑园镇。如果有钱，可以乘坐滑竿。但叶一峰没有乘坐滑竿的钱。他背着一个帆布画夹，还背着一个布口袋，里面装着一条毛巾，一把牙刷，一块洋碱，两件换洗衣服，还有那部徕卡照相机，它是口袋里最重的物件，也是最重要的物件。相机里装了一个柯达胶卷。这个胶卷，是在贵都城里买的。

有一次，叶一峰和同学乘坐学校食堂买菜的马车进城。马车在贵都城的街道上行驶，经过一家店铺时，一块黄色招牌在叶一峰的眼前晃了一下，上面的字让他跳下马车。

他站在店铺的门口，阅读招牌上的文字——

贵都西华街，美光照相馆，柯达万利软片，柯达全色微粒软片。

招牌上还画着几个黄色的纸盒。这里面就是胶卷了。叶一峰想。他看见过陶雅从相机里取出胶卷冲洗，陶雅还教过他怎样上胶卷。但他从来没有见过胶卷的包装盒。

店铺里的柜台是玻璃做的，里面摆放着黄色的柯达胶卷。一个梳分头的青年坐在柜台后面看一本书。

"买胶卷。"叶一峰说，"柯达胶卷。"

"你找对地方了，我们这里专卖柯达胶卷。"梳分头的青年说，"你要120，还是135？"

叶一峰不明白他在说什么："我用的是徕卡相机。"他从布口袋里取出沉重的相机，放在柜台上，"不知是120，还是135的？"

梳分头的青年肃然起敬。他放下手中的书，两手捧起徕卡相机。

"哈，还是新的。"他说，"我估计，整个贵都城，有这种相机的人，不会超过三个。这是135相机，用135胶卷，你买几个胶卷？"

"就一个。"叶一峰说。

"八角钱。"青年说，"这本书也是八角钱。假若你有雅兴一起买，敝店只收你一块五角钱。假若你添一块钱，还可以买一套冲洗药品，敝店还送你五张七英寸相纸。"

两块五角钱，相当于学校一个月的伙食费。叶一峰想，这次大不了不买衣服。叶一峰想。他掏出三元国币，这是昨天才收到的。父亲寄钱给他买衣服，还在信里说，贵都城很大，买衣服比家乡的小镇更方便。叶一峰用这笔钱买下一个胶卷，一套冲洗药品，一本书。书的名字叫《柯达摄影术》，这本书是精装本，封面上写着：日常摄影之必备参考书。柯达公司·上海。

青年又递给他三个纸袋："这个纸袋是显影液，这个纸袋是定影液，这个纸袋是相纸。你会冲洗照片吧？"

"试过一次。"叶一峰说。

"一次是不够的。如果你想提升自己的水平，《柯达摄影术》可以帮助你。"青年又递给叶一峰一个空纸袋，"这是敝店的照片包装袋。如果你自己不想冲印照片，可以交给敝店做。欢迎光临。"

这是一个黄色的纸袋，上面印着几行文字：

请由此中选取较好之底片将由敝处放大。照片一经放大，优点毕露，观感一新，可以悬诸家中作为美术陈设，可以赠送亲友作为特殊礼物。请即购备柯达软片，以便随时摄得佳照。

造型艺术的另一个天地从此向叶一峰展开。林译苇想。雕塑是立体造型艺术，摄影和绘画是平面造型艺术，从雕塑到摄影和绘画的过程，是叶一峰的艺术道路从立体到平面的过程。这与他的生活经历恰好相反。当他生活很单纯的时候，造型艺术以立体的形式在他的眼前出现。当他的生活变得很复杂的时候，造型艺术以平面的形式在他眼前展开。立体的造型艺术像一座山，矗立在叶一峰的面前，让他抬头仰望。而平面的造型艺术像流水，在大地上漫延，把他的命运带到四面八方。对叶一峰而言，雕塑这座山峰虽然很高，但具有方向性，那就是向上，向着天空，向着一个终极目标，他知道自己应该往什么地方走。而摄影和绘画又像大地流淌的水，方向性时刻在改变，让他感到茫然。他的命运的形状与他从事的造型艺术有微妙的相通之处，但在那个时候，叶一峰并没有考虑命运的事情。林译苇想。

回家的途中，叶一峰有许多写生的时间。当他走累了的时候，就坐在路边，打开帆布画夹，铺上一张纸，用铅笔画速写。他画下了一个背篓的老农民，还画了几个青年女子的身影，她们在路上行走。人体解剖课已经上完了，他一闭上眼睛，人体的骨骼就会在黑暗中浮现出来，每一块骨头都清晰可辨。在上人体写生课的时候，叶一峰画过裸体老头，裸体妇人，当然，那是一个老女人。现在，叶一峰已经对人体的构造了如指掌，了解他们的骨骼，了解他们的肌肉。但他面对一个在生活中活动的女人时，会产生一种陌生的感觉，而且，这种感觉不会重复。与教室里的裸体模特不一样，生活中的女人充满活力，与她身边的房舍、土地和小孩相联系，就会产生新的景象，充满温馨的生活味道。虽然她们都穿着各种衣服，但叶一峰能够清晰地辨识出她们身体的肌肤形状。他在纸上用铅笔画出她们的动态，她们与环境的关系，房舍，土地，庄稼，牛羊，小孩儿，还有天空的云彩。

在最值得留下影像的地方，叶一峰会取出照相机，把要拍摄的对象框进淡灰色的取景框，对准焦距，摁下快门。自从把柯达胶卷装在相机里后，他已经拍摄了三张。一张是站在贵都城外的山顶上拍摄的贵都美术专科学校的全景，一张是刚下汽车步行的时候，他对着石板铺成的驿道拍摄的，还有一张是他在一个小镇边拍摄的。那个小镇的名字叫青冈镇。青冈镇坐落在平原和大山的交界处。石板驿道穿进小镇，在街道拐弯处消失。叶一峰知道，它还会出现，只要跟随它走，它就把自己带到自己想去的地方。"在小路拐弯的地方，你会发现一些新奇的东西。"

林译苇再次想起了自己在什么地方读到过的一句话。而这句话马上就要在叶一峰身上应验了。

青冈镇有一段街道的上空被天棚封住了，这是它与众不同的地方。街道两边的屋檐向中间延伸，形成天棚，为赶场的村民遮风挡雨。叶一峰站在青冈镇的场口，从布口袋里取出照相机，对准这段街道拍摄了一张照片。这台奇异的小机器吸引了路人的眼光。在他们的心目中，叶一峰一下子就成了奇异的人。但叶一峰并没有在意。他沿着石板驿道走进青冈镇。这里离他的家乡小镇还有八十里，他必须在这里住一个晚上。

青冈镇上有好几家客栈。去年叶一峰到贵都美术专科学校报名时，住在木板桥客栈里。这个客栈坐落在青冈镇的青溪河畔，与一座古老的木板桥相邻。上次，叶一峰住在二楼，推开木板窗，青溪河的流水声就涌入房间。他在这个房间里睡得很香。现在，他找到木板桥客栈。客栈外面的石板阶沿上，一个头上包着头帕、腰扎围裙、肩搭干净毛巾的"幺师"正满脸笑容地吆喝：

"客呀客，天黑落店歇。坐轿的客，骑马的客，滑竿客，担子客，盐客，包袱客，杂货客，七十二行，八十八样，走南闯北，去东到西的过路客，天色已不早，请进小店歇。房间又干净，墙壁又雪白，臭虫虼蚤都没得。"

幺师看见叶一峰走过来，便快步上前，取下肩上毛巾，殷勤地掸去叶一峰身上的灰尘，热情招呼道："这位客官，里面——请——"

"我要住去年的房间。"叶一峰进门后，一边上楼一边说。

"你去年住的哪一间房？"幺师跟在叶一峰身后问。

叶一峰走上二楼，指着一扇门："就是这间。"

"客官，你是一个鸿运高照的人。"幺师说，"这个房间正好空着，专门等客官来。你稍等片刻，我来开门。"

幺师从腰带上解下一大串铜钥匙，挑选了一把，打开门上的铜锁。他推开门，一阵清凉的气息扑面而来。叶一峰又听见了青溪河的潺潺流水声，但情况有点不对。

窗户开着，叶一峰走到窗边。他看见了那条河流。在河边，有一棵树。这是一棵死去的麻柳树，树身约一人合抱，几根粗大的树枝从树身两米高的地方长出来，向四面八方伸展，在河流的背景下，构成优美的图案。叶一峰一下明白了，几个月前，他在贵都河边写生时，发现一棵眼熟的树。原来，它就是这棵树。去年，他去贵都美术专科学校报名时，住在这间客房里，看见了这棵枯树。后来，他在贵都河边写生时，再次看见了这棵树。当然，它们肯定不是同一棵树，但都是麻柳树，它们长得惊人的相似，而且，它们都死亡了。

叶一峰理解不了其中的含义。他呆呆地在窗前站立了很久。不可避免地，他想起了陶雅。

当他离开学校回家的途中，陶雅的身影经常出现在他的眼前。他明白，那是幻觉。前面走着一个青年女子，只要身材与陶雅相仿，叶一峰往往会把她想象成陶雅。他从来没有见过陶雅的裸体，但是，凭着他学到的人体结构知识，即使在衣物的包裹下，叶一峰也了解陶雅的身材特征。他清楚地知道她的腰部的形状，乳房的形状，臀部的形状，大腿的形状。至于她的颈部、手臂、小腿，他更了解。因为，他不止一次地近距离看到过。陶雅的身材不高，但很匀称、很灵活。有时，叶一峰会想象把陶雅抱在自己怀里的情景。叶一峰从来没有抱过女人，他在教室里对着裸体女人写生的时候，也曾想过，如果对方是陶雅，会是怎样的感觉。无论如何，近距离观察一个裸体女人与把一个鲜活的，会呼吸，会挖苦人的，体温没有被空气带走的女人抱在怀里，完全是两种感觉。也许，陶雅正是感觉到了我的龌龊想法，才对我不客气。叶一峰想。

叶一峰取出照相机，站在窗前，对准那棵干枯的麻柳树拍摄了一张照片。那天晚上，他失眠了。晚饭后，他躺在床上，看着黑暗怎样侵入房间，又怎样从房间褪去。

早上，叶一峰起床漱洗后，吃了一个客栈做的锅盔，又买了两个锅盔放进布口袋里当干粮。他出了小镇，继续沿着石板路向前走。这时，他心中感觉到有什么地方不对劲。有什么东西发生了变化，他一时弄不明白。

乡村依然如旧，田野里活动着牛羊、农夫和健壮的农妇，还有羞涩的村姑。石板路在早晨的阳光照耀下，像泼了一层油，闪闪发亮。叶一峰走了一个时辰，前面的山更高大，树林更茂密了。一条小溪始终在他的右边流淌，小溪边是一些稻田，稻子已经扬花了，如果有风掠过，空气中会飘过一阵稻花的暗香。

在石板路上行走，每次在拐弯的时候，叶一峰的心里就暗暗盼望，陶雅会突然出现在拐弯的地方。但这是不可能的事情。叶一峰很明白，陶雅现在正在万里以外的法国，在一座名叫巴黎的大城市里，和她的章远航在一起。当叶一峰把两个锅盔放进布口袋里，在中国农村的田野里赶路时，陶雅和章远航也许正坐在巴黎蒙马特高地的小咖啡馆和朋友高谈阔论。她永远不可能出现在他的生活里了。她属于章远航，属于巴黎，属于她自己。只有她留下的照相机陪伴着自己。

叶一峰听见后面有人走来，脚步声很急。他没有回头就往路边让。后面的人没有超过他，而是站在他的身后，用一个硬邦邦的东西抵住他的腰部。

"我们大爷请你走一趟。"一个陌生的声音说。

"我不认识你的大爷。"叶一峰说。他转过身，看见三个人站在他身边。其中一个人拿着一支手枪。

"我也不认识你们。"叶一峰说。

"那好，我们现在算是认识了。"另一个人一边说，一边伸手去抓叶一峰的布口袋。叶一峰抓住口袋不松手，"这是我的口袋。"

"我来帮你背这个口袋。"那个人说，"你肯定背累了。"

"我不累。"叶一峰说，"我没有请你帮我背。"

手枪在他的腰部抵得更深了。叶一峰松开手。他张了张嘴，想说什么，却说不出来。他终于明白遇见什么人了。

"我身上没有钱。"叶一峰说。

那个抓走口袋的人从口袋里拿出照相机，"你有这个洋机器，还好意思说自己没有钱？"

"那是别人送的。"叶一峰说。

这三个人彼此看了一眼，同时发出哈哈哈的笑声。

"咋个没得人送给我呢？"一个人说。

"也没得人送给我。"另一个人说，"你这个小子，看你的脸这么白，手这么细嫩，是一个读书人吧，书上没有教你咋个扯谎么？这样的书，读来又有啥子用处呢？还不如一张一张撕下来揩屁股。"

他们又开始笑。拿枪的人把枪管在叶一峰的腰部抵得更紧了。

"你最好乖乖地跟我们走一趟。"他说，"到了我们的棚子里，你就晓得了。"

"我不去。"叶一峰说。

"奇怪了，奇怪了，你还敢说'不去'？这个事情，咋个由得你呢？"拿枪的人说，"你信不信，我可以先用枪打断你的脚杆，我们几弟兄再在路边随便砍两根竹子，绑个滑竿把你抬上山。上次我们在山里打了一头野猪，就是这样子抬的。我看你这个样子，不比那只野猪重。"

叶一峰感觉到全身发木，连走路的力气也没有了。他机械地移动脚步，夹在他们中间向前走。那个拿枪的人把手枪藏在衣襟里，两只手抱在胸前。石板路上的行人不多。几个村民与他们擦肩而过，他们有的背着背篓，有的牵着水牛，对这一行人没有丝毫兴趣。叶一峰想喊，但不知喊什么，喊了之后又会怎样，他心里没有数。

石板路拐了一个大弯，路边的林木稀疏一些了，左边是一条上山的小路，右边的坡下是一大片水稻田。水稻田的尽头是一条小河，河上架着一座小石桥。几个村民正在田里薅秧，他们的裤子挽得高高的，赤着脚在田里踩来踩去，把杂草踩进泥里当肥料。今年夏天遇到大旱，田里几乎干涸，只剩下浅浅一层水。村民一边薅秧，一边享受淤泥从脚趾缝里钻出来的乐趣。

叶一峰能感觉到，那个硬邦邦的枪管又抵在腰部，并且向左边用力。

"走这边。"拿枪的人说。

叶一峰在心里做了一个决定。他闭了一下眼睛，再睁开时，发觉自己已经跳到石板路的斜坡下面，站在草丛中。他的力气又恢复了。他踩着一条田埂向前跑，跑出十多步远，突然感觉到一只灼热的蝗虫带着一股硝烟味掠过右耳。他前方的稻田炸开一个箩筐大小的坑，绿色的水稻秧和乌黑的稀泥块飞溅到空中。与此同时，一声清脆的枪响从身后传来。

"你这个小子，不要命了，还要跑哇？"那个拿枪的人大声喊，"你再跑，老子真的要打断你的脚杆了！"

正在田里薅秧的村民直起身子，呆呆地立在田里，像一个又一个挂着破衣服的稻草人，叶一峰也停住了脚步。

"自己走回来。"拿枪的人说，"我数三下，一，二……"

叶一峰转过身，耷拉着肩头，慢慢向回走。

"快一点！"那个人说，"你像刚才那样跑啊，你跑得再快，有那只野猪跑得快么？有老子的子弹跑得快么？"

叶一峰走回石板路的斜坡下。斜坡上的草是贴着地面生长的铁线草，叶一峰踩在上面，有点打滑。那三个人抓住他的胳膊，把他提到石板路上，架着他沿小路向山上走。

"你再跑，老子真的要把你脚杆打断。"拿枪的人说。

"这句话，你说过三次了。"叶一峰说。

"你还嘴犟。"拿枪的人踢了叶一峰一脚，"走快点！"

汽车驶到天顶寨。今天是阴天，昨夜的大风把天空舔舐得干干净净，天空呈现出纯净的灰色。但风还是比较大。林译苇下车后，在风中站了一会儿。透过停车场旁边竹林的竹枝间隙，她看见了一条石板路向坡上延伸。

"今天我们往哪里走？"叶飘问。

"走那边。"林译苇说，"我们到石板路上去走走，看看在小路拐弯的地方，我们能发现什么。"

这条石板路磨损得厉害，看起来，它的历史比较久了。石板上有一些坑洼和凹槽，也许是过去的马蹄和车轮留下的。那时运输主要靠河流和动物。林译苇想。人们用船和骡马，把货物和人本身运送到四面八方。同时，也把自己的命运交付给水、风，以及动物的肌肉所产生的能量。现在，一个人要在空间移动，有很多种便捷的方式。他可以乘船，也可以坐车，还可以搭飞机。但人与人之间的关系依旧。

今天到这里来，没有别的事情。林译苇只是想在乡间走一走，用徕卡相机拍摄几张照片。在车上的时候，林译苇看见那个背油画箱的人走在石板路上时，就想到叶一峰也应该在石板路上行走。不过，那是几十年前的石板路，叶一峰在上面行走时，他的命运随着道路的拐弯发生了变化。现在，乡间许多石板路还存在，上面走着一些各怀心事的人。

当年叶一峰在石板路上行走时，会不时把双手举在眼前，左手食指与拇指伸直，形成一个九十度的角度，与右手伸直的食指与拇指搭成一个长方形的框架。它像一个画框，也像照相机的取景框。透过这个框，他看到的世界就会成为一个裁剪了的画面，里面装着他看见的东西。林译苇想。她在一本书里读到，画家经常用这样的方式观察事物，寻找灵感。他们看见的事物，是一种被经验过滤了的事物。事物被注入经验，才有意味。画家在一个画面里用画笔填满他对世界的认识，摄影者在一个取景框里摄取有质感的影像。这种质感来自摄影者本身，只不过，他透过取景框，在陌生的对象身上发现了熟悉。

在石板路拐弯的地方，林译苇把双手举在眼前，食指和拇指交叉，做了一个取景框。景物一旦进入这个框子，它们的含义马上改变。景物与框子发生了关系，它们依托框子的边缘，立刻有了自己的位置。位置决定价值。林译苇透过框子看见了一个完整的画面——阴天的石板路呈现出纯净的灰色。几个村民从画面外走进来，沿着石板路走近自己，然后消失。这仿佛是一个电影的镜头。然后，又出现了两个人，一男一女。这是两个城里人，男人像自己的丈夫韩其楼，提着一个鸟笼。女的是一个陌生人，身材娇小。他们之间的距离说明他们不是夫妻，甚至不是恋人，但看得出来，他们的关系还是很亲密。他们并肩走着，由于路面有坑洼，他们走得不平稳，彼此的肩膀偶尔撞一下。当他们走到距林译苇几步远的时候，那个男人停了下来。

林译苇以为，她的手指做成的框子框住了一个梦。框子里的东西模糊了。林译苇的双手缓缓地从眼前放下，她的心跳几乎停止了，她的时间一下就失去了骨头。那个停下脚步的男人，真的是她的丈夫韩其楼。

天还没有亮的时候，用不着手机设定的闹铃提醒，韩其楼就醒了。他穿好衣服，窗外的天色还是灰暗的，但野鸟已经在楼下的树丛里叫了。他的"伤兵"也在阳台上的笼子里叫。只要是鸟，它们都喜欢在清晨鸣叫。也许这是它们迎接新的一天的共同方式，也许它们在互相打招呼，无论是笼子里面的，还是笼子外面的。

这段时间，"伤兵"的伤口恢复得很好，左脚的骨头已经痊愈。前几天，拆掉作为夹板的牙签后，淡黄色的脚杆变得溜直，曾经折断的地方已经看不出来了。他轻轻捏了捏"伤兵"温热的左脚杆，还是能够感觉到一点轻微的凸起，那是骨头愈合时产生的骨痂。他放开手，"伤兵"站在栖木上，挺着胸脯，乌溜溜的眼珠盯着他，显得很精神。

韩其楼取出鸟笼的托粪盘，在厨房的水池里清洗后又换上去。他放下鸟笼的布罩，取下鸟笼。他提着"伤兵"离开家，在关门的时候，他尽量小心，不让门发出响声。

每天上班的时候，韩其楼和妻子林译苇都是各走各路。虽然他们的单位在一个方向，而且也相距不远，但自从分居以后，他们上班不再一起走。

今天是阴天，街道上很干净。城市里的私家车越来越多，街道显得越来越窄。一些车辆开上人行道停放，车轮把水泥地砖碾成碎块。这些碎块让韩其楼感到一丝亲切。在意识深处，他喜欢这些碎块。他喜欢破碎的不规则的城市景观。这与他的境遇相符。

韩其楼不喜欢太现代化的城市。他在里面找不到感觉。找不到感觉就意味着找不到自己。那些鳞次栉比的高楼和整齐的道路让他感到陌生，他不能融入其中。只有开私家车的人，钱包里有各种银行卡的人，他们才是属于这座城市的人。他们能够在这座城市里自由穿梭，随心所欲地购买各种物质。而韩其楼仅是一个在文化部门工作的人，他的全部收入只有工资本身。他知道自己不喜欢这座城市，或其他现代化的城市，是因为自己缺乏必要的物质基础而不能在其中获得自由的感觉。这是一个卑劣的理由，他想。但他只拥有这样一个理由。

所以，韩其楼才会在一个阴天的早晨，提着他的画眉鸟笼出了门。他今天要去的地方是高峰砦。他的衣兜里揣着一枚紫色水晶雕琢的坠子，形状像英语字母"W"。他早就看中了它，几天前，他才在那家店子里把它买下来，他要把它挂在文纹的胸前。

韩其楼曾经看中了一枚蓝宝石戒指，他想把这枚戒指戴在文纹的手指上。她的手指很白很纤细，戴上这枚戒指，一定很好看。他想把它戴在她的右手中指上。它会在她的手指上闪烁幽幽的蓝色光芒，但这也是荒唐的光芒。他曾在一本书里读到过，这是未婚女子的戴法。文纹不是未婚女子，也不是已婚女子。用旧时的话来说，她是一个小寡妇。用现在的话来说，她是一个单身母亲。寡妇是一个很暧昧的词，指向很明白，含义却很复杂。这个词经常出现在旧小说里。在一个相对封闭的社会里，人们的日常生活都很平凡，也很乏味，像一潭死水，寡妇就是一块小小的石子，会在水潭里激起一阵涟漪。韩其楼想起自己在一些小说里读到的故事，那些故事发生在遥远的乡村，那些在战乱中或灾难中失去丈夫的寡妇就成了当地不安定的因素。"寡妇门前是非多"，这是古代的人们留下的一句话。因为生活大同小异，所以它流传至今。

然而，文纹带着女儿安静地生活在天顶小学的一座石头房子里，没有招惹谁。但她悄悄地从那间石头房子搬到另一间房子里了。那是韩其楼的心房。说到底，她还是一个不安定的因素。至少对韩其楼而言，是这样。

现在，文纹已经盘踞在韩其楼的心中。或者说，已经住在他的心房里。韩其楼感觉到自己很累。他的人生没有蓝图，生活也就没有计划，没有步骤。韩其楼的人生曾经是有蓝图的，却被生活磨蚀了。现在，每一天，都是他人生的全部。

在女人面前，韩其楼总是被不确定的激情左右。如果有一个标准，那就是，她是否是一个需要自己用全身心去思念的女人。但这个标准也是模糊的，在一个具体的女人面前，韩其楼无法知道自己激情的性质。这是他恨自己的地方。但他无法改变自己。

一个三十八岁的男人，守着一份报酬不高的工作，生活在一个物质文明飞速发展的时代，韩其楼感到自己正在苍老，他的视力在下降，看见的都是灰暗的东西。他感到，自己是一个没有力量的人。因为许多东西都与自己无关——私家车，装修过的新房子，周末外出旅游。在那些大街小巷或豪华或简陋的餐饮店里频频举办的饭局上，没有他的座位——没有谁请他吃饭，因为他没有身份，没有地位，没有能力帮助别人。他的朋友都是穷人，但同学除外。朋友是自己选择的，同学是命运安排的。每年有那么几次同学聚会，越来越多的同学会在宴席上说："我不能喝酒，我要开车。"优雅的语调里暗含着一种气派。韩其楼发现，这个世界离他越来越远，但一个女人会把他拉到另一个世界里面。与一个女人在一起，透过她对自己真诚的笑容，他看见了一个逝去了的世界，在这个世界里，他相信精神还存在，因此，他可以思考一下人生的意义。而这种思维方式是他多年前就有过的。那时，他阅读了大量的文学作品，透过别人提供的信息，他领略了更广泛的生活方式，通过虚构认识了另一种真实。在那个世界里，他获得了一种自由。

但这种自由却因他自己而丧失。就像他把握不住激情的性质，激情就成为洪水，把他冲出了这个世界，冲出了他的日常生活范畴，把一个装着画眉的鸟笼冲到他的面前。但他还是能够清醒地意识到，这场洪水从一条小溪开始。这条小溪的名字叫刘雅。

他们在小溪形成的河流里随波逐流，离开原来的生活。最后，刘雅也离开了他。当他们分手时，刘雅说，她不会想他的。真的是这样就好了。韩其楼想。但事实不会这样。他最大的优点，就是能够镇静地承受任何打击。他相信，当时自己的神情一点都没有变化。也许这样会让她失望，或者愤怒。实际上，也没有。表面上，他们都很平静。

平静只是表面。之后的几天，他经常失眠，白天情绪低落。往事正在远离他，但往事的光和影却时常在他的生活里闪烁，把他的日子搅得七零八落。不久，文纹又在一片混乱的光影中走进了他。是的，是在一个偏僻的乡村学校，她仿佛是从几十年前的时光里浮现。韩其楼看过一部描述乡村教师生活的电影《美丽的大脚》，里面的人物是一个农村妇女和一个来自城里的女教师。文纹学校的环境比电影里的学校好得多，但她与电影里的女教师不一样。在《美丽的大脚》里，学校的老师夏雨是城里来的志愿者，而文纹本身就是乡村女教师。她住在竹林边一幢陈旧的石头房子里，和她的女儿生活在一起。这样的生活形态在时空里产生了一种错觉，让韩其楼感觉到她们生存在过去的年代。但韩其楼知道，有一根链条把生活在过去年代的文纹直接拉到了现代社会，而且拉进了一个韩其楼不能进去的世界，那是一个相对有钱的人的世界。他们有房有车有产业，当然也应该拥有一个漂亮的女人。手持这根链条的人，就是那个搞企业的鲁兆平。

在某种意义上，韩其楼喜欢过去的年代。有一种陈旧的温暖会从那个年代里滋生，漫延在他的意识里，为他的一言一行增添一点浅褐色的色调，以此过滤一下当今的喧嚣。这样，当他行走时，就不会因生活四周的色彩太绚丽而感到头晕目眩。一闭上眼睛，他经常回想起过去的事情。过去的事情很杂，而且没有主题。音乐，绘画，小说都有主题，人生却没有，至少他的人生没有主题。没有主题的往事就没有凝聚力。没有凝聚力的往事会变成为碎片，会经常飞到他的现实生活里来。他手中鸟笼里的"伤兵"就像一块碎片，从他某一件被遗忘的往事里迸溅出来，在一个下雨的黄昏，落到他的阳台上。

"伤兵"的伤已经痊愈。骨折的左脚已经结了骨痂，与右脚并在一起，紧紧抓住栖木，身子像一尊小小的雕塑，牢牢地站在笼子里。下一次就让它参加比赛。韩其楼想。无论它能不能赢，都能给它的生命增添光彩。

韩其楼提着"伤兵"，登上了去天顶寨的班车。他要到高峰岩下面的天顶小学去，他要让"伤兵"听一听那里的画眉叫声，他要与文纹见上一面。这是昨天在电话里约好了的，他要把那枚紫水晶坠子挂在文纹的胸前。这是一件精致的小事情，没有什么意义，但值得去做。

"你戴上这个坠子，更漂亮。它为你增添了气质。"当他见到文纹时，她站在学校外面那丛竹林旁边的小路上。这是他们约定的地方。他从衣袋里摸出一个紫色的塑料小盒子，打开盒子，系在一根黑色链子上的紫色"W"水晶坠子安静地躺在黄色的丝绒垫子上。他把链子提起来，绕在文纹的脖子上，扣好。水晶坠子贴在文纹颈窝下面的皮肤上。它的确为文纹增添了一分气质，一分文静与妖冶综合在一起的气质。但她的眼睛永远是单纯无邪的。她盯着他，微笑了一下。

韩其楼感觉到，这笑容是挤出来的。但是，有一点他是能够肯定的：他站在文纹的眼睛里，又被她脸上的笑容挤到了一边。

在这一刻，韩其楼感觉到，文纹并不喜欢这条项链，或者，她不看重这条项链。在她的眼神里，有一种被感动的神色，那里面包含着一丝内疚和无奈。她的激情已经消失。这种情绪一下就感染了韩其楼。他突然疲倦了。然后，一种轻松的快感漫延全身。那是解脱的感觉。

他们并肩向前走。文纹摸了一下颈窝下面的坠子，又把手放下来。韩其楼提着鸟笼，"伤兵"在笼子里不声不响。在他们四周，鸟的叫声此起彼伏。其中有画眉。它们在不远处的竹林里飞来飞去。"'伤兵'代表我的心"。韩其楼突然想到一句歌词："月亮代表我的心"。当一个人感到孤独的时候，就会找一种类似的情景来包裹自己的心境。这是一种古老的文学手法，《诗经》就是这样诞生的。"伤兵"住在笼子里，我的心也装在一个笼子里，不自由。韩其楼想。虽然那是一个温暖的笼子，但它也是一个黑暗的笼子。是该飞出去的时候了。

韩其楼把笼子的罩布掀开。光线涌入"伤兵"的眼睛，它短促地叫了一声。当它适应四周的景物之后，移动了一下位置，又牢牢地站在笼子里的栖木上。韩其楼的心脏稍微往下沉了一点。它已经喜欢上了这黑暗而又温暖的环境。就像自己一样，曾经喜欢没有方向的世界。与"伤兵"不一样的是，自己有时要考虑离开的那一天。

韩其楼和文纹并肩向前走，方向已经很明确。所以，韩其楼向她靠近了一点。他的左臂挨着她的右肩。这是他们有限的肌肤之亲，但他已经不紧张了。石板路仿佛变得明亮了一些，一块一块石板就像钢琴的琴键。他踩在琴键上，古代的韵律从脚底升起，单调，舒缓，幽深。那无声的旋律随着石板路的蜿蜒起伏变化着，向前进的方向延伸。然后，戛然而止。有人踩断了旋律。

在旋律中断的地方，站着两个人，一个身材高大的青年，一个穿着黑色风衣的女子。那是他的妻子林译苇。韩其楼一时不明白，为什么会出现这样的状况。

他看见妻子愣愣地站在前面的石板路上，身姿僵硬而且骄傲。韩其楼眼前的景物变成空白，只容下妻子和那个年轻人的身影。他本能地把鸟笼提起来，他想看看"伤兵"吓着没有。"伤兵"镇静地站在栖木上，身子骄傲地挺立着，与妻子林译苇的姿势相似。

杨林走进了那幢房子。

金人立坐在麻将馆外面的一把塑料椅子上，离那幢房子二十多米远，中间隔着一条街道。金人立端着茶杯，眼角瞟着杨林消失在那幢房子里。

那幢房子是一幢陈旧的红砖墙房子，金人立在几天前就开始注意它。那天，他从茶楼里跟踪杨林到这里。昨天，他从市第一人民医院把妻子接回家后，今天专门来此地等杨林。

楠江市第一人民医院坐落在城区的东南部。一条狭窄的街道把医院与大街连接起来。几年来，金人立经常在这条小街上行走，他把妻子送到医院检查、治疗，然后送回家。现在，小街越来越拥挤，因为私家车越来越多。这一次，是他最后一次把妻子接回家。永远的回家。

金人立的家距离市第一人民医院不到一千米。一条长长的街道，一条小巷，就到了。这是一条热闹的大街，一条布满手工艺店铺的小巷，上面行走着一些与自己无关的人。近年来，街道和小巷的变化越来越快，沿街店铺的外形越来越新颖，但距离仍然是那么长，金人立走在上面，感觉到自己的脚步越来越无力。

从家里到医院，走在这条街上，他都牵着妻子的手。妻子的手越来越瘦，越来越凉。他感觉到，妻子手上的肉正逐渐消失在骨头深处。她的体重也越来越轻。

当年结婚那天，他们没有举行婚礼，只在家里设了一桌便宴。妻子的父母没有来庆贺，只有他的父母来了。他们喜欢这个儿媳，但亲家不喜欢这个女婿。金人立的母亲把一个银手镯套在儿媳的左手腕上，这是她的母亲留给她的，是民国时期在一个小镇的银匠店铺里打造的，因年代久远，通体散发出沉重的幽光。银镯戴在妻子的手腕上，再也没有取下来。

金人立的老家在天顶寨。那个时候，天顶寨叫天顶公社，现在叫天顶镇，但人们习惯称它为天顶寨。与他做牛角梳的手艺一样，他的武术也是向一位老人学来的，当时，他还在读初中。

这位老人名叫黄渊，是一位旧军人，他住在场镇尾部一幢旧房子里。几十年前，抗战胜利不久，内战又开始了。在一次战役中，黄渊被解放军俘虏。他不愿再当兵，解放军给他发了遣散费，让他回了家。黄渊在家乡种地，后来进入木梳生产合作社。那是供销社的一个部门，厂房就是场镇后面临河边的一排瓦房。黄渊的工作是锯梳齿。做木梳的材料是采购员从外地买回的枣木和梨木，这些木头都有几十年或上百年树龄，粗大，笔直，无疤痕，无畸杈，木质坚硬，呈浅红色或浅褐色。黄渊把木头平放在木板做成的工作台上，两端用铁爪钉牢固，用铁锯子沿着水平方向把坚硬的木料锯出深深的槽，这道工艺名叫"开齿"。然后，他再横着锯，锯下的一块块木片就成了梳子的雏形。

成型后的梳子还要经过七八道工序。剩下的工序由另外的人来完成——打磨、雕花、上漆。黄渊只做开齿的工序，但他对制作木梳的整个工艺流程了如指掌。

金人立遇见黄渊，是在一个下雨天的下午。那时，黄渊生病了，上吐下泻已经三天，没有力气做饭，也就饿了三天，更严重的是，他想喝水，屋里的水缸却滴水不存。黄渊孤身一人，平时用水都是到河里去挑。从他家到河边的路很陡，下雨之后，狭窄的路面变得很滑，无法行走。在高烧中，他的嘴唇布满水泡。他撑起虚弱的身体，迷迷糊糊走到屋后一块水田边，用一个搪瓷缸子去舀水田里的水。田坎的泥土被雨水泡软了，成了稀泥。雨点击打在田里的水面上，也击打在黄渊伸向水面的搪瓷缸子上，仿佛要把缸子打落到水田里。黄渊慢慢在田坎上趴下来，俯下身子，把手中的搪瓷缸子伸到水面，舀了小半缸水喝下肚。他第一次喝水田里的水。过去打仗时，他曾喝过自己的尿。田里的水比尿好喝得多，除了一股腥味，还有一股甘甜味。当他再次舀水时，身子不受控制了，在糊满稀泥的田坎上慢慢下滑，一头栽进水田。

这时，十三岁的金人立披着一件蓑衣，腰间挂着一个竹篾编的笆篓，在水田里蹚来蹚去，用手指抠藏在淤泥里的泥鳅。泥鳅的洞很好辨识，圆圆的，在长着水草和青苔的淤泥里比较显眼。泥鳅的洞有两个口子，一个出口，一个进口。这两个口子一般相距几十厘米。金人立的两只手各卡住一个洞口，中指伸进洞里，慢慢向中间收拢。他的指头在湿滑的泥洞里摸索着前进，一会儿，就会碰触到一个冰凉的活物，它就是泥鳅。它在泥洞里猛烈地缩了一下，消失了。金人立的手继续向前探索，两只手的距离在接近，最后，两只手的手指都触到了正在洞里逃窜的泥鳅，他收拢十指，连同淤泥把泥鳅捧起来，把泥鳅放进笆篓里。

金人立捉了半笆篓泥鳅，抬头看见一个精瘦的老人趴在田坎上用一个缸子舀水喝。他看见老人慢慢滑进水田里，急忙蹚着泥水奔过去，把老人从田里扶起来。老人的衣服湿透了，身子发烫，脸上粘了稀泥，眼睛半闭着。金人立解下身上的蓑衣，给老人披上，躬下身子，把老人背在背上。

金人立知道这个做木梳的老人叫黄渊，还知道他住在哪幢房子里。他把黄渊背回他的屋子。黄渊的屋子里光线很暗，室内很整洁。一张木床，一个木柜，门边有一个做饭的土灶。在屋子中央，有一个木头台子，上面摆放着几把锯子、凿子、刨子。在一个竹筐子里，盛着两只剖开的牛角，台面上还散乱着一些牛角片，已经锯出了梳齿的形状。

金人立费了九牛二虎之力才把黄渊放倒在床上，拿掉滴水的蓑衣。黄渊慢慢坐起来，从木柜子里拿出一套衣服换上。

"谢谢你，孩子。"黄渊说，"你的力气真不小。"

"你不记得我了？"金人立说，"我们经常到木梳社墙边捡木头，只有你不把我们赶走。"

黄渊想起来了。一些孩子经常跑到木梳生产合作社的厂房后面去，把制作木梳剩下的边角余料拿回家当柴火，经理刘玉国对这件事很生气。他经常提着一根木棒在厂房四周走来走去，看见那些偷木头的野孩子，就扬起手中的木棒大声吼叫，把他们赶得四散逃开。"不准那些娃儿偷国家财产！"刘玉国在开职工大会时多次强调这一点，"我们是国家的主人，是主人，就要把自己的财产照看好！"所以，当经理不在时，一些职工看见孩子们在堆放边角余料的墙边转来转去时，也要大声吆喝几下。只有黄渊一声不吭。

但是，黄渊不记得金人立这个野孩子。刚才，这孩子背自己回家时，他感觉到这孩子身体柔韧，有弹性，而且灵活，在滑腻的稀泥路上走得很平稳。他换了衣服，这孩子已经把门前的土灶点燃了火，把一口砂锅坐在灶上，然后跑出门，在水田里把笆篓里的泥鳅洗干净，舀来一缸水放进锅里，做了一锅泥鳅稀饭。

黄渊躺在床上，感觉好多了。也许是身体在水田里浸泡了一下，高烧竟然慢慢退了。金人立在土灶上熬了泥鳅稀饭，盛在一个碗里，端到黄渊面前。

"泥鳅稀饭，我放了盐，不腥。"金人立说，"泥鳅的营养好。我在田里抠了半笆篓泥鳅，我给你煮了一半。剩下的一半，我给我妈妈拿回去。"

泪水从黄渊眼睛里冒出来，沿着脸上曲折的皱纹往下流。他的眼睛被战火的硝烟彻底熏过，而且见过太多的死亡，他曾以为自己早已不会流泪。

黄渊已经三天没有吃饭。喷香的泥鳅肉和带咸味的稀饭在他的肚子里像一股电流，让他全身的力量一点一点恢复。那个孩子坐在桌子边，拿起一块牛角梳的坯子玩耍。

"你叫什么名字？"黄渊问。

"金人立。"

"好名字。"黄渊说，"我要教你做牛角梳。"

那一天，金人立知道了，牛角也能做梳子。他还知道了，黄渊在自己家里悄悄做牛角梳，然后拿到附近的乡场上去卖。但他不知道，黄渊做牛角梳，是因为在战争年代的伏牛山里，有一个村庄，有一个女人。

黄渊是在一次短促的遭遇战后认识那个女人的。当时，黄渊在国民党第 85 军 110 师 328 旅 656 团当兵。一九四四年四月十八日，日军调集十四万八千人，从中牟渡过黄泛区，进攻中原腹地。国民党军汤恩伯部被打败，损失过半。日军迅速占领荥阳、汜水，郑州陷落，洛阳受敌，110 师从嵩县县城以西渡河，向德亭乡、大章乡挺进，最后在潭头镇附近会合。

当年六月的一天，作为侦察兵，黄渊和几个兄弟走在一条山间小路上。他们穿着便衣，肩上挎着粪筐，衣襟里面的腰带上插着毛瑟 M96 手枪。那是通向大章寨的道路，转过一个山头，前面的斜坡上出现了几十个穿黄军装的人。那是日本兵。

那一次，黄渊和兄弟们大意了。在山道上行走，每一个拐弯的地方，都应该让一人先去看一看。但他们忽略了这个规则。他们以为日本人离他们很远，就一边聊天一边走，一个接一个走过了这个拐弯处。当他们发现前方的日本兵时，已经没有退路了——几个男人同时出现在山间小道上，肯定是不寻常的事情，因为身份无法解释。日本兵远远地看见了他们，大声呼喊，要他们停下来，接受检查。

黄渊和兄弟们听不懂日本话，但那意思不用翻译也明白。他们只能转身就跑。山道很窄，一边是悬崖，一边是陡坎。他们只能拼命向前跑，只希望跑到下一个拐弯地方的时候，日本兵还没有追上来。

但日本兵追上来了，虽然相距几百米，但黄渊和兄弟们已经在日本兵的射程里，而黄渊和兄弟们的毛瑟 M96 根本派不上用场。日本人站在山道上，不慌不忙地开枪。三八大盖的射程很远，子弹尖啸着飞来，清脆的枪声也随着传来，在山谷里回响。一些子弹打中了黄渊身边的兄弟，一些子弹钻进了他们身边的崖壁，石头的碎屑四处迸溅。最后，只剩黄渊跑到了下一个拐弯的地方。

从这里可以看得很远。黄渊看见坡下有一个村庄。那是一个小村子，几十幢石头砌的房屋，全部用茅草盖顶。在四周都是绝壁悬崖的山野里，这个村子坐落在锅底似的平地上，村子的周围是高粱地，高粱秸子还没有高过膝盖。黄渊扒下外衣，连同粪筐子扔下悬崖，拎着手枪向村子跑去。

枪声已经惊扰了村民，一些人在村子里乱跑。黄渊跑进村子，把手枪连同两匣子弹藏在一棵歪脖子槐树的树洞里，和慌乱的村民一起，被追进村的日本兵赶到村里一块晒场上。

几十个日本兵端着枪，站在晒场两边。晒场边一个碾盘上，架着一挺歪把子机枪，一个戴眼镜的士兵趴在机枪后面，枪口瞄准晒场上的村民。全村男女老少蹲在地上，一个小孩子被吓哭了，刚哭了几声，就被母亲捂住了嘴。

一个矮个子日本军官在翻译的陪同下，走到晒场里。他的腰间系着一把指挥刀，长长的刀鞘随着他的步伐拍击着他的皮靴。他把手上的白手套一只一只取下来，在手心里拍打了两下，然后用平稳的声调叽里咕噜说了几句。翻译扯直了嗓子，大声说：

"太君说，有一个中国军人跑到这个村子里来了。太君说了，只要你们把这个人指出来，皇军就让你们回家。"

蹲在地上的村民直起身，纷纷扭头左看右看。他们的眼光在黄渊脸上掠过，没有丝毫停留就飘向别处。然后，他们又蹲下来，一声不吭。

日本军官又叽里咕噜说了几句。翻译大声宣布：

"太君说，女的站起来，到这边站好，男的一律不动！"

在日本兵的枪杆驱赶下，女人们走到晒场的一端。

"今天太君心情好，让你们现在回家做午饭。"翻译大声说，"女人把自己的男人领出来，就可以回家了。"

这时，晒场上有点乱了，女人们一窝蜂向自己的男人扑去。一个日本兵向天空开了一枪，女人们一下停住脚步。

"一个一个来，不准乱拉。"翻译直着嗓门说。

女人们一个一个走向男人堆，把自己的男人领出来。一个黑瘦的女人向黄渊走来。她抓住黄渊的手腕，把他扯直身子，大声说："死鬼，还不回家！"

黄渊跟着这个女人走。他们走过日本军官身边时，军官的眼珠在黄渊身上溜了几下，然后向翻译问了一句话。

"哦，太君问她说的什么？她说的'死鬼'。"翻译说，"这个鬼地方，女人都这样称呼自己的男人。"

在日本军官的笑声中，黄渊跟着女人穿过一条石头墙隔成的小巷，来到一幢石头房子面前。门开着，几只芦花鸡在窄小的院坝里东啄西啄。女人把黄渊让进屋子，关上门。

屋里一下就黑暗了许多。但黄渊还是可以看清楚，这个女人的年纪有三十来岁，脸上有一些麻子，长得并不漂亮。她的头发有些稀疏，缠了足的小脚走路时一捣一捣的。

"我男人死了。"女人说，"你就在这里住下，等日本鬼子走远了，你再走。"

黄渊在这间屋子里待了一天。他知道了女人的名字——刘向兰。刘向兰在灶前用柴火给黄渊铺了一张简陋的床，早上起床的时候，黄渊看见她用一把梳子梳头。

这是一把残缺的牛角梳。刘向兰面向木条窗，对着墙上一面圆圆的玻璃镜子，认真地用梳子从额前梳理到后脑，稀疏的头发在梳齿间变得服服帖帖。然后，她把头发挽了一个鬏。

"我的头发不好。"刘向兰略带羞涩地说,"听说用牛角梳子梳头,头发就会长得好。"

黄渊拿过牛角梳。梳子只剩一半,梳齿残缺不全。

"我嫁到张家来的时候,我男人给我买的。这么多年了,我都把它用旧了。"刘向兰说,"我男人姓张。前两年,他赶着马在山路上驮盐巴,被马踢到崖下,他死了。"

那天晚上,一个长着花白山羊胡子的老者带领几个村民来到刘向兰的屋子里,他们带来了从山上打的野兔和果子狸,还带来一罐酒。刘向兰把野物在锅里煮熟后端上桌,一个村民拍掉瓦罐的蜡封,把罐子里的酒倒在一个土碗里。酒的香味立刻在屋子里弥漫。

老者端起酒,举在额前。

"这酒,是山地的高粱、谷底的红苕、沟里的清水酿的土烧白酒,好喝得很,不敲头。我们碾子村的人,要用这酒,敬抗日英雄。"

黄渊恭恭敬敬接过酒碗,转过身,举到刘向兰面前。

"我算不得英雄。"黄渊说,"我的命,是刘大姐给的。我要用这碗酒,敬刘大姐。"

在油灯光的映照下,刘向兰的脸红了,连连摆手。老者说:"大妹子,你喝了这酒,我有话说。"

刘向兰喝了一口酒,脸变得更红了,不停地咳嗽。老者捋着颏下的山羊胡须,等她咳完了,慢悠悠地说,"大兄弟,你今年贵庚几何?还没有成家吧?"

"我属猴。"黄渊说,"还没有成家。"

"哈。"老者说,"大妹子,你属啥呢?"

"属蛇。"刘向兰说。

"嗯,要大三岁。女大三,抱金砖。"老者说,"大兄弟,我们全村人都看见大妹子在日本人的眼皮子底下把你领回了家,你就是她的人,她也就是你的人了。我们几个都是张家的人,我们就代表张家,在这里给张家的大妹子做主了。"

刘向兰两只手蒙着脸。过了一会儿,她小声说,"叔公,我把他领回家，只是不想让他落在日本人手里。"

老者在地上顿了一下脚，有点不耐烦："嘿，大妹子，我们这是在替你做主，在说你的终身大事，你就不要插嘴。"

黄渊站起身，双脚后跟"叭"的一声并拢，同时抬起右手，敬了一个军礼。

"刘大姐是我黄渊的救命恩人，碾子村的全体村民是我黄渊的再生父母。父母之命，不得不从。我黄渊要用一生来报答刘大姐的救命之恩。但我是军人，军令在身，我要先打日本人。把日本人打跑了，我一定回来，照顾刘大姐一辈子。"黄渊说，"下一次，我回到碾子村时，我要送给刘大姐一把新的牛角梳。"

回到部队三个月后，黄渊在国军收复的大章寨买到一把牛角梳。这时，他听说了一件事情——他离开碾子村后几天，日军知道了碾子村是一个"抗日堡垒村"，在一个深夜突袭了村庄，全村男女老少都死在日本人枪下。

当黄渊再次来到碾子村时，他看见了冷冰冰的断垣残壁。曾经的生命全部消失，后来的烟尘也随之消失。黄渊找到了刘向兰的房屋。这幢房子也被火烧过，屋顶的茅草早已被烧光，只剩下焦黑的墙壁。地面覆盖着一层黑乎乎的泥垢，那是灰烬、尘土和雨水的混合物。黄渊在这层黑乎乎的泥垢里寻找。他找到上次喝酒的瓦罐，找到两个缺了口的碗，最后，他找到了那把残缺的牛角梳。

黄渊坐在地上，感到自己的心脏在剧烈疼痛。他把牛角梳紧紧捂在脸上，任凭泪水打湿它。过了一会儿，他从衣袋里取出自己给刘向兰买的新牛角梳，发现它们惊人的相似。看得出来，这两把梳子出于一个人之手。也许，刘向兰的男人也是在大章寨那家牛角梳子店给她买的梳子。

被日本人杀死的碾子村村民后来被附近村庄的人掩埋在村边一个洼地里。这段时间下了几场雨，洼地已经长出了短短的草。部分地方土层下陷，有些地方还开裂了，黄渊围绕洼地走了一圈儿，不知道在哪里埋着刘向兰的尸首。他用手刨了一个坑，把两把梳子埋在土里，然后用石头垒了一个小小的坟。

在以后的岁月里，黄渊经历了太多的磨难。很多年以后，当他在天顶寨公社木梳生产合作社做木梳时，有一次在河边捡了一只水牛角，就开始了他做牛角梳的生涯。他到处捡牛角，水牛角，黄牛角，遇见别人丢弃的山羊角，他也把它捡起来做成小梳子。他偷偷地在家里做梳子，慢慢地做，每一把都做得很精致。牛角梳做得多了，他就把它们包在一块布里，到十几里外的乡场上去赶场，在街边把布摊开，亮出他的牛角梳和羊角梳。如果买梳子的人没有钱，也可以用东西来换。往往在散场时，黄渊就背着几斤米或一只鸡或两瓶红苕酒回家。

与木梳不一样，做牛角梳，要先把牛角切成片，蒸煮后压平，再开齿、打磨、抛光。黄渊每天下班后，就在家里做牛角梳。在做牛角梳的时候，黄渊经常想起伏牛山区的碾子村，刘向兰用牛角梳梳头的情景时常闪现在他的眼前。刘向兰已经成了他的老婆，但是，他还没有摸过她的手，只是被她抓过手。刘向兰当着日本兵的面，抓住他的手腕，把他拉回家时，他感到她的手在微微发抖。那种感觉，在几十年后，还在他心中震颤。后来，当他跌落在水田里，被一个孩子背回家时，在孩子背上的感觉，就像当年在碾子村跟着刘向兰回家的感觉。

黄渊喝完了泥鳅稀饭，一股热流在全身流动。他感到精神好多了，头也不晕了。他要金人立赶快回家，现在天已经晚了，小孩子不应该在外面待得太久。

从那以后，金人立经常到黄渊家里玩儿。一天，黄渊对金人立说，他要教他两种玩法——一是做牛角梳，二是练习武术。

黄渊家乡有习武的风俗。他没能免俗，从七岁开始习武。他的武艺在战场上派上了用场，与日本兵肉搏的时候，他用一把大刀片，先后砍死了六个日本军人，包括一个少尉。但他的队伍老是打败仗。在战争中，武术并不重要，真正贴身肉搏的机会很少。在许多战斗中，还没有看清楚敌人的脸，胜负就定了。黄渊想起那次伏牛山里的遭遇，他和兄弟们被日本兵追赶，在山道上像几只惊惶的野兔被日本兵猎杀，在枪声中，他似乎还听见了日本兵嘎嘎嘎的笑声。

自从那次跌进水田之后，黄渊明显感觉到，自己的确老了。几十年前，他被遣散回家后，娶了自己的远房表妹。他们没有生育。黄渊曾为这事找了一些偏方，但没有作用。直到他老了，妻子也逝去了，他这一辈子再也不能有后代的时候，他才知道问题的答案。有一次，天顶寨来了一个旅游团，参观寨子里的古建筑群。旅游团的成员都是老干部，那些老头老太婆操着外地口音，千里迢迢来参观别人的家乡。黄渊在寨子顶端的丛林里搂了一大堆枯枝败叶，捆成一大捆。他背着这捆柴火从这些旅游者身边走过时，一个人在叫他的名字："是黄渊吧？"

　　黄渊愣了一下，慢慢转过身去。一个满头白发的老头正向他招手。没错，是张世义，他曾经的国军兄弟。他们一同被解放军俘虏，黄渊回家种地，张世义留下来当解放军，后来听说当了师长。黄渊一直没有和他联系。他们的身份差得太远。

　　张世义没有跟着旅游团在寨子里转悠，而是和黄渊坐在柴火上，在路口等旅游团返回。他们有一个小时的时间交谈。他们首先问起家庭情况，却发现了一个共同点：都没有子女。

　　"我的卵蛋子被炮火吓坏了，忘记了自己该干啥。"张世义说，"你的呢，不会也是被炮火吓得缩回去出不来了吧？"

　　张世义其实是一个勇敢的军人，在打日本人的时候，他曾和一个排的兄弟在一个山头上佯装主力部队吸引敌人，最后，全排士兵战死，张世义受重伤昏迷，被日本人误认为是尸体，才捡了一条命。三年后，他和黄渊一起被解放军俘虏，他留下来继续当兵，黄渊却拿着解放军发的五个银圆回到老家。他们的人生从那里开始分岔了，在不同的地方不同的环境里度自己的日子。

　　一个小时后，张世义跟着返回的旅游团走了。黄渊背着柴火回到自己的屋子里。他感到轻松。他知道了自己为什么没有生育，是战争和炮火。也许老天真的有眼。黄渊想，自己在战场上杀了一些人，虽然那是日本人，是侵略我们的人，该杀，但他们也是人。杀生多了，要绝后的，这是老一辈人说过的话，看来，这话应验了，黄渊却感到坦然，杀了日本鬼子，自己宁愿绝后。

孩子在黄渊的生活里，没有具体的内容。从那次跌进水田之后，金人立经常到黄渊的屋子里来，成了他生活中的具体内容，让他有了做父亲的感觉。和所有父辈一样，黄渊想给孩子一点儿什么。他能给的，只是做牛角梳的技艺和自幼学得的武功。

　　金人立像许多乡镇的孩子一样，没有别的事情做，学一点手艺，再学一点武艺，算是很有意思的事情了。他学得很卖力，几年后，黄渊去世了，金人立到城里的铜匠街开了一家牛角梳店，方式很传统——后门办厂，前门开店。在那里，他遇见了他的妻子周黛敏。

　　那时，城里的旧房子还很多，手工艺的氛围比较浓。在金人立开牛角梳店铺的那条街，还有几家做白铁皮炊具的店铺，几个卖麻将牌的摊子，一个刻章的摊子。金人立的牛角梳店刚开张的时候，生意并不好。他到刻章的摊子前，请摊主雕刻了一枚铜质印章"黄刘角梳"。每当做完一把牛角梳，他都要将铜印章加热，把"黄刘角梳"几个字烙在梳子上。

　　有一次，市第三中学校的语文教师周诗印给自己的女儿周黛敏买了一把牛角梳，回家后才看清"黄刘角梳"这四个字。他带着女儿，专程返回金人立的牛角梳店。

　　"小伙子，你是什么文化程度？"周诗印问。

　　"初中。"金人立正在店子里用黑乎乎的泥沙打磨一把梳子。他抬起头，看见一位中年人和一个少女站在他的面前，愣了一下。

　　"怪不得。"周诗印说，"你这梳子上的字印错了，你还看不出来。应该是'黄牛角梳'，不应该是'黄刘角梳'。这个字，小学生都不会搞错，你怎么把它搞错了呢？这个初中，你是怎样读的呢？我不买了，你把钱退给我，我把梳子还给你。"

　　金人立从一个缸子里舀出一瓢水，洗干净手，接过梳子。

　　"'黄刘角梳'，这字没有错。就是这样写的。"金人立说，"你不用退货。"

　　"我不退货，别人会笑我的。"周诗印说，"我是一个高中语文老师，这把梳子，是我给女儿买的。她的梳子上有错别字，我不好向别人解释。"

周黛敏拉了一下父亲的衣袖:"爸爸,我们走。这把梳子不用退。我喜欢。"

金人立没有再说话。他拉开抽屉,里面是几张钞票,这是今天上午的营业款。当他从钞票里选出七元五角钱时,周黛敏已经拉着父亲走了。金人立望着他们的背影,有点走神。周黛敏挽着父亲的手臂,消失在街角,但她穿着白色连衣裙的苗条身影,在他的记忆里久久飘逸。

金人立以为自己再也不会见到这位少女了,没有想到,第二天上午,周黛敏出现在小店门口。她的手里拿着那把牛角梳,眼神有点奇怪。

"你的梳子会发光。"她说,"昨天晚上,我把它放在床头柜上。我关了灯准备睡觉,看见它通体放光,琥珀色的光。"

"是的。"金人立说,"它是会发光。因为我用黑泥擦了它。"

"噢。"周黛敏说,"是什么样的黑泥,它有毒吗?"

"不会有毒的。"金人立说,"那是我老家的黑泥,是我老家河边的黑泥。有乌木的地方,就有这种蓝黑色的泥巴。我用黑泥擦它,就是为了让它发光。这是我的梳子和其他梳子不一样的地方。"

用黑泥打磨牛角梳,是金人立的发明。有一次,他到河边给师傅挑水时,看见几个人正在河滩上挖乌木。他们把河滩的泥土挖开后,露出了埋在淤泥里的乌木。这种淤泥蓝中带黑,让金人立感到惊奇——他和小伙伴经常在河边玩耍,却从来没有看见这样的淤泥。他想起师傅用泥沙打磨牛角梳,还没有用过这样的淤泥,就采摘了一片芋叶包了一团淤泥带给师傅。

没有想到,用这种淤泥打磨的牛角梳特别光滑,在黑暗的地方,还会发荧光。师傅对这样的结果很满意,他还逗金人立说,这是先辈的灵魂在发光。金人立听了,背上的汗毛都竖起来了。但恐惧是短暂的,他很快就喜欢上了这荧光。它让牛角梳增添了灵性,仿佛它被注入了某种生命。金人立还发现,把黑泥加热后,打磨出的牛角梳更光滑,荧光更亮。这是它与众不同的地方。

"你的梳子还有与众不同的地方。"周黛敏说，"你把'黄牛'写成'黄刘'。"

"它不是错别字。"金人立说，"它就是'黄刘'，是黄姓和刘姓合在一起的名字。"

当他向周黛敏讲述师傅黄渊和师母刘向兰的故事时，已经是半年以后了。在这期间，周黛敏经常到小店里来，帮助金人立做牛角梳。

"用牛角梳子梳头，头发就会长得更黑更密。"有一次，金人立对周黛敏说，"这是我师母刘向兰说的。我有两个师母，第一个师母就是刘向兰，她救了师傅的命，但她死得很早。第二个师母陪着师傅生活了几十年。我是他们的儿子。因为他们没有儿子。"

"你把我说糊涂了。"周黛敏说。

"这事一下说不清楚。"金人立说，"我慢慢说给你听。"

他把师傅讲给自己听的故事再讲给周黛敏听。黄渊和刘向兰的故事让周黛敏热泪盈眶。故事听完，她才发觉，自己的手与金人立的手紧紧握在一起。

周诗印不能接受自己的女儿爱上了一个牛角梳匠人的事实。虽然女儿是一个幼儿园教师，也没有什么社会地位，实际上，周诗印并不看重社会地位。但他从来没有想过，要让一个手艺人做自己的女婿。学校同事们的女婿多半都是知识分子，有的还是硕士或博士，最次的也是乡镇干部，是公务员。周诗印不知道，自己的女儿要嫁出去，这场婚礼该怎样举办。

在某种程度上，女儿解脱了他。周黛敏提出，不举办婚礼，只是双方父母在一起吃顿饭就行了。但周诗印不同意。他表示，他不会与亲家一起吃这顿相当于婚宴的饭。"我会在宴席上噎死的，你妈妈会在宴席上犯高血压的。"周诗印对女儿说。他没有向女儿让步，没有与女婿的父母一起吃这顿饭。

如果不是二十多年后周黛敏患了白血病，双方的父母还不会见面。

周黛敏一直在幼儿园当教师，工资不高。金人立的牛角梳生意虽然不差，但也只是小生意。他们一直买不起自己的房子。但他们喜欢那个店铺后面的小家，虽然是租的房子，但很温馨，因为每天金人立都要从幼儿园把下班的周黛敏接回来。体验两人一同迈进家门的感觉，是他们一天当中最重要的时刻。幼儿园放学时，门口挤满了等待接孩子的人，他们大多是老头老太婆。金人立不是老人，也不接孩子，他接自己的妻子，风雨无阻。他们一起回家，回到租来的房子里，前面是店，后面是家。任何简陋的房子，只要有了人，就有温馨。

女儿嫁给一个制作牛角梳的匠人，生活成这个样子，早在周诗印的预料之中。因此，金人立心里一直很愧疚。更糟糕的是，周黛敏一直没能生孩子。这一点，让金人立的性格变得更加沉默寡言。他想起师傅没有亲生儿女，自己也没有儿女，这中间有什么讲究，难道这就是命运吗？"命运"这个饱含书生气息的词让他感到不安。他尽力不去想这些事情。当妻子周黛敏患了白血病之后，他的世界完全灰暗下来了，只有牛角梳的荧光时常在他的意识深处闪烁。当他送妻子到医院化疗时，那仪器上的淡绿色荧光总是让他想起自己做的牛角梳。他的牛角梳发出的荧光是琥珀色的，比仪器上的荧光更温馨一些。妻子的命运全部维系在这些冷冰冰的仪器上。医院里的来苏水气味总是让他想到另一个世界。

周黛敏的病，让双方的父母在成为亲家关系二十多年后第一次见面，并且开始了很友好的来往，就像他们是天下最融洽的亲家。以前发生的事情都不重要了，重要的是他们的女儿他们的儿媳会在以后的时间里存在多久。他们把所有的积蓄送进医院，还是不够治疗费。更糟糕的事情发生了——金人立的父母在一年的时间里相继去世。当他们为儿媳的疾病操心的时候，自己却被疾病带离人间。很可能，金人立的命运就是这样一种形状。

当金人立的父母去世以后，周黛敏的病情飞快地向着黑暗的地方滑下去，一路疼痛。在医院治疗一年多，金人立欠下医院十七万元医疗费。十七万元现金放在一起是什么模样，金人立从来没有见过。

昨天，金人立把周黛敏从医院接回了家，但还没有办出院手续，因为他没有这么多钱。岳父的学生是医院的副院长，由他出面，向出院处主任打了招呼，等周黛敏出院之后，再想法付钱。他说，周老师是他的恩师，老师的面子，无论如何都要给的。

"我会很快把钱送来的。"金人立说。他的话让岳父和他的学生都吃了一惊。

"十七万，我会尽快拿来。"金人立说。

"尽快，是多久？"出院处主任问。

"几天之内。"金人立回答。

在岳父诧异的眼光中，金人立扶着妻子离开医院，招了一辆出租车。汽车在自家店门前停下后，金人立背上背着一个涤纶背包，手里勾着一个仿皮肩包，包里装着妻子在医院里使用的衣物、洗漱用具和药品，把妻子抱回家。妻子很久没有在自己家里住了，牛角梳店也好几天没有营业了，如果金人立昨天没有把房间打扫干净，房间会显得更阴冷。

金人立把周黛敏轻轻地放在床上。当他想转身给妻子倒一杯水，手腕被妻子紧紧抓住了："你要答应我一件事情。"

金人立轻轻地托着妻子的左手腕。手腕上，套着一个沉重的银手镯。那是他母亲给儿媳的结婚礼物。现在，妻子的手腕已经枯萎，银手镯一直滑到手背上。

"你什么话都不用说。"金人立说，"我会一直和你在一起。"

周黛敏的眼睛蒙上了一层泪水，然后，她微笑了一下。

"我要你答应我，"周黛敏说，"我走了以后，你要找一个体贴你的女人，给你生一个孩子。儿子，女儿，都行。一定要生。"

"你还是那么喜欢说傻话。"金人立说，"我不会娶别的女人，这辈子娶了你，我很幸福。但我没有让你过好日子，我没有让你幸福。"

"我幸福。"周黛敏说，"真的很幸福。我很满足。"

金人立轻轻拿开妻子的手。

"但我现在要离开一下，最多半天，我就要回来，再也不离开你了。"

金人立感到，这个家的温度在冷却，空间在逐渐萎缩。他关上房门，站在门口凝神谛听了一会儿。房间里没有任何声响。他听不见妻子的呼吸声，即使把妻子抱在怀里，他几乎也听不见她的呼吸声，何况他站在门外。他感觉到，房间里的一切，都在向某个深处沉沦。

街道上的人还是很多。每个人都在走向自己的地方。这些人很快就会与自己无关，金人立很清楚，自己应该朝着什么方向走。他走到那幢房子面前，等待。

大约一个小时后，杨林从街上回来，走进那幢房子，金人立跟着进去。屋子里的过道比较暗，水泥地面因为沙子掺多了，积了一层沉重的灰尘。这是一座典型的城市居民楼，住房来自四面八方，彼此之间互不相识。杨林知道自己身后跟着一个陌生人，但他没有在意。他走上三楼，站在一道门前，从裤兜里掏出钥匙打开房门。当他正准备关上房门的时候，后面跟上来的那个人用脚插在门框和门板之间，并推了他一把。这个人的力量很大，杨林一个趔趄，冲到客厅里。

金人立把杨林推进客厅，反手把门关上，在杨林还没有站稳时，一只脚重重踹在他的腰间。杨林上半身狠狠撞在墙上，一团银色的火花从他眼睛里迸射出去，消失在突然变黑的空间里。

当眼前的景物变得明亮后，杨林看清了眼前这个人。他曾经在超市里痛殴过自己，后来，这个人又被自己带着人痛打了一次。想到这里，他的脸色变得灰白。

"不打不相识，哥。"杨林说，"有什么事情，需要小弟去办，小弟一定尽力去办。"

金人立用手肘压住杨林的咽喉，把他紧紧抵在墙上。

"我今天来找你，就是让你给我办一件事情。"金人立说，"你把你的钱拿给我，我就再也不来找你。"

"哥，你看我这个样子，像有钱的人吗？"杨林嘶哑着嗓子说，"我拿不出钱来借给你。"

"我不借你的钱，我要抢你的钱。"金人立说，"我不会还你的钱，但我可以不要你的命，你听清楚了？"

杨林挣扎了几下，但咽喉上的手肘压得更紧了。

"我没有钱。"杨林说，"我是穷人，你还看不出来？"

"我观察你很久了。"金人立说，"你的手下有七八个兄弟，他们每天偷的钱，都要交到你手里。你就不要再说这个'穷'字了。"

"我身上有一千元，小弟奉送给哥。"杨林说，"你拿去，就在我的上衣口袋里，伸手就拿得到。"

金人立捏住杨林的脖子，把他揉到一张木椅子上，然后从腰间取下一根尼龙绳，把杨林结结实实捆在椅子上。他在屋子里走了一圈儿，找到一把水果刀。他用拇指刮了刮刀锋。

"一千元，太少了，还买不下你的一只耳朵。"金人立说，"你这把刀还比较快。越快的刀，割耳朵就越是不痛。"

杨林的眼珠随着金人立手中的刀移动。闪烁着金属光泽的刀身慢慢逼近自己，然后消失在右脸的后边。不一会儿，他感觉到一条凉丝丝的线缠在耳根上。随后，一丝尖锐的带一点酸味的疼痛从耳根散发开来，一条热乎乎的东西像小虫那样，从脖子往下爬。

一声奇怪的尖叫声在室内回响。过了一会儿，杨林才明白，这声音是从自己的喉咙里发出来的。

"你再不讲，这只耳朵就掉下来了。"金人立说。

杨林的喉咙哽塞了。他想说话，却说不出来。他用手指着墙上一个塑料相框，相框里嵌着一张照片，那是一张七寸彩色照片，照片上，几十个男女学生坐成几排，眼睛盯着金人立。金人立取下相框，看见背面的底板与相框边缘插着一张银行卡。

"你还算是一个痛快人。"金人立说，"你把密码对我说，我就离开这里，从此我们不再照面。"

杨林的眼睛盯着金人立手中的刀。刀锋有一丝红色的血迹。他叹了一口气。

"404888。"

"再说一遍。"

"404888。真的是这个数字。"杨林说。

"如果你的记性不好，我会回来的。"金人立说。

"不会错，就是这个数字。"杨林的嗓音带着哭腔，"我的记性很好，你去办你的事，不用回来了。"

"但愿你的记性能够保住你的耳朵。"金人立说，"它现在只破了一个小口子。"

金人立关上房门，来到街上。他乘坐一辆出租车，来到市第一人民医院附近的建设银行营业厅。他把银行卡塞进 ATM 机插卡口，一阵"咔嚓嚓"响声之后，ATM 机屏幕上出现了一行提示语：

"请输入密码。"

金人立在按键上输入"404888"这六个数字。一阵"咔嚓嚓"响声后，屏幕上出现了账号资料。金人立摁了"查询"旁边的按键，ATM 机又是一阵"咔嚓嚓"响，屏幕上出现了一串余额数字：210500.35。

金人立从 ATM 机退出银行卡，到营业柜台取了十七万元现钞。他把成捆的钞票放进仿皮肩包。这个肩包是他给妻子周黛敏四十五岁生日的礼物。当时，他想买一个真皮肩包，妻子说，仿皮的也很好，它大不了就是一个包，买它不是为了赶时尚，是为了使用。这个包先后装过妻子的衣物、化妆品、零食和药品。现在，它装了半包现金，沉甸甸的。金人立提着它，来到医院出院处，办了出院手续。

他回到家里，天色已近黄昏。在昏暗的屋子里，躺在床上的妻子动了一下。他走近妻子，看见她的眼睛里有泪光在闪烁。

"你去了这么久。"周黛敏说，"天都快黑了。"

"我把所有的事情都办完了。"金人立说，"现在，我来陪你了。"

天渐渐黑了。以后的三天时间里，周黛敏几乎都陷入深沉的昏迷中。如果她醒了，那是因为关节在剧烈疼痛。这时，金人立就把一瓶十毫升的淡绿色液体喂进妻子的嘴里。那是美沙酮，最有效的镇痛药品。当妻子的牙关不能张开时，金人立就把美沙酮含在嘴里，用自己的牙齿轻轻撬开妻子的牙，就像过去他们接吻时互相品尝对方舌头那样，把这液体灌进她的嘴里。美沙酮的味道久久停留在金人立的嘴里，他知道，这是死亡的味道。

在这三天时间里，金人立用铅笔在一张白纸上给岳父母写了一封信。这支铅笔是他平时在压平的牛角上画图样使用的，他很少用它写字。但现在他写了。第三天黄昏，周黛敏突然睁开眼睛，神志显得很清醒。她看见丈夫点燃了液化气炉子，把一锅黑泥浆坐在炉子上熬煮。

"我热。"周黛敏说，"你在熬黑泥了？要做梳子了吧？"

"我不做梳子。"金人立关掉炉子，"我把黑泥烧热，有用处。"

"有什么用处呢？"周黛敏问。

"有用处。"金人立说。

外面天黑了。屋里暗下来了。金人立打开床头柜上的台灯。淡黄色的光晕罩在妻子的脸上，她的四周是黑暗。她微笑了一下。

"我要走了。"她说。

"我知道。"金人立说，"我要跟你一起走。"

周黛敏感觉到，丈夫把一张木凳子放在床前，把那一锅黑泥浆放在凳子上。他还在工作台上拿来一把刀，放在锅的旁边。她明白了将要发生的事情。慢慢地，她把脚移到床边，用尽最后的力气去蹬那口锅。但力量不够，那口盛着黑泥的锅只是稍微移动了一下，丈夫立刻把锅扶住。

周黛敏闭上眼睛。一滴泪水从她的左眼角沁出来，像一粒钻石。她已经无力做一切事情。她感到，屋里的温度随着黑暗的到来，骤然下降。

金人立坐在床沿，把妻子抱在怀里，感觉到她像纸糊的人。她的脸色在变白，她的体重在减轻，她的体温在下降，她的呼吸正在远离她。是时候了。金人立拿起那把平时用来修饰牛角梳的刀。这把刀的形状与补鞋匠削皮革的刀一模一样，像一块长长的铁片，刀身有三寸长，刀口只有一寸宽，早已在砂礓石上磨得锋利无比。他握住刀身，先在自己的左手腕上深深地切了一刀，又把刀换在左手，在右手腕上深深地切了一刀。他的动脉被割破，鲜血无声地喷溅出来，洒在床前的地上。他紧紧抱着妻子，把两只手伸进盛着黑泥的锅里。

黑泥还有点烫，但温度还让人受得了。这是他生命中最后的温度。这种温度能够保证他手腕的伤口不凝结。三十年来，他一直在这种黑泥中摩擦牛角梳，为的是让它光滑、发荧光。现在，他身上的血液源源不断流进泥浆里，与古老的黑泥融合在一起。

第二天早上，金人立的岳父在门外敲了几下门，没有人应声。他推开房门，立刻呆了。

他的女婿抱着女儿坐在床沿，两人的身姿僵硬，眼睛紧闭，全身放射出琥珀色荧光，像一尊合二而一的玉石雕像。在他们的脸上，凝结着一丝浅浅的笑容。

叶飘很少写文字新闻，但这篇社会新闻出自他笔下。

牛角梳匠人与妻子离奇死于家中

本报讯（记者 叶飘）24 日早上，城区铜匠街"黄刘角梳店"的店主金人立与妻子周黛敏被人发现死在家中。目击者称，两位死者全身放射出淡黄色荧光。

市中区公安分局刑警大队汪志刚大队长告诉记者，经初步检验，死者金人立系割腕自杀，死者周黛敏系病故。金人立在自杀前留有遗书一份。他在遗书中表明，妻子陪他度过了二十七年贫寒的生活，无怨无悔。现在，他要陪她到永远，也无怨无悔。

周黛敏的父亲周诗印透露，周黛敏身患白血病，久治不愈。在治病期间，金人立作为丈夫，尽职尽责，并想法归还了十七万元医疗费欠款，才与妻子共同走上死亡之路，其爱妻之情，其尽责之志，令人肃然起敬。

至于金人立和周黛敏全身放射荧光的离奇现象，目前没有科学解释。据一些市民说，金人立制作的"黄刘角梳"在夜晚会发荧光。他和妻子死后，全身发出荧光，也许与他生前制作的"黄刘角梳"有关。

叶飘从报社大厅分送报纸的桌子上取了两份报纸，折叠起来放进摄影包。他招呼了一辆出租车，来到市文化馆，走进林译苇的办公室。

林译苇坐在办公桌前，脸色苍白。她扫了叶飘一眼，把头转向窗外。

叶飘把报纸放在她面前："这是一篇社会新闻。分局的警官提供的材料。我认识的一个人自杀了。"

林译苇盯着叶飘，眼神有点空洞。过了一会儿，她拿起报纸，很快就把这篇新闻阅读完了。这时，她一下明白了，叶一峰应该怎样死去。

"这个人你认识？"林译苇问。

"我认识。"叶飘说，"他除了做牛角梳，还是一个反扒志愿者，抓过一些小偷。他还因打伤小偷被拘留过。在他生前，我采访过他两次。这一次，算是他死后进行的采访吧。"

林译苇又把这篇新闻看了一遍。"看看夏天会发生什么事情。"她说。

叶飘不明白她在说什么。

"看看夏天会发生什么事情。"林译苇说，"每个人都会以自己的方式去死。叶一峰也是这样。他也会和一个女人死在一起，他的死，相当于自杀。但在那个夏天，他离自己的死亡还很早。虽然，他在那时以为自己会死在那个夏天。"

叶飘听明白了。林译苇在想她的夏天，那是她正在努力还原的一个夏天。那个夏天，在几十年前，存在于她构造的故事里。

"我现在想一个人待一会儿。"林译苇说。

叶飘点点头，离开办公室。等他关上门以后，林译苇从抽屉里拿出便笺本，在上面写字。

叶一峰在夏天回家。那个夏天，充满传奇。

林译苇快速在纸上写下一串文字。

那个夏天，他认识了田单岭。

叶一峰跟着那几个拿枪的农民在路边长满灌木丛的山道上走了一个时辰，来到一座陡峭的山崖下面。这座山崖名叫"高峰砦"。

林译苇曾在资料上看到过，楠江古砦群起源于唐宋时期，形成于南宋末年，明清时期一度重新修缮利用，主要分布在县境内十个山区镇。她在办公室的书柜里找到那本《楠江古砦群记略》，把里面一段文字抄写下来：

> 唐宋时期，楠江县隶属荣州。荣州于南宋理宗绍定六年

（1233）升为绍熙府，理宗端平元年（1234）元军（即蒙古军）攻蜀，端平三年（1236）绍熙府治迁鸿鹤镇（今自贡自流井鸿鹤坝），理宗宝祐六年（1258）绍熙府废（元军将领纽璘于宝祐六年破简州、资州，绍熙府亦破而废）。理宗淳祐二年（1242），时任兵部侍郎的余玠出任兵部侍郎四川安抚制置使兼知重庆府事，负责四川防务，提出"兵民共建，耕战结合，设险以制骑"的防御策略，筑钓鱼（合川）、神臂（合江）、青居（南充）、大获（苍溪）、云顶（金堂）三龟九顶紫云（峨山）等城寨堡，依山为垒，据险设防，修筑寨堡，建立并形成了以重庆为中心的山城防御体系，后称余玠防御体系。楠江县的高峰砦、向家砦、雷家砦、凤凰砦等抗蒙遗址便是在南宋后期逐步形成。

这些古砦后来成了一些土匪的栖身之地。林译苇想，叶一峰就是被盘踞在高峰砦的曾绍初群匪给绑票了。人们称曾绍初为"老山头"，他喜欢别人这样叫他。他的势力虽然不大，却是一股顽固的匪患，令周边的村民不得安宁。

一条磨损了的石板小路弯弯曲曲地向山崖上爬去。

林译苇回忆起自己与叶飘从天顶寨后面的小道走向高峰砦的情景。她写道：

石板路的一边是悬崖，一边是绝壁。他们踩着石板小路向上走。在半山腰，一道石头门挡在眼前。门框是石头做的，门板是厚木头做的。一个农民把手枪插在腰带上，两手拢在嘴边，大声喊："邬老二，邬老二！"

一个头上缠着白帕子的中年男人从门楣上面探出头来。他的脸红通通的。

"我早就看见你们了，杨老四。"邬老二说话的时候，露出满口大黄牙，喷出一股酒气，"你们上山的时候，我在上面就看清楚了的。"

"那你为啥现在才来开门？"杨老四说。

"我在石梯坎上跑的时候，跌了他妈的一跤。"邬老二一边开门一边说，"好痛哦，膝盖上的皮都破了，你进来就看得到。"

"哪个有闲心看你脚杆上的皮哟。"杨老四一边进门一边说，"你又不是女人。"

"搞错没得?"邬老二盯着叶一峰，眉头皱在一起，"你们出去几天，才拉回一头瘦猪。"

"你说他是瘦猪?"杨老四说，"这次你看走眼了。"

"我好久看走眼了?"邬老二说，"上次你拉回来一头肥猪，我说是瘦猪，你不信。结果如何呢? 拿到好多钱呢? 一半。"

"你喝了酒，话就多。"杨老四说，"一半也比打空手好。"

叶一峰经过邬老二身边时，闻到一股酒气。邬老二的眼睛里有点血丝，他盯着叶一峰看。

"这就是你们的肥猪?"他说，"杨老四，你真的有本事。"

"你说够了没得?"杨老四说，"你倒是喝了酒了，酒话才这么多。老子连早饭都没有吃，早就饿了。"

他们带着叶一峰来到山崖的顶端。这里是一块相对平坦的土地，上面长满杂树。在丛生的树林里，立着几幢土墙房子，其中两幢屋子建在一处悬崖边。这些房子，有的屋顶是瓦片，有的屋顶是茅草。茅草房顶因风雨侵蚀，呈现出浅褐色，像一块又一块烤熟的高粱饼子搭在屋顶上。这就是他们所说的"棚子"吧，叶一峰想。他望着眼前的茅草屋顶，突然感到全身无力，再也走不动了。他走了半天路程，在陡峭的山路上攀爬，汗水把衣服粘在脊背上，一直没有干过。汗水把他全身的力气都带走了。

杨老四抓住叶一峰的胳膊，把他扯进一幢茅草盖顶的房子。从明亮的室外猛然进入幽暗的屋子，叶一峰的眼睛还不适应。过了片刻，他看见一个中年胖子躺在一张竹子和木头做的摇椅上。摇椅旁边有一个小木凳，上面搁着一支手枪。这摇椅的底部是一个弧形，那个人躺在椅子上，吱嘎吱嘎的摇动，就像坐在跷跷板上面。他的右手拿着一个白铜水烟袋，左手捏着一根草纸捻。他慢慢地停止摇动，睁开眼睛瞭了杨老四一眼，目光定在叶一峰身上。

"老山头，我们带回来了一个。"杨老四说，"是路上碰到的，这小子身上肯定有油水。"

"嗯。"老山头慢慢从摇椅上站起来，把手中的水烟袋搁在木头凳子上，把手枪别在腰带上，"走，吃饭去。"

叶一峰跟着老山头和杨老四向另一幢茅草房走去。从那房子里飘出来一股烧鱼的香味。叶一峰感觉到老山头瞟了自己一眼。

"小伙子，你是哪里人啊？"老山头问。

"桑园镇。"叶一峰说。

"住哪里啊？"

"酱园街。"

"嗯。"老山头说，"离这里有八十里地，不下雨的话，一个来回要两天。你老汉叫啥名字？"

"叶成椹。"

"嗯。"老山头对杨老四说，"杨老四，记住了？"

"记住了。"杨老四说。

叶一峰认出来，杨老四就是用枪杆在自己腰上的那个人，他还开了一枪，把水稻田里的稀泥巴打了一个大坑。但他不明白现在他们在说什么。他跟着他们走进那幢房子。堂屋摆着两张八仙桌，一张桌边坐了四个人，桌子上摆着几个冒着热气的菜碗。其中有一个荤菜，是一条躺在土陶盘子里的红烧鲤鱼。另一张桌子空着。

"先吃饭，再说事。"老山头说。

大家举起筷子，伸到碗里夹菜。老山头用筷子点一点鲤鱼。

"你尝尝这鱼。"老山头说，"我们山上没得好东西，这红烧鲤鱼还可以拿出来见客。我们的火头军做别的菜不得行，做鱼还要得。老辈人修这个山砦的时候，在山上取石头砌寨墙，挖了好几个石坑，我们就把它当水池，养了一些鱼。"

叶一峰的筷子在红烧鲤鱼的背上截了一下，迟疑地夹了一块背脊肉送进嘴里。他发现同桌的几个人盯着他的筷子。他感觉到，他们的眼睛里有一种失望的神情。他早就饿了，而且他很久没有吃鱼了。这鱼肉真的很香。他根本想不到，自己会在回家的路上被几个"棒老二"，实际就是拿枪的农民挟持，来到一座只有在国画里才会出现的陡峭的山头吃红烧鲤鱼。这简直像做梦一样。他的家乡也有鲤鱼，但没有这样的山峰。如果在平时发现了这样的山峰，他会打开画夹写生。但画夹已经被这几个"棒老二"打开来搜了一遍，他们以为里面藏了钱，结果只找到几张人物和风景速写。剩下几张素描纸被杨老四拿走了。他把它们折叠起来放进衣兜里，说要拿回去给他老婆做鞋样。

老山头摇了摇头。

"杨老四，你们看走眼了。"

杨老四低头刨了几口饭，"我们看到他拿着一个洋机器，心想，这个东西好管钱。"

老山头又摇了摇头，竖起两根手指。

"只值这个数。"

"听老山头的。"杨老四点点头，"多了也拿不出来。"

叶一峰不明白他们在说什么。他吃了两碗饭，几块红烧鲤鱼肉。老山头先放下饭碗，眼睛瞟着叶一峰。

"小伙子，吃饱了？"

叶一峰点点头。

"吃饱了，就该做正事了。"老山头说，"你写一封信给你的家人，我的兄弟伙负责把信送到，叫他们拿钱来把你换回去。两百张叶子，小意思了。我们只管不亏本了，你就不要再讲价了。你给你家人说，只有三天时间。我招待你吃三天饭，早饭是面条，中午和晚上都有肉，晚上还可以喝酒。两百张叶子，就当你在山上住客栈了。"

"两百张叶子，是啥意思？"叶一峰问。

"就是两百元国币，两百块钱的意思，这下懂了吧？"杨老四说。

"但我不会喝酒。"叶一峰说。

"你不会喝，我们会喝。"老山头说，"这不是大事情。"

"我们家没有钱。"叶一峰说。

"哦，真的没有钱？"老山头说，"这倒是大事情了。你老汉是干啥子的？"

"做酱油、豆瓣、醋。"叶一峰说，"我家开了一个酱园。"

"两百块钱还是不成问题的。"老山头说，"我们够体谅你了。"

"我家赚的钱不多。"叶一峰说，"我家发酵酱油，要半年时间，别的酱园只用三个月。我家的酱油更好吃，但做得少。我家没有两百块钱。"

"算了，你少在我们老山头面前编故事。"杨老四把徕卡相机放在桌子上，"你家没有钱，会给你买这个洋机器?"

"我给你说过了，"叶一峰说，"那不是买的，是别人送的。"

"天底下的好事情，就你一个人遇到了。"老山头说，"你快给老子写。要不然，我要让你遇到你这一辈子最倒霉的事情。"

老山头背着手，向屋外走去。杨老四操了叶一峰一把，把他操出门。他们跟着老山头来到他的屋子，杨老四从一个柜子里取出几张毛边纸，一支毛笔，一块砚台，一块拇指大小的墨锭，把这些东西摆在一张桌子上。老山头在摇椅上躺下，两只手枕在脑后。

"该写了。"老山头说，"你在磨蹭啥呢，杨老四?"

"好久没有用这块墨了。"杨老四说，"他妈的，都干起裂缝了。"

他在墨锭上吐了几口唾沫，在砚台上磨了一阵，磨出一摊乌黑的墨浆。

"写!"杨老四把毛笔操到叶一峰手上。

"我不写。"叶一峰说，"你磨的墨这么臭，我怎么写?"

"你要怎样磨才不臭?"杨老四说，"我们就是这样磨。"

"你把砚台洗了，把墨锭也洗了，我来磨。"

杨老四把砚台和墨锭拿到灶房里洗干净，在砚台里注了一汪水。叶一峰磨好了墨，用毛笔蘸上墨汁，在毛边纸上写道：

父母大人膝下，敬禀者：

儿一峰在暑假回家途中身陷囹圄，望父母大人见字后筹国币两百元交来者，儿方能安全回家。

三儿一峰谨禀

"这就对了。"老山头拿起这张纸，眯缝着眼睛看了一阵，"好，好。看不出来，你这个小伙子，字写得这样好。这两个字，是啥意思?"他用粗大的手指点着"囹圄",偏着头问叶一峰。

"囹圄。"叶一峰说,"就是指被关进监牢,也表示陷入困难或束缚中的意思。"

"你这个小伙子,字写得好看,还明事理,说话也文绉绉的。我们这里,没钱,就是监牢,有钱,就是客栈。"老山头说,"干脆,你不要出去了,和我们一起干。我们需要写个啥东西,你就来写,清清楚楚,让别人一看就明白事理。你放心,我们能够吃肉,就不会让你吃咸菜,咋样?"

"我不干。"叶一峰说,"我不想待在这座山头上。"

"有的时候,事情由不得你。"老山头说,"把他带过去。"

杨老四抓住叶一峰的胳膊,把他带到一幢瓦屋前。瓦屋的门关着,一把铜锁挂在门框的铁钉锦上。

"张矮子,张矮子!"杨老四大声喊。

"喊冤啦!我在这里!"一个矮个子青年从树丛里跑出来,他的头上缠着一条白帕子,手里提着一支七九式步枪。

"干啥子去了?"杨老四问。

"一只野鸡,从老子面前飞过去。它好像受伤了。"张矮子说。他用脚把门蹚开,杨老四轻轻推了叶一峰一把,叶一峰一个趔趄冲进屋里。

这是一间充满霉味的土墙屋子,后墙的窗户被人用砖块和泥土封堵了,前面墙壁上,有一个用铁条做窗栅的小窗户。屋顶有一片玻璃瓦,光线从玻璃瓦上面投射下来,在地上形成一个光斑。细小的尘土在光线柱里飞舞。

"你小子有福气,这幢房子是我们棚子里最好的房子,你看,用瓦片盖的屋顶。"杨老四说,"你想跑,也跑不出去。不过,住在这么好的屋子里,你也不想跑。"

屋子里有一张木床。木床上胡乱铺着稻草,上面搭着一张破烂的草席。杨老四把叶一峰的画夹甩到床上。

"你把那几张纸还给我。"叶一峰突然说,"你们拿走了照相机,就不要拿走我的素描纸。纸又不值钱。"

杨老四一只脚跨到门外，听见这话，又把脚收回来。

"我不还给你，你敢咋样？"杨老四说，"你搞清楚没得，你现在是在哪个地方？"

"我晓得，你们是棒老二。"叶一峰说。

"嘿！"杨老四说，"我还是第一次听别人当面喊我们'棒老二'。你了不起，你是好汉。"他伸出手，拍了拍叶一峰的肩膀。叶一峰躲闪了一下。

"你们把我关在这屋里头，要关好久呢？"叶一峰说。

"等我们的人把你老汉的钱拿回来了，你就可以走了，想走哪里就走哪里。"杨老四说，"现在，你就安心在这里睡觉。吃饭的时候，我们会给你送来。"

"我要喝水。"叶一峰说。

"你去给他拿点水来。"杨老四对张矮子说，"今天中午的菜有点咸，我都想喝水了。"

张矮子从灶房提来一桶水，放进屋里。

"喊你去拿水，你就提了一桶。"杨老四说，"你的力气用不完了？"

"灶房里的碗还没有洗。"

"没有洗，就不可以装水了？"

"我看这个小兄弟，细皮嫩肉的，不可能喝我们的洗碗水吧。"张矮子把门拉拢，扣上钌铞，锁上铜锁。他把钥匙拴在裤腰带上，在门边一块石头上坐下来。

"你莫到处跑。那只野鸡，你就莫去追了。"杨老四说，"老山头晓得了，又要扇你耳刮子。"

张矮子嘿嘿一笑，从衣兜里摸出两张叶子烟，卷成一支烟卷。他摸出一盒洋火，慢悠悠地擦燃一根，把烟卷点燃。他坐在门前的石头上，把步枪夹在双腿间。他吧了一口烟，让烟雾在口腔里慢慢沁入肺部。那些剩余的烟雾从他的鼻孔里飘出来，沿途刺激他的鼻腔。他闭上眼睛，舒适地倚在墙壁上。

在几十年前的乡村，一件绑票的事情就这样发生了。从新闻的角度看，这是一件典型的社会新闻。林译苇想，但在那信息封闭的年代，这样的事情却不能成为社会新闻——在那个时代，当地没有记者，没有报纸，没有电台，没有电视台，没有互联网，也就没有新闻载体传播它，它就不能转化为新闻，只能湮没在日常生活的洪流中。历史掩盖了许多东西。历史就是一条河流，它裹挟生活的碎片，向前流动。只有那些漂浮的表面的物质才被人看见并记载下来。新闻就是这样的碎片，小说就是这样的碎片，历史著作也是这样的碎片。

叶一峰被关在那幢瓦屋顶的房子里，等待天黑。林译苇想，那不是一间普通的屋子，那是一间修筑在山顶的屋子。当然，不普通的意义在于，他身陷一个物质匮乏的时代，那幢房子也就有了特殊的意义——房子的本义是供人们居住的场所，结果让一个物质匮乏的时代给异化了，成了某些人限制某些人的人身自由的工具。在这样的时代，生存是第一要素。而生存的资源有限，这就导致一些人用原始的手段直接掠夺别人的财富，这种行为甚至成为某种政治主张。叶一峰被关在那幢房子里，也就身陷时代的陷阱。

林译苇想，任何时代都有陷阱。自己也身陷时代的陷阱。自己与丈夫韩其楼住在同一个屋顶下，空气却分成了两半，房间变成了牢笼。但自己却不能离开这个牢笼。现在，它是自己唯一的安身之处。那个牢笼，在某些时候，会变得可爱，让人对它产生依恋之情。

在几十年前，当叶一峰身陷牢笼时，他肯定与新闻无关，林译苇想。他与外界隔绝，没有人知道他的音信。只有那个送信的"棒老二"给他父亲带去他的消息，那是一个坏消息。这个坏消息将在一座山岗与一座小镇之间传递。传递的方式很简单：一个农民模样的人，头上缠着一条肮脏的白帕子，脚穿草鞋，打着补丁的裤子高高挽起来，在乡间的石板路上疾走。他的怀里，揣着一张毛边纸，上面写着五十五个字。这五十五个字值两百元钱。也正是这五十五个字，让这封信暂时没有送出去——老山头对写字的人产生了想法。他想让他留在山上当师爷，管账，写书信。山上需要一个识字的人。最终，一个人让这封信永远没有送出去。这个人就是田单岭。林译苇想。在同一天，老山头的兄弟伙在另一个地方绑了一条"肥猪"，他们把他用酒灌醉，用一把竹摇椅做了一乘滑竿，将他抬上山。

田单岭身材比较高，肌肉结实。但他喝醉了，任人摆布。

他被那几个陪他喝酒的人捆在滑竿上，趁着黑夜抬上山。这几个人轮换着抬他，累得一路上骂娘，但田单岭听不见。

那天深夜，田单岭被抬到关押叶一峰的屋子里。叶一峰正躺在床上。他失眠，眼睛盯着黑暗的屋顶。门响了，火把的光摇晃着闪进屋里。叶一峰从床上坐起来，看见几个人把一乘滑竿抬进屋里。滑竿上绑着一个人。他们把这个人身上的绳索解开，关上门走了。

那个人躺在滑竿上，叶一峰闻到一股酒气。他是一个喝醉了的人。叶一峰想。他走到这个人身边，不知应该怎样对待他。他想把这个人弄到床上去，但这个人太重了，他只好把他的头放在滑竿的竹制头枕上，解开他的衣领。他的身上冒着汗珠，也许他在梦中正热得难受。叶一峰想。不知他为什么要喝这么多酒。也许，他和自己一样，是一头被棒老二拉上山的肥猪。

叶一峰把油灯端到一张木头凳子上，坐在这个喝醉酒的人身边。摇曳的橘黄色光线映在他的脸上。他细心观察光斑如何在这个人的脸上移动。有一股气流在屋里流动，让油灯的火苗轻微摇动。它在这个人的脸上产生了一些变幻的阴影。不一会儿，油灯的火苗弱了下去，叶一峰发现，灯芯快燃到油面了。这盏油灯是陶碗盛着菜油做成的，一根剥皮的灯芯草做成灯芯，灯芯还有很长一截，盘曲在亮晶晶的油中。叶一峰用指甲拨弄了一下，把灯芯挑出一截，火苗又旺了一些。明亮的光线使那个人脸上的细节更加清晰，阴影也更加确定。那是一张轮廓分明的脸庞，虽然他的眼睛紧闭，但五官线条还是很有力度。叶一峰从来没有见过这样英俊的男子。他用手从水桶里捧出水，浇在土墙上，然后在地上捡了一块瓦片，从泡软的墙上刳下一团泥，在手中反复揉捏。

这是一团夹杂着沙粒的泥，不适宜做雕塑，但现在顾不得了。叶一峰坐在那个人身边，在滑竿的头枕上掰下一根竹条作雕刀，在泥团上按压挖凿。在这张帅气的脸庞下面，是坚实的肌肉和坚硬的骨头。他的眼睛紧闭，脸上的肌肉微微颤动，使他脸上的线条更具张力。叶一峰意识到，这个人正在清醒，但酒精的力量还在控制他，使他沉重地躺在这里。他们不知从哪个地方把他弄到这里来的。叶一峰想。看样子，是他们先用酒把他灌醉，再抬到山上来的。叶一峰在泥团上准确地凿刻出这个人的脸。他看看手中的雕塑头像，再看看躺在油灯下的这个人。这个喝醉了酒的人，他脸上的某一刻表情，留在了这团潮湿的泥土上。

叶一峰坐在这个人身边，等待天亮。油灯的火苗在这个人脸上投射下一片摇曳的阴影，也在他手中的泥土塑像上投下一片阴影。这两片阴影很相似，相同的结构必然导致相同的阴影。叶一峰想。随着黎明逐渐来临，屋里的黑暗被稀释了，阴影逐渐淡下去。当灰白色的光线从窗口射进来的时候，那个人动了一下，然后又沉沉睡去。当窗口射进的光线从对面墙上移到地面时，这个人睁开眼睛，盯着自己。他的眼睛是棕褐色的，透出晶亮的光彩。

"你喝醉了。"叶一峰告诉他。

林译苇闭上眼睛，想象叶一峰与田单岭相识的场景。但这一情景还没有在她脑海里显形。她闭上眼睛。黑暗中没有任何影像，一片幽暗的茫然的空虚。是的，那一段时间，现在暂时离开她。

已经过了下班时间了。林译苇锁上办公室的门回家。她路过菜市场时，买了一小捆空心菜、两个茄子和一个拳头大小的洋葱。今天回家晚了一点，丈夫韩其楼应该把饭做好了。她要赶回去做一个清炒空心菜，一个鱼香茄子。

上一次，林译苇和叶飘在高峰砦外面的石板小路上，看见丈夫和一个身材娇小的女人在一起。奇怪的是，林译苇并没有特别难受。有两个方面的原因——当时，她自己也和一位男士在一起。另外，她感觉到，站在丈夫韩其楼身边的那个女人，与以前她看见的那个名叫刘雅的女人不一样。这个女人与丈夫韩其楼不属于一个世界。他们并没有真正走在一起。

韩其楼向妻子介绍了身边的那个女人——文纹。林译苇也向他介绍了叶飘。然后他们各自向前走。林译苇和叶飘去拍摄照片，韩其楼和文纹继续散步。但他们的行为都变了质。那一天，她和叶飘在天顶寨的一幢旧房子里拍摄了几张照片。回到城里后，他们在叶飘的屋子里把胶卷冲洗出来，没有发现不寻常的东西。胶片上显示的，只是那幢旧房子本身的景物。在湿淋淋的胶卷上，他们仔细辨认，看见的只是墙壁、窗子、床铺、桌子和一台二十一英寸电视机。那就是室内的真实情景。没有人物出现在里面，尤其没有头上缠着白帕子身上穿着对襟衣服的民国时期的人。按照《天顶寨庄园民宅初考》的介绍，天顶寨建造于明代洪武年间，已有六百多年的历史。而云顶寨后面的高峰砦的历史更早，至少形成于南宋末年，明清时期重新修缮利用。现存的房屋从建筑风格上看，应该是清朝重建的，有两百多年历史。这个房间也应该有两百年历史。在这两百年中，许多人在里面生活过，现在，一切痕迹都淡了。这一部徕卡相机，也无力再现过去的场景了。

　　林译苇坐在一张木椅上，盯着那卷晾在绳子上的胶卷。那卷胶片已经回到了平凡，没有神奇的物质在上面停留。她的思绪也回到了现实之中。她在想丈夫韩其楼和那个女子此刻在做什么。也许他们已经各自回家，也许他们正坐在一个乡镇饭馆吃午饭。他们和我们不一样。林译苇想，我和叶飘在一起，是为了照片，他们在一起，是为了感情。但他们的感情有点异样，很难说他们是情侣。

　　那天下午，林译苇从叶飘的屋子里回到家，韩其楼也在家了。他们一起在厨房做饭，然后把菜端上桌。在吃饭的时候，韩其楼讲述了他和文纹的故事。过去，他也向她讲过刘雅的故事，但讲得很粗略，没有细节。这一次，他向她讲述了画眉鸟怎样飞进文纹的家，后来，他们又怎样并肩散步。林译苇听了，不知不觉记住了。她只记对自己伤害不严重的事情。那些伤害得太严重的事情用不着记，早已成为意识的一部分，任何时候都不会忘记。

　　林译苇平静地听完丈夫韩其楼的讲述。她明白，文纹已经从丈夫的心里走出去了，就像两个人在散步时，在一个拐弯的地方不经意地各自走开。也许她在他的心中留下了一丝痕迹，但这痕迹不包含隐秘的内容，没有值得珍藏的成分。所以他向自己讲了这件往事。这是一件最新的往事。

两个人生活在一起，以夫妻的名义，生活会由此变质。也许变得更好，因为两人的精神世界和生活情趣已经凝结在一起了。如果精神世界和生活情趣没有凝结在一起，也许变得更坏，那是因为成了两个世界。世界都是不同的，不能融合，就会对立。林译苇想。一个性格急躁的青年农民在追求自己心仪的姑娘时，也许会冒着生命危险爬到山崖上采摘一束杜鹃花送给她。他们成了夫妻的若干年以后，也许因为一顿饭没有及时做好，他就会把她打倒在地用脚踩。而那些精神世界更丰富、性格更温和的人则不一样。他们也许会在内心折磨自己，彼此保持距离，让那些带有垃圾性质的小事产生的烦琐和纠纷离自己远一些，让自己的世界更纯净更清晰一些。

在饭桌上，林译苇向丈夫韩其楼讲了自己与叶飘的交往过程。这个过程从一张照片开始，经过一部从青砖墙里找到的徕卡照相机，然后是一张又一张照片。这些照片显示了逝去的时光，但没有人相信这样的事情。这是远离生活常识的事情，它会偶然在某个地方发生，然后消失在人们的常识里，消失在熙熙攘攘的社会生活里。

他们很久没有这样谈话了。他们吃完了晚饭，并不急着收拾碗筷，而是坐在桌边闲聊。韩其楼看着妻子林译苇的脸。她的脸庞还是那么清瘦，表情平淡，却仍然透露出拒人于千里之外的气质。他知道妻子在这段时间经历了一些不平凡的事情。那是打破沉闷生活的好办法。人总是要在这世界上感知许多过去并不知道的东西。一直到老死。

他们带着各自的心事，坐在餐桌边交谈，一直到黑暗降临。那些破碎的往事被释放出来，静静地在室内回旋。他们能够清晰地感觉到它们的形状。韩其楼拉亮电灯后，这些往事的碎片在光线中消散。林译苇回到她自己的房间，关上了门。当闩门声清晰地响起时，韩其楼站起身来，到厨房洗碗。

林译苇从拎包里拿出便笺本，翻到今天下午写的那一页。那些文字已经组成了一个又一个历史片断，这些历史片断由几十年前的日常生活组成的，并且，它还将产生新的历史片断。

当田单岭睁开沉重的眼皮，他看见了一张陌生人的脸。

他的头昏沉沉的，那个陌生人的脸在他面前缓缓晃动。他想起来了。他最后的记忆就是酒桌边的几张脸，那是几张陌生人的脸。但没有眼前这张脸。然后，田单岭看见了自己的脸。冷汗从他的脊背冒了出来。这是一张缩小了的脸，黑乎乎的，正举在眼前这个人的手中。

"这是你的塑像。"他说。

田单岭双肘着地撑起身子。他慢慢站起来，头还是昏沉沉的。他盯着这人手中的泥巴人像。真的与自己很相像。但是他还是不明白，到底发生了什么事情。

他想起昨天下午的事情。在楠江城的河边，他正在等船。上午他乘坐粪船到楠江城，装上粪肥后，他让粪工把粪船撑回红土镇，自己来到刘大爷的店子里结账。几个月来，红土镇的粪肥生意还不错，老关系全部从朱代普的手里接过来了，刘大爷还把界石镇赵胖子的粪肥生意拉过来了，红土镇粪站的粪池每隔一天就要满，运到下游的粪肥更多了，到楠江城的船也就去得不那么勤了，由原先的十天一趟改为半个月一趟。在刘大爷店子里幽暗的里屋结完账之后，已经是中午了。他和刘大爷在牛肉汤店子吃煮熟的牛肉、牛杂、牛蹄筋，还喝了高粱酒。他们走出牛肉汤店子时，已经是下半晌了。

下半晌，河里有一些到下游各乡镇的船。这些船在城里装满货物以后，还可以搭乘顾客，船钱只需平时的一半。田单岭站在码头上等船，河风把他的衣衫吹得鼓胀起来。他看见一艘带竹篷的船从几丈远的河边滑到河面上。这是一艘空船，一个穿蓝色土布褂子的人正在用篙竿插进河底的淤泥，一竿一竿地用力撑。这艘船经过田单岭面前时，一个穿白褂子的人从船舱里走出来，喊了一声："田老板！"

田单岭向后面看了一眼。没有其他人。

"就是喊你，田老板。"那个人说。

"我不是田老板。"田单岭说。

"咋个不是呢？"那个人说，"你就是那个年轻有为名震八方的田单岭田老板。朱代普朱大爷出让他的粪站时，只有你敢吃那个锅盔，好多人都晓得这件事情。你太了不起了，我们都佩服你。现在，你到哪里去，田老板？"

"红土镇。"田单岭说。

"来，上船，我送你，田老板。"那个人说，"我也是这个方向。"

"你的船到哪里去呢？"田单岭问。

"凤尾镇。"

凤尾镇在红土镇下游。顺水船，顺水人情。这艘船无声地靠在码头上，田单岭跨上船，看见船舱里有一张小桌子，桌边坐着两个人，一乘滑竿倚在船舷边。

船向下游划去。田单岭这才发觉，自己还没有问对方的名字。他抱拳拱了拱手："请问，几位大哥尊姓大名？"

"我叫周大同，大家都叫我周老五。"穿白褂子指着穿蓝褂子的划船人说，"他叫周老七。"然后，他指着船舱里的两个人说，"这位是曾四，这位是王六。"

曾四和王六一边向田单岭点头微笑，一边揭开船板，船板下面是一个盛满了水的木格子。他们从木格子里捞出两条肥大的岩鲤。岩鲤的模样与鲤鱼差不多，只是脊背更高一些，嘴更尖一些，鳍更宽大一些，像几只翅膀长在鱼身上。

曾四从腰带上抽出一把短刀，几下把鱼鳞刮干净，将鱼肚剖开。王六用一只铁鼎锅从河里舀了半锅水，把锅坐在一只小炭炉子上，然后放进一撮盐巴，几片老姜。水烧开之后，曾四把岩鲤放进锅里，透明的河水慢慢变成乳白色，岩鲤在沸腾的汤里缓缓起伏，温暖的鱼肉香味在船舱里弥漫开来。

"田老板，到红土镇还早得很，我们来喝酒，让船慢慢走。"周老五把一个挂在船舷边的竹篓子取下来，里面是一个盛酒的陶壶。他拔下壶嘴的木头塞子，把酒倒在几只碗里。

"这是凤尾镇的老灶高粱酒，味道不比你们红土镇的高粱酒差。"周老五说，"我们和田老板有缘分，今天我们就喝个痛快。王六，鱼煮好了没得？"

"刚刚好。"王六把滚烫的鼎锅端到桌子上。岩鲤的脂肪被滚水煮了出来，形成一个个圆形的油斑，漂浮在乳白色的汤上面，散发出特别的香味。周老五用筷子戳了戳煮熟的岩鲤。

"请，田老板。"周老五说。

"你先请。"田单岭说。

"还是你先请，你是客人。"周老五说。

田单岭伸出筷子，把岩鲤的嘴唇夹住，轻轻一扭，晶莹的鱼唇在筷子尖上一颤一颤的。周老五看着田单岭把鱼唇送进嘴里，轻轻吐了一口气。

"味道咋样?"周老五问。

"好得很。"田单岭说。

"你还没有尝一尝这高粱酒。"周老五把酒碗端起来，田单岭也把酒碗端起来，碰了一下。

田单岭分辨不出红土镇和凤尾镇高粱酒的区别。它们都是高粱酒，喝下去之后，火辣辣的感觉从喉咙流到肚子里。田单岭平时很少喝酒，他第一次喝酒，是与朱世昌在"陈七酒馆"里。那一次，他从山上捉了一只野鸡到镇上卖钱，结识了朱世昌。他们把那只野鸡在"陈七酒馆"里做了吃，那一次，他第一次喝醉。

田单岭一直不喜欢酒的味道，但他还是喝了很多次酒。中午，他和刘大爷在牛肉汤店子里吃牛肉、牛杂、牛蹄筋，喝了高粱酒。那高粱酒的味道和这高粱酒的味道差不多。但他从来没有在船里喝过酒。船在河面划行时，会轻微摇摆，让人产生头晕的感觉。慢慢地，这感觉来了。

现在，田单岭坐在一间陌生的黑屋子里，慢慢回忆起昨天的情景。他看看身边的滑竿。就是这乘滑竿，昨天下午还倚在那艘船的船舷边。

"他们用滑竿把你抬上来的。"叶一峰说，"你喝醉了。"

"这是哪个地方?"田单岭问。

"一座山寨。"叶一峰说，"是棒老二的窝子。"

"那，你是哪一位?"

"我叫叶一峰。"叶一峰说，"我在贵都美术专科学校读书，暑假回家，遇到棒老二，被他们拉到这里来了。"

田单岭的头不那么晕了。他向四周看了看，叶一峰把那张大头凳子端过来。田单岭摆了摆手，依然躺在滑竿上。

"这滑竿舒服，我就躺在这上面。"田单岭说，"这间屋子被锁上了？"

"锁上了。"叶一峰说，"门口还有一个人，他拿着枪。"

"嗯。"田单岭说，"我要歇一会儿。"

田单岭闭上眼睛。他听见门外有人走近，然后听见了开门的声音。他睁开眼睛，门打开了，两个腰带上别着手枪的人走了进来。

"吃饭了。"一个人说，"我们老山头请你们。"

田单岭从滑竿上站起身，跟着叶一峰走出门。他注意到，墙边还站着一个身材矮壮的人，他的肩上挎着一支步枪。

田单岭跟着他们走进一幢茅草盖顶的房子。堂屋摆着两张八仙桌，一张桌边坐满了人，另一张桌子坐着一个中年胖子。两张桌子上都摆着几个冒着热气的菜碗。其中有一个荤菜，是两条躺在土陶盘子里的红烧鲤鱼。

田单岭看见周老五、周老七、曾四、王六都在桌边坐着。周老五站起身，抱拳向田单岭拱了拱。

"田老板，不好意思，用这样的方式把你请上山。"周老五指着中年胖子说，"这是我们的舵把子，老山头。"

老山头点点头，挥了挥手。田单岭坐在他身边，其他人也坐在这张桌子边。周老五端着他的饭碗，挨着田单岭坐下。他们开始吃饭。

"我和田老板一样，也是一个生意人。"老山头说，"你做大粪生产，我做活人生意。来，你尝尝这鱼。"

田单岭举起筷子，夹走鱼唇。老山头夹了一块鱼脊肉，填进胡子拉碴的嘴里。

"这鱼做得如何？"老山头问。

"很好。"田单岭说，"味道不错。"

"这位小弟昨天也吃了我这里的鱼，但没有你这么会吃。"老山头说，"田老板命带富贵，年轻有为，从吃鱼这一点，就可以看出来。好了，不说这么多，我们把饭吃完了，就办正事。"

昨夜的酒还没有完全醒过来，田单岭感到头还有点晕。但他还是吃了两碗饭，把一条鱼吃得干干净净。

"好样的。"老山头说，"男人，就是要吃得。吃得才做得。现在我们去办正事。"

老山头背着手，向屋外走去。田单岭和叶一峰跟在他后面，在杨老四、周老五的簇拥下，来到一幢茅草盖顶的房子。杨老四从一个柜子里取出几张毛边纸，一支毛笔，一块砚台，一块拇指大小的墨锭，把这些东西摆在一张桌子上。

"还是你来磨墨。"杨老四对叶一峰说，"你的墨磨得好。"

"昨天的墨还没有干。"叶一峰说。

杨老四看了一下墨盘。

"这么一点墨，就够了？"

"够了。"叶一峰说。"你们不就是要钱嘛，写那么几个字，还想要好多墨呢？"

"你这个小子，嘴巴还硬得很。"杨老四说。

"田老板，现在，你来写一封信。"周老五对田单岭说。

"写信，做啥？"田单岭说。

"给你的家里人写一封信。你就说，你现在呢，在我们这里，过得很好。但假若不拿钱来，很快就过得不好了，富贵之命也可能除脱。"周老五转身对老山头说，"老山头，你说，该写一个啥样的数呢？"

老山头从一张凳子上拿了白铜水烟袋，在摇椅上舒适地躺下，往烟管里填了烟丝，吹燃纸捻，点燃了烟。他长长地吸了一口，然后让一缕缕淡蓝色烟雾慢慢地从鼻孔里溢出来。他满意地闭上眼睛。

"你就让他……嗯，写一个整数。"老山头竖起一根肥胖的手指，"就这么一个数。"

"好咧，按老山头说的办。"周老五说。

"错了。"老山头说。

"错了?"周老五说,"错在哪里?"

"这不是我说的,是他自己说的。"老山头说,

"懂了。"周老五说,"田老板,是你自己给我们说的,你是富贵之人。"

"我没有这样说过。"田单岭说。

"对,你没有这样说,是你的筷子这样说的。"周老五说,"你的筷子最先伸向鱼嘴巴,你就是富贵之人,你家里人就要拿一千张叶子来,才对得起你的富贵。现在,有劳你的大驾,给你的家人写一封信,要他们把钱交给带信的人。"

"这个事情,恐怕不好办。"田单岭说。

"嗯?"周老五说,"为啥?"

"我不会写字,也认不得字。"田单岭说,"我的手从来没有摸过笔杆子,这封信,我莫得办法写。"

老山头停止吸水烟。他瞟了叶一峰一眼。站在一边的杨老四对叶一峰说:"你来写。"

叶一峰看着田单岭。

"你帮我写。"田单岭说。

叶一峰把纸捋平整,用毛笔尖在砚台上搋了搋。

"请问尊姓大名?"

"我叫田单岭。"田单岭说,"收信人,你就写刘若木。"

"等一等,"老山头说,"这个刘若木,是何方神圣,住在哪里?"

"你们不是要一千张叶子吗?"田单岭说,"你们不是说,我是老板吗?其实刘若木才是老板,你们要的叶子,他那里有。"

"写。"老山头扬了扬下巴。

叶一峰在纸上写道:

若木先生,敬禀者:

单岭在回家途中身陷囹圄,望若木先生见字后筹国币一千元交来者,单岭方能安全回家。

田单岭谨禀

老山头拿过这张墨迹未干的纸扫了一眼，喉咙里发出满意的哼哼声："嗯哼，这信，送到哪里呢？"

"楠江城，铜匠街，四源山货店。"田单岭说。

老山头用白铜水烟袋的烟嘴指着田单岭说："你是一个办事爽快的人。"他又对叶一峰点点头，"你也爽快。一些和我们做生意的人，到了这个地方，又哭又闹。他们害怕。其实，他们完全用不着害怕，我们只是做生意，我们要的是钱，不是人。给他们家带信，他们家里人还要讲价钱。你说，这烦不烦？"

"是有点烦。"田单岭说，"又哭又闹，讲价钱，都没得用。"

"你是一个明事理的人。"老山头说。

"当然。"田单岭说，"我在你的地盘上，应该明事理。假如你在我的地盘上，也会明事理。"

老山头正准备吸一口水烟。他摸了摸锃亮的白铜烟嘴，把水烟袋放在旁边的小木凳上。

"你说的话在理。"老山头说，"真是后生可畏。怪不得，你这么年轻就当老板。好了，你们先歇息一下。"

周老五和杨老四把田单岭和叶一峰带回那幢青瓦屋顶的房子里，锁上门。光线一下就暗了，叶一峰不小心撞着水桶，荡出一些水。

站在屋外的张矮子从窗户外向里面张望。他身高不够，跳跃了两下，看见屋里的两个人正傻站着。

"你们不准乱动。"张矮子在屋外吼了一声，"要不然，我进来把你们捆起来！"

田单岭突然想笑。他用脚碰了一下水桶。

"这桶水是干啥的？"田单岭问。

"那个叫杨老四的棒老二喊那个叫张矮子的棒老二提进屋的。"叶一峰说。

"哪个是杨老四，哪个是张矮子？"

"杨老四就是把我逮上山的那个人，他还拿枪打我。张矮子就是外面拿枪守我们的那个人，他喊我们不准乱动，还想把我们捆起来。"

376·

"我晓得了。"田单岭做了一个手势，叶一峰不说话了。

田单岭在屋里查看了一下。屋里除了一张床，两个小木凳，就是那一乘滑竿。他看见刚才叶一峰踢到的水桶，里面还有大半桶水。他的眼光停在一个小木凳上。木凳上放着一个泥团，那是他的泥巴塑像。

"你这泥巴是从哪里来的？"田单岭问。

"从墙上剐的。"叶一峰说。

"用啥东西剐的？"

叶一峰从墙角捡起那块巴掌大小的瓦片。田单岭拎着桶走到墙角，泼了一点水在墙上。过了一会儿，他用瓦片剐下一块浸湿了的泥。

"我们背靠背坐在这儿。"田单岭说，"你对着窗户，不要看我。"

叶一峰坐在田单岭身后，背靠着他。田单岭把水浇到墙上，用瓦片剐墙上的湿泥。叶一峰感觉到田单岭的肌肉和骨骼在运动时散发的力量。他在用力剐墙上的泥，声音却很小。叶一峰盯着明亮的窗户，一道阴影迅速闪过，是张矮子在跳跃着观察室内的动静。也许他听见了什么。叶一峰用手肘轻轻捣了一下田单岭，田单岭的头与他的头靠在一起，一动不动。

张矮子的脸在窗外闪现了两下。他跳跃着看清了室内的情景。

"嗨！"他说，"你们两个要睡觉，就到床上去。"

"不想去床上。"田单岭说，"你那张床，怕是好久没有洗铺盖了，臭烘烘的。"

"有钱人就是不同。"张矮子说，"睡个觉，还挑三拣四的。"

田单岭继续剐墙上的泥。但事情不是想象的那么顺利，土墙被剐掉一部分后，露出了里面的硬物，那是用竹条编的墙筋。

瓦片切不断竹条编的墙筋，田单岭只好把水浇在墙体上，剐出更多的泥，使墙体的窟窿变得更大。然后，他抓住墙筋使劲拉。他拉断了一根，又拉断了一根。墙筋是几根竹条绞在一起做成的，田单岭拉断它的时候，手掌被勒出了血。现在可以继续往里面剐泥了，但水桶里的水已经用完。

田单岭靠着叶一峰的背，休息了一下。醉酒的感觉还没有完全消退，他的头一直有点晕，刚才用力剜墙上的泥，头更晕了，现在想呕吐。他闭上眼睛，让黑暗充满视野。过了一会儿，他睁开眼睛，屋里明亮了一些。墙上的洞有一尺多宽，半尺深，田单岭估计墙体有一尺厚。他把右脚抵住墙洞的底部用力蹬。他感觉到坚硬的墙体泥土在脚下缓缓移动，并且即将崩塌，他收回右脚。

"想一下，我们在哪个时候出去最好。"田单岭说。

现在，太阳转到房屋的后面去了，窗口没有直射光线，屋顶那匹亮瓦把一块光斑投射到墙脚。

"天快黑了。"叶一峰说，"我们等天黑了再走。"

"不行。"田单岭说，"我要去找一个人。天黑了，我不晓得到哪个地方去找他。"

他把右脚再次伸进墙洞，慢慢用力。墙洞底部的泥土向外面鼓胀，然后"哗啦"一声崩塌了。一个洞显露出来。

"你不要跟着我。"田单岭说，"你可能会被他们打死。"

"我要跟着你。"叶一峰说。

田单岭掰掉洞口一些泥块，把它扩大一些，然后捡起那块瓦片，从洞里挤出去，尽量不发出声响。叶一峰也跟着钻了出去。

田单岭蹑脚绕到房屋的侧面，悄悄探头一看。张矮子抱着步枪坐在门边一块石头上，噘起嘴巴吐烟圈。田单岭几大步跨过去，一掌砍在张矮子的脖子上。他像一个灰色的布口袋，立刻倒在地上。

田单岭把昏迷的张矮子拖到屋后，叶一峰捡起张矮子掉在地上的步枪发呆。他看见田单岭钻进灌木丛，也抱着步枪跟着钻进去。步枪被灌木的枝丫绊住了。叶一峰握着枪管，把步枪拖在身后，跟着田单岭走到灌木丛的边缘。他们趴在灌木丛的枝叶下，叶一峰把步枪递给田单岭。

"我不会用这个东西。"田单岭说，"你拿着。"

地上铺着一层细草，草叶上散落着一些死去的灌木叶子。他们在地上趴了一会儿，田单岭注视着矗立在几丈远的一幢房子。门开着，没有人进出。

"你就趴在这里，不要动。"田单岭对叶一峰说，"如果我出不来了，你就在这里等到天黑，自己下山去。"

说完这话，田单岭站起身，冲到那幢房子前，闪进屋子里。叶一峰迟疑了一下，提着步枪跟着跑进屋子。

老山头正捧着水烟袋躺在摇椅上摇晃着。他看见田单岭，愣了片刻，扔下水烟袋，直起腰去抓放在旁边木凳上的手枪。摇椅的底部依然在晃动，他的手没有够着手枪，田单岭已经跨到他的面前，手中的瓦片在他的脖子上使劲一划。温热的鲜血飞溅到田单岭脸上，老山头捂着脖子，惊讶地瞪着田单岭。他想站起来，但摇椅太低，并且在晃动，他的双腿搭不到力。他平躺着的身子挺直了一下，又跌坐下去。他的脖子在喷血，力气在消失。他的眼睛瞪得溜圆，眼神逐渐茫然。

田单岭把木凳上的手枪抓在手里。"老山头，现在，是你在我的地盘了，你也应该明事理了。"

一层灰色的薄膜逐渐蒙上了老山头盯着田单岭的眼睛。他的嘴唇在嚅动，但说不出话来。当他脸上的肌肉不再颤动时，田单岭伸出手，捂住老山头的双眼，轻轻替他合拢眼皮。叶一峰愣在旁边，突然感觉到一只老鼠爬进了左边衣袖，在胳膊上挣扎。他伸手捏住它，发现它并不是老鼠，而是自己的肱二头肌在抽搐。

田单岭掂了掂这支手枪，翻来覆去打量了一番，不晓得咋个用。他试着勾了勾护圈里的扳机，没有动静。这时，一个人出现在门口。是周老五。田单岭把枪口对准周老五。叶一峰也用步枪对准周老五。

周老五手里提着的一个瓦罐掉在地上，"叭嗒"一声碎成几片。里面的酒洒了一地，香味在屋里漫延开。他举起一只手，挡在眼前。

"田老板，你……"周老五说，"你不要冲动。"

田单岭依然把枪口对准周老五。

"这山上有几个人？"他问，"他们都在哪个地方？"

周老五把挡在眼前的手往下压了一压。

"田老板，你先放下枪。"周老五把两只手摊开，"我们这个棚子（匪巢）不大，只有几个人，他们在伙房里打牌。"

"是真话？"

"是真话。"

"我还会相信你吗?"田单岭说,"昨天,我在船上相信了你,今天,我就到山上来了。"

"那是我的不对。"周老五说,"我是奉命行事。"

田单岭看了一眼躺在摇椅上的老山头。他的嘴微微张开,眼睛还剩下一条黑色的缝。他再也不能舒适地摇动自己的身体了。

"他叫你干的?"田单岭问。

"不是。"周老五说。"有人点了你的水(告密)。"

"点我的水?"田单岭说,"是哪一个?"

"你的朋友。"周老五说。

"哪一个朋友?"田单岭问。

"朱世昌。"周老五说,"他和老山头是朋友。"

这时,门外又进来了几个人。他们站在门边,盯着躺在摇椅上的老山头,嘴巴同时张得老大。

"老山头死了?"杨老四问。

"死了。"周老五说。"田老板杀的。好身手。"

这几个人走近老山头身边,伸长脖子想看个仔细。田单岭扬了扬手中的枪,他们又退了几步。

"现在到了这个地步,也好。"杨老四说,"我们把棚子拆了,散伙算毬了,反正搞头也不大。老子在棚子里头干了两年,还不如在家里挖泥巴。"

"莫忙。"周老五说,"我们辛苦了这么久,钱也没有整到几个,都是老山头拿了大头。我们把他的票子分了再散伙也不迟。"

"你的钱怕比我们多哟。你和杨老四是手弯子(手枪),我和张矮子是火杆杆(步枪),每次我们分得都比你们少。"曾四说。

"那是老山头定的规矩。"杨老四说,"拿手弯子的人就是要比拿火杆杆的人分得多。"

"不公平噻。"邬老二出现在大家的身后,"要说打得远,打得准,火杆杆就是比手弯子好。"

"你不看砦门，跑到这里来干啥子？"杨老四说。

"我听到有人喊老山头出事了，我就跑上来了。"邬老二说，"反正都要散伙了，那个砦门看不看都不要紧了。"

这时，张矮子跑进屋子。他指着田单岭高声说："就是他，打了我，还抢了我的枪。"

"我打你是便宜了你。"田单岭说。

"我的枪还在你手里，你要还给我。"张矮子指着叶一峰说。

"你们抢了我的照相机。"叶一峰说，"你们还我照相机，我就还你枪。"

"我又没有抢你的东西。"张矮子指着杨老四说，"是他们抢的。"

"你这个管圈的人，肥猪翻了圈，还有脸站在这里说三道四。"杨老四说。

"好，我们现在不说那么多。"周老五说，"我们要把老山头的钱找到。分东西的时候，别的棚子的舵把子（土匪首领）都是提三成，其余的按手头的枪来分。老山头一个人就要提五成。这个黑心人，他肯定早就存下一大笔钱了。"

"但是，我们不晓得他把钱放在哪里。"杨老四说。

"我晓得。"张矮子说。

大家的眼光都转向张矮子。

"假若我说出来，我要多分一点钱。"张矮子说。

杨老四扬起手掌，使劲扇在张矮子的后脑勺上："你跟老子快点讲，莫惹老子生气。"

"就在椅子下面。"张矮子缩着脖子，一只手捂着后脑勺，一只手指着躺在摇椅上的老山头说，"有一天晚上，我到伙房讨水喝，路过这里，看见屋里有灯。我就爬上窗口看，看到老山头正在把一包东西放在椅子下面的一个坑里。"

周老五和杨老四把老山头连同摇椅搬开。这幢茅草房子的地面铺着青砖。杨老四从腰带上抽出一把匕首，沿着一块砖的缝隙插进去，使劲一挑，撬起一块砖，露出下面的木板。他再撬开一块砖，取出木板，一个坑显露出来。

坑里放着一个油布包裹。杨老四拿出包裹，放在地上解开。包裹里有一部徕卡照相机，还有十多捆钞票，一大堆银圆，一小堆金戒指，几根金项链，几个金手镯。

大家的头凑在一起，屏住呼吸，看着这堆财宝。

"照相机是我的。"叶一峰说。

杨老四把照相机递给叶一峰，"简直想不到，我们这个小小的土棚，还是有这么多眼气人（令人羡慕）的东西。你们说，咋个分？"

"山中打虎，见者有份。"周老五说，"依我说，平分。田老板和这位秀才也有一份。"

"我不要这些东西。"田单岭说，"你们拿了就行了。"

"我也不要。"叶一峰说，"我只要我的照相机。"

"也行。"周老五说，"我们几个弟兄就把它们分了。你们想过没得，咋个分法呢？"他用两个手指拈起一根金项链，在空中抖了抖。

大家盯着金链子，不吭声。

"杨老四，你说，这根链子有好重？值好多钱？"周老五问。

"我不晓得。"杨老四说。

"你说呢？"周老五问张矮子。

"我也不晓得。"张矮子说。

"既然大家都不晓得，那么，咋个才分得公平呢？要不然，分倒是分了，到时候，又有人喊冤，说他吃了亏，我们几弟兄又要理扯火（闹矛盾）。干脆，我们请田老板来做主。他是有钱人，晓得这些东西值好多钱，他说了算。"

大家使劲点头。田单岭也点了一下头。

"谢谢田老板为我们兄弟伙主持公道。"周老五说，"我们这个土棚，现在还剩十个人，你就分成十份。"

已经退到历史深处的那个下午，是田单岭短暂生命中又一个分水岭。林译莘停下了手中的笔，坐在椅子上想象几十年前一个发生在楠江穹窿地貌中一座古代军事工事里的事情。在那座砂岩山峰的顶端，在那座古代修建的抵抗蒙古大军的军事工事遗址上面，田单岭为绑架他的人分配财宝，从此走向了另一条人生道路。在那个时候，死亡和生存的距离从来没有这么近。死亡的原因也比现在更多——战争，疾病，贫困，匪患……因此，一个人只要活下去，就是他一生的全部生活内容。一个大字不识的文盲，不会从一个大的环境中观照自己的生存状态，他的命运只能随着身边环境的改变而改变。在那个年代，田单岭的命运改变得比较顺利。他活下来了，并且获得了生存所必要的物质条件。

昨天晚上，林译苇写到凌晨一点钟。今天上班后，她坐在办公室写了几乎整整一天，午饭也没有吃。现在，早已过了下午的下班时间，天已经黑尽了。林译苇锁上办公室，走到街上。

夜晚的空气凉浸浸的。林译苇感到自己脸上和手上的皮肤被潮湿的空气滋润着，心情也被滋润着。她正走在城市高地的斜坡上，城市的灯火在夜空中向四面八方漫延，最后消失在无尽的黑暗深处。林译苇向城市的北方望去。在那黑暗的远方，是高峰砦矗立的地方。现在虽然看不见高峰砦，但高峰砦肯定在那儿。她能够想象出，几十年前，田单岭和叶一峰在那座山顶上的情景。

田单岭把金戒指、金项链和金手镯与银圆、钞票搭配着分成十个小堆。张矮子"噗"的一声，把一口唾沫吐在其中一堆上面。

"这一堆是我的，你们不要和我争。"张矮子说，"哪个和我争，我就朝哪个脸上吐口水。"

杨老四扬起手掌，使劲扇在张矮子的后脑勺上："你惹老子生气了。"

"这样办。"田单岭说，"你们拈阄。我们把这些堆堆分成一、二、三、四、五、六、七、八、九、十，十堆，再请这位秀才写字，写一、二、三、四、五、六、七、八、九、十，写在纸片上，十张，你们每个人拈一张。"

杨老四用匕首把一张纸裁成二十张小片。砚台里的墨还没有干透。叶一峰用毛笔尖在砚台里搐了搐，在纸片上写上数字。他写上一、二、三、四、五、六、七、八、九、十，把它们分放在十个小堆上。然后他再把十张小纸片写上一、二、三、四、五、六、七、八、九、十，把它们捏成小纸团，扔在地上。他看着他们伸手去抢地上的纸团，小心翼翼地展开，认出自己的财宝。他们解下头上的帕子，把地上的钞票、金项链、金手镯、金戒指和银圆抓进去，将帕子两端一扎，做成一个小包袱。

"我们就这样散伙了吗？"张矮子掂了掂他手中的包袱，对着田单岭龇牙一笑，"你要是不从那间关你的屋子里跑出来，我还得不到这些东西。嘿嘿。"

"你的意思是，在这件事情上，你还是一个有功之臣了？"杨老四对张矮子说。

"有功无功，你自己心头清楚。"张矮子说。

"我看，我们用不着散伙。"周老五说，"其实，扯棚子，还是很有搞头的。只要兄弟伙齐心，舵把子不贪，我们大家不愁没得饭吃。"

"你是说，我们把棚子扯起走，不拆它？"杨老四说，"那么，哪个来当舵把子呢？未必是你，未必是我哇？假若是你我，兄弟伙哪个会服气呢？"

"我有一个主意。"张矮子说。

"啥子馊主意？"杨老四问。

"有些地方比武招亲，就是用武艺娶婆娘，我们就来个比武招舵把子。"张矮子说。

"咋个比法？"杨老四说，"未必我们几弟兄，还要用皮砣子（拳头）你打我我打你？"

"啥子年辰了，还用皮砣子。"张矮子说，"我们现在吃饭的家伙是手弯子、火杆杆，我们就用那个东西定夺。"

"你是说，我们拿这些硬火（枪支）往兄弟伙身上招呼？"杨老四说。

"你看你，心子把把都是黑的。"张矮子说，"我从来没有想过，要往兄弟伙身上抠硬火。"

"我看你是皮子痒了！"杨老四扬起手掌，"你到底想说啥子？绕那么多弯子，未必你今天中午吃胀了，要说闲话来消食？"

"我们不打人，还不晓得打香火？"张矮子说，"现在，天就要黑了，我们把香点燃，插在那根树子上，哪个人用枪打熄了它，哪个人就是我们这个棚子的舵把子。"

"枪打得准，不一定就当得好舵把子。"周老五说，"我看这个办法不好。"

"老兄，你要搞清楚，"张矮子说，"我们比的不是武艺，我们比的是天意。我们就要相信老天爷，是他把我们几个兄弟伙聚集在一起，他会给我们找出一个舵把子来。用子弹把香打熄的人当舵把子，你们大家说，要不要得？"

大家你看我，我看你。杨老四先点了一下头，周老五也点了头。然后大家都点了头。

"就这样办。"张矮子说，"我去找香，马上就打！"

张矮子在老山头身后香案的香炉里拔出一支正在燃烧的香，跑到屋外，踮起脚尖，把香插在一棵松树鱼鳞般的树皮上。大家跟着他来到屋外。

"可以打了，哪个先来？"张矮子说。

杨老四从腰间抽出他的花口手弯子（勃朗宁 M1910 手枪），拉了一下套筒，把子弹推上膛。现在是黄昏，燃烧的香头在深褐色的松树干面前很显眼。他伸直手臂，眯着左眼，手中的枪瞄准香头的红点。他扣动扳机，枪口向上跳了一下。一声清脆的枪声从高峰砦的砦顶向四周扩散，子弹击中树身，松树颤抖了一下，几根干枯的松针从树冠掉了下来，但香头的红点还在。

"你没得搞头了。"张矮子说。

"还要你来说。"杨老四说，"老子又想扇你了。"

"你莫这样说。等会儿我打准了香头，就该我扇你了。"张矮子转身对叶一峰说，"把老子的老套筒（七九式步枪）还给我。"

张矮子从叶一峰手中接过他的老套筒，拉了一下枪栓，把一颗子弹推进枪膛。他把枪托抵在肩上，右腮贴在枪托上，瞄准那支香。

"莫忙。"杨老四压下张矮子的枪身，"你用火杆杆打，我们用手弯子打，不公平。"

"不公平？你现在才说不公平。"张矮子说，"原先大家开花（分赃）的时候，拿手弯子的人就比拿火杆杆的人分得多，那个时候，你咋个不说不公平呢？"

"我们现在是比枪法，不是开花。"杨老四说，"假若你用手弯子打熄了香火，你就当舵把子。你当了舵把子，可以重新兴规矩，规定火杆杆比手弯子分得多，兄弟伙也会服气。"

"那好。"张矮子说，"我就借你的手弯子崩一火（打一枪）。"

"拿给你崩一火？"杨老四说，"我的子弹不要钱哇？"

"你这个人，也太不醒豁（讲理）了。你不要我用火杆杆打香火，又不借手弯子给我打香火。"张矮子说，"依照你的说法，这个舵把子，只准拿手弯子的人争，不准我们拿火杆杆的人争？"

"算了算了。"周老五说，"我借我的手弯子给你。你先打。我看你打得有好准。"

张矮子接过周老五递过来的马牌手弯子（柯尔特 M1903 手枪），两手握着枪，瞄了好一阵。

"你到底打不打？"杨老四说。

张矮子激灵了一下，手一抖，枪响了，一颗子弹飞出去，松树又颤抖了一下，香火依然亮着。

"不算！"张矮子高声喊，"你吓了我，这一枪不算！"

"凭啥子不算？"杨老四抓住张矮子的衣领，把他拎到一边。周老五从张矮子手中拧下马牌手弯子，"该老子打了。"他两脚叉开，站得稳稳的。

"你们都打不准。"张矮子说，"我可以把话说在这里摆起。"

周老五不理会他，瞄准了一会儿，开了一枪。子弹击中了树身，没有击中香头。

"哈！"张矮子说，"我说嘛，没得哪个打得准。"

"我来打。"邬老二拿过周老五的手枪，对准那支香开了一枪，没有打中。其余的人也开了枪。没有一个人击中那支亮着红点的香。

"我不要我的火杆杆了。"张矮子举着他的步枪，"没得舵把子，我们这个棚子拆了算了。哪个要买我的火杆杆，汉阳造，七九式，我只打过七颗子弹。"

"我来崩一火。"田单岭说。

大家一齐看着他。田单岭扬了扬手中的枪。不久之前，那枪还属于老山头。

"我不会打枪。"他对周老五说，"只是碰碰运气。你教一下，这枪该咋个打？"

周老五接过田单岭手中的枪，"这是毛瑟枪，我们都叫它驳壳枪。你看，保险没有打开，这样就打开保险了。这是照门，这是准星，你的手臂平伸出去，照门的缺口、准星和前面的香火在眼睛里连成一条线，就可以扣扳机了。现在，你来崩一火，让我们看看。"

在黄昏的光线里，松树上插着的那支香飘着淡淡的青烟。田单岭伸直右臂，举起手枪。当照门的缺口、准星的尖头和香头的红点重叠时，他扣动了扳机。子弹出膛的瞬间，枪身在他手里猛烈一跳，大家发出一声惊呼，香头的红点骤然消失。随后，松树发出一阵"喀喀喀"的声响，上半截树干慢吞吞地折断，倒下，浓密的树冠"嚓嚓嚓"地扫在邻近几棵松树上，那支熄灭了的香还稳稳地插在下半截树干上。

潮湿的风从街道的另一端吹过来。林译苇拿出拎包里的手机看了一下时间。在琥珀色的手机屏幕上，显示出一行深灰色的阿拉伯数字：20：20。

林译苇还没有吃晚饭。她在办公室里坐了整整一天。她的手指因为写了太多的字变得僵硬，她的思绪还在几十年前的某个空间里飘荡。眼前的街道在街灯和店铺的照明下变得光怪陆离，耳边的声音也离她很遥远。林译苇走在自己的梦里。

几十年前的某一天，发生在高峰砦上面的事情，后来继续在发生。林译苇想。那天黄昏，田单岭站在他的人生分水岭上，选择了一条新的道路。他的人生角色由此发生了彻底转换——

他们把老山头的尸体埋葬在那株被田单岭最后一枪打断的松树下。周老五和周老七是木匠出身，他们入棚后，还把木匠家什带上山，平时棚子里需要修修补补，他们就动手做。他们连夜用锯子把那半截松树刳成木板，钉成一口薄木棺材，把老山头装进去，钉上棺盖。大家在松树下刨了一个大坑，将棺材推下去，盖上泥土。这时，天快亮了。那支被田单岭打灭了的香，又被张矮子点燃，插在老山头的坟上。当阳光照亮坟墓时，这支香燃到了尽头。

那一天，高峰砦上的人们还有很多事情要做。林译苇突然明白，那一张照片里的情景是怎样发生的了。上次她与叶飘在高峰砦的民房里拍摄了一张照片，显出的影像是几个头上裹着白帕子的人坐在一张八仙桌边。毫无疑问，他们就是田单岭、叶一峰、杨老四、张矮子、邬老二。

那一天，他们又在屋子里喝酒，下酒菜依然是鱼。"我们拉肥猪上山后，都要请他吃鱼，然后再定夺他值好多张叶子。"周老五对田单岭说，"鱼唇是一条鱼身上最好吃的地方。有钱的人吃东西挑剔，他会用筷子夹鱼唇。但鱼唇很少，穷人吃肉少，他不会夹鱼唇，他会夹鱼身上的肉，鱼身上的肉又厚又多，那才算打牙祭。"

周老五还向田单岭讲述了朱世昌怎样点了他的水。林译苇想。在饭桌上，周老五告诉田单岭，朱世昌有一个朋友，他的亲戚就是老山头。田单岭接过红土镇粪站后不久，朱世昌就给他的朋友说，请老山头帮忙把田单岭拉上山，劫他的"富"。

那一天，在高峰砦上面的人还应该做一些什么事情呢，林译苇想，他们酒足饭饱，当然是拍摄照片了。那两张赎人的帖子还没有送出去，叶一峰把它们撕成碎片，撒在老山头的坟头上。但是，他自己的坟墓，将来会在哪里？林译苇一时想不出答案。

叶一峰要急着回家。下山以前，他提出给大家拍摄一张照片。他拿出照相机，打开皮套，取下镜头盖，从取景框里看出去。这些人散乱地站在院子里。

"我想让你帮我先照一张。"田单岭说，"我要给我妈妈带一张照片回去。"

叶一峰用照相机对准田单岭。田单岭摆摆手。

"莫忙。"田单岭说,"我要在屋子里照,我要坐在桌子边照。"

他们来到屋子里。叶一峰给坐在桌边的田单岭拍摄了一张半身像。

"现在,大家都来照相。"叶一峰把镜头转向室内的人,"你们坐在一起,不要动。"

周老五看见黑幽幽的镜头对准自己,有点慌乱。

"不要把那个东西对准我。"周老五说,"我听说,那个东西要把人的魂摄走。"

"硬火都不怕,你还怕照相?"杨老四说,"我来,我不怕。"

"大家一起来。"叶一峰说。

"我不来。"周老五说。

"那,哪些人想来?"叶一峰问。

"我来。"田单岭说。

"我也来。"杨老四说。

"我要来!"张矮子爬到八仙桌边一张木凳上。

"还有我。"邬老二说。

叶一峰把相机举到眼前,从取景器里看出去。田单岭镇静地坐在桌边,其他三个人对着镜头傻笑。

"表情放松,"叶一峰说,"自在一点。像田老板那样。"

张矮子的脸上露出古怪的表情。"莫忙!"他伸出一只手,挡住照相机镜头,"我忘了裹头帕了。"

他从腰带上取下裹着钞票和金手镯的头帕。他解开帕子,把钞票、手镯和金项链抓进自己的衣服荷包。他把帕子裹在头上,坐到田单岭身边。

那一天,叶一峰给他们拍摄了这样一张照片——杨老四也把帕子裹在头上,小心翼翼地坐在八仙桌边。他们的脸上露出惊讶的神情,仿佛正在等待一个东西从黑幽幽的镜头里钻出来。

那也是叶一峰这一生中第一次拍摄人物照片。许多年以后,叶一峰在农村劳动改造时,还清晰地记得他们把肮脏的白帕子细心地缠在自己头上的情景。当时，他联想到在学校一本画册上看到法国印象派画家德加的一幅作品，那是一张色粉笔画，一个裸体女子正用一条白毛巾擦拭头发。情景完全不同，而意味十分接近。刹那间，他们裹头帕的动作透露出一种含义深远的东西，让叶一峰的心里一颤。他在学校画过的人体从来没有让他产生这样的感觉。当他在教室里安静地画人体的时候，他看见的只是人体本身。他看见了女人，看见了男人，他们的身体结构清晰，动作生动，但他从来没有看见过他们在想些什么。现在，这些生存在高峰岩上的棒老二，他们在裹头帕，他们的身躯挺直，严肃地把脏兮兮的白帕子缠在头上，一圈又一圈，然后把帕子的尾部掖进去。他们手臂上的肌肉因运动而滚动，他们的内心从这些动作中泄露出来，他们将在一部照相机面前留影，他们感到好奇，又有点畏惧，所以，本来属于日常生活的动作就有点变形，从而产生了一种意味，一种对生命好奇和畏惧的意味。一个种田的农民，后来因生计所迫当了土匪，他全部的意识就是如何生存下去。当他面对一部陌生的可能摄取人的灵魂的机器时，他才有可能考虑一下灵魂的问题，通过灵魂这个符号，考虑一下生命价值的问题。在那些坐在教室里的模特身上，叶一峰看不到这些意义。现在，他看到了，虽然只是一刹那，但他看到了。他第一次透过生活现象，透过人的形体，看到了更深层次的东西，看到了生命的价值如何得到一个人的尊敬，尽管这个人在生活中因杀人而谋生。也许，这就是艺术的意义。陶雅曾经预言过自己只能成为一个雕塑家，不会成为一个艺术家。也就是说，自己只能停留在技艺层面上，不会在艺术上走得更远。现在，在艺术的道路上，他迈出了清晰的一步。

叶一峰摁下相机快门，机身发出一声清脆的"咔嚓"。他感觉到了照相机内部的机械结构运转时产生的轻微震颤。屋里很安静，仿佛大家都在等待某种事情发生。叶一峰把两张木板凳叠在一起，将照相机放在上面。他从取景框看出去，移动了一下相机的位置，把桌边的几个人移在取景框里，再调整了一下焦距。他对周老五说："你来帮我按一下这个快门。"

周老五迟疑地走过来，叶一峰指着相机上一个按钮说："等我站好了，你就按这里，不要使太大的劲儿。"

叶一峰坐在田单岭身边，做了一个手势。周老五把食指小心翼翼地放在快门儿按钮上面。那金属的冰凉感透过指尖延伸到他的肩头。他轻微一使力，按钮短暂地陷下去，又弹回来。机身发出"咔嚓"一声。

那一张画面上有五个人的照片，就是这样完成的。林译苇想。那些影像被储存在时间深处，就像宇宙中的暗物质。几十年后，当那部相机再次打开快门，它就再次显形。

林译苇在夜色中走在东大街的人行道上。前面一幢大楼正在换墙砖，人行道上围了一圈蓝色塑料板做围墙。她绕过围墙，再次走到人行道上。这里的街灯坏了一盏，形成一片黑暗。当她踏进这片黑暗之地时，有一个人跟着她走进黑暗。她感到左背倏然一凉，那个人闪电般离开了。她感觉自己背上有一条虫子在爬，弯过手臂一摸，摸到一片热乎乎的液体。她走到一盏街灯下，看见手上沾满鲜血。

夜晚降临之前，是徐婕下班的时候。她要把车子开到芭蕉巷口，交给等在那儿的缪师傅。途中，她拐到北街，沿着倾斜的街面向下走，来到西坝桥头。

每到黄昏，桥头一侧的街道上就摆满了地摊。一些下岗职工在这里出售梳子、指甲钳、围巾、袜子、内裤。有几个摊子上还摆着刀具。

各种刀具装在塑料盒子里出售。徐婕蹲在地摊边，挑选了一把瑞士军刀。

徐婕花了一百元钱，买下这把瑞士军刀。她把它放进拎包里，站起身，眼睛里突然冒出了泪水。一辆 36 路公交车在桥头站停下了。她搭上了这辆车。这辆车的终点站，就在叶飘住宅的山坡下。

公交车到站后，徐婕站在山坡下向上看去。一到城郊，风就大了。车站旁边有几棵黄桷树。她站在黄桷树下，微微仰着脸。天还没有黑尽，风还在继续吹。气流卷起道路上的灰尘，像一块薄薄的纱贴着地面飘动。那幢房子的灯亮着。徐婕知道，现在屋子里只有叶飘一个人。因为，那个女人已经回到自己的家。

那幢房子，徐婕在里面度过了好几个夜晚。在许多人眼里，一个房间是静止的，但在徐婕眼里，一个房间处在不断变化的过程中，但这种变化并不体现在家具的摆放、物品的添置方面，而是体现在氛围方面。她已经明显感觉到了这个房间的变化，那是氛围的变化。没有具体的证据显示这种变化，但她知道，有事情发生了。

当徐婕没有时间到这座房子里来的时候，她会给叶飘打电话。她会细心倾听电话中的声音，判断他在什么场所，身边有什么人。如果有时间，她会到这座房子里来，给他做一顿饭，或者在床上睡一觉。这座房子和叶飘这个人，已经成为她生活的背景。她不喜欢这个背景有变化，更不想离开这个背景。后来，她在这个背景上发现了蛛丝马迹，她发现了陌生女人的头发。

在踩踏得瓷实的泥质地面上，徐婕找到了女人的长头发。一根，又一根。这不是她自己的头发。她的头发是染过的，淡淡的棕色。这两根头发是纯黑色的，比自己的更粗，更有弹性。它们躺在堂屋的地面上，懒懒散散，那略显弯曲的形状，就像一个女人躺在叶飘的床上。

在刚认识叶飘的时候，他蓄着一头长发，但没有这两根头发长。后来，他又莫名其妙地剪掉了长发。她曾问过他，这是为什么。他半开玩笑地说，为了不在床上让他俩的头发纠缠在一起。她回答说，她愿意两人的头发在床上纠缠在一起。

他们依旧见面，在这幢房子里做饭和做爱。这是他们两人的房子，在这幢房子里，装着他们两人的日子。

现在已经有第三个人嵌进他们的日子里了。徐婕把这两根头发藏在她的钱包夹层里。她相信，有一天，她会找到头发的主人的。

"你有女朋友吗？"她不止一次问过叶飘，"你有过几个女朋友？我的味道好不好？与她们比起来，怎么样？"

徐婕的野性让叶飘热血沸腾，又让他头痛。他对她说，他曾经有过五个女朋友，现在都分手了。但他从来没有问过她——你有过几个男朋友？他也没有问过她：你住在哪儿，家里有什么人。

有时，他们躺在床上，搂抱在一起，叶飘感到她的身体正在远离自己。当她睡着了，她的眼皮会不由自主地颤动，她的内心不安宁，她在做梦。她是一个好动的妖冶的不安分的女人。当叶飘第一次在她开的出租车里遇见她时，就被她那双光着的小脚俘虏了。她在开车时总是要脱掉鞋子，在夏天光着脚，冬天则穿一双五趾棉袜，让脚指头尽可能自由自在。一个让脚指头不受束缚的人，生活中也会不受束缚。她经常给叶飘打电话，但每当她要到这里来的时候，却不事先打电话。如果叶飘不在家，她会打开门，在厨房里给他做好饭菜，放在桌子上，然后蜷缩在床上等他。有很多时候，当叶飘回来后，她已经睡着了。

在叶飘心里，徐婕是一个从喧嚣城市里熙熙攘攘的人群中脱颖而出的女人，径直走进自己的生活。而林译苇则是他在喧嚣城市里熙熙攘攘的人群中寻找到的一个女人。他一直在她的生活边缘徘徊。她身上没有香味，一言一行没有吸引异性的任何暗示，却充满魅力。

和叶飘做爱时，徐婕从来不闭眼睛。她在黑暗中放大的瞳孔流露出欲望的激情，像液体一样淹没了室内的空间。这种液体浸泡着叶飘的身体和思维，让他在很长一段时间里都浑身无力。当他回家时，走到山坡下面，看见自己的房屋窗子里透出黄色的灯光，一种令人麻醉的感觉就会事先袭来。他的房子坐落在一座城郊的普通山岗上，但那是一座被人性玷污了的山岗。向山岗走去的时候，一天的所有思绪都会随风飘散，只剩下欲望。那是一种发泄之后感到极度空虚的欲望。每一次，他都预先体会到这种欲望，也预先感觉到自己正在坠入深渊。所以，每次回家，看见灯光，他就会发现，自己在走向一座山岗，也在走进一个深渊。

徐婕在屋子里过夜的时候，会关了手机，从窗台拿下洗漱用品仔细察看一番。自从第一次在这里过夜之后，这些洗漱用品就留在窗台上。山岗上的土墙屋子灰尘并不多，但经常有小昆虫爬来爬去。有一次，徐婕在牙刷上发现了几根蜘蛛丝，马上跳着脚尖叫，正在暗房里的叶飘打开门冲出来，结果，正在冲洗的一卷胶卷被外面一间屋子的灯光曝了光。

徐婕把更多的东西留在这幢房子里的窗台上，靠着她的洗漱用品，因为那里最显眼。她留下了唇膏，留下了眉笔，还留下一把指甲钳。这是一种宣示，也是一种宣战。她要用这些物品打败地上可能再次出现的头发。这是一种战争，目前，她还处在战争的过程当中。她已经想好了结束战争的办法。她在地摊上买的那把瑞士军刀，就是终结这一战争的武器。她把刀子一直放在拎包里。

她模糊地知道那个女人是什么样的女人，也知道那个女人在叶飘心中的分量。那个女人曾经跟着叶飘在外面拍摄过照片，也许还到过她和叶飘曾经去过的地方。男人就是这样的。

徐婕经常问起那个女人："今天你和她一起出去了吗?"抑或这样问，"今天上午，你在哪儿，我打电话，你为什么不接，在忙什么呢?"

这时，叶飘往往会抚摸她的脊背，安慰她。隔着一层衣服，叶飘仍然可以感觉到她皮肤很光滑。她就会仰着头，望着他的眼睛。她想从他的眼睛里看出，他是不是在撒谎。她的结论是，多半时候，他都在说假话。

有好几次，徐婕从叶飘的房子里出来，向山坡下面走去的时候，她会掉眼泪。山坡下的城市在晨光中显得朦朦胧胧。那里的每条街道，她都十分熟悉。那个女人住在哪一条街，哪一幢房子里，她不知道，但她想找到她。

近段时间，这个想法一直折磨着徐婕。有时，她会在开车的时候走神。她想在街道上看见叶飘，想在街道上发现叶飘和那个女人的身影。他们有一天会走在一起，会出现在自己眼前。这个念头固执地留在她的意识里，让她的生活多了一个内容。开车的时候，她的眼睛扫描街上行人的时候，过滤的目标更宽广了。她要发现客户，还要发现叶飘和他身边的女人。她相信，她会看到他们并肩走在大街上。

这一刻真的来到了。这天下午，徐婕送一个客人到城南长途车站时，叶飘和一个女人从车站走出来。她一眼就认出了这个女人的头发。是那种披肩长发，又黑又直。这些头发里，有两根掉在了叶飘住宅的地上，此刻蜷缩在自己的钱夹里。徐婕还看到了这个女人与众不同的地方。她可能不喜欢逛街，也不喜欢和人打交道，因为她的脸上没有表情，眼睛一直看着前方。他们经过自己的车，径直向前走。在那一刻，徐婕的心脏被针刺了一下——叶飘竟然没有认出自己的车。跟这个女人在一起，他也开始目不斜视，一改过去缩着脖子东张西望的习惯。在熙熙攘攘的人群中，他们两个人显得特别突出，因为他们身姿有点僵硬。他们像两个木偶，被一根看不见的线拉着，游弋在茫茫人海中。

徐婕慢慢开着车，远远跟在他们身后。他们穿过一条街，走到另一条街。在街口，两人分手了。那个女人走进了一幢楼房。这时已是黄昏，是交班的时候了，但徐婕还待在车里，她在努力平静自己的心情。通过车窗，透过那幢楼房的过道，她看到那个女人上楼梯的身影在过道的围栏后面出现。她上了第三层楼，然后，一个窗口亮起了灯光。

放在仪表台上的手机响了，铃声是易欣的《爱情会不会永久》：

　　每个无助的黑夜

　　眼泪吞噬我的脸

　　当初我们约定的誓言

　　早已被风吹得灰飞烟灭

　　那些记忆的碎片

　　深深刺痛我心间

　　既然爱已走到了终点

　　还有什么值得我去留恋

　　我们之间永恒的自由

　　难道成了分手的借口

　　这世界多少爱恨情仇

　　覆水难收

　　回到我们那天分手时的岔口

　　一句会让人心碎的理由

　　如果停住泪流心不再颤抖

　　爱情会不会永久

　　曾经的天长地久都化作乌有

　　我还一个人痴痴地守候

如果时光倒流我们能相守

　　爱情会不会永久不放手

　　徐婕发动了汽车。她没有接手机。那是缪师傅打来的，这个时候，她应该把车交给他，自己下班。也许他已经等急了。她让铃声一直响着，因为她要听这首歌。

　　既然爱已走到了终点，还有什么值得我去留恋。

　　真的就走到终点了？她想。

　　回到我们那天分手时的岔口，一句会让人心碎的理由。

　　刚才，她从一个街道的岔口离开。这就是分手的岔口吗？不是。虽然这是一个让她伤心的岔口，但不是分手的岔口。在这个岔口，她发现了一个希望，一个挽救她的爱情的希望。她继续听这首歌，缪师傅是一个性急的人，也是一个固执的人，他还没有挂掉电话，所以，她也一直在听这首歌。她喜欢这首歌，几个月以前，她从电脑里把它下载，作为铃声，今天，她才听出了其中的预言。这真是命中注定。她想。

　　徐婕把车开到芭蕉巷口，缪师傅看见了她，挂掉电话，歌声戛然而止。她下了车，把手机放进拎包。

　　"对不起，缪师傅。"徐婕说，"今天我有事，来不及加气。"

　　"我去加气，你先回家。"缪师傅说，"你的脸色不好。不舒服吗？"

　　"没事。"徐婕说，"我先走了。"

　　她登上 36 路公交车，在终点站下车，向山坡上的那幢房子走去。这时，刚冒出的眼泪已经被风带走了。

　　灯亮着，叶飘在屋子里，门没有闩上。这种旧式木板门的后面有一个木头做的滑动插销，白天，叶飘没有闩门的习惯，夜深了，要睡觉了，叶飘才闩上门。徐婕曾开玩笑地问过他，平时不闩门，是不是在等哪个女人上门。叶飘说，他住在一幢旧房子里，就要遵守旧习俗——生活在旧时代的人，白天都不闩门，甚至不关门。只有夜晚来临，才关门闩门。但徐婕进了这幢房子，就要把门闩上。她喜欢在黑暗狭窄的空间里活动。

　　"我喜欢闩门。"她曾对叶飘说过，"我喜欢闩这道门。"

徐婕闩上门，走到里屋。叶飘正躺在躺椅上看摄影杂志。徐婕坐在他旁边，用手抚摸他的头发。

"今天你去拍照片了吗?"她问，"在哪个地方拍摄的，城里? 还是城外? 我可以看一看吗?"

"今天我到城外拍照片，但没有拍到什么。"叶飘说，"我和一位女士一同去的。我们走到乡下，遇见了两个人。其中一个，是这位女士的丈夫。他和另外一个女人在一起。"

室内响起了一阵奇怪的声音。叶飘吓了一跳。那是某种尖叫，包含笑声，也包含哭声。徐婕正在笑，但她的眼角闪着泪光。

"你和别人的老婆在乡间散步，结果碰见了别人的老公。别人的老公又和另一个人的老婆在一起。好有意思的事情。"徐婕擦干净眼角的泪水，"你的运气真好，有资格看见这样的事情。"

叶飘调皮地眨眨眼睛，"是的，我的运气好，还遇见了你。"

"那个女人，是一个长发女人。"徐婕说，"你喜欢她。至少你现在喜欢她。"

"你又乱说了。"叶飘说。

"她的年龄比你大。"徐婕说，"她是你的姐姐。你不能和姐姐上床。这是不对的。"

叶飘揪住徐婕的头发，把她的头拉得向后仰。徐婕皱起眉头。

"你把我弄痛了。"徐婕说。

"我只和你上床。"叶飘说。

徐婕闭上眼睛。她的眼泪又要流出来了。但她强力忍着。她想着拎包里的那把不锈钢小刀。她要找到这个女人。她要让小刀沾上那个女人的血，然后把沾了血迹的刀子每天拿出来看，嗅一嗅上面的血腥味儿。会有那么一天的，她想。

在市一人民医院的住院部大楼第二十四层的 2424 号病床上，林译苇现在可以坐起来，还可以下床了。她经历了一次死亡，现在活过来了。那把短刀捅进她的后背，伤到了左肺，没有伤到心脏。她在病床上已经待了十天了，医生还不准她出院。

林译苇叫韩其楼把她的便笺本和一支钢笔带到病房里来。她躺在床上，把枕头垫得高高的，在本子上写《屋顶下的天空》。每天，韩其楼都要给她送饭，晚上就陪着她。他睡在旁边一张病床上，给妻子林译苇端水，让她吃药。晚上，他经常失眠，听着妻子轻微的呼吸声，他的思绪经常滑到十八楼。不久前，文纹带着她的女儿小娜在十八楼的1824号病床上住过。同样是这幢大楼，同样是24号病床，他觉得，这个世界太小了。

白天，他上班的时候，林译苇就独自待在病房里，写她的小说。病房的窗户很大，很明亮，坐在病床上，就可以看到城外的山峰和一些建筑物。自从警察到病房做了笔录之后，自从单位的职工来看望了她之后，每天就只有医护人员与她打交道。病房里很安静，单位上的领导与医院领导是朋友，医院没有在病房里安排别的病员，另外一张病床，就留给韩其楼，让他晚上在上面休息。这么多天了，警方还没有破案，林译苇也不知道，到底是谁在那天夜晚刺了自己一刀。现在，她没有再去想这方面的问题，而是专心写小说。

一天早上，吃过早饭，等医生例行查房后，韩其楼把病床的靠垫升高，就上班去了。林译苇把便笺本摊在被盖上，用钢笔在上面写字。

一年过去了，田单岭的生意越来越红火。

林译苇写到这里，停下了笔。这样的叙述太一般了，她想，但作为一种时间的转换，这样的文字只负责传达一种信息，也就行了。那么，田单岭的生意具体有哪一些呢？不外乎两种——与刘大爷一起经营红土镇的粪肥生意，然后，在高峰砦上指挥他的部下打家劫舍。

田单岭的打家劫舍是一门生意，因为他改良了当时土匪行事的方式，由侵袭变为保护。林译苇想。他先向被保护的富豪人家收取保护费，然后扩展到向一个村庄的人收取保护费。一旦这些人被别的人侵害，他和弟兄们就义不容辞地提起手中的"火杆杆"和"手弯子"与侵犯他们的人"打燃火"。

在几十年前的中国农村，一个没有文化的乡村青年在破碎的制度下游走，田野、小河、山峰、树木、小镇、城市是他生存的背景。他在精神深处是一个流浪者，没有现代化的信息指明方向，他一直走不出狭小的乡村生活圈子。但他凭着自己的聪明、仗义和不动声色的残忍，年纪轻轻就成为楠江县广袤土地上的一个名人。林译苇想。那个时候没有报纸、广播和电视，一个人的名气的流传方式带着浓郁的农耕文化色彩。一个人做了什么值得流传的事，这事首先让受众感兴趣，然后，这件事就会通过这些载体流传——茶馆里的嗡嗡声，乡村宴会的喧哗声，货郎的拨浪鼓响声，村民走家串户时的窃窃私语。人们会在这些场合绘声绘色地讲述在路上走了很久的新闻。在那个年代的某个时期，这些新闻的主角往往是田单岭。

最先流传到坊间的新闻，是田单岭在高峰砦一枪打灭香头的故事。这一枪，一举扭转了高峰砦这个不起眼的边棚的散棚危机，并带领兄弟伙走出了一条新路子，从过去的"捶窑壳"（抢劫）和"拉肥猪"（绑票）变成收取保护费，在一定程度上，维持了一方治安。

后来还流传着许多关于田单岭的新闻。许多人都知道，田单岭和清风砦的赵老幺在长田坎一带大战，打死赵老幺棚子里的五个人，自己却没有伤一人；林川县走马镇的王祥飞到楠江县红土镇的地盘上"拉肥猪"，田单岭带着三个兄弟伙到走马镇抱走了王祥飞三岁的儿子，用走马镇的"童子"换回了红土镇的"肥猪"……田单岭已经成了行走在楠江县大地上的一个经典土匪，但他自称自己是"生意人"。他在红土镇雇了几个人经营日常的粪肥生意，照看他那个小杂货铺。在收保护费之前，田单岭把"开花"所得拿到楠江县城刘若木的店子里销赃。刘若木成了田单岭的同谋，他们把这些不义之财转卖到各种人手中，进行原始的洗钱活动。

林译苇想到这里，对小说的下一部分，有了明确的构想。她坐在病床上，看着窗外的朦胧景观。她的目光经过窗玻璃的折射，分散开来，所形成的视线穿越时间的帷幕，穿越千山万水，到达了几十年前的楠江大地。她看见了一些景象。在一条石板路上，田单岭和叶一峰在行走。与他们同行的，还有两个青年女子，一个女子的头发梳成圆形的发鬏，林译苇没有认出她是谁。另一个青年女子梳着两条辫子，林译苇也没有认出她是谁。她们走在他们身后一米远。在那个时候，女人不能与男人并肩行走。他们的身影由模糊变得清晰，又由清晰变得模糊。最后，这个景象的空间逐渐由三维变成二维，由立体变成平面，石板路变得像化石，路上的人物也逐渐僵硬，空气凝固了，从透明变得不透明，景物和人物的表面慢慢被无数微小的银盐粒子覆盖。一切都变得粗糙了，林译苇视野里的景观成为一张照片，从历史的空间里滑落下来，掉进她的意识里。她闭上眼睛，尽力把这些景观保留在黑暗的视野中。一滴泪水从她的眼角沁出。她的鼻子发酸，心脏突然跳得猛烈了，一股奇特的激情在全身漫延。

这时，林译苇听见一声轻微的"咔嚓"声。当她睁开眼睛时，病房的门正在打开，随后走进四个人，两个男人，两个女人。一个身材高大的男人穿着蓝灰色的土布衣服，头上缠着白色头帕，腰间扎着一条布腰带，腰带上别着一支毛瑟枪。另一个男人个子矮小一些，身材单薄，梳着分头，戴着眼镜，穿着蓝色中山装。一个青年女子穿着一件绣花小袄，脚上穿一双绣花鞋，头上梳着圆形的发髻。另一个青年女子梳着两条辫子，身穿一件草绿色的军装，但没有领章，腰间扎一根人造革皮带。他们的脸上带着疲惫的神情，他们的目光游离，漠然地打量室内的情景。这正是刚才林译苇透过病房的窗玻璃，在楠江大地上那条石板路上看见的那四个人。这两个男人应该是田单岭和叶一峰。但这个梳发髻的女子是谁呢？林译苇想了片刻，恍然大悟——她是那位大辫子姑娘！有一次，田单岭撑船到乡间卖粪肥，在大辫子姑娘家躲过雨，还用粪肥换了她家的野兽皮。那么，穿军装那位女子呢？林译苇想了一会儿，终于明白了——她是杜小鹃，叶一峰将来的爱人——在贵都美术专科学校，陶雅从叶一峰的掌纹上读到过的那个女人。

田单岭、叶一峰、大辫子姑娘和杜小鹃站在光线明亮的病房里，身姿僵直。他们的身上散发出历史的气味。这时，林译苇听见叶一峰说："田哥，我们走到哪里来了？现在我们要到哪里去？"

"我也不晓得。"田单岭说，"你莫慌，我看看再说。"

病房的大玻璃窗引起了田单岭的注意："我家也有玻璃，但没得这么大，也没得这么亮。它太刺眼了，我的眼睛有点痛。"

田单岭揉了一下眼睛，走到窗边，看了一下外面的景致。他回过头来，对叶一峰说："兄弟，我们咋个走到这里来了？这里有点不对头，我们现在回去。"

"田单岭……"林译苇轻声喊他，"田单岭，是我。我是林译苇。"

田单岭向林译苇看了一眼，但他眼神的焦点并没有集中在林译苇脸上，而是看到她的后面那堵墙壁上的东西。但那墙壁上并没有什么东西可以留住他的视线。他茫然地扫视了一下室内，转身向门口走去。叶一峰、大辫子姑娘和杜小鹃跟在他后面。他们出门了，杜小鹃回过身，轻轻关上门。那扇门轻轻地响了一下，把林译苇的心脏碰痛了。她慢慢躺下来，把被盖捂在脸上，想哭一场。她蜷曲着身子，闭上眼睛，努力让自己平静。她的眼泪最终没有流下来。过了一会儿，她在病床上坐端正，把便笺本翻开。

林译苇已经将大辫子姑娘忘记了，刚才看见她，才想起来。大辫子姑娘是怎样与田单岭走到一起的呢？她想，大辫子姑娘的辫子怎么变成发髻的呢？旧时的妇女，只有在出嫁之后，才可以梳发髻的。那么，大辫子姑娘什么时候嫁了人呢？

这个问题，只有田单岭才能回答。但林译苇知道，小说的下一段内容应该怎样写了。

在楠江的土地上，流传着许多关于田单岭的故事。流传得最广的，是他的枪法。但田单岭最出众的才华并不是他的枪法，而是他对土匪这个特殊社会群体与众不同的认识。林译苇想。人们津津乐道田单岭的枪法，那是因为，越是最表面的行为，受众就越多。俗话说，外行看热闹，内行看门道，这是很有道理的。如果有人要研究楠江县民国时期土匪的存在方式，撰写有关的文章，田单岭可以单独成一个章节——他将抢劫、绑票等传统的方式转为收取保护费，在客观上维持了一方治安，对土匪在民国时期不同历史阶段行为模式的转换，具有坐标意义。而那个转折点，发生在一次绑票过程中。这次绑票，与大辫子姑娘有关。

凤翔镇的刘同鼎拥有小镇周边上千亩土地，还有一家榨油坊，一家酒坊，三家糖坊，一间杂货铺，是一方富豪。

据高峰砦棚子安插在凤翔镇的钩钩（眼线）何三扁说，刘同鼎不相信任何人，他手中的现金从来不放在钱庄里，而是藏在家中。

那是一个赶场天，杨老四和周老五在凤翔镇的一家茶馆里和何三扁坐在一张桌子边的竹椅上喝茶。何三扁这个外号，正如他这个人，脸庞扁，鼻子扁，嘴巴扁，好像他刚一出娘胎，脸上就被人使劲拍了一巴掌，把整个脸都拍扁了，再也没有复原，唯有眼球弹了出来，像两只铃铛。何三扁一只手使劲搔着脚踝上的癣，让细小的灰白色皮屑纷纷掉在地上，另一只手端起茶托上的茶碗，两片乌黑的扁嘴唇滋溜滋溜地吸着滚烫的茶水。杨老四和周老五身穿蓝灰色的土布衣服，把手枪披在腰间。他们一边听何三扁讲刘同鼎的事情，眼睛不停地打量茶馆外面的街景。

他们坐在茶馆门边。茶馆坐落在小镇的一块高地上，正好是一条街道的拐弯处。从这里看出去，整条街的情景一目了然。街道不宽，两边是各种店铺，现在的时辰是巳时，街道上正是人多的时候。这些从乡下和附近乡镇赶场的人挤满了石板铺成的街道。他们当中，有许多人天不见亮就起床赶路，为的是在上午赶到凤翔镇挤热闹。凤翔镇离红土镇有四十里地，也是一个水陆码头，是周边地区的物资集散地。从汉川县运来的盐，从楠江县运来的糖，从丰阳县运来的煤，都要在这里汇集。三天一场的逢场天，是凤翔镇最热闹的日子，所有的街道变得拥堵不堪，镇上各种店铺的生意也十分火爆，茶馆，酒馆，烟馆，妓院，杂货店，洗澡堂，麻将馆，都挤满了人。

周老五、杨老四和何三扁坐在茶馆里喝茶，这里能够看见街道上发生的事情。他们看见了熙熙攘攘的人群，他们还看见了自己想看见的人。他们看见了刘同鼎，当然，是何三扁先看见的，然后，他把他指给周老五和杨老四看。

"那个人，那个穿府绸的秃顶的老头，就是刘同鼎。"何三扁说，"他们正在'汇泉杂货店'门口。"

在一间店铺的门口，刘同鼎和一位青年女子正拿起一串项链对着阳光察看。这串项链不知是白银还是白铜做的，在阳光下闪亮。那个女子身材单薄，梳着一个圆形的发髻。她把项链放在柜台上，走出这间店铺，刘同鼎陪着她挤过人群，进了另一间店铺。

"那个女人，是刘同鼎新娶的老婆，叫袁桂花。刘同鼎的老婆得肺痨死了，丢下三个娃儿，他又娶了这个年轻老婆。"何三扁说，"他奶奶的，刘同鼎都挨边（接近）六十岁了，这个老婆还不到二十岁。老牛吃嫩草，他也不怕拉稀，这个狗日的刘同鼎。"

刘同鼎和袁桂花又走进另一间店铺。他们买了一点红糖，老板用草纸包好，递到刘同鼎手里。刘同鼎把红糖拎在手里，在人群里挤来挤去，袁桂花跟在他身后，低着头走路，不时用手推开挡路的人。很快，他们消失在人群里。

"我看，这样办……"周老五说，"刘同鼎这个糟老头子，你看他给她买东西的样子，肯定把那个女人当心肝宝贝。我们就把他的心肝宝贝当'观音'（女人质）请上山，不怕他不出血（出钱）。"

"周兄说得好，我看，这个办法行得通。"何三扁说，"这个袁桂花是个孝女，她嫁给刘同鼎，就是为了图彩礼，给她生病的老汉（父亲）买药。每个月逢十那天，她都要回家看她老汉。她的家在红土镇的乡下，离凤翔镇有五十里，当天不回来，要在娘家住一个晚上。"

"明天就逢十吧?"杨老四问何三扁。

"明天就逢十。"何三扁说，"明天的日子好。"

"明天的日子好得很。"周老五说，"今天晚上，我们就住在这里，等那个好日子。"

林译苇停住笔。她背上的伤口有点发痒。医生说过，伤口愈合的时候，总是会发痒，那是因为神经末梢正在向结缔组织里生长。林译苇感觉到，这种现象就像一种感觉侵入某种事物，就像一种灵感悄悄进入自己的思维领域。这种灵感告诉林译苇，几十年前，随着大辫子姑娘袁桂花行走在田野间的身影的移动，楠江县凤翔镇陆续发生了一些事情，一些人的命运也随之发生变化。

第二天一早，何三扁就来敲杨老四和周老五的房门。

何三扁跋拉着一双烂布鞋，精瘦的手指头"嘣嘣嘣"地敲门。杨老四和周老五住在茶馆后面的"天一客栈"里，刚刚起床，正从幺师端来的一铜盆热水里捞毛巾洗脸。

"她上路了。"何三扁说，"上路了，只有一个人陪着她。"

"那个人是啥子人？"杨老四问。

"何世全，是刘同鼎家的长工。"何三扁说，"每次袁桂花回娘家，都有人跟着她。今天是他跟着她。"

"这是一个好情况。"杨老四对周老五说，"那，兄弟，我们走哇？"

"哥佬倌说走，我们就走。"周老五说。

"莫忙，莫忙。"何三扁伸手拦住他们。

"你又要干啥子哟。"周老五说。

"我，我……"何三扁可怜巴巴地看着杨老四，"我还没有吃早饭，肚皮都贴着后背喽。昨天晚上我就没有吃饱，半夜就饿醒了。所以，我才起得这么早，跑到刘同鼎大爷的庄园外头盯起，一直看到那个袁桂花出门，我才跑到这里来。这一跑，鞋子差点跑脱，肚皮也饿得更凶了。你们也没有吃早饭吧？那边街头，有个店子里的油条炸得香得很。要不，我带你们去？我怕你们找不到。"

"你怕我们找不到油条店，我们还怕找不到袁桂花。她都走远了，你还要我们陪你去吃油条？"杨老四说，"若不是看你还没有耽搁正事，我早就一巴掌扇在你脸上，把你这个何三扁打成何四扁。"

"哥佬倌，你说笑了。"何三扁说，"我们凤翔镇就一条大路通向红土镇。随便咋个走，她都在路上。"

杨老四从衣兜里摸出一张纸币，甩在何三扁的脸上。何三扁一把抓住它，把路让开，缩着脖子，看着他们"噔噔噔"跑下木楼梯。

这天的太阳很好。通向红土镇的石板路在阳光下明晃晃的。杨老四和周老五步子迈得很快，出了凤翔镇不远，他们看见前面有两个人的身影，一个女人，一个男人。那个女人就是昨天在拥挤的街道上看见的袁桂花。那个男人，一定就是长工何世全了。

杨老四和周老五放慢了脚步。离他们二十丈远的地方，袁桂花走在前面，何世全走在后面，两人隔了一丈远。袁桂花挎着一个花布小包袱，何世全提着一个用麻绳拴着的草纸包，杨老四和周老五昨天看见过这个纸包，那里面是红糖。

楠江河在楠江县的土地上弯曲着穿过，在大地上画了一个巨大的太极图。红土镇和凤翔镇都地处河边，乘船要沿着弯曲的河流走一天，但两个镇之间有一条石板路，像一张弓上的弦，在大山之间切出一条直线。在这条路上行走，如果走得快，只要半天就可以从凤翔镇到达红土镇，或从红土镇到达凤翔镇。

袁桂花和何世全离开凤翔镇后，很快就远离河边，向大山走去。今天不是逢场天，石板路上没有多少行人。杨老四和周老五跟在他们后面，他们有一个时辰的时间把袁桂花变成"观音"，所以他们不慌不忙。

石板路顽强地向红土镇伸过去。它爬上一座长满桢楠树的山坡，又穿插到一条小河边，从一座石桥上铺过去。当它伸到一座长满杂树林的山坡时，杨老四和周老五加快脚步，追上了袁桂花和何世全。

山坡上的石板路掩映在树林中。在一个拐弯的地方，杨老四拍了拍何世全的肩膀。何世全一闪身，右手亮出一支手枪。杨老四和周老五也亮出自己的手枪。

"哦，这个东西，你有，我们也有。"杨老四说，"我这个东西是资格的'花口手弯子'。你那个东西，是仿货，四不像，打也打不准。你最好把枪放下，你不要一慌张就走火，把我的雀雀（生殖器）打掉了，我这辈子就惨了。"

"你们要干啥子？"何世全把枪口放低。

"我们要干啥子，你是懂得的。"周老五说，"你现在回去给你的东家扯个回销（汇报），说我们把他的娘子接到山上去耍几天。你喊他放心，只要把五千元钱送到山上，我们就把他的娘子还给他。"

杨老四拧下何世全手中的枪，把子弹退了，将空枪还给他。

"兄弟，你不要怪我。我们也是没得办法才吃上了这碗饭。你现在把我们的口信带回去。你给他说，明天中午以前，让他把这五千元钱放在这里，就这里，这块石头下面。看清楚了没有？就是这块石头。时辰到了，我们派人来取。钱取到了，他的娘子就可以回来了。"

何世全跺了一下脚，转身走了。

站在一边的袁桂花在她的花布包袱里摸了一阵，掏出一把剪刀，一转身向杨老四的胸前扎来。杨老四一把扭住袁桂花的手腕。

"哟，你这个嫩婆娘，性子好烈！"杨老四说，"你用不着拼命。我们说的，你都听清楚了。你乖乖跟我们走，啥子事情都没得。"

"我不走！"袁桂花说。

"大妹子，这件事情都成了这个样子了，哪里还由得你呢？"周老五说，"现在，你帮我们，也是帮你自己。"

杨老四掰开她的手指，将剪刀从她的手中取下来，眼珠在她的胸脯上溜来溜去。"我给你讲清楚，我和他是坏蛋，啥子坏事都干过，你最好跟我们走。"他用枪指了指周老五，"你不走，我们两个就把你拖进这个林子里，把你的衣裳和裤子剥光，打你的排子枪（轮奸），看你以后咋个见人。"

"你放心，我们要的是你男人的钱，不是你的身子。"周老五说，"你想把你的身子留给你的男人，你就要帮我们，把你男人的钱留给我们。"

在几十年前的某一天，在楠江县凤翔镇和红土镇之间的一条乡村林荫道上，大辫子姑娘袁桂花就这样被杨老四和周老五挟持到高峰砦。林译莘想，她走在他们中间，离开石板路，沿着一条泥土小路向一座陌生的山峰走去。女人的一生，就是走向陌生的一生。一个旧时的女人，她在熟悉的环境里长大后，就要嫁到陌生的地方，嫁给一个陌生人，过一种陌生的生活。这些陌生，都是一种命运的陌生，是一种"大"的陌生。那是早就存在于女人命运中的东西，是命运程序的一部分，终有一天，她会与它相遇。她面对它时，心理上已经做了足够的准备，她会镇定自若。或许她会在出嫁时哭一场，那是她在为自己的过去告别。这泪水里，除了悲伤的成分，或许含着欣喜的成分。所以，女人出嫁时要哭泣，已经成为一种模式。而当一个女人面对一种"小"的陌生时，当她面对命运里没有安排的陌生时，她的反应就不会是模式化的了。有的张皇，有的镇静，一些许多人想不到的行为也就随之产生。一个女人的智慧，往往会在面对"小"的陌生时体现出来。所以，当大辫子姑娘袁桂花被杨老四和周老五挟持着，走在通往高峰砦的泥土小路上时，她显得很安静。怎样摆脱这种处境，她已经有了一条清晰的思路。她在想，自己应该在什么时候，用什么办法了结自己的生命。

他们来到高峰砦。

通过砦门，登上砦顶，袁桂花看到了一些陌生的房屋，一些陌生的男人。她跟在杨老四和周老五身后向一幢房子走去，沿途经过几个男人身边。他们瞪大眼睛盯着她，脸上浮现出古怪的微笑。袁桂花熟悉这种微笑，也明白其中的含义。但她并不惊慌。她已经拿定了主意，她要在今天去死。

她走进那幢房子，看见一个人坐在桌子边用布条擦拭一支手枪。这个人有点面熟。袁桂花看得出来，他也有相同的感觉。他从凳子上站起来，两只手呆呆地垂在身体两边。

田单岭命中注定的女人出现在他的面前，他有点手足无措。林译苇想。有一种神秘的力量，从大辫子姑娘身上传到他的身上，把他过去的日子还给他。

虽然，大辫子姑娘的辫子变成了发髻，但田单岭还是想起了那个下雨的上午，他和朱老八撑船到乡下卖粪肥，在河边一幢茅屋里躲雨的情景。

他在那里遇见了大辫子姑娘。那时，她穿着打着补丁的衣服，身材瘦弱。现在，她的衣服是淡绿色的夹袄，脚上穿一双绣花鞋，皮肤更白，还长胖了一点。但她还是她。

田单岭想起了他用粪肥和她爸爸换红苕的情景，那一次，他还换了一张狐狸皮。正是这张狐狸皮帮助他走上了经商的路。这张狐狸皮，他一直舍不得卖，现在还搁在他在红土镇开的店子里。

"我认得你。"田单岭说，"你还记得我不？"

袁桂花盯着他，没有说话。

"我晓得，你认出我了。"田单岭说，"你不要害怕。我只是一个生意人。只是，我现在做的生意和以前有点不同。杨老四，你把那张凳子给她拿过来。"

杨老四把一张木凳放在袁桂花身边。袁桂花仍然站着。

"你认识我，为啥还要害我？"袁桂花说。

"我不晓得是你。"田单岭说。

"现在，你晓得是我了，你马上放我回去。"袁桂花说。

"我干到这一行了，就要守规矩。"田单岭说，"我真的不晓得是你。要不然，不会有这种事情发生。我想问一句，你爸爸还好吧？"

袁桂花突然把双手蒙在脸上，但泪水还是从指缝里流了出来。

"你们两个，不要站在这里神起（发愣）。"田单岭对杨老四和周老五说，"你们去把客房打扫一下，把被子换成新的。再到伙房去，喊邹老二杀两只鸡。她现在是我们的贵客，要好好待她。"

那天晚上，袁桂花就住在高峰砦上，住在田单岭和叶一峰曾经住过的房间里。林译莘想，只不过，那个房间被打扫一新，张矮子还在屋外的灌木丛里采了一束野花，插进一个陶酒瓶里，摆放在窗台上。那天晚上，袁桂花没有吃晚饭，一个人在房间里哭。当时的情景应该是这样的，林译莘想，她很害怕，也很伤心，但暂时打消了寻死的念头。她在这间陌生的房间里度过了恐惧的一夜。

天亮以后，门打开了。

田单岭站在门口。袁桂花盯着他的眼睛。

"你啥时候放我走？"袁桂花问。

"今天下午。"田单岭说，"我们的兄弟伙已经去取钱了。我们已经跟你男人讲清楚了，让他把钱放在一块石头下面。钱取到了，我们就把你送下山。"

"我不稀罕你们送。"袁桂花说。

"那也行，但你还是应该吃早饭吧？"田单岭说，"昨天你没有吃晚饭，现在饿得很了吧？你放心，我们的饭菜没有毒。"

在那一瞬间，袁桂花想笑。但她咬住嘴唇，没有笑出来。她跟在田单岭身后，走到另一幢房子里。几个人坐在桌子边，等着吃早饭。

早饭是红苕稀饭和酸菜，还有薄薄的烙饼。在一只碗里，有两只热气腾腾的鸡腿。

"这是给你留的。昨天为你专门杀了两只鸡，你不吃，结果被这些饿痨鬼吃了，我看事情不对，就说，哪个敢吃这两只鸡腿，我就一枪打断他的腿，这才把两只鸡腿留了下来。"田单岭说，"今天你饿了，吃吧。你不吃，他们又要抢了。"

袁桂花夹起一只鸡腿，轻轻咬了一口。她的泪水又流出来了。

"不要伤心了。"田单岭说，"我一大早就喊杨老四和周老五下山了。如果顺利，他们中午就赶得回来。"

杨老四和周老五真的在中午赶回来了。周老五从衣兜里取出一张纸，交给田单岭。

"石头下面没得钱，只有这张纸。"周老五说。

"没得钱？"田单岭说，"那，这个是啥子东西？上头写了些啥子？你晓我大字认不到一个，还给我看。念！"

周老五看了一眼袁桂花，把纸抖伸展，一字一顿地念："休——书。"

"啥子意思？"田单岭问。

"休书，就是一个人不要自己的婆娘了，他就写一份文书，把婆娘赶回娘家。"周老五解释。

"咋个写的，念！"田单岭说。

周老五干咳了两下，漱了漱喉咙，眼睛瞟了袁桂花一眼，大声念道：

刘门袁氏原籍四川省楠江县红土镇牛凼保四甲人，民国三十五年经邻说合嫁入刘门，今年四月十日被棒老二劫持，因不能完璧归赵，已失妇德，为此特书休书，自即日起逐出刘门，日后任其自便，刘门上下均不讯问，立字存照。

　　　　　　　　　　立休书人　刘同鼎，族首　刘先鼐。

周老五念完了，又补充说，"哦，这里还有手印，两个，刘同鼎一个，刘先鼐一个。"

"完璧归赵，啥子意思？"田单岭问。

"唉，咋个说呢，这个问题很复杂，我也说不清楚。"周老五说，"大概是一块玉，被哪个人咬了一口，缺了，不是原来那个样子了。"

"不可能吧。"杨老四说，"玉石这个东西，好硬哟，比你的牙齿硬吧，没有哪个人咬得动。"

"你们还是没有说清楚。假如我的叶一峰兄弟在这里，他才说得清楚。好，管它咬得动还是咬不动，意思我懂了。"田单岭说，"这个刘同鼎，担心自己的老婆被别人……嗯……那个了，就算是咬了吧，就不要了，是不是这个意思？"

杨老四和周老五使劲儿点头。

"日他刘同鼎的妈。"田单岭说，"有我在，哪个敢咬他的老婆？他不出钱，我们就去找他。"

那天下午，他们就下山去了。林译苇想象着当时的情景。田单岭、周老五、杨老四和张矮子带着袁桂花走下高高的高峰砦，穿过蜿蜒在山间的泥土小路，走上那条贯通凤翔镇和红土镇的石板路，来到凤翔镇外面的小山坡上。

他们在树林里歇息了两个时辰，等到夜深了，何三扁摸到树林里，把他们领出来，悄悄走进凤翔镇，穿过两条阒无一人的街道，来到刘同鼎的庄园外面。

庄园的大门早就关上了。周老五和杨老四负责冲围子（冲门翻墙）。周老五在围墙边蹲下身子，杨老四踩在他肩头上，一纵身跃上围墙。一条狗在院子里低声咆哮，杨老四把一个夹肉的面饼扔下去，那条狗冲过来，一口咬住面饼，迟疑了片刻，大口吞咽下去。杨老四跳下围墙，打开大门，几个人冲进去。

田单岭紧紧抓住袁桂花的胳膊向前走。

"你不要怕，我们给你做主。"田单岭说，"他不敢休你的。"

袁桂花不吭声，跟着他们走近堂屋门外。杨老四一脚端开门板，大家一拥而进。田单岭和袁桂花留在堂屋，周老五用火柴点燃一束劈成细条的松木，带着杨老四和张矮子冲进里屋。火光照亮了室内的情景，一张挂着夏布蚊帐的雕花红木床上发出一声惊叫，刘同鼎从床上坐起来，迷迷糊糊地看着拥进来的几个人。

"刘大老爷，你一个人睡觉，还睡得这么香。"杨老四说，"快起床，我们把你老婆完、完啥子归赵了?"

"完璧归赵。"周老五说。

"老婆?"刘同鼎用手使劲揉眼睛，"哦，你们是哪个?"

"我们是哪个，你心里清楚得很。"杨老四说，"刘大老爷，你也太不醒豁了。你老婆在我们手里好好的，你却把她休了。你太冤枉她了嘛。现在，我们把她还给你，拿到我们自己的钱，车身（转身）就走。"

"钱?"刘同鼎说，"好多钱? 我几时欠你们的?"

"你这个老几，敬酒不吃吃罚酒，活得不耐烦了。"杨老四的手枪枪管使劲杵在刘同鼎脸上，把他肥胖的脸杵了一个小坑，刘同鼎痛得直皱眉头。

"你们这些棒老二!"刘同鼎扯开嗓子喊。

"你还嘴硬。"周老五说，"老四，你不要松手，看老子咋个收拾他。"

杨老四杵在刘同鼎脸上的枪管更加用力，把他的头部杵在枕头上。周老五把手中燃烧的松明子慢慢靠近刘同鼎的脑袋，在他脸上晃来晃去。火焰燎去了他的眉毛，额前的头发也被燎焦了。沙哑的惨叫声从刘同鼎喉咙里挤出来，袁桂花吓得退后了一步。

"你再嘴硬，老子就把你的脸当松明子点燃，反正你脸上的油不比松明子少。"周老五说。

"好了，好了!"刘同鼎紧闭着眼睛，带着哭腔说，"我拿钱，拿钱!"

他从床上爬起来，哆嗦着两条光溜溜的肥白大腿，光着脚走到一个黑漆橱柜前，拉开一个抽屉，从里面取出一个画着一个洋女人头像的铁制饼干盒。他打开盖子，从里面取出一卷钞票。他刚把钞票递到杨老四面前，杨老四一掌把钞票打飞了。

"你打发叫花子吗?"杨老四说，"老子们是要饭的吗? 你长的是狗眼睛吗?"

"我就这些钱了。"刘同鼎哭丧着脸说，"你们是英雄，我看得出来，你们是英雄，但我只有这些钱了。"

"你要好好想一想，你不拿钱的后果。"周老五说，"假若你不想，我可以帮你想。"

"你帮我想?"刘同鼎说，"你咋个帮我想?"

"我就这样帮你想。"周老五说，"我会想，这伙人，半夜三更闯进我的家，说走就会走吗? 他们把我婆娘当'观音'拉到山上去，开价五千元钱，我只拿几十元钱出来，未必他们算不出来，这是一个亏本的买卖吗? 这个世道，又有啥子人愿意做亏本的买卖呢? 假若这个拿'手弯子'的人愿意做亏本的买卖，这个拿松明子的人又愿意不愿意呢? 这个拿松明子的人愿意做亏本买卖，这个拿'火杆杆'的矮子又愿意不愿意呢? 即便这个拿'火杆杆'的矮子愿意，站在堂屋、守着我婆娘不愿意露面的人，他又愿意不愿意呢? 我把这些问题想通了，干脆，拿出钱来，让他们滚蛋算了，反正这个年头，命还是比钱更值钱。"

"你不要帮我想了。"刘同鼎双手捂住脸，瘫在地上，"你帮我想，比我自己想的还要恼火。"

"那，你赶紧给老子爬起来。"杨老四踢了他一脚，"我这位兄弟已经帮你想通了，你就不要再想了。把钱拿出来!"

刘同鼎想从地上爬起来，无奈两条腿没有一点力了。他用两只手肘撑在地上，身体转了半个圈，抬起左手，指着屋角一只尿桶说，"那，那里。"

杨老四看了看那只散发着浓烈尿臊味的尿桶，又踢了刘同鼎一脚："你是啥子意思?"

"我懂了。"一直站在一边的张矮子说，"那个尿桶下面，有东西。"

大家的眼光转向刘同鼎，他无力地点点头。

张矮子拎开尿桶，从腰带上抽出一把匕首，在地面上挖掘起来。他撬开瓷实的泥巴，挖了两寸深，"当"的一声，刀尖触到一个坚硬的东西。他飞快刨出这个东西，是一个筲箕大小的马口铁盒子。周老五把松明子移过去，张矮子打开盒盖，里面塞满了钞票。钞票上长了薄薄一层淡绿色霉丝，在松明子火光的照耀下，像一层淡淡的薄雾。

刘同鼎盯着长霉的钞票，突然哭了，"我说我咋个这么倒霉，原来，是你长了霉。早晓得的话，我就不把你埋在尿桶下面了。唉哟……"

张矮子把盒子拿到堂屋，周老五举着松明子跟了过来。田单岭拿出一沓钞票，揩去上面的霉丝。

"还可以用。"田单岭说，"数五千元出来，剩下的，还给他。"

周老五举着松明子走进里屋，张矮子捧着马口铁盒子跟进来。

"刘大老爷，我们当着你的面数钱，你要看好哟。"张矮子说，"以后你跟别人提起这件事情，不要说我们不醒豁，多拿了你两元钱。要不然，传到江湖上，我们的英名，就毁在你刘大老爷手里了。现在，我要数钱了，你的眼睛要盯在钱上哟。"

这时，袁桂花走进里屋。趴在地上的刘同鼎抬头看着她，牙缝里迸出一句话："你还有脸和他们一起到我这里来，你这个娼妇！"

"我没有做对不起你的事。"袁桂花从衣兜里摸出一张纸，那是刘同鼎写的休书。她把休书扔在地上。

"你把我休了。是这些人对不起你，你不敢惹他们，却要休我。"袁桂花说，"我命不好，但我不是一个坏女人，你却把我休了。你休了我，那我也不留在这里了，但我还是要把这个手续办完。"

袁桂花走到橱柜边，从柜子上面拿下一个小铁盒子。她打开盒盖，里面是红色的印泥。她坐在一张凳子上，脱下自己右脚的鞋子，再脱下袜子，露出一只光洁的脚。正蹲在地上数钞票的张矮子看见这只美丽的脚，不禁后退一步，差点坐在地上。

刘同鼎仍然趴在地上，看一眼袁桂花的脚，再看一眼她的脸。他不明白她要干啥子。

袁桂花不慌不忙地用手指抠出一团印泥，在脚掌上涂抹。她把印泥在脚掌上涂抹均匀了，踩在休书上。当她抬起脚时，休书上留下一个鲜红的脚印。

"我的手续，办完了。"袁桂花说。

第八章　屋梁上的弹孔

在下雨之前，吴跛子赶到了爱鸟协会。他拖着一条残腿，一瘸一拐穿过城市。刚走进那幢挂着许多鸟笼的房子，雨点就击打在屋顶上了。

听着雨点击打在瓦片屋顶的声音，吴跛子感到很轻松。在出门前，他就知道要下雨，因为他身上有三根骨头在隐隐作痛——一根肋骨，一根腿骨，还有右手无名指那根骨头。而那根作痛的腿骨与这幢老房子有关。

他不想带雨伞。他喜欢轻装出门，只带必要的东西。这个习惯，是他在战争岁月里养成的。行军打仗时，人人都学会了尽量少带物品，除了枪支弹药，他们把生活必需品减少到最低程度。在以后的日子里，吴跛子的随身物品少得可怜。但他毫不在乎。他所有的财富，就是他经历的时间。在这些时间里，有很多时候他都吃了饱饭，他感到满意。今天中午，他吃饱了饭就出门，没有带雨伞，他想跟老天爷赌一把，他赌自己能够在下雨之前走到爱鸟协会。他赢了。现在，他坐在爱鸟协会屋子里的凉爽空气中，听着雨点击打屋顶的声音，等着斗画眉，心里很舒坦。

他坐在一张冰凉的木头长凳上，看着那些人提着画眉笼子走进来。骨头还在痛，他抬头望着那根灰褐色的屋梁。那上面有几个黑色的小点子，只有他知道，那是子弹孔。当他盯着那几个子弹孔，大腿的骨头痛得更厉害了。你这根老骨头，吴跛子想，你还认得那几个子弹孔。你们是老相识了。

几十年前的情景又在他眼前晃动。

他还记得，那是一个有太阳的上午。他和战友在这座城市里进行了两天巷战，占领了这座城市的大部分。前一天晚上，大家在城墙下面露营。天气又冷又潮，他裹着薄被子，睡在北城垣的城门洞里。天亮的时候，炊事班送饭来了。几个炊事员抬着两个箩筐走到城墙边。炊事班长红光满面，拿着一个油晃晃的锅铲，大声吆喝："嘿，同志们！我们部队北方战士多，今天，我们这一伙四川炊事员学会了烙北方葱油大饼，慰劳大家！今天的葱油大饼清香，爽泡，口感好，每个班派一个人来领大饼，吃饱了，添力气，努力杀敌人！"

他赶紧爬起来，跑到炊事班长面前："我们机枪班战斗减员三人，现在还有八个人。"他对炊事班长说，"我们领好多？"

"每人两个。"炊事班长对一个炊事员说，"给他数十六个。"

一直到现在，吴跛子还记得他抱着那十六个葱油饼分发给战友的情景。每人两个饼，他们坐在地上，伸出乌黑的手。那手被硝烟熏黑，被泥土弄脏，他们顾不得这些，接过自己的饼，立刻送进嘴里大嚼起来。

在那个时候，他还不是跛子，战友都叫他的大名——吴国柱。吴国柱吃完了自己的一份，手上的油腻还没有来得及揩干净，上级命令传达下来了：城南一带发现敌军残部，立即出发搜剿。

吴国柱提起他的捷克式轻机枪，和战友一起，沿着一条石板铺成的街道向城南方向跑步前进。

城南一带的房屋建筑在城市的一块高地上，形成一条倾斜的街道。他端着机枪，和战友们一幢房屋一幢房屋挨着搜索。最后，他来到了这幢房屋面前。

这幢房屋与周边的房屋没有什么两样，都是有一百多年历史的木结构房子。因年代久远，房屋的木板墙面呈现出泥土的颜色。这幢房屋的木头门紧闭着，但吴国柱判断出，屋子里有人。他发现，门槛上面有水渍。不久之前，有人提着水或者端着水进去过。他们把水洒在了门槛上，那水渍还没有干。

吴国柱招了招手。两个士兵跑过来。吴国柱指了指门，然后使劲一点头。一个士兵踢开了房门，吴国柱端着机枪冲进去。屋里堆放着许多军用被服。一堆被盖和军服被码成掩体，几个戴钢盔的人躲在后面，手里的枪口对准门口。

"缴枪不杀！"吴国柱大吼一声。

"我们投降，投降。"一个戴钢盔的人说。

吴国柱一愣——这声音好熟悉，"吴大壮?"他说。

那个人迟疑地说："你是，吴国章，哦，吴国柱?"

那个人真的是吴大壮！当初大家都是国军的时候，吴大壮是机枪射手，吴国柱是副射手。从来没有一个机枪副射手会将手中的机枪对准机枪射手。吴国柱下意识地将平端着的机枪枪身往上抬了一下，枪口指向屋顶。这时，由于手上有油腻，枪身猛烈下滑。在重新抓稳枪身时，他的右手食指勾动了扳机，两颗子弹射进被服做成的掩体。

刹那间，屋里枪声大作，吴国柱感觉自己的胯间麻木了一下，就站立不稳。在倒下的瞬间，他手中的机枪喷出一连串子弹，有几颗击穿了屋顶上的瓦片，有几颗击中了屋梁。

当枪声停息时，屋里只有吴国柱一个人还活着。满屋子都是硝烟，他是被这硝烟从昏迷中呛醒的。烟雾朦胧中，他看见屋子里横七竖八躺着好几个死人。他身后的两个战士已经死了，掩体后面的几个人也死了，其中就有吴大壮。在这次短促的枪战中，吴国柱的大腿根部被一颗子弹击中。子弹击飞了他的睾丸，洞穿了他的大腿，擦伤了他的腿骨。这颗子弹是哪一支枪射出来的，他永远不会知道了，但他感觉到，这是从堂弟吴大壮枪口里射出来的。这颗子弹改变了他的生活，并额外赠送给他一个外号：吴跛子。

吴国柱后来得知，吴大壮当时驻守的房屋是国军的被服仓库。那几天，城里在进行激烈的巷战，吴大壮所在的机枪班负责保卫这座仓库。他们没有接到撤退的命令，一直坚守在那里。其实，是上级将他们忘记了，他们守着满屋子的被盖和军服，每天到屋外石阶梯下面的水井里提水，就着井水吃干粮，一直到吴国柱他们攻上门。

受了伤的吴国柱在这座城市里养伤，并留在这座城市里工作，当了一个国营粮站的仓库保管员。这种命运和吴大壮相似，都是守仓库。只不过，吴大壮年纪轻轻就战死在一座仓库里，而吴国柱守着一座仓库慢慢变老，离休后住进一座养老院安度晚年。

很多年以后，当这座被枪弹击伤的房屋成了爱鸟协会的活动场所时，吴国柱才再次走进它。屋梁上的子弹孔还存在，但只有他才知道它们的存在。每次看到那些弹孔，吴国柱就会闻到硝烟，他的精神就像吸了烟一样振奋。这种振奋传染给了他的画眉，一次偶然的机会，吴国柱发现自己的画眉吸了叶子烟产生的烟雾后特别能战斗，一举夺得那一届楠江市斗画眉比赛冠军。从此，吴国柱获得了画眉制胜绝招——平时用烟雾训练画眉，在比赛前，更是让它尽情吸烟。

香烟的味道和硝烟的味道，总是渗进吴国柱的生活里。他在家乡的苞谷地里揪野烟叶子裹烟卷儿，在战壕里用美女招贴画裹烟卷，到现在用正宗的楠江烤烟叶裹烟卷，而这些烟卷的味道，总是和硝烟的味道混合在一起，冲进他的鼻腔。枪声虽然离他远去，但他知道，它们一定躲在某一个角落，一直在等他。要不然，在夜晚的睡眠中，它们为何经常出现？枪声和烟雾总是在一起的。就像一个人必须穿衣裳。他这一辈子的生活和命运中，充满辛辣，充满争斗的元素，这些元素，最后体现在画眉身上。

画眉是一种野生小鸟，它争强好胜，却通人性。许多人不知道，吴国柱的画眉会讲人话。它会说"我要吃烟"，还会说"我要吃饭"。

吴国柱的画眉"上等兵"是一只贵州凯里画眉，那是中国画眉的极品。事实证明，他的"上等兵"没有辜负它的血统，战无不胜。因为，它除了吃饭，还会吃烟。烟会激发体内血液中的力量，无论是人，还是鸟。吴国柱想起一件往事——当他还是新兵时，一个山东老兵经常晃着高大的身板，挤到他的面前，从他的饭碗刨饭："你长得像只麻雀，还想吃这么多粮食？别糟蹋啦，还是给我吧。"有一次，山东老兵从他的饭碗里刨走了一半饭粒，吴国柱顺势将剩下的半碗饭扣在他脸上。山东老兵右手一划拉，吴国柱踉踉跄跄跌出半丈远，扑在连队的饭锅里。

那一天，山东老兵和吴国柱被处罚站岗。他们站双岗，两个哨位相距两丈多。半夜天太冷，两人就在各自的哨位上互相对骂。要说骂人，山东人哪里能占四川人的便宜。吴国柱点燃一支烟卷，为了不让火光外露，就把它笼在袖子里，抽一口，骂一句，抽一口，骂一句。烟雾刺激了吴国柱的灵感，从他嘴巴里飞出的话又俏皮又恶毒，那山东老兵被骂急了，再也想不出骂人的词，就高声吼了一句："你这个杂种，看老子怎么收拾你！"吴国柱不紧不慢地回了一句："对啊，我是杂种，你是纯种，为啥呢？你是你外公操出来的。"山东老兵再也沉不住气了，提着枪走过来，边走边挽袖子。那天晚上月光很好，吴国柱悄悄抽出步枪通条，待山东老兵走近，猛然一挥手臂，通条结结实实抽在他的脸上。山东老兵倒在地上，捂着脸号叫。他叉开被血和泪打湿的手指，从指缝里看出去，月光下，吴国柱走到他面前，手里握着那根致命的通条，牙关紧咬，鼻子和眼睛似乎都移了位。山东老兵吓得大声喊："吴，吴国柱兄弟，手下留情！"

第二天，山东老兵向排长解释，他的脸昨夜被树枝刮伤了。排长说："昨夜有人听见四号哨位和五号哨位的哨兵在骂架，今天，你脸上就长出这条伤痕，是不是发生了啥事？"山东老兵说，没啥事发生。排长说，你说没啥事，那就是有啥事，哨兵在哨位上互相骂架，违反军规，暴露目标，两人通通关禁闭，三天。

三天禁闭还没有完，部队就上前线了。途中，部队遭遇解放军伏击，山东老兵的脸给一颗子弹击穿，当场就死了。吴国柱当时正走在他旁边，边走边和他说话。两人被关了两天禁闭，关系竟然变好了，真应验了古人的那句话："梁山兄弟，不打不相识。"没有想到，这时却飞来一颗子弹。子弹先掠过吴国柱的头顶，灼焦了一缕头发，再击中山东老兵的脸，正好打在那条伤口上。当时，吴国柱为自己的矮小身材感到庆幸——自己再长高那么一点，被子弹击中的人，就不是山东老兵了。"麻雀也有好处。"他想，粮食照样吃，小命照样保。

也许这就是吴国柱喜欢小鸟的缘故。多年以后，离休后的吴国柱迷上了斗鸟，不过，斗的不是麻雀，而是画眉。画眉比麻雀更讨人喜欢——它生性好斗，不畏强暴，和吴国柱的性格相似。更相似的是，它也喜欢吸烟，并从烟雾中找到力量。一次遛鸟时，他把鸟笼挂在树枝上，用夹着烟的手撩开笼布，发现"上等兵"在笼里兴奋地啄食飘进鸟笼里的烟雾。那一天，"上等兵"情绪高涨，一个劲儿地鸣叫，声音婉转动听。当天下午，"上等兵"参加了一次比赛，大获全胜。吴国柱心想，这家伙是不是因为吃了烟？从此，他抽烟时，总是与"上等兵"共享。成了烟鬼的"上等兵"模样也变了——眼水（眼睛的神采）更有神，羽毛的颜色更深，而且更蓬松，站在栖木上的姿势也更雄壮，昂首挺胸，像一位披着战袍的将军。

随着年纪的增加，在别人的眼光里，吴国柱越来越像一只鸟。他的骨骼在收缩，肌肉在萎缩，身高降得更矮，走路一瘸一拐，但他的眼神越来越晶亮，偶尔会射出一丝寒光。这丝寒光与"上等兵"眼里射出的寒光一模一样。他已经和他的"上等兵"融为一体了。所以，在斗画眉的比赛中，他无往不胜，成为楠江市画眉界的传奇。

但是，今天的情况有点不对。

吴跛子坐在凳子上，等待比赛开始。他的心绪有点烦躁不安。他撩开笼布，"上等兵"也烦躁不安，两只脚爪在栖木上移来移去。吴跛子从来没有见过它像现在这样。

这时，韩其楼出现了。他提着自己的鸟笼走进来，把笼子挂上木杆，走到他的老座位上。吴跛子用眼角的余光瞟过去，发现韩其楼今天有点异样——他没有像往常那样流露出激动的神情，而是很平静。他也在东张西望，看见自己了，眼睛停留了片刻，又扫到其他地方去了。但吴跛子明白，韩其楼最在意的，还是自己。

这时，从屋顶传来轻微的"咔嚓"声。吴跛子和韩其楼同时向房梁望去，然后对望了一眼。吴跛子的心里"咯噔"了一下——怎么，他晓得那上面有东西？

韩其楼坐在板凳上没有动。这老房子，真的老了。他想，一时半会儿不会垮吧？上次，它也这样响了几下，结果什么事也没有发生。他注意到吴跛子今天来得很早。平时，他总是在临近比赛才进赛场。他也用眼角余光瞟过去，看见吴跛子从衣兜里摸出几片干燥的烟叶，开始裹叶子烟。然后，他划燃一根火柴点烟。和往常一样，那烟味在室内沉闷的空气中飘散。

王老头咳嗽了一声，坐在裁判桌后面。他竖起右手的食指，大声宣布："楠江市爱鸟协会第二十三届斗画眉比赛，现在开始。今天的比赛，依然采用隔笼单淘汰方式，先决出胜者，再与另外的胜者复赛，最后决出名次。今天共有十只画眉参加比赛。现在，先抽签。"

韩其楼抽到七号签，他看见吴跛子抽到二号签。他沉静地坐板凳上，观看其他画眉决战。吴跛子的"上等兵"斗败了自己的对手，这是没有悬念的事情。吴跛子的脸上露出满意的神情，把"上等兵"放进笼里，盖上罩布，等待与下一只鸟战斗。轮到韩其楼上场了。他把自己的鸟笼放到赛台上那个长方形大鸟笼的一端，后退两步，站在一边。一个秃头男子把自己的鸟笼放在赛台上大鸟笼的另一端，然后站在另一边。裁判王老头把两只鸟笼放在大鸟笼两边的小门口，拉开鸟笼的闸门。

两只画眉从黑暗的小鸟笼里蹿进明亮的大鸟笼。韩其楼的"伤兵"仿佛不适应这样的场合。它跳进大笼子里，慢悠悠地走了几步，一直远离笼子中间的隔条。秃头男子的画眉等不及了，在隔条那边挑衅地叫了两声。"伤兵"受了刺激，转过身来，一下扑过去，与那只画眉打成一团。几片羽毛飞在半空中，秃头男子的画眉逃到笼子的一边，不敢上前了。

王老头用他的玉石烟嘴指向"伤兵"。它胜利了。在随后的战斗中，它接连战胜三个对手，获得一片喝彩声。

韩其楼镇静地走上前，把"伤兵"关进自己的笼子里，蒙上罩布，挂在墙边的横栏上，等待决赛。"伤兵"的打斗风格很独特——它一直安静，也一直心不在焉。但它被惹恼了，就会奋不顾身去搏斗。韩其楼已经预先知道最后的对手是谁。那肯定是吴跛子的"上等兵"。

到目前为止，吴跛子的"上等兵"是楠江市画眉界保持胜利最长久的画眉。它的声名远播，有些人曾想买下它，价钱最高出到了一万两千元。但吴跛子从来没有把"上等兵"卖掉的想法。他对一个想买"上等兵"的人说："我的前世就是一只画眉。"

韩其楼发现，吴跛子坐在那里，身姿有点不对。过去，吴跛子都保持着军人的风度，虽然个子瘦小，但总是坐得笔直，两只手放在膝盖上。现在，他倚在墙壁上，仿佛身上的骨头一下被抽走了。韩其楼从来没有见过他这样的状况。

今天是平淡的一天，但可能有事情发生。韩其楼想。和往常一样，今天仅是一场画眉打斗比赛。但和往常不一样的是，今天的氛围不对。韩其楼自己没有紧张的期待感，吴跛子也没有往日那种精神矍铄的模样。他倚在墙边，似乎越来越萎缩，从眼缝里射出的光芒似乎也没有了力量，射程短了许多，还没有到达韩其楼脸上，就在半途跌落下去了。韩其楼不明白，现在发生了什么事情。

台上的十只画眉全部照了面，已经分出胜负，只剩下两只画眉已进入决赛。这也是高潮阶段。参加决赛的画眉是吴跛子的"上等兵"和韩其楼的"伤兵"。韩其楼的画眉从来没有进入过决赛。现在，"伤兵"进入决赛了，韩其楼的心脏不像往常那样跳得厉害。他把笼子放在台子上，回到自己的座位，两只手十指交叉，看着王老头操作。

几个月前，韩其楼的画眉"四星将军"死在吴跛子的"上等兵"犀利的喙和尖利的脚爪下。那段时间，是韩其楼对画眉最入迷的时候，所以，痛苦也最容易伤害他的情绪。自从与妻子林译苇分居以后，家里屋顶下的空间被隔开了，他生活碎成几块，其中一块因为站着一只画眉，才变得有些分量。通过这个小生灵，他看到了生活中充满活力的那部分。画眉的尖喙啄破了室内沉闷的空气，画眉清丽的叫声侵入他的梦境，让他的生活变得生动一些。

"上等兵"和"伤兵"的决斗开始了，韩其楼平静地坐在板凳上，看着这两只驯化了的野鸟在一个竹制笼子里啄成一团。它们斗得很专业，没有多余的动作。它们站在隔条两边，脚爪使劲蹬对方，一会儿扑成一团，一会儿又闪开，休息片刻，再扑上去。韩其楼知道，这个过程最多持续半个小时，它们的力气就会用完。谁的力气先用完，谁就失败。

这时，韩其楼看见吴跛子突然睁开眼睛，那眼缝里泄出一丝寒冷的光芒扫到自己脸上，韩其楼感到轻微的刺痛。

"我们不斗隔笼，斗滚笼。"吴跛子说，"你看，要不要得？"

"斗就斗，哪个怕哪个。"韩其楼说，"王大爷，把隔条取了。"

王老头走到鸟笼前，双手抱拳，对大家摇晃了两下："各位，这两位参加决赛的鸟主要求改隔笼打斗为滚笼打斗，作为本次画眉打斗比赛的裁判，我要尊重他们的意见。现在，我要抽开隔条，把'上等兵'和'伤兵'放在一个笼子。大家看好了。"

王老头把栅栏从笼子上方抽出去，"上等兵"一下就冲进"伤兵"的领地。两只画眉同时在笼垫上翻滚，剧烈地拍着翅膀。"上等兵"啄着"伤兵"的头，"伤兵"啄着"上等兵"的脖子，它们身上的羽毛飞出笼外。过了一会儿，它们分开了，片刻之后又抱打成一团。它们从笼子的一端打到另一端，整整滚打了二十分钟。它们的力气几乎耗尽了，躺在笼垫上，张开嘴巴喘气，紧紧抓住对方不放。这时，它们不像是敌人，而像一对情侣。韩其楼突然想到了刘雅。

在一个深夜，韩其楼和刘雅躺在一张床上。那是在刘雅的房间里，在刘雅那张窄小而干净的床上。整整一夜，他们只是互相抱着，没有做别的事情，也没有入睡，他们只是深深地亲吻，呼吸着对方的气息。光线一点一滴侵入室内，他们全部感觉到了。第二天早晨，他们一同去上班，做出偶然在街道上遇见的样子，一同走进办公楼。他们的脸上都浮现出相同的笑容，他们的眼圈都是黛青色的，但别人没有观察到这些现象。在跨进各自的办公室时，他们同时转过头，相视一笑。

就在韩其楼走神的时候，"伤兵"似乎丧失了斗志，仰面躺在笼垫上，紧闭眼睛，脖子歪在一边，任随"上等兵"用尖利的喙啄它的脸颊。王老头站起来，走到笼子旁边，观察了片刻，举起手中的烟杆。韩其楼闭上眼睛。没有悬念了，他已经知道了结局，王老头手中的玉石烟嘴将指向"上等兵"。

这时，屋顶发出了清脆的"咔嚓"声，一片尘土洒下来。大家抬头向屋顶看去，只见屋梁的中部正在慢慢折断，屋架也随之下坠。随后，几块瓦片掉了下来，"噼噼啪啪"地砸在地上。没有人被瓦片击中，但大家都慌了，纷纷站起来，向屋外跑去。"快跑，房子要垮了！"有人喊了一声。

吴跛子摇摇晃晃地站起来，看了一眼那根正在慢慢折断的屋梁。韩其楼发现他的嘴唇灰白，身体在颤抖，便上前扶着他。王老头也扶着吴跛子，室内就剩下他们三个人。

"你没有事吧？"韩其楼问。

吴跛子摇了摇头，眼角沁出一滴混浊的泪水，身体一下瘫软了，韩其楼紧紧抱住他，不让他倒在地上。这时，王老头拿着烟杆的右手突然伸出去，玉石烟嘴指着韩其楼的"伤兵"——"伤兵"奇迹般地反败为胜，两只脚爪紧紧抓住"上等兵"，猛烈啄击它的头部。"上等兵"的眼睛沁出一滴泪水，无力地躺在笼垫上，脑袋随着"伤兵"的啄击而摆动。

朱世昌站在红土镇码头上等船。河风把他油腻的头发吹乱了，但还是看得出是分头的形状。他穿着一件蓝布中山装，左边衣兜鼓鼓囊囊的，里面塞了一个铜香炉。

这段时间，朱代普一直躺在床上，不停地咳嗽，渐渐消瘦。他的家产也随着咳嗽声逐渐消瘦。粪站转让出去后不到两个月，朱代普突然病倒在床。镇上"老杏村"药铺的郎中周冬临说，那是肺上的毛病，深沉得很，要医好，那就得"银子像流水"。

那段时间，朱代普家的银子真的像流水一样在周冬临手中开出来的各种药方上肆意流淌。朱代普家的田土在萎缩，店面在消失，朱家大院朝门的朱红漆在一片片剥落，红土镇上许多人都看见了这个过程。而他的儿子朱世昌还是经常在"陈七酒馆"吃喝，这让陈七都看不过去。有一次，陈七不给朱世昌做他点的干烧鲤鱼，把他从酒馆里赶了出去："你老汉在吃癞克宝（癞蛤蟆），你还想吃干烧鲤鱼，你还是不是你老汉的儿子？"

红土镇有许多人都晓得朱代普在吃癞克宝，那是因为周冬临老先生。周冬临专门为朱代普开了一个药方——老母鸡一只，癞克宝四只。

把癞克宝剁成碎块喂鸡。几天后，那只鸡变得没有精神，整天打瞌睡，就可以把它杀了，加东北红参炖熟，吃肉喝汤。为了找到足够的癞克宝，朱老八每天都在腰间挂一个竹笆篓，带着一根顶端弯了一个钩的粗铁丝出门。他在河边翻开石头，把蹲伏在下面的癞克宝抓起来放进竹笆篓。一些癞克宝藏在河岸的泥洞里，他就用铁丝做成的钩子把它们勾出来。

当朱老八在河边与癞克宝过不去的时候，朱世昌就在镇上溜达。光是溜达，还没有什么了不起，朱世昌经常在街道上溜达，大家都见惯不惊。但现在他要到酒馆里吃饭，情况就与以前不同。以前朱世昌从来没有因为肚子饿到酒馆吃饭，他到酒馆吃饭，是为了品尝酒馆老板的手艺，是为了玩儿格（赶时髦）。这是一种境界。所以，他的身边总是有一两个人。一个人上酒馆，就显得没有格调，不气派。而今，朱老八没有多少时间跟着他闲逛，他少了一个跟班，就少了几分气派。他在酒馆里吃饭的时候，桌子上只坐了他一个人，喝酒也只有他一个人。他经常在喝酒的时候环顾左右，或者，眼睛盯着门口，仿佛在等待什么人。他一直没有等到。

朱代普每天都吞咽吃了癞克宝的老母鸡，但肺部越来越疼痛，他只好吸鸦片镇痛。他时常想，自己前半辈子省吃俭用，结果，积攒下来的钱就是为了在生病的时候，像一只老虾米，躺在床上吸食鸦片，真的是遇到鬼了。几年前的一天晚上，儿子回家时，呼出的气息里有鸦片的香甜味。他扬起手掌，使劲扇在儿子的脸上。他被自己的动作吓了一跳。儿子长这么大，他从来没有打过他。现在他打儿子了，因为儿子抽鸦片。他可以容忍儿子在街上闲逛，容忍儿子在镇上的酒馆里喝酒，但不能容忍儿子吸鸦片。

朱代普没有想到，他担心在儿子身上发生的事情，会在自己身上发生。他的肺痛得要命，他开始吸鸦片，让他肺部的剧烈疼痛消失在鸦片的云雾中。他那逐渐萎缩的田土和房产，也在鸦片的云雾中消失得越来越快，朱世昌从家里拿出来的钱也越来越少，上酒馆的次数当然越来越少。但他走在石板铺成的街面的时候，梳着分头的头发依然不乱，皮鞋依然是亮锃锃的。如果沾了一些灰尘，他会从衣兜里掏出一块布片，在上面吐一点口水，把皮鞋擦干净，再走进"老祥云"茶馆打麻将。

朱世昌的日常生活主要由打麻将和喝酒组成。"老祥云"茶馆是他经常去的地方。别人只和熟人打麻将，朱世昌和熟人打麻将，也和生人打麻将。朱世昌打麻将口碑很好，从来不欠账，也不出老千。他的许多朋友就是在麻将桌上认识的。

"老祥云"茶馆是红土镇最大的茶馆，楼上楼下都是茶桌。如果有人想打牌，老板就会在桌子上铺一张草席裁成的垫子，把麻将牌"哗啦啦"地倒在上面。每次朱世昌进了"老祥云"，老板朱显忠就会给他倒一桌麻将。这是茶馆里最干净的麻将，别的麻将都是油腻腻的，这一副麻将上面没有油腻，楠竹片和牛骨头做成的麻将又轻盈又沉重，摸起来凉沁沁的。朱世昌喜欢这种感觉。

林译苇已经出了院。她在医院里待了半个月，城市的房屋、城市的人群，以及街道的色彩、街道空气的温度似乎都没有变化。生活还是老样子，她想，但是，她笔下的田单岭、叶一峰、朱世昌已经走过各自的一段人生历程，面临新的人生景观。他们生活在几十年前的红土镇一带，那个时候的时间浸透了农业文明的古老芳香，缓慢地从他们的生命中流过。在这个时候，隐隐约约的隆隆炮声从远方滚动而来，预先到达的硝烟悄悄浸染了这古老的芳香，但他们还没有感觉到。直到有一天，两个青年带着一个皮箱来到田单岭的高峰砦。

但时间还没有流淌到那一段。林译苇想。现在写田单岭的故事，还早了一点，还是要先写朱世昌。

林译苇坐在楠江边大洲广场林荫下一张木头椅子上，腿上摊着便笺本。她的四周走动着一些休闲的人，起风了，她头顶的树叶发出细微的响声，灰色的河面被风吹皱了，一些不干净的声音从远方飘来。她低下头，田单岭和朱世昌的故事凝结成的字迹留在便笺本上。一些地方字迹潦草，一些地方字迹工整，显示出自己写作的真实状况。林译苇翻阅着便笺本，突然想到，这也是生活的真实状况，尤其像朱世昌的生活，一些时候精致，一些时候粗糙。现在，应该探索朱世昌的粗糙生活了。

在几十年前的一天，朱世昌在红土镇走进了"老祥云"茶馆。由于时间久远，他的背影已经模糊。林译苇闭上眼睛，倚在被阳光晒暖了的椅背上。在一片黑暗中，她可以看见朱世昌抬着穿着黑色皮鞋的脚，跨过茶馆的木门槛的情景。那是一幢木头串架房子，褐色的高大木板门像收拢的巨大蜻蜓翅膀。他走进茶馆，一抹阳光从天井照射进来，洒在灰白的老虎灶上。老虎灶上坐着几把正在吱吱冒热气的铁壶，紧挨老虎灶的大石缸装满了过滤后的清水，地上一层凹凸不平的"千脚泥"，上面散乱地放置着褪色的竹椅板凳。

他跨过那道木头门槛，跨进他的普通一天。他边走边剔牙，走到茶馆中央，抬眼一看，茶馆老板朱显忠站在老虎灶后面，一边用围裙擦手，一边朝他扬了扬下巴。

"今天没得人陪你打麻将，朱少爷。"朱显忠说，"这里的茶，你尽管喝，麻将桌子，我就不给你准备了。"

朱世昌愣了一下，昂着头转身就走。他走到街上，看见冯疤子站在前面的街沿上。冯疤子是他的麻友，但他喜欢赖账，输了钱总是拖着不给，赢了钱就得理不饶人，但朱世昌并不嫌弃他。

有一次，朱世昌、冯疤子、朱世忠、刘三娃在"老祥云"茶馆打麻将，一桌麻将从巳时打到申时，冯疤子手气特别差。他把身上带的十六块钱全部输完了，还欠朱世昌十块钱。他开始仔细摸自己的衣服口袋。他把衣服口袋摸遍了，摸出几片烟叶，一盒洋火，一个玻璃球，几张草纸。他不甘心，把衣兜翻转来，抖落出一些干硬的麦粑碎屑。

"我没得钱了。"冯疤子说。

"输家不开口，赢家不准走。"朱世昌说，"现在，输家开口了，我们就可以走了。"

"哪个喊了你们走？"冯疤子说，"我是说，我身上没得钱了，但我屋头还有钱，我还要打。"

"你说的不是'我身上没得钱了'，你说的是'我没得钱了'。"刘三娃说。

"胡说八道。"冯疤子说，"我就是说的'我身上没得钱了'。"

"好了，我们不吵这些了。"朱世昌说，"吵这些，一点意思都没得。熟人熟事的，每天低头不见抬头见，何必这么计较。我们打麻将，是为了好耍，不是为了这几个钱。冯疤子，你说咋个办，我们就咋个办。"

"你们等到起，我回去拿钱。"冯疤子说完这句话，认真地看了桌边每一个人的脸，然后站起身，出门了。

朱世昌、朱世忠和刘三娃坐在桌子边等冯疤子。他们伸懒腰，打哈欠，你看看我，我看看你。朱世忠的烟瘾犯了，他摸了摸衣兜，烟叶用完了。他捡起冯疤子留在桌子上的烟叶，裹了一支烟。

半个时辰不到，冯疤子回来了。他坐在桌子边，从衣兜里掏出一个用草纸包着的东西。大家被镇住了，眼光齐刷刷盯在纸包上。

冯疤子认真地剥开草纸，露出一个拳头大小的物件，黑黝黝的，像一只碗，又像一个缩小了的鼎锅。

"你这是啥子东西哟。"刘三娃问。

"啥子东西？我冯家的传家宝。"冯疤子说，"这是大明宣德炉，真资格的。"

朱世昌拿过宣德炉，在手里掂了掂，翻来覆去看了一遍，又举起来，就着天井的亮光观察了一下炉底的楷体阳刻铭文："大明宣德年制"。

"宣德炉，嗯。"朱世昌说，"这玩意儿，嗯，仿品多，你晓得不？"

"啥叫仿品？"冯疤子问。

"就是假货。"朱世昌说。

"不会假，不会假。"冯疤子脸上浮现出一丝轻蔑的笑容，"祖传的东西，真得很。"

"不见得。"朱世昌说，"宣德炉的仿品最多。你这个炉，多半是清代的东西。你说的祖传，最多是你爷爷的爷爷手里的东西吧。你爷爷的爷爷，也就是清朝的人，那个时候的人，最爱搞假了。你看，这香炉身上的包浆，干干涩涩的。真正的包浆是温润的，摸它的时候，像摸女人的手背。"

"你说那么多，我也懂不起。"冯疤子说，"说一千道一万，你就是想压价嘛。你说，这个香炉，抵好多钱？"

"最多五元。"朱世昌说。

"五元就五元。"冯疤子说，"老子不信，老子的手气就这么背。"

朱世昌把香炉搁在自己的椅子下面，数了几张钞票给冯疤子。

那一天，冯疤子的手气真的很背。半个时辰不到，他用香炉抵的五元钱又从他的衣兜里消失了。他把最后一张钞票扔给朱世昌，对他说："我们出去一下，你陪我屙一泡尿。"

"奇怪了。"朱世昌说，"要屙尿，你自己去不得？要我陪？"

"就是要你陪。"冯疤子说，"我输了那么多钱给你，你到茅房陪我屙一次尿，总是应该的嘛。"

"你们说，这个人有道理没得？"朱世昌对刘三娃和朱世忠说，"他屙一泡尿，都要我去陪。"

"应该的。"刘三娃说，"冯疤子是输家。输家不开口，赢家不准走。输家喊你去屙尿，你也应该去。"

"屙就屙。"朱世昌说，"反正老子也想撒一泡尿。走！"

去老祥云的茅房，要顺着茶房后面的石头阶梯向下走。石头阶梯又湿又滑，茅房在阶梯的尽头，茅房的外面是河岸。朱世昌和冯疤子站在便坑前屙尿。朱世昌解开裤裆，斜眼一看，冯疤子没有把尿屙到便坑里，而是冲到墙壁上，把木头墙板打湿了一片。朱世昌憋了一股劲儿，把自己的尿使劲向墙壁上冲。一股晶莹透亮的液体浇湿了木头墙板，但比起冯疤子打湿的那一片，还是矮了一截。

"你他妈的，打牌手气不好，屙尿的劲棒还这么大。"朱世昌说，"你专门练过的哇？"

"这个，倒没有专门练过。我屙尿比你屙得高，是因为我的阳气比你高，运气比你好。"冯疤子说，"你打牌的手气好，但阳气不一定高，运气不一定好。"

"你这话，啥意思呢？"朱世昌问。

"没得啥意思。"冯疤子说，"假若你肯借给我十元钱，我就给你讲一个消息。假若你不肯借，我就不会讲这个消息，你的运气可能就不会好。"

"搞了半天，你喊我来屙尿，就是为了向我借钱嗦？"朱世昌说。

"我向你借钱，是为了你好。"冯疤子说。

"你在说啥子屁话哟。"朱世昌说。

"你听了，就晓得是不是屁话。"冯疤子说，"我向你借钱，是为了救你。"

"怕没得这种说法哟。"朱世昌说，

"有这种说法。"冯疤子说，"假若你相信我，就借给我十元钱，我们接着打麻将。假若我赢了，这十元钱就还给你。假若我输了，这十元钱，我就不还给你了。你肯借我这十元钱，我立马就给你说那个消息。你看，要不要得？"

朱世昌盯着冯疤子的眼睛。冯疤子的眼睛没有躲闪，而且充满得意的神情。朱世昌在衣兜里摸来摸去，摸出一把乱糟糟的钞票。他数了十元给冯疤子。

"现在，你给我讲那个消息。"朱世昌说。

"那个消息，就是，哼！"冯疤子清了清喉咙，"我有一个亲戚，名字我就不给你讲了。他还有一个亲戚，认识高峰砦的'老山头'。"

"那又咋样？"朱世昌说。

"你不晓得'老山头'？"冯疤子说。

"晓得。"朱世昌说，"老山头，是高峰砦的舵把子。"

"那好。"冯疤子说，"那我就不多说了。老山头把你看起了，他要把你当'肥猪'。"

朱世昌浑身哆嗦了一下，几滴尿液抖出来，洒在他的皮鞋上。

"我说的话，没得半句假的。"冯疤子说，"你划得着，这个消息，你才花十元钱就拿到了。假若你被拉了肥猪，老山头起码要你老汉出一千元。"

朱世昌像木偶一样走到牌桌前。

"我不打牌了。"朱世昌说，"我要回家了。"

"你说走，就走得脱哇？"刘三娃说，"输家还没有开口哟。"

"我也走了。"冯疤子说，"今天让你们赢。下次，就没得这样的好事情了。"

朱世昌在回家的路上，可以用"失魂落魄"来形容，林译苇想象着几十年前发生在红土镇上的这件事情。为了写好这个章节，她查阅了一些资料，有《民国时期南江匪患特点》《四川匪患成因探讨》。她还查阅了二〇〇八年三月出版的《西南大学学报社会科学版》，上面有一篇高远著的《抗日战争时期四川匪患治理研究》。这篇文章说，民国时期，四川匪患相当严重，具体体现在——土匪危害严重，匪患分布地区广，为匪人数多，清剿难度大。根据当时每月都有四川匪情介绍的刊物《四川月报》和有影响的报纸《新新新闻》统计，土匪的主要危害表现在抢劫财物、杀人放火、绑架"肥主"——后来在人们的口中演变为"肥猪"等方面。其中，《新新新闻》一九三七年八月至十二月份，有关匪患的报道达七十四条，每月平均报道近十五条；一九三八年一月至十二月，匪患的报道有一百四十二条，每月平均近十二条。虽然朱世昌的故事发生在稍后一段时间里，国民政府也在努力剿匪，但匪患还是很严重。匪患为什么会这么严重？因为当时的人们生活资料太缺乏，也就是说，太贫穷。根据四川国民政府对"为匪原因"的调查，民国二十七年至三十四年，因"生活逼迫"为匪的，其中有四年占第一位，超过了"蓄意为匪"、"诱惑"、"胁从"、"通匪渔利"等项。

每个人都在他自己的时代里生存，无法超越。林译苇想。每个人都被自己的环境界定，所以，朱世昌从老祥云茶馆里走出来，脑袋里仿佛空了。

朱世昌扛着空洞的脑袋走回家里，爬上自己的床，放下麻布蚊帐，倒头就睡。院子里有一只鸡在叫，他睡不着，现在应该是酉时了，他还没有吃晚饭，肚子有点饿。他听得到堂屋里碗筷响声和拖板凳的声音，还闻得到炒藤藤菜的香味。母亲在张罗晚饭了，但不会进这间屋叫他。家里人已经养成了习惯，吃饭不叫他。朱家就朱世昌一个儿子，但吃饭的人多，他们和长工短工一起吃。长工短工经常没有洗干净手脚就直接上桌，作为饭堂的堂屋里，老是飘着一股臭烘烘的大粪味，这也是朱世昌经常在镇上的饭馆吃饭的原因之一。

近段时间，堂屋里没有大粪的臭味了。自从田单岭和那个叫刘若木的城里老头买下红土镇粪站后，家里的短工都跑到田单岭的粪站挑粪桶去了，只剩下朱老八这个长工。没有粪站了，朱老八也轻松了许多，帮着家里照管镇上的几个杂货铺，在收租的时候，到地里看一看庄稼的长势，估一下产，再到佃户家里看一看。"早晓得这样好耍，早就该把粪站盘出去了。"有一次，他对朱世昌说，"我们在酒馆里喝酒的时候，陈七也不会嫌我了。"

"陈七好久嫌过你？"朱世昌感到奇怪。

"我们喝酒的时候，陈七给我倒酒，鼻子都要皱一下。"朱老八说，"他肯定嫌我是一个挑粪桶拉粪车的下力人。"

"你不挑粪桶拉粪车，身上也是臭的。"朱世昌说，"你看你，衣服好久穿伸抖过？老子送给你一双皮鞋，你才穿几天，鞋后跟就被踩塌了，你说，你像不像一个穿皮鞋的人？"

"那双皮鞋，是你早就踩塌了的。"朱老八的声音低了下来。

朱世昌扬起右手，朱老八的脖子立刻缩了下去。

"你给老子乱说。"朱世昌说，"老子要给你一买卖（耳光），你信不信？"

朱老八再也没有说过关于大粪臭味儿的话，堂屋里再也没有短工们吃饭时留下的大粪臭味儿，但臭味儿却留在了朱世昌的心里。这时，他才感觉到，自己真的缺少了什么东西。朱世昌很清楚，因为自己讨厌大粪，整天不管家里的事情，老汉才卖掉粪站，因为他再没有精力来管它了。近段时间，老汉经常念叨，他感到浑身无力，胸口痛得厉害，走路时，脚也是软的。老汉是一个凡事都要亲自动手的人，朱老八和短工们在镇上居民家里收粪时，他都要跟着去。他跟在朱老八和短工的身后，看着他们从居民家里把粪便倒在粪桶里，又倒进粪车，然后跟着粪车走到码头上的粪站，看着他们把粪便倒进粪坑。朱世昌一直想不通，大粪又不是米饭，未必还有人收粪的时候，偷偷吃上两口？现在，朱世昌晓得老汉为啥要把粪站转让出去了——他的脚也走软了，胸口也走痛了，他再也没有力气向前走了。不转让，未必还能喊儿子跟着那辆臭烘烘的粪车走哇？

没有了粪站，堂屋里吃饭的人也少了许多，朱世昌在饭馆吃饭的次数也少了下来。他经常在家里吃饭，他坐在桌子边，从一个陶壶里倒出两杯酒，一杯给朱老八，一杯给自己。老汉平时不喝酒，他只是大口大口刨饭，大夹大夹搛菜。朱世昌经常想，老汉像一头牛，干活累了就大口吃草料。家里很少打牙祭，老汉吃菜的声音和一头牛嚼草料的声音差不多，牙齿把嘴巴里的菜嚼得"咕咕咕"的。听到这种声音，朱世昌就要怀念陈七酒馆里的回锅肉和凉拌鸡。

朱世昌早就听说过老山头的传说。老山头的本名叫曾绍初，之所以叫老山头，是因为他的匪棚比周边的匪棚立得更长久。曾绍初原先是城里"大嘉利"酒楼的厨师，他最拿手的菜是豆豉火葱烧鲤鱼。后来，曾绍初和酒楼老板的妹妹好上了，老板非常不高兴。老板晓得曾绍初的表哥骆利森是乌云山匪棚的舵把子，就向县警察局长赵珊璧告发，说曾绍初是骆利森的钩钩。曾绍初被警察抓到局子里拷打了一个通宵，警察从他嘴里抠出了好多口供——这两年，楠江县城发生的几起赎金万元以上的绑"肥猪"大案，都是他当钩钩才做成的。警察局写了一份拿获重要匪犯的报告呈送省警务处，准备把曾绍初当作土匪结案。哪晓得，事情弄假成真了，曾绍初的表哥骆利森带着人在一个深夜跑到县里的看守所把曾绍初劫走了，他真的上山当了土匪。开头两年，曾绍初在高峰砦的棚子里给他表哥和兄弟伙做饭。由于他的手艺好，棚子的人都喜欢他。两年后，县府到军阀刘基陵的部队请来了一个营的兵力进剿乌云山，乌云山的棚子被打散，曾绍初的表哥被打死，几个兄弟伙跟着曾绍初逃到高峰砦，重新立了一个棚子，曾绍初当了这个棚子的舵把子，一当就是二十几年，落下一个"老山头"的外号。

第二天上午，朱世昌把自己关在屋里睡觉。他睡了又醒来，然后又睡去。很多时候，他都是迷迷糊糊，不知自己到底睡着了没有。中午，他的母亲端着饭碗站在门口敲门，他只是说，不想吃饭。想吃饭时，会自己走出来。

说到吃饭，朱世昌感觉到一道白光在自己的头脑里闪了一下。他爬起来，穿上皮鞋，出门时，他看见皮鞋上蒙了一层灰尘，就从一块抹桌布上扯下一角，在上面唾了一口唾沫，把灰尘擦干净。他走到油坊街，冯疤子就住在这条街上。他站在冯疤子的门前大声喊：

"冯疤子，冯疤子！"

冯疤子端着一个饭碗出现在门口。

"你找我有啥子事？"冯疤子倚着门框，一双筷子无聊地在碗里拔来拔去。那是一碗红苕米饭，上面搁着几块酸萝卜，"现今，我不欠你，你也不欠我了。"

"你把这个碗放了，放了。"朱世昌挥挥手，"我们到陈七的馆子里头去吃油大（肉）。"

冯疤子迟迟疑疑地把碗放在窗台上，跟着朱世昌走。他们一前一后来到陈七酒馆。现在是未时，那些上午赶场的人在馆子里吃了午饭之后，已经纷纷散去，有两张桌子还来不及收拾，散乱着碗碟和残汤剩水。陈七在厨房的窗口看见朱世昌进来了，两只手在围裙上擦着，从厨房里走出来。

"今天我有重要事情，要在你这里办。"朱世昌说，"你给我来半只白斩鸡，一份卤小肚，一份熘海参，一份回锅肉，你亲自做，不要喊你的那个从双凤镇过来的火头军。哦，对了，再来一斤潭香酒。"

陈七迟疑了一下，用围裙擦手，走回厨房，去给朱世昌做菜。

他是一个身材矮小的男人，身上永远充满了油烟味。林译苇停下手中的笔，想象着几十年前一个乡镇厨师在工作中的状态。他走进自己的厨房，身影消失在幽暗的空间里，从林译苇的视野里淡化了。她抬头看看自己的天空，太阳很好，只是已经黄昏了，淡黄色的阳光从河对面的楼房后面射过来，穿过风，洒在她的脸上。那是一种有温度的光线，来自宇宙深处，也来自时间深处。

那一天，陈七给朱世昌做了他点的那几个菜。那一天是逢场天，中午吃饭的人多。但朱世昌和冯疤子来的时候，顾客已经散得差不多了，陈七就有时间精心地给他们做菜。

冯疤子很少打牙祭，他把这几盘菜吃光了，把那瓶酒也喝完了。朱世昌很少动筷子，他看着冯疤子吃喝。当冯疤子满脸通红，嘴里喷着酒气，使劲拍自己肩头的时候，他就对冯疤子说，下一个逢场天，他要请他的那个亲戚的亲戚到红土镇来吃红土镇最好的菜——红烧鳝鱼、白斩仔鸡、脆皮鲫鱼。

"山猪儿玩不来细糠，我那个亲戚的亲戚，他是一个粗人，怕吃不来你这里的好东西哟。"冯疤子打着饱嗝说。

"好东西，人人都吃得来。"朱世昌说，"我真心请他来，想和他交朋友。你晓得的，我朱世昌对朋友很耿直。"

冯疤子那位亲戚的亲戚是一个干瘦的中年人，他在三天后的逢场天来到红土镇。他手里提着一个用谷草拴的草纸包，里面是一斤红糖。他跟在冯疤子身后，来到陈七酒馆。朱世昌早就坐在一张桌子旁边等他们。他们刚走进门，朱世昌就认出来了，这个人就住在红土镇附近，经常挎一个篼篼在野地里捡狗屎，他姓刘，外号就叫"狗屎流"。他曾经偷过家里粪站的粪肥，被朱老八和两个短工抓住打了一顿。

狗屎流把草纸包轻轻放在桌子上，然后搓了搓手，嘿嘿嘿地干笑了几声。他身上散发出来的气味让朱世昌皱了一下眉头。

"哦，是你老哥子。"朱世昌说，"我们见过几次面，从来没有在一起喝过酒。"

"就是，就是。"狗屎流说。

"今天为了你，我专门准备了几个菜。"朱世昌说。

"今天为了见朱少爷，我也专门买了一包红糖。"狗屎流说。他又搓了搓手。

"红糖嘛，等会儿你拿回去，自己冲开水喝。"朱世昌说，"就算是我送给你的。"

"那好，那好。"狗屎流说。

朱世昌对着厨房使劲拍了拍手掌。陈七肩上搭着一条毛巾，端着一盘烟熏猪耳朵、一盘白斩仔鸡、一瓶酒走到桌边。他用毛巾擦了擦桌子，放下盘子："各位客官，先请用酒用凉菜，热菜跟着走上来。"

"今天，我备了一份薄酒，与刘兄相聚，是有一事相托。"朱世昌对狗屎流说，"刘兄一定要帮我这个忙。"

"你喊我刘兄，我不敢当。"狗屎流说，"我是一个粗人，我怕帮不了你的忙。"

"这是一个很好帮的忙。"朱世昌说，"你一定帮得了的。"

"那，到底是啥子忙呢？"狗屎流问。

"你晓得的，原先，这红土镇的粪站码头，是我老汉在经估（经营），而今，落在那个从单岭堡的茅草房里走下来的田单岭手里了。你看，现在他成了有钱人，我成了穷光蛋。"

"你怕不是穷人哟。"狗屎流说，"我听说，你老汉把粪站转让出去的时候，得了两千块钱。"

"两千块钱？"朱世昌说，"你听哪个舅子说的两千块钱？是一千块钱。现在这个年辰，物价涨得这么快，一千块钱，又算啥子钱呢？何况，我老汉现在又有病，吃药都把这些钱吃进去了。"

狗屎流夹起一块琥珀色的烟熏猪耳朵填进他那长满黄牙的大嘴里。朱世昌在三个瓷酒杯里斟满酒，举起杯子。

"今天请刘兄来，是想和刘兄交个朋友。"朱世昌说，"现在，我和刘兄都是一样的人了。看在我们都是穷人的份儿上，我们喝了这杯酒。"

狗屎流看了朱世昌一眼，眼神有些奇怪。他不相信朱世昌的话，但他还是喝了这杯酒。浓烈的酒香冲进他的鼻子。他皱着眉头，裂开厚厚的嘴唇，露出满嘴黄牙，"嗞——"地吸了一口气。

"哈，好酒。"狗屎流说，"今天，兄弟看得起我，认我当哥佬倌，我就认朱少爷这个兄弟。以后，凡事我都要帮兄弟扎起，兄弟有啥子事情，喊哥佬倌一声，哥佬倌立马飞叉叉地跑过来。哥佬倌没得别的本事，假若哪个人得罪了兄弟，哥佬倌甩一坨稀狗屎在他家堂屋的桌子上，让他家的人吃饭的时候打齁（呕吐），还是办得到的。上次，我就帮开染房的张正廓甩了两坨狗屎在张国成家的饭桌上。张国成有件事情惹了他。呃，这事跟别人说不得的哟。"

"我晓得，刘兄是一个有本事的人。今天我请刘兄喝酒，请冯疤子冯兄作陪，就是有一件事情请刘兄帮忙。"朱世昌说，"但这件事情不是甩狗屎。"

"那，是一件啥子事情呢?"狗屎流说。

"我听说，哥佬倌有一个亲戚是一个绿林好汉，在山上立了一个棚子，平时专门劫富济贫。"

"这个嘛，应该说，是有这么一回事情。"狗屎流说。

"我嘛，倒是有这样一个想法。"朱世昌说，"想请他劫一下富，这次只劫富，不济贫。"

"哦。"狗屎流说，"你想劫哪一个的富?"

"田单岭噻。"朱世昌说，"这个人，和当初从山上的茅草房里走下来的时候大不一样了。当初，是我老汉帮了他，我也帮过他，还请他喝过酒，就在这里喝的。他现在有钱了，把这些事情都搞忘了，尽做些让人寒心的事情。"

"兄弟，有哥佬倌帮这个忙，应该没得问题，你要放宽心。"狗屎流夹了一块鸡肉，在蘸水里蘸了一下。朱世昌也夹起一块鸡肉，本想在蘸水里蘸一下，看见狗屎流正把刚从蘸水里捞出来的鸡肉塞进他那张大嘴巴，几滴蘸水洒在桌子上。他停顿了一下，筷子夹着的鸡肉没有浸进蘸水里，在碗边碰了一下，又缩了回来。他嚼着没有盐味的鸡肉，还是感觉到了香味，并且回味悠长。

"我给我的亲戚说一下，让他来劫这个富。"狗屎流说。

事情隔了很久，朱世昌还能想起那天的情景。他向狗屎流讲了田单岭平时住在哪里，啥时候到城里，啥时候回到单岭堡看望他的母亲。狗屎流一边听，一边点头，一边喝酒，从盘子里捞起菜塞进嘴里，嚼得"咕咕"响。朱世昌不清楚狗屎流到底听进去没有。后来发生的事情证明，他听进去了。隔了两个场期，田单岭乘船从楠江城里回来的时候，被绑到山上去了。结果，奇怪的事情发生了，田单岭不但没有被劫富，反而杀死了高峰砦的舵把子老山头，自己成了舵把子。这事太邪门儿了。

那一段时间，朱世昌的日子很不好过。他害怕田单岭回到红土镇找自己的麻烦。田单岭的确回到了红土镇,不过,他并没有找自己的麻烦。他找了几个人,帮助他经估粪站和那间小杂货铺。有一次,朱世昌在街上碰见田单岭,他的眼睛转向街边一间店铺,身子也跟着走进去。他的眼角余光瞄着田单岭,他感觉田单岭看了他一眼,又继续走自己的路。

那一次,田单岭在红土镇忙了一阵子,又走了。有人说,他回高峰砦去了,有人说,他住在城里,他是楠江城里一间山货铺的大股东,在这间铺子里,外面的柜台卖山货,里面的屋子卖一些金银首饰和古董玩意儿,这些东西都是高峰砦的"棒老二"从方圆百里的有钱人家弄来的。

现在,朱世昌站在红土镇码头上等船,左边衣兜里面塞了一个铜香炉。他打算乘船到楠江城,把冯疤子输给他那个宣德炉卖掉。他站在青石砌的码头上,纷乱的往事裹在河风里,吹乱了他的头发,直往他的脑袋里灌。他缩着脖子,盯着河面。一艘帆船向码头驶过来,一边落帆一边靠岸。当船工操起长长的楠竹篙竿,用力插进河岸边的淤泥,奋力抵消船头冲向岸边的力量时,朱世昌看见了田单岭。他站在船头。

朱世昌转过身,打算从码头上走开。田单岭在船头上喊他。

"朱少爷,朱少爷!"

朱世昌只好转过身来。他的脸对田单岭挤出一个笑容。

上次在红土镇看见田单岭,至少是十个场期了。没有想到,今天又看见了他。朱世昌感到自己的双腿在发抖。

还没有等船靠稳,田单岭跳下船。他走到朱世昌面前,一只手搭在他的肩膀上。

过去,田单岭的手从来没有挨过朱世昌的肩头,现在,他的手搭在他的肩膀上了。他的手很有力。

"大少爷,我请你喝酒。"田单岭说,"我当初到红土镇卖野鸡,是你买了我的野鸡,还请我喝了酒。今天,我要还你一顿酒。"

朱世昌的鼻子有点发酸。他抓住田单岭的手,使劲摇了两下。

"谢谢你,兄弟。我今天要进城,有点事情要办。"朱世昌说,"改天，我请你喝酒。"

田单岭回头看了一下停在码头上的船。

"那好。"田单岭说，"我们改天喝酒。"

他们互相许诺的那一顿酒，以后再也没有兑现。林译苇想。后来，社会上发生了许多事情，他们这一辈子的个人恩怨，也在社会变革的大潮之中发生了新的变化。

最近一段时间，韩其楼下班就回家。他做好饭菜，然后在院子里用瓦片烘焙面包虫。他把焙焦的面包虫放进磨砂玻璃研钵里春成粉末，再与人参粉、枸杞粉、牛肉粉混合在一起，用牛奶调匀后搓成小丸子，放进微波炉烘熟。

他手中捏着几个含有丰富营养的小丸子，来到阳台上。在阳台的一角，挂着两只鸟笼。他的"伤兵"和"越南人"各自站在鸟笼里。韩其楼把小丸子小心地放进它们面前的小瓷杯里，"伤兵"和"越南人"迅速啄食得干干净净。

韩其楼拍了拍手，放下笼布，站在阳台上发呆。他心里很清楚，自己已经下了决心，离开这两只鸟。它们要从这个阳台上消失，永远离开自己的生活。上次，"伤兵"正在和吴跛子的"上等兵"大战时，屋顶突然塌陷，"伤兵"反败为胜，吴跛子却在现场突发脑溢血，死在医院里。韩其楼盼望已久的胜利终于来临，他却感到索然无味。在那一刻，他明白了，对画眉的热情，正在远离自己。

韩其楼还明白，他也在远离自己的生活。在这座城市里，容纳他的空间越来越小。在家里，他和妻子分别住在屋顶下的两个空间里，没有情感上的交流。当他走进单位时，那些曾经吸引过他的书籍，现在再也不吸引他了。图书馆里的霉菌味越来越浓，有时，这种气味从走廊里蔓延进办公室，让他产生了一种错觉，自己仿佛生活在十多年前，他会短暂地回忆一下往事。

十多年前，韩其楼还是一个文学青年。那个时候，他刚从大学毕业，分配到楠江市图书馆工作。在物质贫乏、信息闭塞的时代，这算是一个好单位，清闲又高雅。那一段日子，他读了许多小说，那些文字组成的符号传达了很多信息，让他的精神视野从四川南部一座城市延伸到世界各地，从空中俯瞰那些地方的风土人情。当时，他的身边有一些谈论文学的人。他们组成了一个松散的组织，每周的星期三聚会一次。他们在韩其楼的单身宿舍里喝啤酒，讨论文学，朗读诗歌。有一次，他和一位朋友穿着皮鞋在走廊里行走。他们要从走廊进入他的宿舍。他们的皮鞋底部钉了铁掌，踏在水泥地面上，发出响亮的"喀喀"声。这响声在走廊里回荡，让他精神百倍。刹那间，他真的感到自己很有力量。他一直认为自己有力量，因为他从书本里知道了许多别人不知道的东西。在走廊里行走时，鞋底的铁掌踩在地面，发出有节奏的回声，与他内心的跳跃思绪合拍，把这力量放大了。许多年过去了，这声音还经常出现在他的记忆里，还让他感到振奋。现在，那幢楼房早已被拆除，没有任何人知道他那精神百倍的瞬间，就算知道了，也毫不在意。可他在意。这已经成为他生活中不多的亮点回忆。由此可见，在现代社会大背景的观照下，他的生活微不足道。

几年后，情况发生了变化，韩其楼的朋友不再谈文学，而是各自做事情。一些朋友做了官，另一些朋友当了商人，有的发了财，有的没有发财，还有一个朋友因为欠账太多，被催账的人提着一把刀追了大半个中国。总之，这群文学青年在经济社会里一哄而散，各奔西东，就像他在乡下捕捉画眉时看到的情景那样，一群受惊的画眉从一丛茂密的竹丛里飞向四面八方。韩其楼明白，他的世界正在萎缩，意义正在消失。很多年以后，他看一部美国科幻电影，知道了一个词——"虚拟世界"。自己与文学共度的那一段时间，就是虚拟世界。后来，周围的衬托物改变了，生活的坐标也变了，他一下无所适从。他站在现实的十字路口，虚拟世界像一个气泡，在他面前的空气里爆炸后消失了。他从一种轻微的冲击波里看到，自己过去的生活，是在为自己制造意义的一个过程。他从书本里知道的东西，是别人的东西，不是自己的。自己的意义依附在别人的东西上面，是随时可能剥落的，就像一层油漆从腐朽的门板上剥落。

当他遇到林译苇时，正是自己的生活走向低潮的时候。他是坐在自己世界的外壳里遇到她的。他把自己的办公室称为世界的外壳，里面的虚拟世界已经消失，只剩下这个外壳，充满过时的信息。林译苇到图书馆里来借书，他第一次看见她，她清秀的脸上恬淡的神情就让他明白，她就是自己生命中的那个女人。她的身上透出淡淡的书卷气，与他读过的那些书的信息在某种旷野里相遇，于是就在他心里发生了化学变化。他很清楚这样的感觉。

林译苇和以前的文学朋友不一样。她读了许多书，但不是为了交流，而是为了构成自己的世界。她不和别人谈论文学，但她写的文字很有力度，直指事物的核心。他们在恋爱时，林译苇给他写过一些情书。他从来没有读到过这种风格的语言：

> 我为你失去了昨天，我还要为你失去明天。

有一次，他们到郊外散步，从铜匠街走到河边，再沿着铺满鹅卵石的河边向下游走去。他们发现了一条小路，小路两边长满茎叶多汁的马鞭草。暗绿色的草丛让这条灰白色的泥沙小路特别显眼。它在河岸边的草丛中顽强延伸，通向不知名的远方。他们沿着小路走了很远。几天后，韩其楼接到林译苇的信，描述了那天他们在小路上散步的情景。其中提到那条小路，她是这样描述的：

> 这条泥沙小路的路面凹凸不平，仿佛某一天从天空中掉下了无数石块，把它砸得坑坑洼洼。

韩其楼捧着信纸发了好一阵。林译苇的语言很自由，富含想象力，其中还有一种力量。这种力量是男性思维的特征，女性很少有人具备，所以女性很少产生哲学家作曲家。

有一段时间，韩其楼和林译苇之间的主要话题是文学。那是他们结婚后的日子。他们住在一幢旧房子里，地面是泥土，外面有一个小花园。林译苇经常在傍晚坐在花园里，在一只小木凳上写东西。她喜欢把文字写在便笺本上，就像中学生在作业本上记录打动自己的文字。那里面有她自己的思绪，也有从书中或报纸上抄写的内容。有一次，他们经过一座刚落成的水泥大桥。大桥从城南的滨江大道横跨楠江，直达城北的楠江师范学院。他们走在还没有通车的大桥上，宽阔的桥面只有一些"尝鲜"的市民。韩其楼和林译苇在沥青铺成的桥面上行走，站在人行道上，隔着水泥浇铸的凸显出龙的图案的桥栏观察流动的楠江。然后，他们在凉爽的河风中走过了大桥，回到家里。林译苇端着小木凳，坐在花园里写了一段文字。她把文字给他看：

> 她走在一座桥上，也就走在未来的战争上面。任何城市建造一座桥，都做好了应对战争的准备，做好了毁灭它的准备。无论是石块垒成的桥墩，还是钢筋混凝土桥墩，里面都留了一个空洞，准备有朝一日在里面放炸药，待敌人来临时炸毁它。她在桥面的人行道上行走，走过了将来可能放置炸药的位置上方，但她并不知道，自己正在历史中行走，其中一只脚已经踩中了未来。

林译苇曾写过日记，但她记述自己时，从来不用第一人称"我"，而是用第三人称"她"。她曾给韩其楼讲过，真正的自我是不存在的，人，都要存在于一个群体之中，才具备基本的人生意义。而一个人要想超越生活，超越环境，只有离开这个群体，才能找到自己，获得生命的意义。人的一生，从表面上看，都是努力进入这个群体的过程，其实是离开这个群体的过程。但许多人生活在错觉之中。所以，她在讲话时提到自己，用的是"我"，一旦用文字表达自己，她就只用"她"。

> 她已经在一九四九年的春天走了一遭。

有一次，韩其楼看到林译苇在本子上写了这些字。他不明白，问她是什么意思。

"我在想象，如果我生活在一九四九年，会是什么状况。"林译苇回答。"那个时候，是中国最民不聊生的时候，我想体验一下，一个生活在这个年代的社会群体里的人，在那种极端的生存条件下，会是什么状况，还有，他们的感情生活是什么样子。"林译苇说。

她真的试图在一九四九年生活一次。她想了解一些有关民国的信息，就从市档案局复印了一些资料。韩其楼还在图书馆给她找了一些有关民国的书籍。她就在二十世纪九十年代回望四十年代。

"我看见了很多东西。"有一次，她对韩其楼说，"特别是爱情，在任何艰苦的生存环境下，都会产生。而且，它会发生在任何人之间，只不过，它的形式可能很粗糙。"

那一段时间，林译苇获取了很多有关民国的信息。历史的色彩在她的视野里逐渐鲜明，涂抹在她自己的生活细节上。当她行走在铜匠街或其他比较古旧的街道上时，她就被历史包围，同时，也把她与当下的生活隔绝。从她身边掠过的汽车和穿着打扮入时的行人，就像未来的梦里面的道具。

生活像一棵树，它的枝干和叶子的性质，与树根有关。林译苇经常这样想。生活像一棵树，生命也像一棵树。但是，一个人的生命不只是生理意义上的，一定与周围的人有关系，与历史有关系。有些人总是想挣脱这层关系，上升到一个纯自我的空间，但这个空间，永远被限制在社会的大屋顶下面。

刘雅的事情发生后，林译苇再也不和韩其楼谈文学方面的事情，因为，它只与自己的生命有关。过去，她以为韩其楼是她生命中的人，现在她清楚了，他不是。文学是她把自己封闭起来的第一道门。然后她对韩其楼关上了工作的门、生活的门。她把自己封闭在一段别人的历史里。这是一个坚硬的外壳，她在里面看见了许多东西。这些东西在狭小的空间里投射出去，在更广大的空间里变形，让她清晰地看见，然后，她用文字把它们记录下来。那些文字逐渐成形，组成了《屋顶下的天空》。

田单岭和叶一峰生活在民国时期。他们本是两类人，一次偶然的绑票事件，让他们聚在一起。他们成了朋友。他们一个是学生，一个是文盲，接收的信息不同，导致他们的生活方式不同。但在爱情生活方面懵懵懂懂，是他们生命中最柔软的地方。那是他们的相似之处。

这部小说，林译苇已经写了很久了。她随身带着便笺本，把她视野里的影像记录下来。她的眼光从一九三〇年掠过，一直看到一九四九年。

现在，林译苇又拿起了钢笔。在时间的河流里，漂浮着一些影像的碎片。那是几十年前发生在高峰砦的故事片断。林译苇站在二十一世纪的楠江岸边一座城市里，用文字织成的网把这些片断打捞出来，还原成陈旧的影像。近段时间，她对过去着迷——丈夫韩其楼毁灭了她的现在，她只能努力还原自己的过去，并用它们构成自己的未来。她生活在过去和未来之间，陈旧的影像碎片在她身边飞舞。她在文字中一一把它们辨认清楚。

有一天，高峰岽的岽门外面来了两个人。在岽门后面一块石头上站岗的邬老二远远就看见他们了。当他们沿着石头小路来到岽门前使劲敲门时，邬老二操起倚在门后面岩石上的七九式步枪，"哗啦"一声拉了一下枪栓，把子弹推上膛。

"你们是哪两个老几？"他从门框上方伸出脑袋，大声问，"来干啥子？"

"我们来拜会田老板。"一个穿中山装的青年仰着脸大声说。他回头对身后那个穿对襟衣服的青年挥了挥手，让他把提着的皮箱高高举起来。

"我们给田老板带来了一份薄礼。"穿中山装的青年说，"你把门打开，让我们进去。"

"我不晓得你们是啥子人，你们最好离这道门远一点，要不然，我一枪把你们的脑浆崩出来！"邬老二又拉了一下枪栓。他忘了刚才已经拉了一次枪栓，把一颗子弹推进了枪膛。枪栓这次后退时，拉壳钩钩住那颗卧在枪膛里的子弹弹壳底部沟槽，把它钩了出来。它跳到地上，在石头路面上蹦了几下，黄澄澄的亮光一闪，消失在路边一丛黄荆里。

"妈哟，你给老子还要跑，看你跑得了哪里去！"邬老二咒骂着那颗逃跑的子弹，"老子要把你揪出来，拿石头捶扁你！"

"哥子，请开门。"门外那个穿对襟衣服的青年放下手中的皮箱，左手举起一张白色小纸片，"这位是楠江县地方武装自卫总队一中队队长童述之。他要拜见你们田老板。你看，这是他的名片。"

"把片子拿来。"邬老二说，"从门缝下面梭（滑）进来。"

穿对襟衣服的青年把名片从门框下面的缝隙里塞了进去。

邬老二捡起名片，横来竖去地看了一下。

"写的啥子哟，老子认不得。"他说，"你们等一下，不要走了，我找人看看。"

邬老二捏着名片，沿着石头阶梯跑向砦顶。他看见田单岭正从茅房里走出来，边走边看一张照片。昨天，田单岭下山到了楠江城，在刘大爷的店子里拿到一个信封，里面是几张照片。照片是叶一峰寄来的。去年，他在高峰砦给大家拍摄了照片，田单岭把刘大爷的地址留给了他。一年过去了，田单岭终于收到了照片。他第一次看照片，感到很新鲜。他反复看了许多遍。他第一次在一张纸上看见自己的面容。山砦的兄弟伙都在照片上，他们坐在桌子边，表情瓜分分（傻乎乎）的。昨天晚上回到山砦，兄弟伙抢着看照片，看来看去，照片上留下一些乌黑的手指印。田单岭把照片分给他们，只留下一张，那是自己的头像。当时，叶一峰单独给田单岭拍摄了一张头像，这次也一起寄来了。田单岭在照片上看见自己的脸，首先想到的，就是啥时回一趟家，把这张照片留给母亲。

"你不站岗，跑上来做啥子？"田单岭看见邬老二提着枪跑上砦顶，张着嘴巴像一条狗那样喘气，感到奇怪。

"有，有人找你。"邬老二喘着粗气说，"是两个人，你看，片子。"

田单岭的眼睛乜斜着邬老二："你晓得老子认不得字，还拿给老子看。你去找杨老四，让他给老子把上面的字认出来。"

邬老二在伙房里找到杨老四。杨老四捏着名片跑到田单岭面前，一字一顿地念出上面的字：

"四川省楠江县地方武装自卫总队一中队队长童述之"。

"啥子自卫总队一中队哟，他们找老子干啥子？"田单岭说，"这个队，那个队，还不是和我们干过仗的那几爷子搞的？"

"可能是他们。"杨老四说，"不过，现在他们也没有找过我们的麻烦。我听说，'八娃'（当地人对八路军的俗称，也以此称呼解放军）要来了，那几爷子慌得很。他们这次来，只来两个人，会不会是想和我们……"杨老四两只手钩在一起，做了一个拉手的手势。

一个文盲土匪，生活在一九四九年，他的眼光是无法穿越历史烟云

444 ·

的。林译苇想。田单岭的眼光一直在楠江的城市和乡间扫视。他看见了友谊，看见了财富，看见了敌人，看见了朦胧的爱情，却没有看见历史。

我们看不见历史，就像看不见草在生长。

林译苇想起了自己曾经在什么地方读到过苏联作家帕斯捷尔纳克的这句话。的确，一个人处在历史之中，是看不见历史的，虽然他正在经历历史，实际上他浑然不知。他所看见的，只能是眼前事物的状态。他只能根据这种状态来决定自己的选择。正如田单岭，他站在一个决定他命运的道路交叉口，却根据眼前一个东西，轻率地做出了一个决定。

那个东西，就是童述之带来的皮箱。林译苇想。

林译苇卧室写字台的抽屉里有一本《楠江市志》，其中《大事记》①中，关于一九四九年有如下内容——

一九四九年

一九四九年一月一日午十一时起，四川全省戒严，第二区专署所辖各县县长奉令兼理军法官职务。

一月，楠江县地方武装自卫总队成立，国民党县长陈锡周亲任总队长，辖三个中队五百余人。另外，五个区各有一个联防大队，共有三百余人，五十七个乡镇各有一个模范中队，每个中队五十余人，还有一个警察中队二百余人。地方捐款两万余元，购置机枪数挺，卡宾枪十支，挪借县粮两万石，又出售未起征前的抵粮券一万二千石，查封民间囤粮三万石，还建立了便衣队、干部大队、特务队数百人，准备抵抗解放军。

三月，中共兴昌县临时工作委员会成立，隶属中共永（川）荣（昌）兴（昌）工委领导。临工委协助和领导了解放兴昌县的工作。

……

从一九四九年一月到十二月，楠江城在历史的转折中发生了巨大变化，共产党的政权替代了国民党的政权，这块土地上的人们，生活性质

---

① 参见四川省内江市修志办相关资料

也发生了变化。

历史被时间过滤之后，就成了一串文字和数据。林译苇想。那些曾经在这段历史中生活过的人，像一朵干花，成了单薄的标本。他们曾站在岁月里，思考过人生的方向。无论怎样选择，最终，他们的方向都是一致的。

田单岭站在高峰岩的微风里，从杨老四手中拿过那张名片，思考了一下。

"把他们放进来。"田单岭说。

当童述之和他的随从走到岩顶时，田单岭正坐在一间屋子里等他们。

"威名远扬的田单岭田老板，竟然这么年轻。"童述之双手抱成拳举在胸前，向田单岭摇了两下，"我童述之今天算是开了眼界了。"

田单岭对童述之的话似懂非懂。他也双手抱拳，向童述之摇了两下，"童队长，幸会，请坐。"

"无事不登三宝殿。"童述之说，"今天我到贵府，是专程拜见田老板，与田老板共商大事。"

"我不晓得，我这样的人，还会做啥子大事。"田单岭说，"听口气就晓得，童队长是一个读书人，说话都是文绉绉的。"

"田老板过奖了。"童述之坐在一张太师椅上，向穿对襟衣服的青年招了招手。青年把皮箱放在桌上，打开。

皮箱里放着十支蓝灰色的手枪。它们整整齐齐地嵌在皮箱的棉布内衬里。童述之取出一支手枪，"咔嚓"一声，拉了一下手枪套筒，把一颗子弹顶上膛。

"柯尔特 M1911A1，11.43 毫米口径，现今世界上最好的军用手枪。"童述之说，"田老板是远近闻名的神枪手，肯定晓得'一枪二马三花口'，那就是勃朗宁 M1900 手枪、柯尔特 M1903 手枪和勃朗宁 M1910 手枪。这枪，比那些枪还要好。这是楠江县地方武装自卫总队总队长、县长陈锡周送给田老板的礼物。请笑纳。"

田单岭看着童述之，没有说话。就在一年前，陈锡周还调集县政府保安大队攻打过高峰砦，搞得兄弟伙在杨老四的家乡躲了半个月。现在，他们却主动送枪来了。

"过去，我们之间发生了一些不愉快的事情。"童述之说，"现在不同了。现在，'八娃'要来了，我们就成了一家人。我们周县长特地派我来，给田老板送来一份委任状。"

穿对襟衣服的青年从箱子里取出一张纸，递到田单岭面前。田单岭看了看杨老四，杨老四又看了看童述之。

"念给田老板听。"童述之说。

穿对襟衣服的青年双手展开这张纸，清了清嗓子："哼。楠江县政府委任令'天'字第十三号。兹任命高峰砦砦主田单岭为楠江县地方武装自卫总队一中队队副。此状。县长陈锡周。中华民国三十八年二月廿日。"

"从现在起，田老板就是田队副了。这个队副，是暂时的，将来还可以当中队长、总队副。党国现在急需人才，田老板百步穿杨，手下还有精兵强将，就是党国需要的人才。"童述之说，"但是，今天我来这里，决不勉强田老板。俗话说，'宁为鸡首，不为牛后'，假若田老板不想当这个队副，我们就把周县长的礼物留下，转身就走。我们只是希望，在不久的将来，田老板手中的柯尔特手弯子要对准'八娃'，不对准我们。"

田单岭眼睛直盯着童述之，"童队长，我只想问一句，我们归顺了政府，我的兄弟伙咋个办？"

"兄弟伙，好办。"童述之说，"全部当自卫队员，吃皇粮，拿军饷。"

田单岭看了看，他的兄弟伙都站在他的身边。

"你们自己说，这事，干不干得？"田单岭问。

"干得。"杨老四说。

"我呢？"张矮子怯生生地问，"我听他们说，当兵吃粮，个头太矮了不行。"

"国难当头，要当兵，身高不是问题。"童述之说，"'八娃'来了，就要共产共妻，普烧普杀。'天下兴亡，匹夫有责'。是男子汉，就要挺身保卫自己的家园。"

张矮子挺了一下身子，把手中的步枪拍得"啪啪"响："我干！"

在场的兄弟伙纷纷点头。

"那好，这事就这么定了。"田单岭说，"杨老四，你到伙房，把那半边野猪砍来红烧，再把埋在伙房屋后的那坛糯米酒挖出来。我们今天要和童队长好好喝一顿。"

在战场上，每一个被子弹击中的士兵，他们倒下的姿势都不一样。世界上每一个死去的人，他们死去的原因可能相似，但细节绝对不一样。林译苇想。每一个死亡的士兵，他们踏上死亡之路的方式也不一样。他们先要行走，然后来到迎接子弹的地方，人们说，这是战场。战场就是子弹横飞的空间。子弹在这个空间里飞速移动，与某一个人的身体相遇，就会改变他的命运。

林译苇的手酸痛极了。她手中的笔在一九四九年走了一趟，笔管里的墨水触碰了一些历史的尘埃，变得滞重。当她为这个章节写下句号的时候，只是在纸面上留下了一圈浅浅的划痕，上面遗留着断断续续的墨迹。

第二天凌晨，林译苇从一个梦里惊醒。

她坐在床上，感觉汗从自己背上流下来。她端起床头写字台上一个玻璃杯，喝下半杯冷开水。一滴冰凉的水滴在她的睡衣上。她的头脑清醒了一点。

林译苇梦见叶一峰穿一身土黄色的军装，在铜匠街上行走，走到刘若木的山货店旁边。突然，倚在山货店外墙的木头门板倒了下来，刘若木从店里冲出来，擎住了门板，她一下就醒了。

在林译苇的时间表上，那应该是发生在二十世纪五十年代初的事情。林译苇坐到写字台边，拧亮台灯。她翻开《楠江县志》的大事记。她要在里面感受时代背景，找到田单岭和叶一峰存在的依据。她首先找到一九五〇年，她想在里面发现蛛丝马迹，找到下一阶段落笔的地方。

一九五〇年

一月一日，楠江军管会完成对旧政权的接管，旧机构逐渐撤销。

一月二日，楠江县散兵收容所成立。

一月三至四日，地委专署召开各县县委书记、县长会议，部署公粮、税务征收工作。会后，各县相继派出工作队到区、乡开展征收工作。

一月十日，专署发出布告，解散、查封国民党"中统局"、"保密局"、"国防部二厅"、"游干训练班"等特务组织。同日，楠江军分区发布"收缴非法武器、电台办法"。

一月十四日，楠江军分区、楠江警备区分别成立。章士洲任军分区司令员、刘观礼任政委、田洪刚任警备司令。

十七日，楠江派出工作队征收一九四九年公粮。公粮征收改用秤称，废除斗、升、合量器。

一月二十四日，楠江军管会发出剿匪命令，令驻区内各部队于二月一日至十五日对辖区内的土匪进行一次全面的政治攻势及军事清剿。

……

历史的进程在这个年代骤然加快，林译莘想。几千年来，中国的社会形态都是一种稳定状态，记载历史的书籍最缺乏的是细节。《楠江县志》中的大事记，对生活而言，是一种概括，对历史而言，就是一种细节。

一九五一年

一月八日，专署通知各县按政务院的指示，接管美国救济的文化、宗教、救济机关（该机关人员是接受外国津贴的）。

一月初，专员陪同川南区党委第二书记佟钟到岳中开展土改试点工作。二月下旬，土改试点扩大到金昌县。从六月开始到一九五二年五月，全区普遍开展土地改革。土改中，百分之七十以上无地少地的农户分得了土地三百六十万亩，一部分农户还分得了耕牛、农具、粮食、房屋、家具等胜利果实。

一月十六日,川南区党委任命牛正林为楠江行政督察专员公署专员。

一月二十九日,专署选定楠江女一中(今市政府驻地)为永久驻地。

二月二十四日,楠江行政督察专员公署专员吴川调任中共楠江地委副书记兼任楠江军分区副政委。

三月,成渝铁路最大联拱桥——威阳牛二溪大桥落成。

四月六日,地委发出《关于加强抗美援朝宣传教育的指示》。同月,又发出《关于普及与深入抗美援朝爱国运动计划》。此后,全区开展了轰轰烈烈的抗美援朝,保家卫国运动,至一九五三年七月结束。

五月,逃亡匪首张占标在楠江与金昌县交界的铜锣镇附近被一割草孩发现,即喊捉匪,当地群众急往追捕。楠江县观右乡复员军人胡志强徒手前往,直追擒获。胡志强被评为镇压反革命工作模范及模范复员军人。

……

一九五二年

一月四日,仁州、久阳、威阳三县发生旱灾,停止土改,全力抗旱。

一月九日,火车第一次开进楠江银龙坝车站。

一月十二日,专署向各县发出通知,传达中央关于不要再给中央送礼的指示,专署决定,各县也不要再给专署送礼,更不准把国家的土特产送赠给个人。

二月,在全区各县(市)城区工商业开展"五反"(反行贿、反偷税、反盗骗国家财产、反偷工减料、反对盗窃经济情报)运动。同年八月结束。历时七个月,共揪出"老虎"一千一百三十二个,清出赃款三百七十七万九千六百九十元,追回一百七十一万四千五百一十九元。

......

林译苇读完了大事记中这三年的内容。在这本厚厚的书里，由事件组成的历史成了符号，密密麻麻地趴在纸上，在她眼前一页一页地滑过。她想在这些符号里找到叶一峰的踪影。在一九五二年，他应该回到家乡。几年前，他从贵都美术专科学校毕业后，在贵都城一所中学教图画课。后来，他的父亲叶成楳病危，他回到家乡桑园镇。父亲去世后，他在坐落在桑园镇的楠江简易师范学校谋了一个教席。那个时候，应该是一九五二年以前。

8月下旬，楠江简易师范学校从良安区桑园镇迁到楠江县城，更名楠江县立师范学校，由主要培养小学师资变更为主要培养初中师资。

林译苇在大事记里找到了这一条。她知道了，一九五二年，叶一峰随着学校到了县城之后，会发生什么事情。

一九五二年九月二十日上午，叶一峰穿一身土黄色的棉布军装，从县立师范大门走出来，穿过石板铺成的街道，来到铜匠街。

他沿着铜匠街的倾斜路面向下走，一边走一边看两边的门牌号。他要找的门牌号是铜匠街二二四号。

前几年，他曾把一沓照片寄到这个地址。他在高峰岽给田单岭他们拍摄了照片之后，就回家了。暑假完毕，他回到学校之后大半年，才有冲印照片的机会。他在那间教室里摸索了好几个夜晚，浪费了好几张放大纸，终于学会了冲印照片，从而更加理解素描原理：一切阴影的产生，都有一个光明的理由。

当他在红色的灯光下面看着田单岭的影像从一盆浅色的液体里浮现出来，他意识到，自己从来没有像现在这样，活生生地看见如此准确的素描明暗关系清清楚楚地展现在眼前。这几十秒钟，胜过他画十个课时的素描。物质世界的面貌是由它的结构决定的，一个人不了解结构的意义就去画素描，往往会在黑白世界的表面徘徊一辈子，因为他只画他看见的东西，不会画他理解和领悟的东西。他的线条就不会像一把刀那样切入物质的内部，而只能像一些蜘蛛网，乱七八糟地缠在物质的表面。

离开高峰岩的时候，田单岭留了一个地址给叶一峰，那就是楠江城铜匠街二二四号的"四源山货店"。他把放大的照片按这个地址寄出去后，没有收到回信。他并没有想到会收到回信，因为田单岭是文盲，所以，他也没有给他写信。但他还是想知道，田单岭到底收到了他寄的照片没有。

铜匠街的门牌都是用木头做成的，钉在每个门面的门框上方。叶一峰一边走，一边查看门牌的号码。他找到了那一块门牌——楠江县铜匠街第二二四号。这块牌子与其他牌子不同的地方是，凹下去的字体上填了白漆，白漆上覆盖着薄薄的尘土。

昨天晚上下了一场雨，现在还刮着风。叶一峰站在门前，打量这家店铺。几块褐色的木头门板从门框卸下来，倚在墙边，一个老头坐在门口抽水烟。他看见叶一峰站在门口，就站了起来，准备招呼他。这时，一阵风吹来，一块斜倚在墙上的木门板"咔啦啦"地响了几声，慢吞吞地倒向叶一峰。那个老头敏捷地站起来，撑住门板。

"今天的风好大。"那老头说，"好久都没有看见这么大的风了。小伙子，这块门板差点砸着你。"

"谢谢你。"叶一峰说，"请问，你是不是刘若木刘老板？"

"我就是刘若木。"刘若木说，"小伙子，你找我？你是哪一位呢？"

"我叫叶一峰。"叶一峰说。

"想起来了。有这么一个人。那就是你了。"刘若木左右看了看，垂在大腿旁边的左手轻轻招了一下，"你进来。"

叶一峰走进店子，刘若木把倚在墙边的一扇木板搬到门框里，把门板的门轴插进门斗，把门板牢牢实实地嵌在门框里。他上好了一扇门，又上另外一扇。射进室内的光线一点一点减弱。当刘若木把四扇木门板全部上完，屋里就被黑暗笼罩了。

刘若木拉亮电灯。昏黄的光线充满室内。他给叶一峰泡了一盏盖碗茶，放在柜台上。他们坐在柜台边喝茶。

"你咋个会想起来找我？"刘若木问。

"我在乡下教书。"叶一峰说，"现在，我们学校搬到城里来了，我就想到处看一看。我走到一个街口，看见一家店铺的门牌上写着'铜匠街'，我想起了三年前，我还在读书的时候，寄了一沓照片到这条街的二二四号。我就想找一找这家店铺，想找到你，弄清楚照片收到了没有。"

"三年前，是有人寄了一些照片到这里。"刘若木说，"原来就是你寄的。"

"你交给田单岭了？"

"给他了。"

叶一峰揭开茶碗盖，用盖碗的边沿把漂浮在水面上的茶叶撇开，喝了一小口茶。

"这是清风岩下面的明前茶。"刘若木说，"是去年的货，有点不新鲜了。"

"不要紧。"叶一峰说，"我不会品茶。不管啥子茶，在我嘴里，都是一个味道。"

刘若木布满皱纹的脸上露出一丝笑意。

"你是教书先生？你看起来很年轻。"刘若木说，"我听田单岭说过你。他说，你在一所学校学塑菩萨。"

"不是学塑菩萨，是学雕塑。"叶一峰说。

"哦，雕塑。你等一下。"刘若木起身走进里屋，拿了一个用红绸子包着的东西。他把红绸展开，叶一峰的嘴巴一下就张开了——那是一个拳头大小的深褐色人像雕塑。这个人眼睛紧闭着，脸上的肌肉仿佛还在微微颤动。

叶一峰想起来了。这是田单岭的头像。几年前，他作为"肥猪"被土匪拉到高峰岩，在一间屋子里用墙上的泥土给醉酒后的田单岭塑了一个头像。他还记得，当时的光线是一盏油灯。他没有想到，他在摇曳的光线下面做成的雕塑，面部的表情会如此生动。

"他是我的朋友。"叶一峰说。

"我晓得。"刘若木说。

"我回来以后，一直没有找他。"叶一峰说，"我不晓得他现在怎样了。"

"他死了。"刘若木说。

叶一峰把手中的雕像举在电灯前观察。一束金色光线从田单岭头像后面射出来，他微微眯了一下眼睛。

"他死了？"叶一峰说，"咋个死的？"

"那个年辰，死的人太多了。"刘若木说，"在我们这里，死了很多人。我不晓得田单岭是咋个死的。我只晓得他死了。"

叶一峰从来没有想过田单岭会死去。他在生活中还没有经历过这样的内容。他和田单岭在一间黑暗的屋子里待了几个小时，就成了朋友，虽然后来联系不多，但田单岭给他留下了深刻印象。他亲眼看见过田单岭杀人。他杀了老山头，也救了自己。那是一个噩梦般的情景。

叶一峰从来没有真正思考过死亡的事情。林译莘想，因为在人生的道路上，他还走得不远，看见的事物还是不很多。他是一个观察者，不是一个思考者。他经历了父亲的去世，得知了田单岭死亡的消息，就像其他经历类似事情的人一样，只是感到悲痛和难过，没有更多地想死亡背后的意义。叶一峰是一个对物体的外在形象着迷的人，所以他喜欢雕塑。而雕塑就是死亡的外形，它是对死亡的预先复制，但叶一峰很多年以后才明白这一点。

叶一峰在贵都美术专科学校上素描课时，仔细观察过骷髅，抚摸过人体骨架。在他眼里，那只是一种物质的外形。叶一峰从小就有刻画物质外形的冲动，所以他成了陶蕴玄的学生。他的世界是一个静态的，呈现出某种状况的深刻，但他对动态的社会一无所知。从贵都美术专科学校毕业后，叶一峰在贵都城一所中学教图画。不久，他的父亲病危，他回到了家乡。他的父亲叶成椹离开人世之前，正是每年的"六腊战争"开始之时。叶成椹拖着病体，把一百个大洋交给他的毛根朋友、县教育科长刘子文。刘子文接受了这一百个大洋，退了县立简易师范学校校长冯季麟送上的一百个大洋，叫他在教师名册上添加叶一峰的名字。不久，刘子文在全县教育会议上审议全县区、乡、镇呈报校长、教师推荐和任用名册时，让县立简易师范学校校长推荐的任用名单顺利通过。叶一峰回到家乡教书，他所经历的只是一段人生旅程——从贵都赶回桑园镇，给父亲送终，然后到镇上的简易师范上课。

这是一个由当时的社会环境为一个人编制的人生程序。林译苇想。叶一峰并不知道这个程序后面的复杂性，凡是自己没有面对的事物，都是抽象的事物。他有自己的人生目标，通向这个目标的道路由具体的事物组成，他要认真对待它们。

叶一峰在坐落于桑园镇的县立简易师范学校任劳美教师，教美术和劳作（剪纸、泥塑或雕刻）。桑园镇是一座沿着山坡修建的小镇。学校坐落在山坡下面的下街子，叶一峰的家在山坡顶端的上街子，因为他家的酱园在上街。在一片斜坡上，安放着几百个圆鼓鼓的大陶缸，每个陶缸都戴着一个竹叶做的斗笠遮挡雨水。陶缸里盛着正在发酵的豆瓣、酱油、麸醋，一股酸溜溜的气味不分白天黑夜飘荡在上街子的上空。父亲去世后，叶家酱园就由二叔叶成桑掌管，叶一峰还是住在他离家去读贵都美术专科学校前的房间里。那是一幢串架二层楼房。回到家乡后，他依然住在这里，每次放学回家后，叶一峰都要站在二楼房间的窗口边，看一下学校的情景。

楠江县简易师范建校之初，没有校舍，学校就设在下街子的叶家祠堂里。祠堂的房屋成了教室和教师宿舍，祠堂外面有一块五亩大小的菜地，本来是祠产，改建成了操场。祠堂的正堂屋是学校的办公室，那里面搁了几口棺材，那是叶氏家族几个老辈子的寿材。每一年，这几口棺材都要刷一道土漆，所以它们闪闪发亮，成了屋里最耀眼的物件。学校的各科教师都挤在这间屋子里办公，这几口棺材也成了他们放作业本和办公用品的柜子。学校没有闹钟，就用线香计时。校长每天在一支线香上画几个刻度，插在一个香炉里，放在一口棺材上。过一段时间，校长背着手走进办公室，看到线香燃完一个刻度，就拿起一个铁槌，把屋外洋槐树上吊着的那口铜钟敲得当当响，那些被关在教室里的学生就蜂拥而出。

从这里看下去，坐落在下街子的学校一览无余。操场上，一些学生在争抢一个篮球，如果这一天的风向坡上吹，还可以听见他们兴奋的喊叫声。叶一峰给这些学生上过课。师范学校没有设美术科，只有美术课，每个班都排了美术课，但教学设施很简陋，只有几盒水彩颜料，粘在纸板上的颜料块被学生的水彩笔捅得凹陷下去，几种常用的颜色如黄色、红色和蓝色，几乎被捅光了。

美术课没有教学大纲，也没有教材，美术科目的教学内容由教师自编教材。上一任劳美教师钟韵贵在上美术课时，放任学生画他们想画的东西。一些学生在纸上画小鸡，一些学生画树木，还有一个名叫叶尚梓的学生画了一个男人爬墙头。那是一件他发现的新闻——他的邻居是一个单身汉，经常在夜里爬墙头到隔壁一个寡妇家。有一次，这个学生起夜，到院子里撒尿，看到了这个情景，就在美术课上画了下来。钟韵贵认为"有伤风化"，在这份作业上用红笔写了一个大大的"差"字。

叶尚梓的爷爷叶兆利是叶家祠堂的族长，一天晚上，他和校长冯季麟在家里喝酒，喝得高兴，脸泛红光，就说自己的孙子叶尚梓各科成绩都好，平时作业都是优。他叫孙子把作业拿给冯校长过目。一沓作业中，放在第二张的就是那张美术作业，他没有看清楚上面画的啥东西，就看到了那个放肆的红字"差"。他的脸涨得更红了。

劳美教师钟韵贵的父亲钟家豪是桑园镇第六保的保长，每次"六腊战争"之前，他都对冯校长有所"进贡"。钟韵贵一直不编写教材，上课时叫学生随便画。他曾私下说过，校方发给他一个月一石米的实物工资，里面只有站讲台的米，没有编教材的米。这话传到校长冯季麟的耳朵里，他感到不舒服。现在，他手里拿着钟韵贵批了一个"差"字的美术作业，一时不知道该怎样办。

"你这样画，是自己想出来的?"冯校长问缩着脖子站在旁边的叶尚梓。

"不是想出来的。"叶尚梓说，"我看见的。"

"你看见的?"叶兆利说，"你啥时看见的?"

"前几天，半夜，我在院子里撒尿的时候，看到的。"

"我晓得是哪两个人了。"叶兆利的上下两排牙齿一下就咬紧了，从牙缝里挤出一句话，"这两个狗男女，老子要召开家族大会，把他们两个捆成粽子，装进猪笼，沉到堰塘里头去！"

"这事干不得。现在提倡新生活，那些老做法要不得了，那是违法的事情，千万莫干。"冯校长赶紧站起身，对叶兆利说，"你的孙子画这幅画，本身没得错，是老师的错，即便是美术课，他也应该有教材，应该备课，不应该叫学生在课堂上随便画。你的孙子画出这样的画，校方也有责任。"

不久以后，县教育科长刘子文接受了叶成樾送的一百个大洋，退了县立简易师范学校校长冯季麟送上的一百个大洋，叫冯季麟在教师名册上添加叶一峰的名字。冯季麟依照他的意愿，添上了这个名字，拿下了钟韵贵的名字。他一直以为，叶一峰这个名字能够出现在民国三十七年秋季的教师名册上，是叶兆利出面打点了刘子文。一直到解放军进城，新政权成立，学校被改组，他都不知道，打点刘子文的，是叶一峰的父亲叶成樾。假若他晓得是叶成樾打点的刘子文，那么，后来发生的事情就不会这样简单了。

当钟韵贵灰着脸，背着一床铺盖卷回家时，父亲钟家豪二话不说，先扇了他一个耳光，然后喊两个保丁抬出一张竹躺椅，用两根竹竿绑了一乘滑竿，把他抬到简易师范学校。他在办公室找到校长冯季麟。冯季麟一看钟保长铁青着脸跨进门，立刻迎上去，请他先坐下，再给他讲了辞退钟韵贵的缘由——一是他上课不备课，学生家长和校董们都有意见；二是县教育科长刘子文收了叶家族长叶兆利的好处，授意在简易师范的教师名册上添了叶一峰的名字。学校董事会开会讨论后，认为学校是借用叶家的祠堂办学，这点面子还是要给的，就拿下了钟韵贵的名字，补上了叶一峰的名字。

钟家豪站在办公室里，没有坐在冯季麟搬在他身边的藤椅上，只是接过了冯季麟递过来的茶盅。他想把茶盅摔在地上，但他没有摔。在桑园镇，他只顾忌叶家的族长叶兆利。既然是叶兆利打点了刘子文，那么，这件事情就不是摔一个茶盅能够摆平的。他把茶盅重重搁在桌子上，从鼻腔里哼了一声，双手背在身后，跨出办公室的门槛，对等在外面的那两个保丁说："还傻起干啥子？还不快给老子走！"

两个保丁用滑竿抬着钟家豪，走过野草被太阳晒得蔫里吧唧的操场，消失在学校大门外时，冯季麟这才感到真正轻松了。

冯季麟的轻松很快就被时代变幻的烟云驱逐了。几个月后，解放军进了楠江城，桑园镇也来了工作队，接管了镇公所，废除斗、升、合量器，用秤征收公粮，县立简易师范学校也由新成立的楠江县人民政府接管，派来了一位新校长，解散了校董事会，冯季麟这个校长也当到了头。和几个月前的钟保长一样，冯季麟坐在一乘滑竿上，走过长满枯黄野草的操场，回到十几里外的老家。

学校搬进县城上南街文昌宫，更名为"楠江县立师范学校"，校长是罗泰旭。罗泰旭是南下干部，身材高大，一口山东腔，说话时最爱拍人肩膀。一些体质柔弱的老师往往会被他拍得往前一个趔趄。叶一峰也被他拍过肩膀，那是学校刚搬进文昌宫不久，叶一峰正在文昌宫里转悠。

楠江文昌宫建筑在县城的高地，整个建筑群依山势起伏而建，殿厅、亭阁错落有致，整个建筑以排楼、魁阁、戏台、对厅、大殿为主体，附属建筑有厢房、耳房、花园、回廊。排楼为二重檐穿斗式木石结构，魁阁为穿斗式歇山顶结构，楼阁式建筑，前檐二重，后檐三重，形制特殊，前檐大门上方悬挂"文昌宫"三字。文昌宫内院中，戏台、对厅、正殿排列在同一中轴线上，主体建筑因山势高低起伏而一殿高于一殿，戏台临山崖而建，后台还设置一走廊，在这里可凭栏远眺鳞次栉比的县城。

那一天，叶一峰刚从刘若木的山货店里走出来，又到河边去了一趟。一个月以前，楠江涨了一次大洪水，沿岸的房屋曾被淹没过，现在还可以看到墙上的洪水痕迹。在一座被冲毁的码头下面的泥沙里，有一个巨大的黑色物体。叶一峰认出来了，那是乌木。在贵都美术专科学校读书时，他和同学有一次到河边写生，就看见了这样的木头。陶蕴玄老师说，这是乌木。他们把它挖了出来，尔后，陶老师用这块乌木给陶雅做了一个胸像。现在，叶一峰又在楠江边看见了乌木。他想到了陶雅，想到了陶雅的胸像。他从衣兜里掏出田单岭的泥塑头像，发了一会儿呆，慢吞吞地回到学校。他走进寝室，看见同寝室的几个老师正趴在各自的床上撰写中学教师思想改造学习心得，便转身出门，慢慢地从排楼从魁阁一直散步到戏台。

自从学校搬进这文昌宫，叶一峰还没有游览过这个地方。他从戏台来到依山构筑的走廊，双肘支在漆皮斑驳的木头栏杆上，注视坡下的县城。从这里看下去，县城的街道被两边的屋檐遮挡了一部分，显得更窄小。这些房屋大都是青砖砌的墙壁，灰黑色的瓦片盖的屋顶。有些房屋是二层楼房，一些木板窗户打开了，可以看见室内的情景。叶一峰看见一扇窗户旁边摆着一张桌子，三个男人正围在桌边喝酒。他突然想起了几年前在高峰岩的情景。田单岭和他的兄弟伙也坐在桌子边喝酒，他还给他们拍摄了几张照片，那底片还保存在他的箱子里。回到家乡几年了，他一直没有与田单岭联系，今天才晓得，他已经死了。

这时，有人在叶一峰的肩膀上重重击了一下。他回过头，看见校长罗泰旭站在他身后，一只大手放在他的肩头。

"看啥呢？傻站在这里。"罗泰旭问。

"没看啥。"叶一峰说。

"嗯，有意思了。"罗泰旭说，"没看啥，那你站在这里，睁大眼睛，干啥呢？"

"就看这些房子。"叶一峰说。

"嗯。"罗泰旭双手叉腰，扫视坡下密匝匝的灰黑色房屋，"除了房子，你还看见些啥呢？"

"没有看见些啥。"叶一峰说，"下面就是一些房子，街道，还有人。"

"你看你，终于看出名堂来了。"罗泰旭说。

"啥子名堂？"

"啥子名堂？这个问题，你还问我？"罗泰旭说，"你已经看出来了，你看出了'人'。你再说说，你看见了啥样的人？"

"那些人，他们在走路。现在是黄昏了，他们要回家。我还看见了几个正在吃饭的人。"

"你看见的就是这些?"

"就是这些。"

罗泰旭的手掌重重拍在叶一峰的肩膀上。

"我说,叶一峰同志,"罗泰旭说,"你的脑子里,还缺少政治这根弦。要好好补一补马列主义这门课啊。有了政治的眼光,你看问题的角度就会不同。住在这些屋子里的人,他们都是人民,都是我们的阶级兄弟。我们从老远的地方,一路枪林弹雨地打过来,就是为了解放他们。现在,他们得到解放了,当家做主了,没有人来剥削他们,也没有人来压迫他们了。但胜利来得不容易啊,叶一峰老师,为了把楠江县城从国民党反动派军队里里夺过来,我们牺牲了一百多名战士。这些战士为了一个共同的革命目标,从五湖四海来到楠江,却长眠在这里,许多战士的姓名和籍贯都搞不清楚。县委决定了,要赶在楠江解放两周年这个节骨眼儿上,在县城的中心广场上建造一座无名烈士雕像,让楠江人民世世代代记住他们。我知道咱们师范学校有你这样一位科班出身的雕塑家,就向县委递交了请战书,县委同意了我们的想法,责成我们学校塑造无名烈士塑像,经费由县财政解决。学校党支部决定,由你来完成这个光荣的任务。"

叶飘很久没有在"棕色阴影"咖啡屋里闲坐了。几个月前,他认识徐婕之初,就到这里来过。上楼时,徐婕的手第一次搭在叶飘的手臂上。那动作非常自然,好像他们认识了很久。现在,他们再次走上这个楼梯,徐婕的手再次搭在叶飘的手臂上,叶飘却有一丝陌生感。他们已经有过亲密的肉体接触,但叶飘对这样的亲昵行为感到轻微的紧张。

今天,徐婕没有出车。早上,她给叶飘打电话,约他到"棕色阴影"咖啡屋喝咖啡。他们第一次坐在这里,是春天,而现在已经是秋天了。透过宽大的落地玻璃窗,他们看着街道上的树木、行人和车辆,犹如观看一部无声电影。现在,树木正在掉叶子,偶尔,一片黄褐色的法国梧桐叶会飞快地从玻璃窗前滑过。

在认识林译苇之前，叶飘经常到咖啡屋喝咖啡。在咖啡屋里喝咖啡，能够感觉到一种情调。这种情调与年龄有关，与当时的心境有关。

在学会喝咖啡以前，叶飘喜欢喝茶。曾经有一段时间，叶飘迷恋乡村茶馆。他经常和"老黑白"摄影团体的胶片相机发烧友乘坐公交车到城郊的乡镇拍摄乡村风情。在二十一世纪，楠江城郊的乡镇还遗存着许多老式建筑——盖着青瓦的木头串架房，也遗留着一些老式茶馆。上百年来，这些茶馆都没有变样，一切都是陈旧的——房屋，炉灶，茶壶，茶碗，还有气味，光线。在蓝溪镇一个老茶馆里，叶飘看见了墙上一副老对联。对联已经被尘埃蒙了一层，但字迹还清楚：

南面百屋足矣　北窗一枕悠然

这个茶馆是一幢串架房的二楼，楼梯楼板都是木头做成的，踩在上面，能够感觉到古老的弹性。叶飘在这个茶馆遇见一个中年农民，这个农民让叶飘喜爱上了咖啡。

那一天，叶飘和"老黑白"团体的张天翊、刘晟、许子涵乘车到蓝溪镇，拍摄了矗立在镇口的一座清代砖砌字库塔，来到这个茶馆歇息。他们坐在这个茶馆靠窗的座位上喝茶。他们把摄影包堆放在一张竹椅子上，手里捧着边沿缺了口的老茶碗，用碗盖撇去漂浮在滚烫水面上的茶叶碎片。一个中年农民走到桌边。他很瘦，下巴留着稀疏的胡须，头发乱蓬蓬的，穿一件皱巴巴的灰色西装，脚跟一双塑料凉鞋。他从另一张茶桌边拖过一张竹椅，坐在他们身边，把一个蛇皮塑料袋放在桌上。

"你们是记者哇？"那个农民说。

"你为什么说我们是记者？"刘晟问他。

"我看见你们在照字库塔。"那个农民说，"上次也有人来照了这座塔，后来我在《四川日报》上看见他照的照片了。"

"你真是一个聪明人。"张天翊指着叶飘说，"他是记者，你有啥子新闻，就给他讲。"

"我叫周松柏。"那个农民对叶飘说，"我是一个奇人，你可以采访我。我身上有很多新闻。"

"哦？新闻。"叶飘说，"你有啥子新闻呢？老板，给这位哥佬倌来一碗茶。"

"你太客气了。"周松柏说，"谢谢你的茶，我要给你讲我的新闻。我是一个奇人。"

"刚才你已经说了。"叶飘说，"你怎样一个奇法？"

"我是数学天才。"周松柏说，"我从小就钻研数学，在小学和中学，数学成绩都是全校最好的。高考的时候，我的数学是一百分，语文、外语的分数太差，我才没有考上大学。但我对数学研究得很深入。费马大定理，我也证明出来了。前些年，美国普林斯顿大学的英国数学家安德鲁·怀尔斯说他证明了费马大定理，在我看来，那是假的。你们看，这是我的证明。"

周松柏解开他的蛇皮塑料袋，拿出厚厚一沓布满油渍的稿笺纸，上面用圆珠笔写着密密麻麻的文字和数字。

"你不要给我们看。"叶飘摆了摆手，"你说的费马大定理，我们一点不懂。"

"你们不要以为我是一个农民，就没得资格钻研数学。"周松柏的眼睛盯着叶飘。叶飘发现，他的眼睛是黄褐色的，像透过阳光的琥珀，折射出晶莹的光芒。

"我们没有半点这种意思。"叶飘说，"你说的费马大定理，我们没有听说过。"

"数学是没有国界的。我是一个农民，也可以研究数学，这是命中注定的事情。"周松柏说，"我的天命就是要在这辈子干一件大事。我给你们透露一件事情，你们就晓得我到底是不是一个奇人。你们刚才去照了那座字库塔的照片，你们猜，那座字库塔的高度是好多，直径又是好多？"

叶飘和张天翊、刘晟、许子涵相互对望一眼。

"我们不晓得。"他们几乎同时回答。

"我下细测量过。字库塔高 5.6152 米，底座周长 3.5 米。用高乘以周长，得数是 19.6532。这个数字是啥子意思，你们晓不晓得？"

"不晓得。"叶飘说。

"那是我的生日啊!"周松柏说,"我是一九六五年三月二号出生的,我的家就在字库塔旁边。字库塔也叫'惜字宫'、'焚字炉',它是古人专门用来焚烧字纸的建筑。这座字库塔是清代乾隆十八年建造的,你们说,两百多年前的人,为啥子晓得我的生日呢?他们为啥子晓得我要在这一天出生呢?为啥子他们要为两百多年后的一个数学天才建造这座字库塔呢?"

周松柏的眼睛里透出一丝痛苦的神情。看来,这个问题已经折磨了他很多年了。叶飘、张天翊、刘晟、许子涵屏住呼吸,彼此看了一眼,不知怎样回答。

"所以,我证明费马大定理的废稿笺,一张都没有乱丢,全部送到字库塔里烧掉了。我要对得起为我建造字库塔的先人。"周松柏说,"也靠字库塔的保佑,我终于证明了费马大定理。"

"你把你的这个……这个数学研究成果,给专家看了没有?"叶飘问。

"我专门去找了楠江师范学院数学系的教授,他们看不懂。"周松柏说。

"那,我们更看不懂。"叶飘说,"这个新闻我没有办法写。写了,读者也看不懂。"

周松柏叹了一口气。他把稿笺放进蛇皮塑料袋,又从中取出一个透明的塑料袋,里面装着褐色的植物种子。

"这个,应该是新闻了。"周松柏说。

"这是啥东西呢?"叶飘问。

"小粒咖啡,云南的品种。"周松柏说,"我在自己的责任地里种的。我还种了白兰瓜、啤酒花,只有小粒咖啡长得最好。我们这一带的土壤和气候并不适宜种植咖啡,我把它种成功了。"

时隔两年,叶飘还清晰地记得那一天的情景。周松柏用茶馆老板炒菜的铁锅在火炉上炒咖啡,然后用茶馆老板磨花椒的研磨机把炒焦的咖啡豆磨碎,在茶碗里冲泡咖啡给大家喝。没有方糖,就用冰糖代替。叶飘从来没有喝过这种香味的咖啡,醇香浓郁,带一点果酸味,最后到来的味道是花椒的麻味。

为了比较周松柏的咖啡与其他咖啡的味道，叶飘后来到城里几家咖啡屋品尝过咖啡，"棕色阴影"是他最中意的一间咖啡屋。这里有落地大玻璃窗，可以看见楼下街道的景观。市井的声音飘不进叶飘的咖啡杯，市井的气味却能畅通无阻，与咖啡的香味一起，给他的生活增添一份滋味。

叶飘伸直两条腿，舒舒服服地靠在椅子上，眼神从回忆里收回来，飘在徐婕脸上。徐婕坐在他的对面，眼睛一直盯着他。

"你走神了。"徐婕说，"你在想哪一个女人呢？"

"没有想女人，在想一个男人。"叶飘说。

"你不要吓我。"徐婕说，"用这样的神情去想一个男人，比想一个女人更让我吃醋。"

"我真正接触咖啡，是因为一个农民。"叶飘说，"刚才我想到了他。他对数学着迷，也许走火入魔了，也许到达了一个其他人达不到的高度，所以这个世界不理解他。他还在自己的责任地里种咖啡，想不到吧？"

"我们第一次在你的屋子里煮咖啡时，你好像提起过他。"徐婕说。

"对。你还给我讲过一个女人和一个抢匪私奔的故事。这个世界比我们想象的更奇怪。"叶飘说，"你对乡镇，应该不陌生吧？"

"我去过一些乡镇。"徐婕说，"有的时候，有乘客要去那里。我是出租汽车司机。"

徐婕今天穿一身淡紫色连衣裙，领口装饰着卷涡状的立体花边，袖口也是卷涡状的立体花边。她在喝咖啡的时候，两只眼睛透过咖啡杯的边沿看着叶飘。她的眼睛画了淡淡的棕色眼影，她的身上透出淡淡的奇异香味。叶飘当初遇见她，就是这样。当时她还光着脚，那双性感的小脚灵活地踩踏离合器和刹车、油门。叶飘想到这里，低头看了一眼徐婕的脚。今天她穿了一双罗马式牛皮凉鞋，细细的绊带缠在她的脚踝上，散发出性感的气息。

"我们很久没有坐在这里喝咖啡了。"叶飘说，"一坐在这里，我就会想起第一次见到你的情景。"

"那是我们第一次约会，我不会忘记。"徐婕说。

"我很高兴认识你。"叶飘说。

"真的?"徐婕的头微微歪斜着，眼睛里露出调皮的神情，"我不信。可能你更高兴认识别的女人。"

"你老是说这种话。"叶飘说。

"女人有时候比较傻。"徐婕说。

"男人也是。"叶飘说。

他们对视了一眼，徐婕突然感到有点紧张。她放下咖啡杯，从拎包里摸出一盒玉溪牌香烟。她抽出两支烟点燃，递了一支给叶飘。

"我有一个朋友，她是一个女人，但她是我的朋友。"叶飘说，"有一天，她晚上下班回家，被人刺了一刀，"

"她现在怎样?"徐婕问。

"她住了医院，已经出院了。"叶飘说。"没有后遗症。她还对我说，她在病床上写小说，进展很顺利。她是文化馆的工作人员，她在写一部长篇小说。"

"一个有文化的女人。"徐婕说，"你喜欢这样的女人。她的味道怎么样?"

"她不是我的女朋友。"叶飘说。

"不是女朋友，也可以晓得她的味道。"徐婕说。

"我不晓得她的味道。"叶飘说。

"我晓得她的味道。"徐婕说，"我经常闻她的味道。你想不到吧?"

叶飘把两只手放在桌上，十指交叉。徐婕眯缝着眼睛，鼻子调皮地皱起，脸上浮起一丝奇怪的笑容。

"她是什么味道?"叶飘问。

"我给你看一样东西。"徐婕拉开拎包拉链，取出一个红色的小物件。那是一把瑞士军刀。她一一扳开军刀上面的工具，"这是剪刀，我经常用来剪指甲。用剪刀剪指甲，剪左手很方便，剪右手就不方便了。没有人帮我剪右手，我就自己剪，我曾经被剪伤过手指，现在不再剪伤了，但上面还留着我血液的气味。这是开瓶器，有一次，我打开一瓶啤酒时，用手去掰瓶盖，被划伤了手。这个开瓶器上，也有我的血。你看，这是军刀的刀片，我只用过一次，那上面也有血，但不是我的血。你猜，是哪个人的血？"

叶飘盯着徐婕手中的红色军刀。在两寸长的细窄刀片上，沾着一丝褐色的痕迹，从银光闪闪的刀尖一直延伸到刀锋的中部。

"其实，我已经想到了，是你干的。"叶飘说，"你为什么要做这样的事情？"

"这个问题还用问？"

"我早就想问你了。"

"你早就猜到是我了？"

"是的。"

"血的味道是不一样的。每个人的血，味道都不一样。"徐婕说，"我经常闻上面的气味。我闻到我的血液的气味，还闻到那个女人的气味。我很满足，我很解恨。你想闻一下吗？你肯定分辨不出，哪一种是我的血，哪一种是她的血。闻的时候，你要闭上眼睛。"

徐婕把瑞士军刀递到叶飘鼻子下面。叶飘僵直地坐着，两手食指扣得紧紧的。

"你最好把这个东西快点拿开。"叶飘说。

徐婕把瑞士军刀上的剪刀、开瓶器和刀片一一折叠收拢，放进拎包。

"我再给你看一样东西。"徐婕说。

"我不想看。"叶飘说。

"你真的不想看？"徐婕说，"这次不看，就不会有下一次了哟。"

叶飘闭上眼睛。徐婕从拎包里取出一个吊在丝线带上的红色小物件，举到叶飘的眼前。

"睁开眼睛吧。"徐婕说。

叶飘睁开眼睛。一个红晶晶的玛瑙小观音雕像在眼前晃来晃去。

"又是哪个人的血？"

"这上面没有血，只有故事。"徐婕说，"这个故事，我曾经讲给你听过。你刚才提到乡镇一个农民数学天才的事情，你还记得我给你讲过与乡镇有关的故事？那个手机被抢劫的女人，最后和抢劫她的人一起私奔，在乡镇东躲西藏了十几天。他给她买了一个红色玛瑙坠子，他们还合伙敲诈她的丈夫。"

叶飘全身的血液涌上脸，以至于他的双手因缺血而发麻。

"我记得这个故事。"叶飘说，"我还以为是你编造的。"

"我不会编故事。"徐婕说，"我不像你那个有文化的女朋友，我只讲真实的事情。"

"今天你约我到这里来，就是为了给我看一把沾血的刀，看这个存在于一个离奇故事中的玛瑙坠子？"叶飘说，"这是为什么？是因为我不会在大庭广众之下发火？"

"有这个意思。"

"你为什么选择今天给我讲这些事情？"

"昨天晚上，他给我打电话了。"徐婕说，"他下山（出狱）了。"

"他找你了。"

"嗯。"

"你怎么想？"

"你关心我怎么想？"徐婕说，"我很高兴你这样问我。我想，我不会再见他了。我给他说了这个意思。我还向他表示了感谢。"

"感谢他？"叶飘问。

"感谢他。"徐婕说，"我们是同谋，他把整个事情扛了下来。算得上一个男子汉。"

"你是一个巫婆。"叶飘说。

"巫婆现在爱上你了。"徐婕说。

林译苇喜欢秋天。一些女人对秋天的体会是商店橱窗里新出现的时尚秋装，林译苇对秋天的体会则是风。秋风挟带着一些冰凉的微粒，会把楠江城街道两边的法国梧桐树叶染成枯黄色，然后一片一片吹落在地。这是季节的符号。林译苇在秋风中走到中心广场，阳光在广场对面华茂房地产公司大楼上的玻璃幕墙反射出耀眼的光芒。她从拎包里取出叶飘拍摄的照片，举到眼前。黑白照片上的影像很清晰，那尊无名烈士雕像站立在广场中央，手持一支步枪。现在，这个位置是交警的岗亭，一个女交警站在遮阳伞下做着果断的手势指挥来往的车辆。无名烈士雕塑完全没有痕迹了。但它曾经存在过。

任何具象的事情，都可以用抽象的符号表达。任何抽象的事情，都可以用形象来表达。一九五一年秋天，楠江县委决定在县城的广场上树立一尊无名烈士雕像，这是把抽象的"牺牲"概念转换为具象的艺术形象的过程。叶一峰就是具体实施这个过程的人，林译苇想。

九月二十日晚上，学校党支部全体成员在支部办公室开了一个会，研究无名烈士雕像的塑造问题。会议决定，劳美教师叶一峰在这一学期不上课，全力以赴塑造无名烈士雕像，县财政拨出的一千万元（旧币）专款，全部用于雕像塑造工程，不得挪作他用。

至于这笔经费的具体使用情况，会上也做了研究，并做出决定：

一、购买青石二十方，用于建造雕像基座；

二、购买五寸原木一百根，用于搬运乌木；

三、雇用黄牛三头，用于拉乌木；

四、每位参加搬运乌木的学生，每人补助一斤大米；

五、无名烈士雕像从十月一日开工，至十二月一日完工，在十二月二日楠江县解放三周年之际揭幕。为了保证工期，补助创作人员叶一峰每天一斤大米。

鉴于去年九月三十日专署发出布告，制止一些部门和个别干部不通过政府文教部门自行下达命令，出条子调用教员、学生参加社会活动，造成教学秩序混乱，会议还决定，学校专门向楠江县文教科打一个报告，请求调用全校学生到河边搬运乌木。

用乌木做雕像，是叶一峰的建议。

八月初，百年未遇的洪水冲塌了楠江县城北门外粪站码头。码头上的青石块被冲走了，下面的泥沙被冲出一个大坑，露出一块奇怪的黑石

468 .

头，有人认出来了，这不是石头，是木头，就是传说中的乌木，而且是金丝楠木形成的乌木。俗话说，"家有珠宝一箱，不如乌木半方"。那几天，乌木成为县城的新闻，城里许多人都到河边观看这根古代的木头。

西坝街胡利生一家有十弟兄，平时在街头打架无敌手。他们仗着人多势众，不准别人接近乌木。他们打跑了几个在乌木周围转来转去的家伙，拿着锄头和撬棍在乌木前忙活了两天，撬掉七零八落的石头，挖掉一大堆泥沙。最后，两丈长的乌木完全显露出来，他们却绝望了——这根乌木和石头一样重，他们把一些石块垫在乌木下面，插进撬棍使劲撬，却不能撼动乌木一丝一毫。乌木就这样躺在河边的泥沙凼里，像一个巨大的惊叹号。

叶一峰看见这根乌木时，已经是一个月以后了。学校搬迁到县城后，叶一峰每天晚饭后都去散步，领略这座城市的风光。他在城市的大街小巷穿行，他看见了陌生的街道，还看见了陌生的人群。县城的房屋比桑园镇的房屋更高大，店铺悬挂着电灯，不像桑园镇店铺用煤气灯照明。在一些店铺外面，还安装着霓虹灯，弯弯曲曲地勾勒出一些花里胡哨的字体。叶一峰在街道上转悠的时候，心中经常想着一个地方，那就是楠江城铜匠街二二四号的"四源"山货店。这是他与这座城市唯一有联系的地方，这个地址让他感觉到，这座城市与他有关系。几年前在高峰砦的时候，田单岭让他把照片寄到这里。当他把全城的街道走了一遍之后，专门到铜匠街，找到二二四号的"四源"山货店。他只想知道，田单岭到底收到了他寄的照片没有。

在"四源"山货店里，他认识了刘若木，喝了他沏的茶，知道了田单岭的死讯，得到了几年前他在高峰砦用墙上的泥土为田单岭做的头像。他揣着头像来到河边，看见了那根被洪水冲刷出来的乌木。当他回到学校时，校长对他说，要安排他为县城的无名烈士塑像，他提出，可以用河边这根乌木做材料。乌木材质坚硬，不怕日晒雨淋，立在露天，比石头的抗损毁能力更强。当天晚上，学校党支部召开会议，讨论通过了用乌木做雕塑材料的事宜。

当校长罗泰旭把会议决定告诉叶一峰时，叶一峰感觉到这座城市不再陌生了。田单岭，刘若木，乌木，陶雅，还有这尊即将诞生的雕像，融入他经历过的日子。在这些日子里，他所认识的人，他所触摸过的物件，串联成一条隐形的命运线，把他与这座城市联结起来，林译苇想。

原来，一座陌生的城市可以用这样的方式去接近。一个人接近一座城市，就是接近新的生活领域。林译苇曾在一本书中看到过关于城市的解释——城市的出现是人类走向成熟和文明的标志，也是人类群居生活的高级形式。"城市"的提法本身就包含了两方面的含义——"城"为行政地域的概念，即人口的集聚地；"市"为商业的概念，即商品交换的场所。人类总是由荒野走向乡村，由乡村走向城市。对人类而言，这个过程长达万年。对一个人而言，这个过程可以在很短时间里完成，或者几天，或者几年，或者一生，或者不去完成这个过程。其实，人是一种被环境支配的动物，林译苇想，只不过许多人意识不到这一点。在心底，人对环境总是有一种潜在的敬畏感，他们总是不知不觉地寻找自己与环境的结合点。她的一位同学毕业后到成都工作，过了一段时间，她给林译苇打电话，说自己终于是这座城市的人了，因为，她在这座城市里结交了几位朋友。她可以和朋友一起逛街，喝茶，看电影，她在享受生活的时候，会时刻意识到，因为有了朋友，有了他们的认同，自己就没有漂泊感，而是这座城市的一部分了。这样，自己就是在自己的城市享受生活，而不是在别人的城市里生活，心里就会踏实。林译苇想起自己第一次走进楠江城的情景。那时，大学毕业生还可以分配，她被分配到这座陌生的城市的一个文化单位。她喜欢这个单位的安静。从小就陪伴她的孤独现在成了她的财富，现在，她可以安静地享受它。她在孤独的陪伴下读了许多书，一直到韩其楼出现。他成了她的朋友，她的爱人。现在，作为一个丈夫，他和她只是待在一个屋顶下面。

林译苇想象着当年叶一峰融入这座城市的情景。一个寄信地址，一个收藏在心中的女人，一个死去的朋友，一个小雕像，一根巨大的乌木，使叶一峰在心灵中一步一步接近一座城市。他在这座陌生城市里找到了一个安置自己漂泊感觉的地方，那就是县城的中心广场。他要做一尊雕塑放置在那里，为了这尊雕塑，学校动员全校师生搬运那根巨大的乌木。他们要把乌木从河床里抠出来，运送到县城的中心广场。

这是一个浩大的工程，学校动员了全校力量来完成它。物理教员邹志明仿照附近城市汉川开凿盐井的天车，指挥学生用粗大的原木在河边搭建了一个安装了滑轮的木头三脚架，用钢缆把乌木从河床中吊起来，让三头黄牛拉着在街道上走。三头黄牛的脖子上套着轭头，在牛倌手中鞭子的驱使下，低着脑袋，使劲儿拉着乌木迈步。它们的周围跟着一大群抬着碗口粗原木的学生，不停地把原木塞在乌木下面，沉重的乌木就在滚动的原木上面缓缓前进。

到了中心广场，那里的雕像基座已建造完毕，基座上方矗立着一个用原木搭建的三脚架。早已等在那里的几个木匠用斧头和锯子把乌木的底部凿平整，邹志明指挥着学生，用钢缆捆着乌木，一头穿过滑轮，套在黄牛的轭头上，慢慢地把它竖立起来，安放在基座上。

叶一峰开始了无名烈士雕像的创作。那一段时间，天空一直在下雨，学校在广场上用木头搭了一个架子，用油布围起来，形成一个简单的棚子，遮挡雨水和过往行人的视线。棚子里就是那根巨大的乌木，它矗立在石头基座上，乌木四周用木板搭建了脚手架，方便作业。叶一峰在棚子里安放了一张帆布行军床，晚上就睡在这张床上。他旁边高耸的乌木散发着潮湿的气息。它在河床里被埋了几千年。

整整三天，叶一峰只是观察这根巨大的乌木。淋在棚子上面的雨水滴答着往下掉，由于没有挖排水沟，地面被漫进来的雨水浸湿了，他就只能坐在行军床上。行军床是他的床，也是他的凳子。他坐在床上，抬头观望这根乌黑的木头。它曾经站立过，后来倒下了，埋在河底，成了石头一样的东西。作为雕塑的材料，它可以作为木头材质来处理。他想起自己曾在陶蕴玄老师的寝室里看到的陶雅胸像。他没有看见陶老师雕刻这个胸像的过程，但观察到了上面的凿痕。陶教师使用的工具肯定是凿子和刀，和木匠使用的工具差不多。叶一峰在学校曾做过泥塑人像，还雕刻过石头人像，但没有接触过木头材质。用泥土塑造人像和用石头雕刻人像的过程是相反的。用泥土塑造人像的时候，是从做铁丝骨架开始，把泥巴一块一块捏在上面，就像把一块块肌肉贴在骨架上。这是从里到外的过程。而用石头雕刻人像，则像一个考古者把岩石一点一点剥离，露出里面的化石，从外到里使一个形象显形。用乌木雕刻人像，和用石头雕刻人像一样，用凿子去掉多余的，找出藏匿在里面的形象。

每天，学校的炊事员老赵把饭送到棚子里来。老赵把米饭和炒菠菜装在一个陶罐里，罐口蒙了一块白布，用麻绳扎紧，再放在一个棉花套子里保温。当叶一峰吃饭的时候，他就坐在叶一峰的床上吸叶子烟，看着叶一峰吃饭，脸上露出满足的神情。他告诉叶一峰这两天学校发生的新闻——学校为了运送乌木，安装了滑轮盘和原木三脚架，多购买了两百根原木，把财政拨款用光了，学生的粮食补助没有了，叶一峰的粮食补助也没有了。这份菠菜，是他多放了菜油炒的，罐子里的饭也多舀了二两。"你要吃饱，才能下活。"老赵说，"下力的人，要吃油荤，明天学校打牙祭，我给你留一大碗肥肉，用蒜苗炒回锅肉。"

当叶一峰动手雕刻这尊无名烈士雕像时，才理解到老赵说的"下力的人"是什么意思。他第一次使用木匠的凿子、锯子、刨子，像个木匠那样在脚手架上爬上爬下。他用凿子凿开乌木的顶端部分试了一下。乌木的硬度比想象的还要硬，但手感很好。他用锤子敲击凿子，锋利的凿子在铁锤的敲击下深深陷入坚硬的木头，一阵陌生的震颤穿透叶一峰手腕的骨头，扩散到全身。他花了一天的时间，把乌木的顶端凿去一部分。他的双臂酸痛，手掌心被磨出了几个透明的水泡。这是他没有意料到的事情。

天黑了，他用布条缠着手掌，坐在床上休息。这个时候，雨停了，叶一峰从床头一个纸盒中取出田单岭的泥塑头像，放在手掌心，对着油灯观看。闪烁不定的光线在雕像的凹凸处形成一些飘浮的阴影，田单岭脸上的肌肉仿佛活了起来，好像正在呼吸。叶一峰盯着田单岭紧闭着的眼睛，心脏的跳动加剧了——田单岭的眼睛部位正在微微动弹，过了一会儿，上下眼皮慢慢张开，露出里面的瞳仁。

叶一峰差点把手中的雕像扔掉。他用手背揉了揉眼睛，再看看手中的雕像。这一次，田单岭的眼睛仍然闭着，但眼睑下面出现了几粒浅褐色泥土颗粒，在深褐色的雕像上很显眼，仿佛是几滴干涸的眼泪。叶一峰想，这可能是雕像刚才眼睛睁开又闭上后留下的泥渣。在他的意识里，田单岭是不会流泪的。

叶一峰坐在床上，发了一会儿呆，然后起身把油灯的灯芯往上挑了一点，火光明亮一些了。油灯是老赵给他做的，用一只土碗，倒半碗菜油在里面，再浸入一根灯芯草当灯芯。他把油灯端上脚手架，放在一块木板上，开始用凿子凿乌木。

叶一峰已经清楚地看见了藏在这根直径三米高五米的乌木里面隐藏的形象，剩下的事情，就是用凿子凿开乌木多余的部分，把这个形象剥离出来。这五米高的乌木，头部占七十厘米，剩下的就是身躯。没有素描稿，也没有做小样，叶一峰直接就在乌木上雕刻。他一凿一凿地努力剜乌木，潮湿的木头碎片纷纷掉进脚手架下面的黑暗之中。油灯的光线变红了，暗下去了。叶一峰爬下脚手架，在土碗里添了一些菜油，把灯芯向上面拨了拨，放在脚手架上。他继续凿乌木。天亮的时候，头部的粗坯形成了。这是一个巨大的头颅，像一个人的头部缠了零乱的布条，粗糙，但坚实有力。

清理这些零乱"布条"花了叶一峰半个月时间。他没有雕刻木器的斜凿、圆凿、三角凿，只有木匠做家具的平凿。这把平凿有一尺来长，凿口宽一寸，凿柄是一种硬木做成的，柄端箍了一条生牛皮。铁锤敲击在凿子的柄端，把木质部分砸碎。砸碎的木质部分被生牛皮紧紧箍着，变成一个垫子，缓冲了铁锤的击打，使凿口铲在乌木上的力量容易掌控。叶一峰逐渐熟悉了这股力量。他手掌上的水泡破了，流出了鲜血。当天气更冷的时候，当鲜血不再流的时候，他的手上长出了半透明的茧子，不再感到疼痛了。他的凿子熟练地在乌木的表面游走，凿出一个又一个一寸宽的平面，这些小小的平面构成了雕像的额头、眼睛、鼻子和嘴巴。

叶一峰在脚手架上打造这个乌木头像。他没有远距离观察雕刻效果的机会，因为四周被棚布遮挡着，空间太狭小，但他对自己的技艺很自信。用不着从远处看效果，他知道自己对结构的比例的把握是正确的。他像一个考古的人，把石头和泥土去掉，将嵌在里面的化石剥离出来，一个青年男子的头像好像早已藏在这段乌木里面，叶一峰用凿子削掉多余的乌木，让里面的头像一点一点显形。乌木的碎屑掉落下来，像古代的鱼鳞铺在地上，散发出潮湿的气息。

在学校学素描课时，叶一峰就知道了，阴影下面的形状是最准确的形状。现在他发现，移动的阴影更能够准确地体现物体的形状。白天光线好，他像一个匠人那样，用凿子一点一点地凿乌木。晚上，光线暗下来了的时候，他就点燃油灯，让飘忽的阴影在乌木雕像的脸部移动。油灯把白天和黑夜简化成一丈见方的光线和阴影，叶一峰只需要移动一两步，就可以从光线明亮的地方进入光线幽暗的地方。这仿佛是一个下坠的过程，他身边的乌木头像也跟着下坠，他们坠入时间，也坠入空间，就像他身边这块乌木在古代的河岸坠入河床，在泥沙里度过了几千年。而叶一峰只用短暂的几秒钟就体验了这种感觉。时间和空间在光与影中过滤了乌木表面的不确定因素，飘忽的阴影显示了雕像结构存在的缺陷，如果脸部每块肌肉在皮肤下面轻微凹凸的形状不正确，它会在飘忽的阴影下显形。当年，叶一峰在高峰崆给田单岭做雕塑时，就是在油灯光线下面完成的。他在那时就领教了移动的阴影对事物外形的校正作用。他在阴影里发现了只有自己才能发现的缺陷。他拿起凿子轻轻修正，薄薄的乌木碎片纷纷掉进黑暗里，一张英俊的脸在乌木上逐渐完美。

第九章　儿子

　　现在，每到逢场期，田莲花都要下山，去红土镇赶场。

　　每次来到红土镇，她都要去儿子田单岭的杂货铺里看一看。她第一次来到这个杂货铺，是儿子领她来的。那一天，儿子用开店赚的钱给她做了一件丝绸衣服，她扇了儿子一个耳光。她以为这钱是偷来的。从来没有挨过她耳光的儿子在流泪之后对她说，这钱是他赚来的，他已经在红土镇上做起了生意，从东家手里买下了红土镇的粪站，还开了一家杂货铺。那一天，儿子把她带到杂货铺，那是镇东头的一间屋子。她看见铺子的柜台后面坐着一个正在打算盘的老头子。他像是城里人，穿一件长衫，头上戴一顶黑色的呢子礼帽。儿子对她说，这是刘若木老大爷，是粪站和杂货铺的股东。

　　田莲花不喜欢这种感觉。她不知道股东是啥东西。那个刘老头子从柜台后面站起来，走到她面前，把手伸到她的背后，她吓了一跳。刘老头子把她背着的背篼取下来，放在柜台上，请她进屋坐。她迟疑地迈进那间屋子，屋子里货柜放满了乱七八糟的东西，有旧瓷碗，铜香炉，狐狸皮，洋碱，盐巴，胶鞋，还有几匹洋布。这个情景让她感到不自在。儿子是一下力人，他到山下的红土镇当长工，拉着粪车在街上走，当他过一段时间回家时，会给她带一包红糖，有时是两个肉包子。田莲花觉得，这才是她的儿子。现在，儿子回家的次数越来越少，现在他不再拉粪车，成了一个东家，坐在店子里卖东西，还给她带回一件丝绸衣裳。她不习惯。那件衣裳太轻太软。

那一天，儿子和那个刘老头子陪她在镇上一家酒馆里吃饭。在饭桌上，她很少说话。她总是很少说话。她一说话，那浓重的北方口音总会引来旁人惊讶的眼光。桌上的菜很多，多得让她心痛。她想起在家里给儿子煮野兔肉的情景。那是儿子从野外弄回来的。她还把煮兔肉的汤给儿子煮洋芋，汤里放了盐，儿子喝汤时，额头上会出汗。现在，儿子在桌子上给她摆了这么多菜，有白斩鸡，咸烧白，回锅肉，干烧鱼。他先给自己碗里夹菜，然后和刘老头子碰杯，动作非常自然，额头没有出汗。现在她才明白，儿子一直都很能干，而且，他变了。他正在离开自己。

从那以后，儿子回家的次数越来越少，带给她的东西越来越多，有衣服，布鞋，棉被，搪瓷盆，还有白糖，大米和腊肉。田莲花经常坐在屋外的那块石头上，看着山下的红土镇。当年，她跟着丈夫田大方第一次回到这里，就坐在那块石头上看着山下的红土镇，她还记得，那是一个黄昏，一条河流在红土镇外面闪亮，后来她知道了，那是楠江。

慢慢地，田莲花到红土镇赶场，也到儿子的杂货铺里坐一坐了。儿子总是很忙，他要守着粪站的人把粪肥挑上船，还要到城里进货，有时还要和刘老头子在那间屋子里算账。儿子不识字，刘老头子拨弄着算盘珠子，用毛笔在本子上写字，儿子就在一边看着。田莲花几次看到这样的情景。每看到一次，她就感到儿子远离了自己一步。

有一次，田莲花到红土镇，没有看到儿子。那个刘老头子坐在店铺里。他热情地把田莲花迎进屋里，对她说，田单岭到远方做大生意去了，做完生意就回来看望她。田莲花心里泛起了一丝酸楚的滋味。儿子出远门，也不对自己说一声。她转身就走，回到山上自己的家。

到了下一个场期，田莲花来到儿子的店铺。那个刘老头子不在，一个小伙子坐在柜台后面守店子。他从柜子下面拿出一个包袱，交给她。他对她说，这是田老板托人带回来，专门带给她的。

这个包袱不大，沉甸甸的，用一块旧的土蓝布包着。田莲花回到山上的家，把包裹放在桌子上，解开包袱的结，里面是一层泥土色的卡其布。在卡其布里面，还有一层红丝绸。她解开丝绸，一堆金手镯、金项链和玉石手镯叮叮当当地散开。

田莲花吓了一跳。这是一些值钱的东西。她的手从来没有摸过金子。她记得，自己年轻的时候在河边帮别人洗衣服，她把洗好的衣服送到大户人家时，总是低着头。大户人家的女人收了衣服，伸手递给她铜钱。她们的手腕上，往往滑动着一个金手镯，或是一个玉镯子。现在，面对一堆有钱人家才有的金子，她不知道怎么办。在她的意识里，金子一直都是别人的东西。这堆金子是儿子带给她的，但她没有属于自己的感觉，也不知道把它们放在哪里。她的屋子太破烂，太黑暗，墙角那个粗糙的木柜放了几斤大米，还有两块埋在糠里的腊肉，那是家里最贵重的东西，留着过年吃的。柜子里还放着丈夫田大方卖艺时用过的大刀、双节棍和铜锣，她给儿子买的木头和竹子做成的蝴蝶也放在那里。田莲花把金子包起来，放在大刀旁边，又取出来。她觉得放在这里不合适，又不知道什么地方合适。她把这包金子塞到灶房旁边一个土洞里。这是儿子几年前掏耗子洞时挖出的一个窟窿。她用脚踢了一些泥土掩住洞口，抓了一把柴草盖在上面。

田莲花继续下山赶场。每次到儿子的店子里，都没有看见儿子。那个店子还在做生意，由两个伙计照管着。有时，刘老头子也在店子里，他经常从城里到红土镇收账，看管红土镇的粪肥生意。田莲花只想看到儿子，但每次儿子都不在店子里，也不在粪站码头。有一次，刘老头子给了她一张照片。那是儿子的照片，巴掌大小，上面是儿子的头像。他瘦了一些，脸上长出了淡淡的胡须。儿子的眼睛盯着她，脸上好像在慢慢展开笑容。田莲花的手微微发抖，她捧着照片回家，把照片嵌在一面玻璃镜子的后面。

有一天，田莲花在山上砍柴时，被一根带刺的藤条划伤了脸。回家后，她拿出小镜子查看脸上的伤口，吓了一跳。她的头上长出了许多白发，一下老了好多。她翻过镜子，儿子在镜子背面看着她，他脸上的笑容消失了。

当她下一次下山到红土镇时，儿子的杂货店关门了。那一天，街上有很多人，他们手里拿着小旗子，边走边摇晃，还大声叫喊。他们在庆祝乡村农民协会成立。田莲花知道，单岭堡也成立了乡村农民协会。有一天，有人来敲她的门，叫她到单岭堡的张家大院开会。当时，单岭堡的许多人都聚集在张家院子的院坝里。这些四川人讲话太快，田莲花大部分都没有听懂。其中有两个穿黄军装的人，他们是主持会议的人，他们用北方口音讲话，她完全听得懂。她从他们的讲话中知道，国民党政权垮台了，现在是共产党的天下。他们带领大家在会上喊口号，"砸碎旧乡保制度！""一切权力归农会！"他们还讨论怎样让地主减租退押。这北方口音让田莲花想到了过去不愉快的日子。她悄悄走出这个热闹的院子回家。现在，她又在红土镇看到这些兴高采烈的人们。她避开他们，来到儿子的店子。

店子的木板门紧闭。田莲花凑近门板，从缝隙向里面张望。里面一片漆黑，她什么也没有看到。这时，有人在她身后说话。

田莲花转过身，看见几个人站在街道上。他们手里拿着小旗子，盯着她。他们的胳膊上戴着红色的袖章，上面写了几个黄色的字。

"你在看啥子呢？"一个梳着分头，穿着皮鞋的人问。

田莲花不作声。

"我们朱主席在问你呢，你咋个不开腔呢？"另一个人说，"这个店子是黑店，是土匪头子田单岭开的，是一个销赃的店子。我们农民协会已经把它查封了。"

田莲花听不太懂他们说些啥。但她听清楚了"土匪""田单岭"几个字。她下意识地按了按手中的小包袱，迈下街沿，从他们身边走过。他们目送着她离开。

"朱老八，我感觉她像一个人。"朱世昌说。

"像哪个？"朱老八问。

"像田单岭。"朱世昌说，"田单岭像她。"

两个人一齐注视田莲花的背影。她头也不回地向前走，她一直走到单岭堡，回到家里，关上门。她扑在床上，眼泪这才流出来。

在这幢只剩下自己一个人的屋子里，田莲花哭了一个下午。她的头很晕。她靠在床头，手里拿着小圆镜。她看着镜子背面儿子的照片。他现在盯着她,一丝微笑慢慢浮现在眼角。田莲花一直看着儿子。玻璃窗外的天慢慢黑了下来,但她还是能够在黑暗中看见儿子的脸,他像黑暗中的月亮。她在黑暗中坐了很久,后来睡着了。

田莲花梦见了自己的儿子。在梦见儿子之前,她梦见了一条路。这条路就是她家门外那条路。她沿着这条路走到红土镇,从码头旁边拐上一条石板路。她走上这条石板路。石板路爬上一座山坡,又折向一条小溪。小溪上有一座石桥,桥头有一家茅草屋,屋外拴着几匹驮着煤炭的马。它们摇着尾巴,把嘴巴伸进套在颈子下面的饲料袋里吃草料。在茅草屋宽宽的屋檐下,摆放了两张小方桌,几个缠着白头帕的人围坐在方桌边,手里端着饭碗,正在用筷子往嘴里刨碗里的帽儿头(在碗里盛得冒尖的白米饭),头上冒出热腾腾的汗气。一个穿围裙的妇女走出来,红通通的双手在围裙上擦着,对她说:"大娘,歇歇脚,吃碗帽儿头再走嘛,五分钱一碗,咸菜不要钱。"

田莲花不搭腔,低着头赶紧走过去。她走上山坡,感到脚下有点痛。她坐在路边一块石头上,抬起脚。鞋底磨出了一个小洞,她抽出脚,发现脚掌上有一个水泡。还没有走多远,脚上就起了水泡。她从头上拔下一根头发,想找一根针穿在头发上,刺破水泡的皮,把里面的水引出来。她在身上左找右找,没有找到针。她从身边一棵酸枣树上掰下一根刺,轻轻扎进水泡。一阵刺痛从脚掌上传来,田莲花痛醒了。她睁开眼睛,眼前一片黑暗。

她闭上眼睛,又睡过去,继续做梦。她梦见自己还是在那条石板路上走。她走到一条河边,走过一座浮桥,来到一座城市。她从来没有到过这座城市。城市的街面很宽,却没有一个人。两边的屋子的门开着,里面也不见一个人。田莲花顺着冷清的街道向前走,她走到一个广场上。她看见儿子了。他穿一身黄军装,手里拿着一支步枪,正在广场上走来走去。他一转身,也看见她了,便向她走来,越得走近,脸上就越笑。这时,一声枪响传来。田莲花眼前闪过一道白光。她再次醒了过来,天亮了。

田莲花发现,捏在手中的小圆镜滚落到地上摔裂了。她把镜子搁在怀里，把一个瓦罐里的麦粉全部倒在瓦盆里，和上红糖水，揉成面团，在案板上擀成一个又一个面饼。她烧了一锅水，把面饼塞进灶膛里的柴灰里。她把锅里的热水舀进一个木桶里，掺上冷水，洗了一把澡，灶膛里的面饼也烤熟了。她用火钳把结了硬壳的面饼夹出来，拍掉上面的柴灰，装进一个布袋，从针线盒里找出一根针，别在衣襟上。然后，她从柜子里拿出一只木头和竹子做成的蝴蝶。

这只蝴蝶是几年前她给儿子在红土镇买的。蝴蝶的翅膀是薄薄的竹片，尾巴拖着一根长长的细木棍，肚子下面有两只木头做的小轮子。如果捏着木棍在地上推，蝴蝶就会使劲扇翅膀。当年，她给儿子买下这只蝴蝶，儿子一次也没有在地上推过。他说他已经是大人了，不要这种东西。田莲花把这只蝴蝶放在柜子里，一直没有拿出来过。她拿着这只蝴蝶站着发愣。儿子小的时候，她经常捏着儿子的两只小手，玩一种古老的游戏——她把他的两个食指尖碰在一起，又突然分开，嘴里念道："虫虫——飞！虫虫——飞！"儿子总是被逗得哈哈大笑，但她却感到心酸。当时，她就有一种不祥的预感，儿子长大了，会像一只虫子变成蝴蝶，飞走，离开她。现在，儿子真的像一只蝴蝶飞走了，停留在梦中的一座城市里。

田莲花把一件换洗衣服和装烤麦饼的布袋打进一个包袱里，用家里的旧铜锁锁上门。她用镜子照了一下自己。在有裂纹的镜子里，她看见自己脸上的皱纹更多了，头发也白了一大半。她把镜子揣在衣兜里，上路了。她走过院子，沿着小路向山下的红土镇走去。

她在白天走的路，与梦中走的路是一样的。她走到红土镇的码头，看见了那条石板路。平时她赶场时，没有注意到这条路。她走上这条石板路。石板路爬上一座山坡，又折向一条小溪，和她在梦中走过的路一样。小溪上的石桥头，真的有一家茅草屋，屋外拴着几匹驮着煤炭的马。它们摇着尾巴，把嘴巴伸进套在颈子下面的饲料袋里吃草料。在茅草屋宽宽的屋檐下，摆放了两张小方桌，几个缠着白头帕的人围坐在一张方桌边，用筷子往嘴里刨手中碗里的帽儿头，头上冒出热腾腾的汗气。一个穿围裙的妇女走出来，红通通的双手在围裙上擦着，对她说，

"大娘，歇歇脚，吃碗帽儿头再走嘛，五分钱一碗，咸菜不要钱。"

田莲花感到饿了。她迟疑了一下，摸了摸衣兜。里面的小布袋里有两块七角钱。她坐在一张方桌边，要了一碗帽儿头。穿围裙的妇女把饭端给她，还端来一碟咸酸萝卜，一碗白开水。田莲花就酸萝卜吃完了饭，喝了那碗开水。她摸出小布袋付钱的时候，手指触到了衣兜里的小圆镜。她发现，镜面碎裂得更厉害。在这面布满蜘蛛网一样裂纹的镜子里，她看见自己脸上的皱纹又多了，头发也全白了。她翻过镜子，儿子的脸有了变化，变得模糊了，好像正向一团雾里消失。

田莲花向坡顶走上去的时候，那种疼痛感来了，它在脚底隐隐作痛。到了坡顶，她坐在路边一块石头上，抬起脚。鞋底果然磨出了一个小洞，脚掌上有一个水泡。从衣襟上取下那根针，拔下一根头发穿在针眼儿里。她用针尖刺破水泡的皮，把里面的水引出来。她想起多年前自己跟随田大方到单岭堡时，脚上也打了水泡，是田大方用这个方法给她减轻疼痛。她试着把脚踩在地上，真的不那么痛了。

田莲花从这座山坡走下去，石板路拐过一片竹林，前面是一块又宽又长的平坝。平坝两边都是山坡，山坡下有一些农舍。平坝上有许多水田，石板路就从水田穿过。田莲花在梦里没有见过这个地方，她明白，自己在梦里用酸枣刺破水泡时痛醒了，梦被中断了一截。她沿着石板路向前走，走向梦中没有见过的地方。她走过了陌生的平坝，石板路又爬上前面一座山坡。这时，天快黑了。

田莲花看见路边有一处洼岩腔，岩腔上面突出着一块屋檐一样的宽大岩石，岩腔壁供奉着土地公公和土地婆婆的塑像，一个陶香炉里燃着几支线香。岩腔的地面上有一个石桌，几个石凳。天黑尽了，田莲花坐在一个石凳上等待天亮。

天亮后，田莲花吃了一个烤饼。她把其余的烤饼检查了一遍，还好，烤饼没有碎裂。这是她带给儿子的。儿子喜欢吃北方食物。烤饼是他最喜欢的。没有红糖的时候，她就在山上拔思茅草根，把它放在两块石头中间压榨出奶白色的汁液，调在麦粉里做成饼子烤熟。这是儿子最喜欢吃的东西。

田莲花翻过这座山坡，就看见了一条河。河上有一座浮桥。浮桥那一边就有城市的房子了。这一段路，她能从梦中回忆起来。她走过这座浮桥，进入城市。她在梦中到过这座城市，所以沿着一条宽阔的街道向前走。和梦中情景不同的是，街道上有许多人，他们向一个方向走去。田莲花知道，他们正在走向那个广场。她跟着他们走到广场，广场上密密麻麻全是人，她没有看见儿子。她只看见了一个高大的物体。被一块红布蒙着。在这个东西前面，站着几个穿军装的人。其中一个人拿着一个铁皮做的喇叭筒，大声喊话。这种喇叭筒她在红土镇见过，那些游行的人里面，就有人拿着这种喇叭筒领头喊口号。那个拿喇叭筒的人大声说话，他说的是北方话，田莲花听得明白。他说，今天是楠江县城解放两周年的日子，也是无名烈士雕像揭幕的日子，全县人民都来参加这个集会，很有意义。参加今天揭幕仪式的有楠江专区、楠江市的领导同志，楠江军分区的领导同志，有全市各区的领导同志，还有各界人士代表。应邀出席揭幕仪式的还有无名烈士雕像制作单位楠江县立师范学校的领导同志。

　　那个人拿着喇叭筒，说了很多话。田莲花站在人群里，不知道怎么办。她的周围挤满了兴奋的人群，她把手放在衣兜里，紧紧握着小圆镜。这时，那个人讲完话了，他和站在红布物体前的人一起转过身去，各自拉住一根绳子。他们把绳子往下拉，红布慢慢滑落下来，露出一个黑色的人头。田莲花突然发出一声叫喊，但很快就淹没在大家的欢呼声中。她的手一下就把镜子捏碎了，玻璃扎在她的手心里，她没有感觉到疼痛。红布完全滑落在地上，一尊雕像站立在那里。

　　田莲花迈动脚步向前走，但她走不动。人群有点乱了，他们在飞快地说四川话，田莲花听得懂其中的几句，他们在说自己儿子的名字。他们在说，田单岭，土匪。有些人在笑。刚才把红布拉下来的几个人不见了，田莲花努力向前挤，她终于挤到儿子面前了。

　　儿子站在一块方方正正的石头上，戴着一顶帽子，手持一支长枪。他的脸上带一点微笑，眼睛看着前方。广场上的人群越来越乱，有的人散开了，有的人围过来，向雕像吐口水。田莲花全身的力气都用尽了。

她又冷又乏，身子一歪，倚在雕像的石头底座前。她感到一阵暖气从石头透过背上的衣服传过来。儿子小时候，她背着他干活时，就会感觉到这样的温暖气息。

田莲花的眼睛半闭着，享受这温暖的时光。她听见有人在她旁边说："好怪，去年在这里宣布敲田单岭的砂罐（枪决），现在他又变成木头站在这里了。"

"有鬼了。"另一个人说。

温暖的泪水从田莲花的眼角流出来。她把捏碎的镜子从衣兜里拿出来。镜子的玻璃掉光了，玻璃碴儿把她的手掌扎出了血。她从镜子后面的玻璃碎片里取出照片，举到眼前端详。在路上的时候，儿子的脸变得模糊不清，现在却很清楚。他正在微笑。她看着儿子，脸上也慢慢浮出微笑。然后，周围的声音渐渐远去，她闭上眼睛，沉向深深的黑暗。

林译苇想象着几十年前在这广场上发生的事情。广场是人们集会的地方，是城市中人们进行政治、经济、文化等社会活动的空间。在许多地方，广场也是公审犯人的场所。在二十世纪五十年代初，楠江广场就公审过许多犯人，田单岭是其中之一。当年田单岭在楠江县城和刘若木做生意的时候，到这个广场闲逛过。他不会想到，有一天，他会从这里去另一个世界。

那一天，在楠江这条河流上发生的事情，把田单岭从河边推到了这个广场上。林译苇想。

袁桂花拿着竹耙，拉开房门，准备到后山坡的松树林里耙松针。她听见河流的上游响起了枪声。

这几天，这里经常响枪。袁桂花拿起放在屋檐下的竹背篼，背在背上，走向屋后的山坡。

山坡上有一个旧山寨，名叫"天成寨"，早已没有人居住，除了一圈寨墙，只有几间歪歪斜斜的土墙房子。山坡的小路很陡，路面长满青苔。袁桂花抓着路边的灌木丛枝条，从小路攀上天成寨的寨墙边，从一个被乱石堵塞了一半的寨门钻进去，来到寨子里面。

寨子里长满松树。现在是冬天，每当风吹过松林，一些松针就掉下

483.

来，在地上积成薄薄的一层。袁桂花把红褐色的松针耙成一堆，放进背篼里压实。她耙了满满一背篼松针，把它背在背上，来到寨墙边，正准备钻出窄小的寨门，她听到一种声音。

这是一个人走路的声音。她听见了喘息声、手指抓住灌木枝条的拉扯声和脚底踩在青苔地面的轻微咯吱声。她全身一阵发凉，身子本能地向石头寨墙靠去，没想到自己背着背篼，背篼撞击在墙上，发出一声清晰的"咔嚓"声响。

寨墙外面的声音一下停止了，袁桂花身上的冷汗也沁了出来。她用手捂住嘴巴，把一声喊叫压了回去。她呆呆地听着外面的动静，过了好久，外面再也没有声音，她却感到头顶上有响动，抬头一看，身后的寨墙上站着一个人，他手里拿着一支手枪。

那是田单岭。袁桂花认出了他。他可能是从寨墙爬上来的，胸前有一大片绿色的污渍。他的右肩有一片血迹。他也认出了袁桂花，把手枪插进腰间，坐在一块石头上。他很累，低着头喘了几口气，抬起头来看着她。

"我想起来了，你就住在坡下的河边。"田单岭说。

"嗯。"袁桂花点点头，"有人在追你？他们打了你？"

"是八娃。"田单岭说。"他们的船好多哟，岸上也有他们的人。他们人多枪也多，我们打不赢他们。"

"八娃？"袁桂花说，"是哪家的兄弟，这么凶？"

"不是哪家的兄弟。"田单岭说，"是八路军，现在他们说自己是解放军。他们到乡下抢大户人家的粮食，用船运走。我们去打船，没有打赢。"

"你家的粮食也被抢了？"袁桂花问。

"没有哇。"

"那你为啥要去打八娃？"

"我现在是楠江县地方武装自卫总队一中队队副，我当然要打八娃。"田单岭说。

"他们把你打伤了？"

"这里挨了一火（一枪）。"田单岭扭头看了一眼右肩的伤口。刚才他听到寨门里面有响动，就从寨墙上攀爬上去，扯动了伤口，痛得更厉害了。

　　"我给你看看。"袁桂花说。

　　田单岭扭身把肩头斜过来，拉开衣领。袁桂花看见他的肩头有一道血糊糊的沟槽。血正在慢慢渗出来。

　　"皮肉伤，没得事。"田单岭说。

　　袁桂花放下背篼，用尽全身力气，在墙脚的泥土里拔出一把蕨草。蕨草粗大的根茎附着一层湿漉漉的金黄色茸毛。她把茸毛一点一点扯下来，填在田单岭的伤口上，用手指轻轻压平。

　　"隔一会儿，它就不流血了。"袁桂花说。

　　昨天，林译苇又找出了《楠江剿匪回忆录》，这是当年参加征粮剿匪的人撰写的回忆文章。晚上回家后，她读了其中几篇，把其中《楠江血战》摘抄了一部分，作为小说的背景资料：

　　　　一九五○年十二月，西南军区后勤部要求楠江县调集三百吨原糖供应重庆、武汉等城市的春节市场，以及为第十八军进藏做物资准备。楠江县组织了三十六条十吨级的单桅大木船装载原糖。运糖船队将沿楠江而下，在泸州进入长江。此去水路泱泱，情况十分复杂，军分区特命侦察连派出一个加强排随船保驾护航。

　　　　加强排排长古康把船队分为前中后三组，每组间隔两百米，各配一个班和一挺机枪，每挺机枪配四箱子弹，中间一艘船配备一门六○迫击炮，有事可以互相支援。

　　　　从楠江到重庆有二十四个码头，三十六个滩口，八十一个大弯，六百里水路，两岸多为山丘，地形复杂，匪特经常出没，随时会打埋伏。

　　　　古康派一个班带一挺机枪在岸上步行，既可提前发现情况，又可以抢占有利地形。船队拉紧拉短一点，头一艘船放一个班探路，最后一艘船放一个班掩护。

　　　　船队出发后，便碰到沿途的土匪暴乱，九天行程，竟打了十六仗，子弹几乎耗尽，战士船工伤亡七人，庆幸的是，糖没有损失一斤。

田单岭的队伍就是在那次战斗中被击溃的，林译莘想。那天，他接到楠江县地方武装自卫总队的命令，到楠江边的七家岩伏击解放军的船队。这个命令是由一个挑货郎担的人送到高峰砦来的。

当时，田单岭正在厨房里守在灶门前烤火。他在灶膛里的柴灰中埋了一个洋芋。

当他在等待洋芋烤熟的时候，在砦门前值勤的杨老四跑进来，把手里捏着的一张纸伸到田单岭面前。

"啥子事?"田单岭问。

"田老板，总队来了命令。"杨老四说。

"进门为啥子不喊报告?"田单岭乜斜着眼睛，在那张纸上扫了一下，"我们现在是军人，不是土匪。我现在是队副，不是老板。军人就要有军人的样子，这个，你要弄清楚。"

杨老四退出厨房，站在门口，胸脯一挺，大声喊道："报告!"

田单岭用火钳从柴灰里刨出洋芋，在两只手里颠来颠去，一边拍去沾在上面的柴灰，一边用嘴吹气。

"进来。"田单岭边吹气边说。

杨老四将手一伸，把纸片递到田单岭面前。

"念。"田单岭说。

杨老四伸直双臂，把这张纸片绷得平平整整，一字一句地念道："

命令：

地方武装自卫总队一中队队副田单岭：

据探，楠江方面共军将组织船队于十八日经楠江到泸州至重庆，命令你部速达七家岩构筑工事伏击，务必阻断共军船队去泸州。

此令

楠江县地方武装自卫总队队长陈锡周

十二月十七日"

田单岭把洋芋的皮一点一点剥去，在盐罐里蘸了一些盐，一口一口吃下。他拍了拍双手，对杨老四说："叫上兄弟们，集合，出发。"

田单岭的队伍就这样下山了。林译苇想象着当时的情景。这支队伍总共就十来个人，没有经过专门训练，平时只会打家劫舍，他们不会稍息、立正，不会挖掩体，不会组织火力，他们扛着步枪，揣着手枪，到河边去伏击一支船队。

那条河流，田单岭在儿童时代就在山上的家门口注视过它。他的童年记忆是杂乱的，童趣和穷困交织在一起，被山野的风带到四面八方。有时，他坐在门前的石头上看这条河流，他看得见河流上的黑色小点子在移动。后来，他晓得了，那是河上的船。当他多年以后，乘坐这些船运送粪肥到楠江城里去时，他还在船上回望过高山上自己的家。他看不到自家的房子。从远处看，房子太小，被山上的树林遮挡了，他找不到自己的家在哪里，他只晓得大概位置。从河流上看去，他能够看见村头那几棵黄桷树，但树冠的形状也变了，不是他在树下看到的模样。它们和山上的其他树木混在一起，田单岭还是能够认出来。每次他乘船经过这里，都要向山上短暂一瞥，然后看着前方的河面，用手把着船舵，把粪肥运到楠江城里。他在红土镇收购了许多皮毛、木耳和金针菜，他把它们装在船上，运送到城里的"四源山货店"。他乘着帆船在楠江上往返，皮肤被太阳晒黑，个子越长越高，见识的人也多了。他的微笑也发生了变化。以前，每当他笑的时候，两个嘴角一起上翘，现在，他笑的时候，只有右嘴角上翘，脸部不知不觉就扭歪了。后来，他上了高峰砦，有时也乘船到城里。在尾部的船甲板下面，有一个小船舱，平时用来养几条从河里捕捉到的岩鲤和鲶鱼，田单岭用它来存放瓷器、皮毛和古玩。这些东西，有一些是他在自己开设在红土镇的杂货店里收来的，有的是他的兄弟伙在大户人家里拿来的。他把它们运到城里换钱。他从来没有想过，这条河上会子弹横飞，硝烟漫天。

林译苇想象着几十年前在楠江边发生的一次短促的战斗。田单岭和兄弟伙扛着枪来到七家岩。这是一座临河的山崖，楠江在这里拐了一个弯，河水长年冲刷崖壁，裸露的崖壁没有树木，只长了一些杂草。田单岭一行人稀稀拉拉地爬到这座山崖上。

田单岭站在山崖的顶端，看着下面的河流。风很猛烈，河面被吹得起皱纹。是上河风，田单岭想起自己过去在河面上行船时，最盼望上河风。楠江城在红土镇上游，每次去楠江城，假若没有上河风，帆船的帆就鼓不胀，有的时候，就要上岸拉纤。田单岭经常拉着纤绳在河岸上走。他的背脊曾经被毒太阳晒得掉皮，他的肩膀曾经被纤绳勒出一道道血红的印痕。现在，他站在高高的山崖上，看着河面，看着下面的河滩。有一次拉纤的时候，他在下面的河滩上滑了一跤，右腿被石头擦得血淋淋的。那时，他还在朱代普家里做长工，朱代普拎了半瓶麻油到田单岭的房间，放在桌子上，要他用麻油搽伤口。他第一次看见朱代普这样大方。

山崖顶长满丝茅草，有一些石头散乱在草丛中。田单岭站在山崖边，听见有人大声喘气。他扭头一看，张矮子挂着他那七九式步枪站在身边。他伸着细瘦的脖子，鼻孔一张一合。

"老板，哦，队副，我们就站在这里打他们？"张矮子问。

"站着打？"田单岭说，"你想找死？我们要趴着打。我们趴在这里，他们不容易打着我们，我们容易打着他们。"

"就是，总队命令我们要在这里筑工事。"杨老四说。

"啥子是'工事'？"张矮子问。

"工事就是掩体。"杨老四说。

"啥子是掩体？"张矮子问。

"你问我，我问哪个？"杨老四说。

"我们把这些石头搬到崖边，就可以了。"田单岭说，"只要挡得住子弹，就行了。"

"你说子弹，我想起来了，"张矮子说，"我这根火杆杆，只有七颗子弹了。枪里装了五颗，还有两颗，我放在裤子荷包里头的。"

"上次我们在砦子里面比武，你说你的火杆杆只打过七颗子弹，现在又说，只剩下七颗了。"周老五说，"你哄我们哟。"

"龟儿子才哄你们。"张矮子说，"我的火杆杆总共才十四颗子弹，几下打完了，我就用我的马牌手弯子打。就是不晓得这把手弯子打得远不远。"

488 .

"那你就崩一火噻。"杨老四说,"那些船肯定要在河中间过,你先崩一火,看一看,够不够得着。"

张矮子撩开衣襟,从腰带上抽出他的柯尔特手枪,拉了一下套筒,把子弹上膛。他平举枪身,把枪口对准河中央,开了一枪。

清脆的枪声很快就被风刮走了。大家一齐伸着脖子,看着子弹的落点。只见河面上激起一朵小小的水花,离河对岸还有一段距离。

"手弯子打不远。"杨老四说。

"那我不管。"张矮子说,"手弯子打不了这么远,你们不要怪我。反正我是开了火的。"

"你刚才不该开火。"田单岭说,"那些八娃可能会听到枪声。"

"听到了,又咋个?"张矮子说,"他们在水里,我们在岸上,是我们打他们,不是他们打我们。何况,他们是下水船,要想缩回去,也不得行了,只有挨我们的打。"

"你们看,说曹操,曹操就到。他们来了。"杨老四指着河面说。

先是一艘船从远处的水面驶过来了。然后又是一艘船,后面还有一些船。

"妈哟,这么多船。"张矮子说,"长麻吊线的,哪里打得完?"

"总队的命令没有喊我们打完。"杨老四说,"只喊我们伏击,阻断他们,不让他们向前走。"

田单岭感觉到几滴温热的水溅到自己脸上。他抹了一下,手掌上出现了一片红色。他转头一看,张矮子像一个灰色的布口袋倒在地上,天灵盖被什么东西掀开了,血和脑浆溅得到处都是。

这时,他才听见了枪声。那枪声是从船上传来的。田单岭愣了一下,明白了,船上的人先开枪了。

"趴倒,趴倒!"田单岭挥手叫大家趴在草丛中,他也趴在一块石头上面,"大家集中火力,先打第一只船!"

周老五趴在地上,撅起屁股开了一枪。

"你往哪里打?"田单岭吼了一声,

"张矮子死了。"周老五带着哭腔说,"是船上的人打死了他,他们的枪打得好准哟，这么远，都打中张矮子了。"

"我晓得！"田单岭说，"你快给老子打，枪口要对准船上的人！"

田单岭捡起张矮子掉在草丛中的步枪。他把子弹推上膛，瞄准船上。船舷上堆着一些麻袋，麻袋后面露出几个戴黄帽子的人头。田单岭开了一枪，一只麻袋冒了一小股烟尘。

田单岭感觉到胳膊肘压着的地面震了一下。几块石头碎片飞溅起来，一股硝烟味儿冲进他的鼻腔。随后，一连几颗子弹钻进他身边的泥土里，草皮迸开了。出现在河里的船越来越多，离山崖越来越近。田单岭看见船上的人在向这边开枪，一团一团白烟从船舷边冒出来，子弹不断打在山崖上。田单岭没有听见身边的人开枪，他回头一看，杨老四、周老五和几个兄弟伙都从山崖边沿退后几步，撅着屁股趴在草丛中。

"我们打不赢他们，他们的火力太猛了。"杨老四说，"等会儿，水把船冲到下游，他们就过了，我们就闪了。井水不犯河水，我看他们不得靠岸，我们也就不招惹他们了。"

"哪个再敢说闪，老子就不客气了！"田单岭瞄准船上一个戴黄帽子的脑袋开了一枪。那顶帽子飞到一边，脑袋不见了。这时，他听见一阵奇怪的尖啸，像有人站在半空中吹口哨。然后，山崖上发生了猛烈的爆炸，碎石和草皮乱飞。一个东西从空中砸在田单岭面前，他认出这是一只手臂。

"是哪个的手？咋个掉到这里来了？"田单岭大声问，向右边扭过头，看见周老五仰面倒在地上，浑身是血。他的左胳膊不见了。这只手臂套着的蓝色土布和周老五身上的衣服是一样的。田单岭这才明白，周老五的左手被炸飞了。

田单岭赶紧低下头，将步枪的准星对准一只船。他看见船上腾起一团箩筐大小的白烟，随后，他又听见那种奇怪的尖啸声。他抬头一看，天空里飞来一个小黑点。它飞快地落到几丈远的地上，猛烈爆炸开，山崖的地皮都被震动了。

"哎呀，不得了，八娃在船上打炮了！"杨老四说，"兄弟伙都遭了好几个了，我们怕要闪了才得行哟！"

田单岭瞄准船上麻袋后面一个脑袋开了一枪，也不晓得打中了没有。他拉了一下枪栓，一颗子弹壳跳出枪膛。他推上枪栓，把子弹上膛，又开了一枪。然后他再拉枪栓，再开枪。当他扣动扳机，枪身发出"咔嚓"一声空响时，他晓得，枪里的子弹打完了。他爬到张矮子身边，拍拍他左边裤兜，空的。再拍一下右边裤兜，有一件硬东西。他把它掏出来，是卡在弹夹上的两颗黄澄澄的子弹。他把弹夹卡在打开的枪膛里，把子弹压进弹仓，推弹上膛。

这时，一阵枪声从左面传来。一排密集的子弹打在他身边的岩石上。他听见一声惨叫，杨老四在草丛中翻滚了几下，不动了。田单岭看见左边山崖上冒出一团一团青烟，几顶黄帽子在草丛中晃动。他们在向这边开枪。田单岭搞不清楚，这些刚才还在船上的戴黄帽子的八娃咋个会出现在岸上。他爬到一块石头后面，掉转枪口，瞄准一个晃动的人头开了一枪，又开了一枪。他感到右肩头麻了一下，闻到一股硫黄味。他低下头，看见肩头在流血。

枪声越响越密集，噼噼啪啪，子弹密集地打在山崖上。田单岭把手中打光了子弹的步枪丢在草丛里，顺着山崖的一侧滑下去。他滑到河边，这样，岸上的人就打不到他了。他在河边的马桑丛中向前跑，船上的人向他开枪，但没有准头，子弹离他很远。

田单岭沿着一条小溪跑进狭窄的山沟，再从山沟的一侧向上攀登。他抓着草丛和灌木越爬越高。他在山沟的岩壁上向上爬，爬累了，他就抓住灌木休息一下，然后再爬。后面再也没有枪声和喊叫声，只有风在身边呼呼响。他浑身冒汗，仰头一看，前面出现了一堵布满斑驳苔藓的石头墙壁。这是天成寨。

林译苇想象着当年田单岭爬到天成寨的情景。她坐在办公桌前，用钢笔在一张纸上写字，让几十年前的生活场景在文字下面显形。她在描述别人的生活、别人的生存状态。她下笔描述一个时代的状况，也许在不经意之间，就描述了自己。

林译苇想起自己小时候在家乡的汉川河边生活的情景。父亲在河滩上砸鹅卵石，她就待在父亲搭建的小棚子里。有时，她会跑出小棚子，到附近的溪沟里玩耍。她在那里遇到一个采药人。他是一个穿着蓝布衣服的中年男人，脸上留着浓密的络腮胡须。他背着一个稀眼竹背篓，里面盛着一些草药。他在崖壁上攀爬着，用镰刀剜下长在岩缝里和泥土中的草药，反手一丢，把草药扔进背篓里。林译苇站在下面看他，然后跟着他向上面攀爬。

"小妹子，你不要上来。你要摔下去的。"那个中年男人说。

林译苇一声不吭，抓住灌木枝条向上爬。她第一次体会向高处攀登的感觉。被太阳晒得温热的植物扎着她的手心，刺痒刺痒的。她的脚踩着岩石的泥土，有时往下滑一下，但她很快就稳住了身体。她爬到采药人的后面，停了一下，继续向上爬。她爬到崖壁的顶端，跑到崖壁的边沿，从这里往下面看。汉川在她的脚下流淌，她看见了父亲在河边劳作的身影。父亲坐在一堆鹅卵石中间，挥动铁锤，把圈在橡皮条里的鹅卵石使劲砸碎。她看得见他背脊上的汗水在太阳下面反射光线。

那一天，林译苇第一次站在高处看河流。这是全新的体验。她站在风里，看见河流在她眼前舒展开。河流在远方流过来，拐了一个弯，流经她脚下的悬崖，向远方流去。她的心里突然涌起一阵奇异的感觉。她好像看见了平时看不见的东西。这种感觉一直留在她的心间，伴随她长大。后来有一天，她明白了这是一种什么样的感觉——她看见了历史。

她站在高高的悬崖上，看着河流在眼前流逝，第一次感觉到时间的性质。时间像风一样，裹挟着一些事物的微粒飘向四面八方，其中包括人的思绪。当时，她并不明白其中的含义，她只看到一些东西在她眼前移动和变幻——河流，风，父亲背脊上的汗，从远处飘来的各种细微的声音。这些东西像一些细小的颗粒，飘荡在时间里，凝结成另外的物质，成为历史的一部分。这些历史成分不会显示在书籍里，也不会呈现在大众记忆里，只会在某个人的意识里显形。后来，它们在林译苇的意识里显形了。带着这个意识，带着文字，林译苇在一个新的空间里穿行。

林译苇看见田单岭正在爬天成寨的寨墙。在某个历史片断里，一个右肩流血的青年爬上了一堵长满苔藓的石头围墙。他是一个俊朗的农村青年，背负着几个社会身份——商人、土匪和楠江县地方武装自卫总队一中队队副，这些身份就像汗水干了形成的盐渍沾在他身上，然后像盐溶于水那样，自然地融入历史的洪流，被冲刷到时间的深处。

田单岭爬上了天成寨的寨墙，遇见了大辫子姑娘袁桂花。

"现在，你到哪里去呢？"袁桂花问。

"我也不晓得。"田单岭说。

"你到我家去。"袁桂花说，"他们肯定在逮你，我把你藏起来。你就躲在灶房里，我在那里堆了很多松针，你可以在上面睡觉。"

历史实际是由无数细小的事物碎片组成的，林译苇想，但是，那些整理历史的人，那些试图再现历史的人，往往看不见这些柔软的、感性的、鲜活的碎片。林译苇曾看过一部名叫《意志的胜利》的纪录片。她还在百度里查找过介绍这部影片的资料：

> 电影开始时，浓云密布的天空衬托出德国的动乱景象，显示一个正等待创世主开天辟地的混沌世界。然后天空逐渐开朗，第三帝国的形象逐渐清楚起来。一架飞机穿云破雾时隐时现。陆地上的群众在仰望和等待。飞机终于着陆，舱门打开，希特勒从天而降，顿时，欢呼声响彻云霄。纽伦堡，这座具有中世纪情调的都市，挤满了欢迎的人群，国旗随风飘扬，汽车在人群中慢慢地向前驶进，最后是阅兵场的情景，大批装甲战车整齐地隆隆驶过。接着，银幕上出现字幕——一九三四年九月五日，第一次世界大战爆发后二十年，德国的苦难开始后十六年；新生的德国起步之后十九个月，阿道夫·希特勒再来纽伦堡，检阅忠实的追随者的队伍。

让林译苇震动的是那些欢迎的人群。他们在强烈的阳光下眯着眼，对着他们的领袖欢呼。现在，希特勒已经成为历史，那些欢呼的人们，他们早已以各种方式死去，历史书籍却很少提及他们的状况。他们是迷漫在历史里的尘埃，但他们曾在某种时间里鲜活过，用自己的人生组成了一些故事。在楠江的土地上，也是一样的情景。一些历史事件被一些人书写成文字，印刷成书籍。那些黑白分明的文字犹如一张网，漏掉了太多的东西。那些东西在文字以外游荡，随风飘向任何地方。林译苇看见了其中的一些微粒，其中就有田单岭和袁桂花。他们就是由过去的生活片断构成的历史微粒，林译苇当年爬上汉川边一道溪沟的山崖时，就看见了这些微粒。现在，他们所经历的时光，在林译苇的眼里重现，他们所做的一些事情，在林译苇眼里复原。他们站在一九五〇年的天成寨里面说了一阵子话，然后，田单岭就跟随袁桂花，回到她居住的房子里。这些情景，林译苇看得清清楚楚。

林译苇看到田单岭跟在袁桂花的身后，走下天成寨，来到袁桂花的房子面前。

田单岭在袁桂花的屋子里待了两天。他住在灶房里，睡在软和的松针上。松针散发出略带腐朽气息的香味。当他在黑暗中熟睡的时候，他受伤的肩膀陷在松针里，伤口不再流血，也没有发炎。早上，袁桂花进屋做饭时，他就坐在松针堆里，看着她把放在灶前的松针一把一把填进灶孔。她在锅里掺了一瓢水，烧开后，放了两坨红糖，打了四个鸡蛋在里面。她把煮好的荷包蛋盛在一只碗里，端到田单岭面前。在这一瞬间，田单岭打翻了她手中的碗，从腰间抽出手枪，对准门口。

从灶房的门，可以看见堂屋的门。堂屋的门外面有轻微的响动，好像有人在门外走动。门猛然被踢开了，一个影子闪进屋子里。田单岭开了一枪，那仅是一只箩筐。扔箩筐的人没有进屋，他在外面喊："田单岭在屋子里！他有枪！"

刹那间，一阵猛烈的枪声响起，几颗子弹从灶房的窗子射进来，打在土墙上。田单岭左手一把揽过吓呆了的袁桂花，把她压在身下。他的右臂一阵疼痛。

"田单岭，田队副，我们已经把你包围了，你就乖乖地出来吧。"外面另一个人在喊，"你先把枪甩出来，再走出来，我们就好说。要不然，就不好说了。"

田单岭愣了一下。这是朱世昌的声音。他低头看了看袁桂花。她的脸色灰白，嘴唇直哆嗦。她看见田单岭盯着自己，轻轻摇了摇头。

"田单岭，你娃子也有今天！"朱世昌又在外面喊，"你给老子快出来。今天，你是跑不脱的了。我晓得，里面还有一个群众，她是袁桂花。是男子汉，你就把袁桂花先放出来。"

袁桂花在田单岭身子下面仰望他的眼睛，摇了摇头。

田单岭抱紧袁桂花，翻身一滚，滚到墙角。他双手抱着袁桂花腋下，把她提起来，让她靠墙边站好。

"你现在出去。"田单岭说。

"我不。"袁桂花说，"我不出去。"

田单岭把袁桂花推到门边，对着外面大声喊："有人要出来了，不要开枪！"

田单岭把袁桂花猛地一推，将她推出屋外。袁桂花跌跌撞撞冲到外面，被一块石头绊了一下。她摔在地上，一阵枪声响起，子弹从她的头上飞过，射进屋子里。她大声哭起来。

"快过来，妹子，快过来！"有人在前面的田坎下面向她挥手。她认出来了，是红土镇的农协主席朱世昌，"你快跑到我这里来，不要被子弹打了。"

袁桂花趴在地上不动。她哭出了声。

"妹子，你快过来，我要丢手榴弹了，老子要炸死狗日的田单岭！"朱世昌说。

"不准乱扔手榴弹。"朱世昌旁边一个操北方口音的人说，"那房子一炸就塌，我们不能损坏群众财物！"

"要得，要得，丁连长，这颗手榴弹，我就不丢出去了。"朱世昌说，"那我们咋个把田单岭吆（赶）出来呢？"

"只要老百姓出来了，剩下的事情就好办了。"丁连长说，"这个田单岭，他现在是被我们装在笼子里的野兽了，除非他插翅膀飞出去。"

朱世昌爬到丁连长身边，两只手肘支在地上，他的眼睛透过面前的野草向那幢茅屋看去。袁桂花还趴在屋前的地上哭。朱世昌对她招了招手，"妹子，你不要哭了，你慢慢爬过来，爬到我这里来。田单岭他不敢开枪打你。"

袁桂花还是趴在地上哭。这时，屋里发出一阵"咔嚓"声，屋顶有点塌陷的稻草鼓起一个包，那个包突然破裂了，一个人头冒出来，接着整个身子蹿出来，从屋顶跃上屋后的山崖。他在山崖上的灌木丛中奔跑，身上粘附的稻草纷纷掉落。

"是田单岭！"朱世昌大声喊，"他要逃跑了！"

"他跑不掉的。"丁连长拿过身边一位战士手中的步枪，瞄准山崖上那个在灌木丛中奔跑的身影开了一枪。那个身影弯了下来，向前冲了几步，倒在灌木丛中。

"打倒了，打倒了！"朱世昌从田坎后面爬起身，双手抱拳，对丁连长晃了晃，"丁连长，好枪法！"

袁桂花趴在地上放声大哭。地面的尘土被她呼出的气流搅起来，沾在她脸上，与泪水混在一起。她像一个刚从尘土里钻出来的人。

田单岭在一次群众大会上受到公审。林译苇想象着当时的情景。那一次的群众大会和当时所有的群众大会一样，参会的人衣衫褴褛，瘦削的脸庞充满激情。他们站着，挥动手臂，呼着口号，眼睛盯着台上那些很快就会被枪毙的人。这一次，田单岭站在台上。那是一个砖砌的台子，有两尺来高，台面铺了一层用石灰、黏土和细砂夯成的三合土。过去，这个台子是民众集会的演讲台，平时是卖凉面凉粉的市场。在抗日战争的时候，冯玉祥将军在楠江县发动节约献金运动，曾经在这个台子上做过动员演讲。当田单岭站在这个台子上时，已经是几年以后了。

田单岭的右手被绷带吊在胸前，左手被一根麻绳绑在身后。他与几个人站成一排，他们也是楠江县地方武装自卫总队的成员，他们都是在野外的枪声中被抓获的，其中有一中队队长童述之。他们的双臂都被一根粗麻绳紧紧缚在身后。童述之脸色灰白，两眼紧闭，田单岭站得端端正正，眼睛在人群里搜寻。他看见了袁桂花。她站在一群妇女中间，正呆呆地看着自己。那些妇女剪了短发，戴着黄布军帽，手里拿着彩色的纸做的旗子，上面写了字，但田单岭一个都不认识。不晓得上面是不是写着骂自己的话，田单岭想。袁桂花没有戴帽子，也没有拿小旗儿。他对她微笑了一下。

袁桂花还是呆呆地站着。她看见了田单岭的微笑，心里一下就轻松了不少。田单岭对自己笑了，他是在自己家里被抓走的，但他没有怪罪自己，袁桂花的眼泪悄悄流下来。她从旁边一个女人手里扯过小旗，对着田单岭挥了挥。

一阵剧痛从田单岭的右肩传遍全身。四天前，他的右臂给一颗子弹擦伤，两天前，他从袁桂花的屋顶上冲到屋后的山崖上时，右边的肩胛骨又被一颗子弹击碎。八娃抓住了他，给他包扎了伤口，还敷了膏药，但他一直在发烧，头也很晕，站立很困难。但他站得很直。他清楚，这样站下去，自己会站不了多久。他现在想的，就是那些在台子上讲话的人早一点讲完，好送自己"上路"。他看见袁桂花在向自己挥小旗，在向自己微笑，身上的痛好像减轻了——那面旗子上的字，肯定不是骂自己的。

那天，田单岭最后的微笑一直留在袁桂花的记忆里。林译苇想象得出来，这个广场在一年以后发生了什么事情。

一年以后，袁桂花在这个广场上再次看到了田单岭的微笑。那是一尊雕像的笑容。田单岭变成了一块黑木头雕像，站在广场上。和上次一样，广场上有很多人。和上次一样，田单岭没有在广场上站多久。当红布从雕像身上拉下来，场面就开始混乱了。那个拿着铁皮话筒在台子上讲话的人开始骂人。袁桂花看见一些人拥上去，向雕像丢石头，砸它，对它吐口水。几个穿军装的人本来站在台子边上，现在，他们围住一个书生模样的人，推搡他。

那个书生模样的人，就是雕刻这尊雕像的人。刚才，袁桂花还听台子上那个拿铁皮喇叭的人说，这个人用两个月时间雕刻出了伟大的无名烈士雕像，很辛苦。现在，他们就开始打他了。袁桂花从人群中挤到台子边缘，看那几个穿军装的人把他推在地上，用脚踢他。

那一天，楠江城里的人都在谈论雕像的事情。林译苇可以想象出当时的场面。

那几个战士把叶一峰推倒在地上，用脚踩他。

"这个土匪打死了我们的战友，你还把他当烈士！"一个战士从肩上卸下枪，用枪托向叶一峰腰间捣去。县立师范学校校长罗泰旭赶紧上前拉住那个士兵的手。

"同志，你给我住手！"罗泰旭说，"你要遵守三大纪律八项注意，不打人骂人。"

"老子今天偏要打他。"那个战士说。

"要说打人，你还没有资格。"罗泰旭说，"这个人是我的学校的教师，即便他犯了错误，也要由学校处理。你住手！"

叶一峰从地上爬起来，用衣袖擦鼻孔里流出来的血。

"你不要擦了，越擦会越流得多。"罗泰旭说，"你到河边去，用冷水拍拍后颈窝，再洗洗鼻子，然后回学校，听候处理。记住，要先用冷水拍后颈窝。"

叶一峰迈着僵硬的步子，向河边走去。袁桂花跟在他的身后。

叶一峰一跛一跛从广场穿过铜匠街，走到河边。他跪在河滩上，把右手浸在河水里沾湿，拍拍后颈窝，然后用双手掬起一捧冰凉的河水，吸进鼻孔，又喷出来。带血的河水洒进河里，被缓缓流淌的河水带走。叶一峰鼻子里的血不再流了。他坐在一块石头上发呆。

袁桂花远远地站着。然后她慢慢地走近他。她在河边的草丛中扯了一把艾叶，在水边的鹅卵石上捣烂。她把艾草浆捧在手里，站在叶一峰面前。叶一峰抬头看了看她。

"大哥，你用这个数一下鼻子吧。"袁桂花说。

叶一峰扭过头，看着河水。那河水很清澈，河底的水草在水流中缓缓摇摆。

"大哥，我找你，是想请你帮我一个忙。"

"帮啥子忙？"

"你把这草药数在鼻子上，我就给你说。"

叶一峰接过草药，抹在鼻子上，还填了一些在鼻孔里，凉凉的，有一股药香味。

"我要请你帮我刻一块碑。"袁桂花说。

"什么碑？"叶一峰问，"哪个人的碑？"

"田单岭。"袁桂花说，"他是你的朋友，也是我的朋友。"

"你怎么知道他是我的朋友？"

"你在广场上，塑了他的像。"

叶一峰不说话了。他按了按鼻子上的草药，站起来。

"你要帮我刻那块碑。"袁桂花说，"我要把它安放在他的坟头。"

"你想在上面刻什么字?"叶一峰问，"他的坟在哪里?"

"他的坟在一个地方。你先不管这个，你帮我刻碑，我给他立碑。"袁桂花说，"我找了一块石头，今天晚上，我把它背到你住的地方来。你住在哪里?"

"我在学校住。"叶一峰说，"我住在师范校，楠江县立师范学校。就在上南街文昌宫。"

"我找不到那个地方。"袁桂花说。

"那，你把石头背到这里来。"叶一峰说，"半夜，我在这里把字刻在上面，明天，你把它背走。"

"那是一块白石头，很好认的。"袁桂花说，"我把它背来，就放在这里。你刻完了，就埋在沙子里，我再背走它。"

"你要背到哪里去?"叶一峰问。

"埋他的地方。"袁桂花说，"去年，他们打死了他，没有人给他收尸。是我把他埋在一个地方，那个地方，只有我晓得。"

那天晚上，叶一峰用錾子在一块平滑的石头上刻字。这块石头不大，一尺高，半尺宽，他在上面刻下了"田单岭之墓"这五个隶书体大字。林译苇想。

一九五一年十二月二日这天，叶一峰在深夜的河边刻石碑，河面微弱的反光给他提供了原始的照明。那时的城市灯光主要由油灯构成，一到深夜，亮灯的人家寥寥无几。那一天是农历的冬月初四，天上没有月亮，但河面把星星微弱的光线反射到河边，叶一峰借着星光，在石头上凿字。錾子敲击在坚硬的石头上，迸溅出一些火星。田单岭——这是三个抽象的字，是他朋友的名字。在雕刻无名烈士的时候，没有模特，他就把朋友的形象融入雕像里。他曾在高峰岩上给田单岭做了一个头像，头像上的每一块肌肉都印在他的记忆深处。在乌木上雕刻一个人的头像时，那个头像好像早已藏在乌木里面，他要做的，就是用錾子去除包裹在他脸上的木质部分。他在雕刻无名烈士雕像的时候，并没有刻意回忆田单岭的模样。田单岭的模样已经融化在他流动的意识里。因而，他不需要模特，他只想雕刻出一个有独特气质的男人，让他站在城市的广场上。就像他在贵都美术专科学校学习艺术时，在画册上看到的欧洲广场上的雕像。他们有的骑在马上，有的站在柱子顶端。他们的身体结构准确，肌肉发达，五官精致，流露出一种难忘的气质。他在田单岭身上看到了类似的东西。与画册上的欧洲人雕像不同的是，田单岭是亚洲人，脸上的线条更柔和一些，但很俊朗。

从造型艺术的角度来看，田单岭是一个标志性的亚洲男人。林译苇想。但他拥有农民或土匪的身份，把他放在社会之中，他就面目全非。叶一峰用錾子琢掉多余的部分，把他还原成一个人，却受到了社会的处罚。现在，他在河边刻一块碑，田单岭生动的形象变成抽象的文字，出现在这块石头上，这就像一个人的生命过程，林译苇想，从鲜活到抽象。一个人活了一辈子，无论怎样活，他都活了一辈子。然后他死了，留在一些人的记忆里，或留在一块墓碑上，完成社会赋予的一个人的意义。他刻完"田单岭之墓"这五个字，把它埋在沙子里，回学校去。他走在漆黑的城市街道上，感觉到手掌的疼痛正在远离自己。这样的疼痛已经持续了好长一段时间，它开始于自己雕刻这尊无名烈士雕像的时候，现在，这样的疼痛要离开自己了，很可能，自己是最后一次用錾子在石头或木头上凿刻出形象了。在以后的岁月里，他的手可能再也不会握着錾子或雕刻刀了。

叶一峰刻完石碑，从河边走到铜匠街。街上一片漆黑，他来到二二四号，轻轻拍木板门。他拍了好几下，刘若木在屋里大声问是哪一个，叶一峰回答了。过了一会儿，门开了一条缝，叶一峰把背在身上的徕卡相机取下来，交给刘若木。

"这部相机，你帮我保管。"叶一峰说，"假若以后我没有时间来取，你就当成你自己的东西。"

"我肯定会给你保管好。"刘若木捧着相机说，"我等你回来拿。"

叶一峰垂着双手，耸着肩头，慢慢走出铜匠街。他回到学校，刚走到寝室门口，就看见罗泰旭校长站在那里，他的身边还站着两个人，是副校长和教导主任。他们向叶一峰传达了连夜召开的学校党支部会的决议，宣布了对他的处理决定——由于他在雕刻无名烈士雕像时用楠江县罪大恶极的土匪田单岭作模特，犯了严重的政治错误，停职检查，并移送楠江专署公安分处。

第二天早上，由几个持枪的战士领头，全校师生浩浩荡荡来到广场，那三头拉过乌木的黄牛也被率了来。叶一峰跟在队伍的后面，他要亲手销毁自己雕刻的雕像。

队伍一到台子面前，就乱了。他们看见雕像的底座下面有一具尸体。那是一个头发苍白的老妇人的尸体。她僵硬地倚在雕像的底座旁，两只鞋底都被磨穿了一个洞，仿佛她在死亡之前走过了千山万水。

叶一峰走到她面前，心脏抽搐了一下——她的手里捏着一张照片，是田单岭的头像，那是他几年前在用徕卡相机在高峰砦拍摄的。他想不明白，这张照片怎么会到这个老妇人手里。他从她手里取走这张照片，对照着照片端详她的脸。那清瘦的线条与田单岭的脸庞在许多地方都重合。很有可能，她是田单岭的母亲。叶一峰想起来了，这张照片是他寄给刘若木的，以后有时间，向刘若木打听一下。但他清楚，自己可能没有这个时间了。

物理教员邹志明把一根粗大的绳子打了一个活结，抛到雕像的头上，把绳子的另一头拴在一头黄牛脖子上的轭上。一个战士用枪托捶了一下黄牛的屁股，黄牛开始向前走。走了几步，拴在雕像和轭头上的绳子绷直了，它努力向前走，蹄子在坚硬的广场地面上打滑。它晃了一下身子，眼睛斜睨了一下身后那个穿黄军装的人，低着头挣扎着向前走，绳子绷得咯咯响。那尊雕像慢慢倾斜，"轰"的一声倒下来，那支乌木雕成的枪断成两截。邹志明把绳子的一端结了三个绳头，系在三头黄牛的轭头上。三头黄牛拉着雕像，努力向前拽，学生们抱着一根又一根原木，轮流倒替垫在雕像下面滚动，雕像沉重而缓慢地向前移。

两个月前，楠江县立师范学校的学生把乌木从楠江里拉到广场上，现在，他们又把乌木做成的雕像拉到郊外。那是离城两里路的一座荒坡，是这座城市的刑场。荒坡上长满枯黄的芭茅草，坡上方是一座灰黄色的悬崖，这里历来是处决犯人的地方，过去是砍头，现在是枪毙。去年，田单岭就在这个地方被处决。

那是一支浩浩荡荡的搬运队伍。走在队伍最前面的，是三头黄牛。楠江县立师范的学生在雕像下面垫原木，三头黄牛伸着脖子，努力向前走，拴在轭上的绳子绷得溜直，把乌木雕像拉得一点一点往前移，一直拉到荒坡下面。这时，跟在队伍后面的人越来越多，朱世昌和朱老八也走在人群中，他们带领几个农民协会的会员，双手拢在袖子里，脖子缩在衣领里，站在队伍里看热闹。

当雕像被拉到荒坡下面时，叶一峰被两个战士推推搡搡地推到雕像面前，塞给他一个铁皮桶，里面装满了汽油。

叶一峰旋开盖子，把汽油淋在雕像身上。他一点一点均匀淋下去，从头部到足部。炊事员老赵把一盒火柴递到他的手里。

"我给你送了那么多饭，结果你雕了这么一个东西。"老赵说。

叶一峰划燃一根火柴，轻轻一抛。一小团橘黄色的火焰在空中滑出一条柔和的弧线，飘落在雕像身上，一片橘黄色的火苗覆盖了雕像全身。在阴暗的天空下，这火苗特别耀眼。它像一片橘黄色的风中丝绸，在雕像上面抖动。

火焰在乌木表面燃烧了一遍，然后侵入雕像深处。雕像内部坚硬的木质被引燃，橘黄色的火焰变成蓝绿色。

这蓝绿色的火焰在旷野里燃烧，和世界上所有的火焰一样，它有熄灭的时候。林译苇想，那尊乌木雕像带着火焰在二十世纪五十年代初的四川乡野燃烧了三天三夜，成为灰烬，熄灭在人们的记忆里。那些观看这尊雕像燃烧的人，除了楠江县立师范学校的师生，还有楠江县军管会的官兵、附近几个乡镇的农民协会成员。

林译苇想象着当时乌木燃烧的情景，眼睛盯着便笺本上"蓝绿色的火焰"这几个字。为什么会写下"蓝绿色的火焰"？她在自己的记忆里搜索了一遍，回忆起自己在什么书上看到过，能够形成乌木的树木，主要是麻柳和金丝楠木。麻柳乌木和金丝楠乌木的区别，主要是看它们燃烧时的火焰。麻柳乌木燃烧时，火焰是橘红色的，金丝楠乌木燃烧时，火焰是蓝绿色的。林译苇想到这里，头脑里仿佛突然闪现了一道白光。她一下就明白了，这座城市为什么叫"楠江"——在古代，这一带的河岸长满金丝楠木。她在《楠江市国土资源》里读到过，古代的楠江土地上，主要的树种是麻柳和金丝楠木。后来，因为气候变迁和其他因素，金丝楠木逐渐消失，但麻柳树至今随处可见。林译苇想，一些金丝楠木消失在人们视野之前，就在风雨中倒在河床上，被泥沙掩埋，变成乌木，让几千年以后的人们再次看见。

但人们总是会怀念那些逝去的东西，林译苇想。也许，为了纪念一些消失了的木头，人们就把这座城市取名"楠江"。这是一种温馨的想象，林译苇喜欢这样的想象。

她还想象到，几十年前的一天，田单岭第一次乘船到楠江城，他踏上岸的第一步，就踩在这座粪站的码头上。他并不知道，码头的石头下面，埋藏着一根巨大的乌木，几年后，有人会用这根乌木为自己做一个雕塑。生活中有太多的意外。意外，就是一个人没有预料到的事物突然来临。林译苇想，一个人在自己生活里行走，一些意外就徘徊在生活的周边，随时可能闯进来。田单岭踩在码头上，就踩中了自己的未来。这个意外，就伴随他的脚步，悄然无声地闯进了他的命运，让他在几年后变成一座雕像，并且被火焰烧成灰烬。当他熊熊燃烧时，一些认识他的人，正在旁边观看。

作为红土镇农民协会主席，朱世昌也挤在人群中看热闹。

他看见那个瘦小的老师把汽油淋在雕像身上，点燃了火。他就是雕刻土匪像的人，现在，他点火烧它。他的身边，站着几个戴黄色大檐帽穿黄色衣服的人，人们悄悄说，他们是专署公安分处的人，等雕像烧完了，就要把那个做雕像的人捆起来抓走。

结果，雕像还没有烧完，那几个穿黄色衣服的人就把那个老师抓走了。他们没有捆他，只是扒下他的衣服，在他的两只手腕上套了两只亮晃晃的手铐，用扒下的衣服穿过手铐，把他拉走了。

从此，那些观看焚烧雕像的人，再也没有见过叶一峰。他们继续盯着那蓝绿色的火焰看，一些小孩子想靠近燃烧的雕像撒尿，但炽热的气浪把他们逼退了，他们把尿胡乱地撒在雕像旁边的草丛里，然后捡起地上的石块向雕像扔过去。石块在雕像身上碰出火星。

那火焰还没有燃烧完，人群已经散了一大半。他们已经晓得了焚烧土匪雕像是怎么回事，就没有耐性等它烧完。他们离开热浪翻滚的焚烧现场，十二月的寒风把他们包围了。他们缩着脖子，把双手拢在棉袄袖子里，踩着草丛中的小路向城里走去。朱世昌和朱老八没有跟着大家走。朱世昌对朱老八说："老八，饿了没有？"

"咋个没有饿呢？"朱老八说，"不光是饿，还冷得很。妈哟，今天这个事情，算不算得上开会呢？"

"算开会又咋个，不算开会又咋个？"

"假若是开会，就应该有人管饭噻。你看，大家在这里热闹了一阵子，就散了，好没得意哟。"

"你莫急，我今天就要在这个地方弄一些好吃的东西。"朱世昌说，"他们不给你管饭，我给你管饭。"

朱老八的头扭来扭去，向四周看了看。他看不出这个地方能够弄到啥子好吃的东西。

朱世昌掀开自己的棉袄衣襟，从裤腰带上抽出一支手枪。

"这个荒坡后面的林子密得很，我们到里面打一只野鸡，把它拿到这个火上来烤。"朱世昌说，"那个味道，肯定不摆了。"

"等你打到野鸡，这个火，它可能都烧完了。"朱老八指着燃烧的雕像说。

"你看这个火的样子，它肯定烧得久。"朱世昌说，"我把野鸡打回来，它还不得熄灭。要不然，我们两个打一个赌。"

"赌啥子呢？"

"假若我打到野鸡，这个火还没有熄，你就把鸡屁股吃下去。"朱世昌说，"假若我打到野鸡，这个火熄了，我就吃鸡屁股。"

"这个鸡屁股，你我都可能吃不成。"朱老八说，"这个野鸡，也不是你想打就打的。"

"那，我们就告（试）一下。"朱世昌拉了一下套筒，把子弹上膛，"这杆枪是田单岭的，柯尔特，真资格的美国枪，百发百中。这枪是上次逮他的时候，从他手头缴过来的。我告了一下，有一次在堰塘边打一个癞克宝，我一火就打中了。打野鸡，就更不在话下。"

"人家田单岭是神枪手，是他这个人百发百中，不是他这杆枪百发百中。"朱老八说。

"他百发百中，又有好了不起？最后还不是栽在老子的手里？"朱世昌说。

"那是你运气好。"朱老八说，"要不是你看起了那个袁桂花，经常偷偷摸摸跟在她的屁股后头打望，哪里会发现田单岭藏在她的屋里头呢？"

"不管咋个说，那是我朱世昌的运气好，他田单岭的运气孬。"朱世昌对朱老八挥了挥手枪，"不说那么多，现在我们去打野鸡。"

"你走前头，我跟在你后头。"朱老八说，"我看你拿枪的样子，爪脚爪手的，我怕你走火，野鸡没有打到，反倒把我打到了。"

朱世昌扬起手，一掌扇过去，打掉了朱老八头上的棉帽子。他把手枪平端在手里，踩着草丛向荒坡背后走去。朱老八捡起帽子摁在头上，跟在朱世昌身后。他们穿过荒坡，绕过悬崖，走进树林。这是一片杂木林，林地上长满蕨草。朱世昌轻手轻脚向前走，朱老八跟在他身后，也放轻了脚步。突然，一个黑影从朱世昌前面的草丛中腾飞起来，扑棱棱地飞向另一处草丛。

朱世昌吓得向后退了两步，撞在朱老八身上。

"野鸡！"朱老八大喊一声。

"还要你给我说，未必野鸡我都认不得了？"朱世昌说，"你莫在老子后头扯起喉咙吼，免得把它吓跑了。"

他们两人踮起脚尖向前走。刚才那只野鸡没有飞远，就在前面几丈远的地方。那是一个斜坡。他们慢慢地走过去，斜坡上的地面有一个隆起的土包，上面长着青草。在土包前面，立着一块白石头，上面刻了几个字。这块石头下面的泥土是新鲜的，看来，这块石头是有人安放不久的。

朱世昌凑拢这块石头，辨认上面的字。他又退后了两步，撞在朱老八身上。

"干啥子哟，今天你撞了我两次了。"朱老八说。

"有鬼了！"朱世昌说。

朱老八也退了两步。

"你莫吓我。"朱老八说，"你晓得我胆子小。"

"田单岭！"朱世昌喊了一声。

朱老八向后面跳了两下，蹦出一丈远。

"在哪里？"

"这里。"朱世昌指着那块石头说，"你看上面刻的字。"

"你晓得我认不得字，你莫弯涮（戏弄）我咯。"朱老八说，"上面刻的几个啥子样子的字，你就念给我听一下嘛。"

"这几个字，刻的是'田单岭之墓'。"朱世昌说。

"我晓得了，这个地方，就是田单岭的坟。"朱老八说。

"对头，你娃子聪明。"朱世昌说，"这个坟包，下面埋的是田单岭。"

"是哪个把他埋在这里的呢？"朱老八说。

"就是，奇怪了。"朱世昌说，"去年，政府把田单岭敲了砂罐，他的尸身第二天就不见了。原来，有人把他弄到这里埋了，还给他立了一块碑。嗯，我这下弄清楚了。事情的原委，就是这个样子。"

"还是奇怪。"朱老八说，"你看这个坟包，是旧的，草都长满了。这块碑，是新的，翻出来的土都是新的。"

"有道理，有道理。"朱世昌说，"去年有人把他埋在这里，今年，还可能是这两天，这个人又来给他立了这块碑。"

"这个人，和田单岭肯定有缘分。"朱老八说。

"未必我们和田单岭没得缘分？"朱世昌说。

"我们和他有啥子缘分呢？"

"你回想一下，我们认得田单岭，是因为啥子事情？"

"我想起来了。"朱老八说，"是因为野鸡。田单岭从山上逮了一个野鸡到红土镇上来卖，就遇到了我们。"

"你看，这就是缘分。"朱世昌说，"今天，我们想吃野鸡了，我们就去追野鸡，野鸡就把我们带到他的面前。你说，这是有鬼呢，还是有缘呢？"

"我咋个弄得清楚呢？"朱老八说。

"事情明摆起的，这是有缘噻。"朱世昌把手中的枪晃了晃，"这杆手弯子，是田单岭的，现在到了我的手里。这些事情说起来，都是有缘。"

"你家的粪站也和他有缘。"朱老八说，"那个时候，我和他住在一个屋子里。后来他顶了你家的粪站，当了老板，又当了土匪。这辈子，他也玩儿了格（潇洒）了。"

"他玩儿格，未必我不玩儿格？"朱世昌说，"想当年，红土镇天上飞的，地上爬的，水里游的，我哪一样没有吃过？现今，我成了红土镇的农协会主席，到区上县上去开会，我都要吃油大。他田单岭玩儿过这样的格吗？"

"要说吃的，田单岭可能比不上你。但人家玩儿的格不同。"朱老八说，"人家从拉粪车起家，顶了你家的粪站；人家凭一杆手弯子，打熄了树上的香火，当了高峰岩的舵把子。你这个格，比起他来，怕还是要差一点哟。"

"他的枪法好，我的枪法就不好？"朱世昌说，"今天，我就要和他比枪法。"

"咦，刚才你问我，是有鬼还是有缘，我说是有缘。"朱老八说，"现在我要说，是有鬼了。"

"你凭啥子说有鬼呢？"

"事情明摆起的嘛。田单岭已经是死人了，你还要和他比枪法。你真的要比，只有和鬼比了。"

"老子今天就是要和鬼比枪法。"朱世昌说。

"咋个比？"朱老八问，"未必你有本事把他从坟里头喊起来哇？"

"朱老八，你跟着我混了这么多年的社会，脑壳还是不开窍。"朱世昌说，"跟一个死人比枪法，好简单的事情嘛。不用喊他起来，也可以比的嘞。老子站在三丈外，打他的名字。打得准就是赢，打不准就是输。"

"哦。"朱老八说，"也是一个办法。"

"你看好。"朱世昌说，"老子要一枪一枪地打，一枪打一个字。老子要先打'田'，然后打'单'，然后打'岭'，然后打'之'，然后打'墓'。"

"哪有这么多'然后'哟。"朱老八说，"你要打，就开枪嘞。"

朱世昌举起手枪，瞄准墓碑上的"田"字。他尽力克制住微微发抖的手，将手枪瞄准器的缺口和准星与"田"字中间的"十"字形成一条直线，然后扣动了扳机。

"叭"！清脆的枪声在林间扩散开。子弹击中石碑，一块石头碎片反弹回来，打中朱老八的胸口。

朱老八大叫一声："哎呀，我中枪了！"

朱世昌低头看了看自己的胸脯，慢吞吞地说："不是你中枪了，是我中枪了。"说完，他身子一歪，倒在草地上。一片鲜血从他左胸的衣服上洇散开来。原来，子弹头反弹了回来，击中了他的心脏。

第十章 芦苇

    叶一峰重新出现在楠江大地的社会中，是十七年以后的事情。

    一九五一年十二月，叶一峰被楠江专署军管会以反革命罪判处有期徒刑十七年，在楠江监狱服刑。一九六八年，作为刑满释放人员，叶一峰回到社会。楠江县立师范已经开除了他的公职，他只能回到他的原籍——天顶镇。

    桑园镇的叶家酱园早已公私合营，变成了楠江市良安区供销社桑园公社酱园。他的二叔叶成桑在几年前回到老家天顶镇种地，成为天顶公社六大队六小队的社员。叶一峰的户口也迁到这里，成为一名社员，在生产队长的安排下，每天下地劳动。

    叶一峰到天顶公社六大队六小队时，他的二叔叶成桑已经去世，房屋分给了儿女。叶一峰没有住的地方，生产队长谭周礼安排他住进保管室旁边一间屋子。

    六小队的社员主要有两大姓——刘姓和谭姓，他们居住的地方也分为两个大院子——刘家大院和谭家大院。生产队的社员基本上都住在这两个院子里，还有少数社员在山坡下和堰塘边修建了土墙房子，散居在那些地方。

    生产队的保管室是谭家院子旁边一幢土墙青瓦大房子，一共有三个房间三道门。叶一峰住在最右边一个房间里。这个房间大约有二十平方米，谭国庆叫人给叶一峰搬来一张木床一个木柜，还叫队里的犁牛匠谭二狗在叶一峰房间门口砌了一个土灶。谭二狗的泥水活做得好，他还是大队的基干民兵，经常背着公社武装部发给他的七九式步枪在院子里逛来逛去。当他吆着牛下田干活时，时常把枪放在田坎上。

谭二狗给叶一峰砌的这口灶，是用黄泥和石块做的，两尺来高，两尺来宽，三尺来长，有两个灶眼儿。大灶眼儿上安放了一口铁锅，小灶眼儿上安放了一个砂罐。这是一个煎中药的砂罐。谭二狗说，灶膛里柴火燃烧时，火尾子要通过小灶眼儿从烟囱里冲出去，就会把砂罐里的水烧热，这水可以洗脸，还可以掺进凉水洗澡。

"罐子里的这点水，够得上洗澡？"叶一峰说。

"我们生产队的谭二糊，你现在可能还认不得。"谭二狗说。

"我才到这个生产队，认不得啥子人。"叶一峰说。

"他就住在山后头的谭家院子。他和你一样。"

"他咋会和我一样？"

"他进过'山'（监狱）。他用一点水，就可以洗澡。这是他给我讲的。"

叶一峰盯着谭二狗，不明白他的意思。

"谭二糊是队里的老单身汉，有一年荒月间（每年三至五月之间），谭二糊屋头的红苕吃完了，苞谷也吃完了。他天天吃牛皮菜，饿得受不了，就捡起一块石头，到公路边的陈门桥石栏杆上写了一条反动标语，每个字有碗口大。他是这样写的：'公共食堂饿死人'。公安局派人下来破案，破来破去破不了，站在旁边看热闹的谭二糊就说是他写的。公安以为他在开玩笑，叫他滚远一点儿。谭二糊二话不说，从地上捡起一块小石子，在桥栏杆上写字。开始，大家还不晓得他要干啥子，都瞪着眼睛盯着他。他先写了一个'公'，然后又写了一个'共'，再写了一个'食'。他丢掉小石子，对公安说，'还看不出来哇，是不是要我把它写完你们才抓我'？大家一对比，他写的字和桥上原先写的字一模一样，几个公安扑上去把他摁在地上。就这样，谭二糊在'山'里头待了三年。出来以后，他对我讲，里面安逸得很，至少比在外面吃得饱一些。他还说，在号子（监房）里，他用一茶盅水就可以洗澡。你现在有一砂罐水，未必还洗不了澡哇？"

叶一峰左看右看，这幢房子的四周都是房屋，没有其他遮拦。

"那，我该在哪儿洗澡呢？"叶一峰问。

谭二狗的眼光在叶一峰身上睃来睃去。叶一峰身材瘦小，穿一身洗得发白的中山装，脚上穿一双解放牌胶鞋。他那花白的头发留得老长，说话的时候，一撮山羊胡须在下巴上一翘一翘的。

"你那根鸡巴，恐怕只有曲蟮（蚯蚓）那么大，还怕哪个女人看哇？"谭二狗轻蔑地说，"你不怕人看见，收工回来烧了水，就站在屋后头的阶沿上，几下就洗干净了。你怕人看见，就等天黑了再洗。你放心，莫得哪个女人来看你洗澡。"

后来，叶一峰才晓得，最难的不是洗澡的事情，而是煮饭的事情。这个地方除了一大片松树林，就没有其他树林了。生产队不准砍伐树木，社员的柴火主要是山坡上的杂草和稻草、麦草和苞谷秆。这些都是不熬灶的柴火，一大堆柴堆在灶门前，一会儿就烧完了。叶一峰用这些柴火学着做饭。

叶一峰往铁锅里掺了一瓢井水，把几个红苕削去皮放进锅里，盖上竹笋壳做的锅盖。他用火柴点燃一束稻草，送进灶膛，再将一把稻草喂进去。那火苗向上蹿了几下，熄灭了，灶膛里飘出几缕青烟。

"你这样烧火要不得。"谭二狗对叶一峰说。他经常到叶一峰的屋子来串门。他在犁田时，经常捉到躲在稀泥里的泥鳅和黄鳝。他用一根铁线草穿过泥鳅黄鳝的腮巴，把它们穿成一串，提到叶一峰的屋子里。每次到这间屋子，他都闻得到浓重的烟火味。

"你要这样放柴。"谭二狗用火钳夹着一束稻草放在灶膛左边，又夹了一束放在灶膛右边。他把一束稻草点燃，放在灶膛中间，再将左右的稻草架在中间的稻草上面，形成一个拳头大小的空间，稻草就在灶膛里熊熊燃烧。待它快要燃尽时，谭二狗又把新的稻草夹进灶膛。

"你要这样烧火。"谭二狗对叶一峰说，"就算把这堆谷草烧完了，它都不会熄。"

叶一峰学会烧火了，但他觉得用在煮饭上的时间太长。每天早上，生产队长谭周礼在屋后的山坡上扯开嗓子长声吆吆地吼一声：

"干——喽！'主劳'到谭家湾挖干田；'副劳'到麻子坡扯草草！"

叶一峰就从床上爬起来，从水缸里舀了一瓢水洗脸漱口，然后扛着锄头出工。因为他身材瘦小，体力太差，被编在妇女队，成为"副劳"，干一天只能拿六个工分。而身强体壮的男人是"主劳"，干一天可以拿九到十个工分。他跟在妇女的屁股后面上坡劳动，在地里扯杂草。干了一小时农活，大家收工回家煮早饭。一些社员家里有老人，早就把苞谷糊糊煮好了，叶一峰还要生火煮掺了牛皮菜的苞谷糊糊。连煮带吃，这要花去一个多小时。吃完早饭又出工，中午回家又煮饭，这一餐饭要复杂一些，不可能是苞谷糊糊了，那种东西，吃了不抵饿，要煮米饭，还要炒菜，如果没有米，就煮红苕，这要花两个小时的时间。煮晚饭的时间至少也要花一个小时。叶一峰算了一下，每天花在煮饭上的时间，至少要四个小时。这四个小时，如果不用在煮饭上面，他就可以坐在门口的木凳子上发呆，或在松树林里走一走，回想一下往事，休息一下疲乏的身心。

叶一峰喜欢这片松树林，更喜欢松树林后面的小河。他最先发现这条小河，是刚到生产队第七天的早上，天空下着小雨，生产队里歇工。吃过早饭，雨停了，队长谭周礼没有在山坡上喊活路，叶一峰就到松林里散步。这是一片很大的林子，地面有一些鹅卵石，林间稀稀拉拉生长着一些灌木，地面长满苔藓。穿过松树林，叶一峰走到一条河边。一座石头砌的堰闸阻拦了河水，小河的下游水位很低，露出河床上的石头。这些石头自然地散乱在小河两岸，叶一峰感觉很熟悉。他想起来了，在贵都美术专科学校读书时，他曾在学校图书室一本画册里看到过一幅欧洲风景油画，那是一条流经石质河岸的小河，河岸两边是黑黝黝的松树林，把河岸灰白色的石头和明亮的河水映衬得十分显眼。那幅油画和眼前的风景十分相似。

这幅安静的油画一直潜伏在叶一峰的记忆里，当它与现实中的景物相遇时，就在叶一峰的脑海里浮现出来，像一艘船撞在一块礁石上，触动了叶一峰意识深处的某种东西。林译苇想，这种东西从小就伴随他，所以，他才从一个用泥巴捏菩萨的小男孩儿成为贵都美术专科学校的学生，再成为一名罪犯，现在成为一个农民。社会的大潮把他冲刷了几十年，最后把他冲到天顶公社六大队六小队。他那嵌满全身的岁月碎片，挤满脑子的生活尘埃，一下就被这条清澈的小河洗净。眼前的河岸风景向他展示了一个熟悉而陌生的世界，那种久违的激情从他内心深处喷发出来，他感到一股热流从脚跟涌到后脑勺，这一刻，让他头晕目眩。

叶一峰站在河边，看了一会儿风景，然后回家煮午饭。今天的午饭是红苕。他到屋后的窖坑里拿了一筲箕红苕，从水缸里舀水洗干净，削去皮，切成块，放进锅里煮。他煮了满满一大锅，这样，三天就不用烧火了。每天傍晚收工回家，叶一峰就盛上满满一碗煮红苕，用极快的速度吃下肚。他吃完冰冷的红苕块，感到吃饱了，就把碗细心地洗干净。

叶一峰是一个极度爱干净的人。这个习惯是在劳动改造的生涯中养成的。他在楠江监狱服刑期间，大部分时间在劳改队里度过。当时监狱还未完善，楠江专署公安分处在楠江县城西郊观音沟成立了劳改队，将在土改中抓获的地富反坏及三反五反分子——包括部分刑事犯罪分子，全部关押在一起，强迫他们干重体力劳动。被关押的犯人主要任务是烧制俄式红陶大瓦，提供给机关单位盖房子。俄式红陶大瓦的两边各做有相互扣合的榫卯结构，红瓦正面有"楠江专署公安处劳改科监制"的题记。这些字，是叶一峰刻上去的。他用一把螺丝刀刻在红瓦的模板上，制作出来的红瓦就有一行凸起的隶书字体。制作这种瓦，从取料、踩浆、制砖、烧窑，全是人工操作。叶一峰是犯人里面最有文化的人，他担任了计工员的工作，每天在工地上走来走去，从制坯到装窑，他在本子上仔细记录每道工序中每个犯人的劳动成果。

每天收工后，叶一峰全身蒙了尘土，他就在河边洗澡。那是一条泥质河床的小河，水很浅，那一条小河在劳改队的坡下，他穿过别人的土地到河边。别的犯人每天都在进行繁重的体力劳动，身上长了一些僵硬的肌肉，同时因营养不良而患有贫血、胃下垂、肺气肿等疾病。叶一峰的身体没有长过多的肌肉，但他在十七年的服刑时间里，从来没有感冒。一年四季，他都在小河里洗澡，河底长满柔软的水草，没过他的脚踝。一些狱友在岁月里纷纷死去，他活了下来，一直到刑满释放。

当谭二狗告诉他,可以在屋后洗澡时,叶一峰已经知道了自己洗澡的地方。这条小河是石质河床,生长的水草不一样,不再是兰草模样的水草,而是一种阔叶水草,生长得也更稀疏一些。有时,叶一峰在堰闸蓄起的深水里游泳,有时,他到堰闸下面的浅水里洗去身上的汗水和尘土。他还在河边洗衣服。

在劳改队时,没有肥皂,叶一峰学会了用柴灰洗衣服。在短暂的休息时间,他和狱友在山坡上点燃杂草,烧出一地柴灰。他们用衣服把柴灰包上,带回宿舍。他们把柴灰泡在水里,把柴灰里的碱溶解出来,用碱水洗衣服。在一定程度上,碱水能够去除衣服上的汗渍。沾了汗渍的衣服破烂得更快。在劳改队,犯人每年只能领一套单衣和一条毛巾。

这条小河比劳改队附近那条小河更适宜洗澡,也更适宜洗衣服。林译莘想。那条小河的河底是淤泥和水草,这条小河的河底是长满青苔的石块,它们的水质都很纯净,清澈见底。无论春夏秋冬,叶一峰都要走进那片纯净的水,洗去身上的汗水和尘土。一年四季,温度不断变化的水让他的身体精瘦,眼睛发亮。

林译莘想,那一天,叶一峰站在河边的风景里,回忆起自己曾经看到过的那一幅欧洲油画,突然想到了画油画。在贵都美术专科学校读书时,他曾选修过油画课,接触了色彩。面对人体模特时,他在结构方面上手很快,但在色彩方面的体悟,还只停留在粗浅的层面。如何把千变万化的色彩统一在一个色调中,他只在短短的选修课上获得了一些浅显的经验。经过岁月的秘密发酵,这些经验伴随他的生活,伴随承载他生活的城市和乡村,在他灰暗的意识深处悄悄生长,终于在这条河边显现,迸发出绚丽的色彩,河流,石头,树木,全部闪烁着色彩的元素——红色,黄色,蓝色、灰色、褐色、绿色……它们全部是由红、黄、蓝这三原色在大自然的光线下调配出来的。

这几十年,叶一峰在生活中滤去了色彩,留下的只是形体的结构。童年时代,他用家乡制瓦的泥巴捏菩萨。青年时代,他在贵都美术专科学校用石头、木头和泥土做雕塑。毕业后,他用乌木雕刻了一尊人像,结果被关进监狱,在劳改队里劳动了十七年,从一个清瘦的年轻人变成一个精瘦的中年人，顶着一头花白的头发，带着满脸花白的胡须在乡间乱走。他走到了一条小河边，透过记忆中的一幅油画，看见了眼前缤纷的色彩。他全身的细胞被色彩的光芒照射，在贫瘠的乡间发亮。

叶一峰在劳改队期间，每天可挣得一角钱。十七年来，他存下了三百来块钱。他从河边看见色彩后的第三天，天空又下起了雨，生产队照例歇工。叶一峰向队长谭周礼请假，他要到城里去一趟。

"去干啥子呢？"谭周礼问他。

"买一点东西。"

"哦。"谭周礼说，"按照上级的规定，你到另外的地方去，要写请假条。"

"我写。"叶一峰说。

"算毬了。"谭周礼说，"你写了，老子也认不得字。你快去快回就是了，不要给老子找麻烦。"

叶一峰走了两个小时的石板路，来到楠江县城。十七年了，县城变化不大，街道还是老样子，铜匠街也是老样子，二二四号店铺还在，但已经不是山货店，而是文具店，原先的木头柜台换成了玻璃柜台，里面摆放着一些本子、铅笔、钢笔、尺子、墨水，在柜台上方的墙上，挂着一些篮球和排球。在墙边的柜台里，搁着一些水彩颜料和油画颜料。

叶一峰站在店门口，愣了一会儿。他抬头看了看横挂在店门上方的木板店招，上面刻着几个行楷大字——红旗文具店。他本想到铜匠街找"四源山货店"，看看刘若木大爷还在不在，没有想到，这里成了一间文具店。叶一峰这次请假进城，就是为了买油画颜料，不料在这里看见了油画颜料。过去，这里摆放着干菌、天麻、狐狸皮，还有古代的香炉瓷碗什么的，现在摆放着各种文具和体育用品。这些油画颜料并排躺在纸壳做的盒子里，每一个盒子分成五格，每个格子装着同一种颜料，全是飞鹏牌的——锌白，土红，大红，玫瑰红，土黄，中黄，柠檬黄，群青，钴蓝，普蓝，粉绿，赭石，熟褐，炭黑，每管颜料的价格由两角钱到五角钱不等。叶一峰身上带着八十元钱，他把柜台里的每种颜料都买了一盒。他还买了几支油画笔，一瓶调色油，一块调色板，一把调色刀，一小袋粒状的牛骨胶，一把铁皮铅笔小折刀，一卷图画纸，一个军绿色的布面写生夹。他把图画纸卷成筒，把油画笔装进纸筒里，用一张报纸把纸筒两端封好，将颜料和调色刀放进黄色的帆布挎包。然后他把身子探向柜台，等着售货员把钞票清点完。售货员是一个梳分头的青年，叶一峰想起多年前自己在贵都城里买柯达胶卷的情景。那个店子好像叫美光照相馆，卖给他胶卷的人，也是一个梳分头的青年。

"我想打听一个人。"叶一峰问售货员。

"哪一个？"

"刘若木。"叶一峰说，"他以前在这个店子里卖杂货。"

"我们早就公私合营了，你说的那个刘若木，我不晓得。"售货员说，"哦，我想起来了，这个刘若木，是不是原先那个店老板哟，他早就死了。我听大家说，解放前，这个店子是土匪销赃的黑店，那个老板，在'三反五反'的时候，被镇压了。"

叶一峰把装有颜料和调色油的挎包斜背在背上，拖着脚步离开文具店。他低着头，走过一条又一条街道，出了城才想起自己没有吃饭，但这一带已经没有饭馆了。他还想起自己没有带粮票，他只能饿着肚子回去了。

叶一峰回到自己的屋子，把买来的东西放进装粮食的木头柜子里。他从墙上取下一个竹条筲箕出了门，沿着小路向一座砂石崖走去，崖边是他贮藏红苕的窖坑，窖坑边的悬崖上有一条公社修建的引水渠，石头砌的水渠有些地段在渗水，渠边长着一丛又一丛茂盛的芦苇。叶一峰注意到，窖坑边这丛芦苇与附近的芦苇不同，在冬天也不枯萎，依然是鲜艳的翠绿色。

叶一峰的红苕窖坑盖子是用干枯的苞谷秸秆做的，像一个尖顶帽罩在窖坑上。他搬开窖坑盖，看见窖坑空了。里面的红苕一个都没有了，只剩下一股酒味。他记得，自己前天还在这窖坑里取了红苕，当时至少还剩下几十斤，其中有几个烂了，长了黑斑，产生了酒的气味，现在，连烂红苕都不见了。

叶一峰听见身后有脚步声。他扭过头，看见一个女人走过来。

那是谭芝，她穿着一件印了红色牡丹花的衣裳。生产队的妇女都穿蓝布衣裳，只有谭芝穿花衣裳，她说的下流话也比其他妇女更有水平。叶一峰跟着妇女出工后才晓得，女人说的下流话比男人的下流话要下流得多。他在劳改队劳动时，大家也要谈女人，但只是宣泄一种欲望而已。有一次，劳改队里来了一个女人，那是二大队劳改人员穆海的未婚妻。她是一个体形微胖的青年女子，那天她提着一桶水从一大队宿舍前走过，劳改队人员孙大毛倚在门口，眼睛盯着她的胸部，说了一句："好肥的羊！"

当她从孙大毛面前经过时，他的眼光又粘在她那一扭一扭的屁股上，好久都没有离开。

"你们看，那个屁股好有弹性。"看着她的背影，孙大毛断定，"它已经吃过好东西了。"

"就是，就是。"旁边几个劳改人员表示赞同。

第二天，穆海死了。他的未婚妻离开劳改队不到一个小时，他偷了一根抬瓦块的麻绳，跑到瓦厂后面山坡上一棵黄桷树下上吊自杀了。大家传说，他的未婚妻来看他，实际上是来退婚的。他是被未婚妻逼死的。

"她可能还没有吃过穆海的好东西。"孙大毛说，"她可能吃了别人的好东西，才来退婚的。可惜了，穆海死得太不值了。"

"就是，就是。"旁边几个劳改人员附和着说。他们都很崇拜孙大毛，他的嘴里经常冒出一些转弯抹角的下流话，让大家听了很过瘾，而且回味无穷。

而生产队妇女的下流话来得更直接。当叶一峰和妇女们一起蹲在地里拔除杂草时，他们就会讨论昨天晚上的性生活：

"我昨天收了工，煮了晚饭，还给娃儿洗了衣服，累得眼睛都睁不开了，他狗日的还想干事。"一个妇女说，"他把我弄醒了，我不干，使劲板（挣扎），哪里板得赢？他不管那么多，一挺就进去了，一下就射了，还没有抽出来，就睡得像头死猪了。"

"男人想干事，你再板也没用。"谭芝评论说，"屄毛再多，也挡不住鸡巴。"

三十多岁的谭芝是一个寡妇，男人死了好几年了，她一个人住在一幢砖瓦房里。和其他妇女相比，她的身上没有汗臭味。她爱洗澡，出工干活时，她要戴一顶草帽，还在帽子里垫一块毛巾，遮住脸庞，挡住阳光，久而久之，她的皮肤比其他妇女更白。有一次在坡上打杵（休息），大家坐在土埂上摆龙门阵，一些妇女脱下汗津津的上衣找虱子，露出被汗渍浸得斑驳的内衣，营养不良的乳房耷拉在里面。叶一峰知趣地走到崖边拐角处一丛黄荆旁边。他左右看了看，解开裤裆的纽扣，对准一块灰白色的石头撒了一泡尿。那石头一沾上尿液，颜色就变深了，他感觉到一阵轻微的快感。有人踩着草丛走过来了，他慌忙扣上纽扣，看见谭芝笑盈盈地站在面前。

　　"你收得这么快，慌啥子呢？怕老娘看到哇？"谭芝说，"老娘这辈子，啥子鸡巴没见过？"

　　叶一峰赶紧向坐在土埂上的妇女们走去。谭芝跟在他身后，一边走一边笑，笑声很尖利。那些妇女侧过脸看她。

　　叶一峰蹲在土里扯杂草，头也不抬。

　　"你们看，这个叶一峰，好积极哟。大家的虱子都还没有逮干净呢，他就开始扯草草儿了。"谭芝指着叶一峰说，"你这么喜欢扯草草儿，干脆就把大家身上的草草儿都扯干净，反正大家身上的草草儿也没得用，连鸡巴都抵不住，只会长虱子，我们都愿意拿给你扯。我先来。"

　　谭芝做出要脱裤子的样子，叶一峰吓得后移一步，脚后跟绊在一块土块上，一屁股坐在土里。

　　"你把你的草草儿拿给叶一峰扯，我们的草草儿，就不麻烦他扯了。"一个妇女对谭芝说，"有那么多男人在你身上扯草草儿，叶一峰想扯，恐怕也找不到几根了。"

　　"寡妇门前是非多"，这句话放在谭芝身上很恰当。每个月有几天深夜，谭家大院的几条狗就要乱叫一通，生产队里的人都晓得，又有男人摸进谭芝的屋里去了。有一次，刘家大院的刘国清摸到谭芝的屋里，发现住在谭家大院的谭志华躲在谭芝的门背后。两人打了一架，谭志华的额头上被打出一个大血口。第二天出工干活时，大家都嘲笑谭志华。谭志华气不过，扑向刘国清，两人在地里翻来滚去，谭志华被刘国清摁在地上翻不过身子，就在他的鼻子上狠狠咬了一口，竟把他的鼻翼咬掉一块。生产队长谭周礼为了主持公道，叫上几个男社员，扛着梯子爬上谭志华家的房顶，把上面的茅草全部掀了，让他全家人挨了两天雨淋。

生产队里有好几个男人为了谭芝打过架，这些男人的女人也打过谭芝好几次。有一次，妇女们在坡上的苞谷地里扯杂草，谭芝蹲在崖边撒尿，一只塑料化肥口袋罩在她的头上，紧接着，一顿拳脚砸在她的头上身上。谭芝扯开头上的口袋，头昏眼花地站起来，用手一抹，脸上火辣辣的痛，鼻子也痛，手心染了一片鲜血。过了几天，她脸上的伤口好了，竟然没有留下疤痕，一张脸还是白白嫩嫩的。她轻蔑地对大家说："黑打老娘算啥子本事？有本事，就把自己的男人管好，不要让他往老娘床上爬！你们敢再打老娘，老娘晚上睡觉就不闩门了！"

这一次，叶一峰从城里回来，发现窖坑里的红苕不见了，立刻全身发软。他看看站在身边的谭芝，赶紧盖上窖坑盖子，拖着虚弱的双脚，想从她身边走过去。谭芝轻轻移动身子，挡在他的面前，高耸的乳峰快要抵在他的胸脯上了，衣服上一朵红色牡丹花趴在左边乳峰上，随着她的呼吸一起一伏。他后退了一步。

"你怕我？"谭芝说。

"不怕。"叶一峰说。他第一次听谭芝自称"我"，而不是"老娘"。

"你的红苕，这么快就吃完了？"

"不是吃完了，是被别人偷了。"

"偷了？现在饿饭的人多得很，你自己不锁窖坑的盖子，怪哪个？"谭芝说。

"我没有怪哪个。"叶一峰说。

"那，你怪你自己了？"

"我也没有怪自己。"

"你是一个怪人。"谭芝说。

叶一峰不搭腔，绕过谭芝走了。谭芝在他身后说："你跟我走，到我家拿点红苕。"

叶一峰没有听她的。他回到家里，把箅箕挂到墙上，从柜子里拿出一个口袋。里面有小半袋苞谷粉，他倒了一点在一个碗里，掺了一点水，放了一小撮盐，揉成面团。他点燃灶膛里的柴火，把铁锅烧烫。他把苞谷面团揪了一小团，用手掌压成面饼。他把面饼放在滚烫的铁锅边，又放了一个。他把面团全部做成面饼，放在铁锅边，排成一个圆圈，在锅底掺了小半瓢水。一团蒸汽漫上来，他盖上锅盖，等着苞谷面饼在锅里焐熟。

谭芝提着一个布口袋出现在门口。她解开口袋，拿出一个红苕。

"我不要你的红苕。"叶一峰说。

"不是送给你的，是借给你的。"谭芝说，"你记得还我就是了。这些红苕有十五斤，我用秤称了的。"

这十五斤红苕，叶一峰吃了六天。他分三次把它煮熟，煮一次吃两天。当舀到最后一碗时，锅底已经凝结了一层灰白色的红苕糖浆。

第二天，又下雨了，生产队里歇工。叶一峰点燃灶里的柴火，舀了一瓢水。他找来一只碗，把上次在红旗文具店买的牛骨胶倒了一点在碗里，掺上水，把碗放在铁锅的水里，盖上盖子。锅里的水烧开了，叶一峰揭开锅盖，把融化的牛骨胶搅拌均匀，用油画笔刷在裁成十六开的图画纸上。刷了牛骨胶的图画纸不浸油，可以替代油画布。他做了十六张油画纸，把它摊在地上晾干。

下午，雨停了，刷了牛骨胶的图画纸也干了，叶一峰把它们收起来，放进写生夹的隔层里。他背上写生夹和装了油画颜料的帆布挎包，穿过松树林，来到小河边。

雨后的河水有一点上涨，空气更透明，远处的景物一目了然。一抹阳光从云缝里洒向岸边的石块和松树林，形成黑白分明的斑驳光影。叶一峰从这斑驳光影里看出了冷暖交织的丰富色彩——灰白色的岸边石块隐约透出淡淡的蓝色，闪烁着波光的河面也反射出天空淡淡的蓝色，而松树林的暗部，如树身和树冠的阴影部分呈现出略带红色的深褐色，与枝叶的明亮绿色和石头还有河水形成强烈的冷暖反差。叶一峰眼前的景物跳跃着丰富的色彩元素。他坐在一块石头上，把一张油画纸夹在写生夹上，从挎包里拿出十来管油画颜料，用削铅笔的小刀切开颜料的锡管封口，把颜料一一挤在调色板上。

　　叶一峰用一支二号油画笔蘸了一点熟褐颜料，在纸上勾勒出河流和树林的形状，描绘出河边石块的轮廓，然后用一支三号笔把锌白、钴蓝、赭石、玫瑰红调合成蓝灰色，用细密的笔触点染出天空。河流则加了一点熟褐一点翠绿。松树林的亮部，他用钴蓝、翠绿、柠檬黄调色，暗部则用群青、大红、炭黑掺进调色油，薄薄地涂上去。石头的暗部加了一点赭石，整个画面的色调和反差都明快起来了。他在接近地平线上面的天空加一点玫瑰红和锌白，一缕紫气便在天边流动起来。然后他用一支零号笔收拾了一下画面，描出一些树枝，在石头暗部加了一点蓝色的反光。

　　叶一峰花了三个小时，完成了这幅油画写生。他把眼前的色彩元素汇集到杂志大小的油画纸上，回到屋子里，把它用两根短竹扦钉在土墙上，让它晾干。浅褐色的土墙衬托出油画的醒目。这是一幅色调冷中带暖的油画，天空，河流和石头、树林的亮都是明快的冷色，树林的暗部和石头的阴影由偏暖的色彩构成，在反光部分，有一抹凛冽的冷色。它安静地待在墙上，浓烈的颜料的气味和柴草味、烟火味混杂在一起。

　　叶一峰一有空就到四周写生。他画了石头堰闸，画了黄昏的山坡。他利用下雨的天气作画，因为下雨的时间是属于他的时间。他戴着草帽披着蓑衣在雨中作画。油画颜料拌着雨水，在涂了牛骨胶的纸上形成奇异的肌理。在一年时间里，他画遍了周边的景物。一直到有一天，他在一条古道边写生。

　　这是一条古老的石头路，已经存在了上千年。人们在这条开凿在山岩上的道路上运输盐巴、煤炭、茶叶，人踩马踏车轮碾，道路被刻出深深的凹槽，像一些僵硬的绳子凝固在路面。道路两边是茂盛的灌木丛和松树，雨后的光线洒下来，道路呈现出钢铁那样的灰色。在凹槽里，残留着一些雨水，形成一个又一个小水洼，像一些破碎的镜片反射出天光。整个色调是阴冷的，蓝中带灰，一些小草和灌木丛被霜打得泛黄，给画面增添了精细的暖色。叶一峰完成这幅写生，用裁成小块的旧报纸擦油画笔的时候，听到了一种陌生的声音。

这是车轮碾在地上的沙沙声，还夹杂着不熟悉的嚓嚓声。叶一峰扭过头去，看见一个穿雨衣的人骑着自行车沿着道路驶过来。

这是一个青年女子。她的身影，让叶一峰感到熟悉。她把自行车停靠在路边，从头上取下雨帽，打量着眼前的油画，脸上露出惊讶的神情。叶一峰呆呆地站着。一时间，他的脑子里一片空白。陶雅站在他的面前，他不明白，这是怎么一回事情。

"这是你画的？"那个女子问。她仰着脸，微微歪着头，看着叶一峰，"这是什么画？"

叶一峰这才反应过来，站在他面前的，不是陶雅。嗓音不一样。陶雅的嗓音略带沙哑声，她的嗓音更清脆一些。从她的雨衣领口，显露出绿军装的领子，雨衣的下摆露出绿军装的裤脚，脚上穿的鞋子，是一双军用胶鞋。她圆圆的脸上，扑闪着一双丹凤眼，睫毛特别长，但眼神里没有陶雅眼睛里的调皮神情。仔细看，她的脸比陶雅略圆一些。

"这是油画。"叶一峰说。

"哦，油画。"那女子说，"真好看。你画得真好。你身上淋湿了。"

叶一峰看了看自己的衣服。一些雨水透过蓑衣浸了进来。他的裤脚也湿了，鞋子上糊了稀泥。他的手上沾了一些油画颜料，因为天气冷，他的手在微微发抖。

在这条从古代延伸出来的道路边，叶一峰遇见了自行车装配女工杜小鹃。林译苇想，自己终于可以写杜小鹃与叶一峰的故事了，她早就构思好了这个故事。

林译苇想，高中毕业后，杜小鹃在城里百货公司自行车商店当装配工，把散装的自行车部件装配成自行车成品。她经常骑上自行车到郊外试车，跑遍了楠江城周边的道路。

这天，杜小鹃穿了一件雨衣，骑着新款的永久牌 660MM 轻便车到乡村试车。这辆自行车有一个链条盒，下雨骑行时，可以防止泥水溅入链条里。她骑了大半个小时自行车，到了天顶公社附近的盐茶古道。这条古道上面有很多坚硬的凹槽，正好考验自行车的性能。过去，她在这条道上骑车的时候，凹凸不平的路面会把自行车一些零件颠簸得松动。不同的自行车松动的零件不一样，它们的松紧程度也不同。杜小鹃骑着自行车在烂路上行驶的时候，一些紧固螺丝会松开，轮子也会偏圈，中轴上的脚蹬和花盘齿轮也容易变形。她就会在装配这一型号的自行车时，对调整螺丝和辐条做到心中有数。过去她装配的自行车没有链条盒，裸露在外面的链条容易被雨水侵蚀生锈，夹杂的泥沙也容易磨损链条。现在，有了链条盒的保护，链条没有沾上雨水和泥沙，摩擦力也减轻了一些，她在踩踏脚蹬的时候，能够感觉到细微的变化，车轮转动的声音也更好听，它发出轻轻的"嚓嚓"声，不再是过去的"轧轧"声。

当杜小鹃骑着永久牌 660MM 轻便车来到盐茶古道时，看见路边坐着一个黑乎乎的身影。那是一个披蓑衣的中年男人。他戴着斗笠披着蓑衣坐在路边画画。她第一次看见了真实的油画，也第一次看见了画油画的人。这个中年男人站起来，取下头上的斗笠，他的头发很长，胡须也长，已经花白了，但他的眼睛却像儿童的眼睛，黝黑透亮，透出一丝惊讶，好像一个小孩在树林里看见了一只野猫。

杜小鹃是一个爱穿绿军装的女孩儿。从读高中到参加工作，她一直穿军装，腰间束一条人造革军用皮带，人显得特别精神。前两年，她的左臂戴着一个红布做的袖章，上面用黄漆印着"红卫兵"三个大字，下面有一行小字——楠江一中革命造反团。这个袖章是她在学校读书的时候，参加学校的造反派组织得到的。当时，她和同学们在中央路一家店铺门口排了一天队，等待印袖章。这个印制红卫兵袖章的店子，生意特别好，城里的各个红卫兵组织都在这里印袖章，店子里的工人三班倒，一天二十四小时不停歇，把黄色油漆涂刷在红布袖章上。杜小鹃和同学等到天黑了，才拿到自己的袖章。她马上把它套在左臂上，用一个别针别上。成为红卫兵后，杜小鹃和同学们做的第一件事情，就是到学校教学大楼底楼的实验室去偷油印机。

这间实验室被学校的另一个红卫兵组织占领了，这个组织的名字叫"楠江一中八一战斗团"，成员以学生干部里的"红五类"子弟为主，他们的父亲大多数是南下干部，曾经当过兵打过仗，所以取名"八一战斗团"。战斗团的司令阮图强是校长阮令钊的儿子，阮令钊是一个南下干部，山东人，说话操一口山东腔，开会时爱骂人，第一句话往往是："他奶奶的！"阮令钊教育儿子，要革命，就要学习革命传家宝，那就是"团结群众闹革命"。因此，"八一战斗团"吸收了不少农村学生，平时到"黑五类"分子家里抄家，往往是这些农村学生打头阵。他们还砸开学校油印室的门，把平时用来印考卷的油印机抢出来，放在这间实验室里，每天在红纸、黄纸、蓝纸上印制传单，然后到处散发，出尽了风头。

杜小鹃参加的"楠江一中革命造反团"没有油印机这个革命武器，只能在学校的墙上贴大字报，批判学校走资本主义道路的当权派，在舆论上一直处于下风。阮图强领导的"楠江一中八一战斗团"印制的油印传单除了传达党中央的最新精神，还攻击"楠江一中革命造反团"，标题尽是一些耸人听闻的字眼儿，什么《剖视楠江一中革命造反团片断洞察楠江一中革命造反团本质》《楠江一中革命造反团的大方向错了》《告楠江一中革命造反团全体成员书》等等。杜小鹃加入"楠江一中革命造反团"这一天，造反团的司令苟志林就召集大家对"楠江一中八一战斗团"进行一次袭击，时间是傍晚，目标是放在实验室的油印机。

实验室是"楠江一中八一战斗团"的大本营，平时一直有人驻守。战斗团有几个住校生，他们是农村学生，参加红卫兵后，就在实验室里铺了一排地铺，晚上就住在里面，加班印传单，还负责看守抄家时得来的物品。这天下午，红土镇中学有十几个红卫兵到楠江一中串联，他们和"楠江一中八一战斗团"的几个农村学生是老乡。他们用军用汽油桶装了一桶刘家酒坊酿的高粱烧酒，还捉了三只老母鸡带进城。"八一战斗团"的司令阮图强一高兴，就把战斗团红卫兵身上的粮票集中起来，带着大家到铜匠街口的"红卫餐厅"聚餐。

"楠江一中革命造反团"的司令苟志林得到这个消息，制定了袭击方案。黄昏降临时，他带着造反团的红卫兵来到实验室对面一个坡上。这里有一片桉树林，一条铺了砖块的小路从树丛里穿过。他们趴在树林里的草丛中，等待天黑。天刚黑的时候，是最佳的袭击时间——那些聚餐的人还没有回来，在实验室附近闲逛的人也看不清楚发生了什么事情。

杜小鹃也趴在草丛中。她身上的绿军装与草丛混为一体，她感到很兴奋。她在电影里看见过这样的场景——解放军为了伏击敌人，就这样在草丛中趴着，一动不动，等待进攻的号声吹响。她双肘支在草丛中，趴得久了，想换一换姿势。她侧了一下身，看见身边有一块浅棕色的纸片。

开始，杜小鹃以为这张纸片是大字报的碎片。许多人都在学校的大字报棚贴大字报，贴大字报的人越来越多，后来的人就把大字报直接贴在原先的大字报上面。久而久之，重重叠叠形成了厚厚的纸壳。有人把这些大字报纸壳揭下来当废纸卖，被红卫兵抓住打了一顿。后来，再也没有人去揭大字报，大字报越积越厚，从大字报棚上脱落，被雨水淋被鞋底踩，变成在风中乱飘的碎片。这片桉树林里，也有一些碎片。杜小鹃发现这块碎片很规整，她拿起一看，它不是碎片，它是一个信封。

这是一个牛皮纸做的信封，封口用胶水粘着。上面用蓝色钢笔字写着收信人的地址和名字——

成都市温江县三圣公社三大队五小队

喻子兰　收

内详

寄信人的落款是"内详"，杜小鹃好奇地拆开了这封信。信纸只有一页。杜小鹃展开信纸时，从里面掉出一张崭新的一元面额钞票。

光线越来越暗淡，杜小鹃还是能够看清信笺上的字。信笺的上方印着"楠江中学专用信笺"几个红色楷体小字，写这封信的人应该是楠江中学的人。

兰：

你来信问到一九五六年送给我的这些画册，并说为了安全可销毁它们，我不同意。这段时间，学校正在开展革命大批判，进行斗私批修，几个出身不好的教师被红卫兵抄了家。我出身贫农，不会遇到这样的事情，但"有备无患"，我把这些画册放在了一个安全的地方，请你一定放心，一定。

现在又到深秋了，你还记得楠江中学校园里的桉树林吗？那一天，我们在树林里画水彩写生，我在那里第一次拥抱你，一些桉树果子就从树梢掉在我们的画夹上，你说，这是我们爱情的见证。它们的确见证了我们的爱情，但你还是离开了我。你说，你的成分高，家庭成分是地主，我是贫农，我们在一起，你会连累我，也会连累我们将来的孩子。你离开我了，这么多年，我一直想念你。你说你过得很好，我知道，你说的不是真话。真话你早已说了，那就是："这是我们爱情的见证"。我这样说，是因为我过得不好。我过得不好，是因为没有和你在一起。我知道，你也过得不好。去年，因你的出身问题，你的单位——庆云街小学把你全家遣返到乡下，你肯定过得比我还不好。我只是心里过得不好，生活还不成问题。你除了心里过得不好，生活面临的困难肯定比我更多。我随信附上一元钱，没有别的意思，只是希望你每个月给我写一封信，每次八分钱的邮资由我来付，这一元钱，可以寄一年的信，让我们的通信温暖我们两个人的心。

爱你的 Y

杜小鹃读完了这封信，呆呆地趴在草丛里。这封信为什么会掉在这片桉树林里？写信的人在信中提到了桉树林，但他不会把这封信有意扔在这里。这封信的内容太反动，让别人看了，那是自取灭亡。杜小鹃想，最大的可能，是这个写信的人把信交到学校的邮筒里，邮递员钱德正从邮筒里取出信件，放进自行车后架上的绿色帆布邮递包里，再骑着自行车从桉树林里的小路穿出校园的时候，掉在树林里的草地上的。钱德正经常喝酒。当他喝了很多酒，骑着自行车去收信和送信时，他就不会把邮递包盖子的搭扣扣好。当他歪歪扭扭地骑着自行车在路上行驶时，一些信件就会飞出来，掉在地上。这样的事情，发生了不止一次两次了。

杜小鹃正捧着这张信纸发呆，一个小东西"嗒"的一声掉在信纸上。她吓了一跳，手一抖，那个小东西颠簸到信纸的边缘，快要掉下去了。杜小鹃一下子折拢信纸，把它夹住了。

这是一颗褐色的桉树果子，比豌豆大一点，像一个小铃铛。杜小鹃想起这封信也提到过桉树果子掉下来的情景。她觉得自己背上的寒毛都竖起来了。她赶紧把信纸递给旁边的苟志林。

"苟司令，我捡到一封信。"杜小鹃说，"里面的内容很反动，请你过目。"

苟志林接过信纸，在黄昏暗淡的光线里读完了这封信。

"嗯，真是'树欲静而风不止'，学校里的阶级斗争形势，真的很严峻。"苟志林说，"这个写信的家伙，我晓得是哪一个。"

杜小鹃看着苟志林，等他说出下一句话。

"你看这个签名，是'Y'，它表示，这个人姓'杨'，也可能姓'于'或'余'。"苟志林说，"你再看这句话，'那一天，我们在树林里画水彩写生，我在那里第一次拥抱你，一些桉树果子就从树梢掉在我们的画夹上，你说，这是我们爱情的见证'。哦，好他妈的恶心，这是典型资产阶级情调，是流氓行为。嗯，这句话虽然恶心，但可以看出来，写信的这个人会画画。你想，学校会画画的人，就是美术老师。美术老师里面，只有杨奇帆这个姓的字母是'Y'。"

"苟司令，你的无产阶级觉悟真是高。"杜小鹃说。

"你们过来，我们开个短会。"苟志林对散乱在树林里的红卫兵说。

大家凑了过来，坐在地上，围成一个圈。

"天快黑了，五分钟以后就行动。"苟志林看了看戴在左腕上的上海牌手表，"明天上午八点整，大家还是在这里集合，到杨奇帆家里抄家。"

"杨奇帆，他的出身很好，是贫农，不是黑五类，我们去抄家，恐怕不是'名正言顺'吧。"一个红卫兵说。

"啥子叫'名正言顺'，啥子又不叫'名正言顺'？"苟志林说，"伟大领袖毛主席指出：'凡是错误的思想，凡是毒草，凡是牛鬼蛇神，都应该进行批判，决不能让它们自由泛滥。'杨奇帆虽然出身贫农，但他已经蜕化变质，成了资产阶级思想的俘虏，生活方式腐化，还暗藏'封资修'的东西。贫农的本色已经在他身上消退了，这封信可以证明，他已经变成了牛鬼蛇神。"

在楠江一中，"楠江一中八一战斗团"先成立一个月，他们抢占了"楠江一中革命造反团"先机，抄了学校几个出身不好的教师的家，抄出了金条四根，银圆一百二十个，钻石戒指两个，玉菩萨一个，印有蒋介石头像的大学毕业证书一份，变天账三本，美国大兵皮鞋一双。这些战果在"楠江市红卫兵文化大革命抄家战果展览会"上大出风头。苟志林参观了这个展览，那个展厅设在南街子的政协礼堂里，一块块三合板把礼堂隔成一个个单独的空间，用课桌做成的展台上摆放着展品，那上面什么东西都有，苟志林看得眼花缭乱——军刀、字画、银圆、金条、账簿……三合板糊了一层白纸，上半部分书写着毛主席语录，下半部分贴着标签，标明这些展品的名称——军刀是"反革命凶器"，字画是"封建糟粕"，银圆和金条是"国民党反攻大陆经费"。苟志林一边看，一边责备自己的阶级觉悟不高，没有从问题的表面看到实质，一边责备自己带头成立"楠江一中革命造反团"晚了，没有赶上抄家的好时光。现在，情况不一样了，有了这封信，他可以带领红卫兵来一次抄家，抄出楠江一中阶级斗争新动向，给"楠江一中革命造反团"长一次脸。

"今天的讨论到此为止。"苟志林说，"我们把今天的事情办了，明天一早，八点整，在这里集合。我不再强调这一点了。我要强调的是，现在开始行动，把今晚上的事情办好。"

结果，今晚的事情办得不顺利。杜小鹃因为是女孩儿，没有深入敌方巢穴的资格，她趴在草丛中，等待战友突袭成功。几个男红卫兵从桉树林里冲出去，跑到五十米开外的实验室外面。行动开始时，苟志林举起一支气枪，瞄准实验室，打碎一扇窗玻璃。这样，进入实验室就不用在窗子面前敲碎玻璃，而是在窗玻璃的破洞前直接伸手拔出插销，这样就不会弄出更大的动静。

天越来越黑，杜小鹃继续趴在草丛里。她的旁边还趴着苟志林和几个女红卫兵。她看见几个人影在实验室的窗子面前晃动。不一会儿，她听见有人在喊："逮贼娃子！逮贼娃子！有人跑到我们大本营里头去了！"

随后，杜小鹃看见一道手电筒的光柱一晃一晃地向实验室逼近，那光柱前面奔跑着几个人影。他们跑进桉树林，其中一个抱着一个箱子。

"……苟司令，东西拿到了。"抱箱子那个红卫兵喘着粗气说，"我们在撤退的时候，碰到他们喝了酒回来。他们发现我们了。"

手电筒的光柱离桉树林越来越近，最近停在树林边。拿手电筒的人不敢贸然进树林，就在林子外边吆喝："里面的人，有种的，就给老子出来！"

"他们发现你们了，这个情况难道我看不懂，还需要你向我汇报吗？"苟志林对抱箱子的红卫兵说，"我看你的脑壳里面只装了几个数学公式，社会经验一点都没装进去。人家在追你，你还把他们引到我们这里来，让我们大家都暴露了。枉自你平时数学考得那么好，原来却是一个傻瓜！"

"那，我们咋个办？苟司令？"杜小鹃问。

"咋个办？撤噻。"苟志林说，"现在，他们人少，不敢进林子。我们不抓紧时间撤，等会儿他们的人越来越多，就敢进林子来了。"

苟志林带着大家从树林里向学校的后门跑去。过去，这个校门有两扇欧式的铸铁大门，"破四旧立四新"时，"楠江一中八一战斗团"的红卫兵认为这两扇门"散发着资本主义的腐朽气息"，把它们拆除了，只剩下两根红砖砌的柱头，现在倒是方便"楠江一中革命造反团"的人逃跑了。苟志林带着他的红卫兵从这里跑出学校，一直跑到楠江河边。那个抱箱子的红卫兵把箱子放在地上，蹲下身子直喘气。苟志林一脚把箱子踢进河里。

"他们发现了我们，这油印机，我们就不能用了。"苟志林说，"今天晚上，我们的战果不辉煌，这不要紧。毛主席教导我们：'我们的同志在困难的时候，要看到成绩，要看到光明，要提高我们的勇气。'现在，我们要振作起来，提高勇气，打好明天这一仗，争取更大的胜利！"

第二天一早，"楠江一中革命造反团"的成员在桉树林里集合，八点到了，大家向杨奇帆的家出发。杨奇帆住在学校的教师宿舍一幢二号。这是一幢二层楼房，杨奇帆住在底楼，他正蹲在阳沟边刷牙。他看见一大群穿绿军装的红卫兵向他走来，站在他的身边，赶紧把嘴里的牙膏泡沫冲洗掉，结结巴巴地说："你们，你们要干啥子？"

杨奇帆长得很瘦，一双眼睛鼓鼓的，眼皮发暗。他垂着双手站着。苟志林轻蔑地把他从头看到脚，又从脚看到头，鼻子里哼了一声。

"干啥子？马上你就晓得了。来，大家站好。"苟志林说。

红卫兵在屋前的三合土坝子上站成两排。苟志林从衣袋里掏出一本毛主席语录，翻到其中的一页，高声念道："毛主席语录：'革命不是请客吃饭，不是做文章，不是绘画绣花，不能那样雅致，那样从容不迫，文质彬彬，那样温良恭俭让。革命是暴动，是一个阶级推翻另一个阶级的暴烈的行动。'杨奇帆，你晓不晓得，我们今天到你这里来，是为了啥子？"

"我不晓得。"杨奇帆说。

"你不晓得，你这是在装革命的蒜。你干了啥子好事，我们都晓得了，你还不晓得？"苟志林说。

这时，从屋里走出一个身材粗壮的中年妇女。她是杨奇帆的老婆，在学校食堂当勤杂工。她一边向坝子边上的一辆板车走去，一边瞟着这群红卫兵。平时，她就在这个时候拉着板车到城里的蔬菜公司为学校的食堂运送蔬菜。

苟志林又翻开一页，高声念道："毛主席语录：'凡是反动的东西，你不打，他就不倒。这也和扫地一样，扫帚不到，灰尘照例不会自己跑掉。'杨奇帆，今天，我们红卫兵小将到你这里来，就是要采取革命行动，抄你的家！"

"抄家？凭啥子抄家？凭啥子抄我们的家！"杨奇帆的老婆说，"我们杨奇帆是贫农出身的知识分子，根红苗正，紧跟毛主席，没有做啥子对不起党和人民的事情！"

"没有做啥子对不起党和人民的事情？那倒不见得。"苟志林从衣兜里掏出一封信，在杨奇帆面前晃了晃，"这是啥子？"

杨奇帆的脸一下子就变成灰白色。他的嘴唇也灰白了，哆哆嗦嗦地说："这，这是啥子？"

杨奇帆的老婆有点好奇了："这是啥子？"

"你要问我'这是啥子'，那我要问你，你干了啥子?"苟志林对杨奇帆说。

"我没有干啥子。"杨奇帆说，"我每天吃饭的时候，都请示了毛主席，背诵了毛主席语录，还向毛主席汇报了自己的思想。你们不信，可以问我屋头那个（老婆）。"

杨奇帆老婆迟疑地点点头。

"你说的这些，都是表面现象。根据我们掌握的情况，你是一个蜕化变质分子，已经脱离了无产阶级队伍，成了资产阶级的俘虏，这就是你问题的实质。"苟志林展开手中的信，"你是要我当着大家的面，把这封信的内容念出来呢，还是老老实实交代你的问题，把你的罪证自觉地交到革命的红卫兵手中?"

杨奇帆盯着那封信，脸上涌起红潮，双肩耷拉下来。他把牙刷和搪瓷缸子放在窗台上，向屋里走去。苟志林带着红卫兵，一窝蜂地跟在他后面。他的屋子是拉通的三个房间，杨奇帆走到最里间，指着竹竿和篾席搭建的天花板说："那上面有些东西。"

"你自己藏的，自己取下来!"苟志林说，"我们相信，这一点革命自觉性，你还是有的。"

杨奇帆端来一张木椅子，再端来一张圆凳子。他把圆凳放在木椅上，踩上去，双手哆哆嗦嗦地把篾席掀开一角，从天花板上面取出一本又大又厚的书，又取下一本。这书有半张课桌那么大。他一共取出了三本厚书。

"就这些了。"杨奇帆说。

杜小鹃抢先蹲在这三本书面前，一本一本检查。这些书全是精装书，又大又厚又重。一本是《苏联国立俄罗斯博物馆画册》，一本是《苏加诺总统藏画集》，还有一本硬壳精装画册，上面的字是洋文，杜小鹃不认识。她翻开画册的一页，一幅女人裸体画展现在她眼前。这时，一股热流突然从她的腹部涌上来，使她产生了一种莫名的快感。她从来没有体验过这样的感觉。

这是一个金色头发的青年女子，她侧卧在床榻上，一只手支在脸部，眼睛盯着前方，嘴角微微上翘，似笑非笑。她的身体一览无余，两个乳房很饱满，下腹部非常光洁，没有阴毛。杜小鹃翻开另一页。还是一个青年女子的裸体画。只不过，这一次，她是两腿并立地站着，双手把一个陶罐举在左肩，清凉的水从陶罐口子里流下来。她的下腹部也没有阴毛。

杜小鹃突然产生了想摸一摸那腹部的冲动。她的脸发烫，赶紧合上画册。苟志林把一只脚踏在一本画册上面。

"真是'扫帚不到，灰尘照例不会自己跑掉'，毛主席的话，永远是正确伟大的。"苟志林说，"杨奇帆，今天，你在红卫兵面前做出了正确的姿态，交代了自己部分问题，很好。但这事还没有完。从现在开始，你要端正自己的态度，从灵魂深处剖析自己，争取回到人民这边来。这三本画册，我们作为罪证，暂时扣留在'楠江一中革命造反团'总部。你要在两天之内写一份深刻的检查材料交到总部，听候红卫兵组织对你的处理。我们走！"

苟志林带领红卫兵向屋外走去。经过中间那个房间时，杜小鹃发现墙边立着一面宽大的玻璃镜子。她无意中看了一眼镜中的自己，便停住脚。她侧着身子在镜中观察自己。她看见自己戴着绿色的军帽，腰间束着一条红褐色的人造革军用皮带，胸部高高耸起，屁股有点翘。刹那间，她那股暖流又从腹部涌上来，难言的快感溢满全身。

杜小鹃迷迷糊糊地跟着苟志林走到屋外，一个人从她身边冲过去，从苟志林手中抢去那封信。是杨奇帆的老婆。她从信封里抽出信纸，快速读完了这封信。这时，杨奇帆低着头从屋里走出来，他的老婆扑到他的面前，右手的五指弯曲成鸡爪状，在他面前一挥，他的左脸就出现了几道玫瑰色的血痕。

杨奇帆的老婆天天拉着满满一板车蔬菜在街上走，双臂肌肉发达。"你这个流氓！"她对杨奇帆吼一句，把他扑倒在地，骑在他身上，使劲扇他的耳光。杨奇帆的脸在地上扭来扭去，躲避老婆的巴掌。他的鼻血溅出了一米远。

在场的红卫兵呆住了。杜小鹃用拳头堵住嘴，牙齿把食指咬得发痛。杨奇帆的老婆尖声骂道："你这个贱人！你说你跟那个狐狸精断绝了关系，断绝你妈个屁！你还背着老娘跟她来往，你还给她写信，你好不要脸！老娘今天要打死你！"

苟志林上前一步，拉住杨奇帆老婆的右臂："你不要打他了。他交代了自己的罪行，拿出了罪证，我们认为，这属于人民内部矛盾。"

杨奇帆老婆右臂一挥，苟志林踉踉跄跄后退了好几步才站稳身子。

那天的混乱场面是怎样收场的，杜小鹃没有什么印象。那一天，她被自己身体内部出现的奇异状况左右，对周围的事情不感兴趣。她感觉到，自己下腹部里面好像融化了，变成一团温暖的液体。她回到家里，躺在床上，满脑子都是那两个裸体女人的印象。她们富有光泽的皮肤和丰满的肉体，让她既兴奋又羞涩。她闩上房门，脱光衣裤，取下墙上的小圆镜，从各个角度观察自己的肉体。她看见了自己圆润饱满的乳房。过去一段时间，她为这对乳房感到羞愧，它们老是显眼地挺立在胸前，跑动的时候一颤一颤的，所以她尽量不跑动，走路的时候，也稍微伛偻着腰，使饱满的乳房不那么显眼。杜小鹃的妈妈是楠江机床厂的工人，下班回家就做饭洗衣，平时没有怎么管过女儿，但她还是教会了女儿怎样穿文胸。杜小鹃平时把文胸收得很紧。现在，当她解开文胸，让自己的乳房滑出来的时候，她有一种被解放的感觉，仿佛乳房会呼吸，平实闷得太久，现在终于可以喘一口气。

今天，她第一次在杨奇帆家的穿衣镜面前观察自己的全身。平时，她只能在小圆镜里看到自己脸庞，从来没有看过自己的全身。在穿衣镜里，她看见了自己的脖子、胸脯、胳膊、大腿。虽然它们裹在绿军装里，但还是显出了一种陌生而又熟悉的曲线。这曲线与画册上的女人裸体遥相呼应，让她产生了莫名的激动。

杜小鹃整个下午都待在自己的房间里，从小圆镜里观察自己的裸体。天气很冷，她钻进被窝，用手电筒照射身体的各个部位，观看反射在镜子里的影像。晚饭后，她早早上了床，又在被窝里观察自己。由于角度不同，自己的肉体在镜子里呈现出陌生的模样。手电筒光线移动时，肉体的形状在阴影里起伏，不断发生变化，皮肤的颜色也在改变，形成一道又一道陌生的景观。她像是在偷看别人的肉体，感到特别刺激。

在手电筒明亮的黄色光线照射下，她看见自己两腿之间的阴毛特别刺眼。她穿上衣服，溜下床，来到外屋的窗台边。窗台上放着父亲刮胡子的刀具。她从一盒刮胡刀片里取出一片，溜回自己房间，闩上门，蜷缩在被窝里。她在手电筒的光线下一点一点刮去自己的阴毛。她轻轻抚摩自己的下腹部，体会那种又光滑又硌手的感觉。在刮阴毛的时候，刀锋割伤了几处皮肤，那几道细小的伤口形成轻微的尖锐疼痛感慢慢变成快感。

从那以后，杜小鹃再也没有参加红卫兵的行动了。她成了一个"逍遥派"，每天在城里闲逛。城里各个机关单位都在闹革命，图书室里的书也被翻得七零八落，一些反动书籍被抄走了，剩下的乱七八糟堆在地上，没有人管。杜小鹃就在这些书堆里寻找自己感兴趣的东西。她找到了一些画片，有些是杂志上的，有些是书籍的插图，都是一些人体画，是"破四旧立四新"的漏网之鱼。杜小鹃把它们藏在一个生锈的铁皮饼干盒子里。

第二年，父亲托朋友把杜小鹃送进百货公司工作。杜小鹃的父亲参加过抗美援朝战争，他的战友是百货公司的党支部书记，他把杜小鹃安排在公司的自行车商店当装配工。杜小鹃的活动半径增加了。她经常骑着自行车到城郊的道路上去。她看见了许多陌生的风景和陌生的人。最后，她看见了叶一峰，那个戴着斗笠披着蓑衣在小雨里画油画的男人。

那是一个身材瘦小的男人，头发长，胡子也长。他画完了一幅关于道路的油画。杜小鹃熟悉的那条路出现在他的画纸上，散发出颜料的气味。

"明天你还在这里画画吗？"杜小鹃问。

叶一峰摇了摇头，"明天可能不会下雨。"

"你下雨的时候才画吗？"

"生产队下雨不出工。"

杜小鹃打量着眼前这个人。他是一个画油画的农民。

"你住在哪里呢？"

"天顶公社六大队六小队。"

"离这里有好远呢?"

"几里路。"

"你画了很多油画?"

"画了一些。"

"我想看看你画的油画。"

叶一峰把油画夹在画板上,背着它走到一条小路上。这小路很少有人走,路面长满青草。杜小鹃推着自行车,跟在他的后面。

青草小路翻过两座低矮的丘陵,并入一条更宽的泥土路。路上很泥泞,走了不远,眼前出现了一个院落。叶一峰走到一幢土墙瓦屋面前,打开门上的铁锁。

杜小鹃把自行车靠在墙边,跟着他进了屋。屋里很简陋,但收拾得干干净净。地上没有尘土,灶台上刷了石灰浆,墙上钉着一些油画。每幅油画都是作业本大小,上面画着树木、小河、山坡、道路和农舍。

"这些都是你画的?"杜小鹃问,"你只画风景吗? 你会画人吧?"

叶一峰盯着她说话。他点了点头。

"真的?"杜小鹃说,"那你是一个画家了?"

"我是一个反革命分子。"叶一峰说。

杜小鹃不说话了。她又一次打量了屋里的情景。

"你是一个爱干净的人。"杜小鹃说,"我先走了,以后再来看你画画。"

三天之后,天空又下雨了。上午,生产队长在地里叫大家收工,下午不出工了。叶一峰坐在灶前一张小木凳上烧火做饭时,门口出现了一道阴影。他扭头一看,是杜小鹃。她还是穿着那身军装,腰间束着人造革皮带。

"你在做午饭?"杜小鹃问。

叶一峰站起来,手里拿着火钳,不知放下好,还是拿着好。

杜小鹃揭开锅盖,看里面在煮什么东西。她看见了一锅黑乎乎的红苕块。

"你煮这么多红苕,是为了招待我?"

"我自己吃的。"叶一峰说,"我煮一锅,要吃三天。"

"我来了,你就只能吃两天了。"杜小鹃说。

"……我没有放油。"叶一峰说,"煮红苕,要放一点猪油,更香。我没有猪油。"

"我喜欢不放油的红苕。"杜小鹃说。

林译苇从抽屉里拿出那沓照片,抽出其中一张。那是她和叶飘在天顶寨松林旁边那幢土墙房子前透过窗户拍摄的照片。室内的木头柜子旁有一幅油画。画面是一位裸体的青年女子。她的右手支在头上,身体斜倚在一张床上。这就是叶一峰为杜小鹃画的油画。林译苇想。这张照片,终于可以在消失了的时间里找到答案了。

在这沓照片里,有一张是在松林里的照片,一个头发很长胡子也很长的中年男人正在观察一棵松树的树身,树身上有一些晶莹的晶体。还有一张照片本来拍摄的是一丛翠绿色的芦苇,但冲印出来的却像一张 X 光照片——芦苇的叶片变得透明,它的根部也清晰可见,像苍白的胡须,向泥土深处延伸。根须的尖端融入一团灰白色的物体。那团东西像是人的骨骼。

叶一峰和杜小鹃的命运,通过这三张照片映照出来。他们曾经生活过的痕迹变成空气中的微粒,被徕卡相机捕捉到,在胶片上显形。

林译苇想象着几十年前发生在天顶寨的一些生活场景。那时,天顶寨名叫天顶公社,叶一峰生活在六大队六小队。他下地干活,在土灶前煮饭,在小河里洗澡,在下雨之后画油画。时间像一团巨大的云雾笼罩着他,带走他经历的一些生活细节,留下另一些生活细节。这个过程有点像一具化石形成的过程。一些细节丢失了,一些细节留了下来。

那一段时间,是叶一峰和杜小鹃一起行走在乡间的时间。他们生活在那个时代里,那条古代的道路把他们引到时代的边界。在那里,他们发现了属于自己的风景。

下雨之后,只要时间安排得过来,杜小鹃就会骑着自行车到天顶公社六大队六小队去。有时,叶一峰坐在屋里发呆,有时,他不在屋里,杜小鹃就到附近去找他。她总是能够找到他，在河边，在松树林里，或是在小路边。她设计了一个铁丝做的网兜，挂在自行车的龙头前面。她在里面放一些食品，花卷，馒头，咸菜包子。有一次，她花了一元九角钱买了一听昂贵的炼乳罐头带到乡下。她的工资是每月十九元。她第一次品尝炼乳，叶一峰也是。那一天中午，他煮了一锅红苕，放了一撮盐搅匀。他盛了一碗带咸味的红苕，正坐在灶前吃午饭，杜小鹃来了。她拿出几个馒头，又拿出一个金属罐子，用起子打开盖子。她把馒头掰开，把罐子里稠黏的乳白色液体倒在掰开的馒头里。叶一峰放下盛着红苕的碗，慢慢地吃着夹了炼乳的馒头。一丝沁着奶香的甜味渗进他的舌尖。他一直喜欢吃带甜味儿的东西。他对红苕百吃不厌，但现在，他喜欢上了夹炼乳的馒头。

那一天中午，吃过午饭以后，叶一峰和杜小鹃到松树林里写生。那些松树长得不是很好，有一些长得歪歪扭扭。林间空地上稀稀拉拉长着一些灌木丛。叶一峰选了一片开阔地。他坐在一块鹅卵石上，取出油画纸，夹在画夹上。他把油画颜料在地上排开，把每只颜料管里的颜料都挤一点在调色板上面。他用一支细小的二号油画笔蘸了一点调色油，挑了一点赭石和炭黑在调色板上调匀，勾勒出眼前景物的轮廓。他画了几棵松树的形状，勾出一条隐约可见的小路，留下天空的位置。杜小鹃坐在他身边一块鹅卵石上。雨停了不久，石头还是湿的，一股凉气从屁股下面直往身体里面蹿。杜小鹃后悔自己没有把雨衣带来。她从衣兜里摸出手帕，想把石头擦干。一粒小东西从衣兜里掉出来。它是被手帕带出来的。它正好掉在一块鹅卵石上，跳了两下，引起了杜小鹃的注意。在这片林子的地上，鹅卵石遍地都是。

这是一粒干燥的桉树果子，形状像一只小铃铛。杜小鹃想起来了。这粒果子是两年前在楠江一中的桉树林里等着偷那台油印机时，从树上掉下来的，掉在她正在读的信纸上。事情就是这样不可思议。她现在穿的这件绿军装在两年时间里不知洗了多少次，这粒桉树果子却一直安全地待在衣兜里，现在随着一块手帕掉落在这片松树林的土地上。

杜小鹃捡起果子，仔细观察它。干枯的果子顶端有一个小盖子，杜小鹃掰开盖子，看见里面盛着一些细小的褐色种子。她把种子抖落在手掌里，噘起嘴唇使劲一吹。种子四散飞开，洒落在地上，不见了。

在桉树林里捡到的一封信，让杜小鹃见识了油画，还认识了一个画油画的人，进入另外一种生命状态。林译莘想。在那个年代，生活，艺术，幻想，这些在任何社会都是一种常态的东西，却以奇怪的方式存在着。也许只是它们之间的关系错了位，却导致一切都发生变化，变得不可思议。杜小鹃也从一个无序的现实社会走向一个宁静的抽象的虚幻世界。这个虚幻世界掩藏在平凡的乡村生活的表面之下，它们由油画、一幢房子、一个安静的中年男人和河流、松林、古道构成。在这个环境里，杜小鹃和叶一峰一起向逝去的时间里坠落。那种奇异的下坠感以不易觉察的方式控制着他们。杜小鹃一有时间就到乡下去，这是下坠的一种方式。杜小鹃给叶一峰送去食物，还送去画片。她把自己收藏在铁皮饼干盒子里的画片拿给叶一峰看。叶一峰第一次看见苏联出版印刷的油画风景作品，其中有俄罗斯画家希施金的《松林的早晨》、列维坦的《深渊》、萨符拉索夫的《白嘴鸦飞来了》，还有苏联画家晓夫库宁科的《钢铁厂车间》。他们描绘自然景物的方式拓宽了叶一峰通向另一个世界的道路。

那一天，叶一峰在松树林里完成了油画写生，收拾好画具，对杜小鹃说："你回去了吧，我要到河边洗衣服。"

"洗衣服？"杜小鹃说，"我陪你一起去。"

"天晚了，你该回去了。"叶一峰说。

"我要和你一起去。"杜小鹃说。

他们向河边走去。他们走到堰闸边，叶一峰放下画具，开始脱衣服。他脱下上衣，再脱下长裤。他穿着一件旧毛衣和一条打了补丁的秋裤，开始洗刚脱下的衣物。他把衣服和裤子浸在河水里，然后捞起来，使劲摔在堰匣的石头上，发出"砰"一声巨响，把杜小鹃吓了一跳。

叶一峰在石头上反复摔打衣物，水花四溅。

"你就这样洗衣服？"杜小鹃问，"你不用肥皂？"

"这样洗，洗得干净。"叶一峰说，"用不着肥皂。"

他检查了一下裤子，在膝盖部位发现了一个油斑。

"这是调色油，画画时不小心滴上去的。"叶一峰说，"下次我要用柴灰把它洗干净。"

"你用柴灰洗衣服？"杜小鹃问，"柴灰怎样洗呢？"

"柴灰泡水，衣服泡在水里，就洗干净了。"叶一峰说。

"以后你就不要用柴灰了。"杜小鹃说，"你用肥皂洗。我给你带肥皂来。"

几天之后，又下了一场雨，杜小鹃给叶一峰带去两块肥皂。她把肥皂用报纸包好，放在自行车的网兜里，骑车来到乡下。雨停了，叶一峰的房门锁着。杜小鹃把自行车靠在墙边，到外面去找他。

她翻越山坡，走过松树林，在河水里看见一个男人。他只露出脑袋，正向对岸游去。他的手臂划出的水花溅落在河面，发出清冽的声音。那是叶一峰，他回过头来，看见了杜小鹃。杜小鹃打了一个冷战。

"这么冷的天，你在干啥呢？"杜小鹃问。

"洗澡。"叶一峰说。

"你不觉得冷？"杜小鹃说，"我站在岸上，看见你这个样子，都冷得受不了。"

"我习惯了。"叶一峰说，他在水里打了一个转身，游向岸边。

"你经常下河吗？"杜小鹃问。

"我每天都下河。"叶一峰说，"这条河里的水很干净。"

杜小鹃背过身去，面向松树林，等待叶一峰上岸换衣服。她听见背后一阵窸窸窣窣的声音。一股冰凉的潮湿气息从她身后漫延过来。

"我给你带来两块肥皂。"杜小鹃说。她转过身，面向叶一峰。他已经穿好了衣服，头发和胡须还是湿的。他脸上的皮肤动了一下，好像在笑。杜小鹃没有看见他笑过。她不确定自己的感觉。

"谢谢你。"叶一峰说。

"你咋个谢我呢？"杜小鹃问。

叶一峰张了张嘴巴，想说什么，但没有说出来。

"我要你给我画一张像。"杜小鹃说。

叶一峰盯着杜小鹃。

"我早就想给你画一幅素描。"叶一峰说。

"你想画我?"杜小鹃说,"我好高兴。"

叶一峰点点头。杜小鹃和陶雅长得太像了,说话的方式也差不多。她脸上的线条比陶雅更柔和一些,皮肤颜色也更深一些,因为她经常骑着自行车在野外跑来跑去。

"素描是啥子呢?"杜小鹃问。

"素描,就是只用一种颜色来画画。"叶一峰说,"一般是用黑色。"

"那,你用啥样的黑色来画我呢?"杜小鹃问,"用铅笔吗?"

"我没有铅笔。"叶一峰说,"没有铅笔也可以画素描,我用炭条来画。"

"你有炭条?"

"我没有炭条,我可以做,"叶一峰说,"我在贵都美术专科学校学会了用柳树枝烧炭条。贵都美术专科学校周围有很多柳树,这里也有柳树,我带你去看。"

杜小鹃跟在叶一峰身后。他们穿过松树林去看柳树。穿过松树林,有一条泥土小路,这条小路很少有人走,路沿长着茂盛的青草,小路中央的泥土被雨水浸泡得松软了。最近还没有人从这里走过,路面没有留下脚印。叶一峰踩着路沿的草丛走。杜小鹃跟在后面,也踩着草丛。草丛很窄,嵌在小路两边,像两条细线弯弯曲曲伸向潮湿的远方。她不习惯走这样的路。虽然她踩在草丛上,但草丛下面的泥土也被雨水泡松软了,脚踩不稳。有两次,她晃了一下,鞋子踩在了泥泞的小路中央。叶一峰走在她前面两步远,她想让他牵着自己走,但他一直不回头。于是,她轻轻咳了一声。

叶一峰回过头来。他的眼神像小孩儿的眼神,单纯,清澈透亮,和杜小鹃第一次看见的一样。杜小鹃向他伸出手。叶一峰慢慢抬起手,握住杜小鹃的手指。他的手枯瘦有力,指尖上有茧疤。这只手刚才在河水里浸泡过,冰冷冰冷的。他拉着杜小鹃向前走,一股奇异的力量传导到杜小鹃身上。她浑身轻微地颤抖了一下。

杜小鹃从来没有拉过男人的手。现在，一个身材矮小皮肤黝黑的中年男人拉着她在乡间的泥泞小路上走。他们去找柳树枝条。小路拐了一个弯，前面是一个堰塘，堰塘边长着几棵老柳树，树身弯曲，长长的柳枝垂下来，有几枝的梢尖快接近水面了。

　　叶一峰松开杜小鹃的手，去折柳枝。他抓住一根枝条，使劲向下拉。他拉断了一根柳枝，又拉断了一根。这时，一个人牵着一头牛走了过来。是谭二狗。

　　"你们在干啥子呢？"谭二狗问。

　　"扯柳条。"叶一峰说，"你到这里来干啥子呢？"

　　"我给它洗澡。"谭二狗说，"昨天收工，我把它牵到这里来，想让它洗一个冷水澡，它狗日的，整死不下水。"

　　"这么冷的天，它肯定不想下水。"叶一峰说，"你是犁牛匠，这个道理你都不晓得？"

　　"我咋个不晓得它不下水？我只是想，这么冷的天，你都要下河洗澡，未必牛还不肯洗澡？它的名字都叫'水牛'，就该下水。好，我不跟你说了。"谭二狗的眼睛在杜小鹃身上睃来睃去，"我问你，你是哪里来的？"

　　"我是哪里来的，要你管吗？"杜小鹃挺了一下胸脯，谭二狗退了一步。

　　"我就是要管。"谭二狗说，"你不要信叶一峰说的话，我不只是生产队的犁牛匠，我还是天顶公社六大队的基干民兵。我对认不到的人，就是要盘查。公社武装部胡亮华部长在开民兵大会的时候，经常给我们讲，要绷紧阶级斗争这根线（弦），要时刻绷，绷断了，接起来又绷。"

　　"她是我朋友，在城里的百货公司工作。"叶一峰说。

　　"你不要给他讲那么多，"杜小鹃说，"管你是啥子民兵还是啥子部长，管你的啥子线绷得断还是绷不断，我是有单位的人，要查户口，你到我的单位去查。依我看，你恐怕没得那个胆量。"

　　"我看你时常在我们这个地方晃过来晃过去。"谭二狗说，"我也没得别的意思，就是想晓得，你为啥子要在我们这个地方晃过来晃过去。"

"我来看叶老师画画。"杜小鹃说，"我们要把柳枝烧成炭条。叶老师用炭条给我画素描。"

　　谭二狗皱了皱鼻子。

　　"怪不得，你们要扯断这些树枝。"谭二狗说，"还要不要？我来帮你们扯。"

　　谭二狗扯下几根更粗一点的柳枝。叶一峰把柳枝折断，选了一些木质更老的枝条。他把枝条拿回家，用菜刀切成短截，把炼乳罐里剩下的炼乳倒进一个碗里，将截短的柳枝塞进炼乳罐。他把炼乳罐放进灶膛，点燃柴火。

　　杜小鹃站在灶旁，谭二狗也站了过来。他们看着叶一峰烧火。火焰舔着锅底，谭二狗揭开锅盖，里面早已煮好的冷红苕被烧热了，开始冒热气。

　　"哦，你吃这么多红苕啊。"谭二狗说。

　　"煮一锅红苕，吃三天，省事。"叶一峰说。

　　"你不吃菜？"谭二狗问。

　　"不吃。"叶一峰说。

　　"我有菜，我给你们拿来。"谭二狗说，"今天下雨，你们都在屋头打杵，我在犁冬水田，顺便抠了一些黄鳝。"

　　谭二狗跑出门，不一会儿，就提着一个酒瓶，拎着一大串黄鳝回来。这些黄鳝用铁线草穿过腮巴串在一起，它们还在挣扎，相互之间扭成一团。谭二狗一条一条取下来，放进水盆里，用剪刀剪断黄鳝头部下面的脊椎骨，黄鳝立刻就瘫软了。他剖开黄鳝肚子，拉出肠子扔掉，把黄鳝斩成短截子，用菜油和盐巴把黄鳝在锅里煎熟。他煎了一大碗黄鳝，黄鳝皮被煎皱了，冒着滚烫的油泡，散发出略带腥气的香味。叶一峰把红苕盛在三个碗里，他们开始吃晚饭。

　　谭二狗拔掉酒瓶的木头塞子，准备把酒倒进一只碗里。

　　"我不喝酒。"叶一峰说。

　　"我也不喝。"杜小鹃说。

　　"那我也不喝了。"谭二狗把酒瓶放在墙角。

杜小鹃夹起一截黄鳝，轻轻咬了一口，盐味浸入黄鳝的肉里，又鲜又香，"看不出来，你还这么能干。"

　　"那当然。"谭二狗说，"叶一峰的这个灶，也是我打的。好烧不？"

　　叶一峰点点头。

　　"那当然，不要以为打灶很简单，其实不然。灶打得不好，又费柴，烟子也大。不光是这些，我犁田也犁得好，还会做火枪。我做的火枪，打雀儿准得很，一枪轰出去，至少打几个下来。我还有一支步枪，是公社武装部发给我的，但它不能打雀儿，只能打人，打阶级敌人。"谭二狗说，"公社武装部长胡亮华很看重我，他要我侦查叶一峰。"

　　谭二狗突然不说话了。

　　"你说，侦查？"杜小鹃问。

　　"不是，好像是监……啥子东西，我搞忘了，反正就是侦查的意思，没有别的意思。"谭二狗说，"胡部长要我经常来看一看。"

　　"看？"杜小鹃说，"看哪个？"

　　"看叶一峰。"谭二狗说，"看叶一峰劳动改造得好不好。我看了，给胡部长说，叶一峰改造得很好，每天都出了工的，下雨的时候，就到外面画画。胡部长跟我说，要看他画的啥子画，是不是'封资修'的东西。我说，不是'封资修'，他画的是生产队的田土，山坡，还有路和河。他画的是社会主义的江山。他就说，你给我盯紧点，一有情况就报告，发现他的反革命活动，我们就开他的批判会。你看，叶一峰来我们生产队这么久了，我们还没有开过他的批判会。上次开批判会，是去年了，是批判谭叔先，他的成分是地主，一直对我们的社会主义不满。一次，他和他的儿媳妇刘望云吵架，吵呀吵，他就端起床头的尿罐，把尿倒在他儿媳妇的床上。他的儿媳妇的成分是贫农，你想一下，地主把尿倒在贫农的床上，这是不是阶级斗争的线绷紧了？我们就批判他了。批判的时候，是我捆的他。老子背着枪，拿一根麻绳，把他的两只手捆得梆（很）紧。那天晚上，我们在生产队的晒坝里斗争他，因为白天要干活路，没得时间。我们把十多盏亮壶（一种油灯）点亮，挂在晒坝周围晾衣服的铁丝上，就开会了。我们全生产队的贫下中农都喊他交代最近又干了啥子坏事，他说没有干，我们就揭发他，有的人看到他偷了生产队一根甘蔗，有的人说，他打死了一条蛇，把它丢在月亮湾的水田里了，想让它的骨头戳穿下田干活的社员的脚。我们斗争到半夜，谭叔先说，他想屙尿。我们不准他屙，说，要屙就屙在你自己的裤裆里。你敢把尿倒在贫农的床上，就敢把尿屙在裤裆里。你把尿屙在裤裆里了，我们就散会。过了一会儿，谭叔先说，他把尿屙在裤裆里了。我们不相信。我从铁丝上取了一把亮壶，走到他的面前，用亮壶去照他的裤裆。我看见那里湿了一片，他真的把尿屙在自己裤裆里了。那次，我们就散会了。后来，谭叔先再也不敢把尿倒在他儿媳妇的床上了。"

杜小鹃盯着谭二狗。谭二狗撅了一块红苕塞进嘴里，不停地咀嚼。

"这两年，我们的批判会开得少些了。往回（过去），我们经常开，生产队里的'四类'分子，都被我们斗争过。"谭二狗说，"叶一峰是一个好人，他戴了一顶'反革命分子'的帽子，但是，我们没有斗他。我还给叶一峰说过好话。"

"你说的啥子好话？"杜小鹃问。

"有一次，我们在公社开民兵大会，主要是讲，嗯，要注意各生产队的四类分子最近在干啥子。会开完了，胡部长专门找到我，说有人反映，叶一峰每天都下河洗冷水澡。"

"又咋个？"杜小鹃问。

"胡部长说，你要注意他，把他盯紧点，经常到他的房前屋后转一转，看他收了工在干啥子。他每天都要下河洗冷水澡，冬天都要洗，这事就不那么简单了。很可能，他是在练习游水，准备有朝一日游到台湾去。"

叶一峰低垂着眼皮，一声不响地吃红苕。

"台湾和大陆隔了那么宽的海，叶老师游得过去吗？"杜小鹃说。

"是海？我还以为，台湾和我们只隔了一条河。"谭二狗说，"当时我就说，我们和台湾隔了那么宽的一条河，叶一峰肯定游不过去。胡部长就骂了一句：'这个瘟猪！'当时，我还以为他在骂叶一峰，现在我晓得了，他是在骂我。叶一峰虽然是反革命分子，但他不是瘟猪。"

"反革命分子，我见过。"杜小鹃说，"我晓得他们是啥子人。"

"其实，叶一峰不像反革命分子。"谭二狗说，"他是我朋友。"

"你吃了叶一峰的红苕，当然要说他是你朋友了。"

"我也没有白吃啊。"谭二狗说，"我把自己的黄鳝拿来了的，我们算是打平伙。"

"你们吃的不是我的红苕。"叶一峰说，"是谭芝的红苕。"

"咋个会是谭芝的红苕呢?"谭二狗说，"你的红苕呢? 我记得，分红苕的时候，你分得不比我少。"

"有人偷了我的红苕。"叶一峰说，"谭芝就把她的红苕借给我。"

"哦?"谭二狗说，"谭芝还要借东西给别人?"

"她借给我了。"叶一峰说。他用火钳从灶膛里夹出烧得焦黑的炼乳罐，放在屋檐下，舀了一瓢水淋在罐子上。滚烫的罐子发出"咻咻咻"的声音，冒出一团团蒸汽。叶一峰打开罐盖，取出黝黑的炭条。炭条是湿的，叶一峰把它们一根一根摊在纸上。

杜小鹃再次到叶一峰的屋子里，是半个月以后。那段时间，店子里很忙，杜小鹃每天加班装配新款的永久牌660MM轻便车，从早上八点钟到下午六点钟，中午有一个小时吃饭的时间，晚饭后，再加班三个小时。装配的工序早就被设计好，她只是机械地操作。她先装前后臂闸，将车架的前管挂在工作台的立柱上，在车架立叉的两个刹车座上，涂上黄油，将刹车臂套入刹车座，把弹簧插入刹车座中间孔内，用螺钉将刹车臂固定在刹车座上。然后，她再装齿盘曲柄、前叉、车轮。一个小时，她可以装一辆自行车。中午，杜小鹃用肥皂洗去手上的油垢，坐在沾满油渍的木头工作台旁边吃午饭。那是母亲早上给她做的，米饭和炒鸡蛋、腌白萝卜条，它们盛在一个搪瓷缸子里面。那一天，杜小鹃吃完午饭，在自来水龙头下面冲洗搪瓷缸的时候，突然想到了上次在叶一峰的屋子里吃煮红苕和油煎黄鳝的情景。她还想到了晾在纸上的炭条。

第二天上午，下雨了。杜小鹃把盛了午饭的搪瓷缸子放在自行车的车兜里，穿上雨衣，骑车到乡下。到云顶公社六大队六小队的那条路，她已经很熟悉了。到了叶一峰的房子外面，门开着，叶一峰正坐在灶前吃煮红苕。杜小鹃拿出搪瓷缸子，打开盖子。里面是米饭，上面浇了一层酸海椒炒茄子。

"你喜欢吃酸海椒炒茄子不？"杜小鹃问。

叶一峰的头突然埋了下去。他坐在灶门前的石头上，肩膀耸起，拿着碗的手在颤抖。杜小鹃担心他把碗里的红苕汤流到地上，轻轻地扶着他的手。这只手现在又干燥又温暖。

"哟，这是哪里来的仙女呀，下凡到我们这里了。"一个声音从门口传来。谭芝一斜身子，倚在门框上，两只手抱在胸前，眼睛在杜小鹃身上溜来溜去，对叶一峰说，"你的红苕吃完了没得？你吃完了，就给我说一声，我又借给你。有我在，你就饿不了肚皮。我们是乡坝头的人，还是吃红苕才过得旧。吃白米饭，是城里人的事情，我们没得这个福分。你这个仙女，看样子，是吃白米饭长大的。"

"你吃的红苕，是她借给你的？"杜小鹃问。

"就是。"叶一峰说。

"你还有好多红苕？"杜小鹃问谭芝，"可不可以再借点给我们？我经常到乡下验车，有时就到叶老师这里来吃饭。我喜欢吃红苕。"

"哟，就'我们'了？"谭芝说，"哟，妹子，假若你吃白米饭吃得不耐烦了，想我们乡坝头的红苕，我就再借点给'你们'。'你们'要借好多呢？"

"你有好多呢？"

"你想借好多呢？"

"五十斤。"

"那好。"谭芝说，"等会儿，我喊刘国清背一背篼红苕倒在你的窖坑里。我那个背篼，装满了就是五十斤。叶一峰，你要记清楚，你已经欠我一百六十五斤红苕了。"

那天下午，刘国清从谭芝的窖坑里装了一背篼红苕背到叶一峰的窖坑边。谭芝的窖坑离叶一峰的有十几米远。刘国清揭开用干枯的苞谷秸秆做的窖坑盖，把红苕倒进去。红苕铺满了窖坑底，散发出一股淡淡的酒味。

"你们看好哈。"刘国清对跟在他身后的叶一峰和杜小鹃说，"我把红苕倒在你们的窖坑里了的哈。"

等刘国清离开后，杜小鹃跳进窖坑。她捡起一个红苕，翻来覆去看了一会儿，从头发上取下钢丝做的发夹，在红苕上刻了几个字——"叶一峰"。发夹的尖头穿透红苕皮，深深划进去，苕浆从刻痕里冒出来，像一粒一粒白色的珠子。刻完一个，她又捡起一个红苕继续刻。叶一峰向她伸出手，要拉她出来，她摇了摇头。

"你先回去，你给我煮晚饭。"杜小鹃说，"我天黑了再走。"

"天，天黑了再走？"叶一峰说。

"天黑了，我再走。"杜小鹃说。

"你骑车，要摔倒的。"叶一峰说。

"不会。"杜小鹃说，"我经常在夜里骑车。"

"你在红苕上刻啥子呢？"叶一峰问。

"你不用管，"杜小鹃说，"你先回去煮晚饭。你不想我饿着肚子骑车吧？"

叶一峰回到屋子里，从墙角一个木头柜子里取出一个布口袋，里面有几斤米。他舀了一碗米放进锅里煮。水烧开了，他从土墙上一个洞里拿出一个小陶罐，取下用橡皮筋束紧的纸盖子，用汤匙从罐子里挖出一点猪油，放进锅里。他还放了一点盐，然后改用小火，慢慢地焖饭。饭刚焖熟，杜小鹃回来了，叶一峰给她盛了满满一碗饭。没有菜，但饭里有盐有油。他们吃完晚饭，天已经黑了。杜小鹃用铁铲从灶膛里掏出发烫的柴灰，放进一个筢篼里，把筢篼提到叶一峰的红苕窖坑边。天上有月光，地面是朦胧的灰色。杜小鹃双手端着筢篼，把柴灰均匀地撒在小路上，一直撒到谭芝的窖坑边。柴灰撒完了，她拍拍手，从墙边扶正倚在那里的自行车，骑上它，蹬着车走了。

"我明天再来。"叶一峰听见她在黑暗中说。

第二天上午，杜小鹃骑着自行车来到谭家大院。院子里静悄悄的，社员都干活去了，只有几只鸡在院坝里走来走去，偶尔在地上啄一下。叶一峰的房门没有锁。她把自行车支在屋檐下，推开门。

在墙上那些风景油画中间，钉着一张画在白纸上的女子头像，像一张大照片，但又不是照片。杜小鹃认出来了，那是自己的素描画像。她的脸半侧着，好像在看着远方。黑白的笔触勾勒出她的脸庞和她扎的小辫子。昨天还没有这张画像，今天墙上就有了。杜小鹃站在画像前，有人在外面说话。是社员收工了。他们从坡上回来，有的人拖着锄头在三合土地面"咔啦啦"地走，有的人在扯开嗓子唱山歌："河东有个王二哥，河西有个谢二嫂……"杜小鹃伸出左手食指，轻轻触摸了一下画像上的头发。她的手指上沾了一点黑色的粉末，头发被触摸的地方淡了一点。这时，叶一峰回来了。他把锄头放在门口。

"不能用手去摸。"叶一峰说，"那是炭条画的，一碰就掉炭粉。"

"用我们上次烧的炭条画的？"

"就是。"

"你答应了给我画像，我以为画这幅画的时候，我会坐在你面前，让你慢慢画。"杜小鹃说，"结果，我没有坐在你面前，你就把我画出来了。"

"昨天晚上，我睡不着，我就凭记忆把你画了下来。"叶一峰说，"我在油灯下画的你。二十多年前，我在油灯下给一个朋友做了一个雕像。用泥巴做的。土墙的泥巴。那堵墙，和这土墙差不多。"

"哦。现在他在哪里？"

"你是说，我的朋友？"

"就是，你给他做雕像的朋友。"

"他死了好多年了。"叶一峰说，"我还活着。"

他们站着，看着对方。

"你把我画得真像。"杜小鹃说，"可惜，那炭粉在纸上巴（粘）不稳。时间长了，它就会掉光。那时候，这张白纸上面，就没有我了。"

"我不会让它掉下来。我要把松香溶在酒里，喷在纸上。"叶一峰说，"我以前在学校里学过这办法，很简单。"

"我们在哪里去找松香呢？"杜小鹃问。

"这里找不到松香。"叶一峰说，"生产队的松林里有松油，在松树身上流。把它刮下来，就可以当松香用。”

杜小鹃的眼睛一下瞪大了。

“那就行了嘛。”杜小鹃说，“我们好久去刮松油呢?”

“过两天行不行?”叶一峰说，“锅里的红苕吃完了，今天我要煮红苕，很费时间。今天不下雨，吃了饭，我要出工。”

“那我们快点做午饭。”杜小鹃说，“我帮你做，我们去看看窖坑里的红苕。”

叶一峰拿着筲箕。他们来到崖边的窖坑边。杜小鹃搬开干枯的苞谷秸秆做的窖坑盖，里面的红苕一个都不见了。

叶一峰拿着筲箕，傻站着。

“不是第一次了。”叶一峰说，“我被偷过几次了。”

杜小鹃低头看着脚下的小路。路面上撒的柴灰上，有一些淡淡的脚印，要仔细看，才能看出来。脚下的脚印有点乱，那是她和叶一峰踩的。其中一行脚印一直延伸到谭芝的红苕窖坑边。杜小鹃沿着这行脚印走过去，叶一峰跟在她身后。杜小鹃搬开窖坑上面用苞谷秸秆做的窖坑盖，里面堆着一大堆红苕。

杜小鹃跳下去，拿起一个红苕看了一下。她伸出手，让叶一峰把自己拉上来。她把红苕递到叶一峰面前。红苕上面刻着几个字:叶一峰。刻痕上溢出的苕浆干涸了，变成了褐色。

谭芝的家离窖坑只有几米远。她正在灶屋里烧火做饭，听见外面有人说话。她从门口探头向外看，看见了站在她的红苕窖坑边的叶一峰和杜小鹃。

“嘿，你们两个，在我的窖坑边做啥子?”谭芝大声说。

“你问我们在你的窖坑边做啥子?”杜小鹃也提高了嗓音，“我们还要问你，昨天晚上，你在我们的红苕窖坑里头做了啥子?”

“我做了啥子?”谭芝的声音低了一些。

“昨天，你借给我们红苕，是不是?”

“是又咋个，不是又咋个?”

“奇怪了，你借给我们的红苕长了脚，它又跑回你的窖坑了。”

"你这个妹子，说话要讲真凭实据。"谭芝说，"我借给你们的红苕又跑回来了？你说跑回来了，它就跑回来了？"

杜小鹃把手中的红苕举到谭芝眼前。

"你睁大眼睛，好好看。"杜小鹃说，"这上面的字，是从泥巴里头长出来的吗？你再看看，路上还有脚印，一直通到你的窖坑里。"

谭芝看了看留在路面柴灰上的脚印，接过红苕，看清楚了上面刻的字，手臂一扬，把它甩到路边的灌木丛里。

"你甩不完的。"杜小鹃说，"你的窖坑里，刻了字的红苕，还多得很，一共有五十斤。假若把它们收拢来，刚好是一背篼。"

"不是我偷的。"谭芝说。

"我没有说'偷'这个字，"杜小鹃说，"但你肯定晓得，它们是咋个跑回到你的窖坑里的。"

"我不晓得。"谭芝从一丛黄荆上拗断一根枝条。她用手撕开黄荆枝条的皮，露出里面光滑湿润的芯条。她用牙齿把芯条咬扁，轻轻吮吸里面的汁液，然后啐了一口。

"你不晓得？"杜小鹃说，"我晓得。要不要我把他找来，你们当面对质，看到底是他自己偷的，还是你喊他偷的。叶老师，昨天把红苕背到我们窖坑里的那个人，叫啥子名字？"

"刘国清。"叶一峰说，"他住在刘家大院。"

"对，刘国清。"杜小鹃对谭芝说，"你把他喊来，当面对质。"

"我才不得去喊他。"谭芝说，"要喊，你们自己去。"

"那好，我们去。"杜小鹃说。

叶一峰领着杜小鹃沿着小路翻过一座山坡，来到刘家大院。刘家大院有几十户人家，每幢房屋的烟囱都在冒烟。叶一峰把杜小鹃带到一丛竹林边的土墙瓦房边。刘国清坐在门口裹叶子烟。他看见叶一峰和杜小鹃，一下就站起来，摊在膝盖上的烟叶掉落在地上。

"你们，你们找我？"刘国清说，"要干啥子？"

"要干啥子？我还没有问你，你就来问我了。"杜小鹃说，"现在我问你，昨天晚上，你干了啥子？"

"我没有干啥子。"刘国清说。

"你没有干啥子?"杜小鹃说,"谭芝都说了,昨天晚上你干了啥子。要不然,我们一起到谭家大院,找到她当面对质。"

"你们在说啥子呢?"一个女人出现在门口。她梳了一个粑粑头,脸上有一些被柴灰污染了的汗水。她用围裙抹着双手,皱着眉头,眼睛打量着叶一峰和杜小鹃,然后溜到刘国清脸上。

"你们在说啥子?"她对刘国清说。

"没有说啥子。"刘国清说。

"没有说啥子?我听到你们在说'谭芝'。"

"我们没有说谭芝。"叶一峰说。

"我们说的是,嗯,另外的事情。"杜小鹃说,"我们要刘国清跟我们走一趟,要他帮我们一个忙。"

"我去。"刘国清对他的老婆说,"帮了忙就回来,你煮好饭,先吃,不等我。"

他跟在叶一峰和杜小鹃身后,向谭家大院走去。翻过坡顶,在走坡路的时候,刘国清说,"我不去了,行不行?我饿了,我还没有吃午饭。"

"不行,你们一定要当面对质。"杜小鹃说,"我们也没有吃午饭。"

他们走到谭芝屋前。房门关着。

"你去敲门。"杜小鹃对刘国清说。

刘国清用手掌拍门。

"开门。"刘国清说,"快开门,他们说,我偷了他们的红苕。"

"那是你自己说的。"杜小鹃说,"我们没有这样说。"

"你开门!"刘国清使劲拍门,"你出来,你给他们说,我们没有偷他们的红苕!"

那门还是没有开。

刘国清转过身来,缺了一块肉的鼻翼一鼓一鼓的,嘴唇激动得发白。

"你们看,她真的不开门了。这个女人,她的心不是一般的狠。"刘国清说，"我给你们讲老实话，你们的红苕，是她喊我偷的。"

"她为啥子要喊你偷叶老师的红苕？"杜小鹃问。

"我不晓得。"刘国清说。

"那，你为啥子要帮她偷叶老师的红苕？"

"嗯……"刘国清说，"不是偷，是拿背篼来背。"

"那你为啥子要背叶老师的红苕？"

"唉，这个事情，不好对你们讲。"刘国清说，"她说话不算数。"

"她说啥子话不算数呢？"杜小鹃问。

"她说，假若我把叶一峰窖坑里的红苕背到她的窖坑里，晚上我去找她，她就要开门。"刘国清说，"结果，她只开了一次门。她还欠我两次门。"

杜小鹃突然放声大笑。

林译苇写到这里，嘴角浮现出微微笑意。几十年前的乡村生活，她并没有亲身经历过。她在写作时，想象力的依据，是大量的二手材料。她在大学读书时，应聘帮助图书管理员整理图书的岗位，利用那段时间读了许多当地的史籍，包括一些小册子，里面收集了一些老干部的回忆文章，讲他们如何从北方来到南方，以及他们所经历的值得记载的事情。她还看过一些市政协编辑的文史资料，里面记载了一些旧时乡村生活的情况。这些事情是组成世界的一种元素，沾着历史的气息，在广袤的时空里飘荡，有时会飘到一些人的意识里来，但更多的人忽略它们。

在二十世纪中叶，中国乡村发生了巨大变革。林译苇想。其实，社会中的变革一直都在发生，只不过，有时剧烈，有时温和；有时短暂，有时漫长。每种变革的发起者和承受者都是人本身。区别在于，发起者是少数人，承受者是多数人。

林译苇想象着叶一峰和杜小鹃在几十年前的乡村生活景况。他们是变革的承受者。他们在变革中劳作，吃饱肚子，然后做一些与生活没有直接关系的事情。比如画画。他们生活在社会术语覆盖的社会事实里面，很多行为因此脱离生活常轨，变成扭曲的东西，被时间带到四面八方。

那天中午，叶一峰和杜小鹃带着几个红苕，在河边洗去上面的干泥巴，当作午饭。他们坐在石头上吃完生红苕，天空下起了小雨。他们走进松林，在松树上搜寻松脂。在粗糙的松树皮上面，有些地方破损了，松脂就从这里分泌出来，形成灰白色的晶莹颗粒。

林译苇写到这里，感觉到不踏实。她的目光停留在"在粗糙的松树皮上面，有些地方破损了"这个句子上面。其中的"破损"二字让她不满意。太含糊了。是什么原因，会让坚硬的松树皮破损，从而伤到木质部分，让松脂流出来呢？

林译苇想起几天前在网络上看到一篇刊登在台湾《经典》杂志的文章，名叫《意外乘客——松材线虫》。这篇文章阐述了松材线虫是怎样毁灭松树的。二十世纪八十年代，美国的松材线虫传入日本，再由日本传入中国。松材线虫是松树体内的寄生虫，体型仅一毫米，靠吸收松树内的养分为生，直至松树死亡。

松材线虫没有翅膀，无法移居到另一棵松树上，它存活下来的方法就是钻进松斑天牛的身体里。松斑天牛靠着取食松树嫩枝为生。雌虫交配后，会在树皮下产卵，一周后孵化。幼虫先以韧皮部为食物，进而取食木质部。等到化蛹时，便会在树干里形成蛹室，此时的松斑天牛会散发出不饱和脂肪酸及二氧化碳，这些物质会吸引大量的松材线虫往蛹室集中。

待松斑天牛即将羽化之际，松材线虫会瞬间钻入它们的身体里，然后随着破蛹而出的松斑天牛如同坐飞机一般，被运载到健康的松树上，接着从松斑天牛的气门、气室及气孔钻出，再透过因松斑天牛取食松树而造成的伤口进入松树体内，开启新的生命循环。

可以确定了，林译苇想，松树流出松脂，是因为松斑天牛的幼虫以松树的韧皮部和木质部为食物，并在树干里形成了蛹室。这就是松树皮破损的原因。在二十世纪六十年代，松材线虫还没有传入中国大陆，但天牛依然在松树上产卵，所以，叶一峰和杜小鹃才能在松树上取松脂。叶一峰在贵都美术专科学校上素描课时，学会了把松香溶入酒精，用喷壶将它喷在炭条完成的素描上固定炭粉的办法。现在没有松香，没有酒精，也没有喷壶，他就把松脂溶入白酒，用生产队打农药的喷雾器将它喷在杜小鹃的画像上面。他的住房隔壁就是生产队的保管室，里面有几个没有使用过的喷雾器。

那天中午，叶一峰和杜小鹃在松林里采了一小捧松脂。杜小鹃把它捏在手心，经过上次写生时坐过的地方，看见地上长出了一棵桉树苗。树苗只有两寸高，长着几片灰绿色的树叶，最上面的树叶是铁锈色。她感到一阵短暂的心慌。那天，那颗桉树果子从她衣兜里掉到地上，她把它的种子吹散了。当时，她就担心它发芽，也担心它不发芽。为什么会这样，她不愿意深入去想。现在，它真的发芽了。

她拉了拉叶一峰的袖子，叶一峰回过头来，问她有什么事情。杜小鹃摇了摇头。

回到屋子里，叶一峰用一块鹅卵石把松脂在碗里研磨成碎末，把谭二狗留在墙角的白酒倒进碗里，让松脂在酒里溶化。他把这碗素描定画液小心倒在喷雾器里，反复压下把手，强有力的气体把松脂溶液从喷嘴里射出来，雾化的松脂溶液喷洒在杜小鹃的画像上面，形成薄薄一层膜，把柳条炭粉牢牢胶结在纸上。这张纸很快就干了。杜小鹃捧着这张画像，眼睛发亮。

"你画过人的身体没有？"杜小鹃突然问。

"嗯？"叶一峰没有听清楚，"你再说一遍呢？"

"我说，你画过人的身体没有？"杜小鹃说，"就像我带给你的画片那样。"

"哦，那是人体绘画。"叶一峰说，"我画过的。"

"你在哪里画的呢？"

"在学校。"叶一峰说，"那是好多年前的事情了。"

"你是咋个画的呢？"杜小鹃问。

"是上课的时候。"叶一峰说，"我和同学围着模特儿坐成半圆，大家都画她。"

"模特儿？"

"模特儿就是艺术创造或练习的对象。"

"你们画她的时候，她脱了衣服的？"

"脱了的。"

"呀！"杜小鹃的脸上露出羡慕的神情。

"人体是最美的，也是最难画的。"叶一峰说。

"那，你可以画我吗？"

"我画了你了。"

"你没有当面画我。"杜小鹃说，"你画了我的头像，你还没有画我的全身。"

"就是。"叶一峰说。

"我想请你画我的全身。"杜小鹃说，"我可以不穿衣服。"

叶一峰不作声了。

"你不愿意？"杜小鹃小声问。

"我愿意。"叶一峰说。

"我想要一幅有颜色的人体画。"杜小鹃说，"你可以用油画颜料来画。"

"问题是，"叶一峰说，"我没有那么大的画布。"

"要多大的画布呢？"杜小鹃问。

"至少这么大。"叶一峰伸开双臂，"光是画布，还不行，还要画框，画布绷在框子上。绷了画布，还要涂底子。这样，才能在上面作画。"

"我晓得你说的东西了。"杜小鹃说，"画毛主席像的画布，要得不？"

叶一峰看着杜小鹃，不知道她下一句话会说什么。

"我们单位的楼上，放着一块准备画毛主席像的画布，就是绷在框子上的。"杜小鹃说，"本来是请电影院的美工给我们单位画毛主席的像，画完了，就挂在会议室的墙上。后来，那个美工得急病死了，就没有人管那块画布了，大家都把它忘了。现在，它的上面蒙满了灰尘，不要紧吧？"

林译苇想起自己在大学图书馆帮助图书管理员整理图书时，曾在一间库房的角落发现了一尊毛泽东石膏胸像。开始，她没有认出是什么东西，因为上面覆盖了灰黑色的尘土。当她认出这是一尊石膏像时，吓了一跳。一切象征着生命的物体总是暗含一种令人恐惧的深邃意味。林译苇在翻阅一些西方古典画册时，看到里面的宗教题材雕塑，就会产生这样的感觉。这与绘画不同。用石头、金属和其他材料做成的雕塑是三维的，与二维的绘画相比，更逼近真实。

在二十世纪的中国，一个生活在乡村的中年人在农耕之余画油画。叶一峰曾经在一所美术专科学校学习雕塑。后来，他创作的雕塑被当时流行的社会价值观否定，他的社会身份就从城市跌落到乡村。林译苇想，他在原始的生活状态中挖土、除草、收割小麦和稻谷。他从别人忽略的视野里看见了线条、阴影、色彩。这些物质是永恒之物，它们镶嵌在油盐柴米和山川田土之间，让它们闪闪发亮，发散出华贵的风采。叶一峰与它们在生命中相遇。在它们陪伴下，他安静地度过自己的岁月。无论岁月的外形是学校，还是农村。但在那时，他还没有思考人体与色彩的关系。他曾经思考过人体与木头的关系，他的生活也因此变形。

几天后的一个下午，杜小鹃把那块闲置的油画布框带到乡下。她一手抓住油画布框，一手撑着自行车龙头，从城里骑到叶一峰的屋子面前。风吹着油画布框，像吹着一张帆，把她的身体往路边推。她只好略微斜着身子，抵抗着风的力量，使劲蹬车。

带着油画布框骑车很费劲，杜小鹃在中途休息了几次。最后一次，她在盐茶古道旁边停下来，坐在路边的石头上歇气。这是她第一次遇到叶一峰的地方。那是一个下雨天。叶一峰只有在下雨的时候，才能画油画，这是她后来才知道的事情。现在，古道上没有其他人。她坐着，回忆着当时的情景。一个人坐在路边画油画，他戴着斗笠、披着蓑衣坐在路边，手里的画笔蘸了一点调色油，在调色板上调合颜料，一点一点地涂在画纸上。这个景观让她难忘。她收集的油画印刷品一下就在她的意识里变得立体变得鲜活了。

她到了六大队六小队的谭家院子，叶一峰的门没有锁。社员们还在山坡上干活，院子里没有人。她把画布放在屋里的木柜旁边，骑上车，走了。她要等到下雨的时候再来。

秋天本来是多雨的季节，但那一年的秋天，雨下得不多。杜小鹃等待的那场雨降落下来时，已经是半个月以后了。杜小鹃骑车来到谭家院子。这一次，叶一峰的房门锁着。她想了一下，把自行车靠在墙边，向河边走去。

杜小鹃穿过松树林，绕了一小段路，去看那棵桉树。它又长高了一些。在雨中，它那蜡质的叶子上凝结着几颗晶莹的水珠。她伸出手指，轻轻碰了一片叶子。水珠滑落到地上，隐入地面的青苔里，一下子就消失了。

小河就在前面。从阴凉的空气里，飘来河水的气味，它与松林里的松脂味混在一起。杜小鹃向河边走去。她看见一个男人的头在河水里移动。那是叶一峰，他正在向河对岸游去，头发被打湿了。很可能，他在水里潜泳过。杜小鹃踩着石块来到河边。她脱下身上的绿军装，脱掉里面的薄毛衣和秋裤，全身只剩下内裤和胸罩。她"扑通"一声扑进河里。河水变成无数颗钢针，一下刺进她的皮肤里，挟带一股猛烈的力量挤压她的肺部和心脏。她一下子喘不过气来，尖叫了一声。

叶一峰一下回过头，看见了杜小鹃。他转身向她游过来，抓住她的左臂，把她带出水面。

他们两人全身湿漉漉的站在岸边。

"你不应该下河。"叶一峰说。

"你在水里，我就下来了。"杜小鹃说。

"我们现在回去，"叶一峰抓起放在地上的衣服，"快穿上，要不然，你会感冒的。"

"你转过身。"杜小鹃说。

叶一峰转过身，拿着自己的衣服，走到河边一块斜立着的岩石后面，脱下湿内裤，换上干衣服。他听见身后响起窸窸窣窣的声音。

"我们走吧。"叶一峰听见杜小鹃说。他走过去，看见杜小鹃已经穿好衣服，手里拿着打湿的内裤和胸罩。他们穿过松林，回到屋子里，杜小鹃突然把自己的内裤和胸罩递到叶一峰面前："你帮我晾到屋檐下的竹竿上去。"

"不能晾在那里。"叶一峰说，"别人会看见的。"

"看见就看见。"杜小鹃说。

叶一峰接过内裤和胸罩，晾在屋檐下的竹竿上。他回到屋子，全身僵直了。杜小鹃赤身裸体站在屋子中间。

那一天，叶一峰开始画杜小鹃。林译苇想象着当时的情景。叶一峰不再是凭记忆和想象在一张纸上画下杜小鹃的素描头像，他在画布上画她的裸露的全身。在前一段时间，他凭记忆画杜小鹃的素描时，眼前飘浮着陶雅的形象。但是，当他在河边看见杜小鹃裸露的肉体时，陶雅已是远在万里之外的陌生中年妇女。关于陶雅的所有记忆，在时间和空间里褪色为黑白，杜小鹃的肉体唤起了他全新的色彩意识，这意识与他看见过的欧洲人体油画相融。他曾在贵都美术专科学校图书室的画册里见过欧洲人体油画，杜小鹃拿来的铁皮饼干盒子里，也有一些画片就是欧洲人体油画的印刷品。它们散发出肉体和尘土的混合气味。

杜小鹃躺在床上，左手支着下颏，眼睛盯着叶一峰。叶一峰把画布支在一个木头条凳上，用稻草把灶里的柴火引燃，加上几根干燥的树枝，坐上一锅水。灶里的火焰温暖了寒冷的屋子，叶一峰把灶门前平时坐着烧火的小木凳搬到画布前。他坐下来，用炭条勾勒出杜小鹃身体的轮廓，再用褐色和炭黑加上调色油，调合成稀薄的颜色，画下杜小鹃身上的明暗色调。窗口投射进来的光线洒在她的身体上。她的身材瘦小，皮肤光滑，凸现在暗黄色的草席和暗褐色的土墙面前，呈现出雕塑般的质地。与雕塑不同的是，这具肉体是柔软的，散发出生命的气息。叶一峰在画布上完成了杜小鹃身体上的暗部，光亮部分也就成形了。这些单色颜料完成了画面的构图，也确定了杜小鹃身体的明暗，下一步，就是集中精力完成色彩和结构。但天色已经晚了，洒在杜小鹃身上的光线越来越暗淡，她身体的结构越来越模糊，明暗的边界越来越不清晰。

"今天只能画到这个程度。"叶一峰说，"下一次下雨，你再来。"

杜小鹃穿好衣服，把门打开。她想取下晾在竹竿上的胸罩和内裤。但竹竿上只剩下内裤了。

杜小鹃的胸罩第二天出现在谭二狗的水牛头上。

那天，出工的社员路过谭家大院外面那块水田时，看见谭二狗正挥着一根细长的斑竹，高声吆喝着："哟，驾！快点走，你这个瘟丧！"

谭芝最先发现蒙在水牛眼睛上的东西是一个胸罩。她尖声笑了起来："啊哈哈哈……谭二狗，你在哪个地方弄来的这个东西？"

"这个饿痨的瘟丧，一走到田坎边，就要噘起嘴巴啃草草，打都打不转身。用这个东西蒙了它的眼睛，它就老实了。"谭二狗笑呵呵地说。

叶一峰走在谭芝的前面。他扭过头，看清楚了。谭二狗蒙在水牛头上的东西，正是杜小鹃的胸罩。他的喉结蠕动了几下，想说话，最终没有说出来。他低着头向前走，谭芝站在田坎上，等水牛走到田坎边，弯腰细看蒙在水牛眼睛上的胸罩。

这是一个白色的胸罩，面料比棉布更光滑。它的上面溅了一些泥浆。

"这个东西好'洋盘'，是'的确良'做的，只有城里头的女人才用得起。哈，我晓得了，这个东西是哪个人的。"谭芝说，"二狗，你是从哪个地方弄到这个东西的？"

"我凭啥子要给你讲？"谭二狗说。

"你不敢讲。"谭芝说，"我晓得你是咋个弄到的。"

"咋个弄到的？"

"你先是偷看别人洗澡，然后就偷了别人的这个东西。"

"我看见她在河边洗冷水澡，我没有走拢去看。"谭二狗说。

"那你咋个把这个东西弄到手的呢？"谭芝问。

"跟你这个婆娘讲不清楚，不跟你讲了。"谭二狗见叶一峰低着头走远了，手中的斑竹一挥，在水牛屁股上抽了一鞭。水牛慢腾腾地拉着犁头向前走。

那天上午，女社员在地里挑土边。叶一峰和她们一起，把斜坡地下端边沿的泥土挖起来，装在筐筐里，挑到斜坡土的顶端，再倒下去。每一年，雨水总是把斜坡上的泥土冲刷到下面。挑土边这种农活，就是把淤积在下面的泥土搬运到上面，使斜坡上的土壤保持厚薄均匀。叶一峰把一挑泥土倒在坡顶，站直身子，向远处眺望了一下。昨天下了雨，这时还是阴天，空气清新透明，没有往日雾气蒙蒙的感觉，远处的景物也看得清清楚楚。叶一峰看见了闪亮的河流，看见了黑黝黝的松林，看见了生产队的谭家大院和刘家大院，它们坐落在斜坡的两边，掩映在竹丛中。这是一幅色彩丰富的乡村画卷。

叶一峰站在山坡上，在他的视野里看见了红色、黄色和蓝色，看见了这三种颜色，还看见了从这三种颜色中产生的绿色、褐色、紫色、灰色。林译苇想。它们构成的各种色块组成了土地、树木、河流和房舍的外形。叶一峰还看见了活动在土地上的人们。他们身上的布衣服已经褪色，有的还打了补丁。衣服里面是他们坚实的肉体，男人的肌肉结实，女人的皮肤粗糙。叶一峰眼前的景象已经被色彩定义。所以，当他看见杜小鹃的肉体时，一下子就发现了他们之间的肉体区别。

农民的肉体，是被阳光晒透了肉体，赤橙黄绿青蓝紫钻进皮肤里再折射出来，形成小麦那样的颜色。而杜小鹃不同。她在城市里生活，很少被阳光烤炙过，皮肤更平滑、更薄、更透明，像镜子一样，反射出周围的环境色。只有叶一峰能看见这些色彩。

叶一峰第二次在画布上动笔，是十天以后的下雨天，杜小鹃从城里来了。他把门关好，在灶膛里填进干燥的木柴，煮了一锅红苕汤，也给屋子里增加了温暖的气息。杜小鹃脱了衣服，倚在床上。他将熟褐和炭黑调和，加入调色油稀释，用大猪鬃笔涂在整幅画布上，形成微暖的中间调子。然后，他用炭黑调和一点普蓝和大红，画出杜小鹃的头发。这是人体的最暗区域，把它固定下来，整个画面的调子就清楚一些了。

接下来，叶一峰用一块布沿着画面上人体手臂和拱起的膝盖上部表面擦去一些原来的颜料，造成亮的层次。他边擦边观察杜小鹃的身体。在窗口投射进来的光线中，杜小鹃光滑的肉体反射出室内各种难以察觉的颜色——褐色，紫色，黄色，红色，蓝色，白色，它们形成偏冷的色调，所蕴含的色彩又丰富又统一。叶一峰用笔挑了一点儿土黄和褐色，加一点儿白色，在调色板上调成亮部的皮肤色调，涂抹在画布上。他画出了杜小鹃身体的主要亮部，脸、臂、肩和弯着的膝部，再在白色中加入少量翠绿和钴蓝，画出高光。明亮的调子初步完成了，他用赭色、熟褐、土红、普蓝加上少量黑色，用十号油画笔蘸上调色油稀释，作为土

560.

墙的背景色涂抹上去，使杜小鹃身体的亮部和暗部更加分明。

　　叶一峰在三个下雨天里完成了这幅人体油画。其中，画杜小鹃的脸部，用去大半天时间。杜小鹃的脸与记忆中的陶雅太相似，他用零号油画笔描绘杜小鹃的眼睛时，眼前就浮现出陶雅的眼睛。那双眼睛是丹凤眼，却有点调皮的意味，和她的鼻子、嘴唇组成一张生动的脸。杜小鹃也是丹凤眼，那眼神中流泻一点野性的感觉，和陶雅不一样。叶一峰眼前的脸是一张现实中的脸，也是一张记忆中的脸。记忆的微粒在他的调色板上变成色彩颗粒，他用一支二号油画笔蘸着颜料，细心地画出了几十年前的那张脸。那张脸与杜小鹃的脸惊人地相似。这两张脸重叠在一起，冷暖色彩相间，亮部是冷色，暗部呈暖色。在冷色和暖色的色调里，还夹杂着细微的冷暖相间的色彩。也许，这回忆本身的色彩就偏冷，现实的色彩就偏暖。而在画杜小鹃的身体时，他就失去了记忆，只有想象。他没有看过陶雅的裸体，更没有画过她的裸体。他只为陶雅画过贵都美术专科学校礼堂的木头柱子。那几根木头柱子从地板上生长出来，支撑着屋顶。他在柱子下面的木头地板里发现了陶雅留给自己的徕卡照相机。在画杜小鹃的身体时，叶一峰只能掺杂着想象，他在想象中把陶雅的身体和杜小鹃的身体作对比，她们的身材差不多。杜小鹃的乳房不大，很结实，乳头是粉红色。陶雅的乳房也可能是这个模样，叶一峰想。杜小鹃的膝盖浑圆，隐约可见骨骼的形状，光线在这里留下了一片淡淡的阴影。他从来没有见过陶雅的膝盖，陶雅的膝盖应该也是这样。还有紧凑的臀部，苗条的小腿，它们的亮部呈现出耀眼的冷色，暗部则是浓郁的暖色。在明暗交界的地方，是黑暗的优美曲线。叶一峰把它们准确地画在这块长一米宽八十一厘米的油画布上面。

　　这幅油画完成的时候，是一个黄昏。雨停了，杜小鹃打着喷嚏，骑着自行车回到城里。路上很泥泞，她用力把着自行车龙头，防止侧滑。她蹬得很费劲，却不觉得累，她的脑海里一直浮现着这幅油画。她终于有一幅自己的裸体油画了。这幅油画画得这么好，和她在画片上见过的裸体女人一样。她的皮肤光洁，只是身材不如画片上的女人那样丰满，但她还是很喜欢。她现在想的是，把这幅油画放在什么地方。在城里，她找不到放置这幅油画的地方，只能暂时放在乡下，她想。

杜小鹃回到城里，照常上班。她依然穿着绿军装，束着人造革皮带，精神抖擞地装配自行车。与往常不同的是，她戴着棉纱织成的劳保手套工作，过去她很少戴手套，指甲缝里积了黑黑的油垢，手上的皮肤变粗糙了，还经常被锐利的钢丝划出小小的伤口。她戴着手套拧螺丝，装链条，安车把，上轮胎。她想到自己的身体出现在一幅油画上，现在放在乡下一间屋子里，嘴角就要浮现出一丝笑容。她在吃饭的时候，会想着在乡下吃饭的情景。她和叶一峰吃的是红苕汤。那是在铁锅里用柴火煮熟的，叶一峰画她的时候，在灶膛里烧木块柴。木块柴燃得久，为了找这种熬灶的柴，每天收工后，叶一峰都要在山坡上挖树疙篼（树根），把它们劈成块。它们比稻草和苞谷秆燃得更久，他在画画的时候，就不用经常起身去向灶膛里添柴火了。

有时，杜小鹃就会在下雨的时候去乡下看她的油画。叶一峰把油画放进装粮食的木头柜子里。他把柜盖向上掀开，用一根木棍撑着，把斜倚在柜子里的油画取出来。"油画再放五个月，就干透了。"叶一峰对她说，"到时候，我再涂一遍上光油。"

杜小鹃看着油画中自己的裸体。画面上的她，像自己，也像别人。她已经没有过去第一次看见裸体油画的那种异样的冲动，而是一种舒适一种平静。过去，她骑着自行车在乡间跑来跑去，那是为了检验新装好的自行车，没有落脚的地方。现在，她可以把自行车骑到谭家大院，到这间屋子里欣赏自己的油画。

"我想来看它的时候，我就要来。"她对叶一峰说。

"好嘛。"叶一峰说，"下雨的时候，我就不锁门。"

下雨的时候，叶一峰不再锁门。如果他不在屋子里，就在河里游泳。下雨的时候，杜小鹃只要有时间，就会到乡下来，从柜子里取出油画观看一会儿，再和叶一峰说一些话，然后骑车回家。有时，她会吃了晚饭再走。

每一次，杜小鹃都会骑着不同的自行车来看她的油画。最后一次，是一个寒冷的下午。天越来越冷，杜小鹃到了叶一峰的屋子时，门没有锁，但屋里没有人。杜小鹃打开粮食柜子，把油画取出来，放在柜子边上。画面上的她看着自己，脸上带着微笑。杜小鹃把灶前的小木凳搬过来，坐在上面欣赏。脸，肩头，乳房，大腿，膝盖，下腹部没有阴毛，和自己一样。画像中的整个身姿都像自己，但眼神有一点俏皮的意味。这不是自己的眼神。这是唯一不像自己的地方。

杜小鹃在小凳子上坐了很久，出神地盯着油画上的脸。她感觉到，油画上那张脸的笑容消失了，变成了恐惧的神情。她吓了一跳。

身后有一道阴影投射到油画上。有一个人站在自己背后。但他绝不会是叶一峰。杜小鹃扭过身子，看见一个穿绿军装的身躯。她站起来。这是一个陌生男人，浑身散发出烟的臭味。那是抽烟男人身上散发出的气味。

这个陌生男人身材魁梧，满脸络腮胡茬，下巴很宽，眼睛又小又亮。他盯着杜小鹃。

"你就是那个陪着叶一峰在河里洗冷水澡的女人？"陌生男人问。

"你是哪一个？"杜小鹃问。

"我是哪一个，哈哈。"那人干笑了两声，"我是公社的武装部长胡亮华。你听说过没得？"

"听说过。"杜小鹃说，"我听谭二狗说过。"

"谭二狗，哼！"胡亮华说，"这个狗东西，阶级斗争这根弦，他就是绷不紧！我喊他密切注意六大队六小队四类分子的新动向，结果，他连狗都不如！我在公社都听说了，有一个女人，经常陪六大队六小队的反革命分子、劳改释放犯叶一峰在河里头洗冷水澡。我问过谭二狗，这个女人是哪个，他说，是城里头的红卫兵小将。你就是那个红卫兵小将？红卫兵小将会陪着反革命分子在河里头洗冷水澡？你的阶级立场到哪里去了？"

"叶老师不是反革命分子。"

"哟，还叶老师！"胡亮华说，"他是不是反革命分子，是你说了算，还是我说了算？"

杜小鹃不说话了。

胡亮华看了看油画。

"这是哪一个？是你？"

"是我。"杜小鹃挺直了身子。

"这个谭二狗，是啥子眼水（眼力）！我问过他，叶一峰平时在画些啥子，他说，叶一峰在画社会主义的江山。搞了半天，叶一峰在画'封资修'的东西！"胡亮华说，"你看，这个叶一峰，不好好劳动改造，躲在阴暗角落，画资产阶级的婆娘！"

"他画的不是资产阶级的婆娘，他画的是我。"

"你是红卫兵小将，咋个像资产阶级的婆娘那个样子，脱得精光，睡在床上，让男人看？"

"他在画我，这是艺术。"

"啥子艺术不艺术的。"胡亮华说，"我看，他不是画你，他画的就是资产阶级的婆娘。要不然，你现在把衣服脱了，让我看一看，他到底画的是不是你。"

杜小鹃退后了一步。

"脱了！"胡亮华两手揪住杜小鹃的衣领，"嚓"的一声，把她的衣领撕开。杜小鹃抓住胡亮华的右手腕，狠狠一口咬下去。胡亮华惨叫了一声，一掌打在杜小鹃头上。杜小鹃倒在地上，胡亮华抱起她，扔在床上。他扑上去，把杜小鹃压在身子下面。杜小鹃的头扭来扭去，躲避他湿漉漉的嘴巴。

突然，胡亮华惨叫了一声，直起身，双手捂着后脑勺，鲜血从他的手指缝里流下来。叶一峰站在屋子里，手里提着一只小木凳。他扬起小木凳，又一次砸在胡亮华的头上。

胡亮华用手捂着流血的脑袋，冲出屋子，跑到院子里一幢房子面前，高声喊："谭二狗，谭二狗！"

谭二狗端着饭碗出现在门口。

"哟，出啥子事了，胡部长？你摔到崖坎底下去了哇？流这么多血？"

"啥子崖坎底下不崖坎底下，快，把碗放下，把枪拿起，跟我去把

564·

反革命分子叶一峰抓起来!"

"抓叶一峰?"谭二狗说,"干啥子要抓他呢?他劳动改造得好好的。"

"莫说那么多!"胡亮华说,"老子喊你抓,你就去抓!再找一根麻索子,粗一点的,把他给老子绑紧一点!"

谭二狗转身回到屋子里,从墙上取下他的七九式步枪,"咔嚓"一声,把枪栓卸下来,扔到床下。

"谭二狗,快一点,你在屋里搞啥子?"胡亮华在门外喊。

"报告胡部长,我在找枪栓。"谭二狗说。

"啥子时候了,你还在找枪栓!"胡亮华说,"找不到就不找了,快点出来!"

"胡部长,拿一杆没得枪栓的枪去抓反革命分子,这事以后传出去,我哪里有脸见人?"谭二狗说。

"你还给老子啰唆!"胡亮华吼了起来,"快点出来!"

"是你喊我带着没得枪栓的枪去抓他的哈。"谭二狗把枪挎在肩头上,慢腾腾地走出屋子,"等会儿他要往台湾跑,我是莫得办法开枪的哈。"

他们走到叶一峰的屋前。谭二狗把枪端在手里,走进屋子。过了一会儿,他跑了出来。

"报告胡部长,叶一峰不在了,他跑了,可能往台湾跑了。"

胡亮华冲进屋子,里面没有人。

"他跑,我看他往哪里跑!"胡亮华咬着牙齿说,"一个反革命分子,能够跑到哪里去?现在是无产阶级专政的天下,他就是跑到天涯海角,老子也要把他们抓回来!"

他们再也没有回到那幢房子里。林译苇想。他们并没有跑多远,并且,永远停留在那个地方。那个地方,就是叶一峰的红苕窖坑。

林译苇想象着当时的情景。叶一峰把油画放进柜子里,盖上柜盖,拉着杜小鹃的手,跑出了屋子。他们跑到红苕窖坑边,揭开用干枯的苞谷秸秆做的窖坑盖。叶一峰让杜小鹃先下去,自己再滑下来,把盖子盖好。坑里黑暗下来了,也安静下来了。他们倚着坑壁坐着,彼此听得见对方的呼吸声。

"在这里，他们找不到我们。"叶一峰说。

杜小鹃点了点头。她意识到叶一峰看不见自己的动作，就说："对，他们永远找不到我们。"

他们屏着呼吸，听着外面的动静。过了一会儿，外面传来人的说话声。说些什么，他们听不清楚。

又过了一会儿，外面没有声音了。杜小鹃感到一阵困乏袭上身来。

"我想睡觉。"杜小鹃说。

"那你先睡。"叶一峰说，"等会儿他们走远了，我再喊你。"

"我有点害怕。"杜小鹃说，"我要你抱着我。"

叶一峰迟疑了一下，把身子挪到杜小鹃身边。他伸出双手，拢住杜小鹃的双肩。他第一次搂抱女人。他感觉到自己双臂的肌肉在发抖。

"我要你抱紧一点。"杜小鹃说，"我有点冷。"

叶一峰紧紧抱着杜小鹃。杜小鹃舒了一口气。

"我不怕，也不冷了。"杜小鹃说。她闭上眼睛，黑暗的眼前出现了一些飘浮的东西。她努力辨识这些东西。她看清楚了，这些东西里面，有自行车，有油画，还有一棵桉树苗。它们在她黑暗的视野里飘来飘去，缓慢，轻柔。

"我看见了。"杜小鹃对叶一峰说，她的声音越来越低，"我看见了，那棵桉树，它发芽了。"

"我没有听清楚你讲的话。"叶一峰的脸凑近杜小鹃的脸，"你再说一遍。"

杜小鹃再也没有说话。叶一峰也不说话了。他的意识也模糊了。黑暗笼罩了他们，他们的瞳孔放大了，他们要看清楚永恒的黑暗里的东西。然后他们沉沉睡去，再也没有醒来。

那天晚上，下雨了。雨很大。雨水冲垮了红苕窖坑边的悬崖，它塌下来，覆盖在窖坑上，把窖坑封死了。悬崖边那丛芦苇也随之垮下来，稳稳地坐在窖坑上，在雨水中挺直了身子，一直茂盛地生长下去。

第十一章　流浪

林译苇合上便笺本。

她的手指，因为写字太多，僵硬了。她伸展开手指，对着窗外射进来的光线，观察它。中指有一个微微凸起的圆形茧疤，那是笔杆磨出来的。茧疤呈半透明的肉色，让她联想到叶一峰在松树上取下的松脂。

田单岭，叶一峰……他们的故事在她的想象中浮现，又沉入黑暗的记忆深处。他们在大地上行走，他们在大地上生活。他们劳作，喝酒，画画，打枪。枪支，酒杯，粪桶，油画颜料是伴随他们的生活道具，现在，这一切全部变成文字，留在她的便笺本上。她已经使用了二十五本便笺本，她用铅笔、钢笔、圆珠笔在上面写下密密麻麻的字迹。这些文字从古代的岩石、龟甲和竹简延伸到她的便笺本上，记录下流逝的时光里曾经发生过的事情。那些事情早就成了碎片，被时间带走，一去不返，唯有文字可以聚集这些碎片，让它们复活一次。就像最先出现在岩石上的象形文字，记录了原始人所看见的野牛和鹿。还有一些文字告诉过路的人，此地的小麦在某个季节获得了丰收。那就是历史，林译苇想，她扭头向窗外看去。窗玻璃过滤了光线，也挡住了许多声音，但她知道，历史正在发生，许多人没有注意。

林译苇的思绪浸在别人的往事里，是因为她不愿面对自己的往事。她坐在办公室，这里寂寞但温暖。中午下班的时间到了，她还是坐着，翻阅桌上的几本小说，有雷蒙德·卡佛的《大教堂》，有理查德·鲍尔斯的《回声制造者》，有伊恩·麦克尤恩的《水泥花园》。那上面的文字记录了另一些地方发生的事情，却是她自己的世界的组成部分。她想在自己的世界里待得更久一些。当她回到自己家的时候，她的心里，就可以多装一些温馨的短暂回忆。她的房间冷冰冰的，可能，唯一的温暖就是她的便笺本。那二十五本便笺本，她在家里和办公室里分别放了一些。这样，回到家里，她就可以沉浸在自己营造的世界里。这个世界和外面的世界，有一些地方是相通的。

　　林译苇还是回家了。她打开门，进了客厅。她走进自己的房间，把门关上。她放下拎包，站在墙边，看着墙上的字条。墙上的字条越来越多，墙上钉了许多她自己的思绪，一些偶然从脑海里冒出来的短句子：

　　　　屋子里没有风。历史的碎片聚集在一起，所以，家庭的记忆总是具体的，悲伤的尘埃总是挥之不去，聚集在每一个人的心里。家庭是放置回忆的地方。

　　　　那么，在屋顶下，没有风，一些微粒就聚集起来，成为个人或家庭的记忆。一切都在里面——痛苦，快乐，以及历史留在一个人身上的痕迹，等等。所以，社会的动荡，历史所产生的后果，承受者都是一个具体的人。

　　有一次，她在单位的图书室借到一本旧诗集，这是波斯诗人莪默·伽亚谟的四行诗集《鲁拜集》，译者是郭沫若。里面一首诗让她回味了很久。她也把它抄写下来：

　　　　四野正在鸡鸣，

　　　　人们在茅店之前叩问——

　　　　开门罢！我们只得羁留片时，

　　　　一朝去后，怕就不再回程。

　　这空灵的诗意让她想象古代波斯的生活情景。高山，盆地，盐沼，荒漠。在这样的背景下，散布着一些茅舍，那是农业文明的经典符号。这样的茅舍也在同时期出现在中国大地上，那时，也有一首相似的诗，是元朝散曲作家马致远创作的小令《天净沙·秋思》：

　　　　枯藤老树昏鸦

　　　　小桥流水人家

古道西风瘦马

夕阳西下

断肠人在天涯

这两首诗，都有空灵的意境。正因为空灵，它的包容性也就很大。它们那空灵的诗意飘荡到多个世纪之后，深刻地感染了自己。

这两首诗，表达的都是游子和归属问题，林译苇想。许多诗歌的内在精神品质都染上了流浪的色彩。不仅是诗歌，小说也如此。一些世界名著，从古代的《唐·吉诃德》到当代的《在路上》。西方的小说是这样，中国的小说也是这样。《水浒传》和《西游记》的流浪质感就很明显。流浪——林译苇想——一个人在大地上行走，只要没有目的地，就具备了流浪的特征。唐·吉诃德先生是一个有目的地的人，但他的目的地是错误的，所以，他的行为也属于流浪。有时，一个人在行走时，有明确的目的地，但他在到达之前，会有迷茫的时候，这个阶段，也是流浪的时刻。鲁智深，林冲，孙悟空，猪八戒，他们都是这样的。很多时候，人们都在流浪，如果不在大地上流浪，就会在生活中流浪，或者，在心灵中流浪。也许，人生就是一个流浪的过程。

我自己每天也在流浪，林译苇想到了自己的生活境况。曾经，她的心灵依托是这个家，是丈夫韩其楼。他身上有一种特别的气质——单纯，聪明，让她喜欢。但人是要变质的，生活也就跟着变质。变质的生活塌下来，压垮了她的生活依托，让她坠入虚无之中，让她再次体会到流浪的感觉。

林译苇盯着墙上抄写着这两首诗的字条，想到了在古代波斯阳光下行走的人，在元朝夕阳下行走的人。那阳光掠过时空，也照射到了田单岭和叶一峰身上，但很少照射在她身上，因为她在室外活动的时间很少。她和叶飘到乡下拍摄照片，阳光曾照射在她的身上。她在城里行走，从家里到办公室，或是从办公室到家里，二点一线，一线二点，身上也曾涂抹过短暂的阳光。在古代，人们在旷野里劳作的时间居多，他们身上聚集的阳光也更多。现在，更多的人在城市里生活，活动的场所在屋子里，阳光就被阻挡在屋顶之上。林译苇平时就在办公室和家里走动，带着她的便笺本，流浪的感觉伴随着她。

这种感觉，在她父亲去世以后；就有了——时隐时现，有时触手可及。她和韩其楼结婚以后，这种感觉曾经消失了。它复活的那一天，是她看见自己丈夫和一个陌生女子手拉着手在人群中行走的那一天。她一下明白了，自己一直在流浪。过去是在人生中流浪，现在开始，在精神中流浪。

也是从那以后，她在纸上描写一些被几十年前的阳光晒过的人，田单岭，叶一峰……他们伴随她在生命中流浪。当她写完二十五个便笺本，他们就在她的笔下走完了自己的人生。现在，旷野里又剩下她一个人了。

其实，人生就是一场漫长的流浪，林译苇想。他们在生活中行走，有的人有目的地，有的人没有目的地。有目的地的人和没有目的地的人，他们最终都有一个共同目的地，那就是死亡。田单岭死了，叶一峰死了。陶雅死了没有呢？这一点，林译苇不清楚。这么多年过去了，一直没有她的消息，但她还没有到自然死亡的年龄。也许，她已经行走不便，整天坐在轮椅上，有时被用人推着，到洒满阳光的大街上散步；也许，她还行动自如，经常到博物馆到美术馆去打发时间。她是不是经常回忆自己在中国的事情，她会不会想到那个身材瘦小的同学叶一峰呢？她送给他的照相机，现在遗落在这个世界的哪一个角落？

林译苇想到了另一个女人，袁桂花。她的大辫子变成圆鬏，她的命运就清晰可见。可以肯定的是，她已经死了，也许死得很早。在二十世纪五十年代，那是她最后的日子。她生活在孤单之中。她是一个被男人休掉的女人，人们还传说，她后来成了土匪田单岭的女人。各种眼光投到她身上，她感到这些眼光有毒。躲避这些眼光，成为她的日常生活方式。她养成了不看别人的眼睛的习惯，走路都是低着头。她住在她家的旧茅屋里，屋顶有两根椽子断了，那是当年田单岭从那里蹿出去时撞断的。后来，她抱了一捆稻草铺在上面，简单地补了一下屋顶。风雨把这片稻草打得凹陷下去，她再也没有管它。下大雨的时候，雨水就会从凹陷的地方滴下来，使地面长出青苔。

袁桂花种地，收割谷子，把萝卜和白菜背到红土镇去卖，换一点盐巴钱和灯油钱。她住在长了青苔的潮湿屋子里，潮气进入她的身体，侵入五脏六腑。她的肺生病了，整个冬天都在咳嗽。她到红土镇的"越杏春"中医堂看病，拣了两副中药，在砂罐里煎熬。但她的肺和她的屋顶一样，被岁月压得塌陷了，草药的汤汁无法把它恢复原状。春天还没有到来，她就死在茅屋里。她死得很年轻，头上却有了白发。

　　但是她到达终点了。林译苇在想象袁桂花当时生活情景的时候，想到了自己。人在生活里行走，总会发生一些事情来填满时间。如果时间是一条河流，生活本身就是流水，沉积在河床上的物质就是生活中的意外沉淀。

　　林译苇听见钥匙在门锁里转动的声音，是丈夫韩其楼回来了。中午，他们没有时间做午饭，经常在外面买盒饭。两人安静地吃完午饭，各自回到自己房间休息。林译苇躺在床上，有时短暂地睡一个午觉，有时在桌上写小说。上班的时候，他们各自出门。她总是听见大门响了，丈夫走了，她才出门。

　　这一次，她听见韩其楼在敲自己卧室的门。她打开门，韩其楼站在门边。她身子侧了一下，让他走进屋间，坐在床上。

　　早晨八点半钟，韩其楼在单位的考勤簿上签到以后，打开办公室的门，泡了一杯茶。他从收发室取了办公室的报纸。有当天的《楠江日报》和《楠江晚报》，还有昨天的《四川日报》。他翻看报纸，浏览上面的新闻。到了九点钟，他提着鸟笼出了门，走到大街上。在一个公交站台，他乘上了208路公交车，来到郊外。他下了车，有一条新建的水泥路通向一座山坡。他沿着这条路向前走了一段，沿着一片倾斜的草地走上坡顶。他的裤子沾了一些草籽。他坐在坡顶一块石头上，把鸟笼的蒙布打开。

　　"伤兵"站在栖木上，突然涌进的光线让它感到不舒服。它转动脑袋，向四周看了看，身子在栖木上移动了一下，又安静了。

　　韩其楼从衣袋里拿出一个小塑料袋，对着阳光看了一下里面的鸟食。这些褐色的颗粒是他用烘熟的面包虫和人参粉、枸杞粉、牛肉松混合在一起做成的。他捏了一小撮，放在鸟笼里的陶瓷食杯里。"伤兵"啄食了几粒。它好像感觉到了什么，在栖木上烦躁地移动身子。

韩其楼打开鸟笼的门，"伤兵"冷漠地注视着外面的明亮世界。韩其楼伸进手，轻轻捉住它，把它带出来，让它站立在自己的右手食指上。他感觉到"伤兵"的脚爪紧紧抓住自己手指的力量。他的手臂一扬，把"伤兵"送上天空。

"伤兵"的脚爪在他手指上蹬了一下，身体腾向空中。它短暂地飞翔了一段，降落到一丛灌木枝条上。它回过头，看了看韩其楼，又飞了回来，停在他的肩上。

韩其楼从肩上取下"伤兵"。他把它放在手掌中，再次扬向天空。

"你不要再回来了。"韩其楼对着在天空扑腾着翅膀的"伤兵"说，"你从哪里飞来的，就回到哪里去。"

在这寂静的山坡上，没有人听见韩其楼说话。他对着"伤兵"自言自语。"伤兵"向前飞走了，它飞了短短一段距离，又降落下来，回头看一看韩其楼。韩其楼不知不觉移动脚步，向"伤兵"走去。快走近时，"伤兵"又飞起来，并再次降落。它把他一直引到山坡下。

韩其楼跟在一只鸟的后面，向前跑动。他曾经跟在一只鸟的后面奔跑，遇见了文纹。今天他又跟在一只鸟的后面向前跑。"伤兵"向前飞一阵，又停下来。他跑到山坡的下面，那里有一幢别墅。"伤兵"飞到一丛花园里人工栽培的斑竹丛中。韩其楼停下了脚步。

这幢别墅是一家"农家乐"，别墅四周是花园，前面有一个停车场，停了几辆汽车。有几个穿围裙的人正在忙碌，他们有的在洗菜，有的在杀鸡，有的在剖鱼。一个女人从屋里走出来，她穿一件带毛领的黑色衣服。那毛领上的毛细致又润滑，在微风中轻轻飘动。韩其楼注意到了毛领，因为，他先看清楚了这个女人的脸，再把眼光转到她的毛领上。

她是文纹。她张开嘴，愣了。

"没有想到，会在这里遇见你。"韩其楼说。

"我也没有想到。"文纹说。

"我把'伤兵'放了。"韩其楼说。

"哦。"文纹说。

"它在那丛竹子里。"韩其楼指了一下斑竹丛。

文纹看了一眼那丛斑竹。

"我知道，它打赢了吴跛子的'上等兵'。"

"对，是吴老师的'上等兵'。"

"你愿意进来坐一会儿吗?"

韩其楼随着文纹走进别墅，在一个房间里坐下。

"这是贵宾室。"文纹说，"这个餐馆是鲁兆平开的。这座别墅也是他的，他的朋友多，应酬也多。他就把别墅办成餐饮店，主要是招待朋友。你见过鲁兆平，在医院里，那一次，小娜病了。"

"我记得。"韩其楼说，"但你没有给我讲过这些事情。"

"我没有对你讲过。"文纹说，"现在，小娜在城里的学校读书，是圣宇私立学校，全封闭教学，周末才回家。我就有一些时间，到这里来看看，帮助鲁兆平打理一下。"

韩其楼点点头，"我为你感到高兴。"

"这也没有什么。"文纹说，"生活就是这个样子。现在的父母，为了孩子，可以做很多事情。小娜一直想要一台钢琴。现在，她有钢琴了，我的心，一下就轻松了。这些事情，如果不去做，就会耽误孩子。你说呢?"

"我很理解你，所以我为你高兴。"韩其楼说。

"谈谈你的情况。"文纹说，"最近过得怎样?"

"还好。"韩其楼说，"心态比过去更平静了。"

他们坐在那里，一时没有说话。韩其楼注意到，文纹的脖子上戴着一个紫色水晶石雕琢的坠子，坠子的形状像英语字母"W"。那是他送给她的。他的心里涌起一股滚烫的热流，这热流涌到了他的眼睛里。

文纹抬起右手，轻轻摸了摸这枚水晶坠子。

韩其楼闭了一下眼睛，努力把这股热流阻止在眼眶里。他睁开眼睛，把目光投向窗外。女人真是一种奇妙的动物，他想，男人的目光落在她们身上的任何地方，她们都一清二楚。

"我是不会把它取下来的。"文纹说。

"谢谢你。"韩其楼说。

"我应该谢谢你。"文纹说。

韩其楼站起身。"我要走了。"他说，"我的鸟笼还放在山坡上，我把它拿走。"

"好的。"文纹说，"你有空就来坐坐。"

"这个地方，我可能会很少来。"韩其楼说。

文纹微微点了点头。她站起身，把韩其楼送到公路边，看着韩其楼走上山坡。

鸟笼还放在草丛里。韩其楼把鸟笼提起来，左右看了看。山坡上长满杂草和竹子，一条浅浅的小路在草丛里时隐时现。他向前走了一段，来到一处风化石崖壁前。崖壁下有几块干燥的灰白色石头。韩其楼把鸟笼放在一块石头上，坐在另一块石头上，静静享受这份穷人才能享受的独处时光。

"伤兵"再也不会回来，他过去的生活也不再回来。四周很安静，他的内心也很安静。城市在山坡下面的另一边。

韩其楼感觉自己的生活在向一个地方滑行，然后坠落，就像刚才他跟在一只画眉鸟后面跑。飞翔的画眉鸟总是要把他带到文纹身边。不过，现在他可以离开她了。

韩其楼在坡上一直坐到十一点钟。他离开的时候，没有带走鸟笼。他把它留在石头上，不知谁会把它捡走。也许没有人发现它，风雨就会让它腐烂。那个鸟笼，曾经装过他的往事。他曾经掉在自己的往事里，现在，他要努力从往事里爬出来。

他独自走下山坡，来到公交车站，乘上一辆公交车进城。他在离家不远的餐馆里买了两个盒饭带回家。妻子已经回来了，他感觉得到她在家里的气息。他把盒饭放在桌上，轻轻敲开她的卧室门，坐在她的床上。

"你不能坐我的床。"林译苇说。

韩其楼换了一个座位。他坐在椅子上，眼睛直盯着林译苇。

"今天上午，我把鸟笼带出去了。"韩其楼说。

"怪不得，我回家，感觉少了一点什么东西。"林译苇说。

"我把'伤兵'放生了。"韩其楼说。

"嗯。"林译苇的眼睛看着窗外。

"今天，我想给你讲一些事情。"韩其楼说。

"是什么事情，非得今天讲？"

"是我的一些往事。"韩其楼说，"我给你讲过一些，今天，我全部讲给你听。我特别想对你讲。"

林译苇盯着他的眼睛。韩其楼也看着她。他在她的眼睛里读到了一丝鼓励的神情。

"我的往事，现在，我看清楚它的形状了。"韩其楼说，"它们的形状很美好。"

明天一定要交作品，"老黑白摄影学会"第三届展览的作品征集明天截稿。这一次的主题是"楠江遗韵"，叶飘早就开始准备了。上一届展览的主题是"老玻璃后面的楠江城"，他展出了自己拍摄制作的黑白组照《铜匠街——楠江旧城灵魂》。这段时间，在拆除的那一段铜匠街上，一座新建的商业大楼已经封顶，剩下的半截铜匠街，与它形成鲜明对比。叶飘以此为题材，拍摄了一组照片，他把它命名为《铜匠街——楠江旧城涅槃》。今天中午，他在新建的商业大楼顶部拍摄了几张铜匠街的俯瞰照片，那是一个全新的视角。也许，铜匠街自诞生之日起，就没有人从这么高的角度拍摄它的影像，叶飘想。他站在楼顶的水泥护栏边往下面看，他看到了灰黑色的古老瓦屋顶匍匐在地上，它的旁边是灰白色的街道，四周是新建的钢筋水泥楼房。再远处，是波光粼粼的楠江。楠江夹在两岸高大的楼房之间，河道比他印象中的更窄。

叶飘把镜头对准铜匠街的老房子。中午的阳光直射下来，屋顶下面的阴影很少，形成平面的景观。这是他要追求的效果。照片的平面感觉会增加它的符号化特质。他想把这张照片拍摄成一幅平面的符号化的照片，过滤色彩，压缩体积，突出它的文献意义。

拍摄了几张照片，叶飘从楼顶下来，走到街道上。这里的街道与铜匠街残存的石板街道不同，是水泥路面，还被工人仔细地切割成细密的条纹。几个月前，他在这里拍摄了一张车祸照片，冲洗照片时，在人群中发现了林译苇。

后来，他在人群中找到了林译苇。他们用一台徕卡相机拍摄了一些照片。这台相机能够显现过去的影像，他把这些影像冲印出来，编辑成一组纪实照片。他给它取了名字——《重生的影像》。他要把这一组照片与他的《铜匠街——楠江旧城涅槃》一起送到楠江遗韵摄影展览会上去。

没有人相信《重生的影像》是这台徕卡相机捕捉到的逝去的时光，那些几十年前在这片土地上生存过的人们，他们的生活情景在一台照相机的胶片上重现。叶飘曾经把照片给一些摄友看过，还把徕卡相机给他们看。这台掉漆的旧金属物件在他们的眼睛里没有什么分量。那些裹着头帕坐在桌边喝酒的男人、广场上的士兵雕像、屋子里的油画、松林里的男人对他们也没有什么吸引力，这些照片就像从档案馆里找出来的旧照片。他们不是照相机收藏家，也不是研究旧照片的人。他们感兴趣的是用最先进的摄影器材拍摄值得拍摄的东西。这一点，他们没有错。但叶飘已经与他们不同了。自从他用徕卡相机捕捉到逝去的影像之后，自从他从湿淋淋的放大纸上看到另一个时代的陌生人通过照相机镜头、通过放大机镜头重现的时候，他就意识到，自己以前对摄影的认知太肤浅。后来，他经常回想起当时的情景，他愿意放弃一切，换回他第一次看到这个情景的感觉。从那时起，摄影在他的心目中就与过去不一样了。过去他以为，摄影只能捕捉当前的影像，再现当前的时光。但一台照相机能够再现曾经存在过的事物，颠覆了他对影像的认识。

后来，叶飘和林译苇又下乡拍摄照片，但这台相机再也无法再现过去的时光了。装进相机里的胶卷，拍摄出来的影像全部是当前的影像，与其他相机无异。也许是它的魔力已经消失，也许是它的使命已经完成，它成了一台沉默的老古董。

但世界已经在叶飘的意识里变了样。他还是带着相机在大街小巷拍摄照片，有时也到乡下去。他和林译苇在乡下转悠了好几次，但这台相机真的不能拍摄消失了的场景了。

"但我把这些场景记录下来了，有一天你可能会看到。"林译苇把这台徕卡相机拿走的时候，曾对他这样说。

"我已经找到了它的前世今生。"林译苇对他说，"我已经弄清楚了，它为何藏在那堵青砖墙里。"

林译苇所说的记录一些场景，就是根据这些照片写的小说。她没有给叶飘看过她写的小说。他也不知道她写完没有。他已经好几天没有见到她了。生活又单调起来，他每天上班，在城里拍摄新闻照片。

他已经有好几天没有和林译苇联系了。他们在一起，主要的事情就是拍摄照片。她是他在大街上寻找到的女人，她是别人的女人，也是她自己的女人。她的身上，有一种拒人于千里之外的气质，当叶飘在大街上寻找到她时，他也被别人在大街上找到，那是出租汽车司机徐婕。

徐婕和林译苇，一个是让他浮躁的女人，一个是让他安静的女人，但她们离自己都很远。他感觉到了这个距离。她们好像都不是出现在自己的生活里，而是出现在梦里。没有她们在身边，叶飘的生活背景就只剩下坡上的那幢农舍。

这段时间，叶飘又沉入过去的日子，一个人住在坡顶的农舍里。徐婕也有一段时间没有给他打电话了。他一走到街上，就会不知不觉四处张望，希望看到林译苇的身影，希望再次在街上遇见她。而他在床上一躺下来，屋子里便弥漫着徐婕的气息。有时，他在夜晚失眠，眼睛盯着黑暗的屋顶，朦胧的脑海里就会浮现出徐婕的形象。她赤裸着身体在房间里走来走去，奇异的香味随着她的走动飘散开来，遗留在她到过的地方。她是一个性感的女人。有时，她的性感就是她的神秘感。叶飘一直不知道她住在哪里，家里有什么人。她从来没有说起过自己的家庭情况。她走进叶飘的生活里，他不知道她该怎样走出去。她经常到他这里来，他们在这间屋子里做饭做爱，她还给他讲她遇到的事情——一个出租车司机，能够遇见许多事情。现在，她可能和抢劫过她的那个男人在一起，他后来成了她的恋人。上次徐婕告诉叶飘，这个男人从监狱里放出来了，虽然她表示，她爱上了自己。

林译苇不一样。林译苇是他的大街上找到的女人，她的身上有另一种神秘感。她在他身边时，他感觉到一种宁静。这宁静来自她本身，也来自他们一起去的地方。他们用徕卡相机拍摄照片，这台相机像他们的另一只眼睛，代替他们看到了他们原本看不到的东西。那是在拆迁工地上找到的照相机。在那些老房子里，不知还有多少被人们遗忘的物件。刚才，他在楼顶拍摄铜匠街的照片时，看见那些乌黑的屋顶，宁静的气氛包围了他，就像林译苇在他身边。但他从来没有抱过她的身体。最初吸引他的，就是她的身体和神情。当时，在一张黑白照片上，她比其他人更先显影，他到现在都没有从技术上弄懂这个道理。

叶飘乘坐 36 路公交车，来到城郊的终点站。他的房子就在那座山坡的半山腰，他慢慢走上山坡。他已经习惯慢慢走路了，他只是回到自己住的房子里去，把中午拍摄的胶卷冲洗出来。他没有什么特别的事情。

叶飘开了锁，进了屋，走进暗室。他把尼康 F100 相机和一个不锈钢洗片罐放进黑布做成的暗袋中，打开相机后盖，取出胶卷暗盒，将胶卷从轴中拉出来，与洗片罐中的塑料胶带叠在一起绕成一卷，盖上洗片罐的盖子。他把密封好了的洗片罐从暗袋里取出来，打开上面的小盖，倒入清水。罐子里的胶卷浸透之后，他将里面的清水倒干，缓缓倒入显影液。他轻轻摇动罐子，使里面的显影液均匀地与胶卷发生化学反应，然后把它放在桌子上。他掏出手机看时间，过了七分钟，他将显影液倒进一个棕色的瓶子里，把清水注入洗片罐冲洗胶片，再倒干清水，倒入定影液。十分钟后，他将定了影的胶卷从洗片罐中取出，观察了一下。铜匠街残存的旧房屋在胶片上清晰地显现，它呈现出颠倒的黑白影像——原本黑色的屋顶是透明的，灰白色的街道呈现出深灰色。影像的聚焦和曝光是准确的，冲洗时间也恰到好处。他用夹子把胶片夹好，准备挂在一根绳子上，让它自然阴干。

这时，他听见有人敲门。

今天的中午，已经是很久以前的事情。林译苇从家里出来，到单位上班，两个小时过去了，她坐在办公桌前，拿着一份《楠江日报》，却读不进去。她打开电脑浏览网页，读了一些什么信息，她一点印象也没留下。

午饭后，韩其楼对她讲了他与刘雅和文纹交往的全部经历，以及留给他的感受。他对她说，这是他的人生财富。这个坦诚的观点，让她感动了。

一个人在大街上行走，走过之后，这条大街就与这个人无关。但是，生活不是这样。一个人在生活的某个时段，在生活的某个场景里行走，一旦走过，痕迹就会留下来，或者是脚印，或者是气味，或者是他的思绪，全部留在记忆里，构成自己的历史。韩其楼的故事成了他的历史的一部分。他在自己的生活中行走，迷了路，留下一串凌乱的脚印。

他给她讲了自己怎样迷路，他失去了自己爱上的女人，只有一只鸟陪伴着他。这是一次坦诚的谈话。这样的谈话只能出现在一个出了问题的家庭之中。林译苇意识到，她这一生遇到的最大难题，可能会在今天解答。过去的日子真的病了，也许，今天它开始痊愈。

但她的世界还是被伤疤覆盖着。她曾经对他说过，要给他看照片，是她和叶飘用徕卡相机拍摄的。她一直没有给他看。中午在谈话时，她在认真听。她感动，而且难受。上班的时间到了，她依然独自出门。

她发现，这座城市对她是如此陌生。它只是安置自己的一个环境，没有什么特别的意义。熟悉的街道，熟悉的办公室。而她自己一直在远方。她走在街上，坐在办公椅上，心却始终飘浮在空中。她体会到失重的感觉。把她拽回地面的事物，是她的二十五个便笺本和那几张从徕卡相机里诞生的照片。现在，它们是她的世界。

她放下手中的报纸，从办公桌的储物柜里取出徕卡相机，走出单位的大门。她想再用这台相机拍摄一次，想看一张白色的放大纸在药水里显影。她已经好久没有经历这样的情景了。

她走到街上等车。现在还没有到下班时间，站台上等车的人不多。

她站在一个牵狗的老头身边，等了几分钟。第 36 路公交车到站了。那是开往郊区的公交车。她上了车。车上的人不多，她走到车尾，坐在靠窗的座位上。越是到终点站，车上的人就越少。最后，车上只剩下林译苇一个乘客。

林译苇下了车。那种轻飘飘的感觉还在。她想起来了，自己的拎包里没有便笺本了。小说《屋顶下的天空》完成之后，她就把这二十五个便笺本全部放在家里和办公室里了，她的身上就失去了某种重量，虽然，那台沉甸甸的徕卡相机现在放在她的拎包里。

《屋顶下的天空》是她通过徕卡相机看见的别人的历史。它有重量，它沉淀了一些历史碎片。它像一件重物，可以稳住她的身体，就像一个潜水员身上的铅坠。这是她从历史的深海里打捞出来的重物，带着它，她走路的时候就不会轻飘，即使她一时没有目的地。

她步履跟跄地走上山坡，来到叶飘的屋前。门关着，她敲门。在等待开门的时候，她回头望了一下城市，抬头看了一下天空。城市沉浸在淡淡的雾霭里，天空的云层像皲裂的冰块，斜射的阳光从一条裂缝里洒了下来。门开了，叶飘手里拿着湿漉漉的胶卷，脸上流露出惊讶的神情。

林译苇进了屋。屋里有一种混杂着显影药水味儿的阴凉气息。

"你在冲洗胶卷？"林译苇问。

"'老黑白'又要办一个展览。"叶飘说，"我今天到了铜匠街，拍了几张照片，刚刚把胶卷冲洗出来。"

"铜匠街？"林译苇说，"我想看看那里的照片。"

"你等等。"叶飘关上大门，拿出一个电吹风，把胶卷吹干。他把林译苇领进暗室。他关上暗室的门，把胶卷夹进放大机的底片夹里，拉上厚重的布帘，遮住牛肋骨窗。室内一下陷入彻底的黑暗里。叶飘打开暗室的红灯。那只五瓦的红色灯泡把红色光线投射到室内的空间里，整个房间像浸在红色的液体之中。

叶飘从一只黑色塑料袋里取出一张边长为十二英寸的俄罗斯涂塑碳素放大纸铺在压片板上，打开放大机的电源开关。一只磨砂灯泡燃亮了，光线透过底片夹中的胶卷投射到相纸上。这是一张作废的放大纸，叶飘慢慢旋转放大机上的旋钮，投射到放大纸上的影像逐渐清晰。这影像是负像，房屋的屋顶是白色的，街道是深灰色的，像一个人在梦中见到的图像。

叶飘把一块安装在镜头下面的圆形红色滤片拨过来遮住镜头里射出来的灯光，撤掉那张废放大纸，换上一张未曝光的放大纸。他拨开红色滤片，让透过胶片的灯光晒在放大纸上。二十秒钟后，他关掉放大机的灯光开关，把放大纸浸到盘子里的显影液中。这张十二英寸长八英寸宽的涂塑碳素放大纸渐渐出现房屋和街道的影像，叶飘把这张放大纸放进定影液中。

他们站在暗室里，等待这张放大纸上的影像在药水里稳定下来。林译苇感觉到一种淡淡的烟草味儿在逼近。那是叶飘身上的气味。在红色的光线中，一种呼吸也在逼近。

"你不准抱我。"林译苇突然说。

叶飘还是抱住了她。她的身体僵直了。但她的体温透过她身上的衣服传递到叶飘的手上。

"放开。"林译苇说。

叶飘没有放手。他只是抱着她。

"我要生气了。"林译苇说。

叶飘放开她，站在一边。

林译苇打开暗室的门，走到堂屋。叶飘跟着走出来，再次抱住她。他感觉到，林译苇僵直的身子慢慢瘫软了。他低下头来，轻轻闻林译苇脸上散发出的气味。她的脸上没有香水味，只有淡淡的体温形成的气味。这时，他感觉到她身子又僵直了，一股陌生的力量从她体内膨胀，传递到他的手臂上。她在挣脱自己的拥抱。叶飘慢慢放开了她，跟随她的目光，向窗外看去。

屋外站着一个人。

韩其楼站在屋子外面的晒坝上，林译苇的视线击中了他，他的脸部被牛肋骨窗的栅条切割成两部分———一部分纯真可爱，那是因为夕阳的光线照射在上面，另一部分却透出一丝邪恶，那是因为它处在阴影中，并且，还反射出天空的蓝色。

韩其楼站在光线明亮的晒坝上，看不清幽暗的室内，但林译苇却能够清楚地看见他，看见他脸部的表情。他的眼睛里透出一丝痛苦的神色。那是一个善良的人才会有的眼神。他向右边移动了一下，夕阳光照亮了他脸部的大部分。这时，在他的脸上，纯真的部分更多一些了。然后，韩其楼的脸部向夕阳的方向转过去，脸上的阴影更少了，几乎全部浸在光明里。他彻底转过身了。

韩其楼，她的丈夫，那个爱过自己，以及背叛过自己的人，正在夕阳的光线里离她而去。林译苇打开门，走在他的身后。

韩其楼转过身来，怔怔地看着她。他从她的眼睛里看到了某种鼓励。他走了两步，把她抱住。

林译苇把头倚在韩其楼的肩头。很久以前，他也这样抱过她。

"我不喜欢乱七八糟的事情。"林译苇对丈夫说。

这时，林译苇听见身边有一些人在说话。她抬起头，看见一些穿着旧衣服的人站在四周，一些男人裹着白色的头帕，一些男人穿着中山装。一个女人梳着圆髻，一个女人梳着大辫子，一个女人穿着学生装，还有一个女人身穿绿军服，腰间束着一条人造革皮带。

林译苇认出来了，他们是田莲花，胡骏，田大方，田单岭，朱代普，朱世昌，朱老八，张矮子，杨老四，叶一峰，陶蕴玄，陶雅，袁桂花，杜小鹃……他们三三两两站在坝子里，其中一个人对韩其楼说："这个鬼天气，又要下雨了，伙计，你说是不是？"

林译苇认出来了，他是朱世昌。

"朱世昌。"林译苇小声地喊他。

朱世昌盯着林译苇，眼睛里露出茫然的神情。大家的眼睛也盯着林译苇，他们的眼神空洞。

"你是哪一个？"朱世昌说，"我咋个不认得你呢？"

"我认得你。"林译苇说。她的脸上露出一丝调皮的微笑。

"刚才还没有这些人。"韩其楼对林译苇说，"他们是从哪里冒出来的?"

"他们是从我的便笺本里走出来的。"林译苇说。

韩其楼握着她的手,他们十指交叉。他牵着她,向山坡下面走去。在半山腰,林译苇回过头来,那些男人和女人还站在坡上望着自己。当他们走到公交车站时,天上的云层合拢了,变成了厚重的乌云。

冰凉的雨水从高空掉下来,打在他们身上。

这是林译苇熟悉的雨。

现在可以流泪了。

2012 年 12 月 10 日 11 时 42 分　一稿

2013 年 1 月 7 日 11 时 35 分　　二稿

2014 年 1 月 14 日 17 时 27 分　定稿

新闻的副产品（跋）

　　一九九八年，我开始构思一部长篇小说，名字叫《屋顶下的天空》。我一直对在时间和空间里存在过的事物着迷，写作这部小说，是想从自己的生活经验入手，表现在时间和空间里发生的一些事情，在新的层面上认知这个世界，由此进一步认识自身生命的意义。当时，这部小说只有一个总体构想，人物、故事、结构、语言、主题等都不是很明确。究其原因，是生活的积累不够，一些构想停留在空洞的概念上，质感不强，故事与情节也就没有坚实的出发点。

　　一九九九年，我从工作了九年的报纸副刊编辑岗位转到新闻记者岗位，与当下的现实社会零距离接触。这是一个将人生经验与人类经验融合的难得机会。那些年，我游走于新闻事实和小说构想之间，一边当记者，一边写小说，原有的小说构思与现实相遇，无数有质感的生活细节涌进小说构架里，替代了一些概念化的东西。我意识到，要想表现在时间和空间里存在过的人和事物，社会现实就是最好的载体。记者生涯使我再次从生活出发，重新认识一些生命场景，把过往的经验和此刻的体验融为一体，为自己构建了一个小小的世界。在这个世界里，我要做的事情，就是用生活验证观念，用生活验证生命，用现实验证历史。

　　在小说中运用生活经验，并不是品质的保证，但生活经验一旦与写作相遇，会给写作者提供创作的激情，增添书写的勇气。十年的记者生涯，让我用全新的方式进入更广阔的生活场景和生命场景，以新闻的视角进入小说，从一个朴素的角度进入全新的感知世界，被真实的活力氛围笼罩，我在里面找到了感觉，也找到了逻辑。感觉和逻辑是小说品质的前提，也是我持续写作这部小说的动力。这部小说的写作时间长达十四年，动力从未衰竭。

二〇〇九年，我重回编辑岗位，小说完成了三分之二，电脑里积累了近三十万文字。这时，我就像一个农民站在秋天里，这部小说里面的重要元素，如人物、故事、结构、语言等，像农作物一样，已经从新闻的土壤里生长出来，正在成熟。

人物

人物是小说的要素，新闻的主角往往也是人。小说里的人物和新闻里的人，是某种意义上的双胞胎。其中一个是虚构的，一个是真实的；一个是过去的，一个是当下的。虚构的人物的血液与真实的人的血液是一样的，只不过，它们流淌的时间不同，流经的方向也就不同。如果我们的视线转向过去，这样的血液像一条河流，会把一个人带离眼前的景观，进入历史的视野，让人们看到许多自己难以经历的人和事、难以置信的细节。

从新闻的角度看，他们是"人"，从小说的角度看，他们是"人物"。"人"是否能够成为"人物"，取决于他们身上的信息是否被一个写小说的人记录、提炼、融合，通过作者的想象力升华。这些信息就是"物"，与自己的经历有关，与社会有关，与时代有关。

一个采写新闻的人，只要描述这些人当下的状态、获取他们当前的信息即可，而一个写小说的人，却需要发现深层次的信息：这个人性格如何，有过什么样的经历？这些经历在社会和时代的背景下，会演绎出怎样的故事？在记者眼里，这些人接受采访后，就会转身去做自己的事情，采访工作也随之结束；在一个小说写作者眼里，这些工作才开始，作者还要去寻找这个人的往事。往事一定会有的，就像一个人一定有自己的影子；往事是一种力量，是促成被采访对象从一个"人"变成一个"人物"的力量。

在当记者之前，他人对我而言，除了自己的亲朋好友，都是面目模糊的群体。随着采访经历的积累，我所接触的人越来越多。随着采访的深入，这些人身上越来越多的往事被我了解，他们变成了个性鲜明的个体，我的视野也随之扩展。他们身上的历史烙印和过去生活的痕迹与我自己的人生经历相遇，就像泥土与水融合，成为一种可以塑形的材料，成为小说中的人物。还有一些采访对象令我印象深刻，却无法直接进入这部小说，但他们的精神内核可以移植到小说人物身上，比如，一位下肢残疾的乡村教师行动不便，只能居住在他任教的乡村小学里，每天放学后，学校只剩下他一个人。感到寂寞的时候，他就用一把手锤和一枚大铁钉在教室的石头墙上凿刻毛泽东诗词，笔画深入石头至少一厘米。十几年后，教室的每一面石头墙壁刻满了毛体字。他的形象令人难忘，但《屋顶下的天空》里没有他的位置，我就把这种乡村教师特有的寂寞转化到文纹身上，他这个"人"身上的"物"，就成为书中女教师文纹的一部分。

故事

罗兰·巴特认为，叙事是与人类历史共同产生的，适宜于任何材料，存在于任何地方。由此看来，小说充满叙事元素，新闻也充满叙事元素。即便是一根火柴，也充满叙事元素。比如，它是怎样从树木变成火柴，这个过程，充满细节，能够形成故事。

一件饱含新闻元素的事件发生了，如果媒体没有作报道，它就称不上是一件新闻，比如，一座城市或一个地方经常发生各种案件，只有被媒体关注了，它才是新闻，没有被媒体关注，它就只是案件，甚至连案件都谈不上（如果当事者不报案）。当然，它还可以以另外的方式在民间传递，以传说的方式，或传说的变形——谣言的方式，虽然它不能成为新闻，但可能成为历史，也可能成为小说。

报道一个事件，是新闻的责任；叙述一件事情，是小说的责任。它们的共同点是叙事，只不过，新闻主要是用准确的叙述方式还原事件，小说则是通过讲故事的方式表达更加内在、也更加广阔的东西。不管是用何种方式叙事，它们都是对人生、对社会、对历史尽一份责任。

无论哪种类型的小说，故事都是基础。新闻工作者每天面临的事情充满叙事的元素，这些元素也是小说需要的故事元素。从事新闻工作，就是与社会各阶层的人打交道，采集、发布信息。《内江日报》是一个信息汇集的平台，在这个平台上，我看见了很多东西，看见市委、市政府在开什么会议，也看见城市和农村发生了什么事情：在城市的拆迁工地上，一个农民工利用休息时间在房屋的废墟里寻找曾经的居民遗落的小物件，他找到一些金银手镯和钻石戒指，还找到一部徕卡相机；在一个乡镇，几个警察从一个旅馆里抓住了一男一女，他们本来是抢劫与被抢劫的关系，后来却成了犯罪的同谋——一个女出租车司机被一个人抢走了钱包和手机，当她去拿回手机时，却和抢劫她的人私奔了，还给自己丈夫打电话索要赎金，说自己已经被绑架；在一个养老院里，一个退伍老兵每天用夜壶里的尿浇灌花台里一株黄桷兰，它开出的花朵，与玉兰一般大。视线如果越过时间的界限，可以看见几十年前的一个情景：解放军在一个乡镇与国民党残兵打了一仗，解放军发射的一枚迫击炮弹在一座悬崖上炸出一个弹坑，弹坑至今不长草，像一处永远新鲜的伤口……这些信息经过时间的光线折射后，在城市和乡村闪闪发亮。它们首先进入新闻的视野，然后进入小说的视野，变成故事。

那些发生在当下的事情，作为新闻见诸报端后，并不就此结束，它还有发展，还有下文，只是被人们忽略了。它们往往呈现出平面的状态，像一个平台，上面站着许多人和事件。就新闻而言，这个平台的边缘就在眼前；对小说而言，这个平台的边缘在远方。采写新闻的人和阅读新闻的人，可以在这个平台上止步，写作小说的人和阅读小说的人，却另有期待，他们的眼光会越过这个平台的边缘，看看远方还发生了什么。远方发生的事情，就是平台上的人和事件的延伸与扩展，在这里，时间是主要原因。

时间永远不会停止，所有的人都生活在时间里，所有的事情都发生在时间里。新闻只报道其中的一个片断，小说则可以把这个片断扩展，或者把它立体化，探索发生在时间深处的事情，以及发生这些事情的潜在原因，这是小说里故事的形成方式之一。从被采访对象的眼神里，从他们讲话的语气里，从我阅读的一些书籍里，或是从某个地方偶然听来的消息里，我明白了一个道理：事情一旦发生，很快就会在时间里消失。它的意义，在于重复提起。历史就是重复提起某一件事情，使它们变成历史；小说也是重复提起某一类事情，使它们变成故事。在当记者的日子里，我采访了无数的人，精彩的细节在他们身上不断出现，又随之消失。当我再次回顾，它们已经凝结成故事，我相信，它们还可能凝结为历史，前提是被重复提起。

在任何人身上，都藏匿着新闻，藏匿着一些故事，藏匿着一些小说，也藏匿着一些历史。无论生在活在哪一个时代，人们身上总是延续着历史的元素，每一个被采访对象都可能成为新闻的主角，从而成为故事的主角，成为小说的主人公，成为历史的一个角色。只不过，他们并不知道，我们也会忽略。作为一个小说写作者，就是要凭借想象力，帮助他们找回遗落的事情，在细节中寻找象征意味和哲学意味。在人们的生活表面之下，藏着一些更久远的东西，或者凝结成了一个又一个故事。有时，我采访完毕，与被采访对象告别时，他们一旦站起来，故事就从他们身上纷纷掉落，有一些直接掉进这部小说里，如徐婕的故事、吴国柱的故事，还有旧时买卖粪肥用锅盔作为媒介的故事。当然，《屋顶下的天空》里的故事，是我一生中各个阶段汇集而来的，当记者的这个阶段，无疑是一个重要的阶段，在里面遇到的许多故事，成了这部小说的重要组成部分。

结构

人物的性格命运发展是形成小说结构的基础。人物的性格命运充满悬念，这也是小说悬念的意义所在。或者说，悬念依附在人物的性格命运上面，这是悬念的最佳存在方式。人物的命运脉络清晰了，小说结构的走向也随之明晰，生命力也随之产生。它们会像原始的根茎，在生活的土壤里探索，汇聚力量，最终破土而出，生长成一部小说。

《屋顶下的天空》的最初构想，是发生在一个朋友身上的故事：二十世纪八十年代中期，重庆市一个青年作家与一个年龄比他大的文工团钢琴演奏员相爱，他们私奔了，最终却分手了。这根粗略的线条成了这部小说的初步构想。这个构想有天真和幼稚的成分，却是这部小说的开端。二〇〇五年，我根据已写了十多万字的小说创作了一个电影剧本，内容是小说的男女主角叶飘与林译苇怎么私奔怎么分手的爱情故事，引起了峨眉电影制片厂的关注，他们有意将此搬上银幕。包括导演在内的工作人员来到内江市隆昌县的云顶寨（小说中的名字是天顶寨）考察，初步考虑将此作为外景拍摄地。在云顶寨小住期间，导演有了撰写另一个电影剧本的构想：一个在大城市工作的白领，厌倦了红尘的喧嚣，努力回到自己的家乡小县城，过上了平静的生活。根据这个构思，我写出初稿，与导演一起完成了剧本。二〇〇六年底至二〇〇七年初，峨眉电影制片厂花了一个月时间将这个剧本拍摄成影片，并于二〇〇八年四月入围了美国滨江国际电影节。这样，关于叶飘和林译苇的爱情故事没能在电影里展现，在小说《屋顶下的天空》里也没有继续下去。他们在小说中随着时间成长，最终没有在感情上走到一起，然而，小说的脉络却更清楚，小说中人物的性格命运也更明晰。

在小说人物性格这个基础上，面对变幻莫测、虚虚实实的大千世界，我只能采用多重结构来搭建《屋顶下的天空》这座建筑物：当代社会中一座城市中下层群体人物的生命史，是第一重结构；女主人公林译苇撰写的以叶一峰与田单岭为主人公的小说，是第二重结构；徐婕叙述的故事，把金人立等人物引入小说，是第三重结构；第四重结构是一种隐形结构：我试图让这部小说形成一幅时代画卷——我设想，画卷的前景是一些现实生活的碎片，呈现小人物形形色色的生存状态；画卷的中景由爱情、战争和死亡的历史线条组成，串联起人性深处最隐秘和最敏感的部分；画卷的远景，隐约浮现出朦胧的诗意，给整部小说罩上一层柔和的灰色。正如荷尔德林所言："人，诗意地栖居于大地之上。"诗意是世界各民族生活的基本色调，也许，每个地域、每个民族的生存方式各有千秋，但本质上有一个共同点，那就是诗意。在生活中，诗意无所不在，这些诗意不会被生活的碎片掩盖，而是逐渐游离到远方，形成生命的图腾。每个民族、每个人都有自己向往的远方，无论他们面前的苦难有多么深重，但诗意与他们始终同在——各民族的文化就是诗意的表征。一个人即便是文盲，他也置身于文化的氛围中，被诗意笼罩，被远方吸引。而远方的色彩，都是灰色的，都是相同的。越是远方，越是相同，越是灰色。灰色是生活最本质的色彩。在色彩学里，所有的颜色调和在一起，就会成为灰色；在生活中，把一个人所有的喜怒哀乐聚集在一起，会在情感世界里融合成灰色的对应物——平静。在小说中，所有的复杂性聚合在一起，会构成沉默。沉默也是灰色的，蕴含着最朴素的诗意，它是小说中人物的远方，也是小说最好的终点。《屋顶下的天空》的第四重结构是一条无形的路径，穿越所有的复杂，经历所有的喧嚣，抵达小说的终点，也让读者抵达自己的远方，站在灰色的暮霭里，面对真正的沉默。

语言

　　语言要抵达的目的，是大地上存在过的事实，包括人的行为和人的思想。小说语言的风格最是多样化，但我偏爱含有新闻风格的小说语言，这样的语言具体、准确、简练、通俗，最能体现被描写对象的质感，能够最大限度地还原生活场景，能够凝结历史的碎片，让它们在时间和空间里显形。同时，我也喜欢诗的语言，它是物象之间有机化、戏剧化的神秘联系，游走在小说中各种人物、各种事件之间，呈现出它们的因果关系。

　　一部长篇小说的所有意图，要由语言来实现。除了故事、人物、结构等要素，长篇小说蕴含的缜密的思绪、微妙的感觉等，是一部长篇小说最珍贵的部分，类似一个人的灵魂。要精确地表达它们，过多的修饰只会适得其反——事实上，一些飘浮不定的思绪，只能用准确的词语把它们固定在一个地方，让人们仔细观看它们。熟语和形容词因其类型化的特质，作为工具显得粗糙而简陋，无力完成这个精细的任务，描述事实的新闻语言和描述某种神秘或某种感动的诗的语言，能够承担这样的重任。新闻语言的特质是细致、指向性强，能够准确地表现有形的事物，而诗的语言却可以准确地表达无形的事物。新闻语言（包括方言土话）存在于小说中的第一个层面，用于叙事；诗的语言存在于第二个层面，用于探索故事的本质。把新闻语言和诗的语言结合起来，是《屋顶下的天空》的写作要求，更是生活的要求——生活是人类为生存发展而进行的各种活动，本身就饱含无限的诗意，因而，在《屋顶下的天空》里，不可避免地存在诗的元素。在想象力的作用下，这两种语言融为一体，能够清晰地展示现实和历史，又可以创造清明澄澈的意境。如果要从功能方面区分一下，那么，新闻语言构建了"屋顶"，诗的语言营造了"天空"。当然，在小说中，二者不可能泾渭分明，但各自所起的作用，还是可以分辨出来。

无论是新闻的语言还是诗的语言，以及它们综合而成的小说语言，与其所表现的对象总是有距离，或者说，作者选用的语言，不能绝对精准地表达自己从生活中感悟到的东西——语言与其所指之物之间并没有绝对准确的关联，这就产生了一种变形。这种变形正是产生艺术感觉的空间，是容纳语言魅力的地方——诗的语言与所表现对象之间的距离更大，所产生的空间也更广阔，可以容纳更广阔的想象力；新闻语言与所表现对象之间的距离更小，指向性更明确，所产生的空间也就更小。大小空间交错，形成新的空间——小说的语言空间。在这个空间里，新闻的元素、诗的感觉、现实的碎片和历史的影像融为一体，并互相摩擦，砥砺读者的想象力和灵魂，从而产生一种新奇的、既熟悉又陌生的快感，这就是审美的感觉，也是艺术的魅力产生的原因。

推而广之，语言的变形产生魅力（文学），色彩的变形也产生魅力（美术），声音的变形也产生魅力（音乐）。艺术的奥秘，有很大一部分就藏匿在这个变形的过程中。

《屋顶下的天空》最终在 2012 年 12 月完成，这个过程，是小说的各种元素在新闻的土壤里生长的过程，也是自我认知和完成某种体验，向时间深处行进的过程。自我认知必须在社会的大环境里才能实现，正如庄稼必须在土壤里才能生长。

庄稼的生长也是一种认知，只不过，植物生长的力量是先天设定的，按照其基因程序的遗传密码来完成这个过程。一个人在社会中成长，也在不知不觉遵循某种预先编制的密码，这些密码，我们可以理解为在社会长期的进化发展中，人们所形成的自身独特的生活方式和习惯，是长期积累的生命活动的信息结晶。但在生活中，这些预先编制的密码只是基础部分。一个人要在自己的生命历程中完成自己，需要接受新的信息。一本小说要在作者的脑海里成长，需要重新梳理这些密码，融合新的信息，形成新的结晶。

《屋顶下的天空》是一部从新闻的角度写就的小说，以个人的视角从现实指向历史纵深。我试图让它远离某种模式，让叙事本身从讲述变成探寻，类似田野考察。在探寻与考察中，寻找这些密码的奥秘，寻找一些还没有被理论捕捉的存在物，让它们在语言的世界里显形。我关注过去的人们在大地上行走的方式，搜集他们逝去的声音、飘零的血液、散落的骨头，把它们还原成某一阶段的人的生活、人的历史、人的存在，并留在文本里。但愿在这个过程中，他们沿途掉落的生活碎片，会被现实的光芒和历史的光芒同时照亮。

二〇一六年四月二十三日